Princess Der Ling

德齡公主

徐小斌◎著

一半是藝術
一半是歷史
時間總是把歷史變成童話

目次

自序

我寫德齡公主

面對台灣版《德齡公主》即將面世，我感慨萬千。

寫作於我，是「銷魂的酷刑，極樂的苦痛，痛苦和快樂都是難以形容！」（海涅詩），迄今爲止，我已經出了三十多本書，每一本書的誕生都是如此，德齡尤甚——因爲她是我寫的第一部歷史小說，很可能也是唯一的一本。

我與德齡相遇純屬偶然。一天，我在一個類似「清宮秘聞」的小冊子上，發現了德齡姊妹的一段軼事，上面寫了她們曾經是現代舞蹈之母伊莎朵拉·鄧肯甘願不收學費的入室弟子。頓時興趣大增；於是找來有關史料。最初的想法是想做一部電影，一部國際大片。寫了個梗概，但後來覺得做電影幾乎是夢想，於是還是決定先寫小說。小說寫了三萬來字，就中止了，發現讀的史料根本不夠，舉步爲艱。但是小說的語言風格基本確定，基本用明清話本的風格，我想把《羽蛇》、《雙魚星座》的語言徹底顚覆一下，對自己駕馭文字的能力作一次自我挑戰。

我讀了整整一年、一百多本書有關史料，資料來源主要爲三部分：一是北圖（中國國家圖書館），二是故宮的朋友幫助搜集，三是各個書店，特別是故宮、頤和園等地的書店。在讀史料的過程中我發現，有很多人物、場景的描寫在歷史教科書中是有問題的。譬如對光緒、隆裕皇后、李蓮英；對庚子年、八國聯軍入侵始末，對慈禧太后當時的孤注一擲，對光緒在中日甲午戰爭中的勇敢表現和之後的奮發圖強，對隆裕和李蓮英的定位等等，都有很大出入。

我寫小說的初衷是：讓小說仁者見仁智者見智，表層的故事力求做到輕鬆好看，而內核卻是厚重、凝重，而又沉重。不同層面的讀者可以有不同層面的享受。

小說寫了整整兩年。因爲我要讓它既忠於史實又不拘泥於史實，既有嚴肅的內涵又有好看的故事，在不讓歷史硬傷影響閱讀趣味的前提下，大膽顛覆歷史人物與創造性地寫精彩的故事。歷史背景是大清帝國如殘陽夕照般無可挽回地沒落，本身就是一個大悲劇，而在前台表演的歷史人物包括慈禧、光緒、隆裕等等，無一不是悲劇人物，在大悲劇背景下的一種輕鬆有趣愉悅甚至帶有某種喜劇色彩的故事，這種故事與背景之間的反差本身就具有巨大的張力。

具體地說，東西方文化的交流與碰撞自始至終存在。貌似很簡單的小事，都存在著這種碰撞。德齡試圖透過日常生活改造慈禧，讓慈禧接受西方的進步事物；實際上慈禧也確實接受了。但是正如小說中光緒在唐大衛犧牲後對德齡所說：「德齡，我們都是一樣有幻想的人。朕的幻想保全了皇爸爸，卻犧牲了六君子，讓康梁流亡海外，讓袁世凱志得意滿；你的幻想讓皇爸爸接受了照相、法國化妝品、英文報紙、油畫，甚至還有留學生，可她還是會毫不留情地剷除異己，扼殺那些比她想得遠、走得快的人。……」

德齡的救國夢由此破滅。

君主制、君主立憲制與共和制的爭論貫穿始終。甲午戰爭戰敗，大大刺激了年輕的光緒皇帝，他開始想實行變法維新，就在此時，康有爲「應運而生」。戊戌變法是整個中國近代史上一次最偉大的運動（原諒我不用「革命」二字）——這一點，歷史越久遠，就越明瞭——可惜只有一百零三天。假如變法成功，那麼中國很有可能如同明治維新後的日本那樣，突飛猛進。在變法過程中，光緒曾經當面頂撞慈禧太后，這在當時是需要極大膽量的！後來，根據容齡的回憶錄，光緒的確在慈禧的千手千眼之下大膽問「康」，這都是史實，無數史實證明了光緒絕非懦夫，而是一個有血性有思想勤政愛國的君主。變法失敗後兩年，便發生了庚子國變。在庚子年中，充分暴露了慈禧的無知、狹隘、專橫、誤國，由於她相信了榮祿提供的假照會，其中勒令皇太后歸政一條，極大地刺激了她：她竟不顧清朝當時的國力，以卵擊石，一方面慫恿義和團扶清滅洋，造成殺害德國公使克林德的慘案；另一方面竟敢同時向十一國宣戰！並連殺兩名主和大臣，導致八國聯軍的入侵，無疑是把國家推向了災難的深淵！

庚子年西狩，慈禧的確吃了不少苦，也有所反省，但她推行的所謂五年新政完全是掩人耳目，「國體不變，新政何爲」，明治維新後的日本打敗了君主制的俄國，完全說明了問題；而庚子年後，慈禧被洋人打怕了，由排外轉爲媚外，所謂「量中華之物力，結與國之歡心」，便是當時她臭名昭著的口號。即使這樣，也沒能抵擋住隨後而來的侮辱：日俄大戰的戰場竟然在滿洲境內，自然是堂堂中華的奇恥大辱！而這正是德齡姊妹進宮前後的歷史背景。

無數志士仁人在尋找救國之路。主要是孫文爲首的革命黨（主張共和制）和康有爲爲首的保皇黨（主張君主立憲制）——也就是被慈禧誣爲亂黨、逆黨的兩派。儘管對他們的歷史評價至今仍在爭論不休，但有一點是肯定的，他們熱愛這個國家，爲這個國家不惜犧牲自己的一切，甚至生命。

而表層的故事多以後宮爲主，後宮以宮眷爲主，女性占絕大多數，寫女人的故事正是我所長。這樣，表層就會好看。當然，後宮也很險惡，譬如慈禧與皇后聯手做掉四格格的侍女繭兒、對四格格敲山震虎、對德齡的多次試探、對容齡暗戀光緒的懷疑，以及對卡爾、懷特等的監視……都令人感到清宮中充滿了陷阱。當然，在史實中，容齡愛的是一個太監；而德齡則暗戀光緒，並且是在出宮後才認識懷特的，懷特並非牙醫，而是當時美國駐滬副領事……

當然也寫了慈禧人性的一面。這段時期是她眞正的晚年，她害怕孤獨，渴望親情，即使這樣，她也無法克制自己的多疑與乖戾。她其實至死沒有眞正的反省。但是「青山遮不住，畢竟東流去」——歷史潮流誰也無法阻擋。她死後三年，震驚世界的辛亥革命爆發了。

這部小說還有一個初衷，就是開創歷史小說的一個新樣式。讓「歷史」更加「小說」，讓歷史眞正小說化，而不是那種板著面孔的歷史小說。

在此我眞心感謝我的好友、著名作家陳玉慧女士，如果不是她的推介，我就沒有機緣與印刻這樣美好大氣的出版社相識；感謝印刻總編輯初安民先生，如果不是他的決斷，我的《德齡公主》就會與海峽對岸的朋友們失之交臂；特別要感謝副總編輯江一鯉小姐，雖然未曾謀面，但她的聰慧、敬業、知性、善解人意，已經透過她的聲音與文字準確無誤地傳達給了我，讓我在極短時間內便對印刻產生了無限信任。還要感謝責任編輯丁名慶先生，感謝他認眞負責的精神與謙虛謹愼的做事風格；感謝美術編輯黃子欽先生在有限的時間內設計出美麗的封面——《德齡公主》的問世，是所有人辛苦勞動的結果。

衷心感謝印刻出版社。

眞的希望台灣讀者能喜歡！

第一章

1

德齡姊妹頭一回入宮，是在西元一九〇三年、也就是光緒廿九年的初春。

那年春天的萬壽山，迷迷濛濛的，昆明湖也像是罩了一層迷霧。三乘轎子蕩悠悠地穿過海淀，沿頤和園的紅色宮牆黃色琉璃瓦來到一個雄偉的牌樓。轎夫一見那牌樓就停步了。小旁門開著。那是爲貴客預備著的，至於正門，只有慈禧太后本人可以享用。

入宮的儀式非常隆重。轎子一停，立刻有四個太監來了，兩個尖著嗓子大叫：來了！——另兩個拿了宮製的黃絲帘蓋在轎子上。裕太太悄聲對大女兒德齡說：「這是老佛爺的恩寵！」德齡立即肅然，只有小女兒容齡因爲太小，一個勁兒地撩著帘子張望。

十餘個小太監一字兒排開。爲首的請了三個安，道：「老佛爺有旨：請裕太太和兩位姑娘在東配殿等候。」

就這麼進了宮。展眼望去，倒未見得有多麼奢華。所有的家具陳設都是紫檀木的，鋪著藍色絲緞，有三十幾個造型美麗的鐘，容齡湊上去看，見鐘座上大多刻著西洋字碼，英文法文不必說了，她是認識的，還有些不認識的文字，她便扯了姊姊德齡，一起看。她們看來看去的時候，分明聽到旁邊有些宮女在議論：「喲，也不知她們認不認得中國字兒。」「認得什麼？連中國話兒也不會說呢！」

容齡哪受得了這個，急回身沒等站直了就說：「你們怎麼這麼講話？誰不會說中國話兒？告訴你們，我們會好幾國文字呢！……」

容齡標準的京片子嚇了那幾個女人一跳。裕太太急忙攔著：「這可不是巴黎，由著你們的性子胡鬧！這是在宮裡，老佛爺的規矩大著呢！額娘教了你們這些日子，難道都白教了?!」

一語未了，外面太監喊一聲：「皇后主子到！」唬得幾個太監宮女，急忙迴避。皇后穿淺黃灑花百褶裙，鵝黃繡花窄背襖，蜜合色坎肩，頭上只插一支玉鳳，兩支蝴蝶鑲銀翡翠簪子，一對珍珠鑲金耳環，並不怎麼華貴，倒也乾淨齊整。皇后很瘦，美麗是談不到的，卻是十分可親。一見面就笑著說道：「可是裕太太和德、容兩位姑娘來了？快隨我去！老佛爺念叨了好幾天了，說是裕太太和兩位姑娘大老遠兒的回來，可別委屈了她們！」

裕太太急忙率兩個姑娘向皇后請了安，陪笑道：「我們是什麼人？還勞皇后親自來迎，眞眞是折殺奴婢了！」

皇后笑道：「裕太太快別這麼說！你們是什麼人？大清帝國駐法公使的家眷，難道不該我來接的？裕庚怎麼樣？身子可大好了？」

裕太太黯然道：「還是不好，我瞅著，愈發重了似的。饒這樣，還是心細：囑咐兩個姑娘，千萬別壞了咱大清國的規矩，還叫我請老佛爺的示下，進宮是穿洋服呢，還是穿咱滿洲的宮服。老佛爺她老人家想瞧瞧西洋的衣裳，這不我們把在那邊正式場合的衣裳穿出來了？」

皇后這才看見三人穿的一式巴黎洋裝：裕太太穿海水綠色絲袍，維多利亞式的裙撐子，頭上戴一串珍珠項鍊；大姑娘德齡穿一身鮮紅的裙子，配鮮紅鞋子，戴玉石耳環；小姑娘容齡穿淺藍絲絨裙子，戴翡翠項鍊；三人一式的大羽毛帽子，路易十五的高跟鞋，倒像是鼻煙壺上畫的西洋美人似的，皇后看了暗暗稱奇。

2

多少年之後德齡還記得，那天見到慈禧太后之前，老佛爺已經把皇太后的譜兒擺得足足的了。先是叫太監宮女迎，接著叫皇后迎，然後人還沒出來呢先就賜了不少禮物，金玉戒指一人三枚，一大盤子玉墜兒隨便拿，後來又是奶餑餑什麼的不少吃食，等見到老佛爺的時候，容齡已經吃飽了。

慈禧那天穿的是百鳳鏤花鑲金大紅雲絲袍，上罩金黃繡龍鳳鑲銀鼠皮坎肩，項上掛的珍珠墜子，顆顆大如鳥卵，一隻手上就是四五枚金玉戒指，還有長長的極其精美的金護指，讓容齡覺著，那老太太只有一雙手很美。

從一開始兩個姑娘對皇太后的印象便產生了分歧。與妹妹不同，德齡覺著，皇太后雖然是個老太太了，卻依然美得咄咄逼人。那老太太微笑著的時候也有一種威嚴，令人懾服，而在德齡，則簡直就是崇拜。

當時慈禧微笑著扶起她們，還親了親兩個姑娘，道：「裕太太，你可眞能耐！把兩個姑娘調理得仙女兒似的，還這麼守規矩，有禮貌！你就不怕我把她們留下？」裕太太一怔，忙陪笑道：「果眞如此，那是她倆的造化！」慈禧仰天大笑道：「到底是咱大清國公使的夫人！眞有氣派！難道你就沒聽說過我的惡名兒？有人說，我連親生兒子都容不下，你就捨得把這一對兒姊妹花兒放這兒？不怕被我給糟凈了?!」

裕太太到底是大家子出身，心裡雖在突突地跳，臉上依舊陪著笑，一點聲色也不露，道：「老佛爺說笑了。誰不知道老佛爺會調理人兒？連鳥兒也調理得這麼水靈呢！」說著瞧一眼架子上的鸚鵡，偏那鸚鵡像是解人意兒似的，呼啦啦一下子飛起來，口裡叫著：「老佛爺萬壽無疆！」倒把慈禧逗樂了。

慈禧笑道：「這兩隻鸚鵡鳥兒原是袁世凱送的，也難爲他想得周全，這麼大一個朝廷，偏他想起這個巧宗兒！這兩隻鳥兒倒長得怪俊的，嘴也巧，倒哄得我笑笑……」

裕太太忙說：「這都是老佛爺慈悲……」

慈禧笑道：「說起這個來，笑話兒可好多著呢，因我喜歡那西洋哈叭狗兒，說過一回，他們就不知道打哪兒弄來百十來頭，見了我，齊刷刷的作揖，倒嚇了我一跳！……來來來，閒話少說，先見見皇上！」

三人這才注意到進來一個年輕的男子，看上去只有二十四五歲（其實當時光緒已有三十二歲了），穿黃袍，黑色緞帽上，鑲一顆極大的珍珠，後來德齡姊妹才知道，那就是所謂龍珠，腰帶上也鑲了些珠寶，但是總的看來，他十分樸素，可以說比宮中任何一個人都樸素。他身體瘦削，神情憂鬱，但是相貌端正，一雙眼睛黑如點漆，十分靈秀。可以想像到假若他生得健壯一些，應當算是個十足的美男子了。

姊兒倆都沒想到光緒帝是這樣的，急忙上前請安，光緒只是禮節性地微笑著，和她們握了握手。德齡覺著，那雙手冰涼冰涼的，而且軟綿綿的沒一點力氣。

光緒來了，就是要上早朝了。果然大總管李蓮英來請。李蓮英個兒不高，又瘦又老，長得難看，但深得慈禧信賴。那天慈禧好像特別高興，一定叫娘兒仨在東配殿等著，又喚來孀居的四格格和元大奶奶陪著說話兒。

四格格見了娘兒仨這等打扮，好不新奇，因見裕太太是長輩，容齡尚小，於是單問德齡道：「聽說姑娘們是受歐洲教育長大的，可是的？小時候就聽說，到了一個國家，喝了那兒的水，就把本國的事情都忘記了，是眞的麼？」德齡笑道：「那是大人們編出來嚇唬你的，哪有這事兒？像我們，雖然受了歐洲的教育，可大清國的禮兒不是也都知道麼？」又道：「對了，我們在巴黎的時候還見過你哥哥載振呢，那次是他要去參加英王愛德華的加冕禮，當時我們也收到了請柬，要不是父親有事不能脫身，我們也就一起去了，在國外，算不得什麼的。」

四格格聽了，美麗的臉上全是驚訝，道：「原來外國也有皇上？我以爲咱老佛爺是全世界的女皇呢！」皇后道：「你們知道什麼？山外有山天外有天，外面的世界大著呢。譬如美國，就沒有皇上，是共和國，凡廢除了帝制的就叫共和國。」四格格問：「共和國有什麼好？」皇后想說什麼又嚥了回去，話鋒一轉道：「我現在正瞧一本世界史呢，翻譯過來的，挺好看的，你要是對這些有興趣兒，等我瞧完了給你。」

元大奶奶在一旁忙不迭地說：「皇后主子明兒也借我瞧瞧。」皇后看她一眼，道：「你怕是只能瞧瞧畫罷了。又不是老佛爺賞的戲，你也要瞧他也要瞧的，沒的瞎摻和！」說罷，大家都笑。話音未落，那邊李蓮英來叫請，說是早朝已畢，今兒老佛爺高興，叫大夥一塊兒去知春亭賞春。「老佛爺說，天兒好，就不備轎子了，走著去。」李蓮英彎著腰傳諭。容齡拍手笑道：「我正想走著，坐在轎子裡都快悶死了，哪兒還顧得上看外邊兒的美景！」

裕太太聽著怕容齡又走板兒，忙向她使了個眼色，容齡卻渾然不覺。皇后笑道：「我瞧五姑娘倒是快人快語，是個爽快人！」裕太太陪笑道：「瞧皇后主子說的，她不過是個小孩子罷了！」皇后率眾往外邊走，李蓮英又連忙趕去回話。德齡注意到李蓮英戴的是紅頂花翎，小聲問皇后道：「皇后主子，聽阿瑪講，前朝太監沒有過二品頂戴呀。」皇后小聲道：「姑娘快別說這個！爲這個大臣們還有人上表奏本，惹得老佛爺發怒呢！老佛爺說：『哼，成天價太后老佛爺的叫著，那都是虛的！這麼點子小事兒，難道我還做不了主？還要奏本，都是叫皇上給慣的！』……」

容齡像是突然想起了什麼，天眞爛漫地問道：「皇上呢？皇上怎麼不來？」

皇后驟然變色，低著頭一路向前走，再不說話。眾宮眷都急急跟著。裕太太與德齡都瞪著容齡，容齡噘起小嘴，不知自己又錯在哪兒了。

3

慈禧已在知春亭擺下茶點，這會子見她們來了，堆起一臉的笑，柔聲道：「德齡、容齡，你們過來，讓我瞧瞧這法國時裝！」兩個姑娘提拎著裙襬一路跑過去，慈禧摸了摸容齡的裙子，嘆道：「這麼輕薄的衣料，怎麼竟能撐開呢？」容齡道：「回老佛爺，裡面有金屬做的裙撐。」慈禧笑道：「原來這像仙女兒一樣的裙子裡竟還有這許多機關。」

四格格在一邊兒瞧了半天，道：「你們的鞋也不一樣。」德齡抬起她紅色的高跟鞋，道：「這是路易十五式的高跟鞋，是現在高跟鞋的最新款。」一語未了，慈禧竟站了起來，伸出一隻腳道：「讓我試試。」

穿上紅色高跟鞋的慈禧在皇后和四格格的攙扶下小心地邁了一步，然後她甩開她們，穩穩地走了兩步兒，笑道：「這外國的皮鞋，不過就是把咱們滿洲的花盆底子鞋改了，把中間的鞋跟挪到了後面而已，他們還是學咱們的！」

眾人都笑了，其他人都在笑洋人，而德齡姊妹卻在笑慈禧。唯有皇后沒有笑。皇后的不苟言笑是有了名的，連慈禧有時也深恨皇后，常常嗔她不討喜，久而久之，皇后才慢慢學會了在慈禧面前陪笑，卻終不是那種天生的喜興，這一點上，四格格要比她討喜得多。

慈禧坐下來，雙眼直視德齡，突然道：「德齡啊，你額娘穿海綠，你妹妹穿天藍，你呢，為什麼穿紅色的衣服，是不是想讓自個兒最搶眼啊？」德齡一怔，但是很快便鎮定下來，不慌不忙地說道：「回老佛爺，德齡以為，咱中國人向來以紅為喜慶之色，老佛爺召見，是德齡的喜慶之事，所以除了紅色，實在找不出別的顏色來展示喜悅之情。」

慈禧聽了大為受用，笑道：「裕太太，我想跟您商量件事兒。」裕太太忙道：「老佛爺請吩咐。」慈禧道：「我喜歡你的這兩個姑娘，她們是又水靈又聰明，懂禮兒，還會外國話兒。從明兒起，你就讓她們來和我做個伴兒吧，就做傳譯，封為御前女官。一個月呢，可以恩准她們放兩天兒假，回去瞧瞧你和裕庚。德齡跟著我，容齡小，就由著她性子玩吧，就這麼定了！」裕太太心裡一驚，表面上卻不露聲色地謝恩：「謝老佛爺恩典！」

眾宮眷都拍手稱快，唯元大奶奶臉上有些悻悻的。裕太太表面雖在笑，心裡卻像塊石頭似的沉了下去。

裕庚一家剛剛回京，就曾接到聖旨，命他們暫住李鴻章舊宅。裕庚知道，這是老佛爺和皇上對他一家的特殊恩典。裕庚作為大清使臣一向很稱職，但是庚子年間也頗遭了些磨難，譬如祖屋被燒，又如義和拳殺了德國公使之後，西方各國都緊張起來，清政府駐巴黎的使館就被圍了三天，隨時都有可能發生流血事件。裕庚竟然不怕危險，一個人走出使館。當時裕太太竟嚇得暈厥過去。裕庚走出使館面對著紅了眼的法國人，所有的人都認為要出大事了，可是裕庚面無表情、沉著冷靜地走了出去，裕庚所到之處，法國人竟然自動讓出了一條窄道。此事一時在西方世界傳為美談。

裕庚一家篤信洋教，若是在庚子年回國，也勢必慘遭不測，所幸榮祿與裕家私交甚好，在太后處多次斡旋，朝廷才沒有將他提前召回。

在裕家，一切的規矩都是西化的。包括慶祝生日。這天正是德齡十七歲生日。家僕小順子把生日蛋糕捧了上來，上面插著十七根蠟燭。容齡彈著鋼琴、勳齡拉著小提琴，他們在給德齡合奏著生日快樂歌，德齡坐在父母身邊，燭光下，她的眼睛已經濕潤了。

裕太太命她許個願，她閉上眼睛，眼前立即出現了回國時在輪船上碰上的那個年輕的美國人。她睜開眼睛，那個叫作凱．懷特的美國青年奇蹟般地出現在了她的眼前，他和她的家人一起微笑著簇擁著她。德齡深吸了一口氣，吹出去，燭光瞬間熄滅，等燈光點亮的時候，懷特已經不見了。

那個美國人是個醫生，他對她說，他認為中國需要西醫，而且，他很早就對這個神祕的東方古國充滿了好奇。她問：「難道你對中國人沒有偏見麼？」他的回答令她滿意，他說：「在上帝面前，人人都是平等的。」她又說：「你難道沒有聽說過三年前在中國發生的事情麼？假如一切並不像你想像的那麼好，你會動搖麼？」他這次的回答簡直讓她刮目相看了，他說：「不，我只知道我是個醫生，而醫生，是個世界性的職業。」他告訴她，他是和姑母一起來華的，姑母艾米是個紐約商人的遺孀。

當時是在夜晚的海輪上，海風習習，吹動著德齡淡紫色的裙裾，他們在參加一個化妝舞會。掀開牧羊人的面具，她發現他是個非常英俊的年輕人，而他看到她的裸臉時，也是一陣驚喜……

阿瑪裕庚這時說話了，阿瑪的話打斷了德齡的記憶。裕庚道：「德齡啊，你阿瑪十七歲的時候還在苦求功名，你和妹妹卻已經當上老佛爺的御前女官了，確是青出於藍而勝於藍啊。這是裕家的光榮，也是裕家的災難啊。」這話說得讓德齡一怔。

容齡還沒把蛋糕全嚥下肚，就搶著說道：「阿瑪，怎麼會是災難呢，老佛爺並不像傳說中的那麼可怕，她可慈愛了，拉著我們的手問長問短，還賜了我們很多的首飾，像這樣美的戒指，我還是第一次看到呢。」她說著伸出雪白的手指，上面戴著太后賜的黃金鑲珊瑚的戒指。

裕庚微微一笑，抿了一口茶，道：「容齡啊，你還太小，進宮之後，凡事多問問姊姊，不可擅作主張，可記得了？」容齡邊把蛋糕塞進嘴裡邊點頭。德齡道：「阿瑪，我明白您的意思，我會凡事小心，好好照顧妹妹的。」

裕庚道：「當此亂世，你們進宮，成了老佛爺身邊兒的人，雖說只是做傳譯，人微言輕，可是一旦影響了掌握國家命運的人，那作用也是不可估量啊。庚子年之後，老佛爺以皇上名義下了罪己詔，雖然有大臣議論那不過是掩人耳目，到底還是有所反省。光緒二十六年，老佛爺以皇上名義發布變法詔書，其中有『學西學之本源』，『參酌中西政要』一說，光緒二十七年，下令成立督辦政務處，以便推動變法，後來才有了兩江總督劉坤一和湖廣總督張之洞的聯銜會奏，也就是所謂《江楚會奏變法三摺》，這三個奏摺成爲老佛爺新政的核心內容。你們這個時候入宮，若是能在中國的變法改良方面再添上一把火，那也是功德無量之事啊！」

裕庚這番話讓兩個女兒頻頻點頭。德齡想了一想，道：「阿瑪，可是我怎麼樣才能知道自個兒做的是不是對、是不是適度呢？」裕庚歎了口氣道：「其實阿瑪也說不清楚，很多具體的情況，要靠你們自己的觀察。記住，宮中無小事，不要以爲是小事就忽略掉了，那會惹出大麻煩的。」容齡立即也跟著也嘆了口氣：「那活得多累呀，眞沒意思。」德齡就問：「阿瑪，當了那麼多年的大清公使，您覺得累嗎？」裕庚良久不語，半晌工夫方嘆道：「什麼都要的人當然要累心的。我並不想代替你們選擇，我只是既想讓你們快活，又想讓你們對國家有用，不過，魚與熊掌往往不可兼得，做什麼樣的人，還要由你們自己決定。……畢竟，你們就要離開阿瑪和額娘身邊了。」他說到這裡，不禁有些淒然。

兩個女兒默默地偎著阿瑪。德齡道：「阿瑪，您一定要保重身體，不要爲我們擔心。」裕庚道：「不擔心是假的，可阿瑪也知道，擔心也沒用。」

裕太太見狀在一旁勸解道：「好了，好了，老爺，別淨說這些叫人傷心的話兒了。素日你笑話我：一聽外國故事就鼻涕一把淚一把的，今兒個，可是你把孩子們都弄得愁眉不展的。這是進宮，多少人幾世還修不來這福呢，老佛爺喜歡咱裕家的姑娘，老爺，你也別太多慮了，身子要緊。」

裕庚愁眉稍解，問道：「老佛爺身子可好？」裕太太笑道：「好著呢，今兒中午用膳，吃得比我和兩個姑娘都多。光是那炸響鈴兒和櫻桃肉就吃了不少，她老人家眞是福大，吃那麼多也不出虛恭！」

「出虛恭」是宮裡說「放屁」的意思，聽了這話，全家都笑起來，憂傷的氣氛也就慢慢消失了。

5

德齡當然不知道，此刻那個年輕的美國人正在爲了尋找她而煞費苦心。美國醫生凱．懷特騎著一輛腳踏車，在垂柳依依的湖畔，他飛快地踏著車，留下一串清脆的鈴聲。

姑媽艾米是前天走的，在中國總共待了不到四天，還是託美國駐華公使夫人康格夫人買的船票。促使艾米如此匆忙離開的原因是那一天無意中碰上的行刑。

當時，街上突然人山人海，艾米姑侄以爲是類似西方博彩一類的事，就擠進去看。他們看到一個被綁在柱子上的人正在接受剮刑，也就是中國刑罰裡面所說的凌遲。當時劊子手已經開始行刑，每割一刀，周圍人就叫一聲好，那人的雙乳和生殖器已經被割掉，血流如注，懷特驚呆了，而艾米簡直就是當場暈厥過去。

艾米說什麼也不願意再待下去了，醒過來之後，她不斷地神經質地叨嘮著：「凱，我們走，快快走，這眞是個可怕的國家，我是一天也不想待了！……」懷特怎麼勸也不行，最後驚動了康格夫人。康格夫人自然知道作爲紐約首富的艾米。艾米告狀說，懷特爲了追逐一個虛無縹緲的所謂中國「仙女」，竟然荒唐地作出要留在中國的決定。

工夫不負有心人，那天晚上，美國傻小子懷特竟然找到了高懸著的「裕」字燈籠的那個宅院。他拿著一個紙盒，想了想，把自己的名片塞了進去。他深吸一口氣，用銅環叩響了裕府的朱漆大門。當值的小順子打開大門，看見外面站了個藍眼睛黃頭髮的洋人，手裡還拿了個紙盒，那洋人對他又笑又點頭的，用生硬的中國話央告他把紙盒子交給德齡，說是紙盒裡面的東西是德齡落在船上的，並說，可不可以見見德齡。小順子大剌剌地說我們家的德齡姑娘已然進宮做了御前女官，那洋人一驚，把盒子放在那兒轉身就走，連賞錢都沒拿。

小順子把紙盒子拿進來的時候正好碰上外出回來的勳齡。聽說是一個洋人送來的東西，勳齡格外仔細地檢查了紙盒，他發現裡面除了一個面具之外還有一張名片，上寫K. White，他把兩樣東西都收了起來，並吩咐小順子此事不准對任何人提起，包括老爺太太在內。

勳齡是裕家二公子，生得長身玉立，美丰儀，精技藝，會擺弄很多西洋的玩藝兒，尤其是西洋的照相術，連一般的洋人也不及他。勳齡對家人很好，尤其對兩個妹妹，就更是照顧有加，兄妹之間似乎頗有默契，若想瞞著阿瑪額娘的事，便能一直瞞了下去，並不用擔心說漏了嘴。裕家兄弟姊妹原共有五人，老大和老四已然不在，所以勳齡便成了實際上的長子，而家裡人在習慣上仍然把勳齡喚作二少爺，德齡喚作三姑娘，容齡喚作五姑娘。

卻說那懷特騎車到使館的時候，康格先生和夫人剛剛用完晚餐。夫人很客氣地請懷特用茶點，並且關心地詢問關於艾米的情況。懷特搖頭嘆道：「我從小父母雙亡，是被艾米姑姑撫養大的，可是我不得不違拗她的意志。我愛上了那個姑娘，她就像一個古老東方的仙女，您知道，我是不達目的絕不罷休的人，請您盡可能地幫助我。」

康格夫人微微笑道：「當然，對於美利堅合眾國在境外旅行的公民所提出的任何要求，我們都有責任與義務進行幫助，不過，你作為漢克斯家族的繼承人，稍微地任性一點是被允許的，但要適可而止，因為，這份產業需要一個明智冷靜的繼承人。」懷特冷冷笑道：「一點兒不錯，夫人，但是我對於做繼承人並沒有興趣。」

康格夫人道：「年輕人，你現在盡可以這麼說，但是你一旦弄清漢克斯公司的家產，也許你會改變主意的，順便問一句，你已經找到那位姑娘的芳蹤了嚒？」懷特道：「是的，我找到她了，不過她已經進了宮，被慈禧太后封爲御前女官了。這也正是我來找你們尋求幫助的原因。」康格夫人心裡掠過一陣興奮，忙道：「哦，親愛的，原來是這樣，這太好了，我想我會盡力幫你的，無論艾米持什麼態度。」

「夫人，你太仁慈了，」懷特跨前一步捧起夫人的手，輕輕吻了一下，「哦夫人，我眞的不知道怎麼感謝你才好。」

懷特高高興興地走了，康格夫人和她的先生、美國公使瓊斯·康格作了一番長談。夫人看著公使整理著的傳教士們收集來的資料，問道：「親愛的，陝西的傳教士們帶來了什麼？」康格指著那一堆東西道：「你看，有那裡的地圖，岩石資料，植物標本，還有數不清的照片。」

康格夫人看了看照片，笑道：「看來，他們的工作還是很賣力的，連教堂都建起來了。」康格道：「是啊，可是還不夠，我認爲我們還需要更多的人到中國來。現在法國、日本、德國都在和我們競爭在中國的利益，不努力不行啊。」康格夫人很贊成丈夫的觀點，她點燃一支菸，吸了一口道：「現在的確是千載難逢的時刻——慈禧太后剛被八國聯軍打怕了，她現在急於改變自己在洋人眼裡的形象，可中國現在既缺乏國際外交的經驗，又沒有強大的軍事實力，所以正好可以利用太后的無知和畏懼來迅速實現我們的利益，這眞讓我想到開發新大陸，這種刺激眞是很過癮。」

康格笑道：「親愛的，你是不是正在把自己想像成二十世紀的哥倫布？」康格夫人笑道：「不過我和從前的哥倫布有著根本的區別。他用的更多的是體力，而我更倚重於智慧。」康格眼睛一亮，放下那一堆東西，直視夫人，道：「我想聽聽你的智慧。」

康格夫人吸著菸，不慌不忙地轉了個圈子，擺出一個優雅的姿態坐在公使旁邊，道：「我想，用傳教士來勘探資源和傳播文化已經是各國都在使用的方式，我們應該創造一些新的手段。其實，如果能進入宮廷，或是能把我們新的科技和藝術自上而下地傳播，那我想會事半功倍。」

康格聳聳肩道：「這也不是一件容易的事，不過你的樣子很讓我動心，我喜歡野心勃勃的女人。」夫人一下子坐起來，把菸掐滅，道：「不嘗試就永遠不會成功！……我倒覺得，這個對於愛情著了魔的年輕人能夠幫助我們。」

公使眯起眼睛欠起身子道：「你是說，利用這個年輕人打入清宮大內？」夫人點點頭道：「當然，人選還不止他一個。我們著名的畫家卡爾小姐，也將利用她那枝畫筆爲我們做事。下次覲見慈禧太后的時候，我會向她提出這個建議的。」

公使頗不以爲然地搖頭道：「你是說那個畫家卡爾？恕我直言，夫人，我認爲她除了畫畫，沒有什麼其他的才華。」康格夫人意味深長地一笑，道：「畫畫就足夠了，親愛的，你還指望她幹什麼呢？」公使不大明白夫人的深意，但是他深信夫人知人善任的能力，還有夫人在美國對華總體戰略中表現出來的才華。

6

進駐李鴻章舊宅的當天晚上，德齡姊妹就發現了一隻在大宅子裡跑來跑去的宮廷獅子狗。二人愛如至寶，把小狗藏了起來，並起了個英文名字 Ghost（幽靈），帶進了宮裡，在宮中居住的頭一個夜晚，姊兒倆就忙著給小狗洗澡。

容齡把小狗從銅盆裡抱了出來，德齡趕快用毛巾一把裹住牠。旁邊的太監小蚊子想幫忙，卻被德齡謝絕道：「謝謝你，我自己可以。」小蚊子呆立在那裡，半天說不出話來。容齡問：「小蚊子，你怎麼了？」小蚊子「噗咚」一下跪了下來，道：「奴才從入宮以來，從來沒有主子謝過，這，這是折殺奴才啊！」

德齡和容齡驚訝地對視了一下，差點笑出聲來。德齡忍住笑，和顏悅色地告訴他道：「小蚊子，你起來吧，西方人道謝是很平常的禮節，無論是誰，無論是多小的事，只要別人幫助了自己，都是應該道謝的。」

小蚊子還是沒有起來，聽完德齡的話，他已經震驚了，心道：「原來洋人那裡是這樣的，對下人，竟是如此之好！可羨小順子這小子，跟著主子享了這麼多年的福！」正想著，接下來的事更讓他震驚：這姊兒倆竟然自製了一個洗澡的浴室！

姊兒倆先是對著那個淺淺的裝著熱水的銅盆發怔。然後問宮女道：「月兒，浴室在哪兒？」宮女月兒反問：「什麼是浴室？」明白了之後月兒笑道：「姑娘，宮裡所有人都是這樣洗澡的呀，擦著擦著就乾淨了。連老佛爺都是用毛巾擦，每次使四五十條毛巾哪……難道洋人不這麼著洗澡？」

姊兒倆嘆了口氣，只好將廚房用一道布簾隔成了兩半，布簾的外邊，讓太監小蚊子燒水、拉風箱，並且不時地把熱水從大鍋中舀出。月兒則負責運水，她把水倒進高懸的銅盆裡，盆底已經被鑿了幾個眼兒，熱水順勢而下。

布簾的裡邊，是享受著土製淋浴的德齡姊妹。容齡高興地甩甩頭髮道：「姊姊，你發明的大清式淋浴還不錯。」德齡邊用毛巾擦著後背邊道：「不想辦法，連Ghost也會嫌棄咱們的。不過，我想，還是讓額娘下次來的時候給我們帶兩個大浴盆來吧，不然月兒他們要累壞了。」容齡笑嘻嘻地覺著好玩，道：「我一定要寫信告訴鄧肯小姐這裡的奇異經歷。」德齡也笑道：「你還該告訴她，這裡的浴室大得可以跳舞。」

在法國時，姊妹倆是著名的「現代舞蹈之母」伊莎朵拉．鄧肯的入室弟子，每天都要跟著鄧肯練舞的，這時她們哼著曲子，邊洗澡邊跳起舞來，她們美麗的身影朦朧地映在布帘上，像一齣優美的皮影戲，將在外面侍候的月兒看得呆了。

夜裡，在大而堅硬的紅木床上，德齡輾轉反側無法入睡，她索性坐了起來，揉了揉自己被硌疼的後背。她把蓋的被子也鋪在床上，用手按了按，還是覺得很硬，她聽到套間裡容齡也在翻身，遂問道：「睡不著吧？容齡？」容齡打著哈欠走出來，一頭扎在姊姊的床上，道：「是啊，床太硬了。過去巴黎的床是那麼的舒服，我還以爲世界上的床都一樣呢。怎麼辦哪姊姊？」德齡道：「總有辦法的，咱們把所有的衣服被子都墊在下面好不好？」「好像也只有這樣了。」姊倆一通忙活，總算是睡踏實了。

次日宮中叫起，姊兒倆忙不迭地起來熨衣服，嘻嘻哈哈一通說笑，卻並不知她們把紅木床墊高的事早已被人稟報了慈禧。

晚上，姊兒倆已經換上了睡袍，德齡趴在床上用英文寫日記，容齡則在一邊逗小狗玩兒，倒也其樂融融。突然，小狗跳起來，咬住了德齡的日記本，德齡趕快抓住叱道：「Ghost，你不能這樣，這不是你該看的！」小狗固執地不鬆口，用探詢的眼光看著德齡。

容齡道：「姊姊，你怎麼改用英文寫日記了，你不是一貫喜歡用法文的嗎？」德齡的臉立刻紅了，更加使勁地拽，小狗咬得更緊了。容齡瞇瞇笑道：「姊姊只要你坦白，我就能讓牠鬆口。」

「我沒有什麼可坦白的，只是突然更喜歡英語了。」容齡做了個鬼臉，道：「是不是更喜歡說英語的人了？」德齡的臉更紅了，滿臉嬌嗔道：「你趕快讓牠鬆口，別忘了，巴黎的最後一夜你幹了什麼。」容齡一下子老實了，道：「好了，好了，還是忘了那一天吧。其實，對付牠很簡單。」容齡敏捷地翻身下床，拿了一塊牛肉乾，小狗立刻鬆了口，日記本立刻啪地落在地上。

德齡所指的「巴黎的最後一夜」，是指容齡曾經在離開巴黎的最後一天曾經企圖出逃，逃到她們的舞蹈教師伊莎朵拉．鄧肯那裡去，因爲鄧肯小姐曾經說過，容齡有很好的舞蹈天賦，將來有望做一個眞正的舞蹈藝術家。容齡的外逃當然沒有成功，德齡阻止了她，而這件事，成爲了她們姊妹之間的一個祕密。

姊兒倆如法炮製，如昨天一樣把紅木床墊高，但是這時，突然傳來了太監尖利的聲音：「老佛爺駕到！」

德齡姊妹大驚。容齡的第一個反應就是把小狗 Ghost 藏起來，藏到了浴室的澡盆裡。牠試圖跳出來，但因爲太小，扒不住盆沿，爬兩下就從盆沿上滑下來。容齡把燈關上，道了聲晚安。小狗以爲該睡了，頓時安靜下來。

慈禧與李蓮英已經走進。德齡姊妹雙雙迎上去請安道：老佛爺吉祥！李諳達吉祥！

慈禧直奔床前，拍了拍高高的床墊，微笑道：「德齡，容齡，你們說說，我疼不疼你們？」德齡忙道：「老佛爺待我們恩重如山。」慈禧笑道：「可是就有人告狀，說是你們姊兒倆不守規矩，我呢，是一百個不相信！今兒我親自過來，就是爲了堵那起子小人的嘴！打他們的嘴巴！你們是剛進宮，哪兒知道這宮中的險惡？那起子小人，可壞著哪！」

容齡以爲說的是小狗，立刻嚇得臉色蒼白，嘴唇發抖。德齡也吃了一驚，但很快便鎮靜下來，跪下道：「老佛爺，德齡、容齡從小在海外成長，雖蒙阿瑪額娘教了些宮中規矩，可到底不成器，有什麼冒犯之處，還請老佛爺明示。」容齡立即也跟著跪下。慈禧微微笑道：「起來起來，快別這麼著，也沒什麼大不了的。我就是瞧著你們這床新鮮，我也算是歷經三朝的人了，還沒見過誰這麼把床墊得跟小山似的，這，也是外國的規矩嚒？」姊兒倆這才知道說的是紅木床，頓時鬆了口氣。

德齡上前把慈禧攙扶到椅子上，輕言細語道：「回老佛爺，我們在國外睡的都是軟床，這紅木大床非常精美，可實在是太堅硬了，我們……我們不怎麼習慣。」容齡見沒什麼事兒，立即恢復了活潑潑的本性，道：「老佛爺，我在這硬床上根本睡不著。後來我和姊姊一起把所有的衣服墊在床下，這下可睡好了。可每天早晨都得早起，把睡縐的衣服重新熨平，才能出門兒。」

慈禧掀開床墊，果然是姊妹倆的衣服，不禁哈哈大笑道：「那你們姊兒倆怎麼不早說啊？不是頭一回覲見的時候我就說了，有什麼，跟我說，沒有辦不到的，今兒還幸好我親自來瞧瞧，要不然，你們的阿瑪額娘可要挑我的禮兒，說我虧待你們了呢！」德齡急忙做出一副半撒嬌半可憐的模樣兒，道：「回老佛爺，德齡、容齡不敢。」

慈禧一邊一個拉著她們的手，道：「你們呀，可眞是兩個小可憐兒。瞧著你們，就想起我初次進宮的時候，也是你們這個年紀，每天都想家。不過你們早晚會知道，在我身邊兒的人，都捨不得離開我，甭說是有身分的格格、女官，就是那些宮女子奶媽子，也是如此，都說我會調理人兒，你問問李總管，庚子年那個侍寢的宮女兒凡兒，回鑾的時候我給她說了一門婚事，都嫁出去的人了，還哭著喊著要回來呢。李總管，是不是啊？」

李蓮英急忙答道：「可不是嗎？兩位姑娘來的日子淺，還不大知道老佛爺的脾氣兒秉性兒，慢說是凡兒姑娘，凡出了這園子的，誰不想念老佛爺的恩澤？我那個妹妹李大姑娘，見天兒想老佛爺想得淌眼抹淚兒的，說是那年初次見老佛爺，她老人家就憫念她是纏足，賜座給她，連醇親王的側福晉都沒撈上座兒。我們做下人的只要不昧良心，誰不說老佛爺就是那觀音再世？……」

慈禧連嗔帶笑地把手裡的帕子甩在李蓮英的頭上，道：「猴兒崽子，偏你的話兒多！去，到庫裡給兩位姑娘拿十條上好的絲棉被來。」李蓮英答應著吩咐下去。

德齡、容齡急忙謝恩。慈禧道：「起來吧。我尋思著，你們呀，在那外邦待長了，根本沒見過我們大清國的好東西，今兒晚上睡一宿，你們就知道杭州的絲棉有多輕多暖了。……容齡啊，你給我講講，洋人的床怎麼個好法兒？」容齡馬上表演起來：「回老佛爺，外國的床都是厚厚軟軟的，使勁坐一下還會彈起來，小孩子在上面一跳就能蹦得很高的，可有意思了。」

慈禧皺皺眉頭，道：「你睡覺翻一下身可不就彈下去了？阿彌陀佛，我可不睡這樣的床。不過，既然你們習慣了，也就罷了，缺什麼就管奴才要，這兒就是你們的家，有我疼你們，看那幫奴才誰敢說個不字兒！」容齡得寸進尺，撒嬌地把腦袋靠過去，問慈禧道：「老佛爺，那我可不可以按法國人的禮節親您一下。」德齡急忙喝道：「容齡，不要胡來！」

沒想到慈禧倒是很開心的樣子，道：「德齡，你由著她，我喜歡這孩子，得，過來吧，我得知道知道法國的禮節。」

容齡在慈禧的頰上親了一下。德齡驚訝地發現，慈禧的眼睛竟然有些濕潤。

德齡不禁也走過去，在慈禧另一側頰上也輕輕地吻了一下。

德齡在海外不止一次地聽說過慈禧的專橫和古怪。可是直到這個晚上，德齡才突然感到，這個歷經三朝、三度垂簾的老太太，也是個有感情的人。也許，是權力和欲望把她變成了魔鬼。阿瑪裕庚說，她是可以改變的，但是德齡眞的不知道世界上有沒有一種力量能夠改變她，這個統治中國時間最長的女人，似乎就像中國本身一樣積重難返……

7

德齡姊妹當然不知道，就是在老佛爺向她們表示慈愛之後，李蓮英回去便在另一間房子裡作了一番例行「訊問」。

李蓮英是抽鴉片的，自然是偷著抽，如果說這位大內總管有短兒，這便是唯一可以被人抓著的短處了。李蓮英此時正歪在煙榻上，有一搭沒一搭地問一個瘦小的、腦後有著特殊辮飾的太監道：「最近兩位洋姑娘可有什麼動靜兒？」那人答道：「動靜兒倒沒什麼，只是她們有時說外國話兒奴才聽不懂。」李蓮英道：「那她們說話時神情如何啊？」那人道：「好像沒有什麼特別的。」

李蓮英把煙槍一磕，怒道：「蠢東西，白長了一對兒大眼燈！察言觀色，知道嗎！」那人道：「奴才知錯了，以後一定倍加留心，不惹李諳達生氣。」李蓮英這才緩和了口氣，道：「下去吧。把小蚊子他們叫來！」

小蚊子和小柿子進來跪下，名字叫得小，這一對小兄弟卻算是太監中個子高的，這時兩人齊聲道：「李諳達吉祥，小蚊子、小柿子給您請安了。」李蓮英道：「嗯，傻小子，跟諳達說說，你們的主子對你們如何啊？」小蚊子道：「回諳達，兩位主子還好，就是……就是……」小柿子接過話去，道：「她們常跟我們說謝謝，好多事兒也不用我們，經常自個兒幹。」

李蓮英的臉上出現了一絲笑容，道：「那賞錢呢？」小蚊子搶著道：「賞錢是常有的，給的時候也還說謝謝。嘿，眞夠逗的，我們謝還來不及呢，她們倒又給錢又道謝的。」李蓮英的臉埋在煙霧裡，看不清表情，道：「外國人都說我們當太監的是怪物，她們有沒有嫌棄你們？」小蚊子道：「沒有，倒總是挺和氣的。」李蓮英哼了一聲，道：「看來，這倆姑娘雖然是喝了些洋墨水，倒也還不難伺候。」

其實，李蓮英既不像後來外界傳說中的那麼卑瑣，更不像後輩人的影視戲劇裡那樣面目可憎。李蓮英其實是個很會做人的人，平時總是夾著尾巴陪著小心，對老佛爺，對皇上，對一切主子，他都是畢恭畢敬的，一句話，他很懂得自己的奴才身分，絕不僭越，永遠不會像前朝太監安德海那樣被人揪住小辮子。唯一的不端是嗜好抽鴉片，這可是慈禧在大內中屢屢禁止的，但他實在憋不住的時候，還得抽兩口兒，好在他在太監當中人緣兒好，還不至於被人告發。

8

裕庚家裡今天充滿了喜慶的氣氛，兩個寶貝姑娘德齡和容齡被特准回家探望一天，還沒到正式探親的日子，因為次日慈禧要在頤和園開遊園會，接見各國駐華公使的夫人小姐們，便開恩放了她們一天假，讓她們準備準備，明兒個正式上任做傳譯，也順便把她們的額娘裕太太接來一塊兒參加覲見。

一大早上外務部大臣伍廷芳就來看裕庚，自然是有事相求。伍廷芳開口就說遊園會一事，向裕庚訴苦道：「唉，老佛爺明兒要在頤和園舉行遊園會，邀各國使團的女賓賞牡丹花兒，由我領著，朝拜老佛爺和萬歲爺，可那些洋女人都只是鞠躬，可我，按規矩，得給老佛爺和萬歲爺磕頭，那些公使夫人們瞧著，豈不笑話?!這也有失大清的體面啊。」

裕庚出主意道：「此事可上奏摺給老佛爺。」伍廷芳道：「我要敢為此事上奏，就不勞您的大駕了。」裕庚苦笑道：「好，我來想辦法。」

伍廷芳急忙謝道：「多謝裕兄！……哦，不知上次老佛爺派太醫來瞧脈怎麼說？貴恙可大好了？」裕庚道：「吃了幾副藥，也未見大好，病來如山倒，病去如抽絲，且慢慢來吧。」伍廷芳道：「還望裕兄節勞省心才是。」裕庚道：「我何嘗不知道?正是這四個字做不到呢！」

伍廷芳走後，裕庚急忙把新到的日文報紙拿出來，戴上老花鏡細細地瞧。裕庚的神色一下子驚訝起來——他看到日文報紙的標題：倫敦蒙難記，署名：孫逸仙。他急急地讀著……倫敦蒙難促使我更積極地投身於我那可愛而受壓迫之祖國的進步、教育和文明事業……下面是一幅孫中山的大幅照片。照片旁邊有一小標題：宮崎寅藏談孫中山。下面的文字是……他的思想何其高尚！他的見識何其卓越！他的抱負何其遠大！而他的情感又何其懇切！……再下面的標題：「駁康有為論革命書」，署名：章炳麟。

裕庚大吃一驚，正欲往下看，忽然聽見兩個女兒的歡聲笑語。抬眼一看，裕太太已率姊妹倆走進。兩姊妹像鳥兒一樣飛進父親的懷裡，同聲說道：阿瑪吉祥！

裕庚高興地看看這個，又看看那個，開玩笑道：「兩位御前女官，我今兒得給你們上上供，讓你們在老佛爺面前為阿瑪多多美言啊！」

玩笑之後，德齡想起阿瑪的病，忙道：「阿瑪，剛才聽額娘說您的病又比先時重了?……」

裕庚急忙擺手，道：「剛見面兒，先不說這個！……說說宮裡的事兒！你們習慣了嚒？」容齡道：「我們很快就會習慣的！老佛爺對我們可好了，事事都疼我們，前兩天我們睡不慣宮裡的紅木床，她老人家就叫人拿了十條絲棉被給我們墊著……」裕庚的反應極快，立即皺起了眉頭，道：「哦？你們睡不慣宮裡的床，誰回的老佛爺？」

姊妹兩人面面相覷：「……不知道。」裕庚道：「……嗯，這就證明……實際上你們的一舉一動都有人瞧著！」德齡打了個寒噤，道：「您是說老佛爺……信不過我們？」裕庚道：「我什麼也沒說！……反正是寧可信其有，不可信其無啊！……」

此時勳齡一陣風兒似的走進，打了個千兒道：「阿瑪、額娘吉祥！」兩姊妹咯咯笑著與哥哥擁抱。勳齡裝腔作勢地退讓道：「哎哎，這可是在大清國，男女授受不親啊！……」兄妹幾個鬧了一回，容齡道：「哥，今兒天兒好，給我們照相吧！」勳齡道：「好啊，聽說你們今兒回來，我剛買的鎂粉！」容齡歡呼著，擁著哥哥跑了出去，勳齡還一路叫道：「德齡，你快著點啊，還有話對你說呢！」德齡笑著擺手，似乎想和阿瑪再說幾句話兒。裕太太見狀便道：「我去給你們準備點兒奶餑餑！容齡那孩子愛吃！」說罷到廚房去了。

德齡心裡惦著阿瑪的病，問道：「阿瑪瞧了醫生沒有？」裕庚道：「瞧了，沒什麼大用。阿瑪的病還驚動了老佛爺，她老人家專門兒派了太醫來瞧，開了幾副藥，吃了之後也沒見得怎麼著。」德齡忙道：「那爲什麼不找西醫？阿瑪在法國的時候，不是打幾針就能好嚒？」裕庚道：「現在這個情形兒，倒是不好辦了，既然老佛爺請了太醫給瞧，再去找西醫，不是太不把她老人家放在眼裡了嚒？」

德齡心裡一陣急，道：「那阿瑪的身體怎麼辦？」裕庚拍拍女兒的手臂，道：「你放心，阿瑪心裡有數，拖過了這陣子，就想法子到上海去治病，那邊兒有好西醫，有幾個過去就給我瞧過病的外國大夫。正託朋友聯繫呢。」德齡道：「那就好。聽說榮中堂也生病了，是和阿瑪一樣的病，若是你們兩個一起去呢，彼此也有個照應，也有個說話兒的人哪！」

裕庚連連搖手，道：「快別提這檔子事兒！那榮中堂，更是老佛爺跟前兒的人，他若是有點兒動靜兒，那朝廷上下還不大動干戈？驚了老佛爺的駕不說，阿瑪也休想離得開了！……來來來，你們好不容易回來一趟，就別再提病的事兒了，阿瑪倒是有個東西要給你瞧呢。」

德齡接過阿瑪遞過來的那份日文報紙，仔細地瞧著。裕庚在一旁道：「瞧瞧，外面世界的變化有多大啊！那時候康有爲是新派，可現在，人家都說他是保皇黨了！」德齡拿起那篇〈駁康有爲論革命書〉輕聲唸起來：「……康有爲在〈與南北美洲諸華商書〉一文中散布了「中國只可立憲，不可革命」的保皇謬論，說什麼中國人『公理未明，舊俗俱在』，沒有進行革命的資格，可是，公理未明，即可以革命明之，舊俗俱在，即可以革命去之！……這個章炳麟，是個什麼人啊？」裕庚道：「何止一個章炳麟?!你再瞧瞧這個！」

德齡接過另外一份日文報紙，見在一個極爲顯眼的《革命軍》的標題下，是個年輕人的照片，署名鄒容。「……自世界文明日開，而專制政體一人奄有天下之制可倒。自人智日聰明，而人人皆得有天賦之權力可享……」德齡唸起來有些吃力。又打開一本《遊學譯編》，撲面而來的是陳天華的照片。下面是《猛回頭》和《警世鐘》兩本書的宣傳手冊。

這文體好像是順口溜，德齡倒是覺著看得不辛苦，唸起來也順口兒：「……改條約，復政權，完全獨立……要學那，法蘭西，改革弊政，要學那，美利堅，離英獨立，……只要我人心不死，這中國，萬無可亡之理……」

德齡放下書報，瞧了一眼阿瑪，阿瑪那張臉沒什麼表情，依然如過去一樣萬古不變。德齡道：「阿瑪，您說老佛爺和皇上瞧得見這些東西嚒？」裕庚回答：「很難說，老佛爺派到全世界的探子也不少，按說應當知道，皇上被囚瀛台，大概是讀不到這樣的東西罷——老佛爺也絕不會告訴他！」德齡與裕庚對坐，良久無語。

那一天，太陽落山的時候，勳齡的相紙也拍完了。勳齡瞅了個空子把一封信塞給了德齡，爲了轉移容齡的視線，又沒話找話地問了她許多問題：「……噢，這麼說，你們眞的見著太后和皇上了？見著眞人了？」容齡驕傲地回答：「那當然，不是眞人，還是假人兒啊？老佛爺一點都不像外邊兒傳的那麼凶，特別慈祥……」勳齡又問：「那皇上怎麼樣？」容齡忽然有些羞澀，小聲道：「皇上不怎麼愛說話兒，但是他長得挺好看的，眞的，他瞧我的時候挺和氣的。」勳齡見小妹妹的那種神情，忍不住笑了起來。

這時裕太太道：「……老陽兒都落了，我瞧還是快點兒吃了晚飯趕緊回宮罷，明兒一早不是老佛爺還得開遊園會？如今比不得先前，如今你姊兒倆是她老人家身邊兒的傳譯，接見各國公使夫人，可不能有一星半點兒的閃失！」容齡道：「額娘，老佛爺不是也請您了嚒？」裕太太道：「是啊，吃完飯，咱娘兒仨不是還得拾掇拾掇嚒？」

當天晚上，德齡回到宮中，第一件事兒就是悄悄地打開哥哥的信箋，那是一封完全意想不到的信：「德齡，給你寫這封英文信，為的是不讓宮裡的人看懂。因為我幫你隱瞞了一個祕密——有個年輕人送了個面具給你。那個面具，我對照了一下那天的照片，正是和你跳舞的那個年輕人的，我想他正在尋找你……」德齡反覆地讀著這幾行字。夜深了，她的信紙從手裡落下，飄在浴盆的水面上。她的耳邊出現了那天晚上的舞曲，而浴盆的水面也變成了月光下波光粼粼的大海。

一九〇三年的陽春三月，大清帝國慈禧皇太后在頤和園舉辦盛大遊園會，招待各國公使和他們的夫人。光緒自然也應景兒來了。但反反覆覆只說一句話：聽皇爸爸的。慈禧聽了，瞪他一眼，卻也並沒認眞與他計較。

眼見著美國公使康格夫人和日本公使內田夫人來了，慈禧不免振作一下精神，做出神清目朗的樣子。這兩位夫人雖然比她要年輕許多，暗地裡，她卻常常要和她們較著勁，比起其他國家的公使夫人，這兩個人又不同些：康格夫人燙捲髮，長一張美麗的大嘴，一笑起來就占了半邊臉，細細瞧過去，皮膚上有一層淺粉的絨毛，眼睫毛是金黃色的，在太陽底下一眨，就像是蝴蝶的鬚子；內田夫人倒是個美人，袖珍型的，哪兒哪兒都小，但是長得很精緻，眉眼就像畫上去似的，臉塗得像石灰一樣白，慈禧看了詫異，暗道：眞是一國有一國的美女標準，這內田夫人的臉，怎麼竟像死人似的不見點子血色兒？連大清的寡婦也比她氣色好哇！剛一想到寡婦二字，心裡便彆扭了一下，好在周圍的氣氛熱鬧，也就很快過去了。

內田夫人踮著小碎步跑到慈禧面前問安，慈禧下死勁地盯了她兩眼：長相也就罷了，只那身和服讓人稀罕，是一種湖藍色的綢子，繡著白鶴，鐵劃金鉤的非常漂亮，慈禧暗忖：小鬼子們的絲綢刺繡原是從我們學了去的，現在倒會弄些新花樣兒了，這內田夫人若是懂事，也該送些絲綢繡花料子來，四格格會裁鉸，命她鉸個新樣子穿穿才好。這麼想著，口裡說道：「你們的天皇好！」旁邊皇上也立即跟著說：「你們的天皇好！」慈禧輕蔑地用眼角斜了光緒一眼，接著對康格夫人說：「你們的大總統好！」光緒立即也像應聲蟲似的來一句：「你們的大總統好！」

康格夫人很有禮貌地回答：「皇上好！老太后好！……」但是慈禧對康格夫人把自己排在皇上後邊的叫法十分不悅，心想，洋人就是沒規矩，他們都是吃生肉長大的，異邦異族，其心必異，一點兒沒錯，看來故去的老中堂以夷制夷的策略應當不錯。

接下來葡萄牙的公使夫人和小姐、比利時的公使夫人等等都排著隊魚貫而過，慈禧和光緒無非就是那兩句話，見過太后和皇上的，就到一邊領賞，一律的每人一只黃捧盒，裡面是一對盛開的牡丹花。女賓們十分喜愛這個禮物，葡萄牙的公使小姐立即就把花戴到了頭上，康格夫人更是奇怪，她竟然一片片地吃起牡丹花瓣來，容齡見了，忍不住吃吃地笑。

康格夫人對於鮮花食品有一種超前的意識，她特別愛吃花，尤其是這樣鮮嫩欲滴的牡丹，若不是想拿回去給公使看看，她真的想一氣吃光了呢。這時趁著女賓們要上遊船前的紛亂時候，還是忍不住拿出來吃了幾口，不想卻被一個美麗的女孩子在一旁看見了，還捂了帕子吃吃地笑。

康格夫人一下子就喜歡上了那女孩，她想起來，那女孩正是剛才站在中國皇帝旁邊的翻譯。她把黃捧盒蓋好，微笑著向女孩招手。女孩像隻小鳥似的飛了過來。

「你叫……什麼名字？」康格夫人用非常彆腳的漢語問。

女孩天真地歪著頭，笑，然後用熟練的英文問道：「你爲什麼不用英文問我？」康格夫人也笑了。女孩說：「My name is Rong Ling.」康格夫人歪著頭，道：「哦，容齡？非常美麗的名字。去過美國嚒？」容齡搖頭道：「我只去過日本、法國和英國。」「哦，你去的地方比我還多。」康格夫人誇張地張開美麗的大嘴笑道：「我知道了，你是駐法公使裕庚先生的女公子。聽說你還有個姊姊？」容齡笑道：「是啊。站在老太后旁邊做傳譯的就是我姊姊。」康格夫人道：「我已經猜到了。好極了，你們兩姊妹都非常美麗。」容齡忙道：「謝謝。」康格夫人轉轉眼珠道：「我很希望你們姊妹將來到我們領館作客。」容齡用英文回答道：「No problem.（沒問題）」

如果談話到此為止，那麼就真的是 no problem。可惜康格夫人並不是一個喜歡在小女孩面前白白浪費時間的人。她繼續問道：「容齡姑娘，不知道你們老太后喜歡什麼？」容齡幾乎不假思索地答道：「老佛爺喜歡聽戲，可喜歡了，能躺在御榻兒上聽上整整三天呢。」康格夫人笑道：「還喜歡什麼？譬如喜歡吃什麼？穿什麼？喜歡什麼東西？戴什麼首飾？……看著你們中國皇宮那麼富麗堂皇，真的不知道該給你們老太后和皇上送什麼禮物呢！」容齡認真地說：「夫人，我們老太后也像天下所有的女人一樣，凡是美麗的東西，她都喜歡。」

康格夫人又笑道：「孩子，你是基督徒嚒？」容齡點了點頭。「那麼好，你要以耶穌基督的名義起誓，無論我送給老太后什麼禮物，你都要保證說服老太后接受它，喜歡它，好嗎？」「天吶，夫人，你真的給了我一個艱難的任務呢！」容齡呼扇著大眼睛，咬咬嘴唇，「不過夫人，我一定會幫你的，老佛爺她……她挺喜歡我的。」

那一天的高潮是從遊湖的時候開始的。當時湖面中央是一艘巨型龍舟，一側畫舫為副船。後面跟著四隻小船：一隻炊煙嫋嫋，顯然是御膳房的船，另一隻閃亮著一只銅製茶飲，顯然是御茶坊的船；第三隻船上坐著宮廷樂伎，另外一隻小船上是宮女僕婦及太監。畫舫副船為使館女賓及各宮福晉、格格、女官們。

龍舟上，慈禧已端坐在寶座上，靠著倚枕，雙臂亦墊著軟枕。前面小桌上綠玉斗裡盛滿清茶。光緒與皇后分左右侍立，李蓮英站在船尾。小船上的下人們都在全神貫注看著李總管的手勢。

華麗的畫舫上，女賓們都在怡然地觀賞著岸邊的春色，還不時小聲地稱嘆著。宮眷們也穿上了顏色鮮明的衣服穿梭其間。

內田夫人並不甘落在康格夫人之後，她拉著容齡的手，和她坐在一處，顯出一副親熱的樣子。內田夫人道：「容齡小姐，你和德齡小姐都在日本生活過，你們的日語、英語和法語都講得那麼好，讓我十分欽佩，你們眞是我見過的最聰明的滿洲姑娘！今後還請多多關照，拜託了！」容齡心裡立刻十分受用，笑道：「內田夫人，請不要客氣。」

內田夫人道：「容齡小姐，我對中國的文化很崇拜又很好奇，特別是皇家的生活方式，這方面我還得多多地請教。請問，頤和園裡有多少人？太后的衛士都用什麼武器？伺候太后的宮女分多少等級？什麼樣的宮女才可以爲太后侍寢？……」內田夫人的問題比康格夫人還要多，眞令容齡無法招架。

在畫舫的另一側，德齡正招呼著女賓們上船。康格夫人趕快跟了上來，笑道：「德齡小姐，我想我們之間有著某些共同點。」德齡也微微一笑道：「哦，夫人，我不知道您是指哪個方面？」

康格夫人道：「我想我們都想把西方的文明儘量地傳播到這個古老的國家來，儘管有時候很不容易，但上帝會保佑我們，因爲上帝會眷顧一切善行的。」德齡心裡有些感動，道：「我很高興你說這些話，我很愛我的國家，愛促使我在這兒盡心地工作。」康格夫人突然出人意料地轉移了話題：「愛也促使著另外一個人，促使他在等待和尋找您。他是凱・懷特，這是他的禮物。」

德齡楞住了，康格夫人飛快地把一個首飾盒塞到她的手裡，德齡下意識地抓住了。

此時，宮眷們也都上了船，元大奶奶本來便注意德齡姊妹的一舉一動，此時無意中看到德齡與康格夫人在一起，她便立即閃在隔離船頭與船身的絲帘後面，側耳傾聽。

康格夫人一臉的誠懇，道：「德齡小姐，我準備請一位天才的美國畫家密斯卡爾為你們的皇太后畫一幅肖像。你看如何？」德齡沉吟片刻道：「這個……我現在眞的不知道太后的態度。」康格夫人把語調放得十分親切：「爲了對國家的愛，請幫我說服太后，畫油畫肖像是一件再小不過的事情，可是一旦她接受了，就意味著中國對西方文化的一種友好和寬容的姿態，你難道不這麼認爲嗎？當然，我並不是要和你交換什麼，你可以考慮以後再作出決定。我只希望你能感受到美國的善意——來自心底的善意。」德齡微笑著點了點頭。

這時，正中的龍船已經駛向前方。李蓮英突然用尖利的嗓子大叫著：「德齡姑娘聽旨！」德齡一驚，急忙掀開絲帘。「老佛爺口諭：宣德齡姑娘即刻上主行龍舟！」

一道簡單的懿旨令副船上的眾宮眷一片驚嘆：「這眞是天大的恩典啊！……」德齡亦怔了一下，隨即沉著地上了來接她的小船，小船將她接往龍舟。

眾宮眷在輕聲議論著。四格格天眞地感嘆道：「我分不清她們誰是英國的，誰是法國的，誰是西班牙的，聽說她們幾國的話都是不同的，可我聽起來全都一回事兒。德齡和容齡怎麼就能分辨出來呢，她們眞是太聰明了。」

元大奶奶冷笑道：「四格格，她們姊兒倆的腦筋跟咱們不一樣。你沒聽說她家的祖宅被燒的事兒？」四格格道：「聽說了，是庚子年間八國聯軍幹的事，現在他們不是在李中堂的故居裡安的家嗎？」

元大奶奶神態詭祕道：「你看她們和洋人那麼好，怎麼會燒她家的屋子？我聽說，是天火燒的，是她家犯了太多的祖宗規矩，老天發威了！」四格格睁大了眼睛，道：「天火？眞的嚒？」大公主在一旁立即瞪了元大奶奶一眼，正色道：「今兒大好的日子，誰也不許攪了老佛爺的興致！」

卻說這大公主正是恭親王的女兒，正式封號是榮壽公主，素日裡在宮眷中威信很高，爲人正直，即使是慈禧面前，她也敢犯顏直諫，那慈禧也素懼她梗直，讓她三分，見老佛爺都如此，眾宮眷誰不敬她讓她？她說了話，幾位宮眷遂不再議論。

在龍舟裡，慈禧慢慢品著茶，悠悠地問道：「德齡啊，素日裡我遊湖，宮廷樂隊總奏個曲兒，聽著心裡也敞亮些。……這西洋人喜歡聽個什麼曲子啊？」德齡道：「回老佛爺，西洋人喜歡的樂曲也是多種多樣的，譬如交響樂啊，管弦樂啊，可是在這種遊船上，卻多半是拉著手風琴，或者彈著吉他且歌且舞，隨意得很。不過依奴婢之見，既然她們是來覲見的，不如按照我們大清國的規矩奏樂，一來可揚我大清國威，二來她們也覺著新鮮！」

慈禧微笑道：「正合我意！……皇上，你瞧呢？」光緒連頭也不抬，只像素日那般答道：「一切由皇爸爸做主。」慈禧不滿地瞥了他一眼，叫道：「李蓮英！奏宮廷細樂！」李蓮英應了一聲，忙不迭地跑到船尾，向著後面的小船打手勢。

琵琶絲竹之聲幽然而起，洞簫與檀板的優美樂聲穿越其間。葡萄牙公使夫人和女兒忍不住叫了起來：「我的上帝！世間竟有這麼美的音樂！」其他的使館女賓們紛紛附和，驚歎之聲不絕於耳。容齡聽了，十分自豪。

見畫舫漸漸靠近龍舟，慈禧問道：「德齡啊，聽得見她們說什麼嗎？」德齡答道：「回老佛爺，她們都在讚歎音樂非常優美！」慈禧十分得意地微笑了。

此時，湖面萬道金光，殿宇樓閣在水中倒映，清風徐來，桅杆上的龍旗迎風飄舞。船隊漸漸向西而行。經過玉帶橋、西堤六橋划向湖心。慈禧突然叫道：「停船！」撐船的太監立即拋錨，把船定住。副船立即並在慈禧的龍舟旁邊。慈禧從寶座上起身站起，由李蓮英扶著走到船頭。

畫舫靠近龍舟的瞬間，副船上的公使夫人們參差不齊地發出祝福之聲：「祝中國皇太后健康長壽！」眾位福晉、格格、女官們按照品級站好，請安：「祝太后老佛爺萬壽無疆！」慈禧大喜道：「德齡啊，我瞧西班牙、葡萄牙公使的兩位千金甚好，傳我的話下去，單賞這倆小姑娘疆字玉如意各一柄，純金別針各一枚！……李蓮英，傳膳！」

這時副船已經後退到龍舟之後。用翹板與龍舟尾部銜接。李蓮英用一種竹製喇叭吹了三下，低低的聲音在湖面迴繞。只見那四隻小船迅速靠近龍舟。湖面上的「採蓮小船」亦迅速聚攏，連成一條長長的「鎖鍊」，一直通向碼頭，碼頭上內奏事處的、御膳房的、御茶房的、御藥房的均垂手侍立，隨時聽候吩咐。左右兩隻小船緊貼龍舟停下，用翹板連接。一隻船上菜，另一隻船接下撤的菜，眾太監各就各位，有條不紊，動作如鐘錶一般精確。樂班換了曲子，奏起一支輕鬆的樂曲。

慈禧命德齡去副船告訴大公主代她致辭，德齡應聲而去。這邊李蓮英高叫一聲：膳齊！用膳的時間馬上就要開始了，所有船上除慈禧一人之外都站立著。

此時榮壽公主致辭道：「大不列顛王國公使夫人，美利堅合眾國公使夫人，德意志共和國公使夫人，日本國公使夫人，西班牙王國公使夫人及其小姐、葡萄牙王國公使夫人及其小姐……歡迎你們接受敝國皇太后、皇上的邀請，來到頤和園參加遊園會……」德齡用流利的英語翻譯給眾位外交使團的女賓。「陽春三月，正是中國牡丹開得最盛之時，在我們中國，牡丹是花中之王，我們的皇太后把花中之王送給各位使館女賓，她老人家的意思是希望各位夫人、小姐，都永遠像這陽春三月的牡丹一樣美麗，也希望我們各國的友誼像這牡丹一樣，常開常盛……正如她老人家所說，量中華之物力，結與國之歡心……」

觥籌交錯，女賓們再次用生硬的中國話說：「祝中國皇太后健康長壽！」慈禧在龍舟中點頭示意。女賓們又說：「祝中國皇帝健康長壽！」慈禧用胳膊肘捅了一下站在一旁發呆的光緒，光緒這才如夢初醒般向女賓們示意感謝。

慈禧開始品嘗菜肴，凡嘗過的迅速撤下去，通過作爲人行道的翹板拿到別的船上。良久，慈禧才像是突然想起身旁那兩個木樁一樣呆立的人似的，朗聲道：「皇上，皇后，你們也嘗嘗！」那兩個呆木樁謝了恩，只用筷子尖夾了一點菜放進嘴裡，味同嚼臘，繼續發呆。慈禧見了，也懶得理他們。這一對呆子自少年時便很讓她操心，雖然她精心設計了多種方法，但是沒有一種方法能夠奏效。她自然對光緒不滿，但是對皇后——自己娘家的親侄女兒也並不十分喜歡。由他們去吧！她想。比較起來，似乎倒是貼身的太監更親近些，正好周太監在身邊，便命他揀兩碗菜給李蓮英送去，周太監聽命而去不提。

10

一天站下來，德齡感到腰痠背痛。容齡年輕，到底好些。姊妹間說說話兒，早已過了午夜，德齡已換了睡衣，忽然想起：「老佛爺的首飾還沒收起來呢！」又爬起來換了衣裳，急急回到東配殿，見那只翡翠蝴蝶和金釵等物仍放在紫香閣中，於是一一揀了出來，拿了鑰匙去開倉房的門，放進各個首飾匣裡，一切放好了，正要往回走，忽見一上了年紀的宮女打一盞紅燈，款款走來，笑道：「可是德齡姑娘？老佛爺正找您呢。」

慈禧正坐在窗前，一個宮女在爲她梳頭，她的頭要早晚梳兩次，年紀雖然老了，她的頭髮卻依然是烏黑的，偶爾有幾根白髮，被她發現了是一定要拔的，德齡發現老佛爺非常討厭白髮。

這是德齡頭一回到慈禧的寢宮，免不了細細看了看，只見紫檀木的雲頭床上，一律鋪黃色繡金嵌藍色雲頭的絲質床單，疊六條各色絲綢緞被，上懸繡花蚊帳，和許多作工極盡精美的香袋，床上三只繡花緞枕，兩只裝茶葉，一只裝乾花，三只枕頭髮出淡淡的幽香，顯然，慈禧是枕那只乾花枕入睡的，那只枕中間開了個三寸見方的洞，露出裡面的乾花，據說，把耳朵貼在洞邊睡，什麼細小的聲音都可聽見，這似乎也是防刺客的一招。

德齡向慈禧請了安。慈禧微笑道：「已經歇息了吧？這麼晚叫你過來，你額娘要心疼了。可我今兒跟你額娘說，德齡那孩子，我要了。不單西洋話講得好，傳譯傳得好，又守規矩，心又細，單說這脾氣秉性兒，就是萬人不能及的。你知道，這宮裡的人雖多，我身邊兒竟沒幾個靠得住的，就拿這鋪床來說，我是不讓老媽子的手沾床的，可四格格她們的想法兒總不如我的意兒，又譬如這梳頭，是一定得找梳頭劉的，眼見著梳頭劉越來越老，快不中用了，眞不知得要誰接他的班呢！……噢，你放心，我可不會要你幹這些個粗活兒，你來了，我心裡就踏實了，指揮指揮她們，我的意思，就全在裡邊了，找幹活兒的容易，會意兒的，一萬個裡頭未準能挑出一個呢！」

德齡笑道：「老佛爺看得上，是我的福分，您當我是誰，從小最是個淘氣的，三五歲上，就知道演戲哄額娘，手又粗，性子又烈，一路上額娘還擔心我呢，現在老佛爺對我這樣，她自然是歡喜的。」

慈禧聽了越發喜歡，道：「我的惡名兒，自然是早傳出去了，你自小生在外邦，洋人那裡，恐怕沒什麼人說過我的好話，我也不怕，誰人背後不說人呢，怕就怕的是身邊兒的人。大公主、四格格、元大奶奶，我哪個不疼？饒這樣，還傳是我妨了她們的好姻緣呢——奴才的嘴哪有好的?!如今見我疼你，自然心裡不平，又不知要生出多少事來！你有什麼，儘管對我說，可別受了委屈！」

說著，已有四個婦人魚貫而入，鋪床的鋪床，熏香的熏香，放夜壺的放夜壺，很快便弄妥貼。於是德齡跪安告退，臨出門前，慈禧忽然問道：「今兒個那些首飾，你可收好了？」德齡道：「回老佛爺，我已經把首飾放回倉庫裡了，不知做得對不對？」

慈禧十分歡喜：「正應當放回倉庫。可是有人指點你？」德齡道：「沒人兒告訴我，是我自己琢磨的。」

慈禧道：「我就說這幫奴才壞嘛！你做事處處遂我心願，這正是我疼你的地方兒！」德齡長舒了一口氣，暗想多虧了自己多個心眼兒。以後在大內之中，時時處處都要小心。

德齡回去的時候，妹妹早已睡熟。德齡開了燈，把康格夫人帶來的首飾盒翻了出來。盒子裡的珍珠在黑絲絨的襯托下散發著柔和的光澤，德齡把它輕輕地捧在掌心裡。裕太太在外面敲門道：「德齡，怎麼還不睡？要不要額娘進來陪你說說話兒？」德齡慌忙把燈關了，道：「額娘，我這就睡了。明兒再聊吧。」慌亂中，珍珠從她的掌心滾落到了地上。德齡驚奇地發現，滾動的珍珠在黑暗中竟然劃了一道閃亮的弧線——這是一顆夜明珠！

她把珍珠拾了起來，放在緊身胸衣裡，她聽到自己的心跳得很厲害。這是一顆眞正的夜明珠，它就這樣來到了她的身邊，如同她的愛情一般不期而至。這是愛的信物嘛？它的主人，此刻正在這個世界的什麼地方呢？她想。

第二章

1

五月端午，頤和園諧趣園的大戲台照樣要演三天戲。慈禧太后歪在御榻兒上，心情很好，邊瞧戲邊道：「德齡啊，戲可比書要有用多了，書上大多都是死道理，戲卻是活生生的，禁得住琢磨啊。所以世上很少有人對一本書百看不厭，可對一齣戲看上百遍的人有的是。」德齡道：「老佛爺說的何嘗不是？譬如西洋有個叫作莎士比亞的，是英國人，他作的四大悲劇，眞是讓人百看不厭。特別是《羅密歐與茱麗葉》……」

慈禧很注意地聽著，道：「講啊，怎麼不講了？我聽著呢。」德齡陪笑道：「奴婢不敢班門弄斧。」慈禧笑道：「宣你們姊兒倆進宮，留在我身邊兒，爲的就是多聽聽西洋的玩藝兒，有什麼新鮮的，你們不必忌諱，統統講來，也好讓我們娘兒們多開開眼！」

容齡道：「老佛爺，外國的戲可多了，有直接寫的戲，還有用小說改的戲，像《茶花女》，就是小說改的戲。可悲了，我額娘聽一回哭一回！」慈禧笑道：「喲，原來洋人也有苦戲，那我倒想聽聽！」

容齡道：「我就不愛瞧苦戲，可《茶花女》是個例外。明兒等閒了，我和姊姊給您演一齣兒瞧瞧！」慈禧笑道：「還是五姑娘孝順！我今兒還專門兒爲你點了一齣《鬧天宮》，你可愛瞧？」容齡喜得拍起手來，道：「那可是我最愛瞧的戲！多謝老佛爺！」

四格格在一邊搶著說：「老佛爺，那您說我該瞧什麼戲呢？」慈禧笑道：「你呀，也就和容齡瞧的差不多，無非還可以加一些癡男怨女的戲罷了。」四格格討了一臉臊，嬌嗔地一揚絹子：「老佛爺！」眾人都笑了。

德齡又問：「老佛爺，那滿朝的大臣該看哪一齣戲呢？」慈禧正色道：「德齡問得好，下面的這齣戲，就是給大臣們瞧的，也是給皇上瞧的。皇上，你可仔細瞧瞧，瞧我點的對不對。」光緒勉強笑道：「皇爸爸，誰都知道您最懂戲，您說的理兒，連角兒們都服氣，朕豈有不服氣的道理？」慈禧抹了他一眼：「好啊，那就一塊兒瞧瞧吧！」

原來是名角李溜子主演的《下河東》，演員在台上唱念俱佳，惟妙惟肖。台下的眾人都看得入了迷。李溜子演的奸臣歐陽方十分到位。容齡氣得銀牙緊咬道：「姊姊，這個奸臣太冷酷太狠毒了！」德齡點頭道：「是啊，他演得太生動了，眞的是一個偉大的戲劇演員。」就在這時，身旁的慈禧突然大喝一聲：「來人哪！」眾人立刻靜下來。容齡悄悄地問額娘：「老佛爺這是怎麼了？」裕太太道：「照說該是賞銀子吧？」誰都沒想到慈禧會說：「給李溜子四十杖責！」

光緒的臉立刻變得煞白，德齡姊妹也都呆了。他們眼睜睜地看著台上李溜子被扒了褲子按在那兒，木杖雨點一般地落在他的身上，他不斷掙扎，臉上的油彩已經花了。

皇后壯起膽子小聲問道：「老佛爺，他唱錯詞兒了？」慈禧哼了一聲道：「他唱得好呀，詞兒沒錯，字正腔圓的，演得太好、太像了，活脫脫一個大奸臣呀。我生平最恨的就是奸臣，狠狠地打他，正好可以警示眾位大臣，弘揚天下正氣呀。皇上，你說對不對？」光緒低聲說了一句：「皇爸爸，兒子身體不適，想先告退了。」

慈禧目光銳利地看了他一眼：「哦，身體不適？我看也沒什麼大不了，無非就是胸悶氣短吧，這是你的老毛病了。也好，你坐在這兒氣兒也順不上來，還是回去好好調理吧。」光緒忙道：「謝皇爸爸。」起身便去。貼身太監孫玉跟了出去。

慈禧又抽完了一袋水煙，小叫天兒譚鑫培才喘吁吁地趕了來，請安道：「老……老佛爺吉祥！」慈禧微笑道：「喲，你可來了！我們可都望眼欲穿了啊！」譚鑫培急忙跪下：「奴才該死，因午後才知道老佛爺駕臨，特地趕來供奉。」

慈禧笑道：「胡扯！你無非是還沒過足癮罷了！我也知道你就好這口兒，也不怪罪你！快去把衣裳換了，演一齣《盜魂鈴》給我們瞧瞧！讓郎德山給你當配角兒！」又指著德齡姊妹道：「這兩個姑娘是剛從西洋回來的，還沒瞧過你譚老闆小叫天兒的戲，你今兒可得給我好好兒的演！」譚鑫培唯唯而退。

隨著一陣開場鑼鼓，譚鑫培扮豬八戒、郎德山扮小豬粉墨登場。慈禧和著戲中板眼用手拍案，一邊極口稱讚，一邊問德齡道：「這齣戲可瞧得明白？」德齡點頭道：「瞧得明白。」慈禧道：「你們雖然明白情節，卻未必懂戲。這戲裡有兩段梆子腔兒，不但是唱著的要字字著實，就是拉弦兒敲板兒的人，也得講究五音六律，按腔合拍，方能得心應手。因此上譚老闆從來不肯隨便用配角兒，連弦師鼓板兒也是固定的，拉弦兒的叫梅大五，打板兒的叫李鎖，……對了，那郎德山扮的小豬，怎麼倒發的是羊聲兒呢？」李蓮英怔了一下，答道：「回老佛爺，那郎德山是個回民。」慈禧笑道：「如此倒怪他不得。……譚老闆今兒來晚了，罰他再唱一齣《戰太平》。」

德齡注意到，慈禧極其欣賞譚鑫培。唱《戰太平》的時候，慈禧竟要來了劇本，一句句地對著台詞兒，對了一句，便點一下頭。譚鑫培在台上一板一眼地唱著，背後的戲服已然濕透。慈禧的指套沿著劇本上的台詞一步步地移動。就要唱到「大將難免陣頭亡」的時候，慈禧突然抬起頭來盯著譚鑫培。譚老闆心裡猛一激靈，只好在台上轉了個身，將戲詞改成「大將臨陣也風光。」

慈禧大喝一聲道：「停！」譚老闆僵在了台上，其他的人都嚇住了，容齡又捂住了眼睛。慈禧道：「譚鑫培！」譚鑫培立刻跪在了台上，答道：「奴才在！」

慈禧微微一笑：「小叫天兒，你的詞兒改得好呀，賞銀二百兩！」譚老闆冷汗淋漓地磕起頭來：「謝老佛爺恩典！」

眾人這才都鬆了一口氣，台上又繼續唱開了。

慈禧掃了眾人一眼，朗聲道：「我平生最愛瞧戲，古往今來的是非成敗，人世間的離合悲歡，都在戲裡頭了！只是演戲的優伶，必須唱唸做打，般般考究，色色齊全才是。過去的梨園名角兒要首推程長庚，他說是唱老生的，其實各種角色都擅長，做三慶部班長的時候，他與演青衣的喜祿有點口角，後來上演青衣戲，喜祿托病不肯登台，程長庚就自己扮青衣，一點兒不比喜祿差！他的名氣也就傳開了！他過世之後就是小叫天兒譚鑫培了，他的唱工能把牙音、齒音、喉音分得清楚，又能將平、上、去、入四聲，字字咬清，妙在純樸自然，絕不牽強，昂首一鳴，聲入雲際，扼喉一控，萬斛俱來，可高可低，可抑可揚，可急可緩，可窄可寬，這才是進退自如，達到高妙境界了呢！」

眾人早已三魂嚇跑了七竅，只有點頭稱是的份兒，哪還敢說什麼?!德齡暗想，看這樣的戲，與其說是在看當紅名角兒，還不如說是在看慈禧太后的表演。她老人家才是最好的最出人意料的演員呢。

容齡始終覺著皇后叫人摸不透。容齡自幼在法國長大，又喜愛音樂舞蹈，性情活潑好動，喜怒哀樂，全在臉上。皇后似乎恰恰相反，容齡進宮前後也有五六個月，就沒見過皇后主子洩露過眞性情。後來熟了，皇后也說：「都知道我是老佛爺的內侄女兒，桂祥公的女兒，可哪兒知道自打入宮以來，連父母面前說句話兒的時候也沒有。阿瑪有在老佛爺跟前兒值班的時候，不過就是他看著我，我看著他，連一句話也沒有。」皇后說起這些的時候並不帶著任何感情，看上去也不傷心，可讓容齡聽著落淚。

容齡想，要是離了阿瑪和額娘，嫁到一個不得見人的地方去，就是死，她也不會幹的。譬如皇后，雖名爲六宮之首，母儀天下，可是一點樂趣也沒有。平常看她，就好念書，又不做女紅，連水煙也不會抽，只抽一點廉價的紙菸。政治上沒她說話的份兒，她不過就是個上傳下達的女官而已。每逢年節大典，不過是禮部把禮單送到內務府，內務府送到宮裡來，再由皇后傳話給大家，多少年了，沒什麼大錯兒，也就罷了。至於說到女紅，皇后竟是眞的不通。容齡會鉤一種西洋的花邊，有一回叫慈禧瞧見了，喜歡得了不得，叫皇后率後宮跟著學，學了兩個多月，連瑾妃都會了，皇后還是不會，到了兒也沒學成。

這會子瞧著戲，容齡瞧皇后也是毫無表情的樣子。只有慈禧一人坐著，其餘都站著。後來皇后過來小聲說：「這是你們頭一回來宮裡聽戲，還不快謝老佛爺賞。」裕太太便領著兩個姑娘叩頭謝賞。那天後來演的是《鬧天宮》，孫猴子一翻跟頭容齡就想笑，裕太太便瞪她。宮裡規矩：姑娘是不准大笑的。偏容齡天生愛笑，只好躲在姊姊後頭，偷偷地笑。德齡倒是很端莊，該笑的時候抿一抿嘴，並不認眞笑出來。

容齡到底是小孩子的心性兒，待不住的，眼錯不見就溜了出去。走出大戲台，在御花園裡溜溜躂躂的，可巧兒撞上一個人，嚇了容齡一跳，再細瞧瞧，那人不是皇上，又是哪個？唬得容齡急忙上前請安。慶王的側福晉親自教她們姊妹，普通請安，請雙腿安，叩大頭，三跪九叩，六肅禮……容齡這時想不起該請什麼安了，她想，禮還是行重點兒好，沒大錯兒，禮多人不怪嘛，於是便噗咚跪下，叩了個大頭，倒把光緒給逗笑了。

光緒急忙叫她起來，笑道：「你這算什麼？又不是年又不是節的，叩大頭幹嘛？原本那些禮節，是做給他們瞧的，外邊碰上了，這會子又沒人，一般的請個安也就罷了。還想問問你，法國請安的禮兒是什麼樣的呢！」容齡起身，這才看見光緒身邊只有一個貼身太監，大夥兒叫他孫公公的。容齡一笑，便開始表演法國、英國和德國的請安，光緒看了，笑道：「還是英國的禮兒好看些——反正都比磕頭漂亮！」容齡和孫公公都笑起來。

光緒道：「朕賜你一名如何？」容齡笑道：「那敢情好！」光緒道：「朕御賜你名爲小淘氣兒！」容齡笑著道個萬福：「謝皇上賞名字！」光緒又道：「小淘氣兒，跟你說正經的，你能不能做我的英語教師啊？」

容齡小嘴一努道：「罷咧，萬歲爺的話奴才自然不敢不聽，可是，要說教英語，奴才給您推薦一人，比奴才要好上十倍呢！」光緒忙問：「誰？」容齡道：「奴才的姊姊，德齡。」

光緒笑道：「我當你說誰！德齡姑娘，自然也是好的，只是似乎老佛爺那裡更離不開些——」

容齡搶著說：「難道我那裡是離得開的？昨兒老佛爺還要我給她跳西洋舞呢！萬歲爺，不是奴才誇口，只怕你若讓奴才教習音樂舞蹈，奴才還稱職些兒。」

光緒的笑容似乎一下子冷淡了：「唔，音樂舞蹈，朕倒不需要教習。」一旁孫太監笑道：「容姑娘，不是奴才多嘴，憑他是哪個國家回來的，走了多少地方兒，若論這音樂的底子，誰也不及咱萬歲爺一半呢！」

容齡喜道：「真的呀，明兒倒要好好討教討教！」光緒道：「我也不過是喜歡而已。」說罷，再不說話，只命孫太監：「走吧，回瀛台。」容齡道：「奴才也想和萬歲爺一起去瀛台瞧瞧。」光緒大大地吃了一驚，半天說不出話來。

孫太監忙說：「五姑娘快別說小孩子話了！那瀛台可不是您去的地兒！」說罷，君臣二人匆匆而去。容齡呆呆地站在原處，拈起一朵花，細細地想。頤樂殿那邊早走過來一個宮女，見了容齡，笑喊道：「姑娘在這兒！讓我好找！老佛爺傳膳，不見了姑娘，正著急呢！」遂拉著容齡的手，匆匆穿過迴廊，容齡心裡卻仍想著剛才的事，忽然覺著自己很蠢。「怪道額娘說我小事兒聰明大事糊塗，原是這樣，並沒冤枉我。」她想。

3

卻說頤樂殿這邊已經擺好了御膳。德齡悄悄數了數，竟有一百二十碗菜。全都放在繪著藍色龍紋圖案的黃捧盒裡，再一碗碗拿出來，全部是黃龍蓋碗，中間一大碗清湯魚翅，兩邊分別是慈禧最愛吃的脆炸響鈴和清燉肥鴨，還有櫻桃肉和鴿子鬆。在滿宮裡，是不准吃牛肉的，因爲牛是滿洲的神靈。

德齡驚奇地發現，老佛爺的胃口好得驚人，餐前她們剛剛已經吃了四五十種甜食，可這會子她老人家一人坐在那兒，左嘗一道菜，右嘗一道菜，邊吃還邊說話，所有的人都只能站在那兒，看著她吃。等她吃夠了，才能「克食」。

對於德、容二位姑娘，她老人家格外開恩，讓她們陪著吃一些，當然，不能坐著。又叫太監端來一盤四只白玉杯子，兩只放在兩位姑娘面前，另兩只裡面裝著玫瑰花和金銀花，都是風乾了的，依舊很香，親手用沒戴指甲套的手拈了朵金銀花放在裡面，德齡嘗了一口，覺得香氣撲鼻，好喝得很。與妹妹對視一眼，見容齡也甚愜意的樣子。遂讚道：「老佛爺，這是什麼茶，這麼好喝？」

慈禧笑道：「我的東西，一根草兒也是好的？這不過是園子裡長的金銀花，風乾了，就有股香氣罷了。講究採的時候，要卯時的露水，那香氣才能陰乾在裡面。原不値什麼的，你們喜歡，叫他們封幾包拿去就是了。」

慈禧吃罷，接著看戲，皇后便招呼大家到頤樂殿吃飯，仍是站著，幾十人吃飯不出一點聲。空著的那張椅子自然是慈禧的御座了，上等紫檀，上面鑲滿了翡翠寶石，上連華蓋，這樣的椅子在宮裡各處都有，都是爲慈禧準備的。德齡很快就發現慈禧是個美食家，不論在哪兒，高興了就要坐下來用餐，所以慈禧出遊的時候，常帶著個流動的御膳房。但是讓德齡奇怪的是，老佛爺怎麼吃也吃不胖。七十歲的人了，走路像風一樣。德齡當時眞的相信老佛爺萬壽無疆。

容齡就跟姊姊說皇上的事兒。德齡嗔道：「傻丫頭！眞是哪壺不開提拎哪壺！他那瀛台本是軟禁他的地方，哪兒就能讓你去了？難道阿瑪沒跟你說過，戊戌變法之後，老佛爺就算是恨透了皇上，連珍主子也連帶恨上了，庚子年不是給賜死了麼？宮裡這麼複雜，你連起碼的關係也弄不明白，豈不是找死？」

容齡不以爲然道：「依我看，也沒什麼大不了的。小孩子家，知道得少些倒是好，忘了額娘說的了？知深水魚者不祥啊。」德齡笑道：「那哪是額娘說的？不過是古人的話罷了。」

4

容齡萬沒想到康格夫人送的是這麼一件奇怪的禮物。幾天之後，一位美國女畫家卡爾背著畫夾子，走進了清宮大內。

對於這件事，慈禧本來一百個不願意。「死人才畫像呢！」慈禧撇著嘴、拉著臉，反反覆覆地說這一句話。

德齡姊妹相視而笑，德齡扶著老太后，緩緩地說道：「老佛爺，西洋人的規矩，是給活人畫像，不怕您老人家笑話，我們姊兒倆在法國都畫過像呢，只沒帶進宮裡來，阿瑪額娘也都有畫像。您是咱們滿洲人的皇太后，哪能連張西洋的畫像都沒有呢？西洋人哪，最講究給名人畫像了，英國的維多利亞女王，有上百張畫像呢……」

容齡也在一旁敲邊鼓：「是啊老佛爺，西洋的畫像可漂亮啦，就說您老人家這衣褶吧，她能畫得一根一根，比眞的還像眞的呢，您戴的這耳墜子，這手鐲戒子，這鳳冠金釵，亮光都能畫出來呢！……」慈禧漸漸有些心動，嘆道；「唉，恭敬不如從命，既然他們的康格夫人一片好心，我也就盛情難卻了。只是醜話說在前頭，若是畫得不好，我是要趕了她走的。」德齡姊妹急忙諾諾連聲。

就這樣，在二十世紀初的一個春天黃昏，一位其貌不揚但確實赫赫有名的美國女畫家卡爾，開始了她一生中也許最爲重要、最爲另類也最爲難忘的一段經歷。

在卡爾眼裡，這位滿臉皺紋的中國老太婆沒什麼可怕的，在中國，她也許是權力的象徵，可在她——一個美國女畫家眼裡，也跟一個普通的老太太沒什麼兩樣。唯一不同的，是她身上戴著的那些價値連城的首飾。那些首飾太奇妙了，即使卡爾是個不大講究的人，也忍不住在畫像的時候盯著那些首飾看。

慈禧從一開始就不喜歡卡爾，這個女人違反了她的一切審美要求：她喜歡皮膚細膩白皙，這女人的皮膚卻粗糙得很，毛孔清晰可見，還發紅，脖子上的那些粗皮，簡直就像火雞的皮！她喜歡櫻桃小口，這女人卻長了一個血盆大口，還滿口獠牙；她喜歡線條精緻的鼻子，這女人的鼻子卻大得嚇人，就像用粗麵捏起來的似的，還有，當然她喜歡精巧的胸部和玲瓏的小腳，這女人一對大奶在衣服裡晃晃蕩蕩，兩隻大腳比中國的腳夫還要大，慈禧在心裡暗暗冷笑：「難怪說她是個老姑娘，這樣的女人怎麼嫁得出去！」

但是在德齡姊妹眼中，卡爾卻是個極其可愛的女人，她一派天然，一點兒也不懂得裝腔作勢，她學識淵博，精通三國語言，走南闖北的去過很多地方，她有幽默感，說話很有趣，最重要的是她的畫畫得很好，讓人欽佩……卡爾和姊妹倆很快就熟絡了，她也非常喜歡這一對美麗的中國姊妹，她把自己的得意之作送給她們，一點兒也不吝嗇，當然她也常常得到她們的幫助，尤其是在她和老太后發生齟齬的時候。

差不多每天的黃昏時分，慈禧用過晚膳、到御犬房去看過御犬，並且同愛犬散過步之後，就換上一身華貴的行頭，在東大殿的紫檀木椅上一坐，屆時李蓮英已然親自打開了所有的燈，美國老姑娘卡爾小姐就坐在老太后的對面，開始她的工作。一般是半個小時，慈禧便伸一伸手，說道：「我也乏了，讓姑娘們代坐吧。」就由宮女們侍候著脫下外衣，起身揚長而去。這時德齡就穿上那外衣，按照卡爾小姐的要求繼續坐著，直到結束。

慈禧很少跟卡爾說話，偶爾高興也不過說個一句半句的，但常常是話不投機半句多。這天慈禧遊了湖回來，本來是高興的，順口問了一句卡爾道：「你是屬什麼的？」誰知卡爾小姐半天反應不過來，良久才答道：「我是……是獅子座。」「什麼？你是屬獅子的？沒聽說過。」

德齡笑道：「老佛爺，西洋人不講生肖屬相，他們只講星座的，很多西洋人都信占星術。」慈禧問道：「占星術？可類似我們的紫微斗數？」德齡忙道：「是。」慈禧笑道：「哼，可見他們沒有的我們有，他們有的我們也有。還是我們滿洲偉大啊……」

「老佛爺說的是。」德齡嘴上這麼說，心裡卻想，他們有的我們沒有的多的是，像他們的鐘錶，他們的照相機……於是盤算著怎麼讓二哥勳齡給老佛爺照張相，也好讓她老人家了解一下西洋的照相術……

慈禧突然噗哧一笑，道：「哼，我看她倒眞像個屬獅子的，蘇軾詩曰：『忽聞河東獅子吼，拄杖落手心茫然』。河東獅吼就成了悍婦的名兒。這位卡爾小姐幸好沒結婚，若眞是結婚了，她那位丈夫可夠可憐的了！」說罷又笑。

德齡見卡爾一臉困惑，遂笑著翻譯道：「卡爾小姐，我們老太后問的是你的生肖屬相，是我們中國特有的計算生辰的方法，你回答的是西方的星座，所以你們說的不是一回事。」卡爾疑道：「那麼太后爲什麼要笑？」德齡忙道：「太后笑是因爲我告訴了她老人家，這兩者之間的區別。」

「原來如此。」心地簡單的卡爾立即來了熱情，「那麼太后是幾月生的？我可以爲她老人家推算出生辰星位。」德齡立即回身，把卡爾的意思對慈禧說了，慈禧聽了覺得有趣，說：「我們中國人都是按古曆算的生日，哪兒就和他們一樣了？我的生日你是知道的，古曆十月初十，讓她算去吧！」

那天晚上卡爾和德齡算了很久，最後卡爾猶猶豫豫地說：「老太后好像是天蠍座嘛。」慈禧呵呵冷笑道：「原來我是屬蠍子的！得了，鬧也鬧夠了，我也乏了。德齡，送我回寢宮。」

德齡侍奉慈禧安睡之後，又返回東大殿，爲慈禧代坐，這時容齡也過來了，對德齡道：「今兒皇后主子高興，跟我多說了幾句話。」德齡笑道：「難得。前兩天老佛爺還說，皇后老實，是個沒嘴的葫蘆呢。」

容齡道：「那老佛爺可錯了，皇后主子知道的可多了，知道咱們走的地方兒多，問的可細緻了。」又看卡爾畫畫，說：「早晚我也要學學畫兒，咱們阿瑪額娘讓咱們學了音樂舞蹈，唯獨沒學畫畫，姊姊你想學嗎？」德齡道：「怎麼不想？也沒什麼難的。」

卡爾聽了笑道：「你們若學，我可是要收學費的。」容齡笑道：「那有什麼？打進老佛爺的賞金裡罷了。」三個人說說笑笑的，子夜時分收了攤兒。回寢宮的時候，意外地看見李蓮英竟一直在門口站著，門口的燈光暗淡，李蓮英的臉埋在黑影裡，顯得很可怕。

德齡心裡一凜：大總管原來一直在這兒！這是對我們的特殊恩典呢？還是對我們不放心呢？這麼想著，臉上早已堆下笑來，招呼道：「李總管還沒歇息呢？太勞累了此兒！」

「瞧姑娘說的，奴才侍候主子，乃天經地義之事，何累之有？姑娘們走好！卡爾小姐走好！」李蓮英彎腰打著燈籠，一直將她們送回寢宮。

5

德齡的懷疑沒有錯，李蓮英大總管確實身負著特殊的使命。從卡爾進宮的那一刻起，慈禧壓根兒就沒眞正放心過。卡爾進宮的第二天，慈禧就命德齡把她們姊妹的畫像從家裡拿來瞧。

德齡的畫像是一位法國著名畫師畫的。畫面上的德齡和容齡，穿路易十五式的晚禮服，袒胸露臂。慈禧看得一會兒笑，一會兒又皺起眉頭，道：「西洋畫果然是好的，只是，你們怎麼能穿這種衣裳?!」容齡搶著說：「這是普通西洋女人穿的晚禮服呀。聚餐、舞會、見客的時候都可以穿的。」

「可眞是不成話了！」慈禧用一隻袖子擋住臉，「我們滿洲的女人，在男人面前，可是連手腕都不能露的！這可倒好，穿這樣兒的衣裳，奶子都露出來了，難道你們就不臊得慌？西洋人也太野蠻了，哪有我們中國人文明？皇上一天到晚想要革新，學西洋，若都是這樣，那我看還是守舊好！你們說是不是？」姊妹倆看老太后要動眞的，只好齊齊答道：「是。」

慈禧這才長吁一口氣，道：「西洋的東西，自然也有好的，像他們的機器，我們是比不上，可是要按照文明的程度，我們中國可是世界第一！他們有什麼好？前次他們拿了本什麼維多利亞女王傳給我看，依我看哪，這位女王還不及我的一半呢！……西洋女人，就是再漂亮的也不如我們滿洲女人，看看她們那大腳片子，那大鞋跟船似的！皮膚白是白，可臉上一層兒的白毛兒！毛都沒褪淨呢，那是野蠻人！……這不，明兒個外務部又安排了我和俄國大使夫人見面兒，還眞的不知道是什麼人物兒呢，上回遊園會，她好像沒來。」

德齡道：「大概就是因爲沒來，特特的想見老佛爺一面兒。」

慈禧皺眉道：「我是最煩見洋人的，尤其是這種單獨的覲見，我還就怕他們這些人臨時出點兒什麼妖蛾子！反正他們有千言萬語，我有一定之規，就說，得商量之後再做答覆，就是了。德齡容齡，到時候，你們可得在我身邊兒，啊！對了，你們懂不懂俄文哪？」德齡答道：「我們不懂俄文，但是懂法文，俄國的上等人都懂得法文的。」

慈禧微微一笑道：「德齡啊，你可眞是個誠實的姑娘，你完全可以說你懂俄文嘛，反正我什麼都不懂！」德齡笑道：「那怎麼行？從小阿瑪額娘就教我們要忠君愛國，哪能欺騙老佛爺呢?!」慈禧大喜，立即命人拿來四匹宮緞兩只錦盒，賞給德齡姊妹，打開一看，德齡的那只錦盒裡是一只碧綠欲滴的翡翠鐲子，容齡那只錦盒裡是一支珍珠頭釵，都極盡精美。姊妹二人大喜，跪下謝賞不提。

第二天，果然俄國大使夫人勃蘭康夫人來了。慈禧命裕太太帶著德齡姊妹換上最漂亮的西洋時裝上朝。因爲宮中沒有地毯，德齡姊妹平時不大敢穿正式的長裙。今兒既然老佛爺說了，少不得穿上巴黎的曳地長裙，裕太太是灰色底子上繡黑色芙蓉花，姊姊是水紅底子繡米色百合花邊，妹妹是淡青底子繡鵝黃玫瑰花邊，三個人一進殿，慈禧就是一聲驚嘆：「哎喲，李蓮英你瞧瞧，這可不是三個仙女來了麼?」接著看到長長的裙襬哈哈大笑：「三個長尾巴兒的仙女兒！」

大約十一點來鐘，勃蘭康夫人駕到。慈禧和光緒在仁壽殿接見了她。慈禧親自致辭，長而優美，德齡逐句譯成法文，十分流暢。容齡站在光緒身邊，譯的內容比較少，就難免心有旁騖：她注意到皇后主子一直在屏風後面，很認眞地聽著，心裡奇怪爲什麼中國的規矩是這樣兒的，過去在國外，皇后是可以和皇上一起接見使臣的呀，皇后主子就那麼規規矩矩站在那兒，一動也不動，一站就站上那麼幾個鐘頭。這幾個鐘頭下來，連她——容齡這麼年輕的女孩子也受不了哇。正想著，聽見光緒終於說出一句話：「問你們的沙皇陛下好！」容齡急忙譯了，知道覲見已經差不多結束。

那天的餐桌食具擺放得格外漂亮，椅子都是雕花的龍椅，每人面前兩只銀盤，一只荷葉形一只桃子形，上面擺放著杏仁瓜子，還有銀製的酒杯和刀叉。桌布是手工刺繡的，沒繡一般的龍鳳，而是繡的西洋的圖案。

宴會開始，慈禧皇上在內，皇后領著眾位宮眷在外，容齡和姊姊坐在一起，姊兒倆發現今兒的菜肴格外精美，燕窩魚翅也上了。滿人的規矩，每人一份，這規矩倒有些像西方。吃了不到一半，那邊太監叫上了，說是老佛爺單叫德齡一個人過去。

德齡遠遠的便看見慈禧笑容滿面。德齡走近，慈禧竟執了她的手，笑道：「我的兒！難為你年紀輕輕的，這麼會傳話兒！你傳的可真好！那些個什麼英文法文可是怎麼學的，明兒個也教教我！」德齡急忙跪下道：「老佛爺可折殺我了！」

慈禧大笑，親手扶起德齡道：「我的兒，我要你一輩子跟著我，等再過兩年，我親自給你指婚！」德齡謝了恩，仍回到原座，心裡撲撲跳著，所有人都用羨慕的眼光望著她——老佛爺當眾要給她指婚，這起碼是郡主的待遇，何等的風光啊！可是德齡卻被慈禧最後的那句話打中了，心裡忐忑不安。

最了解女兒的自然是裕太太，回去之後，待容齡睡下，裕太太命僕婦沏了茶，和德齡一起在小客廳裡閒坐。小客廳是西洋式樣，有個小壁爐，壁爐上擺著精美的瓷器。德齡只喝了一小杯茶，便有些撒嬌地偎在了母親的懷裡，道：「額娘，今兒個老佛爺說的那事，要是真的可怎麼辦?!」

裕太太笑道：「要是真的，額娘親手給你繡鳳冠霞帔，打發你出閣。」德齡頓時滿臉嬌嗔：

「額娘，人家是認眞的，你倒好，拿著人家說笑兒。」

裕太太摟了她，不住地摩挲她的頭髮，嘆道：「我的兒！額娘就你們兩個女兒，雖說有你哥哥，到底不在身邊，你們兩個就像我的一對眼珠子一樣，我豈有把眼珠子挖了送人的道理？老佛爺不過一時興起說笑罷了，正經的公主格格還操心不過來呢，還能有心思管外姓旁人？」

德齡聽了，半晌說道：「這話也就罷了，若是她眞的有心管呢？」

裕太太道：「若是不如意，看不上眼，直言相告就是了。都說老佛爺狠，我看她也是分對誰。再者說，你現在還小呢，要提親也還有兩年，著什麼急！」德齡聽罷想了一想，笑道：「額娘說話可要算數！」

裕太太道：「額娘說話何時不算數了？若是額娘說話不算數，你還可以找你的阿瑪。」德齡道：「正是呢，阿瑪這些日子，也不知道身體好些沒有？」裕太太嘆道：「要說你阿瑪這病，也不是一天兩天的了，哪兒就能好得了？少不得要多陪陪他。既然老佛爺抬舉你們，你們姊兒倆儘管在宮裡住著，你阿瑪這裡有我呢。」母女兩個說著話兒，不覺已交四更了，這才沐浴更衣，上床歇息不提。

次日清晨，早有太監來請，說是老佛爺已然醒了，立等德容二位姑娘去呢。德容二人聽了，急忙簡單梳洗了一下，隨太監去了宮裡。

那位太監姓胡，很愛說話，一路上說個沒完。指著面湖的兩座大殿道：這便是皇上皇后的殿，這兩座殿原是通的，後來老佛爺旨意，把路給堵了，皇后主子若到萬歲爺那兒，還得打從老佛爺門兒過。容齡嘴快，道：「這倒奇了。這又是爲什麼？」胡太監道：「姑娘不知道，這宮裡比這奇怪的事兒還多著呢，只怕姑娘們將來遇見些千奇百怪的事兒，也未可知。」

正說著，已到了湖畔。只見一輪紅日正映在湖心上，湖面紅光一片，分外妖嬈。容齡看得入了迷，不禁說道：「姊姊你瞧，這兒可比塞納河的景色更美呢。」德齡道：「是啊，今兒索性奏明了老佛爺，若是她老人家許可呢，就把哥哥召到宮裡來，讓他給我們拍照，你看可好？」容齡拍手道：「還是姊姊的主意好！」正說著，早有一個小太監走上前來打千兒，道：「德容二位姑娘，老佛爺催請呢！」德齡容齡聽罷，急忙緊趕了幾步，慈禧寢宮已是到了。

慈禧顯然是剛剛起床，身穿一件淺粉純絲睡衣，個子似乎矮了許多——原來是穿平底鞋的緣故。那一雙平底繡花拖鞋，精工巧製，用金銀線鉤了彩繡的的鳳，鳳頭微微翹起，一步一顫。

兩位姑娘上前行了禮，慈禧笑道：「姑娘們可都用過早膳了？」容齡道：「用過了。」慈禧道：「就把這兒當成自個兒的家，凡是吃的用的，有什麼要的，就跟他們說。」姊妹倆謝過了慈禧，容齡便隨著一老宮女到偏殿去教習舞蹈，德齡候在那裡，看見慈禧的床上那些繡得非常美麗的枕頭，十分喜歡。

慈禧看在眼裡，笑道：「可是看我的枕頭奇怪呢，德齡姑娘，你瞧瞧，我這個枕頭上有個孔，我睡在這個枕頭上，遠遠的聲音就都能聽得見，要是有什麼刺客想暗殺我呀，他還沒走近呢，我這兒可就有動靜了！」德齡聽了，不免笑道：「憑他哪個大膽毛賊，哪敢動老佛爺的念頭！」

慈禧斂了笑容，正色道：「你可甭這麼著說，那大膽的毛賊還是大有人在，就連我自己的兒子，不也有過不軌的念頭嗎？你們雖說出洋，可戊戌年的事兒難道就不知道？」德齡注意到，慈禧說到戊戌年三個字，臉上的肉都一跳一跳的，可以稱得上是咬牙切齒。

德齡急忙道：「奴婢那時還小，倒是聽阿瑪說起過，總也沒弄清的。」慈禧掰開手指算了一算：「可不是！這轉眼都過去六年了嚒？你今年十七歲，那時候才十一，按漢人的說法兒，還沒及笄呢，哪能記得這等事！……行了，以後等閒了，咱娘倆再慢慢地聊。你既是吃過飯了，就去把我那個包銅花的首飾匣子打開，給我把那套綠玉蝴蝶和紫水晶的披風給拿出來。待會兒咱們娘兒幾個遊湖去！」德齡答應著，正往外走呢，聽見慈禧一疊連聲兒地喊周太監。

周太監匆匆走進來，只聽慈禧一聲斷喝，唬得德齡也站住了腳兒。德齡遠遠地看見慈禧好像轉瞬之間變了一副臉，滿臉的皺紋都堆積起來。周太監則一下子跪倒在地，用尖利而顫抖的聲音說：「老……老佛爺喚奴才何事？」慈禧一臉盛怒：「何事？我都不知道是何事！我問你，那日遊園會，我讓你給李蓮英送的兩碗菜，你給送哪兒去了?!」周太監一聽這話，就全身哆嗦起來，話也越發說得不俐落了：「老……老佛爺……奴才已然把……把菜給……給李總管送去了！」慈禧「啪」的把桌子一拍，道：「你還敢說謊！張六兒呢，給我把張六兒給找來！」

張六兒像個地老鼠似的出溜進來，跪在地上打個千兒。見慈禧滿臉怒容地問：「張六兒，遊園會那日是哪個公公打發你給李總管送菜呀？」張六兒看看站在一邊兒面如土色的周太監，只有哆嗦的份兒，哪兒還敢說半個字兒。慈禧怒道：「猴兒崽子，我問你話呢！」張六兒只好橫下心指一指周太監道：「是……是周公公……」慈禧回身朝著周太監便是一個大嘴巴：「我把你們這些眼裡沒主子的奴才！……」周太監跪倒在地，口裡叫道：「老佛爺打得好！打得好！」

慈禧道：「我問你，我讓你給李總管送菜，你爲何支使他?!難道你身子那麼矜貴，我就支使不動了?」周太監磕頭如搗蒜：「奴才不敢，……那日晚上，那雨下得太大，……奴才又有點兒頭疼腦熱的……奴才就……」

德齡若不是親眼看見，根本就不相信平素對她們那麼慈祥的慈禧，竟然下了御座兒，照著周太監頭上便是一腳，喝道：「拉下去，給我打四十廷杖！你不是怕淋雨嚒？明兒每逢下雨的時候，你們就拉周太監在雨地裡站站，讓他別忘了今兒個的事兒！」

德齡回到自己的下處心裡仍在怦怦地跳，她想起關於珍妃的陳年傳說，心想，那必是眞的了，難怪皇上見了老佛爺跟避貓兒鼠似的呢。

6

不知道是因爲什麼，自打接見勃蘭康夫人之後，慈禧便決定給德容兩位姑娘換裝了。她悄悄地叫來大公主，商量給兩位姑娘易裝之事，輕蔑地哼一聲道：「她們洋人知道什麼！滿洲的衣裳才是世界上最漂亮的衣裳！」

易裝那天，慈禧鄭重其事地把兩位姑娘喚來，指著一摞美麗的新製旗裝道：「洋裝我已經看膩了，就那麼回事兒！你們的裙撐子那麼大，腰勒得那麼細，跟壓腰葫蘆似的，寒磣死了！」眾宮眷都笑了起來，德齡姊妹也忍不住笑了。德齡想，怨不得人家說老佛爺慣於翻手爲雲覆手爲雨，前些日子還誇洋裝漂亮呢，曾幾何時啊，就把洋裝貶得一無是處。

不過正是年輕姑娘的心性兒，什麼都當作好玩罷了。兩個姑娘換上旗裝，自個兒也覺著新奇。她們打量著鏡中的自己，覺著又新鮮又有趣。裕太太在一旁竟抹起淚來，道：「你們倆，從兩歲以後就沒有穿過旗裝，一轉眼，都成了大人了，日子過得眞快呀。」

兩位姑娘索性痛痛快快地打扮起來：在頭髮上抹上頭油、擦掉口紅，重新塗成下唇只有一點紅的滿洲形狀、髮型梳成兩把兒頭，再配上頭飾……

當她們走出宮門的時候，一下子就被眾宮眷們圍起來了。一向不大說話的瑾妃喜道：「太水靈了！這麼著好，覺得跟你們就不生分了。」四格格道：「德齡，沒想到你們的頭髮弄直以後有那麼長呀！」皇后輕輕點頭，淡淡笑道：「老佛爺眞會調理人兒。」大公主也笑道：「依我瞧，還是咱們旗裝好，你們穿著，越發地端莊，越發地華貴了。洋裝怎麼說都太素，比不得旗裝，光繡一朵花就有幾十種色兒，經看，經琢磨。」

女官們一路向著慈禧寢宮走去，遠遠的看見李蓮英張著大嘴，僵直地站在了那裡。德齡被看得有些不自然，笑道：「李總管，我們看起來是不是很怪？」李蓮英依然沒有說話。容齡扶了扶沉重的頭飾，忐忑道：「是不是很難看啊？」李蓮英突然爆發出一陣大笑，把她們嚇了一跳：「奴才在宮裡待了那麼多年，從來沒看過哪個姑娘能把旗裝穿得這樣好看，老佛爺聖明呀！奴才這就回老佛爺去。」

見李蓮英匆匆走去，姊兒倆相視一笑，冷不防後面有人輕輕咳了一聲——光緒皇帝站在了她們的身後。

姊兒倆急忙施禮道：「萬歲爺吉祥！」

光緒帶著難以置信的表情，盯著她們的衣服良久不語。容齡有些頂不住了，悄悄問道：「萬歲爺，您……您這是怎麼了？」光緒竟然不置一詞地走過去，又停住了。

「難看死了！和法國時裝根本沒法兒比！」光緒一字一頓地說出來，並沒有回頭，好像疼惜著一種什麼特別美好的事物正在打得粉碎。

姊兒倆頓時呆住了。容齡難過得幾乎要哭出來——她是很在乎皇上的評價的。德齡只好故作鎮靜地安慰妹妹道：「快別這麼著，一個人一個看法兒，萬歲爺今兒個也可能心氣兒不順呢，咱們還是快去瞧老佛爺吧！」

慈禧笑容可掬地見了兩個姑娘，細細地打量一番，道：「瞧瞧有多漂亮！穿上了旗裝，才眞是我們自個兒的姑娘。李蓮英……快去把碧玉簪拿來。」

李蓮英取過一個盒子，慈禧從裡面拿出兩支簪子，笑道：「立夏了，按宮裡的規矩，該把金簪子換成碧玉的了，這是宮裡存的最好的一對玉簪。今兒，我給你們親手換上。但願從今兒起，你們就一點兒也不想外國了，只會想咱大清，爲大清國出力。」姊兒倆雙雙謝恩。隨後，慈禧命李蓮英領容齡去吃點心，「小孩子，這會子定是餓了，讓御膳房的單給五姑娘做點兒奶餑餑吧！」兩人走後，慈禧這才執了德齡的手，走向仁壽殿。

夕陽的光線從殿門斜射進來，把慈禧和德齡的影子投在青灰色的地板上。一隻烏鴉叫了一聲，飛了出去，大殿裡留下了一種單調的回聲。

慈禧款款說道：「德齡，你的簪子和容齡本是一樣兒的，可我更喜歡你這支。因爲那是我年輕的時候用過的。」德齡驚得睜大了眼睛道：「老佛爺，德齡不配。」慈禧正色道：「不，你配。我的簪子留了那麼多年，就是想送一個合適的人。瞧了多少年，我瞧上了你，你是個誠實的姑娘，不會騙我，你傳的那些外國話兒，我雖一句不懂，可是我心裡明白，你愛大清國，你有心氣兒，就像我年輕的時候一樣。」

德齡扶著她往前走。

慈禧指著高高的寶座道：「這是我的位置，那是皇上的位置。瞧見那個屛風了嗎？你走過去。」

德齡走過去，站到了屏風的後面。她透過薄紗的屏風，可以依稀看到大殿。她的心裡湧起一種溫柔，彷彿又站在了巴黎家裡那個她最鍾愛的角落。然而這時，耳畔響起的卻是慈禧太后的聲音：「德齡，你站的地方，只有皇后可以站。你以後和皇后一起站在那兒，那兒能夠聽到大殿裡發生的所有事情。你聽清了嗎？」

德齡緩緩地回答：「德齡聽清了。」

德齡透過屏風，和慈禧默默地相對。空空的大殿，幔帳拂動，只有風的聲音。

7

一日，德齡從阿瑪處找到了一本英文雜誌，悄悄帶了回來與妹妹一起看，那雜誌上竟有當今皇上和珍妃的照片。

容齡瞧了又瞧，先是覺著皇上好看，然後又覺著珍妃的確比皇后和瑾妃漂亮得多，遂道：「姊姊，宮裡爲什麼沒有珍妃的照片？」德齡道：「這書上說，早就被老佛爺給銷毀了，這是珍妃的親戚悄悄留下的。從前珍妃照相，被老佛爺視爲妖術，老佛爺很不喜歡她。」

容齡神情迷惑地說：「那不對呀，那天，老佛爺拉著我的手說：『珍兒進宮的時候也就你那麼大，其實，也就珍兒的性子最像我，我可疼她了。……』」德齡接著模仿慈禧：「『這孩子就是不聽話，……可我當時不過就是說句氣話，崔玉貴就把她……唉，後來我見著那崔玉貴就害怕！一回鑾，我就把他給趕出去了，阿彌陀佛！』」

容齡問：「她也這麼跟你說的？」

德齡點點頭，低聲道：「可書上說的完全不是那麼回事，說是老佛爺硬要珍主子跳井，珍主子不幹，崔玉貴才奉命上去把她塞進井裡的。」容齡顫聲道：「老佛爺怎麼那麼狠呢？」

德齡道：「是啊，我和你一樣鬧不明白。老佛爺素日裡待我們多慈和啊，可是……唉，我可是親眼瞧見了，老佛爺懲治周太監……」容齡忙問：「怎麼個兒懲治法兒？」「大耳括子也搧上了！窩心腳兒也挨上了！又叫人拖下去打四十廷杖！還說，以後每逢下雨，都讓小太監們拖他到雨地裡去站著！……」容齡吃驚地問道：「挨這麼重的罰，周太監到底犯了什麼事兒？」德齡道：「我聽來聽去的，不過是昨兒沒親自給李總管送那兩碗菜，是打發小太監送去的，就這麼點子事兒！」容齡害怕地小聲道：「那……以後老佛爺會不會對我們也……」

門突然大開了。姊兒倆嚇了一大跳。定睛一看，原來是額娘走了進來！

裕太太一臉嚴肅，低聲吼道：「德齡、容齡，你們馬上給我住口！」姊兒倆驚呆了。裕太太一手一個，拉著姊兒倆到隔壁儲物間去瞧。裕太太道：「今兒我來，一來是瞧瞧你們姊倆過得好不好，二來也是跟你們辭個行！你阿瑪要去上海治病了，我得陪他去！沒成想剛到了你們的隔壁，就聽見你們的談話，這道牆薄得跟紙似的，你們在隔壁講的話，聽得清清楚楚！」

德齡倒吸了一口涼氣道：「還好，這是儲物間，沒有人住的。」裕太太道：「誰說沒有？廚子就住這兒，他說這兒安靜。唉，隔牆有耳，一不留神就出差兒！別忘了你阿瑪說的，寧可信其有，也不可信其無啊！」德齡道：「眞是的呢，倒忘了問，阿瑪去上海治病的事兒可稟明了老佛爺？」裕太太道：「老佛爺已經准奏了，還多虧了榮中堂從中斡旋呢！可我瞧著榮中堂這病，可是不大好呢！……你們可有給你阿瑪帶的信兒，捎的話兒？」

姊兒倆連說：「自然是有的！」遂匆匆翻找著早已寫好的信。就在這時，窗外忽然像是有什麼動靜兒，德齡趕快跑出去張望，只見一個太監瘦瘦的背影，他正在拾起地上的鍋，他的辮子上，紮著獨特的辮飾。

8

慈禧決定讓德齡姊妹教宮眷們跳舞。

姊兒倆又穿上了法國時裝，在大殿中飛快地旋轉著，她們的裙子像盛開的荷花。皇后和女官們都看得呆了。四格格拍手笑道：「她們跳得眞好看，皇后主子，聽說德齡她們的老師姓鄧，是嗎？」皇后道：「不是姓鄧，是姓鄧肯，她是西方現在最著名的舞蹈家。人稱現代舞蹈之母。」

元大奶奶道：「那舞蹈家就是咱們的舞女吧？青樓裡的舞女不是多得很嗎！」皇后撇了她一眼道：「人家鄧肯可不是舞女，更不是什麼煙花女子，是地位很高貴的人。」大公主也開口道：「對啊，西班牙公使夫人告訴我，那些有身分的洋人女子都是跳舞跳得很好的，這是她們必須學的。」

瑾妃小聲道：「我明白了，大概她們講究學跳舞，就像咱們講究學琴棋書畫一樣，對吧，皇后？」皇后默默地點了點頭，她突然注意到，站在一旁的光緒看得入了迷，他的臉上，泛起了一種久已不見的光芒。

慈禧目不轉睛地看了一會兒，道：「罷了罷了，德齡，容齡，你們過來。……你們來回地轉圈兒，頭不暈嗎？」眾宮眷忍不住輕輕地笑了起來。德齡笑道：「回老佛爺，習慣了，只覺得有趣，並不覺得暈。」慈禧又道：「這舞好看是好看，可若是和男人摟得那麼近，總歸不妥。還有沒有什麼別的西洋舞啊？」

德齡眼睛一亮，道：「老佛爺，有啊，容齡跳現代舞跳得很好，我可以用鋼琴給她伴奏。」慈禧皺皺眉頭道：「鋼琴？宮裡有這東西沒有？」光緒突然說道：「皇爸爸，有兩架擱在庫房裡，是乾隆年間洋人送的。」

慈禧一怔，道：「哦，看來你對洋貨倒知道得不少啊。」光緒低頭不再言語，慈禧停了一會兒，淡淡地說道：「李蓮英，快把那洋人的琴給搬過來吧，我倒要瞧瞧西洋景兒。」

一架三角鋼琴被推到大殿裡，把上面蒙的綢布一揭開，揚起了一陣灰塵。

德齡試了試音，便開始了流水一般的彈奏，容齡則穿上了巴黎帶回來的舞鞋，跳起了激情的舞蹈。鋼琴清越的聲音使大殿裡所有的人都聽得入了迷，而容齡自由的舞步讓光緒木訥的臉上有了一種難以抑制的興奮。

四格格激動地抓住了元大奶奶的手，輕輕地在她耳邊道：「她們姊兒倆簡直就是仙女下凡！」元大奶奶咬著牙一聲不吭。德齡看著妹妹，臉上露出了欣慰的笑容，她修長纖細的手指在琴鍵上輕快地飛舞著，一曲終了，容齡擺了個美麗的姿勢倒在了地上。

光緒不禁鼓起掌來，眾人也都隨之鼓掌。慈禧本來面帶微笑，但聽到光緒的掌聲後，立刻收斂了笑容。光緒走上前去道：「德齡，朕實在喜歡這鋼琴的聲音，你可不可以教朕？」德齡道：「當然可以，容齡也可以，我們都會彈琴。」光緒轉身直視著容齡的眼睛道：「五姑娘，等朕學會了彈琴，就可以給你伴奏了！」容齡的臉微微一紅，道：「皇上，學會彈鋼琴需要很長時間呢。」

慈禧斜了光緒一眼，道：「德齡、容齡，我瞧著鋼琴倒不錯，這舞啊，雖然不用和男人摟在一處，可終究是瘋了些，穿著洋服還行，穿大清的服裝是萬萬不能這麼跳的，你們說呢？」容齡的神色立即黯淡下來，她強打著精神，和德齡一起回答道：「老佛爺說得是。」慈禧道：「這洋人的舞呢，太瘋了，你們也就算是好的了，可明朝有個田妃，專善舞蹈，什麼荷花舞啊，貝殼舞啊，都是她發明的，明兒你們也發明個舞讓我瞧瞧，畢竟咱們是大清的人，不能光跟那姓鄧的學洋人的舞啊！」姊兒倆立即點頭稱是。

這天晚膳之後，姊兒倆仍然在大殿裡排練著，她們有了個宏偉的計畫——把老佛爺說的那些個什麼荷花舞、貝殼舞什麼的和西洋的現代舞結合起來，編成新的舞蹈。容齡跳得興起，道：「姊姊，我跳著跳著好像又回到了鄧肯小姐的排練廳。」德齡也跳得香汗淋漓，道：「容齡，只要咱們把這個舞編好了，老佛爺一喜歡，你就可以天天跳舞了。我的妹妹當不成巴黎的藝術家，可做一個大清的宮廷舞蹈家也還算沒有浪費舞蹈細胞，對不對？」

容齡嬌滴滴地說道：「姊姊，沒有你這個編導，我的舞鞋在這裡一定會發霉的。」

德齡道：「那你今後打算怎麼感謝我？」容齡忽然把手上的絲巾蒙住德齡的腦袋，道：「我才不要報答你，我要提防你，因爲我的姊姊是個陰謀家，她什麼事都比我想得遠。」

德齡笑道：「陰謀家的妹妹，你趕快放了我吧，我要喘不過氣兒來了！我不想管你了，還是讓你的巴黎舞鞋發霉吧！」容齡笑著放開了她道：「你是個陰謀家，不過是個可愛的陰謀家罷了。」德齡用力點了一下她的鼻子，氣道：「你呢，你是個不知好歹的天使。」

那個夏天，教光緒彈鋼琴的任務落到了德齡身上，令人吃驚的是，德齡很快便發現，光緒是一個音樂天才。她從來沒見過任何人學琴像光緒那麼快。而且，光緒竟然熟知幾乎所有的中國樂器。

光緒聲音低沉地告訴她道：「朕剛到瀛台的時候，十分不適，沒事兒幹，就拆西洋進貢的八音盒子玩兒，那盒子裡原是西洋樂曲，經朕一改造，竟成了〈春江花月夜〉呢。」德齡驚得半晌說不出話來，良久才由衷說道：「我敢保證現在全世界在位的皇帝，沒有誰的音樂才能能夠與您匹敵。」光緒一笑，笑得竟然十分燦爛，這種笑容德齡自進宮以來還是頭一回見到，她幾乎被迷住了。

光緒緊接著說出一句話，更是讓德齡吃了一驚，光緒道：「那你看等小淘氣兒下次跳新舞時，朕能把這首曲子學完嗎？」

眼前這個生龍活虎的光緒，簡直和平時那個受氣的小媳婦兒似的皇帝判若兩人，到底哪個才是眞實的他呢?!

既然皇上興致如此之高，德齡也不免調皮一下，露一露十七歲少女的眞實本性，她故意賣關子道：「我可不敢保證。」光緒急道：「德齡姑娘，你一定要教會朕！」德齡噗哧地笑了，道：「知道了，皇上，等學完這首曲子，您還要學我擅長的貝多芬、容齡喜歡的莫札特呢！」光緒的眼神裡充滿了嚮往，輕聲道：「雖然朕沒有到過外國，可也許會有一天，洋人將聽到朕演奏他們的音樂，他們也許會說，原來中國的皇帝並不是一個井底之蛙，他聽得懂世界的心聲。」

年輕皇帝的那種眼神讓德齡深深感動了。那是一種清澈、純良和高貴的目光，只有心地純潔的人才會有這樣的目光。她說，好。就用那柔美的手指在琴鍵上留下一串動人的音符。

一個小時之後，光緒皇帝還沒有回到瀛台，他的言行已經被一字不落地報告給了慈禧太后。當時慈禧正倚在煙榻上慢慢吸著水煙，宮女祖兒在給她捶腿。彙報的太監還跪在那兒，慈禧好像把他忘了，並沒有讓他起來的意思。慈禧悠悠地問道：「就這麼些了？」太監答道：「奴才聽見的，也就這麼些了。」慈禧冷冷地哼了一聲道：「他如今總算明白了，他也就是這麼點子能耐！學點子洋話，學點子樂器，也算是沒有白白浪費時間哪，人哪，都是不撞南牆不回頭，戊戌年的時候，康有爲那幾個王八蛋一煽乎，翁同龢那個老棺材鑲子也跟著瞎起哄，他就糊塗了！……從定國是詔起，他可鬧騰了一百零三天哪！還說什麼『兒甯壞祖宗之法，而不忍失祖宗之民，祖宗之地！……』說的好聽！若不是我還有點子殺伐決斷，大清國都得亡了！」

老佛爺的話令太監和宮女祖兒全身發抖。

慈禧繼續說著，好像是在自言自語：「如今好了，他也明白他不是那塊料了，也不敢瞎折騰了！只是康有爲那個王八蛋還藏在外邦，我就奇怪，派出去那麼些個探子，長眼睛都是出氣兒的？怎麼就逮不著他？現在又出了個孫文，更是大清國的死敵！國運衰，妖孽興！我如今雖已是古稀之年，也得把這幾個妖孽滅了再死！」

太監嚇得面如土色，磕頭如搗蒜，不知道老佛爺這股邪火兒又會落到誰的頭上。

9

這天下了早朝，慈禧便命皇帝皇后留下，又打發李蓮英去請德齡姊妹與眾宮眷到太和殿來，她要「瞧一瞧新編的舞蹈」。

在悅耳的琴聲中，容齡帶著四格格和眾宮女穿著旗裝跳經過德齡改良的貝殼舞。她忘情地跳著，展示著美麗非凡的舞姿，眾舞者把她圍在中間。

彈鋼琴的不是別人，正是光緒。

德齡和皇后、瑾妃、大公主及元大奶奶侍立在慈禧的身邊。慈禧看了一會子，臉上有了喜悅之情，笑道：「這個舞瞧著好看，也不像洋人的舞那樣怪裡怪氣的。還是我們滿洲的姑娘聰明！」她輕輕拍了拍德齡的手，連提也沒提光緒的鋼琴伴奏。

但是皇后並沒有忽略這點，她悄然回眸瞥了一眼光緒，看到光緒的臉上有一重異樣的光彩，他的目光完全被容齡的舞蹈吸引住了，他和她默契地配合著，節奏簡直沒有半點差別。皇后心裡不禁微微一動。

瑾妃嫉羨交加，低聲嘆道：「四格格還眞學會了，我就是笨，天生不是這種材料。」元大奶奶瞪大了眼睛，一心想挑出點毛病，卻也始終挑不出來。

光緒的手在琴鍵上飛舞著，容齡也在快速地旋轉。光緒的眼中，舞者們都消失了，只有婀娜多姿的容齡，她的周圍有著朦朧的光暈。那光暈轉著轉著，容齡的臉突然變成了珍妃的臉！

珍妃那張美麗豐滿的臉就懸浮在空中，一伸手，就夠得著。他甚至看見了她那美麗豐滿的身體，她進宮的時候剛剛十三歲，和現在的容齡年紀差不多大。他第一次臨幸，正好趕上她行月事，他十分體貼，竟陪著她說話兒，還親自爲她倒水，以大清天子的九五之尊，能夠如此體諒一個嬪妃，實在是難得的很。他那時也不過才十九歲，正是少年雋逸，兩人就認認眞眞地愛了一回。從那之後，他的眼中就不曾有過別的女人。所以，當他知道心愛的珍妃竟被崔閹推到井中，而崔閹的指使者竟是他的嗣母——他母親的親姊姊、鼎鼎大名的慈禧太后的時候，他整個的心都涼透了。貴爲天子，他也不能像一般市井小民一樣殉情而死，他只能苦捱著，但是她的確把他的一部分生命帶走了。

庚子回鑾之時，慈禧太后命人打撈珍妃的遺體，以貴妃之禮厚葬，光緒並沒有去。他只要來了一頂珍妃在三所時掛的舊帳子，整日對著那頂帳子發呆。

事情已經過去了三年，但是一切就像是在昨天。容齡的天眞活潑與珍兒多麼相似啊，可是她自小在外邦長大，哪裡知道宮廷的險惡?!與珍兒相比，她是多麼幸福的女孩啊！

因爲有慈禧的默許，光緒可以在每日早朝之後，回瀛台之前練練琴。德齡和容齡輪流著教他。那一天是容齡當値，教會了他四手聯彈，但是他當時並不知道彈的是〈婚禮進行曲〉。容齡只是輕描淡寫地告訴他，他們彈奏的是外國人結婚時彈奏的曲子。

光緒就問：「那你告訴朕，外國人結婚是怎麼樣的？」容齡奇道：「萬歲爺，難道您沒見過？」光緒歎了口氣道：「朕從來沒有出過國。」容齡更奇了：「爲什麼？我阿瑪、李中堂都去過很多國家，他們都是您的大臣，他們都可以去，您爲什麼不能去呢？」光緒壓低了聲音道：「朕、朕身不由己。」容齡同情地看著光緒，輕聲道：「那……那我就把外國的事兒講給您聽！……孫公公，您把小蚊子小柿子叫來！」

那一天容齡做了戲劇的編導，她編排的戲劇是：光緒彈琴，她自己做神甫，太監孫玉和另外兩個小太監小蚊子、小柿子開始演示西式婚禮。

容齡親自示範道：「洋人的婚禮是這樣的：在高高的大教堂裡，新娘被她的父親挽著，向新郎一步步地走來。小蚊子，你演新娘，小柿子，你演新娘的父親。」

小蚊子、小柿子到底年輕，覺著好玩，小蚊子模仿提著裙子的新娘，小柿子挽著他，向扮演新郎的孫玉按著音樂的節拍走去。容齡裝腔作勢地說道：「……上帝啊，感謝汝將分離之二人合而爲一。……孫公公，您願意娶小蚊子爲妻嗎？」孫玉滿臉通紅，吭吭哧哧說不出話來。光緒笑道：「孫玉，這本是玩兒的，別當眞。」

孫玉這才結結巴巴地說道：「我……我、我願意。」容齡又問：「小蚊子，你願意嫁給孫玉爲妻嗎？」小蚊子面無表情地說：「我願意。」容齡咯咯笑起來，道：「小蚊子，不行，重來一遍。新娘需要特別深情地看著新郎說，我願意！你試試！」光緒一邊伴奏一邊笑，太監們都吃驚地想著：可有日子沒見過萬歲爺的笑臉兒了！

突然小蚊子大聲地喊了起來：「我願意！」容齡哈哈大笑：「小蚊子，你這個新娘也太著急嫁人了！」一語未了，眾人笑成一團。

10

皇后就是在那一刻來到的。

皇后已經站在了門口，太監們急欲散開，卻被光緒制止住了。容齡急忙上前請安。皇后微笑答禮。

光緒倒是顯得十分鎮靜自如，他用一種平靜冷峻的目光看著皇后。

皇后給光緒請了安，遞上一籃新鮮的草莓，道：「皇上，這是新下來的草莓，皇爸爸的意思，給您嘗嘗鮮兒。」光緒冷冷地說道：「朕怕酸，你自個兒留著吧。真難得你還想著朕。」

皇后低垂著眼簾，道：「皇上，臣妾沒有別的意思。」

光緒指著太監們道：「皇后，你可以在這兒好好瞧瞧，朕在這兒幹什麼，可得把所有的蛛絲馬跡都瞧清楚了，要不可就白來一趟了，回去就沒有什麼可說道的了。」皇后的臉氣得煞白道：「皇上，既然如此，臣妾告退了。」

光緒道：「等等！你得看看這洋人的婚禮，孫玉，你扮的是新郎，你該說什麼來著？」孫玉道：「回萬歲爺，奴才得說，我願意！」光緒旁若無人地說道：「聽聽，怎麼有些事情就沒有人問問朕，是不是心甘情願呢！」

容齡呆若木雞。皇后大怒道：「皇上，臣妾告退了，免得壞了您的興致。」光緒竟然不理不睬，只揮了揮手叫她下去。皇后回身便走。容齡清晰地看見皇后的嘴唇在發抖。

容齡想說一句什麼緩和氣氛，但是一看光緒的臉色，便嚇得一句話也說不出來了。過去，她只是影影綽綽地聽說，皇上皇后的關係不大好，可是萬萬沒有想到，兩人竟然僵到了如此地步。正在進退兩難之時，恰巧德齡來了，拿著一份新的樂譜。

德齡何等聰明，只把眼角微微一掃，就知道一定是發生了什麼事情，並且非同小可，她一邊把妹妹支走，一邊急忙輕聲道：「萬歲爺，容齡年輕，若是她惹了您不高興，您打她罵她都行，就是別氣壞了身子才好。」光緒道：「姑娘說到哪兒去了？這是朕的家事，跟容齡姑娘一點關係也沒有。……來來來，今兒準備教朕什麼曲子？」德齡這才明白原來萬歲爺是跟皇后嘔氣，即使如此，也是小心為好，遂教容齡到老佛爺跟前侍候，自己翻開樂譜，放在鋼琴上面。

德齡小心翼翼地側立一旁，道：「皇上，今兒咱們彈一個鋼琴小品〈給愛麗絲〉吧。」光緒看了看四周，突然道：「這兒怎麼有股塵土味兒了，孫玉，你帶著他們幾個給朕弄點水灑在地上。」孫玉應聲而去。光緒見四下無人，突然從琴凳之中拿出一本日文書，低聲道：「德齡姑娘，今天朕不想彈琴，聽說你的日文也很好，可不可以給朕講講這本書？」

德齡一看，是關於明治維新的一本書，她楞怔了一下，道：「萬歲爺，你哪來的這本書？」光緒低聲道：「一位朋友送的，他還來不及講就離開了。朕讀過《日本變政考》和《俄大彼得變政記》，你瞧瞧，是不是也是一樣的意思？」德齡翻了翻，裡面不顯眼的地方印著「翁」字的藏書章，旁邊還有另一個藏書章，印著「伊藤」的字樣。

德齡心裡暗暗吃驚——原來皇上並不像外界傳的那般懦弱，皇上的心勁兒一點兒沒減！她吃驚之餘又深深感動，皇上外表上清癯瘦弱，內心卻是十分執拗堅韌。

德齡正待回話，李蓮英走了進來道：「萬歲爺，老佛爺說明兒她要去祭祖，就不上早朝了。」光緒頭也不抬道：「李總管，一切按皇爸爸的意思辦。」德齡想藏那本日文書已經來不及了，她乾脆大大方方地把書放到了譜架上。

李蓮英的小眼睛亮了一亮，道：「呦，德齡姑娘，這是本外國書啊？」德齡不慌不忙道：「李總管，這是本日文書，是我帶回來的，專說咱們東方人怎麼學鋼琴，我就是看這書學的。」李蓮英笑道：「哦，還有這樣的書？」

德齡道：「是啊，咱們畢竟和西洋人長得不一樣，他們的手比咱們大多了，日本人和咱們差不多，所以按日本人的方法才學得快。」李蓮英這才信了，道：「原來是這樣，小鬼子還眞能琢磨。」

那天，德齡和光緒並肩坐在琴凳上，她一邊彈琴，一邊給光緒講著擺在譜架上的書。光緒皺著眉頭，邊聽邊點頭。一個講，一個聽，太陽好像沒怎麼停留，嘩地一下子就落山了。孫玉走進來請皇上回瀛台，皇上的心似乎還停留在那本書上，一直神色茫然。

那本關於明治維新的書，德齡斷斷續續地給光緒皇帝講了一個月。他告訴她，書上的兩個印章一個來自他的老師翁同龢，另一個則是日本的「維新三傑」之一的伊藤博文。光緒皇帝竟能經過戊戌變法之後還完好地保存著這本書，這讓德齡深深地驚訝，而皇帝卻惋惜著，沒有人在變法之前把這本書完全地翻譯給他，他說，如果那樣，歷史的某些部分也許會改寫。總之，那年的春夏之交，除了爲容齡伴奏的那一次，皇帝的鋼琴課進步很慢。

11

就在德齡爲光緒皇帝講解明治維新的時候，她的追求者懷特醫生和她的哥哥勳齡竟然成了朋友。

經過長時間的等待，懷特終於在照相館門口等到了「那位少爺」。懷特是在數月之前，在這個照相館裡發現了那張化妝舞會的照片的。當時懷特就問相館的老闆，來放大這張照片的是個什麼人，老闆回答：是一位少爺。從那天開始，懷特就天天泡在那家照相館附近，精誠所至，金石爲開，今天總算在「那位少爺」上馬車之前把他給「逮」著了。

懷特一個箭步竄到馬車之前，道：「對不起，先生，您可以等一下嘜？」

勳齡站住了。從勳齡站住的那一刻開始，美國醫生凱·懷特的愛情落到了結結實實的地面。

懷特請勳齡到了使館附近的一家小酒館，他沒有費太大的勁自我介紹，勳齡就想起了那個瘋狂的夜晚，那個瘋狂的舞會，看來大家的記憶力都很不錯。但是勳齡並不想那麼輕易就範；按照中國的規矩，未來的妹夫究竟合不合格，做大舅子的得多方考察、長期考驗才行，還得把架子端得足足的，譜兒擺得大大的，所以當懷特結束了他結結巴巴的陳述之後，勳齡便口氣傲慢地自我表功道，是他，首先發現了面具的祕密，然後悄悄地告訴了德齡。

懷特激動得簡直想熱烈地擁抱他！懷特舉起酒杯和他碰了一下道：「……謝謝你爲我保密。」

勳齡傲慢地回答道：「我並不是爲了你，而是爲了我的妹妹。」

美國傻小子的回答並不傻，他說：「爲了她，就是爲了我。相信我，勳齡，我不會給你們這個家族丟臉的。」勳齡斜著眼睛看看他說：「不過看你拍的那些北京風情的照片，倒是有點意思。」懷特不無得意地說道：「更重要的是我還是個很出色的醫生，眞的，我具有獅子般的膽量，還有可以拿繡花針的手。」

勳齡道：「你們洋人總是這樣，愛往自己臉上貼金，這在我們中國，自己吹自己是要讓人笑的，叫作老王賣瓜，自賣自誇。」懷特傻呼呼地笑道：「當然，最重要的，還是我對於德齡姑娘的愛，我是眞心的，你可以把我的心掏出來看一看。」

勳齡噗哧一下笑道：「這些話你最好不要對我妹妹說，否則可能適得其反。」懷特問：「爲什麼呢？」勳齡道：「我們中國人表達感情最講究含蓄，像你這麼肉麻，很可能會把我妹妹嚇跑了！」懷特不甘心：「可是她也是受西方教育長大的！」

勳齡居高臨下地看著他道：「憑她受什麼教育長大的，她血管裡流的都是中國人的血，她可是地地道道的中國人，懷特先生，你可得想清楚了！」懷特清晰地說：「我早就想清楚了，我愛她！她是個仙女！古老東方的仙女！」勳齡看著他無奈地搖了搖頭，心想這傻小子算是入了魔症了！

凱文·懷特醫生從西元一九〇三年的春天始果然是中了魔症。他並沒有因爲找到了勳齡而停止他繼續前進的步伐，接下來，他又藉由康格夫人認識了著名畫家卡爾小姐，他作出了一個大膽的決定：給他心愛的德齡寫一封信。

第三章

1

卡爾生日那天，慈禧賜給了卡爾一禮盒餑餑。卡爾表示感謝，慈禧道：「謝就甭謝了，我希望她吃了以後，甭把我的臉畫得白一塊黑一塊的就行了！」德齡傳道：「太后希望你把她畫得美一些。」卡爾點點頭說：「太后本身就具有東方美。」

德齡譯完，慈禧高興得哈哈大笑道：「都老太婆了，看不出來了。」當時卡爾正在釘畫布，大公主看不明白，就問德齡，德齡告訴她，西洋畫家畫畫之前都要把畫布釘好。慈禧忙道：「找個太監給她釘吧，哪有女人自己幹粗活的。」卡爾婉拒道：「謝謝，我喜歡自己做。」

德齡譯過之後，慈禧嘆一口氣道：「嗨，洋人也有苦孩子，有福都享不了，可憐啊！」又皺著眉頭看著穿著麻布便服的卡爾，問道：「柯姑娘（慈禧一直這樣稱呼卡爾），你們美國人平時都穿我們中國平民才穿的麻布嗎？」德齡翻譯成：「卡爾，太后生怕你穿得少會著涼。」卡爾笑道：「謝謝她的關心，我習慣了。」德齡道：「老佛爺，卡爾小姐說美國的藝術家喜歡穿麻布，因為透氣、舒服。」

慈禧道：「她家裡都有些什麼人？」德齡如實翻譯之後，卡爾答道：「父母已經不在了，有兩個哥哥。」慈禧大驚道：「洋人怎麼這樣，父母不在了，哥哥竟然不養妹妹，要她到處拋頭露面的，眞眞絕情！要在中國，那要遭人唾罵的！」

卡爾看到慈禧那一副表情，驚訝道：「太后怎麼了？」德齡道：「太后說，聽到您的父母已經去世，她實在是太難過了！」卡爾感慨道：「他們已經去世很多年了，我很愛他們。」慈禧看著卡爾難過的樣子，對女官們說：「你們瞧瞧，她難過了，誰有這樣的兄弟都夠倒楣的。看她的顴骨那麼高，手那麼大，那麼粗，眞是一副苦命相。」眾宮眷一邊點頭，一邊打量著卡爾的臉和手。

卡爾被看得有些莫名其妙，只好把疑惑的眼光投向了德齡，德齡硬著頭皮道：「太后說，你長得很美，又有靈巧的手，太好了。」卡爾慢慢地搖著頭：「不不，你在騙我，德齡，太后肯定不是這麼說的。」德齡的臉紅了，正待解釋，幸好皇后轉移了話題道：「德齡，老佛爺的畫幅就定這麼大嗎？」這句話好像提醒了慈禧，她突然想起什麼似的問：「這夠不夠大？要不再大一些吧，不是說美國的富人都畫大的嗎，可別讓洋人小瞧了咱們。」

德齡道：「卡爾小姐，太后問畫幅還能不能再大？」卡爾聳聳肩答道：「我認爲已經很完美了，再大就會顯得愚蠢了。」

德齡在翻譯的時候再次添油加醋道：「老佛爺，卡爾小姐說，您這麼苗條，不能用太大的畫幅，那是用來畫胖子的！」慈禧大喜，當即賞了卡爾一支金簪子。卡爾行禮表示感謝，然後她轉過頭對德齡道：「德齡小姐，我還以爲我要冒犯太后了，不知道你把我的話翻譯成了什麼中聽的辭令，爲我賺了首飾。我同意凱的說法，你是最聰明最美麗的中國女孩。」德齡大吃一驚道：「原來你認識凱？」卡爾看著這個吃驚的年輕姑娘，笑道：「今天晚上，你到這棵樹下，就可以看到壓在石頭下的信。」

慈禧在一旁問道：「德齡，你們在說什麼？」德齡急忙回答：「卡爾小姐說，您眞的是太慷慨了！」慈禧用銳利的目光瞥了德齡一眼，道：「洋人可眞有意思，她稱讚我慷慨，爲什麼不對著我說，倒像是在謝你似的！」德齡怔了一下，急忙輕聲說：「她首先感謝老佛爺，然後也對奴婢的傳譯表示稱讚。」慈禧這才微笑點頭道：「你傳的話兒是好，看來洋人也並不傻。」

德齡忍了半天才算把笑容忍了回去，當晚回去她把這一切都告訴了妹妹，姊兒倆在床上打著滾兒笑，笑得絲棉被都震動了起來，Ghost也在一邊歡樂地打著滾兒，跟著起哄。

直到深夜，德齡才拆開那封信，剛看過第一行，她就臉紅心跳無法自抑了。

親愛的德齡，我深深地愛上了你……我想世界上沒有一種力量比愛更強大，因為有這種力量，因此我決定留在中國尋找你，守候你。感謝上帝，讓我認識了你，讓我最純真的感情有了最高的價值。感謝上帝，讓我熱愛藝術，這使我能夠很快地接近熱情真摯的心靈。……

德齡決定給他寫回信。

2

幾天以後，慈禧命皇后和德齡監督清點庫裡的禮品。德齡早知演示婚禮一事，便有意悄悄觀察，卻見皇后依然是一向的樣子，穩重、溫和、可親，並沒有什麼不高興。皇后吩咐道：「德齡，咱們得把這些禮品好好瞧瞧，有稀罕的給老佛爺過目，其他的就一概登記入庫了。」德齡急忙請示道：「皇后主子，我瞧這些個禮品，樣樣兒都好，什麼是稀罕的？」

皇后笑道：「這要分幾大類，一是精細奇巧的洋貨，是老佛爺最愛瞧的；二是品相好的珠寶，三是一些有野趣兒的物品，咱們督著他們挑，就快多了。」又命李蓮英道：「李總管，你們趕緊去把送禮的名冊拿來，並庫房鑑定珠寶的太監一併叫來。」李蓮英應聲而去。

德齡見太監都退下了，遂道：「……皇后主子，容齡小，有時淘氣起來沒有規矩，請您寬恕。」皇后看了她一眼，道：「德齡，你是怕我把那天學洋人結婚的事告訴老佛爺是不是？你瞧著她老人家像是知道了嗎？」

德齡道：「不，她老人家不知道。」皇后淡淡地笑道：「你不用求情，我也是不會說的。那不是皇族的做派。你也許在國外看了很多宮廷的故事，說這清宮大內的人是如何勾心鬥角，可這並不可信——因爲傳說這些故事的人大多是平民，用他們的趣味來理解皇家的事，自然是南轅北轍的。」

德齡陪笑道：「皇后主子，德齡只有這麼一個妹妹，所以……」

「是啊，你只有一個妹妹，你會萬分地在意她的生命。而中國只有一個皇后，我也會萬分在意我的身分。」皇后慢騰騰地說，仍然面無表情，「身爲皇后，是六宮之首，若是這一點點小事也容不下，如何能有母儀天下的威嚴呢？……不過，你比容齡姑娘略長幾歲，倒是要適當地提醒她，適可而止，見好兒就收。我倒沒什麼，老佛爺的脾氣兒你們可是知道的，……我說這些的意思是，老佛爺疼人是疼人，可什麼都沒有大清的規矩要緊。」

德齡連連點頭道：「皇后主子說的極是，請您相信，容齡她再不會淘氣了！」皇后笑道：「也別太管嚴了她！五姑娘快人快語，我是打心眼兒裡喜歡她！她和珍兒可不一樣！珍兒她……」

皇后突然頓住，意識到自己說得太多了，急忙道：「好了，閒話兒也說夠了，現在開始清理吧。」太監搬來了龐大的記事冊，開始大聲念道：「直隸總督袁世凱：珊瑚樹一棵，百寶箱一籠；恭親王：西洋座鐘一座……」

那天下午，德齡聽到最多的名字就是袁世凱，過去在巴黎的時候她也常聽阿瑪的客人們說起這個名字，阿瑪似乎對此人頗反感，後看報章雜誌，才知此人在戊戌年出賣了皇上——難怪皇上一聽袁世凱三個字，便臉色煞白。又難怪老佛爺一提起他，便有種說不出來的複雜表情。德齡好奇心極強，倒眞想知道這袁世凱是何等樣人，便自語道：「看來這清宮大內之中最會送禮的便是這袁世凱了！」

皇后笑道：「他豈止最會送禮？袁大人是聰明絕頂之人，做什麼都要拔尖兒，且最會玩兒新花樣兒，連老佛爺都說他：滿朝的人，就他想的起這些個巧宗兒！」德齡見皇后高興，乘機問道：「聽說戊戌年的時候，他爲朝廷立了大功呢！」

皇后聽說這話，將那臉兒一下子沉下來，道：「你是聽你阿瑪說的？」

德齡嚇了一跳，忙道：「不不，德齡是……是瞧了些外國的書……」皇后緩和了口氣，道：「德齡，本朝的規矩，女人不得干預朝政，大內之中，最好少談國是。」皇后說罷，見德齡表情惶恐，又道：「自然了，咱娘兒們私下裡閒聊，倒也沒什麼。我是說，朝政是男人們的事，姑娘家，不可移了性情。」

德齡急忙躬身道：「皇后主子說的極是，德齡記住了。」皇后微笑道：「你當我是誰，我也是個淘氣的，自小並不喜歡做女紅，琴棋書畫上，也敷衍得很，就是愛看閒書，幾次都想問問你，你從外邦來，可帶回來什麼好書沒有？」德齡忙道：「早就聽說皇后主子博古通今，果然如此。奴婢走得匆忙，並沒帶回什麼要緊的書，倒是有些洋人的風花雪月、癡男怨女之書，不知皇后主子可想不想看？」

皇后將眼睛盯住德齡，緩緩道：「可是你前兒對老佛爺說的《羅密歐與茱麗葉》？」德齡聽了，嚇了一跳，暗想原來皇后記憶力如此之好，以後對她說話，卻要加倍小心才是。心裡想著，臉上陪笑道：「是《茶花女》。」

皇后微微一笑，道：「好啊，我倒想瞧瞧洋人的書，可比得上咱們的《石頭記》？」德齡道：「《石頭記》？可說的是個啣玉而生的公子？」皇后道：「是啊，你竟也聽說過？你不知道，那可是咱們老佛爺最喜歡的書，那裡面的詩詞歌賦，老佛爺竟都背得下來！常常說：這園子就像是那書裡的大觀園，她就像那書裡的老太太賈母，我們呢，就像那書裡陪著老太太的姑娘太太、丫頭僕婦，去年我們還仿著那書裡，在雪天兒烤鹿肉呢，倒是好玩得緊！」

當晚，德齡奉命來到長春宮，將《茶花女》一書借給皇后。德齡道：「皇后主子，這書看多了，有些舊了，如果不嫌棄，您就拿去瞧吧。」皇后道：「謝你還來不及呢，怎麼能說嫌棄。我除了看書，也沒有什麼可做的。」

德齡道：「這是法國著名的小說，說的是兩個地位不相稱的人之間的愛情。這本書不知道賺了額娘多少眼淚！」皇后道：「……中國的話本也大多說的是這一類的事兒，看來，外國人和我們也有相似之處呀。」德齡道：「是啊，洋人都說——愛與死是永恆的主題。」皇后若有所思道：「愛與死？洋人的書是這麼說的？」

德齡就打開書頁輕輕地讀起來：您聽聽這段兒……昨晚的回憶純淨無塵，暢適無礙地陳列到我意識裡來，又歡欣地襯托今晚的希望……歡樂與情愛不時在我胸際踴躍……我只想到可以會見瑪格麗特的時光……我的房間太小了，裝不下我的幸福，我需要整個的自然供我馳騁，供我傾吐……我從昂丹路走過，瑪格麗特的馬車正在門口等她；我向香榭麗舍走去，所有我遇到的人們，哪怕是不認識的，我都一例愛著……愛情眞叫人慈善啊！……

德齡萬萬沒想到，一向素默淒清的皇后的臉上竟掠過了一絲感傷：「……這個瑪格麗特，可眞是遇上知音了啊！」

德齡心裡一動，暗想：自己在宮中這些日子，的確看出皇上皇后不和，皇后年輕輕的，如同守活寡一般，也確是不人道，若是在西洋，這等婚姻早就離了！那皇上也的確怪得很，庚子年珍主子死後，便再不與別的女人親近，三十二歲的年紀正是男子的春秋盛年啊！這麼想著，便很替他們難過，又不敢明說，只好有一搭無一搭地和皇后閒聊，替她解悶兒而已。

德齡從長春宮出來的時候已經交二更了。皇后將她送至走廊邊，正要回去，突然發現前面有模糊的人影，像是一個女人的身影，飄然而過。皇后突然一改平素的端嚴，大叫一聲：「鬼！」德齡嚇了一跳，道：「鬼，鬼在哪兒？」皇后道：「瞧瞧那個黑影兒！……我瞧著分明是珍兒！」德齡仗著平時膽大，追了上去。

3

清宮大內裡隱藏著各種祕密，那些祕密浸透在大內的一草一木中，草木也知情，草木也有生命，於是在人的嘴巴被封閉之後，草木便藉著自己的氣息傳遞著那些祕密，其中流傳最廣的，莫過於一個叫作珍妃的他他拉氏女兒的傳說。

珍妃在歷史上的知名度，怕是一點也不次於她那位著名的婆婆葉赫那拉氏，但兩人卻的確是死敵。略有一點歷史常識的人，都知道珍妃生前被慈禧的迫害，卻極少有人知道，慈禧也曾經在珍妃死後大觸楣頭。

但是所有的宮人都發現在庚子回鑾之後，老佛爺的確是老了。

在德齡的記憶中，慈禧最早的照片自然是二哥勳齡於光緒二十九年攝的，那一年，阿瑪裕庚任滿回國，德齡姊妹被封爲御前女官，老佛爺瞧了姊兒倆的玉照之後，才決定照相的。殊不知只有老佛爺心裡明白，那卻並不是她的處子照。早在戊戌年之前，就曾經有西洋的攝影師爲慈禧拍了第一張照片，照片洗出之後，便被慈禧幾下子撕得粉碎。原來，那洋攝影師竟然把老佛爺細密的皺紋纖毫畢現地展示了出來，這讓一向掩耳盜鈴的慈禧一下子受不了了！

原來咸豐年間的妃子，竟是如此老邁了呵！

慈禧的臉型如一般的滿洲婦女一般，是長長的，顴骨低平。這樣的臉型，是最經得起老的那一種。按照新式的說法，慈禧是極爲自戀的那一種女人。她二十七歲守寡，正當女人的黃金時代，儘管後世因爲恨她，爲她編派出無數個男人，譬如什麼安德海、楊小樓、李蓮英之類，但實際上，這個年輕守寡的女人的確沒有這個膽量——那是大清的鐵制，任何僭越者都將咎由自取，二十七歲的慈禧膽子還遠遠大不到那個份上。

鮮爲人知的是，早在咸豐駕崩的時候，慈禧就已經不愛他了。極度自戀的女人慈禧，其實被好色縱欲的丈夫只臨幸過有數的幾次，而每一次給她帶來的並不是什麼甜密的體驗。咸豐與大多數帝王一樣，在性愛中只考慮自己的歡愉，根本不考慮別人的感受，慈禧的初次，甚至感覺到十分痛苦，雖然她咬著牙與咸豐帝顛鸞倒鳳，心裡卻在盼著快些結束。自然，及至懷了皇子，她終於感受到了一個女人——一個皇妃的幸福，但那幸福是短暫的，就在她的肚子隆起的時候，她的男人——那個好色縱欲的皇帝在圓明園養了「四春」，都是纏小腳的漢族女子。

她的狠歹歹的心情便是從那時候開始的。作爲一個女人，自然希望丈夫的專寵。但是於咸豐來說，這根本就不可能。儘管後世傳說紛紜，實際上的葉赫那拉氏雖然頗有姿色，卻距離傾城傾國的標準差得遠呢。她是見過四春中的「牡丹春」的，那的確是沉魚落雁、閉月羞花，她心裡自歎弗如。越是這樣她就越是氣憤，以至於她終於忍受不住，向丈夫提出勸告了，而他們之間的齟齬，也就是在那個時候產生的。

咸豐究竟有沒有遺詔，早已不可考。但是有一件事情卻是眞實的：如果假以壽數，那麼懿貴妃的最後命運很可能便是——冷宮。

縱慾的皇帝終於撒手人寰了，這爲懿貴妃創造了一個問政的機會，也爲她留下了一根救命稻草。之所以說是救命稻草，其實是指在以後漫長的近五十年中，這個姓葉赫那拉的女人把本來是縱慾好色的那個男人神化了，每逢她打熬不住的時候，她就跪在先皇帝的遺像前，向他傾訴。在她傾訴著的時候，他在她心裡的形象，已經慢慢轉變成爲一個體貼溫存、對她專寵的風流天子。人都是需要自欺的，一個自戀的年輕女人更加需要。在那些比死還難受的日子裡，只有那根稻草、那個她心造的專情於她的男人幻影才能勉強給她一點支撐。

但就是這一點支撐，也在庚子回鑾之後被打碎了，打碎它的，正是那個叫作珍妃的他他拉氏的女兒。

她不斷在惡夢中夢見珍妃，每次夢見珍妃，都是她最後的憔悴不堪的樣子。那個小女子在北三所裡被關了整整三年，僅通飲食而已。所以最後她出來的時候，瘦得只剩了一雙大眼睛。珍妃曾經是十分圓潤豐滿的，作爲女人，慈禧很不喜歡晚輩嬪妃的肉感，而珍妃恰恰是最肉感的一個，慈禧曾經想，也許光緒就是喜歡她那身肉呢。瑾妃便不同了，雖然也是一身肉，但那一身肉未免太多了，多得沒有了曲線，上下一般粗，活像個油桶，臉也圓得就像圓規畫出來的似的，所以才有了「月餅」的綽號。

慈禧是十分迷信的，她記得珍妃死前那不甘的模樣，所以私下裡她深信珍妃冤魂不散，更相信珍妃過去住過的景仁宮與北三所鬧鬼的說法。爲此她挖空心思作了許多文章，譬如把珍妃的屍體打撈出來重新厚葬，又加封諡號等等，但是這一套掩人耳目的作法連她本人也深感心虛。

有一夜的惡夢最讓她難忘：珍妃素衣跣足，用拂塵指著她斥道：「葉赫那拉氏聽著，我已見到大行皇帝，他命我轉告於你，若是再不遏制惡念，一意孤行，五年之內，汝定將死於非命！」言畢，慈禧滿身大汗驚醒，其時，天色正交三更。

慈禧好像是一夜間就老了。自此之後，這個從不認輸的鐵女人，竟也常惴惴起來，拜佛吃齋是常有的事，雖然對下人狠毒依舊，卻也很少自己出面做惡人了。

不過從小受西方教育長大的德齡是不信鬼的，她追了上去，前面的黑影回過頭來，竟是瑾妃。德齡和瑾妃就默默地站在黑暗中，癡癡地對望著，半晌，瑾妃才說：「今兒，是珍兒的生日，我是想到湖邊給她放一盞燈。怕人瞧見，就自個兒出來了。」話未說完，眼淚竟如潮水一般湧出。

德齡看她的手中果然有一盞未點的燈，便安慰道：「瑾主子，珍主子要知道你當姊姊的這片心，也會很安慰的。」瑾妃道：「我這個當姊姊的，從前對她不好，但願她不要怨我。」

正說著，皇后帶著一群太監和宮女趕到，一個太監還拿了驅鬼的符。瑾妃下意識地把燈藏到身後，皇后見了，皺皺眉道：「原來是你在鬧鬼！」瑾妃急忙跪下道：「皇后主子，奴婢並不是有意的。」

皇后哼了一聲道：「我倒沒什麼，要是驚動了老佛爺，瞧你怎麼辦。」瑾妃含淚道：「皇后主子，您可千萬別……」皇后把燈拿過來，瞧了一眼上面的落款，手有些顫抖，良久才道：「今兒，瞧德齡姑娘的面子，就算了吧。以後可是下不爲例。」輕輕的一句話，把個瑾妃嚇得面如土色，連忙磕頭謝恩不提。

皇后命兩個太監送德齡回去，德齡一頭走一頭想：「不知人是不是眞的有靈魂？皇上夜夜在瀛台候著，也不知珍主子回來瞧過他沒有？」

在那天夜晚，德齡好像眞的感受到了珍妃的靈魂。那是從活人身上感受到的，來自瑾妃，更來自皇后和沒有在場的皇帝。好像在冥冥之中，珍妃的魂靈就在空中懸浮著，俯視著他們，那是個驕傲而美麗的靈魂，正是死亡令她的美麗永恆。

4

德齡並不知道，慈禧向她們姊兒倆展現的，是她自以爲最好的一面兒，有許多陰暗的、不爲人知的事情，直到德齡姊妹離宮的時候也並不知道。

譬如老佛爺吃人奶的事兒。

慈禧血份裡有病，這是大內中人人都知道的事兒。早在東太后慈安活著的時候，慈禧便鬧過一次血崩，那次血崩幾乎要了她的命。是太醫楊士達的方子，叫她喝人奶，從此就沒間斷過。奶媽子們是左挑右選的，要體健、乾淨、模樣兒整齊，若是有個貌醜的，驚了老佛爺的駕，那誰也擔不起。奶水自然是要旺盛的，一開始，慈禧是讓一排四個奶媽子，洗淨了身子，露出乳房跪在她的床前，她直接吸吮，後來又覺著不妥，便令宮女們淨過手擠奶，倒在白玉茶盅子裡，溫好了，她起床後再喝。奶媽子是一批批換的，迄今爲止只留下了一個奶媽子，就是蘭兒。

蘭兒今年不過二十二歲，過去也是宮女，指了婚嫁出去，三年前生了孩子，奶水正旺的時候，孩子死了，蘭兒悲痛欲絕，卻並沒有影響奶水的分泌，慈禧便命下人將她接回宮，每日擠奶。卻說這蘭兒也是個奇人，三年之內，奶水竟然絲毫不見少，且濃厚醇白，有股淡淡的香氣，慈禧大喜，便一直留在身邊，和宮女祖兒一起，成爲親信。

卻說這蘭兒雖然不是絕品，卻也頗有幾分姿色。梳洗裝飾過了，可以稱爲一個美人。素日裡蘭兒跟四格格最好，常聚在一處說些體己話，都是年輕寡婦，很是談得一處。那蘭兒最服的也是四格格，服氣她貌美伶俐，有辦法，爲人大氣，老佛爺面前玩得轉，眾人面前也立得往。幾次求了老佛爺想服侍四格格，均未准奏，這天慈禧上朝回來，心中喜悅，臉上便也有了慈顏，蘭兒上去捶腿，慈禧道：「蘭兒，你跟了我有幾年了？」

蘭兒道：「回老佛爺，滿打滿算也有四年了。」慈禧道：「你道我待你如何？」蘭兒道：「老佛爺待奴婢如重生父母。」慈禧道：「既如此，你幫我個忙如何？」

蘭兒忙道：「老佛爺折殺奴婢了！您老人家有事，說句話便是了，還說什麼幫不幫忙！」慈禧冷笑道：「只怕這個忙你不肯幫哩！……說來話長，庚子年，那個把珍兒推到井裡去的崔總管……」

一語未了，蘭兒噗咚跪在了地上：「老佛爺，恕奴才難以從命！」慈禧呵呵大笑道：「瞧瞧這丫頭，剛才還蜜裡調油地哄我，這麼會子露餡兒了吧？放心！我並不是叫你嫁給他，我是叫你認他做乾爹！」

蘭兒哭道：「老佛爺的話是金口玉言，奴婢不敢不從，可這崔總管，奴婢一見他就哆嗦哩！……」慈禧道：「其實他也沒那麼可怕，做太監的，因是六根不全，心便都是虛的，你善待他，他自然對你好，比起全乎人兒，更不同些。」

蘭兒仍是嚶嚶地哭，慈禧起身道：「就這麼著了，明兒個你就過去，磕個頭，就算是認了！」說罷拂袖而去，把個蘭兒一人扔在那裡，哭了個昏天黑地。

卻說這蘭兒哭泣不已，早驚動了正敬過煙的祖兒，祖兒與蘭兒是拜過把子的姊妹，自家姊妹有事，豈有不管之理?!何況還有一個祕密，連慈禧本人也並不知曉：那天太后嚴厲懲治的周太監，竟是祖兒的義父！——祖兒進宮的時候不滿十三，萬事不懂，那些心狠手辣的「姑姑」們，百般刁難，沒有倚仗的，動不動就挨一頓打，最難堪的，是宮女們挨打，還要被扒下褲子來，年輕姑娘被扒下褲子當眾責打，羞也要羞死了！祖兒又最是個多愁善感的，瞧著別人被罰，自己都要落淚。多虧了好心的周公公，千般周旋，萬般迴護，才算將就著保住了一條小命兒，便背著人，認了義父，父女感情一向甚好。

後來凡兒姑娘走了，祖兒便頂了缺，做了專爲老佛爺敬煙的宮女，經過庚子年一番折騰，也算是熬出頭來了。誰知前兒老佛爺爲了兩碗菜的事當眾給周太監沒臉，這祖兒面上沒露什麼，卻是心疼得緊，乘著老佛爺歇息的時候，日日都去周太監處，又是敷藥，又是做飯，極盡孝道不提。

那祖兒扶蘭兒在後房歇息了，拿了個帕子，親自給蘭兒試淚。蘭兒哭道：「都說老佛爺狠，今兒我才算領教了，好好兒的，給她擠了三年奶，不知想起什麼了，非要讓我給那崔玉貴做乾閨女！那姓崔的我最是怕他，連珍主子都敢往井底下推，他還有什麼不敢的？饒這樣兒，還不如當初聽了四格格的話兒，給那八爺做續弦呢！」

祖兒刮了臉一下：「就這麼說出來了，也不害臊！既這麼著，這會子跟四格格說了，也不算晚！」繭兒啐了一口道：「這小蹄子，說風兒就是雨，事兒沒輪到你頭上，看姊姊的哈哈笑兒哩！你若眞的想幫我，這會子就給我找四格格去！」

一語未了，一個人掀簾而入，笑道：「你們這兩個奴才，說我什麼壞話兒呢？」二人定睛一看，不是四格格，又是哪個？祖兒拍手笑道：「好了好了，這會子救星來了！」兩人你一言我一語將事情說了，央告四格格到老太后面前求個情兒。

卻說那四格格最是百伶百俐，八面玲瓏，上下討巧兒的主兒，聽了此事細想一想，道：「這個卻不難，只是繭兒若推了此事，斷斷不可再提八爺二字，若是願意呢，委屈姊姊到我那兒當兩年差，若是不願意呢，姊姊就出了園子暫避一時，等咱老佛爺回心轉意了，再回來不遲。」

繭兒急忙跪下向四格格磕頭，道：「四格格在上，若是這麼著，你便是奴婢的再生父母！」

四格格捂著絹子啐了一口：「呸！我也不過比你年長兩個月，又沒生育，讓我做你的娘，你不嫌臊得慌，我還臊呢！得了，起來罷，我這就去回老佛爺，吃了晌午飯，又吸了水煙，老佛爺正是自在的時候，這會子奏事兒，沒有不准的！」

卻說四格格細腰一閃，已然進了樂壽堂，見過慈禧，把繭兒的事說了，慈禧不緊不慢吸了兩口淡巴菰，慢吞吞道：「是繭兒這蹄子對你說的吧？我本來看她甚好，想留她在身邊兒，不想那崔玉貴崔總管瞧上她了，想收她做個義女，原也不是什麼大事兒，誰想這丫頭平時慣壞了，一提此事便又哭又鬧的，我倒不好疼她了！」

四格格輕啓朱唇道：「老佛爺，您老人家何等聖明？難道還不知道那崔玉貴是個什麼東西？庚子年，您老人家不過說句氣話，他就把珍主子推下井了，害得您老人家回鑾之後，一見他就害怕，您老人家難道都忘了？這會子白眉赤眼兒的，倒給他找什麼義女！別人倒也罷了，繭兒跟了您三年，何等貼心的人，知道的是說您老人家一心顧全大局，體恤下情，不知道的還以為是您老人家老糊塗了呢！」

一番話把個慈禧說得又氣又笑道：「你說說這小蹄子，我說了兩句，倒引出她一大車話來！我何嘗不知道繭兒的好處？若是不好，我也不能把她留到現在，旁的奶媽子，早就打發走了！只是……這繭兒一來是嫁過的人，嘗過男人的滋味兒，與別的宮女，又不同些，我怕一來二去的，出點子什麼差錯！再者說，她和祖兒最好，小姊妹們，過於好了，也會生事兒！掂量了半日，我這才忍痛割愛，我最是滴水之恩湧泉相報的人，哪兒就會委屈她呢?!」

四格格道：「老佛爺體恤下情是有了名兒的，奴婢豈能不知？只是這繭兒素來與奴婢甚好，奴婢求老佛爺賞臉，把她賞給我罷！奴婢知道老佛爺疼我，便也就倚小賣小了！」

慈禧叭達叭達抽了一會子水煙，沉吟良久，道：「如此也罷。崔玉貴那兒，我就找個茬子給搪塞了，明兒個起，就叫繭兒過去吧！」四格格急忙跪下，謝道：「我就知道老佛爺疼我！」

慈禧道：「素日裡我知道你是個懂事兒的，所以才疼你。其實我哪個不疼？就說珍兒，都知道我把她關進了北三所，可有誰知道，那時候我為了讓皇上早生龍子，自個兒拉著皇后到園子裡住，單把珍兒留在紫禁城伺候著，那又是何等的恩典！都是她自個兒不識進退，所以才有後來的下場。所以我勸誡你們這些個做小輩兒的，長輩們疼你們，是你們的福氣兒，可得自己個兒檢點著，行得正立得直，若是長了歪心眼子，慢說是對不起我，就連你們自個兒也對不起啊！」那四格格諾諾連聲不提。

5

其實，慈禧叫李蓮英防卡爾倒是對了，卡爾的確是肩負著康格夫人的使命。庚子之亂以後，慈禧早已不是過去的慈禧，只有與慈禧最貼心的人，才能感覺到老佛爺其實元氣大傷，表面上雖然還在硬撐著，心裡時常惴惴。半夜裡，只有值夜的宮女才知道，老佛爺常常突然驚醒，嘴裡喃喃著什麼，誰也聽不清。貼身宮女祖兒把耳朵貼上去聽，仍是什麼也聽不見，倒是聞見老佛爺的口臭——她知道口臭便是內火太重，卻哪裡敢說，只是沏些金銀花茶拿來。慈禧將茶連杯子摔個粉碎，道：「我何時叫你沏金銀花了？倒敢自作主張了！快叫李總管把陳年的桂花拿出來，給我沏些桂花茶是正經！」

祖兒急忙換了杯子，找李蓮英去拿桂花。好不容易才熬過後半夜，清早，梳洗完畢，便有四個奶媽子魚貫而入，四個宮女捧著四隻玉碗，上去接奶，慈禧親眼看著是新鮮的剛擠出來的奶，才能喝。日子久了，晚上睡覺的時候，慈禧有時候也逗逗祖兒，擰一把她翹起的小奶子，笑道：「多久咱這對兒小奶子裡也能擠得出奶來，讓我喝一口才好。」祖兒滿臉通紅，又有些心驚膽戰。

說也奇怪，自打慈禧說了這話之後，祖兒就覺著心裡有什麼東西被喚起了似的，總是磕磕楞楞的。晚上睡覺也睡不踏實。那天內田夫人拜會，慈禧並沒有讓祖兒跟著，說是讓她在家歇歇，連續值夜的祖兒也是累了，在竈火前一坐就睡著了。後來是歡姊兒來叫，說是老佛爺叫把西洋國獻的那尊碧玉盞拿去，祖兒就把碧玉盞包好了，因是要見日本公使館的夫人，所以特別地把自己修飾了一下。

即使在後宮，祖兒也不能算是特別漂亮的，但是她生得嬌小玲瓏，眼睛特別明亮，有一種清純的氣質，那一種氣質令她鶴立雞群。她攜了碧玉盞，快步如飛地走過長廊，過了假山就快到石舫了。

就在這時，一件非同尋常的事情發生了：假山背後突然竄過一個人影，一身太監打扮，他好像是不得不向她作了個輯，然後迅速轉身飄忽而去，就在那剎那之間，祖兒覺得他根本就不是太監。

夫太監者，早已自宮，面目體態上早已與一般男人不同，恐怕常人還要細細地分辨一番，可是對於宮女來說，一眼就能識破，特別是像祖兒這般細心聰明的宮女。只是一瞬間，祖兒已經看到那人英俊超拔的面孔，那矯健不凡的身手，那絲毫沒有奴顏媚骨的氣質，而最要命的是，那人在離開的剎那，身後的辮子被柳枝刮了一下，竟然掉了下來！

祖兒頓時覺得雙腿變得像糖稀一樣軟!!

天哪天哪，現在可以斷定他不是個太監了！甚至連御前侍衛也不是，他不是大清的人！剪了辮子的，那只有洋人和二毛子啊！可是他爲什麼是一身太監的打扮呢?!難道是在開玩笑，鬧著玩兒？不不，祖兒的直覺告訴她，不可能，那麼剩下的可能就只有一個了——刺客！

祖兒覺得自己就要癱倒了，如果是刺客的話，那他會去向誰行刺？皇上？不，不會！皇上自庚子年之後，就一直囚禁在瀛台，雖說每天還是上朝，但是這頤和園裡，卻只有重大活動和慶典時才過來；皇后？嬪妃？更不可能！那就是衝著老佛爺來的了，想到這個，她就覺著身子不是自己的了，竟一陣陣兒的發飄。她低著頭兒一陣兒急走，遠遠地看去眞的像是在飄，就那麼飄到了諧趣園。

萬幸的是，慈禧接過碧玉盞的時候並沒有向祖兒看上一眼，倒是皇后和站在祖兒身後的德齡，注意到了祖兒的面白如紙和神情驚惶。德齡看著祖兒有點兒眼生，對於老佛爺周圍這些個宮女兒，德齡好像還分不大清楚。看上去都是一個樣兒。不過，這一次她記住了，這個宮女兒的名兒叫作祖兒，長得十四五的年紀，水水靈靈的，身子嬌小，眼睛特別亮，這時候雖然驚惶失措，卻依然不失嬌俏的模樣，德齡眞想問問她，是遇上了什麼事兒。可這會子肯定是不行的，她站在老佛爺的後面做傳譯，是一時一會兒也離不開的。

坐在老佛爺對面的是日本公使內田夫人，內田夫人就像是明白慈禧的心思似的，竟帶來了十塊絲綢，一塊一塊地打開看了，打開一塊，德齡就暗暗驚嘆一下：天底下竟有這麼漂亮的東西！特別是有一塊兒綢子上印著吹簫的日本女人，整個底子是淡綠的，淡綠上起本色的風景，日本女人一點絳唇在淡綠中特別醒目，德齡想，若是用這樣的料子做一件路易十五式的曳地長裙，那效果一定是特別的奇妙！

慈禧大喜。回送了禮品碧玉盞，內田夫人也是愛不釋手。內田夫人道：「尊貴的太后，敝國領館的官邸有一位裁縫，過去做過天皇陛下的御用裁縫，最會做這種絲綢服裝，難得的是做唐裝、旗裝都很漂亮，太后若是願意，我把他留下來，專門爲太后、皇后和眾位宮眷們做衣裳，如何？」德齡立即把話傳給慈禧，慈禧歡喜道：「內田夫人想得眞是太周到了，若是這樣我也就不客氣了，叫他來試試？他叫什麼名字？」在德齡沒有傳譯之前，內田夫人從慈禧的笑容上已經判斷了她的態度，內田夫人道：「這位裁縫叫作三木一郎，叫他三木就是了。」

午膳之後內田夫人告退。慈禧正準備攜歡姊兒祖兒回去，皇后上前請安道：「老佛爺，孩兒那裡把蕾絲花邊給鉤好了，想獻給老佛爺瞧瞧呢。」慈禧一臉嘲笑道：「喲——我還想著今年頭半年算是交代了呢！鬧半天你還有股子後勁！祖兒，跟著你皇后娘娘把花邊兒取來讓我瞧瞧，別是你叫奴才鉤的吧？」皇后急忙陪笑道：「老佛爺說笑了，奴婢怎麼敢？」慈禧一轉身把胳膊搭在歡姊兒肩上，說了聲兒：「得了！德容二位姑娘隨我來，你們都回去吧！」款款而去。

6

皇后在她的寢宮中審了祖兒。

皇后平時不苟言笑，祖兒十分敬畏。這會子莫名其妙地一笑，更是嚇得祖兒的心怦怦狂跳。皇后笑道：「祖兒，跪下，我要審你呢。」祖兒急忙跪下。皇后一把拉她起來道：「小羊羔子，就嚇成這樣！快告訴告訴我，剛才到底是怎麼回事兒，把個小臉兒嚇得煞白！」

祖兒道：「皇后主子，奴婢不敢說。」皇后不耐煩道：「恕你無罪，說吧。」

祖兒的聲音抑制不住地顫抖道：「皇后主子，剛才奴婢在園子裡看見了一個假太監！」皇后一怔道：「怎麼講？」祖兒道：「奴婢給老佛爺拿東西從園子西頭過來，路過石舫旁邊的那座假山時，一個人閃了出來，見了奴婢，想是收不住腿，作了個揖就走了，我瞧他不像太監，就盯著他的背影兒看了看，不瞧還好，一瞧，眞的把奴婢給嚇死了！——他……他的辮子掉下來了！」

皇后大驚，沉吟半日方道：「這件事兒，到此爲止，誰也不許說，若是走漏了一絲兒風聲兒，我要你的小命兒！」祖兒結結巴巴地說：「那……那老佛爺那兒呢？……」

皇后臉一板道：「老佛爺那兒也一字兒不許提，若是嚇壞了她老人家，我拿你是問！」

祖兒走後，皇后沉吟了半晌。很想把榮壽公主請來商量商量怎麼辦，卻又覺著不妥。依著皇后的想法兒，這假太監不外乎是兩種人，一種是御前侍衛，可能看上了哪個宮女兒，假扮太監混進來，想偷偷情，這自然也是死罪；另一種可能就更可怕了：刺客！如果是後一種可能，那老佛爺就面臨著巨大的危險！這話兒還不能跟老佛爺說，戊戌年因爲那個刺客的事兒，老佛爺遷怒於內宮，挨個兒都遭荼毒，連她作爲六宮之首的皇后也不能倖免。只能暗中查訪著，提防著，得加倍小心才是。

用膳之後，慈禧那邊派了宮女青兒來回話：「老佛爺瞧了花邊兒，說好，要留下來用。這是老佛爺賞皇后主子的綢料子，」青兒把一塊淡紫底子繡銀色鳳凰的絲綢呈上，皇后接過，稱謝不已，「老佛爺說，日本內田夫人派了個裁縫過來，下午來給您裁衣裳，請皇后主子在宮裡等著。」

皇后問道：「老佛爺是單賞我的還是各宮都有？德容二位姑娘可有？」青兒道：「回皇后主子的話，內田夫人一共拿來十塊綢子，老佛爺自已留了四塊，您和德容二位姑娘各一塊，剩下的三塊老佛爺說賞大公主、瑾主子和四格格，元大奶奶那兒老佛爺說是賞一塊兒過去剩的綢子，是袁世凱進貢的。」

皇后沉吟道：「元大奶奶最是爭強好勝，若是讓她知道了，倒不好，不如把我的這塊賞給她罷。」青兒道：「難怪早就聽說皇后主子德昭六宮，今兒才親眼見了！不是奴婢不聽皇后主子的，實在是老佛爺那兒沒法兒交代啊！」皇后道：「如此也罷，元大奶奶那兒我再想些別的法子罷。」正說著，外面報日本裁縫三木一郎到，青兒這才走了。

三木進前鞠了躬，皇后抬眼一看，見三木相貌堂堂，神采飛揚，心裡不禁掠過一絲疑問：「祖兒看到的那個假太監，難道是他？」心下想著，不免與他寒暄了幾句。皇后爲人最是謹慎，雖說是老佛爺親派的裁縫，但到底男女授受不親，如此一個青年男子，若與之獨處到底不妥，遂喊了宮女小蟬與嬈兒在一旁侍奉。

卻說這皇后的身體最是瘦削，那三木量了尺寸，驚道：「皇后娘娘眞是苗條，如此細腰，在敝國亦是少見。貴國有句詩叫作『翩若驚鴻』，是不是就是形容娘娘這般苗條的人？」那三木原本是說好話拍馬屁的意思，在皇后聽來卻甚是不悅，她心裡暗驚三木的中國話竟說得如此之好，甚至還會引經據典，臉上卻沉下來，道：「三木先生說差了，『翩若驚鴻』是曹植《洛神賦》中的句子，並不是詩，先生拿我比洛神，我也實在當不起。」冷冷地說了幾句，便叫宮女倒茶，道：「先生用茶罷，對不住得很，我昨日失寢，現在倒要歇息去了。」

三木鞠了一大躬，臉上悻悻的：「皇后娘娘請便。三日之後我便將成衣送來。」皇后道：「不必了，還是我派宮女去取吧。嬈兒，你帶先生到後邊領賞。」說罷回身便走。

三木哪裡喝得下去茶？只抿了一口便就告辭了。心下只是想著自己剛才是不是說了什麼錯話，這可眞是想拍馬屁拍到了馬蹄子上，晦氣晦氣！原來中國的皇后是這樣的！三木憤憤然離開長春宮，直奔元大奶奶住的秋爽堂去了。

7

元大奶奶正在對鏡比試著慈禧賞她的那塊綢料，心下只是奇怪：非年非節的，又不是老佛爺、皇上的壽誕，爲何老佛爺要以衣料相贈？又要日本裁縫來裁鉸，是單賞自己的呢還是人人都有？

元大奶奶青春喪偶，如今已是整整七年了。十九歲那年她被許配給了方家。出嫁之前老佛爺就說：「方家公子看上去不是長壽之相。」果然兩年之後，她的丈夫得病去世。她還生過一個孩子，生下來就是個死胎，她卻下了不少奶水，奶子也被撐大了。比起四格格她們，元大奶奶覺得自己的胸部實在是太難看了，就一直用紗布條勒著，外面再罩上緊身兜肚。可是在夜深人靜的時候，元大奶奶打開一圈圈的紗布條，就看見那一對飽滿的乳房挺出來，乳頭乳暈都紅豔豔的，她自己看著都臉紅心跳。

年輕寡婦的日子眞是難熬啊！她何嘗不想再有個男人！可這個想法剛跳出來，她就抽自己的嘴巴，大公主、四格格都是寡婦，皇后和瑾妃實際也是守活寡，老佛爺她老人家從二十幾歲守寡守到現在，人家不都過來了嚒？難道人家就不是女人？四格格比自己還小哪！

三木一郎就是在元大奶奶心猿意馬的時候出現的。元大奶奶看見三木就心跳起來，話怎麼也說不到點兒上。三木好像發現了她內心的想法，在量尺寸的時候，雙手在她的胸上竟停留了一下，三木的手指剛一碰到她的胸脯，她的臉就唰地紅了，覺得混身像過電似的酥軟起來，三木裝作沒注意的樣子，很練達地量完了，笑道：「貴國有句話叫作環肥燕瘦，說的都是美女，元大奶奶可眞是楊玉環再世啊。」

元大奶奶嚇了一跳，然後就紫漲了面皮，見那三木說話的時候眼中含笑，樣子風流倜儻，哪裡像個普通的裁縫?!心裡就怦怦亂跳，手指也顫起來了，嘴裡說道：「原來三木先生精通我們中國話，還知道我們的典故！」

三木笑道：「不敢。在元大奶奶面前現醜了！我曾經在庚子年到過中國，當然，那時我是作爲一名軍人來的。」三木的話不啻於晴天霹靂，把元大奶奶剛剛激動起來的心給震碎了，她張口結舌說不出話來。她張口結舌的時候三木又開口了：「不過，從心裡來講，我是反戰的。在中國期間，我還交了幾位中國朋友，我很喜歡中國人，很想……很想娶一名中國女子爲妻。……」說罷，三木就斜著眼兒瞧元大奶奶，元大奶奶強壓下內心的慌亂，故作鎭靜道：「三木先生若是眞的想娶中國女子，還是娶民女爲妻爲好。」

三木揚起一根眉毛，問道：「爲什麼？」元大奶奶道：「難道三木先生不知道我們的慈禧太后？老佛爺規矩大著呢。她老人家的規矩再大也是應當的，她是全世界至高無上的女皇嘛，四海之內，年年進貢，歲歲來朝嘛。」三木大笑起來：「年年進貢，歲歲來朝，怕是貴國唐朝年間的事吧。現在……難道還有這等事嗎？」

元大奶奶臉上熱辣辣的：「無論怎麼樣，老佛爺她老人家規矩大，她老人家還特別恨洋人，你可千萬別說庚子年來過中國，庚子年是她老人家的一塊心病啊！」

「哦？」三木很注意地聽著，淡淡一笑：「她如今倒是對外國人熱情多了。」

「那也是面子上的事兒！老佛爺這個人，有點兒什麼事兒就要記一輩子的！……」她突然捂住嘴，覺得自己說得太多了，「該死，我今兒對你說的這些個，你可千萬不可外傳！不然有你好瞧的！……」

三木搖著頭道：「我爲什麼要外傳，向誰外傳？再說，你什麼事兒也沒說啊！……我只是想娶個中國老婆，瞧著吧，我會讓慈禧太后同意的，我要娶個中國女人，而且還一定是宮裡的！」三木說完，就很有禮貌地向元大奶奶告辭，並且留下了一件日本產的小禮物，一個穿著和服、裸著胸部的日本陶偶。元大奶奶的臉又紅了：「難道你們日本女人，都穿成這樣？」

「是啊，」三木笑嘻嘻地說，「什麼時候我也給您做一身和服吧，您穿起來，一定要比它美得多！」元大奶奶想說什麼，又嚥回去了，心裡就像倒海翻江似的，久久無法平靜。

爲德齡容齡量身，應當說是三木最愉快的事情。三木雖然竭力稱頌皇后與元大奶奶，心裡卻在想：「原來中國女人如此難看，要麼瘦得皮包骨頭，要麼肥得連腰身都找不著，這就是她們所謂的『環肥燕瘦』？」看見了德齡姊妹，他才確信中國原來也有好看的女人，只是這兩姊妹都是受西方教育長大的，處事很大方，使三木感覺不到那種偷嘗禁果的誘惑罷了。

德齡見到三木便想起了懷特。在回國輪船上的那場化妝舞會，是她所經歷的化妝舞會中最最有趣也最最刺激的一次，而且還最甜蜜——因為她認識了他：凱・懷特。

德齡去過法國、德國和日本，對於美國人，她沒有多少了解。但是從懷特身上，她明白了其實她最適合美國人。懷特很單純，單純得像個大孩子，德齡問道：「美國人都是這樣的嚒？」懷特笑道：「不，我姑媽就不是這樣的，她很……很複雜。」

「你姑媽？」

「對，她叫艾米，做生意的。她沒有孩子，只把我當作她的孩子看，她的脾氣……有點怪。」

懷特講起中國話來特別有意思，有一種怪怪的腔調，德齡一聽就想笑。那個可愛的大男孩他現在到底怎麼樣了？不知道。

而眼前的三木卻要成熟得多。三木有一種掩飾不住的風流倜儻，讓人看起來不像個裁縫。德齡心裡不禁有些疑惑。

8

三木一郎為德齡姊妹量身的時候，內田夫婦正在公使館的榻榻米上一同飲酒，是普通的日本清酒，器皿卻是相當的精美。內田夫人彎腰為內田斟酒，內田飲了一口道：「如此說來，慈禧太后很喜歡我們的衣料？」夫人點頭道：「正是。不過我還是要向你賠罪。因為我向太后提了留學生的事，她雖然說是回去要和大臣們商量，可我知道，那不過是托詞罷了。我沒有辦好這件事，眞是十分地抱歉。」

內田笑道：「哦，這倒在意料之中的。因爲幾十年前，清政府曾經官派過小留學生到美國留學，結果小孩子們學會了英文、幾何、打棒球，有的孩子乾脆就把辮子剪了。於是這一下子就觸怒了清國朝廷的元老們，把所有的孩子們都招回來了。現在雖然說是實行新政，可有不少維新派、革命黨在日本活動，太后當然不願意派留學生了。他們喪失了一次向先進文化學習的好機會，我們也減少了一次滲透中國的機會。」

夫人道：「是啊，不過，我們的天皇御用裁縫倒是很順利地進入了清宮大內。」

內田道：「很好！美國人可以派畫家，我們有裁縫，算和他們打個平手。現在誰都在想辦法影響中國、控制中國，憑著我們對中國文化的了解，是不可能輸給他們的。現在日本已經不是唐朝的時候那個事事都要模仿中國的小國家了，我們經過明治維新之後的實力，總有一天會一鳴驚人的，到了那個時候，別說是中國、俄國，就是整個世界也會吃驚的。」內田夫人連連點頭稱是。

內田又問：「那麼，派的是誰呢？」夫人輕輕吐出兩個字：「竹內。」內田驚道：「原來是他！對，庚子年他是去過中國的，對中國的情況非常了解，而且，他的確非常迷人。」夫人微笑道：「注意，他現在的名字是三木一郎。」

夫人的心計之深令內田也感歎不已。多年來，內田夫婦琴瑟和諧，貌似內田主外，夫人主內，實際上，即使是對外，夫人也當了多一半的家。內田其實樂於如此，多年來的實踐證明，夫人的判斷往往是正確的，畢業於早稻田大學的內田夫人，當年曾經是傾國傾城的美女，但是她一點不事張揚，年紀輕輕的，便能把周圍來自女性的妒忌與男性的慾望擺平，那可絕非易事，從那時起，內田就看出她潛在的政治才能了。

日式美男子竹內一男不但生得健壯而又骨感，而且有著顯赫的家世。

竹內家是個大家族，他的祖母便是著名的《枕草子》的作者清少納言，他的父親則是著名的浮世繪畫家，畫過很多描繪昭和年間的世情風俗畫，當然，也畫過一些春宮畫，日本的春宮畫是很厲害的，作爲竹內家的長子長孫，一男不可能不具有比一般兒童更強烈的好奇心，他很小的時候就諳熟了男女之間的事，並且在青春期的時候便不止一次地佔有了家裡的使女，使她們受虐和懷孕。

今年只有二十四歲的化名三木一郎的竹內一男絕不像他的外表那樣清秀儒雅。

自從接受任務之後，竹內便把慈禧的御前女官們仔仔細細研究得十分透徹。他認爲，對他來說，最好的主攻對象應當是大公主。他用日式思維考慮的結果，是認爲大公主是所有宮眷中最壓抑的一個，這樣的女人，貌似嚴謹，其實是最容易被俘虜的。

這天午後，大公主正在自己的寢宮中練字，宮女邁兒進來回道：「大公主，日本裁縫來請您試衣，您見不見？」大公主頭也不抬地說：「哦，讓他進來吧。」

三木一郎穿戴整齊地施禮，捧著一個錦緞包袱，微笑地看著大公主。打開包袱。包袱裡是一件美麗的寬袖淡青色的衣服，上面繡著顏色由上到下漸變淺色的幾簇櫻花。大公主細細瞧了，喜道：「實在是雅致極了！」

大公主原是恭王爺的女兒，地道的金枝玉葉，最是端莊嚴謹的性子，也最是挑剔；這會子情不自禁地誇讚，實在是難得。只見她換好了衣服從裡屋出來，儼然換了個人，好像有一束亮光，照亮了宮闈。

邁兒喜道：「主子這會子快去四格格那兒讓她瞧瞧，倒把她給比下去了！」大公主佯嗔道：

「淨胡說，看閃了你的舌頭！」邁兒忙舉起一個小鏡子讓公主看自己在大鏡子裡的背影，大公主自己也笑了。對三木道：「原來你的手藝是極好的。」三木微笑道：「不敢當，大公主誇獎了。不是我的手藝好，實在是大公主的身材好。」

大公主不禁臉一紅，那三木立即看在眼裡，畢恭畢敬地指著她腰上的一個縐褶道：「我想這裡如果改一下，就更好了。」他做了個針線的手勢，邁兒忙道：「你要針線？我這就去拿。」

邁兒轉身走後，三木回眸，正好和大公主的目光相對，大公主的臉又是一紅，急忙將目光避讓開了，誰知三木竟伸出手來，忽然握住了她的手。

卻說這榮壽公主自從守寡之後，便正式做了慈禧的女官，宮中除了太監，根本見不到男人的影子，這時平地裡冒出個日本裁縫來，又長得四角齊全，十分俊美，本來已是花容羞怯，哪成想他竟如此大膽，待想呵斥了去，卻見他雙目炯炯，似看進她的身子裡去，她頓時像被施了魔法一樣，任由他拉著手，來到桌前。

三木握著公主的手，在宣紙上寫了幾個飄逸的大字：花容——月貌——暗相思。大公主見了，大驚失色，只見那三木英俊的臉步步逼近，她鎮定了一下，突然發力，狠狠地扇了他一個耳光。三木並不在意，他輕輕一笑，在紙上又寫了幾個字：天知——地知——無人知。

那大公主到底是恭王爺的女兒，自小學過嚴格的禮教，雖然全身顫抖，還是沉下臉來，用力寫下「清者自清」四個字，寫完了，把筆遠遠地一拋，墨汁正濺在匆匆走出的邁兒的鞋上。

邁兒的繡鞋上頓時洇上了一大塊墨跡。

9

自薾兒來到四格格宮裡，兩人相處得情同姊妹。這天，薾兒給四格格洗了頭，四格格披著一頭秀髮，在後面庭院中悄然練習容齡教的舞蹈。薾兒在一旁瞧著，捂了嘴笑，四格格道：「笑什麼？」薾兒道：「奴婢瞧這舞好倒是好，可爲什麼這隻手總是不動。」

四格格笑道：「傻ㄚ頭，這隻手，得抱著舞伴的肩呀，怎麼能動？」

薾兒道：「這種舞若是在外國，也是和男人摟著跳的嚜？」四格格噗哧笑道：「這樣兒的話也是你問的嚜？」

薾兒嗔道：「平日裡姊姊長姊姊短，一到正經時候，就擺出格格的款兒來壓人了！」四格格傷感道：「不是我不想告訴你，是我一下子想起當年……哎，不能提啊，轉眼九爺已經死了三年了。」

薾兒見四格格傷心，急忙拿了鏡子來爲她梳妝，道：「薾兒也是經過了的人，豈有不知道的？可薾兒到底和格格不同，主子，你好歹和九爺恩愛了幾年，可薾兒，連個好男人也沒碰上呢！」四格格啐道：「呸！越說越不成話了！你是不是在宮裡頭待得悶了，想男人了？」四格格的話，原是說著玩兒的，她和薾兒兩個差不得幾歲，說話本來沒輕沒重，誰知那薾兒竟低了頭，半晌都不言語。

四格格平時最是個會討巧、會做人的人，這時見薾兒如此，便拉了她出去盪鞦韆，那鞦韆架本是德齡的哥哥勳齡親手安上，請四格格玩兒的，吊在了兩棵大樹中間，學著歐洲的那種鞦韆樣子，上面還纏繞著藤蘿和花。

四格格和繭兒一人一個盪起來，繭兒到底是生過孩子、哺過乳的人，身子便不似四格格那般靈便，四格格雖說結過婚，還有些姑娘家的瘋勁兒，繭兒越讚她，她越悠得高，高到踢到了花樹，只見落英繽紛煞是好看。四格格邊悠邊叫著：「繭兒，你再用力點，你看我像不像飛起來的？」說笑之間，一不小心沒拉住，竟然從鞦韆上飛了出去，眼看著就要落向塵埃，繭兒不禁尖叫一聲。

說時遲那時快，只見從遠處走來的一個男子飛也似的跑了幾步，敏捷地接住了空中的四格格，巨大的衝擊使他們在地上打了個滾。四格格定睛一看，竟是那個日本裁縫。四格格雙手捂著臉，滿臉緋紅。三木起來莊重地施禮，然後撿起拋在一旁的衣服，小心地拂去上面的落花，遞到四格格的眼前。

三木道：「美麗的小姐，請你試試你的衣服好嗎？」四格格羞得眼睛也不敢抬了，輕聲道：「還是叫我四格格吧。」轉眼看見做好的衣服，不禁喜道：「衣服這麼快就做好了？不愧是天皇的御用裁縫啊！」三木受到誇獎，眼睛一亮，道：「謝謝誇獎，能爲如此美麗的小姐做衣服，實在是三木的榮幸！」

那四格格從小生在宮中，吃的錦衣玉食，穿的綾羅綢緞，只是碰不上幾個像樣的男人，親王貝勒們自然是沒少見，卻沒有一個是四格格感興趣的那種類型，老祖宗的箭射騎術，到如今的兒孫們這裡早已是衰退了，那種寬肩闊背的驃悍體型，如今已是屈指可數。九爺，裕祿的九子，自然是一副好身段，當年他娶了四格格，滿宮裡都認爲是天上人間的頭一等美事，兩人出雙入對，所有的人都覺得是郎才女貌珠聯璧合，二人夜夜顛鸞倒鳳，享受雲雨之歡，四格格的膚色看著美麗起來豐潤起來，她本來便美貌，膚色一好，更是嬌豔無雙，連慈禧看她也頗有驚豔之感。

慈禧本來便喜歡四格格，宮眷們說笑，那是絕少不了四格格的，沒了四格格，慈禧就覺著一桌子美酒佳肴少了一半，漸漸的，四格格來園子的時候少了，慈禧問起來，慶王爺的側福晉回道：「和老九在一起，小兩口兒在喝酒賞菊呢！」慈禧笑道：「果然是四格格！老九那麼強的脾氣兒，都給掰過來了！」說罷，眾人都笑。過了不幾日，四格格進園子請安，就給留下了。慈禧親賞給四格格一本《石頭記》，笑道：「眞是好書！如今只有我和你皇后主子瞧過了，我的意思，你和大公主也瞧瞧！」皇后在一旁笑道：「老佛爺如今連〈葬花詞〉也背得下來了！直說，咱們這園子，就像那大觀園，咱們娘兒幾個呢，就像是那裡邊兒的老祖宗和眾姑娘媳婦兒，可惜少了四格格！」四格格接過書謝了恩，不幾天兒，就搬回園子裡住了。一年之中，也回不去幾趟，誰知九爺就病了，一來二去的，過不多久，竟然一命嗚乎！

這其中的苦，恐怕只有四格格本人知道。她知道，九爺這病根兒，就是太愛她了！九爺根本離不開她！其實，她又何嘗離得開九爺?!從此後，四格格人前強顏歡笑，夜晚常常暗自哭泣，又怕惹人笑話，只得每天早上將冷水敷眼，倒也瞧不出來，日子一長，每天有眾宮眷一起說笑，上有慈禧庇護，下有眾人抬舉，四格格到底還是個年輕女子，性子又最是活潑爽朗的，也就慢慢的調護過來了。特別是德齡姊妹一來，帶來了好多外邦的消息，四格格覺著眼界開闊了許多，尤其是那個能歌善舞的裕容齡，成了四格格傾慕的對象，覺著兩人特別投緣，已暗暗拜了乾姊妹，只瞞著眾人而已。

但是眼下這個日本裁縫，一下子撩撥得四格格春心蕩漾！他那身架子，有多像九爺啊！只怕是比九爺還健壯呢！這會子被他一摟抱，只覺得渾身酥麻，臉紅心跳，一時間說不出話來。急忙進內室試衣，不一會兒，穿著新衣走出來，倒眞的把藺兒嚇了一跳！

卻說那滿洲的旗袍，最是講究，琵琶襟兒，直連身兒，如今那日本裁縫卻別出心裁，做了一點點卡腰，袖子也寬了些，特別是那淡青色的線香緄，一看就是一流的好繡工！穿在身上，就是不同，四格格身量本來就不矮，穿了這件衣服，更加顯得裊裊婷婷，婀娜多姿，把個繭兒看得連連讚好！

裁縫的眼睛，原就明亮，這時亮成了一團火，在那團火光的照耀下，四格格沉寂已久的心一下子活了！她對鏡擺了擺腰肢，竟情不自禁地跳起舞來——正是容齡教的那個什麼「華爾滋」，這回，她不動的那隻手突然有了感應：那個日本裁縫三木一郎，不知什麼時候摟著她的腰陪她一起跳起來，這一切好像都在轉瞬之間，看似偶然，其實卻是非常默契！

繭兒看著這一對璧人翩翩起舞，簡直呆了，在她眼裡，彷彿那個俊美的日本男子三木一郎，本來便是四格格一直等著的那個人。就是九爺，也沒有這等般配啊！繭兒看見那隻俊朗的年輕男人的手，摟在四格格柔軟的腰肢上，越摟越緊，好像箍進了肉裡，隔著一層紗衣，繭兒看見四格格的纖腰像是在微微顫動，四格格沒有綰起的黑髮在輕輕地飄，繭兒覺得自己好像喘不過氣來了。

10

容齡在教授眾宮眷跳法國宮廷舞的時候，皇后永遠在一旁觀看，並不參加。對於這點，慈禧倒也並不強求，作爲六宮之首，慈禧一向認爲皇后應當有些特殊的尊嚴。

不過皇后倒並不反對眾宮眷們學習跳舞，看著她們跟著容齡學舞，倒也成了皇后寂寥生涯中的一樂兒。從來不苟言笑的她往往被逗得笑出聲兒來。譬如容齡在前面做著示範道：「阿勒貝斯一，阿勒貝斯二，一二三，注意把頭揚起來。」瑾妃和元大奶奶就常常因爲節奏不對，撞在了一起。被稱爲月餅的胖瑾妃便叫道：「哎呀，元大奶奶，你可把我撞得不輕。」元大奶奶就說：「哎呀，我的胳膊也很疼，瑾主子，是你跳錯了，不能怨我。」瑾妃道：「不會呀，我就是跟著容齡姑娘的樣兒走的。」每逢這時，皇后便在一旁笑著說：「行了，你們都別吵了，你們都跳得不對，瞧瞧，跳舞還眞的只有小姑娘兒行。」

瑾妃和元大奶奶停了下來，見容齡帶著四格格跳得十分默契，像一對美麗的蝴蝶在翻飛。容齡見眾人皆看著她們，笑道：「四格格學得眞快，眞的有舞蹈天賦呢。跳起舞來就像凱瑟琳！」四格格笑道：「凱瑟琳是誰呀？」容齡道：「她是我在巴黎最好的朋友！」

元大奶奶道：「姑娘也太偏心了些兒，難道只有四格格是天生跳舞的，我們都只能作陪襯兒？」容齡笑道：「您也不必著急，這麼著吧，您和瑾主子先按我說的舞步走著，一會子我過去檢查，如何？」

元大奶奶暗暗撇嘴道：「到底是不願教我們，也罷，瑾主子，你我二人到旁邊東配殿去練習罷，咱們這笨鳥兒也不能不飛啊！」瑾妃答應一聲，二人去東配殿練習不提。

卻說次日天氣晴好，慈禧高興，命皇后約眾宮眷到頤和園石舫小酌，順便瞧瞧她們的舞蹈學得如何。湖邊的草地，正是豐饒茂盛之時，宮眷們在容齡的帶領下跳著新編的宮廷舞，已經跳得有模有樣，瑾妃雖然慢半拍，卻也勉強跟得上了。慈禧端坐在石舫旁邊的御座上，皇后側立一旁，元大奶奶則縮在皇后身後，低著頭兒，一聲兒不吭。

慈禧看著宮眷們跳舞，臉上本略有些笑模樣兒，餘光掃過元大奶奶，立即斂住笑容，嚴厲地問道：「你怎麼不去跳舞啊？不是已經學了好一陣兒了嗎？」元大奶奶恨不能挖個地縫兒鑽進去，小聲道：「回老佛爺，皇后主子不去，我也不去。」

慈禧冷笑一聲道：「笑話！皇后乃六宮之首，你是誰？你不過是個小輩兒，年紀輕輕兒的樂和樂和多好，快去吧。」元大奶奶心一橫，也顧不得許多了，道：「老佛爺，有些話我不知該不該說。」

慈禧道：「怎麼了，說吧，別說半截兒。」

元大奶奶壓低聲音道：「老佛爺，我哥哥說，說德齡和容齡她們在回國的輪船上就和男人摟著跳這種舞，而且還戴著面具，說是這樣就可以行爲放肆，反正也看不清是誰。……還有，聽說她們在法國的時候還和男人一起演出淫亂戲劇，爲了這個，他們的阿瑪還遭到了彈劾呢！」那元大奶奶只顧了自己說，並沒覺察慈禧臉色越來越陰沉，直到慈禧把茶杯砰地摔在地上，她才嚇了一大跳。慈禧怒道：「行了！別嚼舌頭了，你就是眼紅她們姊兒倆。滿洲的姑娘不會幹這樣的事兒。幸虧你還不是妃子，要是妃子的話，後宮不就成了醋海了?!」

慈禧的怒斥聲立即讓周圍一片靜寂。德齡率眾人走了過來，見元大奶奶已然跪下了，慈禧臉上依然盛怒不已。元大奶奶含淚道：「老佛爺，奴婢並沒有造謠，的確是這麼聽說的，您是不是打心眼兒裡覺著奴婢膩煩，奴婢事事兒不如人？若果然如此，您老人家不如賜奴婢一死，您老人家知道，奴婢除了這裡，是再沒有家的了！」眾人大驚，個個低頭看定了腳面，不敢言語。

慈禧嘆了口氣，道：「起來吧，你也別耍性子了。我說你們，是疼你們，那還說不得了?!你們都是小輩兒，我不是想讓你們快活才接你們進宮來的嚒？若是要你們死，我還費這許多心思幹什麼?!」

元大奶奶哭道：「老佛爺，奴婢知道這個理兒，奴婢是老佛爺身邊的人，別說老佛爺說兩句兒，就是打幾下子，也是奴婢的福分，只是，若是奴婢再不能在老佛爺面前討喜盡孝的話，就是活著也沒多大意思，不如乞老佛爺賜死，也比被那外四路兒的假洋鬼子們氣死了強！」說著，竟哭昏過去。

慈禧沉著臉道：「得了得了，快把她抬回去，叫太醫吧。」眾人七手八腳的將那元大奶奶抬了走。

卻說那裕容齡自小長在外邦，哪見過這個？一時間咬著嘴唇說不出話來，倒把身邊兒四格格的手抓出了紅印兒。當晚，德齡仍在慈禧那裡伺候著，容齡便約了四格格來，悄聲問道：「元大奶奶今兒可是怎麼了？什麼叫外四路兒的假洋鬼子？可是說的我和姊姊？」

四格格道：「姑娘快別這麼想，那本是糊塗人說的糊塗話兒，姑娘若是往心裡去了，豈不也成了糊塗人了？姑娘不知道，我們原都是嫁過人的，但是男人一死，婆家也就不好待了，蒙老佛爺寵幸，就都叫到園子裡，陪著老佛爺找點兒樂子。」容齡驚道：「原來你們都是……」

四格格道：「我們——我、元大奶奶、大公主都是寡婦。大公主是老佛爺指的婚，嫁的是額附景壽的兒子，景壽是咸豐皇帝的姊丈，姑姑嫁給景壽，侄女兒嫁給景壽的兒子，這叫隨姑出嫁，是親上加親的事兒，嫁過去之後，兩口子感情特別好，可……可是老佛爺……」

容齡忙問：「老佛爺怎麼了？她不高興？」四格格輕聲道：「不不不，老佛爺高興，老佛爺就是太疼大公主了，所以常常……常常把大公主留在宮裡住，陪著她老人家，……後來……」容齡急忙追問道：「後來怎麼樣？」

四格格道：「後來……過了兩三年，大公主的男人就死了！」容齡驚得用帕子捂住嘴，說不出話兒來。

四格格又道：「……我也一樣，嫁的是裕祿的兒子，他在家排行第九，人稱九爺，九爺待我很好，那時候我們眞的是出雙入對呀！……可是老佛爺疼我，離不開我，就讓我陪著她在宮裡住，也是沒過兩年，九爺人就沒了……也沒留下一男半女……」說到這裡，四格格忍不住黯然淚下。

容齡盯著四格格，盯了半日，才「呀」了一聲道：「想不到你快快樂樂的一個人，竟有這樣兒的不幸！」四格格嗚咽著，竟是煞不住話頭兒了，索性將心中鬱悶一洩而出：……還有七王爺和七福晉，就是當今萬歲爺的生身父母，也就是你們說的醇親王爺，七王爺他為人寬和，七福晉持家有道，兩口子恩恩愛愛，又是老佛爺玉成的，按說她老人家該非常高興，可……可是不知道怎麼了，後來她老人家又賜給七王爺一個妾，七福晉可愁壞了，不知道怎麼處，說重了吧，是老佛爺賜的，打狗還得看主人呢對吧？不說吧，實在是窩心憋氣，這不，沒過幾年兒就死了，七福晉，可是老佛爺的親妹妹啊！……元大奶奶更慘，聽說還懷過一個孩子！……還有，你聽說過凡兒姑娘吧？嫁出去的人了，鬧著要回來，都說是念老佛爺的好兒，可有誰知道，老佛爺是把她指婚給了一個太監！老男人本來就髒，何況是老太監！自個兒不行，變著法兒的折騰凡兒，不過兩年，把個凡兒好好一個閨女，折騰得都沒人樣兒了！她不想回來？除非她想死！」

容齡驚道：「原來如此！可是……這些事兒太奇怪了，怎麼會有那麼多的巧合呢？……會不會是老佛爺自己年輕守寡，也不願意讓別人……」四格格嚇得趕快捂住她的嘴。容齡楞住了，隨之聽到簾外有響聲，她忙問道：「誰？」急急趕了出去看，只見外面空無一人，遂暗暗有些疑心。

11

這天午間繭兒侍奉四格格洗身——宮中的規矩，所謂洗身，不過就是拿乾淨毛巾擦身而已，一次要用上四五十塊雪白的毛巾。

四格格洗身，一般都用專門的丫頭。繭兒一聽四格格叫，就知道洗身是幌子，說話兒才是眞，這些日子，四格格神出鬼沒的，除了學舞蹈，誰也不知道她在哪兒，和誰在一起，好在老佛爺近日有德齡陪著，並沒認眞想起她。

只有繭兒依稀猜到些四格格的心思。吃罷午膳，繭兒一溜煙兒跑到四格格繡花的暖閣，見四格格已脫去中衣，正等著她呢。繭兒急忙接過粗使丫頭打來的水，用雪白繡花毛巾絞乾了，開始輕輕揩試四格格的胳膊，四格格這時才脫了小衣，又解開水紅嵌絲絞花肚兜，繭兒見了，讚道：「怨不得人說自古窮通皆有定，主子長得這樣兒，怨不得當主子！奴才們就是奴才，這眞是一點不錯的！」

四格格道：「那也不見得，我就不信這個！不說別人，就說你繭兒姊姊，有哪點兒不好？長得美不說，身量兒也是極好的，慢說是男人，就是我呀，也是我見猶憐！」說罷，咯咯地笑，把個繭兒臊得啐了一口，道：「呸！還主子呢，都是我讚的你！咱們到老佛爺面前兒說說，這可像個主子說的話兒？」

四格格笑道：「罷咧！你還要拉我去見老佛爺？我就說，都是你撩的我！」兩人一頭說笑，一頭擦拭，不覺已過了晌午，兩人一起用了點心，用罷，四格格小憩，藺兒就靠在外邊的煙榻兒上眯著。

藺兒一覺醒來，覺著屋裡出奇地靜，恍惚間坐了起來，叫一聲四格格，沒人答應，又叫一聲，還是沒人應，就睡眼迷濛地順著迴廊走到後花園，卻聽見一種奇怪的聲音，像是有人生病了似的呻吟聲。藺兒急走了兩步，發現聲音是從花園迴廊後面的那個小槅段發出來的。

藺兒趴上那個雕花窗櫺的槅子，輕輕舔舔窗戶紙，本是想嚇唬四格格的，卻把自己唬了一跳。只見四格格被個男人摟在懷裡，面色赤紅，頭髮也是蓬亂的，嘴裡輕輕嬌喘，那個男人，不是那個日本裁縫，又是哪個?!藺兒哪裡還敢再瞧，轉身便跑，慌亂中竟被自己的裙裾絆倒，爬起來又接著跑，恍惚間便就跑出了庭院，正迷亂間，忽見一面生的太監，直直盯著自己，遂問道：「你是哪裡的公公?怎麼跑到這兒來了?」

那太監皮笑肉不笑的哼了一聲道：「你倒問我!我倒是想問你呢，你是何方的宮女，怎麼跑到體和殿來了?!」

藺兒一聽體和殿三字，猶如五雷轟頂一般，氣也喘不勻了，原來，那體和殿與慈禧的寢宮儲秀宮僅一牆之隔，老佛爺吃罷飯常到體和殿抽水煙，藺兒如今最怕見的人便是慈禧，生怕她見著自己，又想起關於崔玉貴的陳年往事。

卻說那太監的髮辮上纏繞著一色特殊的辮飾，眼睛奇冷，鼻孔很大，讓人見了害怕，太監見藺兒神情慌亂，叫住她道：「我問你呢，你怎麼不理人哪!」藺兒只好站併了腳，小聲道：「奴婢藺兒，是四格格房中的丫頭。」

那太監一聽四格格三字，臉色稍緩，道：「既是四格格房中的，不好好伺候，跑這兒來幹嘛?」藺兒嚇破了膽的人，哪敢撒謊，且又不敢說出眞話，便只好支支吾吾的，愈發令人懷疑，那太監冷笑一聲，揪了藺兒的衣襟便走，任憑她如何求饒，只是不聽。

藺兒被帶到一間陰冷的房子裡，外衣被剝去，只剩了中衣，她以爲要對她酷刑逼供，只是簌簌發抖，話也說不出來，等了半晌，卻見無人支應，正待要走，聽見裡面一個尖細的聲音，那個聲音讓藺兒一下子癱坐在地。

一個五大三粗的大個子走了出來，若不是親眼得見，眞的難以相信那麼尖細的聲音是這麼個大個子發出來的，那人自然是是整個大內之中都認得的人，不是崔玉貴，又是哪個?!

那崔玉貴盯準了藺兒，板著臉開口道：「你可是藺兒?」藺兒白了臉，低頭道：「回崔總管的話，奴婢正是藺兒。」

崔玉貴道：「你原是老佛爺房中的奶媽子，何時跑到四格格房中做宮女了?!」藺兒忙道：「是四格格上老佛爺處要了奴婢伺候。」崔玉貴怒道：「既然如此，就該好好服侍四格格才是，怎麼又跑到體和殿來?老佛爺既沒有傳喚你，四格格又沒有委派你，單這一條就該打!」

那藺兒早就三魂裡嚇跑了七魄，顫聲道：「崔諳達，……是……是四格格處一隻鸚鵡鳥兒飛跑了，奴婢追著追著，就追到這裡了，不想打攪了崔諳達，奴婢這就回去便了!」

崔玉貴冷笑道：「這就回去?!有那麼便宜的事?!……王公公，你給我搜搜，瞧瞧藺兒姑娘身上可夾帶了什麼東西沒有!」那王公公立即將藺兒抓過來，反縛了，便上手搜，藺兒哭道：「崔諳達，打狗還要看主人，看在四格格份上，你老人家……」

崔玉貴冷笑道：「我替四格格管教你，四格格還要感激我才是，對吧?哼，身上沒什麼東西?如此卻饒不了你，給我拖到外頭茶房處，將這賤人結結實實打上四十廷杖，也好讓她長長記性：我崔某人也是有頭有臉的人，不是那麼好欺負的!」說罷，那王太監不顧藺兒的哭叫，早將一團破布塞進她的嘴裡，拖了下去。

這時，在四格格的寢宮裡，那位英俊的日本裁縫正在教她舞劍，她的新衣裳已經掛了一屋，五顏六色的煞是好看。

四格格素來愛美，也會美，同是絞臉，絞得就細緻些，同是畫眉，畫得就嫵媚些，裁縫沒來的時候，滿朝的宮眷，只四格格一人會裁鉸，四格格學什麼像什麼，容齡教的西洋舞，只四格格一人學到了底，如今裁縫的劍法，又讓四格格學得著了迷，直練到她渾身香汗淋漓，他才微笑著握住她的劍，把桌上的茶杯弄翻，用劍蘸著茶水在桌子上寫了幾個字：飄零天涯，尋覓芳華。而她呢，含羞帶笑的，在白色的宣紙上寫了一行娟秀的小字：此生已矣，來世爲期。

她看到自己的字，臉一下子就發燒了，爲了掩飾自己的窘態，忙命：「繭兒，快把鎭紙和印章拿來！」無人應答，這時她才想起，吃過午膳洗過身子，就不見了繭兒，這丫頭定是趁她小憩之時，跑去找祖兒玩兒去了。便又叫道：「繭兒，你幹嘛呢，快來呀！」仍然沒有回答，四格格便風風火火往後房跑，漸漸地，她覺得不對，她看見有一股紫紅色的液體，正慢慢從房門後面流出來，她猛地打開房門——繭兒已然倒在血泊裡。四格格驚叫一聲，手上的宣紙灑了一地，在空中飛揚。

第四章

長春宮的夜，黑得十分磣人，只在皇后寢宮中亮著兩盞忽明忽滅的燈，在燈光下，四格格看見一向喜怒不形於色的皇后有些猙獰。

皇后點了一支紙菸吸著，淡淡地問：「四格格，年輕輕地獨守空房，可惜了兒你這花容月貌了，是不是？」四格格驚魂未定道：「奴婢不敢。」皇后道：「我看，你也不是守得住的人，還是讓老佛爺再給你指婚吧。」

四格格跪下了，聲音發顫道：「皇后主子，奴婢下次再也不敢了！」皇后笑道：「你還有什麼不敢的？光天化日之下，不但胡說八道，連事情都做出來了，也不怕萬一老佛爺真的惱了，把你指婚給閻王爺！」

四格格平生最怕皇后，尤其怕皇后不動聲色地笑，這會子見皇后笑了，心裡更是沒底，便自己掌了兩下子嘴，滴淚道：「皇后主子，您就饒了我這一次吧！我再也不敢了！」

皇后笑道：「行了行了，你也別來苦肉計了，念你初犯，皇爸爸那兒我就一個字兒也不提，若是沒耳性呢，可就難保不下割舌地獄了！」四格格哭道：「皇后主子，念在平日的情分上，您可得護著我點兒，奴婢對您一直是忠心不二啊！」皇后嘆了口氣，道：「起來吧。」又命小蟬：「給四格格看茶。」

皇后起身，親自給四格格擰了個帕子，命她淨了臉，又叫嬈兒拿來自己的胭脂眉筆，命四格格理妝。皇后自己在鏡子裡看著四格格道：「倒把一張俏臉給哭皺了！不如剛才，是梨花一枝春帶雨！」

四格格破涕爲笑道：「皇后主子又拿奴婢說笑兒了！奴婢哪裡當得起！」這邊兒小蟬早將一杯溫溫的清茶放在四格格手中，道：「姑娘慢用。」四格格接過茶抿了一口，那皇后便輕輕執了她的手，款款道：「四格格，你是老佛爺心尖兒上的人，連我都不好比的——」一語未了，那四格格又要跪下，皇后急忙攔住，四格格道：「皇后主子眞是折殺奴婢了！」

皇后道：「我說的是實話，我不過是有個名分，又是老佛爺的內侄女，要說她老人家眞心疼的，我瞅了這麼些年，也就是你了！德齡容齡是從外洋回來的，她老人家雖說疼她們，到底是外人，隔著一層兒呢！本來我瞧你最是個有心計的，怎麼就能把大內之中的事兒抖露給一個小孩子！五姑娘本來快人快語，又是受外洋教育長大的，姑娘呀，你怎麼就不長一點兒心眼呢？更有甚者，那個日本裁縫，誰知道他是什麼東西？你怎麼就敢往前湊？幸好是王公公發現得早，不然的話，若是出了醜事，老佛爺的脾氣兒你可是知道的！」

四格格見狀，知道這場災禍已然過去了，遂撒嬌道：「皇后主子有所不知，奴婢是看著精靈，其實只有點子小心眼兒罷了，哪像皇后統率六宮母儀天下，有眞正的大智慧呢？從今後我只管向皇后主子學習便了！只怕是學一輩子也學不了呢！」

皇后搖頭道：「我也不是什麼有大智慧的，要說大智慧，只有咱們老佛爺配得起！從辛酉年到現在，她老人家是一個人頂著大清的天下！想想吧，那會子咸豐爺剛駕崩，老佛爺她才二十七歲！雖有六爺扶助著，到底同治爺小，東太后又爲人軟弱，若是老佛爺稍稍有一點遲疑，只怕便讓肅順這起子賊子算計了去！咱們老佛爺，她不是凡人哪！」四格格唬得只有連連點頭的份，道：「奴婢也知道，老佛爺她是神仙下凡，聽我阿瑪說，戊戌年咱們皇上聽信了康有爲，發布了定國是詔，鬧了一百多天的變法哪！若不是老佛爺鎭著，咱大清怕也不是大清了！」

皇后臉沉下來，道：「你知道什麼？萬歲爺是誰？他也是隨便聽信人的？只怕是他看過的書，滿朝文武加起來也比不上呢！一個康有爲就能左右他了？不過是甲午海戰之後，他的心太急了些兒，總想著堂堂大中華，不能讓小鬼子給治住了，方才有變法之想，變法之初，老佛爺也是支持的，不過後來越鬧越亂，剛毅那些人總到老佛爺那兒上眼藥兒，還有袁世凱袁大人……唉，不說這些了，他心裡的苦，我都是知道的，他的脾氣兒，我更是知道，表面上瞧著他怕老佛爺，可庚子年之後，老佛爺屢屢與他緩和，可他那強脾氣兒！……」

皇后一頭說，四格格心中一頭暗暗打鼓，心想：「都知道他夫妻二人不和，卻未曾想皇后主子在外人面前，如此迴護皇上！到底是一日夫妻百日恩哪！」遂臉上陪笑道：「皇后主子說的何嘗不是?!那萬歲爺，雖然平時不多言語兒，可那聰明正派，在大內之中，眞眞是有口皆碑！我暗暗瞧著，老佛爺惱是惱他，可那心裡頭最疼的，也依然是他！皇后主子可曾記得？庚子年，統共五個雞子兒，老佛爺吃了仨兒，剩的那倆都給咱們萬歲爺了！」

皇后道：「那算什麼？你不知道的還多著呢，譬如庚子年鬧義和拳，偏遇著端王那個混球兒，領著人進來要殺什麼一龍二虎三白羊！你可不知道鬧得有多凶呢!!那一龍，誰都知道是萬歲爺，關鍵時刻是老佛爺給攔了，老佛爺往那兒一站，兩眼緊盯了端王，端王腿就軟了，立馬跪了下去，老佛爺上去就是一腳，喝道：『你趕緊的給我滾！』就那麼一聲兒，嚇得那些膀大腰圓的義和拳也屎了！連滾帶爬的都跑了！因此上說，誰跟老佛爺作對，誰想調唆老佛爺和皇上的關係，誰就是自個兒找死！……不信你就瞧，李中堂，榮中堂，張之洞……這些個人，就是聰明！」

四格格還是頭一遭聽皇后開言吐語的說這麼多，心裡頭撲撲的跳，又不好說什麼，只是陪笑聽著，末了兒，皇后道：「還有個事兒沒對你說呢，繭兒那個小蹄子，素日裡我看她還算勤謹，跟你也好，對她甚是放心，不想她卻做出不軌的事來，是我叫了人，原是想教訓她一下，誰知下手重了，此事就別張揚了，你用你體己的銀子，把她給發送了罷！」四格格只有點頭的份，哪裡還敢問半個字？只是心裡暗暗叫苦而已。

那皇后又說：「雖說你是個明白人，到底年輕，老佛爺說了：『讓四格格打明兒起，到春暖閣去寫經，一來她字兒寫得好，二來，也讓她靜靜心！』你看如何？」四格格起身叩謝皇后，嘴裡道：「多謝皇后主子迴護。」皇后遂叫了兩名宮女，連夜送四格格去了春暖閣。四格格進得屋裡，免不了哭了一場，手還抖著，宮女們便已把筆遞到手裡，四格格的手死人一般冰涼，至此才知道，這是老帳新帳一塊兒算呢，原來自個兒說的話兒，做的事兒，沒一件逃出老佛爺和皇后的眼睛。

2

慈禧太后照例與宮眷們一道進晚膳，她似乎興致很高，還專門讓御膳房備了酒。和往常一樣，她用眼睛盯著一道菜，就有太監立刻把菜夾好送到她的跟前。容齡見滿屋裡缺了四格格，忙問：「怎麼四格格今兒沒來？」皇后微笑道：「倒是五姑娘惦著她！四格格偶感風寒，躺下了。」容齡道：「那我瞧瞧她去！」說著便要起身，已被大公主按下了，道：「五姑娘，四格格染了風寒，幾天兒就好，你若是去傳染上了，再傳染了老佛爺，事兒可就大了！」容齡歪著頭想了一想，這才罷了。

慈禧略吃了些開胃小菜後，抬眼道：「德齡、容齡，你們儘管揀自己愛吃的吃，我也知道讓你們站著吃飯很累，可是又沒辦法，這是祖宗傳下來的規矩，連皇后也得這樣兒，洋人吃席是怎麼個吃法啊？」

德齡道：「洋人吃席，是一條長長的桌子，譬如老佛爺您宴請某國夫人，就是您坐在這頭兒，那夫人作爲主賓坐在另一頭兒，其他各位，按照品級排成序列坐著，菜是一道道上的，最後上甜點和霜淇淋。」

慈禧點頭道：「如此吃法，倒也別致。」大公主在一旁道：「專供老佛爺用膳的西膳房有五局，有葷菜局、素菜局、飯局、點心局、餑餑局，各司其職。各局都有名廚，他們都有各自的拿手絕活兒，像點心局的謝二，這是他最拿手的燒賣；這些是抓炒裡脊、腰花、魚片和炒蝦，是葷菜局的張玉山掌勺兒，你們趕緊嘗嘗。」容齡、德齡各自吃了一些，都覺味道甚美。

慈禧笑道：「一般人吃不出來是哪個廚子做的，可我就能嘗出來，從來不帶錯的！」元大奶奶拍手道：「可不是，那年老佛爺去東陵，西膳房派人跟著，派人做了燒賣，可老佛爺嘗了一口，就說：『謝二爲什麼沒來？』膳房的總管看糊弄不過，只好承認謝二病了。」德齡笑道：「老佛爺可眞是美食家。」

慈禧道：「德齡啊，你們在法國的廚子有什麼拿手菜沒有？」德齡道：「回老佛爺，我們的廚子羅美爾做的奶油蛋糕特別好。」容齡：「是呀，他做的蛋糕裡面放了蘭姆酒，有特殊的香味兒。」慈禧嗤的一聲，不以爲然道：「蛋糕算什麼？我們的點心局有的是，要是他來，就賞他到點心局當差得了！」德齡姊妹說聲是，互相看一眼，都忍不住笑。

慈禧的目光在桌子上掃了一下，忽然收斂了笑容，把銀筷子重重地摔在桌面上。頓時眾人一凜。慈禧厲聲道：「我的香酥鴨子怎麼沒有哇?!」眾人面面相覷，李蓮英低頭上來打千兒道：「老佛爺，都是奴才的錯，今兒我查晚了，發現那道香酥鴨子有些毛病，就撤了。于公公就來不及重新做了。」慈禧沉臉道：「鴨子有什麼毛病啊？」李蓮英急忙向小太監示意，小太監遞上一雙發黑的銀筷子。

李蓮英跪下道：「老佛爺，銀筷子黑成這樣，可見裡面有劇毒呀，奴才怕壞了您的興致，所以沒有立即稟報，請老佛爺恕罪。」慈禧怔了一下，神色大變。

李蓮英道：「老佛爺，奴才已經派人在追查此事，不出三天兒，就可以提著凶犯的頭來見您！」慈禧搖手道：「行了，起來吧！」

眾宮眷半晌無語，還是大公主有些擔待，忙道：「老佛爺，您可千萬別氣壞了身子。」慈禧示意祖兒敬煙，吸了一口，款款道：「我倒沒什麼，德齡、容齡，這樣的事兒你們還是頭一回看到吧?你們定然想不到，我每天吃的一百二十道菜，看著風風光光的，其實暗藏殺機呀，還不如老百姓兒的粗茶淡飯吃得舒心呢。」容齡瞪著一雙天真的眼睛：「老佛爺，怎麼宮裡也有壞人啊?」

慈禧微笑道：「壞人哪兒都有，你說別人是壞人，別人還說你是壞人呢!容齡，你說我是不是壞人?」容齡道：「老佛爺是最疼我們的，怎麼能是壞人呢!」慈禧笑道：「要是天下的人和你想得都一樣，就好了。李蓮英，斟酒來，今兒我要和這幾個花兒一樣的姑娘喝幾杯!」

李蓮英彎腰斟酒，嘴裡說著討喜的話，不覺幾人都有醉意。慈禧乘醉道：「大公主啊，你說，什麼是世上最可怕的事兒啊?!」大公主道：「自然是夫妻分離，有緣無分!」慈禧又問道：「德齡，你說呢?」德齡忙道：「還請老佛爺明示。」

慈禧冷笑道：「依我瞧，這世上最可怕的事兒，就是孤獨和背叛!」德齡一驚，那邊兒慈禧早已催著李蓮英給德齡斟酒，斟滿了，慈禧便命她喝下，見德齡一飲而盡，慈禧越發歡喜，道：「原來德齡姑娘如此好酒量，倒有些像我年輕的時候了！」

這邊大公主和容齡二人已是醉倒，慈禧命小太監將二人扶回去，燒些醒酒湯喝。李蓮英見狀有些害怕，道：「德齡姑娘，我看你們還是早些伺候老佛爺安歇吧。」德齡正要答應，見慈禧突然變臉，對李蓮英叱道：「你給我滾！仗著素日裡我疼你，越發沒大沒小的了！我在這兒，有你說話的份兒嚒?!好不容易我今兒高興，想多喝幾杯，那幫狗屁大臣又不在身邊兒，倒有你管著我了?」嚇得李蓮英連連後退道：「小的哪兒敢管老佛爺?!小的是怕傷了老佛爺的鳳體……」慈禧道：「放屁！還敢強嘴?!趕緊給我滾得遠遠兒的，這裡不需你伺候！」

叱走了李蓮英，德齡驚魂未定，慈禧卻早已換了一副腔調，錫著眼兒，似醉非醉道：「我一個婦道人家，辛辛苦苦地撐著一個大清國，對洋人也是有禮有節。可天下人還覺著我霸道，洋人覺著我好欺負，連當今的皇上……雖說不是我親生的，可他四歲登基，我養了他二十幾年呀！還不是被幾個漢人一挑唆就糊塗了？還要圍園弑母！呸！……我不生氣，我傷了心了，哪有翅膀硬了就反目的，哪有把好心當成驢肝肺的?……德齡呀，我是眞心疼你，你可千萬甭學他們的樣兒，拿了尖刀專往我心坎上扎呀！」

德齡看見，慈禧太后邊說邊把滿頭的珠翠往地上四處撒去，還把一個各色寶石鑲的牡丹裝到了德齡的衣兜裡。德齡雖然也早有醉意，心裡依舊是明白的，便喚了宮女祖兒，將慈禧扶至床上，然後將首飾收了，清點入庫，這才回去安歇。

卻說那德齡最是個有心的，雖然醉意朦朧，心裡卻一直在想著：老佛爺今兒晚上到底是怎麼了？奇怪啊，她老人家是最會養生的，何曾這般大醉過？難道是借酒撒瘋兒，要說出一些清醒時不便說出的話麼？想著想著，酒翻上來，眼窩子一陣潮熱，便睡著了。

3

次日慈禧晨妝時，元大奶奶趕著來了。那元大奶奶原是青年喪偶，最是守得苦的，又沒才藝，又沒品貌，只得一門兒心思地討慈禧喜歡，前兩年因爲哥哥慶善建園子有功，慈禧面前也頗受了兩天寵，這會子德齡姊妹來了，見慈禧待她們又特別些，元大奶奶是一萬個不高興，見縫兒就要插針，雞蛋裡也想挑骨頭，總是沒能得逞。慈禧面前，也表現得更勤謹些，每日裡一叫起，就往慈禧寢宮裡趕。

自梳頭劉走後，慈禧一直未能找到得力的梳頭太監，偶爾也叫李蓮英梳一回頭，終不如梳頭劉那麼好使，正梳著頭，見元大奶奶進來請安，便也不動聲色的命她瞧瞧地上可有東西沒有。元大奶奶一眼就瞧見梳頭的太監正將一綹灰白的頭髮踩在腳下。梳頭的太監見是元大奶奶來了，急忙背著慈禧向她使眼色。只聽慈禧悠悠說道：「元大奶奶，你看地上有沒有什麼東西哇？」元大奶奶急忙答道：「回老佛爺，什麼也沒有。」

慈禧嘴角歪了一歪，向桌上和地下四處查看，梳頭的太監哆嗦著，誰都知道，庚子回鑾之後慈禧添了個毛病：凡不高興的時候便要歪嘴，嘴只要歪上兩歪便要有人倒楣了。果然，這會子慈禧冷笑道：「手腳倒挺俐落的！不過一會子工夫，竟然拾掇得乾乾淨淨！」一語未了，梳頭太監與元大奶奶腿便打了軟兒。元大奶奶跪下道：「老佛爺，奴才是怕您生氣傷了身子，所以才把頭髮藏起來的，請老佛爺恕罪！」梳頭太監也嚇得跪了下來，全身發抖。

慈禧見狀，楞了一下才反應過來，便哈哈大笑，直到笑出眼淚來：「哈，哈，眞是歪打正著！哈哈……」李蓮英進來陪著笑道：「老佛爺，今兒有什麼喜事兒您這麼高興呀？」

慈禧冷笑道：「哼，我問我昨兒撒的那些個首飾，沒想到，倒問出兩個小騙子來！……你們倆竟然敢聯手騙我，被我給逮著了。你們說說，該怎麼罰你們呢？」兩人只有哆嗦的份，哪還說得出話來？慈禧款款喚道：「李蓮英，把這個沒用的東西拖出去，杖責四十！」

梳頭太監被拖出去的時候已經昏迷了，而元大奶奶接受了扣除月銀的懲罰。

慈禧在靜下來的屋子裡，打量著鏡中的自己，不覺傷感起來。五十年前的鏡中，彷彿是另一個人啊！那時她一鬆開髮髻，便是黑髮垂肩，嫵媚無比。難怪咸豐皇上一見便要動容。但是那些甜蜜的時刻的確太短暫了，自從懷上了龍子，咸豐帝便來得越來越少了，後來索性迷上了圓明園四春，根本就不照面兒了！

現在，雖說照樣是黑髮垂肩，但是那黑髮已經黑得不對味兒，垂也垂得不對味兒了！細細地看自己的臉頰，並沒有多少皺紋，倒也算是白皙細膩，可就是不一樣了！看來人老有時竟並不由於皺紋的多少，皮膚的顏色，而是由於一種說不出來的東西。現在的黑髮垂肩，竟讓人有些害怕，她不願深想，只把那鏡子折向一邊。

李蓮英靜悄悄地走進來，輕聲道：「老佛爺，您的頭還沒梳完，是不是再把梳頭劉給叫來？」慈禧道：「不必了，你來吧。」李蓮英「嗻」了一聲便開始給慈禧盤頭，慈禧從鏡中見他手上還算利索，嘆道：「李總管，你進宮的時候，還是個小夥子，可現在，也是個半大老頭兒了。我呢，就更不必說了。」

李蓮英怔了一怔，急忙道：「老佛爺，您是青春常在的。」慈禧冷笑道：「你不必哄我說那些沒用的，我都老佛爺了，能不老嗎？不過，人的青春總不是白過的，人是越老心裡越明鏡兒似地亮堂。年輕人，不過都是外表伶俐、腦子一團糨糊的繡花枕頭罷了。她們想跟我耍花招兒，眞眞是笑話！」

李蓮英道：「是啊，老佛爺您可是心明眼亮啊，宮裡憑他什麼事兒，也休想逃得過您老人家的眼睛！」慈禧道：「可惜呀，怎麼人就不能又有青春又有智慧呢？老天怎麼就這麼吝嗇呢？」

李蓮英道：「不對呀，老佛爺，你打年輕時候到現在就一直都是色藝雙全的呀，老天對您不薄呀。」慈禧不禁嗤的一笑道：「得了！甭要貧嘴了！咳，我待這些小輩都不薄，你瞧瞧她們這一個個兒的！——四格格背地裡嚼舌頭，元大奶奶矇我，德齡……偷我的首飾！……哼，你把德齡給我叫來！」

李蓮英傳喚德齡的時候，德齡姊妹正在她們住處的小院子裡灌溉著薰衣草，那是從法國帶來的草籽，想不到，竟在中國的宮廷中生了根，已經長出了一小片綠色。德齡喜道：「容齡，你瞧，法國的薰衣草在中國也能長得很好，看來事在人爲啊。」

容齡道：「哼，這個噯，日子長了才能瞧出來。我還是不時地會想巴黎，想鄧肯小姐。」德齡道：「哥哥昨天送來的報紙上說，鄧肯小姐又開始了新的愛情……」

容齡眼睛一亮，羨慕地說：「她的生活簡直是太完美了，豐富的旅行生活、浪漫的愛情、永遠的激情和創造力，女人有了這些還要什麼呢！」一語未了，李蓮英已經走過來，態度大不似往日，笑容也有些乾澀，彎腰道：「德齡姑娘，老佛爺叫您趕快過去呢！」

容齡笑道：「李總管，難道老佛爺沒叫我一塊兒去？」李蓮英又彎了彎腰：「回五姑娘，老佛爺只單叫了德齡姑娘。」

德齡何等聰明，就這一句，她已然明白，臉上卻不露出一絲兒聲色來。進到儲秀宮中請了安，見慈禧臉色淡淡的大不似往日，吸了一口水煙，問道：「德齡啊，昨兒個咱娘兒幾個是不是都喝醉了？」德齡道：「老佛爺海量！雖說身子倦怠了，可那心裡跟明鏡兒似的，哪兒就叫醉？倒是容齡是眞醉成一攤泥了！」

慈禧道：「哼！我瞧這宮裡十個得有九個巴不得我醉呢！我心裡跟明鏡兒似的，哪兒就能讓她們瞅出空子來啊？譬如昨兒個那些個首飾……」德齡道：「回老佛爺，我昨天晚上已經連夜把首飾整理好，然後都入庫存放了。」慈禧驚道：「原來如此！……李蓮英，你是死人哪？瞧著德齡姑娘受委屈？」

德齡急忙道：「老佛爺，這不算什麼的，難道您忘了？李總管昨兒先走的，並不知道。再者說，阿瑪額娘面前，我也是老犯錯兒的，所以額娘說：怕就怕我們在老佛爺面前犯錯兒，老佛爺她老人家疼我們，又不肯說，怕把我們給嬌縱壞了呢！」慈禧越發歡喜，連聲道：「聽聽，聽聽，瞧瞧咱們大清駐外洋使臣的閨女，有多懂事兒！」邊命李蓮英將首飾匣子拿來，見一套紅寶石的首飾完好無缺，連她插在德齡頭上的珠花也在。德齡道：「老佛爺，這一朵珠花掉了幾粒珠子，我讓太監給重新鑲好了，一共是九九八十一顆珠子。您瞧瞧。」

慈禧執了德齡的手，道：「好孩子，你眞是個有心人哪。」德齡道：「老佛爺，這不過是德齡份內之事！」慈禧道：「德齡啊，我何嘗在乎那幾顆珠子，只是我受不得糊弄，也最恨人不盡心。你雖然來的時間不長，做起事兒來卻透著那麼俐落，那麼實誠，不容易呀。今兒個，我要賞你一樣好東西。……李蓮英，把那對翡翠耳環給我拿來！」李蓮英應著，早已將一個琺瑯盒子捧上。

慈禧將盒子打開，只見那對翡翠耳環碧綠欲滴。慈禧道：「你瞧，這可是上等的翡翠，正經的老坑玻璃種，瞧瞧這水色，不一般吧？這是暹羅國國王給我進貢的禮物。」德齡推辭道：「老佛爺，這禮物太貴重了，德齡受之有愧。」

慈禧道：「什麼受之有愧？小小年紀兒，說這些客套話幹什麼？快把耳環戴上。」德齡只得接過耳環戴了，慈禧笑道：「可眞俊呀，我瞧著容齡有那樣的好耳環，你卻只戴著這副普通的金耳環，未免單薄了些。到底是容齡小，你娘偏著她些。你現在是我的人了，外洋叫什麼？宮廷命婦？哈哈哈……德齡啊，我得讓那起子小人瞧瞧，忠心耿耿地跟著我，永遠不會吃虧，我向來是個賞罰分明的人。對不對呀？」

德齡道：「謝老佛爺，不過不是額娘偏愛妹妹，是我嫌那種耳環沉，才不要的。」慈禧笑道：「耳環原是戴慣了才好，什麼事情都在於習慣，一習慣了，就不覺得是負擔了。我像你那麼大的時候，哪裡會想到我要白天上朝，晚上還要琢磨奏章呢。」德齡道：「老佛爺，我明白您的意思，我會習慣的，習慣這副耳環，還有我在宮裡的工作。」

慈禧道：「眞是個冰雪聰明的孩子，什麼事兒一點就透！……行了，這耳環就戴著吧，等你額娘來了給她瞧瞧！……今兒我要你給我講講，這外洋的學術究竟如何？」

德齡道：「回老佛爺，這外洋的學術，自然是發達的，農有農學，工有工學，商有商學，兵有兵學，此外如聲學，光學，化學，電學，以及一切機械學，物理學，生理學，天文地理學，無一不備，無一不精。就是法律學，政治學，也是日有發明，所以外洋才如此強大啊！」

慈禧道：「近日京城內外連上奏摺，都說要注重新學，由國家出錢讓學生出洋留學，據你看來，這事也是要緊的嚒？」

德齡道：「取他國之長，補我國之短，正是自強的基礎，請老佛爺降旨施行。」慈禧果然在小箋中寫下一行字，寫畢，起身道：「你也是我們滿洲的姑娘，能夠如此通達，很是難得。我記得前些年，大學士倭仁力崇理學，把西學批得一錢不值，現在看來，實在是不大識時務了。我們皇族中人現在還是迂腐的多，通達事理的少，我倒是想，也讓皇族子弟們出洋瞧瞧，讓他們也長點兒見識，如何？」

德齡喜道：「老佛爺眞是聖明！果眞這麼著，是他們的造化！」慈禧呷了口茶，款款地說：「學校的制度，中國古時候本是有的，想來與歐美學堂大致相似，後來才有了科舉，傳到明朝，又有了八股，現在看來八股的確無用，我已降旨取締，只是科舉還一時難以廢除罷了。」說罷，她又寫下在各省派留學生的懿旨，命李蓮英送交軍機處照旨頒發。

慈禧這才命祖兒敬煙，吸了數口，問德齡道：「你剛才說，這外洋的法律學是怎麼回事？」德齡道：「這外洋的法律不止一種，即使如刑律一門，也比中國仁厚不少，他們最重的也不過是槍斃，再有，對犯人也仁厚，不過是罰他們做工，還給工錢，一部分充公，另一部分發給本人，也是情法兩全的道理。」

慈禧點頭道：「現在也多有奏摺要我參用外國律法，改定刑章。我也覺著凌遲、梟首過於殘忍，祖先入關，不過仿照明制，其實也並非是列祖列宗的本心，我已決定停止這些刑律，以後用刑以斬決爲止，也算是寬仁的了！」

德齡：「外洋不用刑訊，凡有審判事件，必先搜集證據，證據完全才好判決，我國官吏往往不問曲直，妄用刑具，三木之下何人能不開口？還望老佛爺能夠停用刑訊，愛惜百姓身體，這也是慈恩浩蕩啊！」慈禧沉吟片刻，略略點頭，轉移了話題：「你再講講英國女皇和俄國女皇都有些什麼功過，世人都是怎麼看她們的？」德齡受命繼續講解不提。

4

這天中午，美駐華公使館的廚房特意爲他們的畫家卡爾加了兩個菜。但是性急的康格夫人顯然對卡爾的工作十分不滿，她幾次打斷了卡爾囉哩囉嗦的彙報，把話題引向自己的興趣所在。康格夫人問：「那個叫德齡的女孩兒你到底聯繫上沒有？」

卡爾喝著奶油小蘑菇湯，慢悠悠地說：「聯繫上了，她是個聰明的女孩，我把懷特的情書已經交給了她，可是……她很矜持，並沒有答覆，也許是太后看得太緊了。」

卡爾自己也不明白她在最後關頭爲什麼靈機一動，竟然向康格夫人隱瞞了眞相。康格夫人失望地「哦」了一聲，道：「一定要促成她和懷特的事兒，這樣她才能給我們提供最可靠的內幕消息。卡爾，這麼久了，難道你就沒有其他有價値的見聞嗎？」

卡爾把麵包掰成小塊，一塊塊地放進湯裡，美滋滋地說：「哦，我看到了他們宮廷珍藏的古畫，實在是太美了。還有，我知道了宮廷婦女穿衣服的方式，還有她們衣服上每一種圖案都有不同的含義，這是我不能想像的。還有，他們建築的特徵是……」康格夫人不耐煩地打斷了她：「卡爾，我對藝術和風俗不感興趣，我關心的是清朝宮廷裡的人際關係，以及太后日常流露出來的對世界局勢的眞正主張——你知道嗎，只有不經意間的態度才是最眞實的，這對我們未來的戰略非常的重要。只有完全左右中國，你的異國情調的愛好才能實現，你千萬不要本末倒置，忘了你的使命！」

卡爾聳聳肩道：「哦，康格夫人，是的，我不想忘了我的使命，但我也不能太出格了，是不是？你不要一見面就對我那麼不友好，別忘了，我可是你們請來的。」康格夫人道：「卡爾，你同意那句話嗎——和藝術家在一起等於慢性自殺。卡爾，你難道不理解我對國家的責任嚒，你怎麼就不能站在我的立場上考慮問題呢？」卡爾盯著康格夫人的藍眼睛，慢慢地說道：「行了，我們講和吧，我有點餓了。我想丁骨牛排現在很適合我。」

直到黃昏時分，康格夫人仍然餘怒未消。中午和卡爾的會面讓她的心情糟透了，她精心準備的午餐沒有得到任何回報，這讓一向錙銖必較的康格夫人有苦說不出，以致康格一進門兒，便發現了夫人臉色不對。好脾氣的康格立即喚來僕人，沏了兩杯夫人平時最愛喝的英國水果茶。

夫人喝著茶，臉上仍然氣憤未消，她壓低聲音道：「卡爾這個人看來基本上不能用，我把寶押在懷特身上了。」

「懷特？就是那個得了愛情病的醫生嚒？」

「就是他。那個英俊的年輕人，或許能把事情弄好。」

康格搖頭道：「親愛的，我不這麼認爲。」

「爲什麼？」

「既然得的是愛情病，那麼智商可能很低。我們大概不必對他有什麼指望。」

康格夫人的鷹眼再次爍爍發光：「我要的就是這種低智商的年輕人，我要他在不經意間，探聽出清宮大內的祕密。」

康格夫人當然想不到，那個得了愛情病的低智商小夥子與老姑娘卡爾一起吃晚飯。卡爾是個熱愛吃飯的人，每逢有美酒佳肴便兩眼放光，並且變得特別有創造力。看到眼前的小夥子急切的目光，卡爾覺得特別有趣，故意慢悠悠地吃著，裝作什麼也不明白的樣子。直到懷特說出那句關鍵的話：「我說卡爾，德齡接到那封信難道什麼也沒說嚒?!」

卡爾一笑，道：「先不談這個，我要加一瓶紅酒。」懷特急了：「求求你快告訴我，你要什麼都可以!」卡爾把一粒鮮美的法國蝸牛放進嘴裡，慢慢品著：「眞的嗎?」

懷特急忙說：「當然眞的，我保證。請你坦率地告訴我，是不是她認爲我只是個無聊的花花公子?還是她根本就把我忘了?!」卡爾抬起頭，玩味著眼前這個傻小子焦灼的表情，噗哧笑了，然後從包裡掏出一封信來，道：「看看，這是什麼?這是德齡給你的信。她當然不能跟我說什麼，因爲幾乎沒有機會。這還是她吃飯的時候悄悄夾在我的餐巾裡的。單憑著她給你回信要冒的風險，不用看信我就能知道她給你的答案了。」

懷特一把把信搶了過來，然後竟然忘情地擁抱她：「你太好了，卡爾!」卡爾高舉著一雙油手，驚叫道：「我的上帝，你簡直瘋了!……你可千萬不要讓康格夫人知道!」懷特把卡爾扶到椅子上坐下，笑咪咪地問：「爲什麼?康格夫人她一直很熱情地幫助我呀，今天還對我說，讓我絕對不能放棄呢。」

卡爾道：「你相信我吧，康格夫人最關心的是政治，而我和你都不是，我們更在意純粹的東西。康格夫人在幫我們，都是爲了她的政治，我想這可不符合你我的初衷。」

懷特大吃了一口魚子醬，道：「卡爾，我還眞沒有考慮那麼多。」

卡爾道：「你也不要考慮康格夫人了，還是考慮考慮你的戀愛方式吧，我很長時間才能回來一趟，對於熱戀中的人，只有我這個郵差是遠遠不夠的。」

懷特快樂地說：「我會考慮的。waiter，來一瓶紅酒！……乾杯！爲了世間的愛情！」卡爾笑著舉杯：「爲了世間所有得了愛情病的傻小子！」

懷特是個天性快樂的人，並且一點不善於掩飾，那一天就是他的節日，他寫了一封信給他的姑媽艾米，飛也似的跑向郵電局，面對著每一個迎面過來的中國人微笑，還用半生不熟的北京話說：「您吃了嗎？」被問到的人大多數都嚇了一跳，只有一個可愛的老頭高聲回答：「吃了！小洋毛子，你的舌頭是不是和我們長得不一樣？」懷特楞了楞，笑一笑，用更蹩腳的漢語說：「對不起，我聽不懂了。」懷特現在滿腦子都是他自以爲得意的給姑媽的信：「……親愛的姑媽，我在中國很好，這兒眞的是有趣的城市。我最迫不及待要告訴你的事，是那個仙女給我回了信，我眞是欣喜若狂，因爲她和我一樣，對那個美麗的夜晚念念不忘。她只是擔心我們的差異和我的耐心，我會讓她相信，在眞愛來臨的時候，什麼困難都是渺小的。」

懷特一邊發信一邊想像著姑媽讀信時的樣子，她一定忘不了掛上她那副老花鏡，搖搖晃晃地掛在鼻梁上，然後皺著眉頭，吃力地辨認著侄子矯揉造作的花式英文，還會不時地搖搖頭。懷特想到這些就忍不住笑了，他笑起來的樣子是那麼燦爛，以致於郵電局的那個中年郵差吃驚地張大了嘴巴。

5

早朝之後光緒沒有走，他去了偏殿彈琴，關於向德齡姊妹學習彈琴一事，已經得到慈禧的默許，所以他沒有什麼不踏實的，有時候，慈禧甚至鼓勵他這麼做，他畢竟是她的親侄子，看到他那副魂不守舍、面黃肌瘦的樣子，她也多少有些心疼。自從庚子回鑾、特別是發現大阿哥溥儁不成器之後，她多少又有些回心轉意，自然，以她的爲人，是對一切人一切事都絕對記恨的，所謂「他叫我一時不痛快，我叫他一輩子不痛快」是也，但即使如此，當此非常時期，在德齡姊妹的面前，也要做出一副慈愛豁達的樣子。

可憐的光緒便因了德齡姊妹的到來有所受惠。這天，光緒按照德齡布置的功課彈了鋼琴小品〈給愛麗絲〉，他的感覺非常之好，德齡聽了，竟十分驚喜。聽完一曲，德齡道：「萬歲爺，您彈的意境眞是好，就像貝多芬刻畫的那個又天眞又可愛的小女孩兒。我從來沒有給您說過，您是怎麼體會到的？」

光緒道：「朕練琴的時候，聽著聽著就覺得，這是在說著身邊的一個人，這曲子好像就是爲她寫的。」

德齡問：「身邊的人，誰？」光緒笑道：「容齡，小淘氣兒。」

德齡也不禁笑了，道：「難爲皇上惦著她。」光緒道：「五姑娘倒是有些意思的，小小年紀，跑了那麼多國家，就連朕也不及呢！」

德齡忙道：「皇上說哪裡話？皇上乃九五之尊，哪能那麼輕易移駕，即便是奴婢們，也不過是隨著父母東奔西走罷了！」

光緒搖頭道：「說是這麼說，東奔西走，便可以見多識廣啊，你看，法國、英國、還有日本，朕怕是此生也去不成的了！」德齡急忙溫言細語地寬慰道：「皇上若是想去又有何難？只消照會各國政府，再聯絡駐外使臣接駕便是了，各國怕是巴不得見見皇上的龍顏呢！」

光緒苦笑道：「你也不必安慰朕了，朕心裡清楚得很。好了，我們不談這些，今兒我彈的既還可以，趁著天兒好，皇爸爸又高興，不如到大殿去看卡爾畫畫去？」德齡喜道：「如此最好！」二人遂攜了太監孫玉前往。

大殿裡，慈禧端坐在寶座上，卡爾支著畫架在畫布上勾了一個輪廓，眾宮眷都在一旁觀看。皇后見德齡來了甚喜，招手叫她過去，低聲道：「德齡，我雖然不懂得西洋畫，可從畫畫的姿勢就看得出來，卡爾眞的是一個有本事的女子。」

德齡一笑，馬上翻譯給卡爾聽，卡爾高興地回答：「謝謝。」手上卻並沒有停下來，光緒專心地看著，半晌道：「德齡，請你問卡爾，爲什麼中國畫無論是工筆還是寫意，都講究線條和暈染，西洋畫卻不是這樣呢？」

德齡如實地翻譯給卡爾，卡爾道：「是的，這正是油畫與中國畫的區別，油畫更講究塊面，所以學油畫的時候，首先要學習素描和人體解剖，這樣畫出來的畫才會有立體感，上色是一層層地上，完成之後還要上一層上光油，這是油畫的底稿，並不是最後的成品。」德齡又將此話譯給光緒，光緒點頭道：「原來如此，怪道有些西洋肖像畫就像活人一樣，一層層的上色才會有這種效果啊！」

慈禧遠遠的見光緒說話，又不知說的什麼，有些不耐煩起來，問：「德齡，你問問卡爾她怎麼還沒有畫完？」德齡笑道：「老佛爺，這才剛剛是個開頭兒，還要畫很多時候呢，每天您都得在這個時辰來坐在這兒讓她畫。」

慈禧驚訝地從椅子上站起來道：「啊，繆進蘭畫畫兒再慢，坐了這大半晌也該完了，洋人的手腳怎麼這麼慢！」見慈禧站起，卡爾驚叫著衝了過去，叫道：「No!」慈禧不知卡爾什麼意思，見她大叫著過來，頗有些驚慌，遂大喝了一聲，卡爾也並不知太后什麼意思，只是下意識地被喝住了，停在原地待了一秒鐘，才對德齡說：「請你馬上對太后說，她是絕對不能隨便動的。」說著，她將慈禧剛才坐的位置用粉筆在椅子上做好記號，道：「太后，現在，你可以休息了。」

德齡急忙上前解釋道：「老佛爺，洋人畫畫位置是一點都不能錯的，明兒您還得按著這個位置坐，手又還得這麼放，而且得這個時間來，光線才能一樣。」光緒在一旁問容齡道：「小淘氣兒，為什麼要這個時候的光線？」容齡道：「回萬歲爺，這時候是側光，層次豐富，而且色彩很飽滿，畫出來好看。」光緒自語道：「洋人畫還眞是講究。」

光緒心裡，仍然是那個放不下的結：珍妃在世時，原是很想請洋人畫一幅肖像的，結果沒有實現，現在眼看著這麼著名的畫家就在眼前，也不知能不能給自己畫一幅肖像？皇爸爸若是不發話，這個念頭是動都不敢動的！他在心裡輕輕嘆了一聲——他是很喜歡西洋的油畫的，若是珍兒在世，卡爾能為他們兩個畫一幅，畫在一起，該是多麼愜意的事！珍兒過去也最是個淘氣的，樣樣事情都要爭先，都要趕新鮮，常穿了男人的衣裳與他嬉戲，他們都喜歡音樂，她唱的時候，他就用那架舊風琴給她伴奏，那是一段多麼幸福快樂的日子！可就是為了那短暫的幸福，他們付出了可怕的代價！

光緒見慈禧下了寶座，急忙在一側垂手侍立。慈禧不滿地嘟囔道：「天天這麼坐著，那我不成了木頭人了？罷了罷了，明兒我不來了。卡爾也見過我長什麼樣了，她該會畫了。」德齡陪笑道：「老佛爺，洋人畫畫必須照著實物畫，否則就畫不像了。」慈禧道：「那還是咱中國人聰明，在腦子裡想什麼都能畫出來。」她走到畫架前看了卡爾的素描，便沉下臉來，道：「這是什麼？怎麼也瞧不出好兒來呀！我怕她是徒有虛名！」

卡爾看著慈禧的表情，猜出了幾分，問道：「德齡，太后是不是不高興了？」德齡忙道：「沒有沒有，卡爾，太后是覺得長時間地坐在這兒，有些吃不消。我看要不然畫衣褶的時候用替身兒吧，等畫面部的時候再讓她本人來，你看行嗎？」卡爾想了一想，道：「我看沒有比這更好的辦法了。」

德齡道：「老佛爺，卡爾小姐說可以讓別人穿上您的衣服在這兒擺樣子，等畫臉了再請您過來，您覺得如何？」慈禧道：「這倒是個好方法，你們誰願意坐在那兒呀？」眾宮眷回答：「老佛爺，我們都願意，您吩咐吧。」

慈禧一一看過去，見瑾妃豐肥凝重，遂道：「瑾兒，你坐的穩，還是你去換上我的衣服吧。」瑾妃剛答應了過去，卻又被慈禧喝住：「不行，你還是算了吧，我看讓德齡和容齡輪流替我吧，她們倆大致還有點兒我年輕時候的模樣兒，畫上去身量兒好看些。」容齡忍不住偷偷地笑起來，光緒看她一眼，也不禁微笑了一下。但是他的微笑立即被明察秋毫的聖母皇太后捕捉在眼裡，慈禧臉一沉，突然叫了一聲：「皇上！」光緒嚇了一大跳，慌忙答道：「皇爸爸，兒子在。」慈禧道：「今兒晚膳之前，你和皇后在螽斯門等我。」光緒和皇后齊聲道：「是，皇爸爸。」皇后悄悄瞥了一眼慈禧，瘦削的臉上一臉疑慮。

6

這天黃昏的螽斯門，秋風襲來，已經頗有幾分涼意。光緒與皇后在螽斯門恭候，兩人雖是誰也不理誰，皇后卻一直用餘光悄悄地觀察著皇上，見他越發瘦弱了，又穿得單薄，不免有幾分心疼，轉而看他臉上，依然是那一幅強頭倔腦的樣兒，不免又是一陣心寒，正忐忑著，一乘轎子悄然而至，只見慈禧扶著一個小太監下得轎來。兩人急忙上前請安。慈禧微微點了一下頭，算是還禮了。目光並不看他們，而是越過他們，看著螽斯門。

慈禧的威嚴，在於那雙眼睛。那雙眼睛裡有兩道奇亮的光，那種光足可以震懾一切鬚眉男子，從恭親王、八大臣、曾國藩到李鴻章、張之洞、袁世凱，當然，最重要的，還有作爲她親兒子的同治和作爲她親子侄的光緒，後宮就不必說了，即使是皇后犯了錯，看著這雙眼睛也要發抖。說起來，唯一敢當面頂撞她的也就是珍妃了，那個姓他他拉氏的小丫頭，所以她死得比誰都慘。

在那雙眼睛的震懾之下，光緒和皇后的神情越來越惶恐。

不知過了多少時候，慈禧才突然地轉過臉，雙眸直逼光緒：「皇上，你可記得戊戌年之前，咱們娘兒倆說過的那番話麼？」光緒額上的冷汗流了下來，顫聲道：「皇爸爸，兒子記得。」

慈禧好像根本沒看到他的表情，毫不留情地說：「說給我聽聽。」

光緒低著頭，聲音就像是痛苦的呻吟：「……兒子那天由養心殿經過螽斯門，給皇爸爸請安，蒙皇爸爸教誨，給兒子講了螽斯門的來歷。」慈禧道：「那你跟皇后說說。」光緒道：「……兒子不努力，說不好，還是請皇爸爸指教。」

慈禧這才哼了一聲，冷笑道：「我也是聽先皇帝的口諭，對我說起這個典故。說螽斯門原是明朝的舊名，老祖先進關之後，除掉了好些舊宮殿的名字，瞧見螽斯門之後，就說是這個名字還算好，留著它，好讓咱們的子孫後代興興旺旺的，這名字的意思就是說，雄的大蚱蜢名叫螽斯，一振翅鳴叫，雌蚱蜢就都來了，每個都給他生了九十九個孩子！這麼個大家族有多興旺啊！先皇帝啊，就是一心盼著我們的家族興旺！」

光緒沉了一下，面無表情地說：「兒子明白，兒子知罪了！兒子對不住列祖列宗。」

慈禧轉頭向著自己的內侄女：「皇后，你呢？」皇后臉色慘白，聲音低弱地回了一句：「謹記老佛爺的教誨。」慈禧面色這才稍有緩解，道：「那好吧，今兒個你陪皇上一起去瀛台。」她說罷便轉身上轎，一個小太監立即趴在地上做踏凳，慈禧上得轎去，頭也不回地走了。剩下兩個呆若木雞的人立在那裡。

皇后小字靜芬，自小便不漂亮，大約自己也明白，便十分的好學，喜讀書，特別是文學書，在閨中便素有詩名。大婚之前，她本來是暗自懷著一腔歡喜的，因她見過皇上，她認爲光緒的相貌是大清歷代皇帝中最漂亮、最端正的，且又聽說心性頗爲聰明，她心中暗自得意。及至大婚，光緒向著德馨之女走去的時候，她依然沒有反應到自己會徹底落敗。

直到洞房花燭之夜，她的一顆心才眞正地跌進了冰窖裡，皇上躺得端端正正的，甚至連碰也沒碰她一下，連看也沒看她一眼，作爲一個女人，她明白自己是完完全全的、徹底地完了。

她也曾對鏡細查，看見自己的一張瘦臉，眼睛略小，顴骨微突，牙齒略齙，但若是細細地修飾，細細地化妝，也不見得有多麼難看，身子確實瘦了一些，奶子扁平，兩個奶頭天生就深褐發黑，兩條細腿也並不豐潤，但是聽老輩子人講，若是懷了孩子，哺過乳，奶子自然就會變大，身子也會慢慢豐腴起來，她是懷著一個單純的女兒夢的：爲自己心愛的男人生一個孩子。可誰知道，那個男人連一點點機會也沒有給自己留。

多少年過去了，那個男人和她的關係始終冷若冰霜，她的心早就冷了，她也是葉赫那拉的後裔，堂堂的貴族小姐，她歷來是懂得自重，懂得皇族的尊嚴的，這也是她極度厭惡珍妃的原因之一，她曾經冷眼看著那個姓他他拉氏的小妞兒，仗著自己一張漂亮臉蛋兒，一個渾圓豐潤的身子，在皇上那兒占盡了風光，享受夠了專寵，每每看到他們同進同出、同止同息的樣子，她心裡便恨得淌血。

好在受冷落的並不止她一個。另一個姓他他拉氏的小妞兒瑾妃更是犧牲品，自打進宮之後，便被人家起了個「月餅」的綽號，連在下人眼裡似乎也抬不起頭來。她便結盟了瑾妃，同進同出，也算是有個幫襯。其實做到妃嬪這一級的，都不是凡人，沒點本事，即使做上去了，早晚也要被人拉下來。瑾妃別看其貌不揚，於書畫方面卻是極出眾的，特別是畫，就連宮廷畫師繆進蘭也是讚歎不已。可那又有什麼用？男人嘛，冠冕堂皇地講什麼琴棋書畫，其實還不就是要女人臉蛋兒漂亮，身條子好看？哪個男人也不能脫俗，貴爲九五之尊的皇上也是如此，只能比一般男人更甚。

可她是葉赫那拉氏的後裔，葉赫那拉氏的女人們，個個都堅如鋼鐵。沒有床笫之歡怎麼了？大千世界百味人生，什麼樣的一輩子不是一輩子？何況她身爲大清皇后，乃六宮之首，母儀天下，錦衣玉食，要風得風要雨得雨，是人中貴胄世間極品，將來，還要做皇太后的，自然有一天要苦盡甘來。月亮還有陰晴圓缺呢，何況人乎？就說老佛爺這等人物，不也是在青春盛年時便守了寡，直到如今嚒？老佛爺如今已是古稀之年，歷經三朝，三度垂簾，古今中外有哪個女人可與比肩？慢說是女人，就是男人也難得與她媲美啊！

這麼一想，皇后的煩惱也就煙消雲散了，每日裡與眾宮眷陪著老佛爺說笑兒，做個針線，描個花樣兒，如今德齡姊妹來了，還能看看西洋舞，何樂而不爲？若不是今兒個老佛爺突然提起叁斯門來，自己簡直就把這回事兒都給忘了！

老佛爺對皇上還是相當有感情的，這一點，皇后心裡清楚得很。庚子年，端王爺帶著義和拳進宮，號稱要殺盡一龍二虎三白羊，那龍，自然是指的皇上，老佛爺當時就是一頓臭罵，罵得端王三魂裡跑了七魄，灰溜溜地走了。皇后其實相當聰明，她知道老佛爺這一頓罵的深意所在：一來是爲了警示端王，二來也是因爲發洩不滿——端王的兒子，那位寶貝大阿哥在進宮之後惹了許多的事兒，令她老人家大為光火。本來，戊戌年的事兒讓她老人家窩透了火兒，一心是想把皇上給廢了的，可是接班人難找，好不容易找了個溥俊，卻又如此的不成器，她老人家心裡能痛快嚒？

如今，皇上仍在春秋盛年，老佛爺特特的把他二人喚到螽斯門訓誡，其中的意思，自然是再明白不過的了。

皇后看看光緒，頗有和解之意，光緒卻避開她的目光，不理不睬。這使皇后再度感覺到受了侮辱。

皇后從小就認識光緒，那時候他是醇親王之子，名載湉，是個十分可愛的孩子，他比她小兩歲，十分聰穎，四歲那年，他被人抱到金鑾殿去登基，登基之後並沒有將靜芬與他隔絕，不但沒有，老佛爺可能是為了培養他們的感情，還特特的叫她的父親桂公爺把她抱到宮裡去玩。可是，載湉並不喜歡她，她很早就知道這個，載湉總是和別的宮女太監一起玩，連看也不多看她一眼，載湉對她的態度讓她很自卑，但她同時又有皇親貴胄與生俱來的驕傲，所以，她從小對他的態度就很矛盾：要說心疼，的確是心疼的，特別是他被囚瀛台之後；但同時又恨，恨得骨頭縫兒裡癢癢兒的，特別是在他不理她，而與珍兒那個狐媚子天天泡在一起的時候。這，大概就是洋人書裡說的那種所謂愛恨交加的感覺吧？

這麼想著，皇后還是回到自己在瀛台的寢宮裡，精心梳妝打扮了一番，還特別插上了一支大婚之夜用過的金鳳，只攜了一個宮女，走進光緒的寢宮。

光緒正斜倚在榻上看一本書，見皇后走進來，就像沒看見似的繼續讀書，皇后忍氣請安道：「皇上吉祥！」光緒連頭也沒抬，道：「你跪安吧。」皇后遲疑了一會子，留又不是，走又不是，當著宮女，臉上十分掛不住。光緒大怒道：「讓你跪安你聽見沒有?!」皇后盛怒之下奪門而出，光緒亦怒，對太監道：「你們都給我出去！讓朕一個人待一會兒!!」太監們見狀紛紛退出。

光緒怔怔地看著掛在床幃外的一頂舊帳子出神。那一頂舊帳子，是珍妃留下的唯一遺物了。看著那頂帳子，他總是忍不住地想像著如花似玉的珍妃在北三所囚禁時受的苦楚。在那樣一個巴掌大的地方，每日裡連個說話的人也沒有，僅通飲食而已，這與養個小貓小狗有何不同？貴爲皇妃，連一般的民婦之福也享受不到，珍兒素日裡又是個極愛潔靜的，不說別的，看著這頂舊帳子就能想像那小房子裡是多麼腌臢，珍兒能夠活下來，完全是爲了他，睡裡夢裡，不知道有多少次夢見他呢！

他自然也是一樣的，從弱冠之時他便患有夢遺之症，體質瘦弱。但是絕不能說，他對女人不感興趣。其實，作爲一個聰明敏感的少年，他對女人的興趣比一般人還要大得多。所以，當大婚來臨之時，他心裡常常夢想著他未來的新娘，那應當是個傾城傾國的妙人兒，那樣的妙人兒也確實出現過，那就是和皇后靜芬一起出現的德馨家的女兒，當時他鼓起勇氣向她走了過去，忽悠悠地，越來越近，在他一直緊縮著的心裡突然升起了一種希望：或許，皇爸爸這回能放他一馬了？自己眞長大成人，讓她放心了？那一瞬間他甚至心裡出現了舒坦的感覺，似乎有了一種突然君臨天下的豪氣。

但是那一瞬間似乎太短了一點，於無聲處，光緒皇帝聽見一聲並不震耳的驚雷，他的皇爸爸銀子一般柔和悅耳的聲音悠悠地響起：「皇上！」

就是這一聲，決定了一個年輕皇帝一生的命運。

當時光緒受了驚嚇似的轉頭看了慈禧一眼，皇爸爸眼裡那兩道逼人的亮光如同平時一樣具有震懾的威力，他知道自己必須把玉如意放在那個他最沒有興趣的女人手裡。

他的心忽悠悠地往下沉，他所有的夢想在那一刻都碎了，但是他明白自己必須隱忍，因爲他是皇帝。

後來皇爸爸還是給了他補償：又爲他納了他他拉氏的兩個女兒爲妃，那個小些兒的，不僅容貌出眾美麗，還極有才華，若是沒遇上倒也罷了，既是遇上了，也恩愛了一場，她又去了，離他而去了，雖有死後的冊封，那到底是做幌子給人看的，人都沒了，還有什麼說的？

光緒像往常一樣，用手輕撫那面舊帳子，臉上有兩行清淚悄然而落。嘴裡喃喃道：「珍兒，我們相聚的日子不會太久了吧？」

7

大內的黃昏，總是帶著一絲絲昏暗，遠沒有巴黎的黃昏那麼美麗。德齡在黃昏的光線下看著英文報紙，對著光一看，好些字母下有一些不明顯的劃痕。她心裡一驚，立即明白了就裡。

容齡在給小狗戴上一個緞帶盤成的小項圈，這是她自己做的，費了一晚上工夫。瞧著小狗那活蹦亂跳的樣子，容齡笑咪咪地說：「哈，你眞是一個漂亮的小夥子，來，親一下！」小狗彷彿聽懂了她的話，踮起腳在她的臉上親了一下。

德齡看著報紙，激動得雙頰發紅。懷特，那個天眞善良的美國小夥子用拼接字母的方式給她寫了回信：「親愛的德齡，收到你的回信，我快樂得都要發瘋了！請你相信我的耐心和決心，也請你把我們溝通的障礙看成浪漫，這樣，以後回憶起來，我們的愛情是沒有一絲陰影的，是開在正午陽光下的向日葵，那是多麼可愛的事兒。我自從與你相遇以後，好像就醉了，而且一直也醒不過來了……」

這時，小狗忽然汪汪了幾聲，德齡絲毫沒有理會，容齡抬頭，原來慈禧已經進了院子。

素日裡慈禧進院門，都是先有人稟報，這回慈禧特特的不許李蓮英稟報，像個幽靈似的走了進來。慌得德齡姊妹急忙站起，雙雙叫道：「給老佛爺請安！」慈禧似乎心情很不錯，道：「起來吧，我散步路過這兒，順便來看看你們。」

這時，容齡最不想發生的事情發生了：Ghost突然地從身後跑出來，好奇地看著慈禧。李蓮英急忙擋在面前，去踢那小狗，被慈禧攔住。

慈禧雖是已近七十的人了，眼神兒卻是極其好使。她一眼便瞧中了那小狗非比尋常。她彎下腰去，喜道：「哎呀，這麼可人的寶貝兒，你們從哪兒弄來的？比我的那些小狗都要精緻秀氣。」容齡蔫蔫地回道：「回老佛爺，是在李中堂的老宅子裡撿的。」李蓮英見狀，急忙在慈禧身後做手勢示意，容齡一時說不出話來，還是德齡狠狠心，說了一句：「老佛爺既然喜歡，奴婢們情願獻予老佛爺賞玩。」

慈禧把Ghost抱在懷裡，撫著牠雪白的長毛，道：「要說呢，御狗房裡也有上百頭犬了，個個都不錯，可這小東西瞧著還真憐人兒！……李蓮英，趕快把這個寶貝兒送到御狗房，要特別訓練牠。三天之內，一定要讓牠學會作揖！還有，傳我的口諭，我給牠賜名喘氣兒，這寶貝兒太乖了，不認生也不叫喚，就會喘喘氣兒，今後要牠和水獺、玉獅子享受同等待遇。」

可憐容齡是天天要抱著小狗睡覺的，這天晚上，總覺著缺了點什麼，德齡體貼妹妹的心情，便陪著她聊天。一直到了四更天上，德齡迷迷糊糊地聽見妹妹叫了一聲「Ghost」，德齡急急掌了燈，見妹妹睡得熟熟的，想是說夢話呢，眼角有兩行眼淚，直直地淌下來。

翌日，慈禧命李蓮英帶德齡姊妹來到御狗房，管狗的太監一聲令下，小狗們都齊刷刷地作揖，只有喘氣兒茫然地張望著，牠看到了容齡，便親熱地撲了上來。

容齡揉著牠的軟毛，幾乎落淚。

慈禧的臉沉了下來，道：「我說，都四天了，喘氣兒怎麼還不會作揖？過兩天我再來，還是這樣的話，我可要唯你是問！」管狗的嚇得渾身哆嗦，急忙道：「奴才一定盡力！」慈禧道：「不是盡力，是要辦到！聽清楚了嗎？」管狗的急忙答應著，喏喏連聲而退。

回來的路上，慈禧似乎興致很高，不斷地和園子裡的小鳥兒、丹頂鶴和珍珠雞逗趣兒，說也奇怪，那些小鳥兒好像聽得懂慈禧的話，就是圍繞著她飛，有一隻還立在她的肩頭。李蓮英見了，笑著對姊兒倆說：「瞧見沒有？老佛爺就不是凡人！什麼鳥兒啊雀兒的話她都能聽懂！還有一招絕活——」

姊兒倆正聽得興頭上，忽見慈禧在前頭招手：「快來瞧這大蝴蝶兒！——你們怎麼比我這老太太走得還慢？」德齡急忙討好道：「老佛爺健步如飛，把我們都比下去了！我們只怕要一路小跑兒，才算跟得上您！」

慈禧得意笑道：「那年張之洞到園子裡來瞧我，先是怕我走不動，一定要叫轎子來，是我堅持著走路，從仁壽殿走到知春亭，他就喘得不行了，到了知春亭，還是李蓮英攙著上去的，話也說不出來，笑死人了！」

一路說笑著，到底容齡小些，不會作態，怎麼也笑不出來，心裡擔心著小狗。好像總是隱隱約約地聽到喘氣兒的聲音，心想，那些狗太監還不定怎麼折騰小喘氣兒呢！又想著來了這麼些日子，在大內之中，獲得和失去總是很突然，因爲她和姊姊並不能眞正地表達自己，而只有服從。有時候，她眞的很迷惑——到底是她們在改良中國，還是中國在改變她們？有時候她爲這裡人們的不自然和不快樂而傷感，而姊姊總是安慰她說：我們就是爲了改良中國才忍耐這些的。可是她心裡常常動搖——到底她們的忍耐是否有價值？

8

慈禧從惡夢中醒來，出了一身冷汗。沒有梳妝的她，這時披著長髮，臉色發灰，看上去令人害怕。她瞇了眼，細細回味著自己的夢境，沒什麼新鮮的，還是庚子年出逃的那個夢，她著農婦裝，攜皇上、大阿哥，坐在馬車上一路狂奔，李蓮英尖利的嗓子在一旁吼叫著：「快！洋人的追兵就在後頭，千萬別讓他們趕上了！」慈禧伸頭去看，馬車卻忽然翻倒！

慈禧搖搖頭，冷笑一聲。如今她越來越愛冷笑了，嘴角邊的那道紋，也隨之加重，她是突然想起了在庚子西狩之前，恐怕已經很少有人記得她——大清帝國的慈禧皇太后，曾經準備投昆明湖自盡。是的，她曾經眞的想殉國，並不是作戲，她從小喜歡念書，書念得雜了，人也複雜，她不是沒有那種愛國的意識，讀了岳飛、文天祥……她也落淚，她也想把國家治理得像模像樣，像康乾盛世那般國泰民安，她對洋人的仇恨，一開始也大半出自於愛國，儘管她那種愛國的意識十分褊狹。她一點也不知道，在這深宮大內，有一個人比她更愛國，比她更懂得中國，也更懂得愛國的道理，此人自然就是光緒皇帝。

光緒從中日甲午戰爭中突然徹悟：大清國現在早已是百孔千瘡、積重難返，而世界列強已經強盛到了他們這些生長在清宮大內的人無法想像的地步。自弱冠時起，他便讀過很多書，他不是一個孤陋寡聞的人，他對外面的世界充滿了好奇，可惜，當他還在孩童的時候，便知道了大清「以孝治天下」的道理，對於他的「皇爸爸」，他沒有任何反抗的企圖，更沒有任何反抗的能力。

如今，經歷了戊戌年，庚子年，大災大難，慈禧心裡也不是沒有反省，她也明白，若是廢了帝，誰也頂不上去，大阿哥便是最好的例證，她心裡對光緒，眞的是一種又愛又恨的感覺。如今可倒好，這位來個不說話，不建言，當著洋人的面兒也是如此，更顯著她的專橫與他的委屈，讓她心裡窩得慌，說又不是，不說又不是。如今裕庚回國，帶回兩個花兒似的女兒，特別是德齡，又聰明又懂事兒，甚得太后之心，可是當著兩個留洋姑娘的面兒，那個呆子依然是那一句話：「聽皇爸爸的。」有時候氣得她眞想打他一巴掌，卻又下不了手。

正想著，外頭侍寢的宮女兒青兒來了，拿了茶漱口，一轉眼，慈禧突然覺著滿眼一亮，細細一瞧，卻是梨花木桌子腳邊有一粒發著幽光的珍珠！

急忙命青兒喊來了李蓮英，兩人對著桌子上的夜明珠左右端詳。半晌，慈禧道：「我可眞是老眼昏花了，這顆珠子我怎麼瞅著那麼像庚子年被洋人搶走的那顆呢？可瞅著瞅著又不像了，你眼神兒總歸比我強點兒，你可得替我仔細認認！」

李皺著眉頭看了又看，道：「這、這奴才也說不好。這珠子都差不離，要是像翡翠有個什麼斑、什麼癬的倒好認了。」慈禧歎氣道：「也是有年頭了，我只記得那顆珠子好，又大又漂亮，實在的模樣兒卻記不眞了，眞是沒法子。」

李蓮英道：「老佛爺，奴才倒有個法子，不知使不使得，過去管珠寶的是于太監，他的一雙眼睛，賣珠寶的行家沒有不佩服他的，找到他不就成了？」慈禧喜道：「哦，這個法子不錯！那于太監呢？于太監在哪兒？」李蓮英回道：「出宮養老去了，奴才這就去找！」

李蓮英直到晌午才回來，垂頭喪氣地進了慈禧寢宮，道：「老佛爺，奴才該死，于太監的家倒是找到了，可不巧的是他剛剛在前兩天翹辮子了。奴才辦事不力，請老佛爺責罰。」慈禧的一張臉顯得十分憔悴，道：「……這也不能怪你，你已經盡力了。對了，你怎麼就不問問，我這麼急扯白臉地要知道這顆珠子的來歷，到底是為了什麼?!」

李蓮英道：「回老佛爺，不該問的，奴才便不問，只管按主子的意思辦就是了。」慈禧道：「李蓮英，這麼多年，就是你這乖巧勁兒對我的脾氣。不過呢，這事兒我倒是可以告訴你，說不定洋人的探子就在你我的身邊兒！」

李蓮英抬起頭，一臉皺皮古怪地動著，他大大地吃了一驚，憑著天生的機靈，他當然知道，慈禧指的是誰，但是慈禧沒有明示，他更是不便挑明，只是心裡暗暗禱告著，老天保佑德齡姑娘，快些兒解除嫌疑。這麼些年來，走馬燈似的在他眼前走過的人可太多了，只要是讓老佛爺起了疑，那麼幾乎最終都沒有什麼好下場，連皇上——她的嗣子，不也一樣嘛?!

早朝過後，德齡照例來了。慈禧的臉上浮著虛假的微笑，問道：「德齡啊，怎麼你今兒臉色不大好？是昨兒沒睡好嘛？」德齡回道：「回老佛爺，德齡昨兒不小心，丟了件兒重要的東西，心裡懊喪得很。還真是一宿都沒睡好。」

慈禧道：「哦？姑娘也就算是見過世面的了，有什麼大不了的東西這麼在乎啊？」德齡道：「回老佛爺，是一顆珠子，瞧著並不起眼兒的，可它是顆夜明珠，是奴婢家裡的傳家寶。」

慈禧攤開手掌，露出那顆閃閃發光的珠子：「可是這件兒東西？」德齡喜道：「正是它！原來是老佛爺撿到了！……謝老佛爺！」慈禧卻又把手掌闔上了，命李蓮英：「把緬甸進貢的那對兒鐲子拿過來瞧瞧。」李蓮英應了一聲，旋即捧上一只錦盒，打開一看，只見一對晶瑩剔透的翡翠手鐲。

慈禧拿起一隻對著陽光照著，道：「德齡，你瞧著這對鐲子怎麼樣？」德齡道：「回老佛爺，奴婢雖看不懂玉器，可老佛爺的東西，自然斷斷不是俗物。」

慈禧一笑，命李蓮英掌燈，李捧著一盞燈側立一旁，慈禧將鐲子舉在燈前，命德齡上前去瞧，道：「這是有名兒的金絲種翡翠，你瞧它的翠色鮮陽略帶銀綠，而且都是平行絲狀分布，多像一幅瓜藤互繫的畫兒啊，這叫順絲翠，是金絲種裡最高檔的翡翠，若是在珠寶行裡頭買，幾十萬兩銀子也未必打得住。」

德齡聽了咋舌道：「若不是老佛爺指教，德齡眞眞兒的不知道這鐲子竟然如此名貴！」慈禧笑道：「我呢，瞧著你的夜明珠甚是喜歡，用這對兒鐲子換，你可捨得？」

德齡急忙跪下道：「老佛爺，這珠子是裕家的傳家寶，阿瑪從小給我帶在身上，一來做吉祥物辟邪，二來讓我不要忘了大清國，只有大清的江山才有這樣的寶物。老佛爺如果喜歡，奴婢不勝榮幸，願獻給老佛爺賞玩，一個『換』字，豈不是折殺了奴婢全家？」

慈禧喜道：「快起來吧。我哪能要大臣家裡的傳家寶，尤其是忠臣的傳家寶？許多人念了幾本洋書就忘了祖宗，像康有爲，竟然攛掇皇上要剪辮子！可你阿瑪身在海外幾十年，卻還是沒忘了自己的根本，難得呀。」說罷，親手將珠子遞還德齡。

德齡接過珠子的時候，看到慈禧離得很近的臉突然一變：「實話兒說，德齡姑娘，過去我也有這麼一顆珠子，好像跟這顆一模一樣兒，可惜呀，庚子年被洋鬼子搶走了！」

德齡心裡一驚，沒有搭話兒。

9

慈禧命李蓮英拿出新製的胭脂膏子，本是想試上一試，卻突然覺著不舒服，腰痠背痛。便倚在煙榻上。珠子雖然是還給德齡了，慈禧心中卻並沒有完全釋疑。庚子年的記憶，依然斷斷續續地在眼前出現，彷彿就在昨天。

怪只怪端王載漪，是他把義和拳引進宮裡，記得那個什麼「大師兄」，膀大腰圓的一臉蠢像，把磚頭往自己頭上拍的時候還脫光了膀子，露出一根一根豬鬃似的胸毛，慈禧看著噁心，沒等表演完便回宮了，是叫皇后過來行的賞。但是義和拳的「刀槍不入」，倒是讓她差不離相信了，信也罷，不信也罷，她心裡明白得很，這不過是孤注一擲罷了，要說比起洋人的洋槍洋炮，連她自己也心虛。

但是心虛也要打。當時她對著文武百官發威，同時向十一國宣戰，她看見光緒皇帝臉色發白，她知道他心裡想的是什麼，可是她當時什麼也不能管不能顧了！洋人的那四條照會，就像四把帶毒的利劍，飛過來，就像是武林高手之間的決戰，她必須要用內力把那利劍打回去，她迅速做出了反應：召集御前會議，向洋鬼子們宣戰，要教訓教訓他們，到底什麼是他們該管的，什麼是他們不該管的！

對她來說，那四把毒劍裡最毒的一把自然是「勒令皇太后歸政，並且永不親政」！僅僅這一條，也足以讓她大開殺戒了！這些黃頭髮藍眼睛的洋鬼子算什麼東西?!連毛兒還沒褪淨呢，都是些吃生肉的野人！也配來管大清國的事兒!!她在御前會議上態度空前強硬，連殺了兩名主和大臣，這樣一來，所有人就都俯首貼耳了！

雖說是經過了庚子之亂，她表面上對洋人客氣多了，可是她的內心其實一點沒變，她依然痛恨他們，異邦異族，其心必異！雖然裕庚這兩個姑娘可人疼，但是若是要沾一點洋人探子的嫌疑，那麼，沒什麼好說的，只有殺無赦！

所以她陰陰地對李蓮英說：「你給我看好著點兒！說不定洋人的探子，就在身邊兒!!」

李蓮英當時一懍，一股寒氣從腳心鑽上來，頓覺寒冷徹骨。

幾天之後，慈禧裝作漫不經心地和容齡聊天，突然瞅了個冷子問：「你阿瑪和額娘那麼寵你，就沒讓你瞧瞧你們家的傳家寶？」容齡怔了一怔，答道：「小時候瞧過，後來大了，索性瞧不見了。」

慈禧道：「過去我依稀聽說過，好像是把玉壺吧？」容齡笑道：「哪兒啊，是顆珠子，夜明珠。您老人家這麼一說，我倒是想起來了，得向額娘要這顆珠子戴戴，說是吉祥得很哪！」

慈禧好像一塊石頭落了地似的舒了口氣，道：「你也別說風兒就是雨，待你大了，你額娘阿瑪自然要把寶貝傳給你們，你現在鬧什麼？再說，上頭還有你姊姊！」容齡噘嘴道：「是，老佛爺，我現在就懷疑，他們把寶貝傳給姊姊了！」

慈禧露出一臉慈祥的笑：「傻孩子，老話兒說，姊妹如肝膽啊！即使你額娘阿瑪把珠子傳給你姊姊了，也是應該的，有個親姊妹是福分，若是姊妹不在了，慢說是一顆珠子，就是萬兩黃金也換不來啊！」說罷，神色淒然。容齡知她是想起妹妹醇王福晉了，忙道：「老佛爺別傷心，奴婢知道這個理兒！」

慈禧道：「若是你阿瑪額娘眞的把珠子給你姊姊了，你就到我這兒來，寶貝隨你挑！好不好！」容齡喜得跪下道：「謝老佛爺隆恩！」

慈禧即使長著千手千眼，也難料到這正是姊妹倆演的一齣雙簧。那天德齡回去立刻就把丟珠子的事兒給容齡說了，也說了老佛爺的懷疑，容齡心理早有準備。姊兒倆就這麼一唱一和的，把個精明至極的老佛爺蒙在了鼓裡。

可是到了深夜，德齡面對自己的時候，卻突然對夜明珠的來歷產生了懷疑。她對著月光給懷特寫信：「……夜明珠的事件，好不容易才算平息了。太后非常多疑，我想，在這裡待得時間越長，我和容齡都會變得越來越會說謊了……這將和我們改良大清的初衷離得越來越遠了……可是，你能告訴我這顆夜明珠的眞正來歷嗎？」

10

懷特立即給德齡寫了回信：「親愛的德齡：夜明珠事件進一步證明我是對的，在那個古老黑暗的東方王宮裡，以後還會發生各種各樣令人不愉快的事情，你信嗎？一個專制的太后是什麼事都做得出來的。至於那顆夜明珠，你放心好了，那是我的姑父母在我的十八歲成人禮上作爲珍貴禮物送給我的……」

懷特寫完信之後，就直奔裕家找勳齡去了——他必須仰仗勳齡，以報紙爲媒介才能把信送交戀人之手。另外，他日前接到勳齡的信，說是牙疼得不行，需要他的幫助。

勳齡的牙疼已經鬧了一個禮拜了，腮幫子腫了一大塊，此時他正坐在客廳裡，皺著眉頭，勉強喝下一小口茶。小順子來報：「二少爺，舅老爺請的大夫來了，在門口候著呢。」勳齡嚇得直擺手：「你就說我不在，讓他回去吧。我吃他的那些苦藥吃得都要吐了，牙可是越來越疼。」小順子道：「可我已經說您在家了！」勳齡喝道：「你怎麼這麼笨呢，快想辦法！」

小順子只好將二少爺素日裡給的賞錢給大夫：「大夫，這是給您的，少爺已經睡著了，你改日再來吧。」沒想到那大夫還推辭：「無功不受祿。我就在此恭候少爺醒來吧。」小順子傻了眼，一時不知說什麼才好。就在這時，懷特來了。

懷特逕直往裡走，那大夫也要跟著進，被小順子攔住，情急之下小順子說滑了嘴，小順子說懷特是自己家裡人，大夫嚇了一跳道：「那不是個洋人嗎？怎麼會是你家親戚？」小順子話趕話地說：「洋人怎麼不能是我家親戚？實話告訴你，他是我家沒過門兒的姑爺！」那大夫嚇得抱頭鼠竄，逢人便說，裕庚眞是親洋親到家了，竟把姑娘許配給了洋人，聽者無不驚駭。

卻說懷特給勳齡治牙在當時卻成了一件大事。裕家的叔伯兄弟們聽說，全都來了，嚴肅地圍成一圈坐著，勳齡坐在中間，懷特頭上戴上了反光鏡，從醫療箱裡拿出一個尖頭帶小鏡子的工具。舅老爺心裡嘀咕道：「敢情洋人也用照妖鏡？」大伯道：「他拿的那根針，是不是要扎勳齡啊？」二伯道：「只要洋鬼子敢造次，咱們就跟他沒完。」舅老爺道：「老佛爺不是說了要跟洋人親善嗎，咱們還不能得罪他。」二伯道：「那我可不管，只要他動了咱侄子，他就別想活著出去。」

只見那懷特輕輕地敲了一下勳齡的牙，勳齡呻吟了一聲。懷特道：「我找到你的病根了，這兩顆牙都有炎症。」四叔呼地一下站了起來，虎視眈眈地走上前道：「大侄子，是不是這洋人不老實？」勳齡忙擺擺手道：「四叔，不是，這是在找病根呢。」二伯不放心地看了一下懷特的箱子，裡面全是各種小錘子、小鑽、消毒水一類的東西，他拉了拉懷特的袖子，指了指工具又指指勳齡的牙：「這些鐵傢伙，都是用在牙上的？」懷特點點頭道：「是的，全都是。」

二伯怒道：「身體髮膚，受之父母，豈能如此對待？」懷特覺著好笑，於是用半生不熟的中國話說：「那該怎麼對待？」

治了兩個時辰，叔伯大爺們也都乏了，也都不言聲兒了。東倒西歪地躺倒了，最後，勳齡一直捂著腮幫子的手終於放下來了。

三天之後，裕家大宴賓客。懷特被當作貴客坐在主賓席上，與裕家的親戚一起吃飯喝酒。勳齡的牙顯然已經好了，他大口地吃著一塊烤鹿肉，吃得很香。二伯笑道：「看來勳齡的牙眞的好了，治牙還是洋人行。」四叔附和道：「就是，那些鐵傢伙看著嚇人，還是能治病的，看來是良藥苦口呀。」大伯不耐煩道：「那不是藥管用，是醫生管用。來，懷特，我敬你一杯。」懷特賣弄著剛學來的中國話：「豈敢，豈敢。」然後一飲而盡。二伯叫道：「好酒量，夠交情。」懷特就那麼一杯杯地喝著，來者不拒，最後撲通倒地。

美國洋大夫治好裕家二少爺的事，迅速傳遍了清宮大內。

11

自從德齡得到恩准，可以爲慈禧代坐之後，與卡爾自然接觸多了起來。兩人常常用英文交談，相互欣賞，話題大至國家大事，小至服飾妝容，甚是投機。特別是與懷特的鴻雁傳書，更是兩人常常涉及的話題。

這天外面下雨，早朝過後，眾人紛紛散去，連李蓮英也被慈禧叫去，德齡見四下無人，小聲道：「卡爾，我和容齡不能太頻繁地給家裡寄信，否則太后會覺得我們不喜歡這兒的生活，可是我眞希望每天都能和懷特交流。」

卡爾道：「德齡，我十分理解你的心情，我想你可以把你的想法告訴我，由我來寫信給懷特，同樣，懷特也可以給我寄信，由我來告訴你。」

德齡喜道：「卡爾，你眞的是太好了，我不知道怎麼感謝你。」德齡這一喜，手臂動了一動，衣服的皺褶便也變了。卡爾忙道：「德齡，你可別動。」德齡道：「對不起。」

卡爾笑道：「你要感謝我很簡單，以後你可以多給我介紹幾位中國的藝術家就行了。」德齡忙道：「這沒有問題。」卡爾道：「有問題的是你們的愛情。」

德齡立即緊張起來，忙問：「什麼問題？」卡爾道：「那就是隱私權的問題，因爲我和你的哥哥會知道得很多。」德齡的臉一紅，強作鎭靜道：「沒關係，偉大的愛情是不怕公開的。」

卡爾一笑，道：「我得告訴你，你的偉大的愛情的另一半現在住在你的家裡，每天和你的哥哥在一起。」德齡驚問：「爲什麼？」

卡爾笑道：「懷特給勳齡治牙，你的親戚們每天圍觀監督。他們說，勳齡的牙好了才能放懷特走，否則就把他當騙子處理。」德齡哈哈大笑道：「天啊，那康格夫人豈不是很不高興？」

卡爾道：「恰恰相反，她很高興，她認爲這是推銷美國文化的一個好機會，她爲懷特給那麼多人表演醫術而驕傲。」德齡微笑道：「我想最高興的恐怕還是懷特。」卡爾道：「可不是，你家的飯菜據說很合他的口味。」兩人對視一眼，不約而同地笑起來。

在另一側偏殿，容齡正在教眾宮眷跳新舞，皇后仍在一旁靜靜地觀看。容齡舞得倦了，擦一把汗問大公主道：「大公主，怎麼四格格今兒又沒來？難道她還沒好？」大公主一時語塞。皇后急忙接過話來，道：「四格格好些了，但還是出不得門兒，歇著呢。」容齡道：「皇后主子，那我去瞧瞧她，一會兒就回來！」大公主忙攔道：「慢著，容齡！」

容齡一怔，皇后在一旁輕聲道：「四格格染的是風寒，怕傳染了，這一下宮裡可不就大亂了？」偏容齡不識相，還在問道：「那天她還好好的，怎麼說病就病了？還病得那麼重?!好幾天了都不好？」

皇后道：「人有旦夕禍福嘛，這是老天爺說了算的事兒，咱們怎麼能預料得到呢。」大公主拉著容齡，示意她快些跳舞，容齡又合著音樂的節拍跳了起來，只是心裡難免有些疑惑。

晚上，容齡一反常態，托著兩腮久久發呆。德齡邊用英文寫信邊問：「怎麼了？想Ghost了？容齡慢慢搖頭不語，德齡摸摸她的頭髮，容齡終於開口道：「……姊姊，我總覺著這回四格格病得有點兒不對勁兒……」德齡問道：「怎麼講？」容齡壓低聲音道：「那天，四格格給我講起她和大公主、元大奶奶她們年輕守寡的事兒，說是她們幾個都是老佛爺給賜的婚，婚後不幾年兒，男人就都死了，當時，好像有人在外面偷聽！」德齡大驚，二人緊張萬分地四周張望，然後緊緊偎依在一起。

德齡悄聲道：「額娘不是已經跟咱們講過了麼？隔牆有耳，你怎麼還這麼不小心？」容齡眼淚汪汪道：「姊姊，我錯了……」德齡只得安慰了妹妹一會子，將寫了半截的信放下了。半晌容齡又道：「我只是……只是害怕我把四格格給害了！」德齡思忖了一會子，道：「還不至於罷。依著我看，老佛爺即便知道了這件事兒，也不過給她點兒顏色看看，不會有太大的懲罰……」容齡像小貓似的附在姊姊耳邊道：「這宮裡多可怕呀，要是四格格有點什麼，我……我眞的不想待了！」

德齡沒說話，心裡卻有著同樣的想法，她是冰雪聰明之人，進宮數月，宮中的險惡早已了然於心，特別是老佛爺，那種翻手雲覆手雨，明是一盆火暗是一把刀，早已令她驚心動魄。但說也奇怪，明知老佛爺是這等樣人，她卻依然感覺到有一種磁力在吸引著她：老佛爺慈和時的笑容，尖刻時的嘲諷，上朝時像個男人般叱吒風雲，而私下裡卻像個小女人似的，自己採花製胭脂膏子，這一切都令久居外邦的少女德齡感到震撼——她甚至在不由自主地仿效著老佛爺，一顰一笑，一舉手一投足。一句話，這座古老東方的皇宮對她來講，充滿了神祕與誘惑，清宮大內中，一個老婦的手撩開神祕的面紗，裡面儘是些意想不到的恐懼與美麗。

還有皇帝。皇帝是她見過的最懂得音樂、最聰明正派的男子。德齡甚至想，假如沒有凱・懷特——那個美國傻小子，她也許會愛上皇帝，這麼一想，她的臉便微微紅了一紅，忽然想起了前幾天，她教皇帝學英文的時候，皇帝那種鬱鬱不得志的神情。當時德齡說：「英文的時間從字面上就可以看出來。比如說『是』，中國人不管是講過去、現在還是將來，都是用同一個『是』字，可英國人就不同，is的過去式是was，而將來式卻是will be，而完成式是has been。從字面上就可以知道時間。」皇帝聽了這話，忽然嘆道：「看來洋人對於時間和生命的確比中國人要珍惜得多呀。假如朕能活到花甲之年，現在已經生命過半了，朕卻在這裡虛度光陰，眞是慚愧得很哪。」德齡忙道：「萬歲爺，您並沒有虛度光陰，現在咱們不是在學英文嗎？」光緒道：「要是將來用得上當然好，要是用不上，也就白學了。」

德齡見他難過，也顧不得君臣之禮了，忙忙的將那「天將降大任於斯人也，必將苦其心志，勞其體膚，空乏其身，行拂亂其所爲……」背誦了一遍，看到皇帝嘴角邊的苦笑，才知自己其實十分愚蠢。

光緒笑道：「朕明白你的意思，有個人說說話兒，朕已經知足了。你教教朕，用英文怎麼說——過去朕是一個皇帝，現在是一個罪人。」德齡道：「萬歲爺，這句話我不會說，我只會說：I will be the real head of the nation.」光緒一怔，看了這個年輕的女官一眼：「什麼意思?你說朕是——朕將是……」德齡神情肅然道：「——將是眞正的國家首腦。」光緒突然起身，背著手走到窗前，凝視窗外，久久不語。

第五章

1

日本公使館的黃昏，總是內田夫婦喝茶的時候。內田夫人看著竹內送來的裁剪布料上的記號，把布料扔到一邊，道：「看來並沒有什麼有價值的消息。」內田慢悠悠地說：「別著急，我們的美男子都辦不到的事，美國人未必就能辦到。」內田夫人撇了撇嘴道：「但願我們的美男子不是個繡花枕頭。」內田顯然是沒有興趣繼續討論這個問題，他拿起報紙大聲念道：「中國重要政變分子梁啓超驚現浮世繪館。」

夫人吃了一驚：「什麼？梁啓超出現了？」內田道：「是呀，報紙上說，梁啓超當時似乎在等著什麼人，文章分析，據前些時西方報紙關於康有爲亦逃亡日本的消息來判斷，康梁很可能是要在日本會合，加上另一危險分子孫文，清國的日子岌岌可危矣。因爲，西方肯定是支持康梁和孫文的。」夫人立即說：「我們日本也會支持他們的。」

內田笑道：「當然，因爲他們都受了日本文化的薰陶，對於日本勢力在中國的滲透，是很有好處的。所以，吸引中國的留學生到日本來這件事，我們還是要鍥而不捨。」夫人道：「是，我一定會努力的。」

侍女進來添了清茶，出去了。黃昏的光線照在內田夫人略略敞開的胸襟上，露出一絲雪脯。內田伸出一隻青筋脈脈的手，扯開夫人的衣襟，開始揉弄她豐滿的乳房，夫人向他投過一個微笑，她知道，他們經常的功課又要開始了。

內田夫人的皮膚，的確可以稱之爲雪膚，其細其白，即使是品相最好的細瓷，也不能及於萬一。乳頭的顏色卻過於深了，像兩粒深紫色的葡萄，這大概是生子哺乳的緣故。內田夫人的女兒在東京早稻田上學，兒子也快到了上中學的年齡，現在由夫人的內姊在看護。與一般日本男人不同，內田在很多問題上很倚仗夫人，這大概和他們有很好的性生活有關。

纏綿之後，內田半倚在菊花榻上，繼續慢慢喝著茶，與夫人閒聊。夫人道：「……晚上只有一個安排：服部宇之吉的夫人服部繁子，認識一個中國女人，叫王秋瑾，據她說，這是個很不平凡的中國女人，她希望我們一起見一見。」

內田不以爲然道：「我看，服部肯定有些誇張的，中國比日本封閉多了，女人所謂的不平凡，大概也就是會吟詩作畫，有什麼稀奇的。」夫人道：「可是德齡姊妹卻的確與眾不同。」內田道：「那是因爲她們從小在國外長大，中國這樣的土地，不可能有什麼超群的女子。還是你見一見吧，我就不出面了。」

晚上，日本公使館的便宴一直持續到很晚。內田夫人的臉上一直掛著恆定的微笑，心裡卻在暗暗詫異，看著秋瑾那一身男裝英氣勃勃的樣子，她想，這的確是個不平凡的中國女人。

秋瑾開門見山地說明來意：「內田夫人，今日打擾，承蒙款待，不勝感激。我此行的目的，是想得到您的支援，赴日留學。」內田夫人依然微笑著，心裡卻不勝驚訝，暗想這個中國女人實在是太不一般了，中國的女人，依她看來，都是裹了精緻的小腳，在家裡閑坐相夫教子，高雅些的，無非再多些琴棋書畫而已，而眼前這個女人，在裝束上就夠驚世駭俗的了，一開口，就更是令人震驚。內田夫人歷來喜歡學富五車的女才子，一個服部繁子，就已經很讓她敬服了，服部欽佩的人，一定是不錯的。

秋瑾道：「內田夫人，您也許覺得很奇怪，爲什麼一個已屆中年的女子要去讀書，爲什麼要遠離丈夫和孩子，是嗎？」內田夫人驚問：「孩子？您還有孩子？」

秋瑾道：「是的，我有一子一女，有乳媪哺育，我是很放心的。我放心不下的是我的祖國，今年三月我讀到赴貴國的留學生陳天華寫的《警世鐘》，讀過之後就給朋友寫了一封信，稱他爲『啓蒙開智之人』，我想，在海外，這樣的有識之士應當不在少數，國難當頭，作爲鬚眉男子自然要先天下之憂而憂，而中國的女界似乎尚無回應，我想這是女界的恥辱，我要用實際行動打開女界的空白，哪怕需要流血犧牲，也在所不辭。」

內田夫人與服部面面相覷，似乎十分震動。內田夫人微笑道：「王女士果然有超塵絕俗的氣概！……如果貴國的皇帝與皇太后不加以阻攔的話，我想我會盡全力幫助您赴日留學的。日本是一個很特別的國家，相信您會深有體會的。」秋瑾捧杯道：「多謝了，我敬您一杯，您隨意好了。」秋瑾說完舉杯一飲而盡。內田夫人也喝盡杯中酒，笑道：「王女士眞是豪爽。」

服部繁子道：「內田夫人，我想您將會知道，王女士是一個很特別的女子，她不但精通琴棋書畫，還擅長騎馬和劍術。」內田夫人道：「王女士眞是女中豪傑。……請問女士，若是眞的實現了留日的願望，您打算學習什麼專業呢？」秋瑾略略沉吟片刻道：「我打算學習法律。」

內田夫人與服部交換了一下目光，道：「我倒以爲，女士很適合研究男女平權問題的。」秋瑾微笑道：「男女平權，的確是我一直關心的一個問題，但不是目前中國最急需要解決的問題。連人權還談不到，哪裡談得到女權？在中國的正史中，女人只是陪襯，雖然男人們偶爾也要稱頌一下巾幗不讓鬚眉的花木蘭、穆桂英，但那不過是一種點綴，換換口味而已。中國婦女實質上必須完全喪失自己的主張，三從四德，結婚以後要隨夫姓，連自己的姓氏都沒有了……」服部繁子清了一下嗓子，提醒秋瑾，而內田夫人依舊保持著一成不變的笑容，道：「服部夫人，我覺得秋女士說得很好。請繼續吧。」

秋瑾喜道：「內田夫人，謝謝您稱我爲秋女士。說實話，在今年之前，我一直向往去美國留學，但是自從讀了陳天華的《警世鐘》，特別是結識了服部夫人之後，我改變主意了。現在我對貴國的一切都有興趣了解。我要做一個我想做的人，我要讓我的女兒知道，女人除了生兒育女，還有很多用武之地。」

服部道：「但是秋女士，我想我要提醒您，在天皇陛下統治下的日本，也許有您很不適應之處，起碼，它並不能容忍太過於激進的思想與行爲，所以，您要做好充分的思想準備，也許，您需要放棄您的一些過激的思想。」秋瑾道：「這些我早有思想準備，您放心，我雖號鑑湖女俠，卻還是懂禮節，知律令的，起碼不會在貴國殺人放火。」內田夫人聽罷哈哈大笑起來，服部也無可奈何地笑了。

2

以後的歷史證明，秋瑾這次赴日公使館，實際上是邁出了她人生中重要的一步。當時的秋瑾，隨夫到京不到一年，夫妻間的感情，是越來越糟糕了，只有一件令人愉悅的事，便是她認識了吳芝瑛。而服部，便是透過吳芝瑛認識的。

秋瑾一門心思只想離開這個家，原因自然只有一個：夫妻感情破裂。幾乎在所有歷史教科書中，史學家們都痛責秋瑾之夫王子芳，似乎他就是個衣冠禽獸。其實，王子芳並不比誰更壞，他之所以背上了千秋罵名，無非是因爲他娶的是秋瑾，而不是個凡俗女子。

王子芳美丰儀，知禮節，看上去是個文質彬彬的白面書生，他早已得知秋瑾文名，新婚之時，又見秋瑾生得端嚴美貌，心下十分喜歡，他性情有些軟弱，秋瑾又極剛毅，漸漸的家事全憑秋瑾定奪。長女生下，秋瑾的主母地位，更加牢固。初時，秋瑾只覺丈夫才華不夠，略略有些不滿，日子長了，秋瑾的不滿加深，但是夫妻關係發生質變，卻是在進京之後。

王子芳捐了個戶部主事，進京做官，自然要與王公貴冑們交往，王子芳認爲自己擺酒請客是再自然不過的事了，偶爾地，自然也免不了擺一兩次花酒，不想便遭夫人痛責，有一次，子芳醉了，與兩個戲子宿了一夜，秋瑾得知，竟氣得經血倒流，吃了幾十副藥，才算好些；從此拒絕與子芳同房。拒絕同房的結果是子芳越加荒唐，如此惡性循環，自然是夫妻反目。好在秋瑾此時交到了一位閨閣好友，兩人一見如故，相交甚篤，不多時便結爲金蘭之契，那位好友正是吳芝瑛。

吳芝瑛的丈夫廉泉也在戶部做事，住北半截胡同，與秋瑾家住的丞相胡同正是緊鄰，在京城，吳芝瑛素有才女之稱，頗好結交，秋瑾自然便成爲座上客。起先是唱和詩詞，當時的京城，無不稱讚二女「文彩昭耀，盛極一時」，如同珊瑚玉樹般齊輝並美。又兼廉泉曾經參加過當年的公車上書，頗有革新思想，開設有文明書局，便是在這裡，秋瑾始讀盧梭的《民約論》與陳天華的《警世鐘》，讀到精彩之處，拍案稱快！談及庚子賠款與喪權辱國的辛丑和約，姊妹二人常常對坐飲泣，激憤難耐。秋瑾道：「如此腐敗的政府，如不推翻誓不爲人！」芝瑛悄然道：「聽說海外有個孫文，在美國日本頗有勢力，他是革命黨領袖，決心推翻清廷。……」

秋瑾於是有了留學日本的想法，東渡日本、學習法律、尋找孫文、參加同盟會，是她當時的理想。

吳芝瑛的朋友、京通大學堂創辦人服部宇之吉夫人服部繁子的出現，以及覲見日本公使館內田夫人，成爲秋瑾實現革命理想的決定性因素。

但是秋瑾哪曾想到，老佛爺的探子們無處不在，無時不有，她與服部繁子上日本公使館的事，早已在第一時間進入了老佛爺的耳朵裡。此刻，老佛爺正半睇了眼斜在煙榻兒上，一口一口地抽著水煙。聽罷了，她慢悠悠地問道：「這個王秋瑾是個什麼人哪？」探子道：「回老佛爺，是個官太太。她是紹興人，生在福建，長在湖南，大戶人家出身，嫁給了富家公子王廷鈞，還生了一子一女。王廷鈞日前剛捐了個戶部主事，調往京城沒多久。這王太太別的倒沒什麼，就是性情剛烈些，思想激進些。」

慈禧皺眉道：「這思想激進就夠可怕的了！再加上性情剛烈，那就是茅坑裡的石頭，又臭又硬！你們忘了戊戌年了？光一個康有爲就夠我受的了！這些人就是亂黨的禍根兒！亂黨是怎麼起的，就是這些人臭味相投一塊兒攢的。好在這王太太的丈夫也是個朝廷命官，她自己也有孩子，出不了什麼大圈兒。無非就是丈夫要討小的，她是大戶人家出身，嚥不下這口氣，耍耍性子罷了——饒這樣兒，也得給我看嚴著點兒!!」

探子忙道：「老佛爺聖明，那個王廷鈞，就經常酒醉花街，不過聽說討小的倒還不敢。」

慈禧斜著眼睛問道：「這王太太相貌如何啊？」探子抓抓頭道：「這個……小的倒是沒有太注意，聽說還是有兩分姿色的。」

慈禧轉頭對侍立在一旁的李蓮英說：「這個王太太，也是個厲害人兒，不過碰上這樣的男人，也怪可憐的。再加上還有幾分姿色，就更不甘心了，是不是？」李蓮英忙道：「老佛爺，那她也該遵從婦道啊！」

慈禧冷笑道：「她遵不遵從婦道，那是她爺們兒管的事兒，我不管。我管的是大清的律法，她若是違反了大清的律法，那我可不管她是什麼女俠還是男俠，一律殺無赦！」

也許是她的聲音大了些，旁邊的燭光隨著這聲音跳了幾跳，在陰暗的皇宮裡，平添了幾分恐怖色彩。

3

這年秋天，正在上海治病的裕庚接到外務部大臣伍廷芳的電報，求他迅速趕往天津，因爲有六名美國傳教士在天津教堂遭中國民眾圍困，在斷糧的情況下，他們已經堅持了一週，面臨著生命的危險。

裕庚坐在馬車裡，穿著朝服，雖然一臉病容，但眼睛依然炯炯有神。伍廷芳邊擦汗邊道：「裕兄，我實在是沒有別的法子，恭親王李中堂都不在了，慶親王出不來，榮中堂又病得厲害，我和地方官勸了幾次，老百姓們都不肯退，我也不想傷人，眼看洋人困在裡面好幾天兒，沒水沒糧的，我怕事情越鬧越大，只好把您千里迢迢的從病榻上請出來了，罪過呀。」

裕庚道：「伍兄，您應該早告訴我，否則鬧出人命來，又是外交事件，讓洋人揪著小辮子，他們又有得說了。」伍廷芳道：「是啊，我就怕又鬧出賠款來，現在國庫空虛，實在是經不起折騰了。」

裕庚道：「伍兄，這回老百姓怎麼會圍了那麼多天，一定是民憤極大。」

伍廷芳道：「是啊，說是附近的村裡有一個民女被傳教士強姦，老百姓們聽說那個傳教士就在教堂裡，一下子就火了。其實強姦犯是法國人，可這裡頭的幾個全是美國傳教士，實在是風馬牛不相及。洋人都長得差不多，所以老百姓就認死理兒了！」

裕庚道：「哦，那個被害的民女在不在其中？」伍廷芳道：「自然在，他們一家人都要和洋人拚了，說如果官兵攔著，他們就要自盡，整個家族的人都要自盡以示抗議。」裕庚緊皺著眉頭，沉默良久。

遠遠地，裕庚便看見一片通明：拿著火把的人們把教堂圍得水洩不通，他們在大聲喊著：「滅洋血恥，除暴安良！」叫喊聲一浪高過一浪，教堂厚厚的鐵門也被狠狠地撞擊著。裕庚、伍廷芳在官兵的護衛下，好不容易擠到了門口的台階最高處。百姓們看到官兵們拿著水桶和乾糧，都憤怒地高喊著：「打倒狗官！打倒假洋鬼子！」裕庚竭力喊了幾聲：「鄉親們！」但他的聲音很快被眾人的喊聲淹沒了。裕庚急中生智，他掏出一把手槍對著舉得最高的火把打了一槍，火把立刻被打落，眾人忽然寂靜。

裕庚振作了一下精神，大聲道：「鄉親們！大家都看到這洋槍的厲害了，裕某並不想嚇唬大家，更不想讓大家無端流血，只是想讓你們聽聽我的幾句話。」

一個年輕小夥子喊道：「哼，還不是幫洋人說話！」裕庚道：「我想問問你們，如果犯了罪的人只有一個，那其他的人跟著受罰是不是公平？就像咱們中國人有好人也有壞人，如果咱們的人有一個人在海外犯了法，那就殺死所有的中國人行不行？裡面有六個人，至少有五個是無辜的，假如裡面的人是我們，外面圍的人是洋人，你們會怎麼樣？」伍廷芳小聲嘀咕道：「裡面的人本來就全是無辜的。」

一個壯漢厲聲叫道：「那裕大人的意思是讓我們姑息兇手嗎！」裕庚正色道：「我絕不姑息兇

手，我讓你們認凶手，好不好？請證人出來！」伍廷芳暗道：「完了，總歸得有一個替死鬼。」

此時，受害的民女站了出來，低聲道：「民女秀兒即是證人。」

裕庚細細看那秀兒，見她穿家常玄色褲褂，都滾了淺藍色的邊，雖然黃瘦，但眉眼頗有幾分媚氣，比起周圍的婦女，又顯得不同些，遂喚隨從拿來墊子，親自墊在石階上，和顏悅色地請那秀兒坐下。

卻說在那教堂裡面，六個美國傳教士正在黑暗中無力地掙扎，其中最年長的約翰還在執著地祈禱：「上帝呀，請你保佑我們，別在外面這些野蠻人的手裡失去生命，讓我們平安地回到我們民主光明的國家吧！」這時，另一個傳教士跑來，扯扯他的袖子道：「約翰，傑克快不行了！」

約翰趕過去，把傑克的頭抱在懷裡道：「可憐的小傑克，堅持一下，我們會活著出去的！」傑克翕動著乾裂的嘴唇道：「約翰，我堅持不住了，一會兒請你爲我做祈禱吧！等你回到紐約，請你照顧我的弟弟，他還小，他的夢想是當律師，請你幫助他。」

約翰道：「傑克，相信上帝，他是不會拋棄我們的。請你堅持住，奇跡會出現的。」

傳教士瓊斯道：「我們並沒有做壞事，爲什麼要遭到這樣的對待？」

約翰舉起一根手指放在唇邊，道：「噓，少說點，節省體力，上帝不會拋棄我們的，這也許是他在考驗我們的堅貞。……如果犧牲一個人就能保全其他的朋友，我願意出去頂罪。」

瓊斯道：「不，約翰，你不能去，我們落在中國人手裡，反正也活不了，還是一起死吧。」約翰固執地搖了搖頭。

約翰是懷特姑媽艾米的老友，也是她的懺悔神父。他來到中國已經四年了，其間還常常回去，每逢見到艾米，她總是用一種譏諷的語調問：「怎麼樣？我偉大的傳教士？那些野蠻人還沒有把你釘上十字架，眞是上帝的恩澤啊！」約翰當然想像不到，大概就在這個時候，艾米的寶貝侄子凱·

懷特已經奔馳在去美國公使館的路上，準備為他的事情向康格夫人求救。

夜半，虛弱的約翰一步步地扶著牆朝門口走去。傑克看著他的背影，用盡全身的氣力道：「不要出去！約翰！」約翰回過頭來，剛想說什麼，還不曾說出口，就噗咚一聲栽倒了。

教堂外面，裕庚聲嘶力竭地喊著：「鄉親們，我請求大家先讓伍大人進去，給他們一點水，不致渴死，這樣你們也好活捉凶手。而但凡有絲毫閃失，讓凶犯逃走了，裕某願以死謝罪，不知大夥兒以為如何？」說罷，不等眾人反應，又親自將一把手槍塞進秀兒的手中，道：「秀兒姑娘，你瞧這麼著好不好？你將這槍對準裕某的胸膛，裕某甘做人質，讓伍大人進去，若有不測，你開槍打死裕某好了！」

伍廷芳叫道：「裕兄，您千萬不能如此，您不能把自己的命交到草民的手中！」裕庚坦然道：「放心吧，伍兄，鄉親們都是自己人，不會不講道理的。您快去吧。」伍廷芳只好用英語喊話道：「傳教士們，我是清朝外務部大臣伍廷芳，請你們開門吧，我用我的名譽保證你們的安全，我是來給你們送水並來營救你們出去的。」

大門紋絲不動。眾百姓也紋絲不動。

已經是深夜了，教堂的窗戶前，傳教士們在小聲地議論著。約翰道：「上帝終於聽見我們的祈禱了！」瓊斯道：「會不會是騙局？」約翰的手已經摸到了巨大的門鎖，他的手在上面顫抖著。

教堂外面，秀兒姑娘舉槍的手也在顫抖著。被槍指著的裕庚好像毫不在意，他對眾人說道：「裡面的傳教士們大概是心存疑慮，不敢開門，我們能不能請秀兒姑娘說出凶犯的體徵，以免冤枉無辜。說吧，秀兒。」秀兒抹了一把淚道：「他、他是黃頭髮，藍眼睛，還有，右手手臂上刺著一把劍。」

裕庚道：「這就好辦了，黃頭髮、藍眼睛的洋人有的是，可有刺青的人卻是不多的，而且，刺青也不能洗掉，對不對？伍大人，請你告訴他們，把裡面有刺青的人交出來。」伍廷芳立即用英語說：「傳教士們，這裡的人們是在找一個右臂上有刺青的強姦犯，我想你們很容易證明自己是無辜的，請開門吧！」

傑克昏迷中慢慢醒了過來，他也聽到了伍廷芳的聲音。傑克掙扎著道：「開門吧，反正我們再堅持下去也會死掉的。」約翰聽了這話，終於慢慢打開教堂的大鎖。

就在九月的那個深夜，在伍廷芳的多次呼喚之後，六個傳教士已經或站或臥在了台階上，他們袒露著右臂，上面根本沒有刺青。裕庚輕聲對秀兒道：「姑娘，現在你看清楚了，他們不是凶犯。」

秀兒又依次細細看了一遍，淒然道：「不是他們，眞的不是他們……大家都走吧，我連累鄉親們了。」裕庚道：「姑娘放心，眞正的凶犯，我們一定會設法抓住嚴懲。」然而就在這時，秀兒忽然拿起槍對準了自己的胸口道：「各位鄉親，我已經失了身，從小兒媽就給我講古訓，餓死事小，失節事大，寧爲玉碎，不爲瓦全，如今我失了節，我才十七歲呀，我沒臉在這世上活下去了！今兒個，我就寧可玉碎，爲我的祖宗爲我的爹媽，也爲我自個兒掙點兒臉！我謝謝鄉親們這麼幫我，我也求求大夥兒，若是他日找著了那個畜牲，別饒了他！爲我報仇!!」裕庚撲上去搶槍，大叫道：「姑娘，萬萬不可！」

但是槍已經響了，秀兒倒在了血泊裡。裕庚呆呆地看著秀兒那張菜色的臉，那張臉正在慢慢塌下去，變成一張黃紙。

眾人驚呆了，傳教士們也驚呆了。約翰呆呆地想，原來清國的姑娘是這樣的！強姦雖然難以容忍，但是生命畢竟是最值得珍惜的呀！這樣一個年輕的女孩子，生命還剛剛開始，便就這樣去了，眞眞讓人痛惜！

教堂門口呆立的人們當然想不到，就在此時，聽到消息的美國駐清公使康格夫人正在緊急覲見慈禧太后，爲的正是被堵在了教堂中的六位傳教士。

而在慈禧眼裡，這件事簡直就是小事一樁，康格夫人大半夜的這麼嗑嗑呼呼，令她十分惱怒。她匆匆寫了幾行字，叫李蓮英拿了鳳璽，在黃綾子上蓋了，口裡嗔道：「這個伍廷芳，簡直就是個廢物，什麼了不起的事？怎麼一點子殺伐決斷都沒有？叫官兵去不就結了，幾個草民，也鬧成這樣兒！」

待大隊官兵趕到，教堂外已經一片空曠，只有秀兒的鮮血在雪白的台階上流淌，格外戳眼。

裕庚和伍廷芳一起上了馬車，裕庚的眼裡，始終流淌著那片鮮血，那姑娘也不過和德齡差不多大，可說沒就沒了！他的心裡，莫名其妙地感到內疚，在光緒二十九年的秋天，原清國駐法公使裕庚下了個天大的決心：一定要在有生之年生擒肇事者，爲秀兒復仇！

4

因爲大內之中諸事繁雜，德齡已經兩個月沒有休假了，這天得了老佛爺恩准，出得宮來，與哥哥勳齡在得月樓相聚，她聽哥哥講，明兒安排她與懷特見面兒——一想起那個美國俊小夥子，她的心就止不住撲撲地跳：有多久沒見了啊！雖說能通通信，到底只是字面兒上的事兒，哪有全信得的？懷特那張臉，那身量兒，更有那心地，清廷的貝子貝勒們哪有一個能及的？春秋正盛的年華，難道就那麼自甘寂寞，一門兒心思地等著她？突然之間，一個從來沒有的想法跳了出來：不，不能讓這個美國小夥子跑了，若是哪天他真的不愛她了，愛上了別的姑娘，她會受不了，她的心會被撕成幾瓣兒的！

一種想見懷特的願望如同熱浪一般滾出少女德齡的心，以致她根本沒注意這個著名餐館的華麗鋪陳，走出走進的親王貝勒們——如今她也是個貝勒：著一身貝勒妝束，身分是勳齡的堂弟言齡。

這身裝束一開始讓勳齡嚇了一跳。半晌才道：「幸虧阿瑪和額娘在上海，不然他們看到你這身兒打扮，眞不知道會說什麼呢！」德齡一笑，道：「哥哥，你瞧我女扮男妝可使得？」

勳齡道：「模樣兒倒是好的，就怕明兒懷特見了你，認不出他朝思暮想的人兒了！」

德齡聽了這話，到底是女孩的心性，嬌嗔地將那帕子甩在哥哥頭上，勳齡故意道：「完了完了，這哪像個貝勒公子，分明是福晉格格嘛！若是被人識出，告到老佛爺那兒，看你如何收場！」兄妹倆這才止了說笑。

德齡用帕子擦擦臉，道：「不知請客的是誰？」勳齡答道：「戶部主事王廷鈞，聽說是捐的官兒，也就罷了，奇的是他的夫人秋瑾，人稱鑑湖女俠，不但能吟詩作賦，還能舞刀弄棒，一般人還眞不是她的對手，是江南有名兒的大才女啊，你不妨會會她，記住了，你現在是我的堂弟——」德齡立即接道：「勳齡堂兄，小弟言齡已經餓壞了，咱們趕緊入席吧。」

德齡兄妹在一個角落裡坐下，這裡燈光略暗，可以清楚地看到主賓席上的人。德齡看到一個身材苗條的女子，穿月白色琵琶襟上裝，鵝蛋臉，眉清目秀中透出一種剛毅果敢，一望便覺不俗，聽勳齡指點，才知這正是主母王秋氏——號稱鑑湖女俠的秋瑾。

德齡甚至在初見秋瑾的幾秒鐘之內便喜歡了她。只見秋瑾見賓客已滿，落落大方地站起來道：

「眾位貴客，外子王廷鈞初來京城，承蒙諸位關照，不勝感激，今日特備薄酒，以表敬意，這杯酒，是我敬大家的！」她說完一氣喝乾了一杯，眾人稱好，紛紛舉杯。然後她說：諸位請坐，外子馬上就來，——一語未了，一老僕在秋瑾的耳邊說了幾句，秋瑾的臉上立即浮現了怒意。

秋瑾道：「對不住得很，外子公務繁忙，今晚怕是要遲到了！」說罷，半晌無語，她身旁的一位女士見氣氛尷尬，忙出來打圓場道：「大家喝酒，喝酒，這酒是眞正紹興老酒，越沉越香的，還加了梅子，就更有味道了！這是秋瑾女士特意從家鄉帶來的，京城難得有這樣的酒！」說罷，便輕輕碰了身邊著官服的丈夫一下，廉泉立即道：「子芳兄今天臨時有公務，剛才著人通報，說了，請諸位不必拘禮，喝個盡興，改日他再向諸位賠罪！來，喝，喝！……」

於是觥籌交錯，滿桌的王公貴胄都活躍起來——主人不在的宴席倒眞的是別具一格！德齡注意到那秋瑾一言不發，只是悶頭喝酒，倒是旁邊那個氣質不俗、小巧玲瓏的女士在不厭其煩地張羅。勳齡在一旁道：「那便是秋女士的盟姊吳芝瑛女士了。」

酒過數巡，秋瑾突然站將起來，對吳芝瑛斬釘截鐵道：「姊姊，你也不必為我遮醜了！老王，你過來——」先前那個老僕急忙趨前。「你把剛才在耳邊對我說的話向諸位重複一遍。」

老僕彎腰道：「夫人，這個……」秋瑾怒道：「你說啊！」老僕戰戰兢兢道：「老爺……老爺他是病了！」秋瑾毫不放鬆：「什麼病？在哪兒病的？」老僕只有哆嗦的份，哪裡還說得清話？吳芝瑛在一旁勸道：「妹妹，得饒人處且饒人，你也不必太過認眞了！」眾人立刻寂靜下來，知道定是有些事了。

秋瑾十分冷靜地站起，道：「諸位，俗話說，家醜不可外揚，不過我今天要反其道而行之，而且，這件事很快就不是我的家醜了，因為我打算和王子芳斷絕夫妻緣分。」一番話說得眾人瞠目結舌，呆若木雞。半晌，一老者道：「萬萬不可呀，這可不是說氣話的時候。」廉泉也勸道：「弟妹，宰相肚裡能撐船，這次是子芳不對，待他回來，我與紫英（吳芝瑛小字）擔保，叫他賠罪便是了！又何必弄得如此沸沸揚揚！」秋瑾道：「我卻饒他不得！」

一時間眾人紛紛議論，勳齡問了鄰座，才知原是王子芳又在豔粉樓擺了花酒，見秋瑾盛怒不消，眾人便只好站起身來紛紛告辭，那秋瑾並不挽留，德齡見了秋瑾如此異狀，越發歡喜，悄聲對勳齡道：「眞有俠女之風啊！好好，如今中國的女人也可以休男人了！」勳齡也笑道：「看來中國並沒有咱們想得那麼保守。」

少傾，那秋瑾又舉起一杯酒，對客人們道：「諸位，爲了大家見證我的決心，我先乾爲敬！我還要跟諸位說明的是，我打算脫離家庭，並不僅僅是因爲夫君的尋花問柳，而是作爲一個女子，看到國家內憂外患卻無所作爲。許多身兼朝廷要職的男人，整天沉迷酒色，喪失了大丈夫的鴻鵠之志。我雖身爲女兒身，卻有著一腔報國的熱血！……我已決定渡東瀛求學，尋求報國之路！」說罷，連飲數杯，眾人大驚失色，紛紛離席而去。

卻說那秋瑾並不介意，只見她乘著酒意，拔出一把短劍揮舞悲歌：……祖國陸沉人有責，天涯飄泊我無家。一腔熱血勤回首，腸斷難爲五月花……不惜千金買寶刀，貂裘換酒也堪豪。一腔熱血怒澎湃，灑去猶能化碧濤……

吳芝瑛的眼圈紅了，用一雙纖纖玉手在桌上打著拍子，德齡見狀，也隨之以掌擊桌，剩下爲數不多的客人都低頭不語。秋瑾的歌聲低徊悱惻，在短劍與酒的映照下，慷慨悲愴，令人落淚。

卻不料就在隔壁的包廂，康格夫婦正與懷特一起，爲脫險的美國六位傳教士擺宴壓驚。康格舉杯道：「爲了上帝的慈悲，爲你們的化險爲夷，乾杯！」康格夫人也祝道：「爲了我們偉大的國家和勇敢的精神。」

高腳杯碰撞在一起，濺出了泡沫。懷特問道：「約翰，這次的經歷給你觸動最深的是什麼？」康格夫人自作聰明地說：「我猜是中國老百姓的愚昧無知。」傑克道：「我以爲是饑渴和絕望。」

約翰低聲道：「對我來說，是兩點，一是含蓄的中國人憤怒起來也非常可怕，二是裕庚的勇敢和智慧。」

懷特忙道：「裕庚？就是原來的駐法大臣？」約翰奇道：「怎麼你認識他？」康格夫人笑道：「懷特何止是認識他……」她突然打住，沒有往下說。約翰沒有在意，繼續認眞地說：「我認爲他有高尚、偉大的人格。在此以前，我對梳著辮子的官員都存著偏見，以爲他們的內心和他們的外表一樣的滑稽。你們知道，在我們被困的第六天的晚上，正是裕庚以他自己爲人質，解救了我們，當時……」

「好了好了，我的約翰，」康格夫人打斷了他，「這個故事我們已經聽過一千零一遍了，對嗎？還是讓我們換個輕鬆的話題吧。」此時，隔壁的拍掌和歌聲隱隱傳來，大家不禁靜下來傾聽。

懷特道：「這支歌很好聽。」康格夫人道：「這歌裡似乎有悲憤之意，中國的知識分子有對酒當歌的傳統，聽說隔壁是戶部主事王老爺請客呢，中國人大半都在怨天尤人，總是借酒澆愁，實際能力其實很差。」懷特道：「並不是這樣的，他們在尋找機會呢。」

夫人道：「懷特，你來的時間太短了，並不了解他們。」懷特道：「而且，我聽見唱歌的好像是個女人。」康格夫人哂笑道：「不會是你那位東方仙女吧？」懷特沒理她，他的耳朵，突然變得異常敏感。

是夜，德齡與勳齡一直待到宴席結束，才起身與秋瑾告辭。德齡道：「秋女士，眞是相見恨晚啊。小弟極爲贊同您的男女平權和振興國家的主張，只是有一點不能苟同。」

秋瑾毫不含糊地說：「有話請講當面，何必吞吞吐吐？」德齡道：「那小弟得罪了——秋女士對滿洲人似乎有諸多恨意，我以爲滿洲人中，貪官污吏的確是不少，可也有不少忠義之士，我知道他們和您有著同樣的憂慮與抱負。滿漢的血統或者階級出身不應成爲劃分人的標準，志向才是人聚散的眞正理由。」

秋瑾想了一想，道：「你這話極有見地。我何嘗不願相信您的話，只是我的確沒有認識過一個滿洲的忠義之士，假如有那麼一天，我一定會與他成爲莫逆之交的。」

德齡道：「我相信這一天一定不會太遠的。告辭了。」見吳芝瑛亦在向他們連連揮手，遂道：「吳夫人，告辭了！」秋瑾向前一步道：「敢問兩位尊姓大名？」勳齡道：「敝姓裕，名勳齡，堂弟言齡。」秋瑾目光如電，道：「裕是滿洲人的姓，我想今日的確是碰到滿洲朋友了。」

兄妹二人相視一笑，沒有回答，醉意微醺地上了馬車，唱起〈歡樂頌〉的旋律，他們的和聲在夜色中迴盪著。

一直細聽動靜的懷特突然跳起來，不顧康格夫婦和六位傳教士的驚詫，一躍而出。夜色中，馬車已然遠去，但見一穿月白罩衫的女子，也正要上另一架馬車，他急忙趨前相問：「請問夫人，剛才唱〈歡樂頌〉的小姐是誰？」秋瑾好不容易聽懂了他半生不熟的漢語，笑道：「沒有小姐，只有兩位清逸不俗的公子。」懷特奇道：「輕易不輸，輕易不會認輸的公子？」秋瑾大笑道：「你說得很對！」說罷上了馬車。

懷特失望地看著秋瑾的馬車消失在夜色裡。

5

德齡兄妹萬沒想到，他們的阿瑪和額娘已然回家！儘管他們躡手躡腳地進得門去，卻仍未能逃過裕庚的耳朵，當晚夜已深，也就罷了。翌日，裕庚大發脾氣。按照慣例，裕庚自然先向勳齡開刀：「勳齡，你的兩個妹妹眞是大有長進呀，一個女扮男裝去喝酒，一個在這甜言蜜語地替你們遮掩。你這個做哥哥的有什麼話說?!」

勳齡忙辯道：「阿瑪，她們天天悶在宮裡，好不容易出來一次……」裕庚道：「現在她們身分不同了，是老佛爺的御前女官懂不懂？尤其是德齡，受太后的恩惠很多，如果要出門，就要光明磊落地出去，不要這樣怪裡怪氣的！德齡，是不是你開始動搖了報國的決心，留戀外面優裕的生活，有後悔的意思了？你們今天哪兒也別去了，都在家給我好好反省——到底做太后的御前女官是爲了什麼?!」德齡不語，委屈地低了頭。勳齡卻暗暗著急，瞟了一眼法式的座鐘——與懷特的約會正在分分秒秒地逼近，可別又落得一場空啊！

裕太太見三個孩子都低了頭，立即心疼起來，道：「老爺，您可別自己心裡不痛快，就拿孩子們來出氣，好好兒的孩子，我疼還疼不夠呢！孩子們，別聽阿瑪的，都給我吃飯去，讓額娘好好疼疼你們！小順子，快擺飯！」

就在德齡味同嚼蠟地吃著午飯的時候，凱．懷特正在精心地對著鏡子打領結，他緊張地排演著：「親愛的德齡，我們終於見面了！不對，德齡，你每天晚上都出現在我的夢裡……天呀，什麼話，太彆扭了，爲什麼寫情書比說情話要容易呢！」

他搖搖頭，接著用半生不熟的漢語說：「海內存知己，天涯……若、若比鄰。」

這時門響了，他興奮地想，約會原是約在起士林的，一定是德齡等不及了，讓勳齡領了來，又轉念一想，不對，那個矜持的中國少女即使再愛他，也一定會保持身分和尊嚴，那麼是誰呢？他輕輕開了門，一個身穿斗篷的洋女人閃了進來，頭蓋一掀，卻是康格夫人。

懷特結結巴巴道：「爲……爲什麼是、是你？」康格夫人笑道：「怎麼就不能是我？能告訴我你在等誰嗎？」懷特不語。康格夫人又笑了，溫和地問：「我想問你，你愛你的國家嗎？」懷特抬眼道：「當然，這還用說嗎？我是美國人呀。」

康格夫人道：「那就好，我知道今天是德齡放假出宮的日子，憑著你和勳齡的交情，他一定會安排你們見面的，對嗎？」懷特坦然道：「是的，我等這一天已經等了很久了。」夫人一字一頓地說：「我也等了很久。」

懷特疑惑地望著她道：「爲什麼？」夫人掏出一隻絲帕，捂住半邊嘴，神祕地說：「現在你報效國家的時候到了，你已經取得了勳齡的友誼，德齡看來對你也是一往情深，你可以藉由德齡，了解一些我國需要的消息，這樣比透過卡爾更直接。卡爾除了畫畫，別的方面似乎沒什麼大用場，可是我相信你，你有商人的血統，做這種事一定是游刃有餘的！」

懷特恍然道：「原來你幫助我，就是爲了情報？」夫人冷冷道：「世界上沒有免費午餐，當然了，我從來不相信空洞的感情，感情都是有實際的聯繫才會更加深厚，比如你的家族和別的生意夥伴之間的關係就是這樣。」

懷特道：「如果我拒絕呢？我想我絕不會玷污我和德齡之間純潔的愛情！」夫人把一張紙遞給

他道：「你考慮一下再說吧，如果你答應了，美國政府將會給你姑姑的生意特別的優惠，否則……這是我們需要知道的情報清單。」

懷特接過那張紙，他真想把它撕了，因爲他覺得那薄薄的紙是如此的沉重，那是因爲裡面浸透著罪惡感。

6

裕家飯後的咖啡歷來是少不得的，但這時的咖啡卻讓勳齡和德齡感覺到有點多餘，他們看錶的頻率越來越密了。再過一個時辰，約會時間就到了，兄妹三人不停地交換眼色，裕庚卻專注在自己的情緒中，沒有注意到。勳齡道：「阿瑪，今天你心情不好，是不是有什麼事啊？」

裕庚道：「阿瑪今天脾氣是急了點，是心裡煩呀。」德齡不解道：「爲什麼？聽說前兩天伍大人特地來登門道謝，不是說因爲您才成功解救了教堂的美國傳教士，在外國使節中傳爲美談嗎？我們都很爲您驕傲呀。」容齡在一旁道：「是呀，說不定老佛爺還會賞您呢！」

裕庚喝了一口咖啡，緩緩地說：「賞或罰阿瑪都不在意。我難過的是，洋人已經在中國出現這麼些年了，老百姓竟然還是把洋人都看成是一回事兒，竟然分不清他們是講法語的還是講英語的，說明中國的教育程度之低下。另外，老百姓之所以自發地復仇，是因爲根本不能指望政府給他們保護，政府已經失去了人們的信任了。還有，部分外國人在中國胡作非爲，卻仍能逍遙法外，是因爲中國的國力衰弱，連起碼的國家尊嚴都不能維護了。最令人痛心的是，我救了外國人，卻看著被強暴的民女在我眼前自殺而無能爲力，我枉穿了這身官服呀！」裕庚再次激動起來，咳個不停，德齡急忙爲他輕輕捶背，一面道：「阿瑪，可是你已經盡力了，大清的缺陷不是您一個人可以彌補的呀。」

裕庚道：「阿瑪一個人是不可以，可多一個人，大清就多了一點希望，是不是？」

德齡道：「我懂了，所以您看到我們在玩兒，就生氣了，對嗎？」裕庚嘆道：「你們的哥哥和額娘恨不能你們早一天出來，生怕你們受苦，可阿瑪卻把你們往火坑裡推。我知道，你們心裡都會有抱怨，尤其是在宮裡受氣的時候。可阿瑪不是爲了功名，只是想，中國實在是太需要改造了，太需要每一個人無私地盡力了，所以阿瑪請求你們，不管有多難，請你們在宮裡再待上一段時間。」

動齡在一旁忍不住道：「阿瑪，您爲什麼不能尊重妹妹們自己的意願呢，她們爲什麼不能過輕鬆幸福的生活?!這段時間雖然宮裡沒有出什麼大事，可有驚無險的事還少嗎！我們雖然受了朝廷的恩惠，可並不是呼來喚去的奴才啊！」

裕庚呆了一呆，半晌道：「勳齡，你的意思是說，阿瑪有些自私，不顧別人的想法，是嗎？」

勳齡低頭不語。

裕庚沉默良久，老淚縱橫，道：「阿瑪老了，竟然變得專橫古怪了，是呀，人各有志，我不應該勉強我的女兒們。我賠上自己就完了，爲什麼非得拉著孩子們！」德齡忙道：「阿瑪，您別難過了，我願意爲國家做事，眞的，我保證比以前付出更多的耐心，絕不會半途而廢的。」容齡也急忙像小鳥似的偎在父親身邊道：「阿瑪，我也願意和姊姊在一起的，您別掉淚了，再這麼著，我可也要哭了！」說罷，果然流出兩行清淚。

裕太太見狀忙勸道：「別呀別呀，好不容易一家子在一起，幹嘛要這麼悲悲切切的？老爺，都是你招的！」說罷眼圈也紅了，裕庚忙道：「罷呀罷呀！都怪我，怪我，孩子們，把那留聲機打開，放個曲子吧！大家都寬寬心！」德齡見阿瑪心情轉好，剛要說出外有事，沒等說出口，外面便有太監傳了老佛爺口諭：宣德齡容齡姑娘即刻回宮！

德齡呆住了，一時間，她好像看見了等在起士林小廳的美國小夥那單純焦灼的眼神，天哪，為什麼兩個相愛的人見面如此的難！她明白，又一次機會擦肩而過了。

懷特坐在起士林靠窗的座位上，一直等到日落。他知道，沒希望了，但是他並不知道，正應了中國那句老話：福無雙至禍不單行，回到家後，他接到了一個電報，上面寫著：姑媽艾米病危速歸。

7

事隔多年之後德齡才反應過來：慈禧其實是有意叫她早歸，安排她看那麼一場戲，考驗她的反應。當時，隔著屏風，德齡清清楚楚地聽見大殿裡激烈的爭論：

「臣參奏裕庚！」「臣參奏裕庚！」

在一片參奏聲中，伍廷芳「為裕庚請功」的聲音格外弱小。一個大而沙啞的聲音振振有詞道：「臣以為，裕庚為救洋人，竟以自己為一群烏合之眾的人質，實在是大清的奇恥大辱！裕庚他妄自菲薄沒有關係，可他不能忘了自己的身分。難道大清官員的性命，竟不如洋人的矜貴？鑒於裕庚崇洋媚外，臣請予嚴懲！」

接下來是伍廷芳的聲音：「臣與盧大人意見不同。教堂一事，臣是身臨其境，當時情形真是萬分險急，裕庚也是臣無奈搬來的救兵，他既維護了大清的尊嚴，又在洋人與百姓之間斡旋成功，沒有造成重大的流血事件，臣以為理應重賞裕庚！」停了一停，她聽見慈禧不疾不徐的聲音：「哦，你們二位可真是針鋒相對啊。」

伍廷芳又道：「裕庚為平息外交糾紛，不顧病體，並將生死置之度外，且沒有傷及一兵一卒。此外，美國人非但沒有責難反而感激朝廷。臣以為，裕庚實在是智勇雙全，忠心可鑒！」又一位大臣站出來道：「臣以為裕庚雖平息了事態，可其所作所為實在是猥瑣！本來我大清有這許多精兵良將，快刀斬亂麻地殺幾個刁民立即了事，何必與他們白費唾沫、苦苦相勸？這弄得君不君臣不臣的不但洋人笑話，連刁民也得意忘形，有損大清和朝廷的尊嚴！裕庚應當革職發配！」說到這裡，眾臣竟然紛紛附議。德齡緊張到了極點。

伍廷芳極力大聲道：「臣以為裕庚是愛民如子，才不忍動用軍隊。」先前那個沙啞的聲音又說話了：「臣以為，罪魁禍首正是伍大人！他不開殺戒，反而千里迢迢地把裕庚搬來遊說，真是一丘之貉，應與裕庚同罪。」

德齡的額上滲出細密的汗珠，皇后悄悄捅捅她，她才想起拿出一條帕子擦了擦。

終於，她聽見喧譁聲漸低，一個蒼老病態的聲音在大殿迴響起來，透過屏風她看著那顫巍巍的影子，判斷那便是久病不曾上朝的榮祿榮中堂。

果然，榮中堂開口道：「臣以為，洋人和我們有著不同的習俗，而裕庚在海外多年，必然了解他們的好惡。中國人與洋人的結怨，有時並非故意，而是互相誤解對方的習俗使然。比如，洋人以唇輕觸婦女的手背表示尊敬，而在我國卻是輕薄之舉。不如改日召裕庚上朝，聽他親口說說他如此行事的理由再做定奪，也許裕庚自有他的道理。」榮大人顯然是一言九鼎的人物，他一開口，眾臣都不再爭論，只是在下面竊竊私語。

良久，慈禧道：「那就召裕庚明兒上朝吧！他不是還沒回上海嗎？皇上，你說呢？」光緒恭謹地欠身道：「皇爸爸說的是。」慈禧再不說什麼，只說一聲：退朝！便把滿朝文武扔在了大殿裡。

當晚正值德齡侍寢，她穿過竹林走向儲秀宮的時候，突然一條黑影閃出，把她嚇了一跳。細細一看，不是李蓮英，卻又是哪個?!李蓮英小聲叫道：「德齡姑娘！」德齡忙道：「李總管，您這是……」李蓮英道：「嘿，德齡姑娘，您平時待小的們不錯，我特特的等在此處，斗膽給您提個醒兒。」

德齡謝道：「李總管請指教，德齡感激不盡。」李蓮英道：「裕大人的事兒，成敗就在明天，您這心裡肯定七上八下的，是不是？」德齡苦笑道：「什麼也瞞不過您。」

李蓮英道：「您可記得，今兒本該是元大奶奶侍寢？」德齡轉轉眼珠，立即明白了一切，她急忙謝道：「您是說，今兒晚上我趁著侍寢的工夫兒，替阿瑪求個情兒？」

李蓮英道：「您呀，就在老佛爺剛唸完佛的一分鐘之內說，這時辰，她老人家一般都格外開恩，說是佛還在身邊兒，不好不行善。」德齡忙道：「謝李總管！您的好意，我一定會報答的。」

李蓮英道：「德齡姑娘，我得走了，記住了，一分鐘！」

可是德齡卻無論如何開不了口。她眼睜睜地看著慈禧飛快地繞著手中的佛珠，敲著木魚兒，然後在嫋嫋的香煙中，念完佛，放下佛珠，大大地打了個呵欠。鐘錶的滴答聲音在德齡的耳邊越來越快，好像在催著她開口。但是那寶貴的一分鐘，很快就在她的猶豫中過去了。

德齡熟練地指揮僕婦們把太后就寢的一切安排好，然後悄悄退了出去。已經走到門口兒了，慈禧突然叫住了她道：「德齡，回來！」慈禧像不認識似的上下打量著她，道：「今兒你可眞能沉得住氣兒，咱娘兒倆扯了半天，你就沒提你阿瑪半個字。我想問問你，你就不想給你阿瑪求個情兒嗎？你這丫頭怎麼心就那麼硬呢！」

德齡道：「老佛爺，我恨不能爲阿瑪頂罪，可是，我不能替他求情。」

慈禧奇道：「爲什麼？怕我不答應？」

德齡搖頭道：「我不能這麼做，因爲，如果阿瑪知道我替他說情，他會不高興的，他更推崇的是朝廷的公正，而不是私情。」

慈禧面無表情地說：「那你就不怕你阿瑪被錯判嗎？」

德齡心裡一驚，突然悟道：或許剛才李蓮英的指點，都是太后在暗中佈置的，她暗嘆太后心計之深，遂坦然道：「老佛爺，如果由於我沒有求情，而阿瑪被錯判，那天下有千千萬萬的人也要被錯判了，因爲他們都沒有機會在您的跟前兒當差，遞話兒。我不願意求情，因爲我願意相信您永遠是聖明的！」

慈禧微微笑道：「德齡呀，你也甭給我戴高帽子，我也想我治理的天下都是清白公正的，可天下不一定都聽我的呀！咱娘兒倆掏心窩子說說，假如我眞的治了你阿瑪重罪，你會不會恨我？在你的心裡，是我親呢，還是你阿瑪親？」德齡一時語結。

慈禧盯著她，意味深長地說：「德齡，說眞話，別學他們，光說點兒好聽的來甜和我。儘管說吧，說錯了我也不會治你的罪。」

德齡想了一想，答道：「老佛爺，您問的問題我答不上來，不是因爲我不敢說實話，怕您治我的罪，是因爲太難了，也許是一輩子都想不清楚的。」慈禧道：「那你倒是跟我說說，你都是怎麼想的？」

德齡道：「回老佛爺，我阿瑪的對錯，無非有兩個判斷標準，一是國際通行的規定，二是大清的律法，如果您錯判了，出於深謀遠慮，是爲國家前途，那我不敢恨您，因爲大清的天下比起德齡的家庭來實在是重要得多，德齡願繼續爲您鞠躬盡瘁；而如果您錯判是出於私心，那我會恨您，不是因爲犧牲的是我的阿瑪，而是因爲您位居萬人之上，統領江山社稷，尚且懷有私心，那如何治理國家呢?!」慈禧一怔，顯然十分不悅，冷冷地說：「……不過，還有一種情況你沒有想到，那就是我錯判了你阿瑪，既不是爲國，也不是私心，而是出於一時的糊塗——人非聖賢，孰能無過呀，那你還會不會跟著我？」

德齡一直隱忍的淚落了下來，道：「老佛爺，一邊是國，一邊是家，就像您和阿瑪，誰對我來說都很重要，失去了任何一方，我的生活都不會圓滿。要是德齡的心能劈成兩瓣兒，就好了！」

慈禧忙親手遞過一個帕子道：「快別哭了！可憐兒見的！德齡啊，我並不是有意要爲難你，我就是想知道知道，你們成天嘴上老佛爺長老佛爺短的，可我在你們心裡頭到底兒占多大份量！……我這個人哪，什麼都不缺，就是缺點兒骨肉之情啊！……先皇帝死得早，同治帝又……唉，是我力排眾議立了當今的皇上爲帝，雖不是親生的，可我養育了他二十來年啊！又怎麼樣?!不是旁人一挑，他就跟我離心離德麼?!你來了，我對你可不是一般的恩寵，可是……高處不勝寒啊！今生今世，我怕是享受不了骨肉親情了！」

德齡忙跪下道：「老佛爺，奴婢實在沒想惹您生氣。」

慈禧揮了揮手道：「罷了罷了，我哪是生氣呢，只是心寒呀。」德齡忙道：「德齡該死，請老佛爺懲處。」

慈禧淡淡地說：「我說話是算數的，你沒有錯，回去吧。」想想又叫道：「回來！對傳教士的事，洋人那裡都是怎麼說的，你給我說說。」

德齡已經冷靜下來，輕輕地說：「回老佛爺，德齡不能說，因爲事關我的阿瑪，我是他的女兒，必須迴避。讓外務部的大臣和洋人的律師說比我更合適些。」慈禧臉上這才略有讚賞之意，道：「好，你跪安吧。」

德齡走出儲秀宮之時，才發現自己已經出了一頭冷汗。她是親眼見過慈禧突然變臉的，就說剛才那一番對話，誰知道老佛爺說的哪句是眞哪句是假？更沒法子知道她究竟是設套讓自己往裡鑽，還是眞心實意地在乎德齡的忠心。也許是二者都有吧，宮中的險惡，她已略知一二，但是她並不想因此改變自己，去屈就什麼，她想用自己的方式來對待，那就是：說眞話，並且盡可能地把一切的複雜化爲簡單。

8

接到聖旨之後的當天夜裡，裕庚已經作了周密的布署。官場之中，他也算是混了大半輩子的人了，自然深知其中的險惡，如今雖有榮大人的迴護，到底有那麼多朝臣參劾他，即使爲了平衡，老佛爺手底下也不可能輕輕放過他。面對妻子兒女，他不能不有所準備。

晚飯後，裕庚將太太和勳齡叫到書房，關嚴了門，丫鬟僕婦，一概不許進入。裕庚坐在籐椅上，神色凝重地望著兒子道：「勳齡，知道阿瑪爲什麼叫你來麼？」

勳齡低頭道：「阿瑪，明兒要上朝了，兒子猜想您心裡有些不安定。」

裕庚坦然道：「對，是不安定。你阿瑪雖然從來都是頂天立地，可到了這個時候，……心裡還真是有些惶恐呢。」裕太太在一旁寬解道：「老爺，有榮大人呢，您就甭擔心了。」

裕庚道：「馳騁官場，如履薄冰，什麼事情都得做最壞的打算。勳齡，你是兒子，有些事情，我看你要多做些準備了。」勳齡道：「阿瑪，您放心。」這麼說著，裕太太的眼淚就冒出來了，道：「這聽著可真怪嚇人的，可別真有什麼事兒，早知道這樣，還不如在巴黎消消停停地待著呢。」裕庚道：「現在不是說這些的時候。勳齡，你去把那本宋詞拿來。」

勳齡從書櫃裡拿出一本線裝《宋詞》，打開一看，竟發現裡面有外國銀行存摺。

裕庚緩緩道：「勳齡，這是我事先在法國巴黎的銀行存的一筆款子，也是家裡唯一的一筆款子，你拿著吧。明兒，我沒事當然好，萬一要被發配或者處死……」一語未了，裕太太嚇得幾乎癱倒，被勳齡一把扶住。裕庚道：「要是真的這樣的話，你就拿著這筆錢，帶著你額娘想法到法國去安家。等你的兩個妹妹出了宮，把她們也接去。裡面有她們的嫁妝錢，阿瑪相信你是會給她們保管好的。到了那時，她們對國家的責任也盡到了，該過自己的日子了。阿瑪不管是在邊疆放羊，還是在九泉之下安歇，也就可以徹底放心了。」

裕太太聽了哭道：「老爺，你到哪兒我就到哪兒，別想把我給甩了！」裕庚輕撫著太太的衣袖，道：「太太，你從小就嬌生慣養的，到時還是和孩子們一塊兒走吧。」

勳齡上前請了個安，道：「阿瑪，錢我會藏好的，可我也不能走，一走，誰來照顧您？」裕太太抹了抹淚，道：「勳齡，你們兄妹幾個都走，我們老倆口一輩子在一起也慣了，哪分得開呢。老爺，你可不能趕我走。」

勳齡也道：「再苦再難，也要一家人在一起，要不家就散了。」

裕庚長歎一聲道：「聽阿瑪的，只要心在一起，家就散不了。如果阿瑪眞的被嚴懲，那就意味著你們受的教育不僅沒有造福國家的機會，反而會給你們帶來災難。那時候，阿瑪也不強求你們必須報效國家，只要你們不要浪費了自己的才能，碌碌無爲，我也就心滿意足了。不要拿你們的前程來爲我陪葬，那不是對我的孝順，那是辜負！記住了嗎，勳齡？」勳齡沉默半晌，哽咽道：「記住了，阿瑪。」

夜半，勳齡輾轉反側睡不著覺，暗暗替阿瑪著急。他知道，朝廷上一多半是反對阿瑪的，庚子年時，阿瑪更成爲衆臣爭議的焦點。那時，端王調唆慈禧要把裕庚火速召回，明擺著的事：裕庚一回來，便是人頭落地的事兒，多虧了榮大人遞信兒，斡旋，才算保了一家人的性命，但是祖屋卻因此被燒，這在對祖宗無比崇敬的裕庚心裡，留下了一道不可磨滅的傷痕。明兒上朝，分明是凶多吉少。折騰到交四更了，勳齡才有了些倦意，起來喝口水，聽見阿瑪額娘的臥室裡，依然有低低的談話聲。

次日早朝，裕庚特意換了一身簇新的朝服，坦蕩蕩進得宮去，平時熟得不能再熟的那些老熟人，竟有一半都不打招呼，裝作不認識，打招呼的，其中也有一半是用一種冷淡或者譏諷的口氣，裕庚心中好笑，並沒理會。

照例，德齡和皇后站在屛風後面，昨夜德齡失寢，今兒眼睛還是腫腫的，她把一個手帕子捏在手裡，緊緊攥著，屛住呼吸，睜大眼睛，生怕漏過一個字。

德齡聽見阿瑪慷慨陳詞道：「說臣親洋臣無話可說。老佛爺英明果斷，推出五年新政，令天下人稱頌，臣其實和老佛爺一樣，表面是爲了不讓洋人給咱們找茬兒，實際上還不是爲了大清的安寧嗎？如果臣僅僅是爲了討好洋人，那就不會費許多口舌去勸說百姓。有人說，臣低三下四地求百姓，丟了大清的尊嚴，可我敢說洋人並不是那麼看的。」

慈禧不緊不慢地說：「哦，那洋人是怎麼看的？」

裕庚道：「回老佛爺，洋人有口號說是天賦人權，尤其是像美國這樣的共和制國家，更是說眾生平等，因此對他們來說，人無論貴賤，生命都是可貴的。假如咱們光是救了洋人，而屠殺了自己的百姓，洋人們雖撿了便宜，他們仍然會瞧不起大清——中國人自己都不重視生命，他們會更加不尊重中國人。這樣一來，他們在中國造次豈不是更加肆無忌憚了?!」

又是那個喉嚨沙啞的盧大人站出來道：「老佛爺，裕庚純屬狡辯，什麼天賦人權，分明是鼓勵刁民們造反！」接著又有個陌生的聲音道：「老佛爺，裕庚說派兵鎮壓即是不尊重生命，那派兵的摺子是蓋著您的鳳璽的，那他豈不是含沙射影地說您嗎？裕庚犯上，理應罪加一等！」

德齡心裡一抖，她知道，這句話是打中要害了，正犯在老佛爺的忌諱上！一著急，加上一夜失寢，又沒用早膳，竟然一下子上不來氣，暈了過去。皇后急忙將她扶住。

9

德齡睜開眼睛的時候，發現自己正坐在自家花園的躺椅上，刺目的陽光令她幾乎睜不開眼睛。第一眼便看到妹妹容齡，容齡天眞可愛的笑容讓她沉重已久的心一下子放鬆了，容齡笑道：「謝天謝地，你總算醒來了！」德齡恍惚問道：「我這是在哪兒？阿瑪呢？」容齡道：「姊姊，你可眞會嚇唬人，太醫說你是急火攻心。阿瑪早就沒事了！萬歲爺一下朝就悄悄告訴我了！」德齡這才長出了一口氣。

慈禧准了德齡的假，命她在家將養幾天，也陪陪即將遠行的父母。德齡謝了恩，一家子其樂融融地過了幾天，幾天之後，裕庚和裕太太仍回上海治病。裕家兄妹送阿瑪額娘上了馬車，心下都十分明白，阿瑪雖然沒有獲罪，但老佛爺仍然爲了平衡朝廷上的反對勢力，以裕庚體弱爲名，賜他退休。這大概是最好的結果了，裕太太堅持回上海，原因自然是養病，但是德齡心裡很明白，與其說是養病，不如說是阿瑪額娘都想遠離京城這個是非之地。

又是個陽光明媚的日子，德齡在花園裡看著報紙，仔細看著上面的劃痕。原來是勳齡的信，信中寫道：妹妹，懷特依然沒有回來，不過我昨天接到了他的電報，他要我一定替她在報紙上劃道兒，因爲他害怕你看到沒有劃道兒的報紙，會惦著他。懷特說，他一定會儘快地回到你身邊。德齡看著，臉上露出了一縷笑容，想著那個英俊的美國人懷特，想著那次在輪船上他們的奇遇，怪得很，歲月不但沒把他的身影驅逐掉，反而越來越清晰了，大概這便是愛情罷。正這樣想著，突然聽見李蓮英的聲音在身後響起：「老佛爺駕到！」

德齡足足實實地嚇了一跳，慌忙回身施禮道：「德齡給老佛爺請安了！」

慈禧今兒穿了大紅灑花嵌銀線披肩，滿臉笑容道：「快起來！瞧瞧這小臉兒，都瘦了一圈了，可眞讓人疼得慌！」德齡順勢便撒嬌道：「老佛爺，您賞的甜碗子我都吃了，還沒來得及當面謝恩呢。」

慈禧道：「行了，那算不得什麼。我就是瞧不見你，心裡想得慌，可又想讓你靜養幾天再說。今兒天兒好，我跟李蓮英說，得瞧瞧德齡姑娘去！」德齡慌道：「德齡何德何能？讓老佛爺這麼惦記著，眞正是折殺奴婢了！老佛爺快請。」

慈禧道：「這兒太陽甚好，我就不進去了，還是搬張椅子來，坐在園子裡咱娘兒倆說說話兒豈不更好？」德齡忙叫小蚊子搬了最寬大的一張椅子來。慈禧坐下，隨手拿起了德齡看的那張報紙，那上面有康有爲的照片。

慈禧的臉立即多雲轉陰了，她的手哆嗦起來，指著照片道：「德齡，你倒是快瞧瞧，這個狗東西在幹什麼哪？」德齡看著太后臉色難看，忍不住心驚肉跳，看了一下報紙，道：「報紙上說，康有爲的擁躉們在紐約集會，討論中國的出路。」

慈禧下死勁啐了一口道：「呸！這個狗東西，還四處招搖了！要不是他，皇上知道什麼，他從小是連打雷都怕的！有了康有爲，他就神氣起來了，光緒二十一年他就搞什麼公車上書，還成立什麼強國會、保國會的，保他娘的頭！皇上眞是拿著拉大旗作虎皮，到了兒才發現不單虎皮是畫的，連老虎都是紙的！皇上是後悔也晚了！」

李蓮英在一旁彎身道：「老佛爺息怒，高高興興地又說這些幹什麼。」慈禧道：「可也是，甭讓那個王八蛋壞了我們的好興致。德齡，你這個報紙哪裡來的？」德齡道：「回老佛爺，阿瑪給訂的，每隔幾天由哥哥隨家信給我。」慈禧道：「那你再給我說說，上面還講了什麼？」

德齡道：「上面有好些個消息呢，對今年的諾貝爾獎的人選預測，還有沙俄和日本都積極向東北增兵，還有現代舞與古典芭蕾爭奪觀眾，還有……反正全世界的事兒都在上面了。」

慈禧思忖道：「看來這上頭熱鬧得很。……德齡啊，您能不能讓你哥哥用他的名義幫我訂一份這個報紙，然後我讓人天天去取，你看可好？」德齡忙道：「老佛爺，爲您效力，哥哥求之不得呢。」

慈禧道：「話可不能這麼說，對外一定說是你要看，不能讓洋人們知道。就讓他們一直把我當老糊塗吧，這下他們的事兒我可就全清楚了，誰也哄不了我！」德齡心中暗笑，口裡道：「老佛爺聖明！」慈禧道：「德齡，你得告訴我，剛才說了一個什麼耳朵獎，是怎麼回事？」德齡道：「老佛爺，那是諾貝爾獎，是瑞典的化學家諾貝爾設立的具有世界權威性的獎，包括物理、化學、醫學和生理學、文學，以及和平獎……」

慈禧很認眞地聽著，問道：「得了這個獎，可有銀子？」德齡忍住笑道：「自然有啊，得一個獎，少說也得給三萬兩銀子！」慈禧驚道：「原來給這麼多！洋人那裡，到底還是有錢！……都是什麼人能獲這個獎啊？」

德齡道：「只要在剛才我說的那些個行業作過特殊貢獻的，都有資格獲獎，就像您吧，假如日俄在東北眞的打起來了，您出面制止了這場戰爭，那您就有可能獲得諾貝爾和平獎！」慈禧笑道：「我可不要洋人設的什麼獎，倒是將來我們大清設個什麼獎，讓他們爭著搶著才好，就像過年過節行賞那樣兒，制錢兒一扔，奴才小廝來搶，瞧著多痛快！」德齡道：「那好啊，若果眞如此，便眞的是老佛爺開了大清的先例了！」

慈禧心情好轉，話也密起來，道：「我瞧這幾天天兒好，不如咱娘兒幾個到鄉下去逛逛，也不去遠處兒，這園子外邊兒，就是鄉下了，咱們也不要御膳房的跟了去，只咱們娘兒幾個，摘摘果子，烤烤白薯，也享受享受農家樂兒，你覺得如何啊，德齡？」德齡喜道：「那自然是好！前兒個妹妹還說，想去園子外邊兒瞧瞧呢！」慈禧便叫李蓮英吩咐下去，把野炊的傢伙兒備齊了，德齡再三隱忍，還是忍不住問道：「這些日子都沒見到四格格，還怪想她的！」

慈禧淡淡笑道：「她那個房子，陰氣兒太重，不免心氣兒浮躁，是我叫她到春暖閣去寫經，也好靜靜心，調養調養！」德齡悄悄瞥一眼慈禧，什麼也沒敢說，暗中納悶而已。

10

艾米其實只是患了一點小病，之所以把凱叫回來，不過只有一個原因：她想她的寶貝侄子了，她想爲他過生日，她深信，這個中了魔的傻小子已經忘了自己的生日了。

凱·懷特回來了，第一眼看到艾米就知道自己上了當，他沒說什麼，只是拿出從中國買的禮物——兩套旗裝，爲自己和姑姑套在身上。艾米穿上旗裝在鏡子裡照了又照，笑得像個孩子，不停地說：「懷特，你的禮物太有趣了！」懷特道：「可是艾米姑姑，您的謊言太誇張了！」

艾米狡辯道：「誇張才會有效果，戲劇不都是誇張的嗎，你是那麼地熱愛戲劇，所以我以爲你一定喜歡我的謊言。」懷特無可奈何地聳聳肩道：「天哪，姑姑，我是很愛您，可我從來不知道您是莎士比亞的妹妹，隨便說點什麼都有大師的影子。」艾米道：「我雖然不是大師的妹妹，可你等著瞧吧，最好的喜劇一定是出自我的手筆。」懷特嘲諷道：「我眞崇拜您，不是因爲您對戲劇的理解，而是您的可怕的自信。」

艾米笑道：「等著瞧吧。……凱，今天試一下新烤的蛋糕好嗎？」懷特道：「哦，不，謝謝，我只想來一份煎蛋。」艾米道：「還是吃蛋糕吧，這可是我發明的新配方。」懷特聳聳肩道：「好吧。」艾米高興地沖僕人擠擠眼。一會兒，僕人、祕書、律師，都一起出來了，他們同聲唱著生日快樂歌，律師的手上捧了一個大蛋糕盒。

懷特驚道：「我的生日?!我都忘得一乾二淨了！」

艾米笑道：「懷特，從今天起，你就二十一歲了！」懷特高興地擁抱艾米道：「姑姑，你太可愛了，原來你讓我回來是爲了給我過生日。我眞的非常愛您。」

艾米得意地說：「爲什麼不打開蛋糕盒，我的大手筆就在裡面！」懷特道：「我猜那一定是世界上最好吃的蛋糕。」艾米道：「這是毫無疑問的。」

懷特打開蛋糕盒，裡面沒有蛋糕，卻是一張紙。

懷特好奇地翻開蛋糕盒裡的紙道：「這是什麼？」律師道：「懷特，這是艾米夫人的授權書，從今天起，您就是漢克斯公司的接班人，也就是董事長了！」大家一起高興地鼓掌。懷特變色道：「不，我不能，艾米姑姑。」艾米道：「哈，有什麼不能的，我相信你完全能勝任，你也要對自己有足夠的信心才行！小傻瓜，我知道你一定會被我的好戲嚇呆的，哈哈！」懷特道：「姑姑，我不行，公司沒有您是不行的！」

艾米道：「爲什麼不行?我已經想好了，我要退休了!我不打算等斷氣那天才教你怎麼做生意，那就太晚了。而且，你很年輕，對時尙的式樣感覺一定比我敏銳，這樣，我們的公司一定不會落伍！」

懷特道：「姑姑，我非常感謝您，也非常愛您，但這個禮物對我來說太突然了，我也許不能接受！」艾米一下子收起笑容，道：「你是認眞的？」

懷特重重地點點頭。艾米道：「凱，難道你在中國還沒有玩夠嗎?」懷特道：「我不是玩兒，我一直在和德齡保持通信，我眞的很愛她。看到您的身體已經康復，我想過幾天就回中國去。」

艾米驚道：「天呀，你現在竟然說『回』中國，看來那個中國女人眞是對你施了魔法！」懷特道：「請您不要這麼說德齡！」艾米道：「好吧，我們不討論她的魔法，我想問你，你難道對我的財產沒有興趣嗎？還有，你不認爲你該對這個家庭負點責任嗎？」

懷特道：「我不是不想做繼承人，可是我認爲德齡是我生命裡最重要的，我想和她在一起。」

艾米道：「我同意你留在那兒再玩一段時間，我也贊成你拒絕康格夫人的建議去以愛情換情報，但我不希望聽到的是你想娶一個中國女人，你想和她廝守終生。中國是個讓人作噩夢的國家，中國人也都是可怕的。」

懷特道：「姑姑，我想和德齡結婚，這是怎麼也改變不了的！我不喜歡您的生意夥伴的女兒，也不喜歡女明星，我只愛她一個人。」艾米道：「我沒有非要你商業聯姻，或非要找一個名門之後，你可以找一個灰姑娘，找農家女，就是不要找中國人，他們的怪異和殘酷足以摧毀一顆健康的心靈！」

懷特寸步不讓地說：「姑姑，那是您的偏見！」艾米道：「那麼說，你是一定要去追求你的異國情調了？」懷特道：「不是情調，是愛情。」

艾米索性攤了牌道：「如果讓你在愛情和繼承權之間選擇，你挑哪個？」懷特毫不猶豫地回答：「我想訂明天到中國的船票。」艾米緊追了一句道：「你不後悔嗎？」懷特道：「我也有同樣的問題要問您。」

那天，如果不是約翰的到來，天知道艾米與凱還要爭論多久。當時，一個穿著傳教士服裝的人悄悄走到他們的身邊。「我的上帝，是你！我的老約翰！」艾米站起，誇張地叫起來。

「我的小艾米！噢，還有你，凱！什麼時候回來的？」約翰也同樣誇張，凱笑著回答道：「剛回來幾天。」艾米細細打量，看清了老約翰的臉上確實確實平添了幾道深深的皺紋。

艾米叫道：「哦，可憐的老約翰，聽說你吃苦了！被一群野蠻人圍了一個禮拜，天吶，他們不會打你吧?!」

約翰雖然面容憔悴，精神卻十分的好，他激動地說：「肉體的痛苦算不得什麼，這次我最大的收穫，是主為我擦亮了眼睛，可以用一種全新的目光審視中國人，你知道，在關鍵時刻，是中國人裕庚為我解了圍……」艾米抱著雙臂說：「好了約翰，這個故事我已經在《紐約時報》上看到了。」約翰依然激動未減，他把一直背在後面的右手伸出來，手裡拿著的是一份傳單。

艾米用嘲諷的口氣道：「這是什麼？不會是你獲諾貝爾和平獎的消息吧？」約翰道：「知道我今天見到了誰？」「誰呀？看你那樣子，就像見到天使長了似的！」約翰並不理會她的嘲弄，繼續道：「我見到了中國的康先生！」艾米不解道：「誰？」

「康先生！康有為先生！」艾米皺著眉頭想了一想，悟道：「哦，就是那個搞政變未遂，被他們的太后掏出國門的那個傢伙？」約翰道：「康先生是個偉大的人！他始終忠於他的皇帝，在海外四處漂泊的這些年，他一直在宣傳他的君主制的理想！他剛剛從日本與梁先生會合回來，現在就在紐約，我就是剛剛在市政廳旁邊看見他的，他正在組織集會，喏，你看看這傳單上就印著中國皇帝的肖像，他不是很年輕，很俊美嗎？」艾米撫了一下約翰的前額，笑道：「你沒發燒吧？」

調笑歸調笑，艾米還是認真看了一眼中國皇帝的照片，道：「想不到中國的皇帝竟然如此年輕！好像比凱大不了多少！」懷特也在後面看了一眼，驕傲地想到他心愛的女孩就在皇宮裡工作，和照片上那個年輕的皇帝常常見面。但是突然，一股說不出是什麼的滋味控制了他：「我的上帝！」他在心裡叫著，「我的德齡她上次失約，不會與這位年輕的皇帝有關吧?!」這麼一想，他竟然忘了眼前的一切，甚至忘了與約翰禮貌地打一聲招呼，就突然急匆匆地走了，他準備立即買到船票，啓程去國。看到約翰驚訝地看著懷特的背影，艾米嘴上掛著嘲諷的微笑道：「請原諒，凱現在是個病人——愛情病。」約翰半天才合上張開的嘴，哈哈笑起來。

儘管艾米裝作不爲所動的樣子，待凱和約翰走後，她還是讓祕書從圖書館搬來了一堆中國的資料。在查到「康有爲」一條時，她戴上老花鏡，細細地看了一回。只見上面寫著：……康有爲，廣東南海人，五歲能誦唐詩數百首，廿三歲曾到香港旅遊，受到西方文明的薰陶，他卅七歲的時候聯合各省應試舉人發動「公車上書」，聯名請願。呈送〈上清帝第三書〉……

幾天之後，艾米在接到凱的明信片之後，已經能夠如數家珍般地與祕書談論中國政治了。她慢慢喝著一杯愛爾蘭咖啡，對祕書說：「約翰說得對，康有爲先生果然是個非同尋常的人，譬如說，中國人好像是從來不旅遊的，他卻是在二十三歲時就到過香港……他的上書送到了中國皇帝那裡，皇帝稱讚有加，皇帝的老師說，這個人的才華勝過他百倍，後來皇帝接見了他，他呈上《日本變政考》和《俄彼得大帝變政考》這兩本書，對中國的皇帝影響極大，後來促使皇帝下決心變法維新的，也是這個人，噢，我的上帝，可惜變法失敗了，他們的皇太后是個老頑固，皇帝想用『英勇通達之士』，可是變法失敗之後，皇帝發現的那些『英勇通達之士』都被殺死了！上帝啊，我是親眼見過那個國家殺人的場面的！……」看到艾米的臉色又在變白，祕書忙道「請您不要激動！」艾米又喝了一口咖啡，定了定神，像是自言自語地說：「看起來，中國還是有些了不起的人的，並不都是那些讓人噁心的禿頭辮子！中國的女人，也並不都是那些裹小腳的怪物！」

第六章

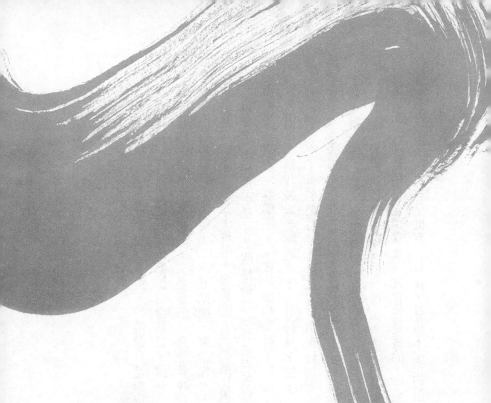

慈禧在玩樂的方面歷來說話算數。待德齡身體康復之後，慈禧果然命李蓮英安排了一次郊外之行。眾宮眷見老佛爺情緒很好，都紛紛湊趣兒，說著各種奉承話兒，獨少了四格格。容齡到底是小孩子家的心性，耐不住，問道：「老佛爺，怎麼有些日子沒見著四格格了，若說是染了風寒，也該好了啊！」慈禧一怔，假笑道：「五姑娘，難道你一天到晚除了玩兒，就沒有正經事兒做？」容齡道：「當然有啊——教皇上練琴，學英文，我自個兒還在補習日文。」

慈禧笑道：「這不結了？四格格她也有功課要做啊，是我瞧她前些日子玩兒大發兒了，逼著她，做點子功課！」容齡問：「做什麼功課呀？」

慈禧道：「給我抄《金剛經》！一是練練字兒，二也是磨磨她的性子！」容齡道：「哎呀老佛爺！這一磨也磨了有個把月了，您就放她出來玩玩吧，就算容齡向您求一次賞！」慈禧定定瞧了容齡一會子，微笑道：「好，我看五姑娘的面子，明兒就放了她！」容齡急忙叩謝道：「謝老佛爺！」

剛才這一問一答，不獨德齡，連大公主和皇后也捏著一把汗，皇后想起《四郎探母》中的情節，心道：「老佛爺竟像那蕭太后一樣，『別人要箭推出斬，皇外兒要箭拿去玩』！多虧了是五姑娘，換了個人，只怕是立時掌嘴、杖責也是有的！」德齡更是出了一身冷汗，又見容齡在眾人面前掙了這麼大面子，也自是歡喜，遂扶了慈禧，坐在稻田邊的椅子上，宮眷們圍桌而立，吃著冒著熱氣的茶葉蛋。

慈禧笑道：「瞧瞧，這就叫農家樂啊！」德齡忙道：「老佛爺，奴婢眞的想不到這麼新鮮有趣。」慈禧道：「等你們到了我的年紀，就什麼都不覺著新鮮了！」

容齡邊吃邊道：「老佛爺，這茶葉蛋眞的是太好吃了！」慈禧道：「是嗎，那你多吃一點兒。喲，你瞧瞧那邊是什麼?」容齡定睛一看，竟是御狗房的人帶著小狗來了，她高興地大叫：「Ghost!」慈禧道：「好孩子，牠現在不叫這個洋名字了，叫喘氣兒，牠可聽話了，讓奴才們教教你，該怎麼馴牠，你抱牠到那邊玩兒去吧。」容齡歡歡喜喜抱了狗去。

容齡抱著小狗親了又親，那小狗卻並不親熱，似乎也不比先前那麼機靈，牠好像已經變成聽口號的機器。太監喊著：「恭喜！」牠便立刻作揖，太監喊著：「趴下！」牠也立刻照辦。容齡的眉頭皺成了一個結。太監道：「容齡姑娘，牠學乖了，都說棍棒下面出孝子，這可一點都不假。」

容齡道：「黃公公，牠好像胖了些。」太監道：「可不是，喘氣兒現在和我們一樣，也是太監了。牠不是名種，按宮裡的規矩，就給牠淨了身了，這樣省事兒，還好看呢。」容齡難過得幾乎落下淚來：「那Ghost，不，喘氣兒，牠以後就不能有孩子了。」

太監笑道：「宮裡絕後的人多了，可不還一樣活得好好的，這世上不缺人也不缺狗，糧食和銀子倒是有點兒缺。」

慈禧見容齡走遠了，遂掃了眾女官一眼道：「我讓這孩子走開，是要皇后跟你們說點事兒，孩子們聽著不好。說吧，皇后。」德齡心裡一緊，預感到此事似與四格格有關。只見皇后面無表情地說道：「四格格房裡的繭兒自盡了。」

德齡吃驚道：「爲什麼?!」

慈禧冷笑道：「姦情暴露，和那個小日本裁縫！」眾宮眷大驚，大公主皺著眉頭道：「那繭兒，可是在老佛爺房裡待過的那個？」

慈禧道：「可不是她！原來我看她甚好，才把她賞了四格格！誰知她人大心大，作古作怪的！教著四格格不學好！著人訓了她幾句，她臉上掛不住，就自個兒了結了！也好，總算沒傳出去，丟大內的臉！」慈禧冰冷的口氣令所有的女官周身寒冷徹骨。元大奶奶手裡的茶葉蛋一滑，幾乎落地。慈禧銳利地瞥了她一眼道：「元大奶奶，怎麼胃口不如以前了？」元大奶奶情不自禁地抖起來。

慈禧又掃了眾人一眼，道：「那個小日本裁縫，我倒沒急著讓他走，我是想知道知道他還能出什麼妖蛾子！咱們也學著點兒，將來以其人之道，還治其人之身！我倒是要瞧瞧，是他厲害，還是大清的家法厲害!!」慈禧說這話時聲色俱厲，眾女官一時面如金紙，元大奶奶更是抖個不停，幾乎跪下，慈禧見了，倒格格地笑了起來，叫道：「李蓮英，去把那上好的雨前龍井給我們沏一壺來，我們要在這田邊兒慢慢兒地品茶！」眾女官這才三魂歸位，強顏歡笑地繼續助興。

又過了數日，三木一郎實在待不下去，自行請辭。慈禧笑容可掬，禮貌周全地要他轉達對內田夫婦的問候，並賞白銀二百兩。三木謝恩離開，望著他消失在殿門外的背影，慈禧冷笑起來，她小聲問德齡道：「德齡，你不明白怎麼我還賞了他，對嗎？」德齡道：「請老佛爺明示。」

慈禧冷笑道：「得謝謝他傳了那麼些沒用的假情報啊，是不是？……哼，內田夫人以爲我是傻子，派個探子來當裁縫，我就利用他傳遞假情報，這叫作以其人之道還治其人之身！」德齡由衷讚道：老佛爺真是明察秋毫！慈禧笑道：「這些招數都是我們大清的，小鬼子學了去，如今孫子倒想在爺爺頭上動土，反了他們了!!」遂叫：「李蓮英！傳我的口諭：四格格的經文已抄滿一尺厚，可以出來了！」李蓮英應命而去。德齡聽了暗暗心驚。

卻說那四格格這些日子抄寫佛經已經抄成了習慣，並不覺著有多麼苦了，但真的從中悟出了些道理。這天太監傳慈禧口諭的時候，她的旁邊已經寫了厚厚的一疊，那太監戲用一把尺子量了量，正好一尺，他作揖說：「奴才恭喜主子！您沒日沒夜的，已經抄了一尺厚了，明兒您就可以出去了。」四格格的回答令太監大爲驚訝，四格格道：「請你幫我稟報老佛爺，我罪孽深重，甘願受罰，想再多抄一尺。」

慈禧聽了太監的傳話，吸著水煙半晌不語，末了兒，命太監再傳口諭，命四格格當晚侍寢，老佛爺有話要說。

當晚，四格格素衣素面進了慈禧寢宮，見慈禧正歪在煙榻兒上吸水煙，便上前請安。慈禧笑道：「正等著你呢，可是吃過了沒有？」慈禧的口氣，就像是昨日剛剛見面，四格格聽了不免心驚。那邊慈禧又道：「來，過來給我捶捶腿。」四格格忙趨身向前，跪在慈禧腳頭，爲她輕輕地捶腿。慈禧半瞇了眼，似乎很是愜意，款款道：「四格格，你怨不怨我呀？」

四格格輕聲道：「奴婢不敢，奴婢是罪有應得。」慈禧道：「瞧瞧你那委屈勁兒，嘴上不說，你心裡想的什麼我瞧得一清二楚。」四格格道：「奴婢不敢。」

慈禧笑道：「什麼不敢，說了讓你出來，你還跟我擰著勁了！整個清宮大內，這話兒也只有你四格格敢說出來！你說我能不心疼你嗎？打是親，罵是愛，何況我還都給你瞞著，留著面子呢，你自己對容齡也不要說，聽見沒有？」四格格忙道：「謝老佛爺。」

慈禧道：「四格格，你是我身邊的人兒，素日裡我疼不疼你，大家有口皆碑，可你犯了錯兒，我要不調教你，對不住你的家中長輩，也對不住你去世的男人，是不是？」四格格的眼淚奪眶而出。

慈禧又道：「你想不想知道那個小日本俊裁縫的消息？」四格格淚眼驚恐，連連叫道：「不、不！老佛爺！」慈禧道：「你還是知道一下的好，他已經剖腹自殺了。他們有探子，咱們也有消息不是。跟你說吧，王命就是天，誰背叛了天誰就不能活，甭管哪國，這道理都是一樣的。對於大清宮中的命婦來講，命不是自己的，是大清的。」

這一番話，擲地有聲，多少年後還銘刻在四格格的心裡。

2

對於光緒短暫而不幸的生命而言，這一年無疑算是個吉祥的年頭。構成吉祥快樂最重要的元素，無疑是德齡姊妹的進宮。他很喜歡這姊兒倆，他把她們看成是自己的小妹妹，尤其是容齡，天眞未鑿，不時冒出孩童之語，更是可愛。這天容齡在考光緒的英語，指著大殿裡的東西隨意問道：「杜子？鋼琴？樂譜？椅子？桌子？」光緒回答得分毫不差。容齡愁道：「這大殿裡的東西都叫我給說完了，我還教什麼呢？」光緒笑道：「小淘氣兒，你也有被難住的時候。」

容齡頓時來了精神道：「萬歲爺，這可難不倒我，『報紙』怎麼說？」光緒道：「這個詞我可不會。」容齡告訴他道：「newspaper。字典上有，就是消息印在紙上，所以是一個news加上paper。」光緒道：「小淘氣兒，你怎麼會想到教我這個詞？」

容齡歪著腦袋想了一想，道：「這些天，姊姊說服老佛爺讀英文報紙，姊姊一句句地翻譯給她聽。」光緒道：「哦，那你看不看報紙？」容齡道：「玩累了就不看，我只喜歡看鄧肯小姐的消息，對了，告訴您，我的好朋友凱瑟琳也成了鄧肯舞蹈團裡的明星之一了。」光緒看了看四周，對孫太監道：「孫玉，朕的椅子坐得不舒服，你去拿個墊子來。」

孫玉剛剛走出，光緒就趕快用筆在容齡的掌心寫了個字，小聲問道：「小淘氣兒，煩你回去幫我看看，有沒有這個人的消息。」

容齡歪著頭看了半天，道：「萬歲爺，這個字是什麼字，我不認識。」光緒又好氣又好笑，待要說什麼，孫太監已拿了執子回來，光緒忙示意容齡握拳，容齡依法照辦，她的掌心的字立刻模糊一片。

光緒道：「孫玉，明兒把我的字典拿來，賜給容齡姑娘。」容齡在一旁謝恩道：「謝萬歲爺，可是我可不愛寫中國字，太難了，跟畫畫似的！」光緒故意繃著臉道：「那也得學，不然就罰你。」容齡問：「罰我幹什麼？」光緒想了想，道：「喝兩大碗豆汁！」說完兩人一起笑起來，孫玉好長時間才見著皇上的笑臉兒，也跟著一起笑了。

當晚容齡便把此事告訴了德齡，姊兒倆一起翻著字典，容齡只記得那字是個廣字頭，其他什麼也不能肯定。德齡問來問去的，容齡總說不是，兩人就查廣字頭的字，容齡指著慶字道：「好像是這個字。」德齡忙道：「慶？慶王？萬歲爺也許想問四格格的事兒。」

容齡道：「我特別想四格格，可萬歲爺老說她是個麻雀，怪吵的。……嗯，好像又不是這個字。」德齡道：「那你再找找。」容齡又指著廩字道：「剛才說的不對，是這個字。」德齡道：「那是倉廩的廩字，萬歲爺想問糧食的事兒。」容齡道：「不對，好像是問人的。」德齡嗔道：「容齡，你眞是急死人了，爲什麼不好好學中文。」容齡看了看手心兒，道：「那不能怪我，中文這麼難寫，萬歲爺又不讓我留著，太監一來他就讓我握拳不讓他看見，誰記得住呢！」

德齡立即恍然，道：「不想讓人瞧見，我知道了，一定是他！」她飛快地翻到康字，道：「是這個字，對不對？」容齡拍手道：「對了對了，姊姊，你眞聰明！」

德齡到底比容齡長兩歲，知道一點清國的歷史，戊戌變法，她自然是知道的，也知道變法失敗之後皇上的處境。這時，她總算是明白了皇上最隱祕的想法兒，她感慨地想，皇上眞的是難啊！但是敢在老佛爺的千手千眼之中，大膽問康，也算是了不起得很了！她暗想自己一定要盡全力幫助皇上。

次日，德齡照例給慈禧講英文報紙上的事兒。德齡譯道：「日、俄在中國東北邊境加緊布兵，俄國宣稱，日本多有挑釁的行爲，他們鄙視日本，戰爭一旦爆發，俄國將全力以赴，因爲俄國人說這是正教對邪教的戰爭。……老佛爺，日俄一旦開戰，看來戰場必是滿洲無疑，這樣我們的百姓不免遭殃，還有……」慈禧打斷了德齡的話，道：「不要說這些不吉利的話！……接著傳譯別的吧。」

德齡只好稱是，接著譯道：「亞洲人學英語的越來越多，甚至亞洲的皇室和貴族也在學英語，比如印度、尼泊爾都有這樣的趨勢，英語必將是世界上最通用的語言。……老佛爺，奴婢有一件事，不知該不該說。」慈禧點了點頭，德齡趁勢道：「國外的君主，大多至少會英法兩種語言，這是身分的標誌，也是智慧的標誌。奴婢想，萬歲爺的英語得加緊練習才是，這樣洋人才不會看輕我們。現在，報紙上都是些大白話，萬歲爺要是拿著報紙學的話，比看書學得快，因爲書上說的太難了，就像咱們的古書，咬文嚼字的，還是說大白話來得快。」

慈禧沉吟片刻，道：「可若是報上萬一有亂黨的消息，他不就又在那兒瞎琢磨了嗎？」

德齡忙道：「老佛爺，這個不難，報紙我每天都先給您說，您都查閱過了再給萬歲爺。如果有亂黨的消息，就把那天的報紙扣下，不就萬無一失了？」慈禧點頭道：「這倒是個辦法，讓他每天學一堆外國字，看他還有沒有心思想別的了！」德齡心中暗喜。就這樣，在上世紀初一個秋天的早晨，少女德齡用她特有的小聰明，爲光緒皇帝爭取了一個了解外面世界的機會。

3

這天午後，德齡又穿著慈禧的衣服爲卡爾做模特兒。卡爾邊調色邊道：「德齡，告訴你一個好消息和一個壞消息，你想先聽什麼？」德齡想了一想，道：「還是先聽壞消息吧。」

卡爾道：「懷特失去了財產的繼承權，你知道，那可是全紐約的人都眼紅的一筆財產，一個大珠寶行，還有數不清的地產。」德齡大驚道：「我根本不知道他的家那麼富有，他只說自己是普通的醫生，姑姑是個靠吃房租過日子的人。」

卡爾笑道：「吃房租？沒錯，也可以這麼說。但那是非常大的一筆房租，他們不是一般的中產階級，他們有豪華的商店、別墅、酒店和牧場。」德齡問道：「那麼他爲什麼會失去繼承權？」

卡爾道：「因爲你，他的姑姑不贊成他和中國人結婚。」

德齡喃喃地重複著：「結婚？」

卡爾笑道：「是的，他就跟他姑姑這麼說的，他可眞是個情聖。」德齡的臉微微地紅了，畢竟，她還只是個十七歲的少女，她急忙轉移話題道：「那麼好消息呢？好消息是什麼？」卡爾道：「好消息是他已經回來了！他還給你帶了信！」

德齡把懷特的信雙手捧在胸前，激動不已。

晚上，德齡坐在燈下看信，全神貫注，以致容齡說了半天話，她一個字也沒聽見。容齡恨道：

「我恨懷特！他對你施了魔法。」那個施魔法的人的信是這樣寫的：「親愛的德齡，我離開了使館，現在在一家商社工作。使館給我的報酬和生活條件是很優厚的，但是我以為他們要我做的附加工作也很多，這是我不可能做的，所以我決定了放棄。唯一有疑問的是，我也許會變成一個不太富有的人，這樣你還會接受我嗎？」

這封信是懷特在商社的辦公桌上寫的。這位二十一歲的美國小夥子並不傻，他之所以寫這樣一封不無試探的信，是因為他想在接受了心上人無數次的考驗之後，也要還以顏色——也要考驗考驗她！

這個想法，還是在一睹光緒皇帝天顏時萌生的。當時他在照片上看到那個年輕俊美的皇帝，便突然地有了一種說不清楚的心情，大概是妒忌吧。他甚至想，德齡的爽約，或許與皇帝有著某種微妙的關係。作為太后的御前女官，大概是常常要和皇帝見面的。

那一天，他瞞著艾米，與約翰一起去紐約華人聚會上見了康有為，老實說，他並不怎麼喜歡那個留著小鬍子的中年人，但是那個小鬍子在聽說他去過中國，並且有著一個在中國皇宮中做女官的戀人的時候，卻激動萬分，小鬍子的眼淚順著鬍子淌下來，反覆地陳述著戊戌年的那個夏天，他受到光緒皇帝隆恩的陳年往事。說著說著竟面向東方跪下來，叩頭流血。作為他擁躉的那一群人，也跟著他沒完沒了地向東禮拜，把美國青年凱·懷特弄得莫名其妙。他想，是時候了，是該把他心愛的姑娘從皇宮裡解救出來的時候了。

懷特與他未來的大舅子勳齡約好了在跑馬場相見，但是勳齡卻並不那麼友好，他見了懷特便出了一記老拳，將懷特幾乎打倒在地，然後氣勢洶洶地說：「告訴你，我和德齡一樣，為你無端的猜疑生氣——你為什麼以為錢在德齡的眼裡是那麼的重要呢?!」

懷特喜出望外道：「那麼說，她不會嫌棄我這個窮光蛋了？」

勳齡這才拿起德齡的信唸道：「一個有愛情和勇氣的人才是眞正富有的人，只要有可能，我也希望能和你一樣，靠自己的才能自立，我覺得這才是理想的生活。」懷特高興得打了個響指，道：「她眞是個天使！」勳齡看著他那樣子，又好氣又好笑，這才慢騰騰擺出大爺的譜兒，從身後拿出一個精美的香袋，道：「這是天使的禮物！」

懷特接過香袋的時候，心已經被融化了。勳齡在一旁嚴肅地說：「凱，你這小子眞的把我感動了，我知道你爲德齡作出的犧牲，你應該得到她的心。」懷特閉上眼睛，輕輕地吻了一下香袋，那香味好像就是從德齡身上散發出來的，是他熟悉的那種香氣。

香袋裡滿滿裝著各色首飾，都是宮製的，精美無比。德齡在信中說：「這是太后賞給我的東西，也算是我的工作所得。如果一旦你有需要，請毫不猶豫地變賣它們吧，因爲，我願意。」

美國青年醫生凱．懷特被愛的激情燃燒著，跨上跑馬場跑得最快的馬，一口氣跑了十幾圈，在他心裡，那種隱約的妒意早已煙消雲散，什麼中國皇帝，就是上帝本人來，也休想奪走他的所愛！

勳齡笑咪咪地看著他的表演，心想，「這個小子，還眞有兩下子，他不但奪走了妹妹的芳心，連我的心也快被他搶走了，現在，就是讓我做皇上的大舅子，我也得考慮考慮了！」

4

皇后又陷入每月一次的苦惱中。她每次來月經之前，總要難受那麼好幾天，全身發脹，小腹疼痛，頭昏腦脹，心灰意冷。每次請太醫來看，無非都是那麼幾句話，陰陽失調，氣虛血虛什麼的。

她心裡明白，一個春秋盛年的女子，完全沒有房事，怎麼可能陰陽調和呢?!她又性喜讀書，讀到古人的一種酷刑，便是令女子終生不得性交。那麼，她，作爲皇后的葉赫那拉氏，便是終生在服這種酷刑了。

但她總是心有不甘，在她表面上對於光緒滿不在乎的背後，實際上對他的一舉一動都十分在意。她發現，光緒的心情似乎好了許多，特別是在學習彈琴，學習英文的時候，那麼，就必然是與德齡姊妹有關了，但是細察過去，似乎與容齡的關係更大些，光緒喜愛容齡的心情似乎從來不加掩飾，滿嘴裡「小淘氣兒」地叫，但那又似乎是一種長輩對於晚輩的喜愛。總之，皇后貌似平淡，其實密切注意著皇帝的心境行止。

這天，大公主與德齡來瞧皇后的病，皇后急忙命宮女爲她二人看座，又親自拿出一碟精緻點心請她們吃，問過了病，德齡爲了給皇后寬心，便拿著英文小說《傲慢與偏見》逐段地翻譯，兩人聽得津津有味。當念到伊麗莎白與達西明明相愛，卻又爭吵嘔氣的時候，大公主嘆道：「唉，這故事裡的兩個人，明明是一對兒，好好兒的，賭個什麼氣呢，還都那麼倔，眞是好事多磨啊。」皇后點頭道：「難道你沒瞧過《石頭記》？賈寶玉和林黛玉不是也愛這麼賭氣兒，讓人瞧著，替他們著急……」

德齡忙附和道：「是啊，難怪人說，越是相愛的，就越是在乎對方，越是在乎對方，也就越容易受傷害，而且如果相戀的人內心驕傲的話，那就更糟了，因爲不願意表達，本來想親近的，反而會越來越疏遠了！」皇后聽了這話，竟然深有觸動，忙問：「這是誰說的？」

德齡道：「我的老師鄧肯說的，她不但是舞蹈家，還是個戀愛專家。」

大公主笑道：「戀愛還有專家？」德齡道：「是啊，煩惱的女子們都跟她說悄悄話，她呀，總是立刻就能明白別人的心思，她說的話，沒有不應驗的。」

皇后十分注意地聽著德齡的話，問道：「哦？怎麼中國沒有這樣的人呢？」大公主笑道：「難道皇后主子也要說點子悄悄話兒？」皇后突然臉色發紅，半晌道：「這種書，原都是解悶兒的，當眞信了，可不是笑話？」說罷，竟擺出一副送客的姿勢，弄得德齡與大公主不知所措。

出得門去，大公主自語道：「皇后主子一定是有什麼心事，難對人言啊。」德齡何等聰明，明知皇后的病根所在，卻因深明自己與大公主地位懸殊，不好直言，便佯作不知地笑道：「皇后乃六宮之首，必然要爲後宮的事操心費神，哪像奴婢這樣兒，一天到晚沒心沒肺就知道玩兒，奴婢也瞧準了，皇后主子最信任的人就是您，明兒您閑下來的時候多到長春宮坐坐，只怕皇后主子的病就能好一半兒呢！」

大公主笑道：「你這張小嘴兒，快趕上四格格了！……對了，四格格已經大好了，告訴容齡，下回練舞的時候別忘了叫她！」德齡答應了一聲，與公主在岔道兒上道了別，一路逕直向東配殿走去，卻冷不丁見皇后攥了嬈兒，貼在東配殿門邊兒上正聽著呢。唬得德齡急忙退步抽身，轉向另一條道兒，她越走越快，生怕被皇后瞧見。

卻說東配殿中，容齡正在教光緒英文。光緒在對著字典，費勁地看著英文報紙，容齡在一邊不耐煩道：「萬歲爺，您晚上不睡也查不完這麼多生詞呀，乾脆我翻譯給你聽得了，那樣多痛快！」

光緒認眞道：「小淘氣兒，使不得，使不得，朕一定要自己看明白這段。愚公移山，比朕難多了，不是也完成了？」

容齡道：「我不喜歡愚公，我喜歡諾貝爾，問他要點炸藥，山一下子就炸沒了！愚公太笨！」

光緒笑道：「小淘氣兒，朕高興聽你說話，眞是有趣得很！」

容齡道：「萬歲爺，那奴婢有個請求，不知您能否同意？」光緒示意她說，容齡道：「您在這兒裡查字典，奴婢有點兒悶得慌，可否先出去轉轉，等您查完了我再回來？」

光緒忙道：「不好，要不報紙朕晚上回去看，咱們先練琴吧。」容齡又道：「奴婢還有一個請求，請萬歲爺准許。」光緒問：「又是什麼請求呀？」

容齡撒嬌道：「奴婢換了旗裝之後，每次彈琴，腦袋上的首飾太沉了，脖子都快折了，奴婢彈琴的時候能不能把首飾摘下來？」光緒笑道：「那朕就准了吧。」容齡忙道：「多謝萬歲爺隆恩！」話音未落，她就歡天喜地地自己摘首飾，不想勾著了頭髮，疼得她大叫一聲。光緒忙道：「別動，朕幫你。」光緒細心地把繞在首飾上的髮絲一點點地弄開，容齡還是第一次如此近距離地一睹天顏，看著皇帝修長的手指和溫和憂鬱的眼神，竟呆住了。

皇后在門外已靜聽多時，這時在門縫中看著光緒和容齡的背影，她突然之間神思恍惚，彷彿多年之前的一個畫面又在重演，她輕哼了一聲，扶了嬈兒，踉踉蹌蹌地向長春宮奔去。

那天容齡回來很晚，德齡遠不像平時對她那般和悅，板著臉問她去哪了，容齡調笑道：「我去玩了！偏不告訴你！」德齡道：「你該不會一直和萬歲爺在一起吧？」

容齡怔了一怔道：「在一起又怎麼樣？我就是願意和萬歲爺在一起！」

德齡急道：「阿瑪和額娘說了幾次，叫我管你，可有這事？」

容齡滿不在乎道：「有，又怎麼樣？」

德齡道：「既是額娘和阿瑪託了我，那我就不能不盡盡姊姊的責任！你若是不聽話，我就打得你了！」

容齡仗著全家一向疼愛，有恃無恐，此時見姊姊翻臉，並不害怕，只覺得姊姊小題大作，有意逗她，索性將手伸出來，道：「打啊打啊，你要是不打，就不是我姊！」也是激得德齡沒有退路了，硬著頭皮將那戒尺拿了，照著容齡的手心就是一下，容齡哎喲一聲大哭起來，哭得十分誇張，倒讓德齡慌了手腳。但德齡忍著不去哄她，容齡哭了又哭，卻見姊姊不爲所動，只好起身拭淚，德齡這才過去，將帕子遞給她，道：「你道我和額娘一樣，由著你的性子來？即使是額娘，大事上也決不讓你！還記得你進宮前戴護膝的事嚒？額娘當時怎麼說來？」

容齡哭道：「額娘說我，也是事出有因，你倒說說你因何打我？說不出來，我就告阿瑪和額娘去！」德齡這才執了妹妹的手，款款道：「姊姊還不是爲了你好？這大內之中，無人不知皇上皇后素日不睦，你我姊妹，現在輪流教皇上學英文和彈琴，一定要避嫌才好，你道皇后是誰？皇后最是個精細之人，皇后若是等閒之輩，也就沒有珍主子那回事了！……」德齡的聲音近於耳語，在容齡心中卻相當震撼，卻仍嘴硬道：「我不做虧心事不怕鬼敲門！」

德齡急道：「就怕你不做虧心事也有鬼敲門！好妹妹，求你聽姊姊一回！阿瑪額娘都老了，小心了一輩子了，可別再給他們惹禍！」容齡噘起小嘴道：「我就煩你這種口氣，好像你一個人心疼阿瑪額娘似的，難道我連這點事都不懂？」德齡聽了，這才摟著妹妹，輕輕親了一口。容齡卻轉著小眼珠兒，想起事情來。

5

多少年後德齡回憶起來，才深感自己的婚姻應當首先感謝慈禧，假如不是老佛爺那次牙疼，康格夫人把凱．懷特派來給老佛爺治牙，那麼她和那個美國青年醫生很可能有緣無分。

懷特醫生剛剛起床，門外便響起了敲門聲。懷特開門一看，竟然是康格夫人。康格夫人喜笑顏開，道：「凱，好久不見，我來看看你做一個商人的祕書是不是比做牙醫更快樂。」

懷特道：「那是我的事。我寧可做一個祕書也不想利用感情做交易。」

康格夫人仍然笑容可掬道：「天呀，多癡情的孩子，我喜歡！現在你有一個機會能每天和你的小德齡在一起，還能重新穿起你雪白的白大褂，怎麼樣？」懷特怔住了，奇道：「夫人，我不明白你的意思。」

康格夫人笑道：「慈禧太后已經牙疼一個星期了，她的御醫對此毫無辦法。在德齡和容齡的建議下，慈禧太后決定要把給勳齡治好牙的年輕又英俊的凱．懷特召進宮去。我可以把你派去，也可以重新找一個牙醫，就看咱們今天談得怎麼樣了。」懷特道：「夫人，您一直對我很好，我的姑姑會感激您的。如果你沒有任何附加條件地派我進去，我一生都將感激您。」

康格夫人道：「懷特，錢對我來說是好東西，可是榮譽是更加重要的。況且，以你和姑姑現在的關係，我真的不敢指望以後你給我的感激除了甜言蜜語之外還有什麼別的。」懷特沉默了。康格夫人拍拍他，很有信心地說：「我給你兩天時間，希望咱們合作愉快。」

懷特終於妥協了，他衝進裕家的客廳，想告訴勳齡他用了中國的「權宜之計」，表面上答應了康格夫人的條件，但是還沒等他開口，勳齡便二話不說地把他拉進書房。

懷特看到德齡那苗條的背影的時候，簡直不敢相信自己的眼睛。懷特驚喜地喊道：「德齡！」德齡回過頭來，兩人的目光如電流般絞在一起。勳齡悄悄地退了出去。懷特輕輕地吻了吻德齡的手，然後，他們再也無法控制，緊緊地擁抱在了一起。

從初次相識始，懷特便迷戀德齡身上那種特殊的香味，那彷彿是一種薰衣草的香氣，卻又不是。那是一種天然的香，是沒有經過任何沾染的處子之香，懷特把德齡小心翼翼地捧在手裡，他心裡的那團火通過他的嘴唇和舌頭向外散發，但是他不敢越過雷池一步，他最大膽的動作也不過是用火燙的唇在她雪白的頸子上停留了一下。但是他眼睛裡明亮的火光卻久久不息，屋裡只開了一盞小燈，在幽暗的燈光下，他看見德齡的眼睛也變成了兩團火。

在最初的激情過去之後，兩人互相偎依著，開始了久久的訴說。德齡問：「你爲什麼對我這麼好？」懷特答：「我愛你。」德齡問：「你爲什麼要愛我，我們只見過一次啊！」懷特答：「愛是不需要原因的。」德齡問：「你爲什麼不問問我，我對你有沒有同樣的感情？」懷特道：「還用問麼？看看你的眼睛。」

德齡有些害羞地避開他燙人的目光，低頭悄悄地說：「凱，我理解你的難處，可你眞的不用爲了我而欺騙康格夫人，你不是一直很誠實嗎？你要相信，即使見不了面，我的心也是和你在一起的。」懷特再次抱緊她，道：「可是我眞的希望可以經常看見你，哪怕只是遠遠地看一眼。現在我每天等你的信就像一個上了鴉片癮的人渴望鴉片一樣！」

德齡低聲道：「沒有你的信我也幾乎活不下去，可是……」懷特道：「可是我已經變成一個不誠實的人了，而且不但是對康格夫人，還有我的國家。天啊，愛一個人爲什麼這麼艱難？」

德齡道：「尤其是愛一個中國女人，對嗎？」懷特道：「可是無論多難我也願意。」兩人纏綿多時，忽然，鐘聲響了起來。德齡輕輕推開他，道：「對不起，懷特，我得走了，我要遲到了，太后還有事情要我去辦呢。」懷特道：「是啊，我也該走了，再見，在太后的宮裡。」兩人把手指放在自己的唇上，又伸向對方，然後互相心領神會地一笑。

慈禧的牙疼了一個多星期了，她捂著腮幫子哼哼著，把眼前的藥碗摔在地上，罵道：「都是些沒用的庸醫，光會讓我吃這些敗火的藥。已經三天了，也不見好，再敗火，估計就得把我的陽壽都給敗了！」

皇后在一旁賠笑道：「老佛爺，要不喝點小米粥吧？」慈禧道：「小米兒粥？小米兒進到牙縫兒裡，剔又剔不出來，鑽心地疼！」

大公主道：「那……讓御膳房的做點鴨子湯？」慈禧想了一想，道：「那也罷了，鴨子倒是涼性的，不會上火，可千萬把油撇淨了，端上來的時候，不能燙也不能涼，哎喲，這牙要是再鬧下去，明兒上朝都夠嗆了！……那個牙醫怎麼還沒來啊?!……」

凱·懷特終於在一片企盼聲中進了宮，康格夫人親自爲他保駕。慈禧召見康格夫人和懷特時，德齡和容齡分別站在慈禧和光緒的兩旁。康格夫人道：「太后，這是我們國家年輕有爲的醫生——凱·懷特。」懷特彬彬有禮地行禮，然後輕輕地吻了一下慈禧的手。康格夫人又介紹道：「這是太后的御前女官，德齡小姐。」

懷特煞有介事道：「你好，德齡小姐。」德齡也裝作一本正經道：「你好，懷特醫生。」容齡在一旁看著他們，幾乎笑出聲來，她趕快捂住了嘴。

慈禧上下打量著凱，心道這洋小子還怪俊的，只是這麼年輕，難道眞的比御醫還厲害？心下有些不信，便問道：「懷特醫生貴庚幾何啊？」德齡翻譯之後，懷特忙道：「我剛過二十一歲生日。」

慈禧道：「你的家族裡，可有做過醫生的？」懷特道：「我爺爺做過醫生。」慈禧點點頭，又問：「前些時，可是你把勳齡的牙給治好了？」懷特點頭道：「是。」

慈禧問：「用的是什麼方法？」懷特道：「裕勳齡先生的牙床已經化膿了，我先用排膿消炎之法，止住疼，然後再補牙。」慈禧半信半疑地盯了他一會子，道：「聽著倒還像那麼回子事。」然後回頭看著德齡道：「要麼揀個吉日，讓這洋小子試試？」德齡道：「是，老佛爺。」

容齡在一旁捺不住，道：「老佛爺，您老人家牙疼得飯也吃不下去，還不趕緊讓大夫瞧瞧，還要揀什麼吉日，那不又要耽擱幾天兒嗎？」德齡瞪容齡道：「多嘴！」慈禧笑道：「可別說她！我還就喜歡這孩子，滿宮裡的人就屬這孩子心直口快，五姑娘，你可不知道，寧可再忍兩天等吉日，也不可造次，不是這麼些日子都等了嚒？再等兩天兒也不多啊！」容齡睜著一雙眼睛還想說，被德齡的表情震懾了回去。於是慈禧謝了康格夫人，叫下人將懷特安排在宮中住下不提。

6

隔了一日，慈禧接到稟報，說是京師大學堂要組織婦女座談會，日本公使內田夫人、女學者服部繁子和秋瑾也要出席，慈禧想了一想，這件事原是准了的，不好再變，於是點了頭，又命德齡以平民女子的裝束，前去聽會。

德齡走進去的時候，正值內田夫人在致開幕詞，德齡見狀，便在一個角落裡坐了下來。內田夫人穿著十分合身的西裝，顯得頗有風度，她用熟練的中文在進行演講：「各位夫人、小姐們，你們好！貴國的皇太后興辦女學，我們日本帝國非常支持！早在去年，也就是我們的明治三十五年，貴國政府就決定在北京辦京師大學堂，實行新教育，向我國政府聘請教師，政府當時急電將服部宇之吉先生，也就是這位服部繁子夫人的丈夫從國外召回。如今京師大學堂已經成立了一年，由於服部先生的努力，一切都很順利，貴國的皇太后也很高興，鑒於雙方合作的成功，皇太后決定興辦女子學堂。我聽服部夫人講，在座的各位受過教育的夫人、小姐們願意成立一個婦女座談會，以這種形式來互相交流知識，我以爲，這很好……」

突然，德齡看見一個熟悉的面孔在門口出現。那是個身著男裝的苗條身影，乍看像是一位翩翩美少年，再細細一看，不是秋瑾，又是哪個？

內田夫人及服部夫人都站起來向秋瑾鞠躬，秋瑾也急忙還禮。

內田夫人笑道：「我向大家介紹一下，這位秋瑾君，便是中國婦女解放的一位急先鋒，她來了，我的講話就該結束了，你們還是聽她講吧！她比我們日本受過教育的女子有更激進的思想和更淵博的知識！」

秋瑾抱拳道：「夫人取笑了！……我很贊成內田夫人剛才的講話，也很贊成這種婦女座談會的形式，中國女界的問題是積重難返，起碼，我們有了這樣一個組織形式，可以討論一下男女平權的問題……」

一位穿著考究的女子道：「說是要男女平權，我以爲這是天方夜談。女子一旦有了孩子，便一心撲在孩子身上，整天牽腸掛肚的，男人倒是瀟灑，該幹什麼就幹什麼。要讓女子成就自己，除非太陽從西邊出來，或者是讓男人生孩子。」會場裡爆發出一陣笑聲。

秋瑾道：「女子和孩子的緣分，說來原是比男人要深，畢竟是十月懷胎嘛。可我以爲母親不應只是在生活上關照孩子。試想，如果有一位母親才情如李清照，勇猛如花木蘭，或鐵腕如沙俄之葉卡特林娜二世，其子女的勇氣與胸襟一定會倣效其母，其敬愛之情必然倍增。而女子自己的才能便不僅是風花雪月時的點綴，而是造福於天下，豈不快哉？」

又一女子道：「母親多受教育固然是好事，可自古以來便有『女子無才便是德』之說，女子有了才華，便會在本來和睦的家庭裡橫生許多枝節，鬧得家庭失和，要說男女平權，談何容易！」

秋瑾道：「我以爲對天下疾苦視而不見才是我們女界的恥辱。古人云『先天下之憂而憂，後天下之樂而樂』，以天下爲己任，並非只是鬚眉男子的專利啊！」這一番話引得會場竊竊私語，人們都各持己見，不能統一。

服部繁子講話的時候，秋瑾發現了角落裡的德齡，她向德齡走去，伸手道：「原來你也是個女人。」德齡握住她的手，笑道：「先生，難道你不希望我是女人嗎？男女授受不親，傾談豈不是諸多不便？」於是兩人執手而笑，走出庭院。

德齡問起秋瑾家中情況，秋瑾道：「……上次你們走後，我即易男裝到了戲樓去看戲，王子芳回來之後竟然打了我，說我敗壞門風，我一怒之下出走阜城門，住到了泰順客棧，他著了急，多次道歉，並使僕婦甘辭誘回，卻不想回來之後，他愈加變本加厲！對於他，我已經不想說什麼了！」

德齡驚道：「出走客棧?!先生眞是女中豪傑啊！」

秋瑾道：「目前我最大的心願是東渡日本留學，然後回國辦女子學校，把西學的精髓廣泛傳播。中國有一兩個勇敢的女子是不夠的，只有辦學校、辦報紙，才能帶動和激發更多的女子，改變更多的孩子和家庭。」

德齡道：「先生的遠見令我十分欽佩，如先生有何處需我效勞，我願盡綿薄之力。」秋瑾謝道：「你有這份心，秋瑾已經感激不盡了。現在一切都是紙上談兵，眞正的付諸實施，還有待時日。況且我也不便問你的尊姓大名，不說也罷。」

德齡笑道：「哦，先生為何不問？」

秋瑾敏銳地盯著她道：「姑娘你兩次易裝，一次是官宦子弟，一次是小家碧玉，不單是性別迥異，身分也不盡相同。這其中必有隱情，所以我就不再追問了。」德齡道：「先生眞是冰雪聰明之人。……哦，請先生回去繼續討論，我要回家去了。」秋瑾抱拳道：「姑娘保重。後會有期！」兩人揮手別過，秋瑾突然發現，庭院裡德齡坐過的椅子上放著五百兩銀票和一對珠花。

德齡匆匆回宮去見慈禧的時候，慈禧正伸著手讓太監給她修指甲呢，見德齡回來，堆起一臉笑容，問道：「可見著內田夫人了？」德齡道：「見到了，她不過說些官面兒上的話，待了一會子就走了。」慈禧又道：「那個烈性子的王太太怎麼樣了？」

德齡道：「依奴婢看，她也就是個富家少奶奶，因為丈夫不專情，心裡冷了，想去東洋散散心，消遣消遣，有點寄情於山水之間的意思。」

慈禧道：「你看她有忤逆朝廷的跡象沒有？」

德齡道：「回老佛爺，奴婢看不出來，就覺著她原是嬌生慣養的，心氣兒高，受不得冷落，自己找台階下罷了。她那個丈夫，就愛逛窯子吃花酒，根本不管家。秋瑾只是對她的丈夫不滿，作詩說『彩鳳隨鴉鴉打鳳』，還有什麼『如何謝道韞，不嫁鮑參軍』。」

慈禧若有所思道：「嗯，這女人還眞是有點才情呢。……還有，你給我學學，那一屋子的娘兒們都說些什麼？」德齡道：「還不是說說孩子丈夫什麼的，訴訴苦罷了。」慈禧想一想，道：「看來和咱們娘兒幾個說的也差不多，行了，明兒內田夫人再問我留學生的事，我也就應承了得了。王秋瑾一個女人家，看來也不能反了天；內田夫人呢，得了面子，總不至於再打仗的時候不手下留情，你說是不是？」

德齡道：「老佛爺，洋人知道您讓女人留學，肯定都說這是開天闢地的創舉呢。」慈禧笑道：「德齡啊，你可是越來越會灌迷魂湯了，跟誰學的？」德齡忍住笑道：「德齡說的都是肺腑之言。」

7

老佛爺看牙的吉日終於到了，懷特進宮的時候多少有點忐忑不安。東方的皇宮，讓陽光燦爛的美國醫生懷特看來，雖然華麗，但總有些陰森可怖的感覺，特別是，在陰森可怖的背景前，還有一個同樣可怕的老太太。他小心翼翼地拿出消毒的工具，給慈禧看牙，一邊用英文與德齡交談。慈禧心裡有些緊張，就叫御狗房的太監把喘氣兒給抱了過來，此時她雙手緊緊抱著喘氣兒，張著嘴，半信半疑地由著凱擺弄。喘氣兒見凱是陌生人，一個勁兒地衝著他叫。

懷特邊給慈禧剔著牙邊說：「德齡，太后的牙齦發炎了，我先把牙齦的膿弄出來，然後消毒……對了，艾米姨媽來信了，說她考慮再三，不生我的氣了，還要恢復我的繼承權。」

慈禧在一旁問道：「德齡，他說我的牙要不要緊？」德齡忙道：「懷特說你的牙不要緊，可是最近先不要吃甜的，還要多清潔牙齒。」慈禧立即沉臉道：「那他的意思是說我的牙不乾淨了？」德齡道：「不，他沒有這個意思。」她又對著懷特道：「聽到艾米姨媽的消息我太高興了，我不願意你爲了我而失去她。快，拿出牙粉來！」懷特拿出了牙粉，問德齡道：「我該怎麼辦？」德齡道：「做刷牙的姿勢。」

慈禧拿過牙粉，看了看道：「這是什麼白麵兒，還有股子薄荷味兒。」懷特急忙用手指比劃著刷牙的樣子，用生硬的中文道：「上下左右，每天都刷。」

德齡在一旁道：「老佛爺，懷特說這是美國牙粉，每天用，牙就不會疼了。洋人的牙都又白又亮，用的就是牙粉。咱們總用青鹽擦牙，鹽太硬了，會把嘴裡磨得生疼，還會傷害牙齒的保護層。」慈禧看了一下，見懷特的牙齒潔白整齊，道：「這洋小子的牙果然不錯。」

懷特調皮地對德齡笑道：「天吶，我覺得我像一匹正在被買主挑選的種馬，買主在看我的牙口呢！如果我眞的變馬了，你會買我嗎？」德齡不禁噗哧一笑，慈禧立即投過來疑問的目光。德齡忙道：「老佛爺，他說您的牙在中國已經是最白的，他猜您年輕的時候一笑，一定會讓很多人著迷呢。」慈禧得意地笑了，嘴上卻說：「呸，洋人也會拍馬屁。」

小喘氣見幾個人說來說去的，又不懂，又沒意思，便汪汪叫著，在慈禧懷裡掙扎，慈禧拍拍小狗，叫道：「李蓮英，快把喘氣兒給我抱走，餵牠點兒吃的！牠這麼叫喚，敢情是餓了！」李蓮英接過喘氣兒的時候，凱扎扎實實地盯了那小狗一眼，就那麼一眼，他就喜歡上牠了，他情不自禁地摟了摟喘氣兒的小腦袋，親了一下。慈禧笑道：「原來洋人也喜歡小狗，告訴他，德齡，他若是把我的牙治好了，我賞他一隻御狗房的小狗！」凱謝過慈禧不提。

晚上，懷特向剛剛回來的約翰神父做懺悔。懷特向約翰講了關於康格夫人的事，然後說：「約翰，在上帝面前。我請你作證，我這樣做不是出於惡意，而且，我將來一定會設法補償康格夫人的。」約翰道：「孩子，我會為你守口如瓶的。」

懷特道：「約翰，我搞不清楚到底康格夫人這樣做是不是對的。說她手段卑鄙，可她似乎是一心為國；說她愛國，可她又不眞誠地對待感情。」約翰道：「善惡都是相對的，追求完美是很難的。」聽到完美這個詞，凱的眼睛一亮道：「但是我的中國女孩就是完美的。」

約翰無可奈何地搖搖頭道：「也許吧，按照你姑姑的話來說，得了愛情病，就是戴了有色眼鏡，你的眼鏡可以過濾掉一切你心上人的不完美。」

做過懺悔的凱覺得自己心中一片光明，他高高興興地回宮，跑向御花園，見滿園的菊花，正在盛開。菊花叢中，站著一個青春女孩的苗條身影。

他們再次不期而遇！

儘管非常危險，他們還是小心翼翼地走到了假山附近，據德齡說，這兒應當算是最安全的地方了。他們藏身在一個小山洞裡面，熱烈地接吻，懷特輕聲道：「親愛的，你就是一塊磁鐵，我總是被你吸引。」德齡靠在他的懷裡，擔心地說：「凱，那康格夫人那邊你怎麼交代呢？」懷特道：「這是祕密，以後告訴你。」

德齡笑道：「那我可得小心了，因為我的身邊有危險的間諜。」懷特也笑：「這個間諜不想偷情報，他只是想偷心而已。」德齡道：「心是偷不了的，只能換。」懷特認眞地說：「只要能得到你的心，我拿什麼換都行。」德齡正想說什麼，突然聽見山石背後傳來一陣呻吟，凱顯然也聽見了，他把食指放在嘴邊，示意德齡不要說話，然後輕輕地向山石後面摸去，德齡也跟著他，兩人手拉著手，在另一塊石頭背後呆住了：一幅難以想像的場景出現在眼前！

一個太監摟著一個宮女，正在撫摸，那宮女背對著他們，那太監把她抱得緊緊的，親嘴摸乳，那宮女不斷呻吟，還小聲喊著：「親哥哥……」

兩人見狀，都羞得滿面通紅，縮回了山洞。半晌，凱才悄悄看了德齡一眼，但見德齡紅著臉似乎在想什麼，還沒等凱問出來，她突然要走出去，被凱一把拉了回來，德齡喃喃地說：「不，不對……」

凱問：「什麼？」德齡道：「你發現了嗎？那個太監……好像是個男人！」

凱笑道：「太監當然是男人，難道還是女人不成？」德齡急道：「哎呀人家不是這個意思！我是說，那人好像是個眞正的男人！太監什麼樣子，我心裡有數！」兩人爭了半日，待德齡回到原處再看時，人已然沒了。

德齡的疑心並沒有錯，他們看到的一男一女正是周太監的義女、專爲慈禧太后敬煙的宮女祖兒和那個假太監。

原來，那假太監名叫無玄，是孫文和陳天華的忠實擁躉，今年剛滿二十三歲，入了興中會，仗著一腔青年熱血，想混入大內刺殺慈禧，爲推翻滿清立個頭功，混進來之後才發現下手之難。一日巧遇周太監，幫助周太監端了茶飲，周太監感激不盡，引他到自己的下處去坐，留茶留飯。兩人談得甚是投機。後來，自然見到了祖兒，祖兒見他正是自己那日在園子裡見到的假太監，先是大驚失色，害怕得要命，日子久了，卻又覺著她與無玄的相遇，實是一種緣分，滿園子的假男人，早已讓祖兒噁心透了，無玄是第一眼便看上了祖兒的，兩人一來二去，成了好事，卻說那無玄正當青春年盛，每每竟也不顧後果，到底女孩子心細，就在他們親熱的時候，祖兒聽見好像遠處有人，因此拉著無玄，急匆匆走了。

8

宮裡開重陽夜宴的時候，慈禧的牙齒已經好了許多，但是她仍然沒有什麼「與民同樂」的心情，說了兩句話兒，就攙光緒與皇后先走了，走前還特意囑咐了德齡一番，囑她「盯著那兩個洋人，若有何異處，立即稟報。」德齡聽命而去，回到桌旁，與眾宮眷一處，邊賞菊花，邊喝酒吃螃蟹，倒也其樂融融。

德齡見凱和卡爾都很高興，不停地吃喝說話，像孩子似的，不同的倒是四格格，德齡發現「復出」後的四格格十分異常，她不停地喝酒，做出一副快樂的樣子，她和每一個人乾杯，每次都一飲而盡。大公主在一旁道：「四格格，你可悠著點兒，這可是菊花酒，不是酸梅湯。」四格格像沒聽見似的，咣地碰了一下元大奶奶的杯子，然後又是一飲而盡。

元大奶奶小聲道：「四格格，你要是心裡有事兒，咱姊兒倆明兒好好念叨念叨，可別喝悶酒啊。」四格格嫵媚地側著頭，道：「我沒有心事，我高興，我喜歡過節。」

瑾妃拿過一小碟梅子，道：「來，吃一粒梅子，醒醒酒。」四格格道：「不吃，咱們來對詩，我說上句，看你們誰能接上下句。……我說了啊：『遙知兄弟登高處』，下句是什麼？」瑾妃道：「這容易，遍插茱萸少一人。」四格格打了個酒嗝，又道：「那就來個難的——寂寂花時閉院門，美人相並立瓊軒。下兩句是什麼？」

瑾妃面有難色地看著大公主，大公主嘆了口氣，拿過一把扇子，用蟹爪蘸著酒，在上面寫道：「含情欲說宮中事，」她把扇子又遞給了瑾妃，瑾妃接著寫：「鸚鵡前頭不敢言。」

四格格拿過扇子默唸了兩遍，突然狂笑起來，道：「好一個『鸚鵡前頭不敢言』！好！好！眞是太好了!!」大公主看不下去，叫四格格房裡的宮女：「快把你主子扶回去！她醉了！」四格格歪歪倒倒地被宮女攙走，還回過頭來，笑道：「我沒醉，你才醉了呢！……」

容齡和姊姊一直在陪著卡爾說話兒，講英文，懷特則與外務部會講英文的官員在互相敬酒，他們一直爭著把酒杯放低，結果一直到了桌子底下。卡爾在一旁笑道：「凱，你們這是在玩什麼遊戲？難道要一直這樣比下去嗎？」容齡在一旁認眞解釋道：「卡爾，他們在比到底誰更尊敬誰，杯子低一點就表示謙虛，說別人比自己高明。」

卡爾便拿了一隻螃蟹腿，放低，然後碰了一下容齡手裡的螃蟹，道：「敬你！」容齡大笑，不小心把蟹腿落到了衣服上，鮮亮的衣服立即出現了一塊油漬。容齡道：「卡爾，我去換身衣服，馬上回來。」

容齡去換衣服，匆匆從花園走過，不想一個人影從樹裡踉蹌著出來，抓住了她的手。容齡一驚，仔細一看，竟是光緒。容齡被光緒拉著，怔住了。

光緒拉著她的手道：「珍兒，這兒歌舞昇平，好一派繁華景象，可惜，這都是假的。」容齡見光緒雙眼通紅，滿身酒氣，心知他是醉了，便道：「萬歲爺，我不是珍主子，我是容齡。」光緒像沒聽見似的，繼續道：「珍兒，朕沒有臉過重陽，沒有臉見祖宗。陸游說，死去原知萬事空，但悲不見九州同。王師北定中原日，家祭無忘告乃翁。朕比陸游還淒涼，沒有後人可以指望呀。」

容齡勸道：「萬歲爺，您不要難過了，你喝多了。」

光緒道：「珍兒，幸好朕有你這樣一個紅顏知己，否則這世上更是暗無天日了。」

容齡眼珠一轉，問道：「萬歲爺，您眞的非常愛珍兒嗎？萬一珍兒紅顏老去，您也會這樣嗎？」光緒把容齡溫柔地摟在懷裡，道：「珍兒，你眞傻。如果珍兒眞的老了，朕就更老了，那你會嫌棄朕嗎？」

容齡心裡一顫，道：「不會，也不可能。」光緒道：「朕老了以後，就牽著你的手，一起看菊花，一起賞斜陽。」容齡感動道：「就像童話裡的王子和公主，他們幸福地生活，一直到死。」兩人正在纏綿，孫玉急匆匆跑來，喘著粗氣道：「萬歲爺，您讓奴才好找，咱們早該走了！」容齡一驚，下意識地要推開光緒，卻被他抱得緊緊的，容齡的臉一下子燦若桃花。容齡忸捏道：「孫公公，萬歲爺喝多了，把我給錯認成珍主子了。」

孫玉嘆道：「容齡姑娘，你說酒是不是好東西，它讓人想說什麼就說什麼，想看見什麼就看見什麼。老天爺也還算公平，雖然人不能事事如意，可一有了酒，立馬就什麼都有了。」說罷，輕輕扒開光緒的手，把他扶走。

容齡看著他們的背影，半晌沒有走開，她撫摩了一下光緒依偎過的肩膀，胸口突然狂跳不止。直到四格格被宮女扶著走來，容齡才算清醒。只見四格格忽然趴在低矮的欄杆上，吐了起來，宮女趕快地替她拍背。容齡忙過來道：「四格格，我正要找你去呢。」宮女道：「容齡姑娘，四格格醉了。」四格格笑道：「容齡，趕快回巴黎，回巴黎跳舞去吧。」

容齡扶住了她，道：「我送你回去，明兒咱一塊兒跳舞。」四格格身子一歪，倒在容齡懷裡道：「現在就跳，我會跳，你說的，我有天才！」她一個人轉起圈子來，轉了又轉，轉得裙裾飛揚，如同一朵盛開的花朵，看得容齡與宮女眼花繚亂。轉著轉著，四格格竟轉到了沒有欄杆之處，一下子轉進了湖水裡。

湖水漣漪四起，容齡和宮女都呆了。半晌，宮女才大叫道：「救人呀，四格格落水了！」容齡倒是還算沉著，道：「你也別叫了，叫也沒用，這會子哪還有人聽見，值夜的怕是也喝醉了！你趕快拿根長棍子來，讓她抓住！」宮女忙找來一根長棍，可是醉了的四格格在水面亂撲騰，根本不理會伸過來的棍子。

容齡一著急，索性脫了外衣，只穿中衣，跳了進去。宮女大叫道：「容齡姑娘，使不得，這湖水可深了！」容齡可不管那一套，進到水裡，便將在巴黎學會的自由泳展現出來，宮女嚇得只顧了捂著臉，也沒看清楚容齡是怎麼把四格格拖到了岸邊的。兩個姑娘全身透濕，都躺在岸邊喘氣。宮女趴在四格格身邊，控著她嘴裡的水，哭叫道：「四格格，你醒醒！你醒醒啊！」四格格半睜了眼睛，如說夢話一般，道：「……我醒，醒著呢。……醒著呢！」容齡疲憊地趴在草地上，也像在說夢話：「酒，到底是不是好東西？到底是不是啊？……哎呀，怎麼這麼冷？小娥，你快給生堆火，讓我烤烤火，怎麼這麼冷啊？……」

太陽漸漸西沉，兩個姑娘卻趴在那兒不動了。宮女小娥急得大喊起來。

9

卻說容齡爲了救四格格，跳下水中著了涼，高燒不退，急壞了德齡和四格格。慈禧也急了，親自派了御醫，給四格格診治。御醫診了脈，皺眉道：「容齡姑娘高燒不退，眞眞的令人不安呀。」四格格慌了神，又沒法子，只好一個勁兒地換毛巾，爲容齡擦去額上的汗珠。這時，卡爾和懷特走了進來。卡爾用生硬的中國話問道：「她好些了嗎？」四格格道：「沒有，她的燒一直都沒有退！」

懷特看著卡爾用英文說：「我認爲她得打一針，否則會很危險，我這就去拿醫療器械。」卡爾道：「要不要等德齡過來之後再做決定？」懷特道：「救人要緊！還是先打了針再說吧！」四格格呆呆地聽著他們的對話，一頭霧水。

懷特拿起注射器，把裡面的氣泡排出來。四格格立即警惕起來，驚道：「你們要幹什麼？」卡爾道：「你放心，我們只是要給她打一針。」四格格緊張得不行，急道：「這是什麼？要針灸？小蚊子，快來！……你看著這個洋人，不許他動容齡姑娘！」小蚊子答應了一聲，衝了上去，懷特剛拿起酒精棉球在昏睡的容齡的手腕上擦了一下，小蚊子馬上用力地把他推到一邊。

懷特莫名其妙，問道：「怎麼了？」小蚊子索性把他往牆上撞。懷特也不客氣地掄起老拳，把小蚊子打倒在地。四格格立即奮不顧身地衝了過來，被高大的卡爾抱住。四格格尖叫道：「來人哪，有人要害容齡啦！」卡爾道：「天啊，你能不能安靜點兒？」幾個人鬧成一團。

此時，德齡正扶著慈禧往容齡臥室裡走。慈禧邊走還邊說：「五姑娘這孩子可眞叫人操心！……這個胡太醫是宮裡最有辦法的太醫了，要說風寒也不是什麼大病，怎麼這孩子就病得這麼重呢？」德齡道：「容齡在法國一向都是吃西藥的，也許對中藥不適應。」

慈禧道：「我就不信太醫們治不好容齡！……我的牙要不是迫不得已，怎麼會找洋醫生？治牙可以不用吃藥，總不至於死。可風寒必定是要吃藥的，那黑黑的小藥片誰知道裡邊藏著什麼？防人之心不可無呀。」德齡道：「老佛爺，在法國的時候我們可都是吃西藥的。」

慈禧道：「哼，當初洋人哪兒知道日後你們能成宮裡的紅人，否則他們能放過你們嗎！」說話之間，已然穿過了迴廊，進了院子，一進門兒，正趕上懷特剛好把針頭拔出來。慈禧大驚道：「你竟敢給五姑娘扎針兒！太狠毒了！」懷特從表情中看出她的態度，道：「太后，我只是給容齡打了一針，因爲她的熱度那麼高，不打針眞的很危險！」德齡翻譯過去之後又加上了一句話：「懷特，你應該先徵得太后的同意，不然她會有誤解的！」

懷特道：「德齡，可是容齡很危險，難道太后的情緒比你妹妹的生命還重要嗎?!你怎麼這麼勢利！」德齡一怔，氣得淚水幾乎掉下來，道：「妹妹是我的，我當然比你更關心！你這麼指責我，完全是曲解了我的感受。」慈禧在一旁怒道：「德齡，你告訴我，他嚷嚷什麼呢?!」德齡道：「他說他覺得容齡的病很危險，所以……」沒等話說完，慈禧便怒喝道：「來人，給我拿下！把這個卡爾也拿下！」懷特被太監們帶走的時候還掙扎著回過頭來，叫道：「德齡，這到底是怎麼回事？」德齡無可奈何地看著他，道：「由於你的鹵莽，現在你的生命比容齡更危險。」

在清宮中有一個人對於容齡的病也在暗暗著急，這就是光緒。聽說小淘氣兒病了，光緒覺得自己不能無所作爲，踱了幾圈之後，突然想起容齡曾經說過最喜歡聽巴黎的鐘聲。便突然悟到什麼似的，把宮中最大的一個座鐘拆了開來，整整兩天的工夫，光緒都在聚精會神地修著座鐘，鐘上的零件被他拆得滿地都是。

孫玉在一旁，說又不是，不說又不是，只好說：「萬歲爺，歇會兒吧，這都弄半天了。」光緒並不理會。孫玉又端了杯茶過來，道：「那您先喝口水？」光緒不耐煩地擺擺手，仍然專心致志地幹他的活，等到光緒滿手油膩地把鐘安好，指針正好走到了下午五點，悠遠的鐘聲迴盪在了大殿裡。

孫玉喜道：「好了，好了，萬歲爺，您眞是聰明蓋世，宮裡的鐘就沒有您修不好的。」光緒疲憊又欣慰地看著鐘擺，道：「小淘氣兒……朕是說，小淘氣兒最愛聽這鐘的聲音，說聽著這鐘聲就好像還在巴黎一樣。」

愛聽這鐘聲的人果然就被這鐘聲叫醒了。鐘聲迴盪著，容齡慢慢地睜開了眼睛，一直守著她的德齡驚喜道：「容齡，你醒了？」容齡問：「姊姊，我睡了多久？」

德齡道：「你昏睡了兩天，可好像有一個世紀那麼長。」容齡神情恍惚地說：「我夢見了巴黎，夢見自己在教堂的鐘樓上跳舞，跳著跳著，就怎麼也停不下來了，後來有幾次好像馬上就要從鐘樓上掉下來了，我害怕得要命，這時侯，有一個天使來了，他把我馱到了這裡的大殿，可我只看見他雪白的翅膀，怎麼也看不清他的臉，就在這時，鐘聲響起來了，我被鐘聲叫醒了……」德齡嘆道：「可是天使爲了救你，現在被關起來了。」容齡問：「誰是天使？」

容齡的問話正好道出了她們姊妹的愛情祕密：在德齡心中，凱是絕對的天使，是他不顧一切，爲了搶救容齡的生命，不惜犧牲自己，而在容齡心中，天使卻另有其人，那個夢中的天使有著溫和的微笑和憂鬱的眼神，那個天使，是爲她敲響鐘聲的人。

10

容齡的祕密很快就暴露了。那是在一週之後，俄國公使勃蘭康夫人舉行答謝宴會，專門招待清宮大內的宮眷們。大廳裡的水晶吊燈晶瑩剔透，勃蘭康夫人舉杯對眾宮眷道：「眾位貴賓，上次我訪問貴國，對貴國留下了美好的印象，希望你們也對這個夜晚留下美好的記憶，現在請品嘗我們廚師最拿手的巧克力點心和藍山咖啡吧，請大家盡情地吃起來吧！」

德齡把她的話翻譯給眾宮眷聽，四格格小聲地問了一句身旁的大公主道：「大公主，什麼是巧克力？」大公主道：「我也不知道，回去再問德齡吧，省得鬧笑話。咱們學著公使夫人的樣子吃就是了。」

侍者把點心端了上來，容齡高興地用法語對公使夫人道：「夫人，我很久沒有吃巧克力了，吃巧克力對我來說就像是跳舞，實在是太好了！」夫人笑道：「我認爲應該像戀愛，實在是太迷人了。」

容齡笑道：「我沒有戀愛過，想像不出來。」夫人道：「天啊，戀愛是太美好的事情，你可要抓緊時間，不要浪費你的青春和美貌喲。」

容齡低聲道：「太感謝您了，除了您，從來沒有人說我美，大家都說我是一個孩子。」夫人道：「你要是也把自己當孩子的話，就享受不到戀愛的樂趣。」容齡道：「夫人，你的話太精闢了，從來人沒有告訴我這些，非常感謝您。」夫人道：「親愛的，不要感謝我，感謝美酒和魚子醬吧，沒有這些我什麼也說不出來。」

四格格嘗了一口巧克力，覺得挺好吃，高興地吃起來。旁邊一位衣冠楚楚的侍者問勃蘭康夫人道：「請問您要糖和奶嗎？」夫人道：「不要。我喜歡黑咖啡。」侍者接著問大公主：「請問您呢？」大公主學著夫人的樣子道：「不，謝謝。」大公主嘗了一口咖啡，卻難以下嚥，她悄悄地把一小口咖啡吐在自己的手絹裡。旁邊的四格格也嘗了一口，然後皺著眉頭，強忍著吞了下去。席間一個俄國女人笑道：「哦，請諸位快喝吧，我會用咖啡渣給你們算命。」

德齡把她的話翻譯給大家聽，瑾妃奇道：「用咖啡渣也能算命？先給我算吧，我這就喝完了，這咖啡眞的很香。」俄國女人湊過去，仔細地看著她的杯底圖案，容齡忙跟過去翻譯，宮眷們也都湊了過去。

勃蘭康夫人在一邊喝著咖啡，輕聲與德齡交談，她問：「太后最近身體好嗎？」德齡道：「她很好，只是有點擔心東北的局勢，因爲如果一旦戰爭爆發，那裡的百姓安全是得不到保證的，因此她希望知道，仗是不是一定會打，是不是一定會在中國打？」

夫人轉了轉眼珠道：「哦，我也不喜歡打仗，不過如果打仗的話，太后的安全是沒有問題的，這點我可以保證。戰爭是男人的事情，我們今天還是不要談吧。」德齡道：「好的，我們不談戰爭了，女人關心的是孩子，太后把百姓當成她的孩子，所以她總是那麼不安。」

夫人道：「德齡，日本是個邪惡的國家，我們兩國打擊邪惡是要付出代價的。」德齡道：「夫人，我明白您的意思了，我會稟報太后的。」

大公主在一旁和四格格咬耳朵道：「你能喝完咖啡嗎？」四格格皺眉道：「喝完這東西會要了我的命。」大公主飛快地把自己杯子裡的咖啡倒進四格格的杯子裡，道：「我的喝完了，你想辦法吧。」四格格睜大眼睛，叫道：「大公主，你不能這樣！」大公主把食指放在嘴邊，暗示她輕一點，道：「你比我小，闖點禍沒事兒。」然後她附在四格格耳邊說了幾句。

容齡與瑾妃聽著俄國女人算命，不時地發出陣陣笑聲與驚歎聲。俄國女人細細看著容齡的咖啡渣，突然吃驚地叫道：「哦，我的上帝，你在戀愛，你愛上的人是一個……」容齡急忙打斷她道：「錯了錯了！我從來就沒戀愛過，我還小呢，不信你問我姊姊！」她突然跑開了，德齡疑惑地盯著妹妹的背影。

這時四格格見一個侍者走過來，趕快迎了上去，假裝不經意地撞到侍者的身上，把咖啡灑了。侍者忙道：「眞是對不起，小姐，讓我再給你續一杯？」四格格慌道：「不要了，不要了！」大公主不禁掩口而笑。在一旁的勃蘭康夫人還一個勁地客氣道：「再添一杯吧，咖啡有的是，不必客氣。」

那天回去時慈禧還未歇息，聽了眾宮眷的講述，大笑不已。四格格笑道：「我好不容易把那黑藥湯似的咖啡潑了出去，侍者還一個勁地問我：『還要嗎？』勃蘭康夫人還以爲我是客氣不敢要呢，如果再要一杯的話，我可想不出別的辦法潑掉了！那個算命的夫人看了我的咖啡渣說，『啊，今天看來你的心情不錯，終於擺脫了你多日來的煩惱。』」

瑾妃在一旁道：「可是我覺得咖啡很好喝，雖然有點苦，可回味無窮，還有一種烤糊的香味兒，喝了很提神。」大公主道：「我是一口也喝不下去，只好欺負四妹妹了。」眾宮眷的描述激起了慈禧的好奇心，她回頭對德齡道：「德齡啊，咖啡到底是什麼味道，你也給我弄些來嘗嘗。」德齡忙道：「奴婢這就寫信到法國去買。」

那天深夜，德齡一覺醒來，發現容齡還沒睡，正在燈下小心翼翼地刻著一塊巧克力，她刻了一個心形，上面還有一支穿過的箭。

德齡在她開著的門上輕輕敲了一下。容齡一驚，巧克力啪地落在了地上。

德齡走進來問道：「巧克力怎麼不吃，還要在上面刻什麼？」容齡滿臉通紅道：「你為什麼窺視我？」德齡道：「我沒有窺視你，你的門是開著的呀。讓我看看，你刻的是什麼。」容齡慌忙踩住地上的巧克力，但德齡已經看清了是個心形。德齡盯著妹妹的眼睛道：「容齡，你老實告訴我，你……是不是愛上什麼人了？」

容齡道：「這是我的隱私，我現在不想說。」德齡道：「可我要對你負責，你是我妹妹。」

容齡道：「你自己去約會，從來也沒有人干涉過你，你為什麼就不能給我點自由呢？」德齡耐心地說：「容齡，告訴我，到底你在和誰戀愛，是不是凱瑟琳的哥哥，他一直很喜歡你。」

容齡噗哧笑道：「我可從來沒有喜歡過他，他是個長頸鹿！」德齡猜道：「那就是那個拉小提琴的多米尼克？」容齡道：「姊姊，我早就不和他通信了。」

德齡追問道：「那你到底是和誰在戀愛呢？」容齡道：「我在和自己戀愛。」德齡道：「好妹妹，告訴我！」容齡忽然心存嚮往地說：「姊姊，接吻的感覺是怎麼樣的？」德齡的臉紅了，道：「到時候你就知道了。」容齡道：「可我現在就想知道。」德齡道：「我覺得，接吻……就像……

就像喝醉了一樣。」

容齡道：「喝醉是什麼樣子，我從來沒有喝醉過。四格格喝醉了，掉進了水裡，還會唱歌；萬歲爺喝醉了，把我當成了珍主子……」容齡突然停住，她看見姊姊已經敏捷地把地上的巧克力撿了起來，那上面，有英文刻的「給親愛的Y……」。下面的字顯然沒有刻完。德齡看著大寫的Y問道：「Y是誰？」容齡道：「是約克公爵，是伊馮，是揚，反正他就是Y。」

次日早朝過後，德齡換上慈禧的衣服，正要去卡爾畫像的東配殿，透過樹叢，突然看見容齡向大殿跑去。她叫著妹妹的名字，可是容齡沒有聽見，像飛一般地向前跑，德齡跟了上去。

德齡看見妹妹進了大殿，向皇帝施了一個英國禮，說：「Good morning! Your majesty!」光緒微笑著回答：「Good morning, My little girl!」於是他們坐下來，開始練習四手聯彈。節奏越來越快，終於光緒落後了，鐘聲響了起來，兩人停下來笑了。

光緒道：「小淘氣兒，朕又輸了。」容齡道：「萬歲爺，有的時候您不是眞的輸，您是在讓著奴婢。」光緒笑道：「哦，你還知道什麼？」容齡道：「我還知道您會修鐘錶，我就是聽到了黃昏的鐘聲才醒來的，我的病能好，要謝謝凱，更要謝萬歲爺。」

光緒道：「小淘氣兒，這些事兒你都是怎麼知道的？」容齡撒嬌道：「不告訴您。」

光緒假裝生氣道：「那朕可要罰你了，孫玉，拿棍子來，給她五十大板。」

孫玉笑著遞過一隻小尺子，道：「萬歲爺，棍子在這兒。」光緒噗哧笑道：「孫玉，怎麼連你也不怕朕，拿一根小尺子來糊弄。」容齡在一旁道：「因爲我們都知道，萬歲爺是紳士，紳士是不打人的。」

光緒問道：「什麼是紳士？比進士好嗎？」容齡道：「紳士不是學位，在西方是指有禮節有身分、文質彬彬的男子。」光緒道：「那有點像武俠書中說的大俠客，對不對？」

容齡道：「不全對，那些大俠都總是繃著臉，一絲兒笑容也沒有，可西方的紳士全都是和藹可親的，尤其是對女士，又溫柔又體貼，能照顧的都照顧到，他們認爲這才是他們的風度。」孫玉在光緒後面一個勁兒地衝容齡擺手，容齡奇怪地睜大眼睛看著他。光緒冷不防地回頭，孫玉趕快住了手。

光緒道：「孫玉，你在這兒擠眉弄眼的幹什麼？去一邊面壁去，沒有朕的旨意，不許回頭。」孫玉只好領旨而去。容齡這才悟道：「萬歲爺，奴婢錯了！您原是要讓所有的人照顧的，您怎麼能照顧人，尤其是女人呢，所以奴婢不能把您說成紳士。」

光緒笑道：「可朕今天就想做一個紳士，小淘氣兒，你得告訴朕，紳士是怎麼樣的？」容齡道：「這話當眞？」光緒道：「是的，紳士——聽起來很合朕的心意。」容齡笑道：「好吧，現在就教您，不過您可不能再罰我了。」

他們眞的排練起來：光緒把胳膊伸過去，容齡輕輕地把自己的手搭了上去；容齡坐下，光緒給她把椅子往前送了一下……清晨的陽光映在容齡臉上，她的眼睛閃出了異樣的光芒。

這一切，都被門外的德齡看得清清楚楚。她自語著：「Your majesty!……原來如此！」在那天的早晨，德齡終於洞悉了容齡的祕密，她萬萬沒有料到，容齡愛的人竟然是皇帝！這讓她突然有了一種要大禍臨頭的感覺。

第七章

內田夫人進宮的時候，慈禧的牙齒已經好得差不多了，加上這陣子天天用牙粉刷牙，牙齒的確白了許多，所以見到內田夫人時，她的笑容十分粲然。

內田夫人自然順勢恭維了她一番，道：「太后的容貌眞的是越來越美了，您能告訴我您是如何保養的嗎？」慈禧喜道：「也沒有什麼保養，不過是每天起得早，趁著露水還沒落，把花兒採下來，製成胭脂膏子，比外面的新鮮罷了！祖兒，去把那新製的胭脂膏子拿兩瓶來，送給內田夫人！」祖兒聽命而去，內田夫人稱謝不已。

慈禧這才對著做傳譯的德齡道：「內田夫人，關於向貴國派駐留學生一事，經過朝廷的再三協商，決定接受貴國的美意。經過審核，將准十二名品行純良之學子獲此良機，以求深造，用西學改良，增益新政。」

內田夫人大喜道：「太后，您眞的是位明智的女性，有這樣長遠的目光和開放的胸襟，一定會名垂青史的。至於中國留學生的教育和衣食問題，我國政府將高度地重視和關照，天皇相信，這樣的交流會十分地有利於中日的親善和顯示大日本帝國的風範。」

慈禧聽到內田的最後一句話，有些不悅，但仍微笑著說：「請轉答我對天皇的謝意，以中國文明之深遠，對友邦的盛情總是以禮相待的，夫人一定對此有著親身的體會。李蓮英，唸留學生姓名。」李蓮英念了長長的一串，德齡聽到其中有秋瑾的名字，不禁微笑起來。

內田夫人走後，慈禧立即狠歹歹地說：「這個內田夫人，竟敢在我面前說什麼『大日本帝國的風範』！眞是不知天高地厚了！」

德齡忙道：「但是您的應答綿裡藏針，恰到好處。」

慈禧微笑道：「我那句話說的還算得體吧？這些人，絕不能讓他們覺得有空子可鑽！……德齡啊，今兒天兒好，咱們去遊湖吧！」德齡應了一聲，遂與李蓮英及貼身宮女祖兒一起，扶著慈禧走出大殿。

李蓮英爲慈禧安排了一條帶篷的小船，德齡和慈禧透過雕花的窗戶看著湖上的另一條船，那是懷特和卡爾，隨著容齡的病癒，他們自然得到了釋放，並且同時獲得慈禧的賞賜——遊湖。看得出他們兩個十分高興，邊划著船，還邊比賽用石子打水漂。

慈禧嗤道：「這兩個洋人，怎麼倒像兩個孩子，看看，看看，說高興就高興起來了，還玩兒得這麼好！」德齡道：「老佛爺，他們自然高興，只有外國使節才有遊湖的榮幸，這已經是對他們格外開恩了。」

慈禧道：「其實啊，我原也沒想把他們怎麼著，可容齡畢竟是你阿瑪和額娘的心頭肉，好好地交到我手裡，我可不能讓她少了一根頭髮絲兒。」德齡忙道：「老佛爺是最疼我們的，容齡的病能好，全是託了您的福。」

慈禧笑道：「德齡，你的小嘴兒是越來越會說了，容齡是洋醫生救的，又不是我救的。」德齡道：「洋醫生沒有你的旨意，怎麼能進宮呢？」慈禧哈哈大笑道：「這倒是眞的，不過咱們對著外邊還是不能說洋醫生好，只能說咱們的太醫好，別長了洋人的志氣，滅了自己的威風。」

德齡笑道：「老佛爺，您說話做事滴水不漏，奴婢可是領教了。這回把這兩個洋人放出來，讓他們既沒法兒回去抱怨，還覺得您的確是寬宏大量。」

慈禧道：「德齡啊，政治是什麼？政治就是鬥心眼兒、鬥嘴皮子、鬥軍火和鬥銀子，咱們軍火和銀子不行，可心眼兒和嘴皮子不知要比洋人強多少倍。對了，德齡，這倆洋人會不會回去又找出什麼茬子去主子那兒告狀啊？」德齡道：「老佛爺，您就放一百個心吧，他們都跟我說，保證不會的。因爲，他們都喜歡這兒。」

慈禧道：「既這麼著，李蓮英，賞他們一人一身兒朝服。」李蓮英彎腰道：「敢問老佛爺，照幾品的賞？」慈禧噗哧笑道：「這我倒沒想過，隨便看著，意思意思得了，你還眞的當眞？」說罷，幾個人都笑起來。李蓮英又將御膳房做的點心擺出來，沏了茶，德齡將隨身帶的報紙拿出來，譯給慈禧聽。

慈禧慢慢喝著茶，又吃一口點心，悠悠地問：「怎麼樣啊，俄國人和小日本又有什麼事兒沒有？」德齡道：「回老佛爺，報紙上只是說雙方正在緊張地談判，目前談判沒有任何進展，只是互相指責。」

慈禧道：「看來這仗是非打不可了。上回你見著勃蘭康夫人，沒聽她說點兒什麼？」

德齡道：「那天勃蘭康夫人倒是說了一句，她說中俄兩國打擊邪惡的日本是要付出代價的，看來他們是作好了戰爭的準備，而且也是非要在中國打不可的。」

慈禧啐道：「這俄國公使夫人，也不是什麼好東西，眞是一點情面也不講。美如天仙，毒如蛇蠍呀。有好事的時候他們的沙皇什麼時候想過咱們，打仗了倒要拉個墊背的！」德齡道：「老佛爺，奴婢看來，俄國除了和日本爭強之外，目的還是想佔領咱們的東北。」

慈禧道：「只要不往紫禁城來，就阿彌陀佛了。我就怕他們一打仗，那些什麼孫文、康有為這樣兒的逆黨亂黨又想鬧事兒，還是先安內為好，他們打仗，我們就乾脆來個坐山觀虎鬥！」德齡道：「可是，他們是在大清國的領土裡打仗啊！……」

慈禧打斷了她，道：「不必再說了，袁世凱的北洋常軍、張之洞的湖北常軍，能把紫禁城保住就算不錯了！庚子年的教訓難道還不夠麼？得罪了洋人，別說東北了，連北京都沒了，咱們娘兒們連葬身之地都沒有！我不管以後怎麼樣，只要在我閉眼以前，大清還姓愛新覺羅，還留著辮子，我就算對得住祖宗了！」德齡楞住了，半晌無語。

慈禧拿過報紙瀏覽了一遍，見報上竟有幾個名優的像，便問道：「這畫的不是譚鑫培和楊小樓嗎？」德齡道：「老佛爺，這是照片，是幾個外國攝影師照的，這張是我的哥哥勳齡照的，上面都寫著字兒呢。」慈禧想了一想，道：「是了，你倒是說過勳齡會照相，事兒一多，我就忙忘了！」

德齡道：「是啊，家裡只他會照相，他因為迷這個，連海軍軍官學校都不願意上呢！」慈禧又細看了一遍楊小樓等人的照片，笑道：「你甭說，這個勳齡還真有點兒歪才，他拍的這些個照片兒還有點子意思！德齡啊，過兩天兒你把勳齡拍的照片都拿過來瞧瞧！」德齡應了，繼續陪著慈禧喝茶賞湖景不提。

德齡陪著慈禧說話兒的時候，勳齡正在和其他幾位外國攝影師給譚鑫培和楊小樓拍照。兩位名優的姿勢都很特別：譚鑫培騎著一匹駿馬，目光炯炯，而楊小樓則臥在菊花叢中，圍觀的人們都感到很新奇。

勳齡正在指揮，忽然後面有人拍了他一下，他回過頭，見是個穿月白布衣的人，那人道：「裕公子，別來無恙？」勳齡認了半日，方才驚訝地發現，那人原來正是秋瑾。

秋瑾道：「我明天就要啓程去東洋，本想找令堂妹話別，可是一點線索也沒有。沒想到恰好在此與公子巧遇，看來我們的確是有緣之人。」勳齡抱拳道：「您眞是女中豪傑，隻身去千里之外，一點畏懼之心都沒有，佩服佩服。」

秋瑾道：「該佩服的是令堂妹，她似乎有什麼難言之隱，但還是慷慨地把家傳的首飾給我做去東洋的路費，如果我沒有猜錯的話，她所做的事和她的家庭一定是矛盾的。」

勳齡笑道：「秋先生，您的確沒有猜錯，只有一點錯了——她不是我的堂妹，她是我的親妹妹。」

秋瑾把那銀票和珠花掏出來，道：「裕公子，多謝令妹的美意，我心領了。如此貴重的禮物，我是不便收下的。」

勳齡忙道：「先生差矣。如果先生不收的話，我和妹妹心裡都會難過的。既然明天就啓程，我斗膽向先生討一樣禮物回贈舍妹，不知先生意下如何？」秋瑾忙問：「哦，什麼禮物？」

勳齡指著自己的相機道：「我看您的照片就是最好的禮物。」秋瑾笑了，不再推辭，由勳齡拍了一張自己的男裝照。後來由勳齡交給了德齡保存不提。

2

卻說那慈禧自打看了勳齡拍的照片之後，忽發雅興，琢磨著自己也該留個影兒，便先讓德齡把家中的照片拿來，一張張細細地瞧。
慈禧問道：「德齡容齡啊，照一張照片需要多長時間？」容齡搶著回道：「回老佛爺，不包括換衣服和佈置燈光的時間，就站在那兒，一眨眼兒的工夫就好了。」
慈禧驚道：「一眨眼兒？能照得那麼像，和眞人差不多，怪不得叫照相呢，就是像！」容齡差點笑出聲來，德齡從背後掐了她一下，正色道：「老佛爺，我和容齡的這兩張著色照片送給您，請您笑納。」
慈禧忙道：「那可使不得，送給我，你們不就沒有了嗎，日後想看的時候可怎麼辦？」容齡笑道：「老佛爺，照片不比畫像，只要有底片，想洗出多少張都行。」慈禧道：「哦，那要多長時間？」德齡道：「洗照片也就幾個小時吧。」慈禧道：「那你們爲什麼不早告訴我，這可比畫像強多了，那個卡爾，畫了那麼長時間，衣服還沒有畫完，太慢了！我看，明兒就宣勳齡進宮，給我照相！」德齡、容齡領命而去。
慈禧爲保萬無一失，又於當晚召見了譚鑫培和楊小樓，反覆問了關於照相的一切。慈禧問道：「最近你們有什麼頭疼腦熱的嗎？」兩人齊聲回答：「回老佛爺，沒有。」慈禧又問道：「楊小樓，你穿的是那件紅戲服嗎？」楊小樓道：「回老佛爺，奴才穿的正是您最喜歡的那件戲服，不過紅色照上去是黑色的，要是兩種淺顏色在一起，比如月白和粉紅，就分不出來了。」
慈禧自語道：「看來這照相裡頭的道道還挺多。譚鑫培，你的馬照了相以後有什麼異常沒有？」譚鑫培道：「回老佛爺，沒有。奴才覺得照相這個事兒挺好，說是兩百年後的人都能看見，這樣奴才的子孫們就知道他們的老祖宗長什麼樣兒了。」
次日正是個秋高氣爽的豔陽天，但見那裕勳齡已經把照相機架在了湖邊，容齡和德齡坐在椅子上做模特兒，慈禧和光緒及眾宮眷在一旁觀看。慈禧坐在御座上，皇后侍立一旁，其他人都圍著相機問長問短。

光緒對於機械一類歷來頗有興趣，這會子聽著勳齡講解，覺得格外有趣。勳齡指著相機的各個部位，講道：「皇上，這是光圈，是根據不同的天氣來調節進光的情況的，這是焦距，是調節距離的，這是快門，這麼一按，照片就拍好了。」

光緒道：「朕本是見過相機的，倒是並不陌生。只是其中的原理有些不明白，不知道你能不能抽空給朕好好講講？」

勳齡忙道：「萬歲爺，那是奴才的榮幸。」四格格接過話來，道：「萬歲爺，您原來見過相機呀，我怎麼不知道宮裡有相機呢？」大公主急忙拉了她一把，但已經來不及了。光緒的笑容僵在了臉上，半晌才道：「那是很久以前的事兒了。……朕有些不舒服，先回去了。」眾宮眷望著光緒的背影，都不知所措。唯瑾妃突然慢慢說道：「珍兒原來是會拍照的，你們以後別再提這事兒了。」眾宮眷聞言大驚。

光緒走到一個石凳子上坐了下來，把手帕打開，蒙在自己的臉上。手帕透出一派柔和的陽光，如煙霧一般的鎂粉在空氣中燃燒，珍妃的身影在煙霧中若隱若現。珍妃穿的是他的衣服，扮成男子，淘氣地笑著，爲他拍照。

光緒長嘆一聲，把手帕拿下來，從懷裡掏出珍妃的照片，久久地看著。孫玉在一旁不知說什麼才好。光緒自語道：「從前照相說是妖術，現在又成了時令的玩藝兒了，那機器是死的，可話卻是活的，怎麼說都行啊。」

光緒的情緒並沒有影響到慈禧與眾宮眷的興致。慈禧也站到勳齡的照相機旁，瞇著眼睛在取景器裡看了一會兒，勳齡耐心地在一邊調著焦距。慈禧驚道：「哎呀，這麼遠都瞧得見，我連容齡的耳環都瞧見了！勳齡，我還要瞧瞧德齡頭上戴的是什麼，行不行？」

勳齡忙道：「老佛爺，當然可以了，您稍等等。」勳齡調好焦距，慈禧道：「喲，是幾朵珍珠鑲的梅花，看得眞眞兒的！我站這兒用眼睛就看不清，這玩藝兒倒挺新鮮的。」

皇后在一旁道：「老佛爺，我瞧這玩藝兒就跟打仗用的望遠鏡差不多。」勳齡笑道：「對，皇后主子眞是見多識廣，這鏡頭的原理和望遠鏡的確是一樣的。」慈禧疑道：「哦，你又沒打過仗，你是怎麼知道的？」皇后道：「回老佛爺，這是書上說的，航海的書上就有這樣兒的圖。」

慈禧繼續看著拉開的鏡頭，突然發現，姊兒倆的影像是倒著的！慈禧叫道：「哎喲，勳齡啊，你可是給裝反了吧？還幸好是被我給發現了！……」

勳齡陪笑道：「回老佛爺，照相就是這麼著，在相機裡瞧著，是倒著的，這是光的反射原理造成的。」慈禧問：「什麼叫反射原理？」

勳齡道：「這麼說吧，照片洗出來就是正的了，所以現在倒著沒關係。」

慈禧道：「哦，我明白了，如果在這鏡子裡看是正的，那洗出來的照片就是反的了。」勳齡不好反駁，只得忍住笑道：「差不多吧。老佛爺，您要不要現在就去照一張？只管坐在那就好了。」

慈禧正色道：「那可使不得，我得先瞧瞧今兒的照片到底兒照得怎麼樣兒！」勳齡忙道：「還是老佛爺聖明！對您來說，照相留影兒可的確不是一件小事兒。等我把照片洗出來您瞧瞧再定奪，如何？」慈禧喜道：「如此最好。」

又過了一日，照片洗出來了，慈禧、勳齡與眾宮眷在一起看著照片，大家都稱讚不已。慈禧笑道：「哎呀，怎麼四格格看著那麼胖，快趕上月餅了？」勳齡忙道：「回老佛爺，照起像來，圓臉的人總比實際要胖些。像您這樣的瓜子臉，最適合照相了。所以您以後應該多照才是。」

慈禧佯嗔道：「勳齡，你可別哄我。」德齡忙道：「哥哥從來都不說瞎話兒，他說的都是眞的。」慈禧看著勳齡洗照片的工具道：「瞧著你這套傢伙兒也怪有意思的，能不能讓我也試試，洗一張照片兒瞧瞧？」勳齡連忙伺候好了，將底片拿過來，由慈禧放進顯影液裡。大家看著漸顯的照片出了神。

照片洗出來，勳齡道：「老佛爺，您眞了不起，還會洗照片了呢！」慈禧喜道：「勳齡，明兒你給我挑挑衣服，告訴太監們怎麼佈景兒，我操了一世的心，也得樂和樂和了！」

勳齡陪笑道：「不知您喜歡什麼景兒？」慈禧道：「我瞧著十七孔橋附近的那片大荷塘還不錯。」四格格在一旁拍手道：「老佛爺說的地方兒，讓人想起普陀山南海觀音住的地方兒！」慈禧道：「算你說對了！我明兒就是要扮觀音菩薩。」眾人聽罷，都拍起手來。

當天勳齡便指揮著眾人，將那十七孔橋附近的荷塘圍了起來，然後將小船大船並成一排，卡爾和凱也來幫忙，卡爾在一片未乾的景片上加上最後的顏色，凱則在幫勳齡架上遮光板。太監們穿梭般地忙碌，都以爲是老佛爺心血來潮，要在湖上聽大戲。直到第二天，朝霞漫天，妝扮成觀音的慈禧與眾女官出現在湖畔的時候，眾太監才明白老佛爺的葫蘆裡賣的什麼藥。

慈禧的心情異常之好，攜眾宮眷上了船，讓李蓮英下去化妝，扮善財童子，自己竟咿咿呀呀地唱起戲來，慈禧唱道：「芍藥放牡丹開花紅一片……四格格，你給我接下句兒！」扮成童女的四格格忙唱道：「豔陽天春光好百鳥爭先……」宮眷們聽出是京戲《四郎探母》裡的段子，都笑了起來，圍在一旁聽著。

慈禧又唱：「我本當與附馬同去遊耍……」四格格接道：「怎奈他這幾日愁鎖眉間……」眾宮眷喊一聲好，那慈禧便乘興念道：「善財童子，你在哪裡？」化了妝的李蓮英應聲進來，只見他那張又黑又皺的臉抹得紅紅粉粉，眾女官一見，都哈哈大笑起來，四格格笑得最厲害，連眼淚都笑了出來，大公主也笑得喘不上氣來。直到勳齡開始拍照的時候，笑聲才算停止。勳齡對著焦距，懷特則趴在地上托著反光板。

湖畔，沒有上船的光緒和卡爾在談話，容齡自告奮勇地做了傳譯。光緒道：「卡爾小姐，既然照相那麼快又那麼逼眞，你覺得繪畫、特別是肖像的繪畫藝術會從此衰落嗎？」

卡爾自信地說：「陛下，當然不會，因爲這是兩種不同的藝術，我認爲繪畫更加主觀，更加具有個人的色彩，畫一個人並不僅僅是他的外貌，而是要表現畫家所感受到的他的靈魂。同樣一個女模特，有的畫家畫出來的是她的天眞，有的就會表現出她的性感。」

光緒還是頭一次聽到「性感」這個詞，不禁問道：「什麼是性感？」容齡有些害羞，道：「哦，就是中國人說的風流，不，這樣說不準確，應該是銷魂。」光緒笑道：「很有意思！卡爾眞是很有見地。如果要她來畫朕，她會把朕畫成什麼樣子？」

卡爾笑道：「陛下，畫完以後，您就會從我的畫裡看出來了，如果您眞的想知道，就必須做我的模特兒。」光緒聽完容齡的傳譯，笑道：「哦……這可難住朕了。」卡爾哈哈大笑，笑聲傳出很遠。

卡爾的笑聲驚動了船上的人，慈禧等專注於拍照，倒也罷了，偏偏皇后的眼尖，最愛盯著光緒，此刻見三人笑成一團，便悄悄對慈禧道：「今兒皇上好像興致很好呀，又說又笑的。」慈禧瞥了一眼道：「哼，我看準是那個卡爾又鬧什麼笑話了，一個老姑娘那麼瘋瘋癲癲的，誰敢娶她！」

勳齡連拍了幾張，對慈禧道：「老佛爺，您老人家歇會兒吧，奴才拍完了。」慈禧問道：「這就算得了？」勳齡道：「得了。」慈禧大喜道：「這倒是快，明兒個這玩藝兒一發展，哪兒還有畫畫的什麼事兒？像卡爾這麼笨的，就更沒飯吃了！」眾宮眷大笑。

慈禧喝了一口茶，突然沉臉道：「這是什麼茶?!……給我把御茶房的人叫來！怎麼給他們點兒好臉兒就登鼻子上臉！我明明要他們加桂花，他們倒拿茉莉來糊弄我！是不是欺負我老糊塗了，連什麼味兒都辨不清了!!」李蓮英嚇得忙道：「老佛爺快別氣壞了！奴才這就找御茶房的去換茶！」勳齡與眾女官也來勸解，慈禧這才漸漸氣平了，看看相機，又看看湖畔的光緒等人，心裡突然又有了一個主意。

慈禧道：「勳齡，我來動手按一張可好？」勳齡笑道：「老佛爺，那當然好，那奴才的這架相機就要千古流芳了。您老人家想拍什麼？」

慈禧道：「那就拍岸上的三個人兒吧。」德齡聽了這話，心裡一凜，暗想容齡可別犯傻，正想著，慈禧已經站在取景器前，勳齡在一旁替她調著焦距。慈禧道：「……好，我要容齡的臉再近些，好好，清楚了！……」勳齡問道：「老佛爺，您看那上下左右的邊框可合適麼？」慈禧突然沉默不語，原來，她從取景器裡看到容齡看著光緒的表情，那可眞是含情脈脈啊，她心裡一驚，嘴上卻說：「哦，我可要拍了，按鈕呢？在哪兒？」勳齡將快門指給她看，慈禧便用她戴著金指套的手指，狠狠地按了下去。

好像就在那一瞬間，雨點從天上落了下來。慈禧道：「了不得了，下雨了！」李蓮英在一旁道：「老佛爺，您眞的是觀音菩薩啊！這不，拿了柳枝兒和淨瓶，就眞的下雨了。」眾女官也急忙湊趣，你一言我一語地擁著慈禧進了畫舫，這時御茶房的派了太監來送茶，那太監頭戴一頂斗笠，皇后見是個生臉兒，便格外注意些，但見那太監寬肩闊背，身量兒又高，哪裡像個閹人?!想起祖兒說過的那番話，心下越發起了疑，便一閃身走出畫舫，將那太監攔在門外，問道：「這是哪位公公？好眼生啊！」

那太監並不答話，李蓮英在一旁道：「聽御茶房的周公公說，他是個啞巴。」皇后哦了一聲，對李蓮英道：「你把茶端進去，讓他走吧。」那人好像猶豫了一下，才後退著走了。皇后一直疑惑地盯著他的背影。

3

自打從取景框裡看了容齡的表情之後，慈禧便生了疑。這天晚上有閑，便把皇后叫到了寢宮中，說是請她「喝咖啡」。自從上回去俄國使館回來，慈禧就一直鬧著要喝咖啡，結果還沒等德齡寄來，凱就拿來咖啡豆直接磨了些，慈禧嘗了嘗，竟然能夠接受。此時，慈禧特特的給皇后賜了座，兩人手裡各端一杯咖啡，邊喝邊聊。

慈禧悠悠地說：「這咖啡一喝，人也就精神了，夜也就長了。」皇后忙道：「可不是嗎，大公主把它叫黑藥湯子，還眞是的，可以治久睡不醒。」

慈禧笑道：「可不是，以後讓哨兵喝，看他們還打不打瞌睡。」皇后道：「那敢情好，咱們的士兵就該打勝仗了。」

慈禧嘆道：「唉，咱們是很久沒打過勝仗了，一說打仗。我就心慌，得了，最近得把袁世凱和張之洞叫來問問，到底他們把新軍訓練成什麼樣兒了；還有，廢八股以後，學堂到底兒怎麼樣？那個服部宇之吉到底兒把京師大學堂辦得如何？說了半天興女學，不是婦女座談會開了兩次也就那麼回事兒？我瞧東洋鬼子也就那點兒能耐！上回為那個裁縫的事兒，我給內田夫人來了個啞吧吃黃蓮有苦難言！我得讓她睡不著的時候自個兒想想，弄個裁縫想攪亂後宮，到底蠢不蠢?!」

皇后道：「頭回見那裁縫的面兒，孩兒就知道他不是個好東西！」

慈禧道：「還多虧了你那次的提醒兒！不知道的，都當是把你立為皇后，是因為你是我的內侄女兒，是我的娘家人兒，這些人知道什麼？我一個做皇太后的，撐著整個兒的大清國，哪能不知道做皇后的第一就是要至純至孝，現在看起來，我這眼還真毒！同治帝活著的時候兒，東邊兒的還在，是她給挑的皇后，那是個什麼東西！我兒子都病成那樣兒了，她還在身邊兒耍狐媚子！後來的珍兒，也仗著有兩分姿色，在皇上身邊兒作古作怪的，還干預朝政！……成何體統啊！你一個做皇后的，應當是統率六宮，該管的你得管啊，可別一天到晚跟沒嘴的葫蘆似的！」皇后連忙稱是。

慈禧又道：「四格格是年輕不知事，她和珍兒不一樣兒，教訓教訓也就罷了，我現在倒是有點兒擔心五姑娘……」皇后忙問：「五姑娘怎麼了？」

慈禧道：「那孩子別看小，自小兒是在洋人堆兒裡長大的，學的都是洋人的禮教，她姊姊別瞧比她大不了兩歲，就比她懂事兒的多！你給我看嚴著點兒，洋人的禮教哪兒有好的？有道是『異邦異族，其心必異』啊！」皇后道：「我瞧五姑娘甚好，是個率性之人。」慈禧的口氣這才緩和下來，道：「嗯……小孩子家，不懂事兒也是有的，多教教她，如今她們都是御前女官，身分不同了！」皇后點頭稱是。

慈禧道：「也可以試試她，也試試他們家，雖說裕庚是榮祿的人，可這麼些年他一直在外邊兒，又有那麼些的奏本彈劾他，既不能全信，也不能一概不信啊！」皇后只有答應的份兒，哪裡還敢再說什麼！

慈禧又喝一口咖啡，道：「我倒是希望後宮平平安安的，一致對外，你當洋人有什麼好的？瞧瞧那幾個洋婆子，有一個是一個，誰是省油的燈？內田夫人那點兒心眼就甭說了，勃蘭康夫人也不是什麼好東西，白長了一副好臉兒！康格夫人就更別提了，我瞧幾個公使夫人當中，屬她最陰！卡爾倒是沒什麼心眼兒，就是笨點兒，一幅畫要畫上幾個月！無非是想多賺點兒我的銀子！這倒是好辦，還有新來的那個牙醫傻小子，也給我盯緊點兒！……再者，譯局最近都譯了些什麼書，我也得抽空瞧瞧。今兒眞是的，要睡著了也就著了，醒著也不是什麼好事兒，想著心裡亂得很。」

皇后這才輕言細語地說道：「老佛爺，您就寬寬心吧，新政剛推行不久，凡事都得慢慢來。別的事兒我不知道，可譯局的書倒看了不少，大都是介紹西學的，挺有用。不像德齡借給我的，儘是些恩恩怨怨的閒書，還說是名著。」

慈禧喜道：「那好哇，喜歡風花雪月的人不會有什麼野心，要用，就得用這樣兒的人，德齡姑娘也聰明，也好學，也好調教，若是來個想調教咱們的人，那誰受得了？……對了，庚子年的事兒，你可千萬別跟德齡她們說。」皇后有些不解，慈禧道：「她們是喝了洋墨水的人，要是知道了，肯定認爲洋人比咱們厲害百倍。不光咱們沒面子，她們辦事兒也就會不上心，覺著可以糊弄咱們了。咱們哪，得讓她們瞧瞧大清國的氣派，讓她們死心踏地爲大清國出力才是。」皇后這才恍然。

慈禧又道：「今兒前朝太忙，沒顧得上聽德齡講英文報紙，現在丑時已過，這丫頭也該起來了……祖兒，去把德齡姑娘叫來，就說我和皇后在儲秀宮等著她唸報紙呢！」

這天的報紙內容豐富，皇后對報紙的內容似乎特別感興趣。德齡每唸一段，她便有問題提出。德齡唸道：「德國商品在歐洲市場上排擠英國商品，甚至在英國本土也構成了對英國商品的威脅，英國的家庭主婦表示，德國的洗滌用品非常物美價廉，她們很喜歡。德國不僅在商業上與英國成為競爭對手，近日德國首相比洛表示，鑒於經濟力量的日益增強，德國打算進一步擴展海軍的力量。總之，迅速崛起的德國有向英國挑戰的趨勢。」皇后便問：「德齡，那你看德國是不是在對待咱們大清的態度上和日本有一致的地方？」

德齡看了看慈禧的臉色，答道：「是啊，主要是他們兩國的工業革命促進了經濟的發展，國力加強了，所以就想擴張了。」皇后又問道：「那德國和英國之間會不會打起來？」

慈禧道：「他們打起來才好呢，只要不關我們大清的事，就隨他們打翻天去吧。」皇后：「怕的就是他們打咱們的主意！國力弱，誰都敢欺負！」慈禧的臉立即沉了下來。德齡見狀，只好把話引開，說點子慈禧愛聽的話，又過了一會子，叫起兒的時候就到了。

又過了一日，照片洗出來了，勳齡進宮拿了給慈禧瞧，眾宮眷也紛紛圍過來，評頭品足。元大奶奶道：「我怎麼瞧著照片，覺得在哪兒好像見過容齡似的。」慈禧道：「她是有幾分像珍兒，不過比她乖多了，也漂亮多了！」

皇后突然瞥了一眼德齡道：「容齡姑娘果然難得。老佛爺，您上次帶我和皇上去龠斯門的苦心，我也全都明白，我瞧容齡這孩子和皇上挺投緣，乾脆把她納為妃子，一來可以給皇上寬寬心，二來，知根知柢兒的，豈不比選上來的秀女強？三來，將來有個一男半女的，也算是對祖宗有個交代。」皇后的話說得突然，把眾宮眷聽得呆了，德齡和勳齡更是大驚。

德齡忙道：「皇后主子，容齡不配，她是個野丫頭，太抬舉她了。」勳齡道：「是呀，容齡這孩子任性得很，怕惹皇上生氣。」

慈禧目光銳利地看了德齡兄妹一眼，道：「我倒是瞧著那孩子不錯，不過……再從長計議吧。」德齡和勳齡只好表面應著，悄悄對視了一下，目光裡寫滿了擔心。

當晚容齡一回來，德齡就把她給按到了椅子上。德齡道：「容齡，有一件嚴重的事情姊姊不得不提醒你：幸好現在還不是情人節，但願你的巧克力還沒有送出去，或者說，我希望你永遠也不要送出去。」容齡滿不在乎地笑問：「什麼意思？」

德齡道：「你在巧克力上刻的大寫的Y既不是什麼約克、也不是揚，而是和你一起彈琴的那個人，對不對？」

容齡笑道：「姊姊，爲什麼你什麼事情都猜得出？你是個可愛的女巫。怎麼樣，難道你不覺得這件事情很浪漫嗎？我從前以爲浪漫只有在巴黎才有，沒想到東方宮殿裡也有著另外一種情調。我眞的感激你，否則我在巴黎出逃，就不會碰到這樣的感情了！他是我遇到的最特別的人——高貴、優雅、總是有一絲淡淡的憂鬱……」

德齡打斷了她，怒道：「夠了，你再這麼瘋下去，以後憂鬱的人就是你，還有我們全家！」

容齡驚道：「姊姊，你怎麼這樣對我說話？你爲什麼要干預我的感情？你根本沒有這種權利！」

德齡道：「容齡，難道你在這待了這麼久，還看不出他的處境嗎？你再繼續下去，就會把自己陷入一種危險的關係裡，對以後的人生沒有任何好處。我是你姊姊，我必須阻止你。」容齡仰起臉兒看著姊姊的眼睛，非常誠懇地說：「姊姊，正是因爲我了解到他痛苦的處境後才被他吸引的，愛情和功利根本就沒有關係，我感謝你對我的關心，可我明確地告訴你，我不打算採納你的建議。因爲你代替不了我戀愛，當然也代替不了我做決定。」

德齡絲毫不爲所動，道：「這件事情非同一般，如果你不改變主意，我會告訴額娘。」容齡氣道：「如果這樣的話，我也會向他們宣布你和懷特的關係！我一直支持你的戀愛，沒想到你就是這樣來回報我的，你算什麼姊姊！」德齡毫不退讓，道：「如果你想增加額娘和阿瑪的煩惱，就隨便說吧，可你這件事，我是非管不可的！」

容齡怒道：「我恨你！你一會兒是民主的西方人，一會兒又變成了保守的中國人。你根本就沒有什麼堅定的立場，你的信念就是隨著你的需要來改變，你是個虛僞的人！你有了美好的愛情，然後還要用對我的約束來證明你是個負責的姊姊，你怎麼那麼貪心呢，怎麼什麼都想要呢！」德齡氣得叫了一聲：「住口！」然後把桌子上的墨水瓶砰地摔到地上，黑色的墨跡濺了一地。容齡道：「好，我算是看清你了，你不僅虛僞，還粗暴殘酷！」容齡拂袖而去，德齡無力地坐到了椅子上，她知道，她和妹妹將要有好長時間處於冷戰狀態了。

4

凱·懷特求婚的時間選擇得非常不合時宜。

慈禧喝咖啡喝上了癮，聽說懷特會磨咖啡，便將他宣入宮來，懷特小心地磨著咖啡豆，一邊用英文與德齡交談。懷特道：「德齡，這是我第一次給你煮咖啡，以後我會常常給你煮的，只要你願意。」

德齡傳譯道：「老佛爺，懷特說，這是摩卡咖啡，他很喜歡煮咖啡，如果您願意，他以後還會為您煮。」慈禧笑道：「這洋小子倒還挺有點兒孝心，等咱們的咖啡豆寄來了，加倍地還他。」德齡對懷特道：「太后很高興，也許要賞你。」

懷特立即道：「那把你賞給我就行了。」德齡瞪了他一眼，道：「懷特說他不要咖啡豆，他要您的健康就滿足了。」

慈禧大喜，道：「這孩子別看是洋人，還挺討人喜歡，你問他喜歡什麼？」德齡傳譯道：「懷特，太后問你要什麼賞賜，我建議你要一張免死牌。」懷特聳聳肩，道：「我可不覺得有這麼危險。」德齡沒理他，回身對慈禧道：「老佛爺，他想要你無論何時何地，可以賜他不死。」慈禧笑道：「聰明人呀，好啊，我給他一張免死牌。」

博得慈禧的歡心令凱信心倍增。晚上，他和德齡在老地方假山洞約會的時候，他很有自信地對德齡說：「我打算慢慢地給太后治牙，這樣我們就能有更多的時間在一起了。」德齡皺眉道：「可是我們也不能做得太明顯了，太后是個很精明的人。」

懷特問道：「德齡，你願不願意去見我的艾米姑媽？」德齡道：「哦，當然願意，可是，我現在這樣的狀況是不可能的。」

懷特道：「我想你可以想辦法出去，這樣我們就能長久地在一起。……嫁給我吧，德齡。」他燃亮了一根火柴，從懷裡掏出了一個鏡框，上面是懷特和德齡的戴面具的照片，不過他加工了一下——把頭像剪了下來，貼在白紙上，還分別畫上了新郎和新娘的禮服。

德齡噗哧笑道：「我從來沒有想過有人會這樣求婚。」凱快活地跳起來，讓山石撞著了頭，他毫不在乎地揉揉腦袋，道：「我的上帝，你終於笑了！我以為你今天會一直板著臉和我分手呢！」德齡道：「說真的，凱，我今天的心情真的是很不好。」

深夜，他們兩個悄悄躲在空無一人的畫舫裡，偎依著。德齡向凱講述了昨晚和容齡吵架的事，她含淚道：「凱，我的親妹妹這樣誤解我，我非常難過。別人都傷害不了我，因爲我對他們都有一道堅固的防線，可像你，像我的妹妹，我的親人，一句話就能把我擊倒。因爲，因爲我對你們是從來不設防的！親愛的，你可千萬不要傷害我，我害怕。」

懷特輕輕地摟著她，悄聲道：「我當然不會傷害你，在你身邊的每一分鐘，我都想讓你快樂。」德齡道：「你眞好，懷特，在我們的關係中，我知道你付出了比我更多的努力。」

懷特忙道：「愛是不用計較這些的，只有做生意才會在意誰多誰少呢。不過我想跟你說說我的想法，你會介意嗎？」德齡搖搖頭，懷特道：「我覺得你不應該干涉容齡，那是她的隱私，她的決定，有可能的話，也許還要給她些許的幫助。」

德齡叫道：「天哪，難道連你也覺得我是錯的？」

懷特忙道：「我沒有別的意思，可你知道，我們在一起很好，但是艾米姑媽開始的時候不也是堅決反對的嗎？」

德齡嗔道：「你怎麼能把我和你的姑媽比，這是不可比的啊！你知道皇帝的處境嘛？他現在實際上等同於一個囚徒，是沒有自由的！還有更重要的是，這裡面牽涉到非常複雜的宮廷鬥爭，你們可能對中國歷史一點也不了解吧？自從皇帝親政之後，宮中就有帝黨后黨之分，變法失敗之後，太后就對皇上徹底失去了信任，現在是太后的第三次垂簾，是她決定著所有的大事，我們好不容易藉著努力取得了她的信任，我可不願意因爲這種不切實際的感情把一切都毀掉，甚至給我們的全家帶來殺身之禍！」

懷特搖頭道：「德齡！連我也覺著你這麼想太自私了！」德齡委屈的眼淚一下子噴湧而出，她叫道：「你說什麼?!連你也覺得我自私?!」懷特急忙摟過她，溫和地說：「皇帝他是一個好人，愛一個人不應該考慮其他的因素，愛就是愛，沒這麼複雜。」德齡越發生氣，怒道：「我看你的口氣和容齡一樣，好像你們都是高尚的理想主義者，而我卻是個卑鄙小人，要破壞偉大的愛情！」

懷特忙道：「No! No! 親愛的，我完全不是這個意思，我是說，愛情是純粹的，其他的一切因素都是可以忽略不計的！」德齡譏誚地看著他道：「眞的嚒？天哪，原來你和容齡的智商是屬於同一個層次的！」

懷特道：「你是說，我們倆同樣地天眞？」德齡道：「不，是同樣幼稚！」

懷特道：「好了好了，別爭了！我們和好吧。」德齡噗哧笑道：「那你同意我的看法了？」

懷特調皮道：「不，你得親我一下，我才能同意。」德齡親了他的臉一下，歪著頭笑道：「這樣行了？」懷特壞笑道：「我騙你的，到現在，我依然是支持容齡的。」德齡佯嗔道：「哼，剛才我說了，你們倆一樣幼稚！」

懷特轉過臉撐著腦袋，道：「那你跟我說說你不幼稚的想法！」

德齡認眞地看著他，道：「……你知道，我愛我的國家，從小兒，我就總聽阿瑪說，要報效國家！雖然從小兒受的是西方教育，可是我這心，還是中國的呀！現在做了太后的御前女官，取得了她的信任，正是有機會報效國家的時候，哪兒能爲這些兒女之情壞了大事?!」

懷特一急，結結巴巴地說：「原、原來在你心目中，愛情的地位竟、竟然這麼低？怪不得……」德齡忙打斷他，道：「你別瞎想！我並沒有說……哎，反正容齡愛上皇上是件非常荒唐的事，於公於私都十分不利！」

懷特譏誚道：「你的口氣，簡直就像是我的姑媽！」話正說到這裡，忽聞外面有聲音，兩人立即住了口，蜷縮在畫舫大鏡子的後面，只聽見一個人的聲音低低地說：「機不可失，時不再來，若再不出擊，我們必然會錯失良機！」另一個有些暗啞的嗓子說：「這麼些日子都等了，哪在乎這一時半會兒？若是打草驚蛇，非但辜負了孫先生的重託，就連兄弟們的性命也難保了！」

第一個聲音又說：「說到底你就是怕死！幹這事兒，成功與否都是一個死！你回去想好了再說!!」第二個聲音顯然是被激怒了，壓低了聲音吼道：「你才怕死！我怕死?!我怕死當什麼革命黨啊?!」這時第三個聲音出現了：「好了好了，別爭了，趕緊走，小心隔牆有耳！」聲音漸漸遠了，德齡還隱約聽見一句：「……我早就摸清了，再過半個時辰，巡夜的太監才會出來呢!!……」

德齡靠在凱的懷裡，驚出了一身冷汗，連動都不會動了。半晌，聽見凱在一旁叫自己的名字，才緩過氣來，自語道：「孫先生?他們不是說的孫文，又是哪個?!……」凱在一旁著急地推她：「你說什麼德齡？」德齡輕嘆一聲道：「快到寅時了，我們走吧。」

凱只好站起來，迷迷瞪瞪地跟在德齡後邊，不知道到底發生了什麼事，竟嚇得他的小仙女花容失色。

5

和在巴黎時一樣，與姊姊吵過之後，容齡就跑到了哥哥那裡。哥哥勳齡正在暗房裡忙碌著，聽了小妹妹的訴說，勳齡笑道：「小傢伙，別愁眉苦臉的，你會長皺紋的！」

容齡噘著小嘴道：「長就長吧，省得你們老管我，覺得我長不大！」

勳齡噗嗤笑了，道：「容齡，我同意德齡的意見，我準備讓額娘把你帶回家住一段時間。」容齡急道：「原來你們是一夥的，那我可要告訴阿瑪額娘德齡和凱的事兒了！」

勳齡道：「那沒用，因爲我會替他們作僞證，說你是氣極了胡說的。」容齡氣道：「哥哥，我和你們到底是不是親人，是不是我眞的像奶媽說的是從路邊撿來的？所以你們都跟我作對？」勳齡這才停下手上的活兒，正色道：「你眞的急了，把陳年的笑話都翻出來啦？我正經跟你說，你是我們最疼愛的小妹妹，所以我現在必須把你送回家。」容齡捂著腦袋叫道：「哦，上帝呀，這世界究竟怎麼了！」

容齡到了上海，立即就從外國醫生口中知道了阿瑪的病情，病情的嚴重程度是她絕對想像不到的，一時間，她把自己的苦惱忘掉了，心裡全變成了對阿瑪的擔心。在醫院外邊的花園裡，容齡把頭靠在哭泣不止的額娘身上，含淚勸道：「額娘，您不要太傷心了，說不定還有轉機。」

裕太太拭淚道：「你也不必勸我，我心裡明鏡兒似的，清楚著哪。人都有那麼一天，只要他去得高高興興的，就行了……你老實告訴我，醫生說他還有多少陽壽？」容齡哭道：「……最多兩年。」

裕太太撫著小女兒的頭髮，輕聲道：「容齡，你的事兒你哥哥已經告訴我了，你就別讓額娘再爲你操心了，額娘沒有三頭六臂呀。」容齡流淚不語。裕太太又道：「不過在你阿瑪那兒你可千萬別露啊，這可是要他命的事兒！」

容齡道：「那哥哥姊姊的信呢？……」裕太太道：「你哥哥和姊姊的信和電報都是分兩份兒的，給我瞧的就寄給香兒，給你阿瑪的才直接寄給他，都是報喜不報憂的。你年紀小，怕你擔心，所以沒告訴你，可現在，你也該長大了。你這會兒也該知道，你的姊姊和哥哥是什麼樣的人了，他們都護著你，惟恐你有一點不開心啊。」

容齡含淚點頭道：「額娘，是我錯了，我對姊姊說了那麼重的話。」裕太太嘆道：「德齡那孩子，少年老成，她是不會計較的，可是我的小女兒，……你不是眞的想當什麼貴妃吧？」

容齡鑽進額娘懷裡，道：「額娘，我從來沒有想過要什麼名分，只要能讓我永遠在他的身邊，陪著他，逗他笑，看著他的手指在琴鍵上輕輕彈奏，我就滿足了，愛是不需要回報的。」裕太太哭笑不得，道：「阿彌陀佛，都是那些個外國的鴛鴦蝴蝶給鬧的！那些故事都不是眞的啊！」容齡駁道：「額娘，不是眞的你還每次都掉眼淚？」裕太太急道：「容齡，難道你要當第二個珍妃嗎？」

容齡十分堅定地說：「額娘，只要能在心愛的人身邊，當珍妃、茱麗葉還是茶花女，我都不在乎！」裕太太有些怒了，她提高了聲音，道：「那你也不在乎你阿瑪的死活?!」容齡這才不說話了，她歪著美麗的小腦袋，若有所思。

裕太太心道：「這小丫頭雖是年紀小，主意卻大得很，一時半會兒竟說服不了她！」遂道：「行了，我們在外邊說話的時候也夠長的了，裡邊兒還有病人哪，回去吧！」娘兒倆回到裕庚的病床邊，見阿瑪精神尚好，容齡便拿了本法國小說《高老頭》來讀，她邊讀邊悄悄打量著阿瑪，她發現，阿瑪的頭髮已經花白了，心裡一酸，不免落下淚來，裕太太聽著故事，更是哭成了淚人。

裕庚拍著她的手道：「好了，好了，瞧瞧你們，又哭了，人家都說聽故事是享受，我看你們卻總是難受，特別是你這個做額娘的。」裕太太哽咽道：「多狠心的孩子，這老頭兒耳朵太軟了些！」容齡收了淚，學著額娘說過的話，道：「額娘，這些都是編的，你怎麼能相信呢。」

裕太太道：「雖然是編的，可世上一定有類似的事兒，要不這個姓巴的老頭他憑空也編不出來不是？」裕庚道：「容齡，你額娘說的倒有幾分道理，世上的父母最疼的都是自己的孩子，而且很難看到他們的缺點。一旦孩子有什麼事兒，都恨不得拿自己的命去抵。這是天性，是沒有道理可講的。就像親戚們說的，阿瑪和額娘實在太寵你了，也許，寵得有點兒過分了！」容齡聽著聽著，忽然哇地大哭起來。裕庚嚇了一跳，忙道：「怎麼了，我的小丫頭？」容齡一頭扎進了阿瑪的懷裡，心裡像是打翻了五味瓶。

吃罷午飯，容齡把阿瑪扶到輪椅上，推著他出去散步。在一棵銀杏樹旁邊，他們停下了。容齡彎下腰，拾起一片片的落葉，放在手心裡，看著，輕輕地說：「阿瑪，銀杏樹的葉子多美呀！」裕庚把女兒喚到身邊，道：「容齡啊，你看著阿瑪的眼睛，告訴我眞話，你們是不是有什麼事情瞞著我？」

容齡慌道：「沒有啊，我哭，是因爲覺得高老頭兒可憐，您，您可別多心了。」裕庚目光銳利地盯著女兒，道：「容齡啊，你不要把話岔開，我問的不是這個，你知道我想問什麼。」容齡心裡咯噔一下，把眼睛瞪得圓圓的，看著阿瑪，大氣兒都不敢喘。直到阿瑪說了話，她的心才放回了肚子裡。阿瑪說：「我說的是你姊姊的事兒，你給我說說看，她家信裡的暗號都是給誰寫的？而且這個人動齡也認識，對不對？」

容齡小聲道：「阿瑪，我不太清楚。」裕庚道：「你天天和你姊姊在一起，你不可能不知道。好孩子，你一定要告訴阿瑪！」容齡看著阿瑪用顫抖的手摸出一封家信，在她面前抖了抖，道：「容齡，阿瑪已經是很民主的了，可我不能不關心自己的女兒。你以後有了兒女就會了解，如果自己的孩子愛上了一個人，可他不跟你說，而且他們之間還用隱祕的方法在聯繫，那你能不擔心嗎？能不在心裡作很多種猜測嗎？你還跟我撒謊，難道阿瑪就那麼不值得你信任嗎？」容齡見阿瑪急了，嚇得不知如何是好，忙道：「阿瑪，您別生氣了，我說，我都告訴您！」

裕太太出來送茶點的時候，爺兒倆已經聊得差不多了，容齡挑了一個餑餑香甜地吃著，裕太太笑道：「爺兒倆聊的這麼歡，怎麼我一出來就沒話了？」容齡笑道：「額娘，我和阿瑪說祕密事兒呢，不能告訴你！」裕庚也微笑道：「是啊，容齡把她的祕密都告訴我了。」

裕太太一驚，以爲容齡已將納妃之事告訴了裕庚，便嗔道：「這孩子怎麼這麼不懂事？額娘千叮嚀萬囑咐，你怎麼還是管不住自個兒的嘴?!難道你心裡只有皇上，連阿瑪也不顧了?!告訴你，納妃之事，說什麼額娘也不會同意！」一席話把裕庚聽得呆了，容齡哭道：「額娘，你瞎說什麼呀？我根本就沒對阿瑪說……」裕庚顫抖著說道：「你們在說什麼?!難道皇上要納我的小女兒爲妃?!」他一手指著小女兒，也是急痛傷心的緣故，聲音都變了，抖個不住，把個裕太太和容齡嚇得不知所措，慌成一團。

6

德齡雖然並不知道上海發生的事，卻完全猜得出阿瑪額娘對容齡一事的反應，她太了解她的阿瑪了，阿瑪對大清忠心耿耿，幾十年的官場經驗，也早已讓他成爲一個謹言愼行之人，但是在對待兒女們的大事上，他卻是一點也不含糊的，單從兩個女兒居然沒有在戶部註冊這一點來看，就是傻瓜也能明白裕庚的用心。德齡奇怪，怎麼洞察一切的老佛爺單單就把自己的阿瑪給饒了？是眞的老糊塗了，還是另有所想？

德齡決定利用爲光緒讀報的時候直接面諫此事。這天早朝已畢，德齡唸了幾段英文報紙，光緒四顧無人，低聲問德齡道：「德齡啊，報紙上似乎說興中會裡有朝廷派去日本的留學生，你知道此事嗎？」德齡猶豫了一下，道：「萬歲爺，奴婢只認識其中的一個女子，叫秋瑾。」

光緒道：「維新朕是贊成的，可興中會要廢除帝制，那些在外國長大的人擁護也就罷了，政府出資派去的人也跟著鬧，這不是忘恩負義嗎？聽說興中會的首領黃興還是張之洞送出去的。」德齡道：「萬歲爺，有的事情也許一下子很難說清對和錯的，只是個人的立場不一樣，所以想的就不一樣了。」光緒道：「哦，那你說說看，那個秋瑾是怎麼回事兒。」

德齡道：「萬歲爺，據我所知，秋瑾報國心切，爲了學習西學，她不惜變賣嫁妝，甚至離別骨肉，奴婢以爲這是一般的女子做不到的。在出國之前，她還參加了婦女座談會，鼓勵女子不要整天圍著家庭和子女打轉，要目光長遠，關注國家興亡，還說巾幗不讓鬚眉，女子應與男子一樣懷揣報國之心，讓奴婢聽了爲之動容。」

光緒微微沉吟了一下，道：「聽起來她倒很有一腔報國熱血啊！」德齡忙道：「是啊，依奴婢看來，她進入興中會，未必是出於忤逆之心。」光緒點了點頭，闔上報紙，這個習慣動作讓德齡知道，今天的讀報時間已畢，皇上這就要打道回府，回瀛台了。她鼓了鼓勇氣，就在皇上要開口傳孫玉的時候，她一下子跪在了他的面前。

光緒嚇了一跳，忙叫她起來。德齡正色道：「萬歲爺，奴婢實在是很在意少不更事的妹妹，又不便讓別人知道，所以只好不顧君臣之禮，在這兒懇求您一件事兒，求您一定恩准！」光緒驚道：「德齡，有話只管說，何必跟朕那麼客氣。」

德齡道：「那奴婢就直說了。奴婢的阿瑪裕庚從來沒有把奴婢兩姊妹的名單列入滿洲的女子名冊之內，他就是希望我們能順利地接受西方的教育，不要失去思想與行爲的自由。多蒙太后的垂青，我們姊妹有了可以施展抱負的機會，可是……」光緒道：「是不是你們厭倦了宮裡的生活，想恢復自由？」德齡忙道：「不，不是。萬歲爺，奴婢發現容齡她……她對您……而且，皇后主子也向老佛爺提議說，要納容齡爲妃！奴婢擔心……」光緒呆住了，他悵然望著薄暮中的大殿，一語不發。德齡慌道：「萬歲爺，奴婢沒有別的意思，只是、只是擔心……」

光緒擺了擺手，道：「簡直荒唐！朕位幾乎不保，還談得到納什麼妃嬪！德齡，朕以爲，你眞的是一個稱職的好姊姊，假如朕也有這樣的手足之情，就好了！……好，這件事朕已明白，不必多說了！」德齡這才起來，含淚謝道：「謝萬歲爺！德齡日後必會報答您的恩情。」

當夜的瀛台，秋雨綿綿，越發透著凄清。光緒在那台舊風琴上彈著新學的曲子。這架舊風琴，還是當年珍妃在時用的，在慈禧帶著皇后與瑾妃去園子的那些日子裡，他們兩個幾乎天天晚上都彈琴唱歌。珍兒會唱很好聽的歌，譬如那首清朝的國歌，什麼「中國男兒，中國男兒，要將隻手撐天空。我有寶刀，慷慨從戎，擊楫中流，泱泱大風，決勝疆場，氣貫長虹。古今多少奇丈夫，碎首黃塵，燕然勒功，至今熱血猶殷紅……」每每聽到這首歌，年輕的皇帝便會想起當年列祖列宗在刀光劍影、金戈鐵馬中入關創業的壯景。

皇帝讀過很多書，通達歷史。他內心其實很佩服清世祖順治帝的至情至性，在這一點上，他與他的皇爸爸更是格格不入。慈禧雖然不敢隨意評論祖宗，可是言談話語之中，總是對康熙大帝無比欽佩，卻覺著順治的性格過於柔弱悲憫，何況作爲一國之君，爲一個女人要死要活也實在有傷大雅。皇帝卻自小被漢人的書中那種生死與共的愛情所打動，他不喜歡那種三宮六院的淫靡，只願意情有獨鍾式的素樸，在這方面，他內心深處與一個普通的平民沒什麼兩樣。遇見了珍兒，他就覺得是遇見了知音。珍兒已經去了三年了，如今的容齡，像當年的珍兒一樣活潑，一樣聰明，甚至比珍兒更加美麗，但是他，他的心已經冷了，再也找不到當年的感覺了。他歇下來，看到容齡放在他荷包中的巧克力，拿起來輕輕地咬了一小口，然後閉上眼睛，慢慢地品著。

孫玉悄悄地走到他的身後，輕聲道：「萬歲爺，皇后娘娘來了，是不是說您已經就寢了？」光緒低垂著眼瞼，道：「不，讓她進來吧！」光緒的話足足實實地嚇了孫玉一跳，多少年了，皇上還是頭一回這麼痛快！

皇后也是一樣受寵若驚，她半低了頭，向皇上請了安，皇上竟然說：「難爲你這麼大雨還來了，沒有被淋到吧？」皇后幾乎不敢相信自己的耳朵，夫妻十五年了，皇上還是頭一回說了一句溫暖的話！一股熱流從她心裡湧出，她極力控制著自己，但聲音還是有些顫抖：「謝皇上關心，臣妾來是想說……」光緒道：「我已知道了，是說納妃一事麼？」

皇后道：「是，皇爸爸讓我轉達她的意思……」光緒道：「其實那天她叫我們去爺斯門，意思全在裡面了。朕謝謝你的好意，但是，朕不想再納任何妃嬪，朕已經心如止水了。」

皇后這才抬頭看了他一眼，他那張俊美的臉上，如今就像蒙了一層白堊土。哀莫大於心死啊，皇后的心裡一鬆，緊接著又是無比淒涼，她淒然笑道：「看來不是心如止水，是曾經滄海難爲水呀。」

可是當皇后將皇上的態度報告給慈禧之後，慈禧的怒火卻是一如既往。慈禧從煙榻兒上抬起半個身子，恨恨道：「哼，心如止水？難道他還惦著珍丫頭那個賤人?!」

皇后款款說道：「……老佛爺，難道您還沒瞧出來，自打戊戌年之後，皇上就跟呆了似的，群臣之前，有時候連句整話也說不出來，他的心思，誰也猜不出來，我想慢說是容齡姑娘，就是九天仙女下凡，也很難打動他，您老人家就收回成命吧！」

慈禧冷笑道：「我叫你那麼說，本是要試探裕家的意思，看起來，五丫頭就是個小孩子，沒遮沒攔的，也沒什麼心眼兒，裕家呢，也沒那個野心，這倒是讓人放心了！得，這個好人兒讓我做吧！」皇后自然點頭稱是不提。

7

次日早朝，慈禧在仁壽殿召見張之洞和袁世凱，光緒沒有參加。卻說這張之洞當年是慈禧欽定的探花，比之別人又不同些，慈禧見他風塵僕僕從湖廣趕來，頗有憫念之意，撫慰道：「張之洞，一路辛苦吧？」張之洞連忙出列跪拜道：「謝老佛爺關懷，張之洞接旨後晝夜兼程，不敢有絲毫怠慢，辛苦勞頓談不上，沒有誤了老佛爺的大事，則微臣幸甚。」

慈禧微微點一下頭，道：「那你說說目下商務方面有何進展？」

張之洞答道：「……自李中堂辦洋務以來，火車、電報、工廠都有了發展。自今年成立商部管理商務和礦務之後，首推四川最有成效，其中重慶、瀘州、隆昌等地的煤礦都如雨後春筍，而當地的百姓也富裕起來。商務更是形勢喜人，僅商務局下設的白蠟公司一家，月均收入增至十餘倍。而重慶效仿西法製造的菸捲，大批運銷上海，連洋人也買。臣想若將這些東西做得更加精益求精，當可抵制洋貨。……這便是仿製的蠟燭和菸捲，臣特地帶來，呈老佛爺親自過目。」站在一旁的李蓮英忙將蠟燭和菸捲接了過來，送到慈禧面前。

慈禧瞥了那蠟燭與洋菸一眼，當著滿朝文武，又不好過於好奇，只是點點頭，繼續聽著張之洞的陳詞。張之洞道：「老佛爺，康有爲之流的確令人唾棄，臣也對他們恨之入骨，如果在十年前，臣是堅決反對變法的，但現在情況不同了，很多方面必須切實改良。但是中國的傳統習慣不必全部廢除，西法中只有對我們有益的我們才採用。維新是長久之計，貿然去做，必然失敗。……就目下來說，官買的許多新興產業，雖不是壟斷，也應控股。如果早能如此，國庫就能多進銀兩，而軍費開支也就寬裕得多。回想臣當初對變法的深惡痛絕，的確是失之偏頗啊。」

慈禧臉色一變，道：「哦，那我也是失之偏頗了？」

張之洞忙道：「臣無意指摘太后，只是自責。且臣以爲，變法斷斷不能變國體，如果任由康有爲之流來左右，江山早晚是他的而不是大清的。因此變法雖然遲了些，可畢竟比變了國體要穩當得多！」慈禧頻頻點頭，讚道：「說得好！……那你再給我講講新軍的情況。」

張之洞道：「……現在臣在湖北的新軍已經達數萬人，洋槍數十枝，洋炮兩座，請了洋教頭教他們，可由於餉銀不足，無法再招兵買馬。」慈禧這才把頭轉向袁世凱，問道：「袁世凱，你那邊如何啊？」

袁世凱忙出列道：「回老佛爺，臣這邊的軍隊也是請洋教頭，用洋槍洋炮，軍隊共計兩萬餘人，裡面已經有了不少的神槍手，估計再過一兩年，就將有將領可以接替洋教頭。臣還準備訓練一支敢死隊，專爲老佛爺做御前侍衛。」

慈禧笑道：「好哇，除了給我做御前侍衛，如果一旦與外國交戰，你們二位的軍隊能派得上用場嗎？」袁世凱看看張之洞，兩人面面相覷，半晌作聲不得。慈禧又道：「你們要說實話。」

張之洞誠惶誠恐道：「老佛爺，咱們的軍隊，比起洋人的軍隊來不過是杯水車薪，不少省份財政困難，練兵之令只是口頭應承而根本沒有實際的行動，一旦與洋人交戰，不過是以卵擊石罷了。」慈禧點頭道：「知道了，看來對付洋人還得以和為主。……那對付亂黨、逆黨又該如何呢？」

袁世凱道：「老佛爺，對付亂黨、逆黨也不可掉以輕心。現在的康有為、孫中山和過去的小幫派不可同日而語啊，他們現在招納的都是留學生，會說洋話又配有洋槍的，能文能武呀。」

慈禧冷笑道：「孫中山是有洋人撐腰，可是康有為有什麼，不過整天作當九千歲的白日夢罷了。」

袁世凱道：「老佛爺，姓康的的確不可小視，自光緒廿五年他和梁啓超成立保皇會以來，陸續在美國、墨西哥、中美和南美都有黨羽，據探子說，他們現在已經有總會十一個，支會達一百零三個，實在是猖獗得很呀。」慈禧沉下臉來，道：「這些個探子究竟是幹什麼吃的?!大清國的通緝令下了多少年了，這姓康的還是逍遙法外！……著外務部再發通緝令，我就不信逮不著他！」

那日退朝之後，慈禧叫皇后與德齡去瞧那蠟燭和洋菸兒。德齡點燃了蠟燭，然後用蠟燭點燃了菸，慢慢吸了一口，輕輕地掐滅了，道：「回老佛爺，依奴婢看來，咱們的蠟燭外表看著不錯，但燃起來煙比洋人的大些；這香菸倒是吸著很香醇，只是外表粗糙些，不如洋人的精巧。不過，洋人用機器生產這些東西有上百年的歷史，可咱們只有不到十年，奴婢以為已經很不錯了。」慈禧喜道：「好，你寫信到巴黎去，採購一批巴黎最好的洋蠟和洋菸兒，給張大人拿去做樣子。」德齡急忙答應。

皇后在一旁道：「德齡，原來你還會吸菸？」德齡笑道：「皇后主子，我在巴黎的時候，上流社會的女孩子都會吸，不過大多只是擺個樣子，並沒有上癮。」說罷，她挑了一支菸，點上了，遞給皇后，皇后吸了一口，笑道：「眞眞的好菸！比素日裡吸的水煙有味兒多了！」德齡忙道：「您才是眞的懂菸呢。」

慈禧在一旁，好像突然想起什麼似的，道：「對了，德齡啊，怎麼這些日子沒見著容齡姑娘？」德齡道：「阿瑪想她了，叫她去幾天，奴婢不是已經稟明老佛爺了麼？」慈禧目光如炬，道：「怕不是爲這個吧？如今你也會對我撒謊了？」

德齡噗咚跪在地上，正色道：「老佛爺明鑒！都只爲皇后主子那天說的那幾句笑話兒，容齡實在擔當不起，是奴婢讓她暫避一時的！」慈禧這才微笑著拉她起來，道：「好孩子！瞧把你嚇的。從今兒起，誰都不許再提這檔子事兒了！」德齡趁熱打鐵，半認眞半撒嬌道：「如今奴婢家裡還不知鬧成什麼樣了呢，求老佛爺降旨！」

慈禧的口諭傳到上海的時候恰逢其時。重病中的裕庚在病床上磕頭如搗蒜——當時太監在病房門口唸道：「老佛爺有旨：皇上身子弱，五姑娘還小呢，關於納妃一事暫緩，請五姑娘即刻返宮啊！」就是這幾句話，把一家子人都給救了。

次日早朝完畢，光緒照例到東配殿學琴，推開殿門，他看見了一個美麗的背影，於是笑道：「德齡，今天怎麼這麼早？」那人轉過身來，卻是容齡。

光緒心中一喜，容齡還是那麼活潑，像隻小鳥兒似的跳著說：「萬歲爺，是我，我回來了。」光緒背著手，壓抑著內心的歡喜，道：「小淘氣兒，什麼時候回來的？」

容齡道：「回萬歲爺，今兒一早剛到，我就到這兒來了。」突然，兩人沒了話，都有些不自然起來，容齡忙搶著說：「萬、萬歲爺，我的背影看起來是不是和姊姊很像？」光緒道：「是，朕都看錯了。」

容齡道：「萬歲爺，那是因爲我把髮髻梳得跟姊姊一樣了，我長大了，不能再梳那樣的雙燕髻了。……萬歲爺，您瘦了。」光緒看著她，彷彿在看著另外一個人。容齡悄聲道：「怎麼了，是不是不好看？」

光緒忙道：「很好，很好。只是，朕有點不習慣。」容齡笑道：「我自己也有點不習慣，可是額娘說，什麼事情都是久了就習慣了。女孩子都要習慣自己長大，然後習慣自己慢慢地變老。」

光緒道：「你額娘說得有道理，只是習慣一件事情不是那麼容易的，朕從戊戌年後就一直不習慣了……不說這些了，今天咱們彈什麼？」容齡道：「萬歲爺，咱們彈柴可夫斯基的曲子吧。他是俄國最偉大的作曲家。」光緒點點頭，容齡便彈起了《悲愴》，她滿頭的首飾因劇烈的動作而晃動著，好像把整個的生命都融進了琴聲裡。

光緒默默地聽著，直到琴聲結束很久，他才輕輕地說：「容齡，這個俄國人好像很了解朕的心思，朕實在是很歡喜，朕以後不學莫札特了，就彈他的。」容齡點了點頭，她一向單純快活的心裡，這次卻有了一絲沉重，好像怎麼也快活不起來了。

8

懷特想出宮的消息，德齡幾天前就在動齡那兒得到了。這天晚上，他們照例到畫舫幽會，懷特還拿了個兜子，變戲法兒似的從裡面掏出一壺咖啡和兩套杯子，兩人在小窗射進來的月光下喝著著香濃的咖啡，深情地對視著。懷特拉著戀人的手，輕輕地說：「德齡，我下週就要出宮了，你跟我一起走吧。」德齡聽罷半晌無語。不知過了多久，德齡悄聲說道：「我……眞的很想和你在一起，可是……我還沒有準備好。」

懷特奇道：「還要準備什麼？我愛上你的時候根本就不用準備。」德齡語氣猶疑道：「懷特，我的意思是我還應該爲國家多做些事情，然後才考慮自己。」懷特有些不悅，道：「你爲什麼不首先考慮愛情？你愛你的國家這我能理解，可這裡不是發揮你的才能的地方。你應該到我的自由民主的國家去，那裡到處是像你這樣聰明而有見解的人。」德齡囁嚅道：「可是我覺得這裡需要改變，需要努力。」

懷特道：「勳齡教了我一句話，叫作朽木不可雕，我覺得說得很有道理。這裡有什麼，一個患了更年期綜合症的太后和一個得了憂鬱症的皇帝，你總是跟他們在一起，早晚會變成一個不健康的人！」

德齡氣道：「懷特，我覺得我很健康！如果照你這樣推理，那麼你回美國以後，和康格夫人那樣的人在一起，你早晚也會變得狡猾貪婪！」懷特也生氣了，他叫道：「夠了！我覺得我現在像個賊一樣偷偷摸摸地戀愛，這樣的感覺非常不好！……我……我已經受夠了!!」德齡掙脫他的懷抱，站起來默默走開。懷特忙追了上去，連聲道歉道：「對不起，對不起，其實……其實我只是想說你對我很重要。」

德齡含淚道：「可我不喜歡你批評我的國家，我愛你，可我不能忘記我是個中國人。」懷特深吸了一口氣，聳了聳肩道：「德齡，但有時候你有點像個不客觀的民族主義者。」德齡輕嘆道：「好了，我們不必爭了，沒意思。我走了，晚安。」

懷特起身離開的時候，無意間把咖啡碰灑了，但是他當時的腦子已經亂了，根本沒有意識到。

德齡回到自己的房間後哭了很久，因爲怕驚醒了容齡，她只好趴在床上，咬著自己的被子，低低啜泣。

次日德齡做模特的時候神情疲憊。卡爾逗她道：「微笑一下，親愛的，那樣你會美得多。」德齡悶悶不樂地咬著嘴唇，道：「我笑不出來。」卡爾道：「這幾天，還有另一個人也笑不出來。我看你們還是談一談吧。」

德齡道：「我們在對中國的感情上差異很大，談了也許沒用。」卡爾笑道：「日俄都可以談判，你們爲什麼不能？」德齡不語。

卡爾貼在德齡耳邊小聲道：「他要我告訴你，今晚九點，他在畫舫上等你，你一定要去。」德齡沒有說話。卡爾又笑道：「不說話，就是默許了？」

晚上，德齡細細地對鏡梳妝，她萬沒想到，這麼快就要和心愛的人攤牌了。她細細梳理著自己的情感，想起那個波濤洶湧星漢燦爛的大海之夜，她第一次見到那張英俊而純潔的臉，心靈深處就被什麼深深撥動了。她承認，她沒有他那麼執著，可是藏在內心的深情，她一點也不比他少。現在，她眞的不能想像沒有他的日子，那樣對她來講，不啻是地獄。

可是，如果現在離開了清宮，那麼對於重病中的阿瑪來說，無疑是個沉重的打擊。她太了解自己的阿瑪了。何況進宮之後，她的確在很多方面都對太后施加了潛移默化的影響，太后在慢慢地改變著，開始從日常生活方面接受西方的東西，甚至同意了派留學生，這些，都給德齡帶來了一些成功的快樂，她甚至自信地認爲，將來她會慢慢地做到那些前人們流血犧牲都沒有做到的事情，中國需要改良，太后也並非一個一成不變的老頑固——她現在不是已經在用法國化妝品，喝美式咖啡了嗎？

德齡看著鏡中的自己，把「一點紅」式的清宮妝擦掉，然後輕輕地抹上清淡的法國口紅。容齡一直在一旁默默地瞧著姊姊，姊姊已經把凱的事告訴了她，這使她感動，但是她也想不出什麼更好的法子，她覺得姊姊和凱都有自己的道理，問題是，她不知道自己該站在誰的立場上。

這會子她輕輕地爲姊姊梳著頭髮，問道：「姊姊，難道你眞的捨得和他分開？」德齡嘆道：「誰知道呢。原來我以爲我已經是一個很西化的人，結果和懷特一爭論起來才發現，我其實還是個地地道道的中國人。如果我們繼續下去，文化的差異也許會讓我們更難受。而且，讓懷特總是遷就我對他是不公平的，找一個美國女孩也許會讓他更輕鬆更幸福。」容齡不響了，半晌，她忽然說：「愛情爲什麼就不能超越現實呢？」

德齡用手輕叩了一下妹妹的手指，妹妹嬌嫩的小手是冰涼的，有一種金屬般的質感。她知道妹妹在想什麼。妹妹和皇帝已經告別了他們的莫札特時代，對此，她說不清自己到底扮演了一個什麼樣的角色，她說不清自己那樣做到底是對他們好還是不好。她只是本能地想保護妹妹，可是如今，她眞的懷疑起自己來了：她究竟是妹妹的保護神，還是扼殺妹妹純潔感情的劊子手？她不知道。

夜深了，德齡拿出那顆夜明珠，輕輕地撫摸著，神情悽愴。容齡強睜著迷迷瞪瞪的眼睛，道：「姊姊，你要把這個還給懷特？」德齡淒然點頭道：「如果分手了，還留著它幹什麼？倒不如乾脆一些。」容齡道：「這麼說，還有那些報紙你也該還他，有好幾公斤呢！」德齡煩道：「行了，快幫我看看幾點了。」這時她們才發現，鐘不知什麼時候已經停了。

德齡箭一樣地衝出去，迎面而來的卻是一隊御前侍衛。德齡驚道：「這是怎麼了？」

侍衛長近前一步，抱拳道：「德齡姑娘，我們奉命特來搜查下人們的住所，看看有什麼可疑之物，打擾了。來呀，給我搜！」德齡道：「慢著！這位大人，敢問你們是奉誰之命？」侍衛長道：

「我們奉李大總管之命。」德齡又道：「是各處都搜呢，還是單搜我們一處？」侍衛長道：「園子裡抓到了兩個刺客，李總管急了，讓我們今天晚上來個大清查！」德齡還沒來得及說話，旁邊的小蚊子變了臉色，顫聲道：「誰……誰是刺客？」侍衛長道：「有兩個呢，在畫舫抓到的！」德齡的臉一下子白了。

9

德齡哪裡知道，她和懷特常去的畫舫留下了咖啡的印跡，竟被李蓮英發現了。李大總管自然要上報老佛爺。慈禧一驚，然後思忖道：「宮中喝咖啡的有幾十個人，既然到畫舫裡去喝，必然有不可告人的苟且之事，要嚴加追查才是。」

李蓮英應了一聲，道：「老佛爺，奴才尋思著，畫舫那裡會不會有刺客？奴才曾經有一次半夜經過那裡，聽到有響動，上去查了一下，四下無人，現在看起來，會不會是刺客聽見響動兒就藏起來了。」慈禧冷笑道：「從前要殺我的刺客不過是一些山野村夫，現在倒是喝咖啡的二毛子了，眞是時勢造英雄哇……李蓮英，依著我說，咱們表面上一點兒聲色也不要露，但是從現在開始，就得明察暗訪，弄清到底是怎麼會事兒，如果眞是刺客，這回可不能像戊戌年那樣兒便宜了他，逮著他，就得梟首凌遲，這樣兒才能警戒人心哪！你說哪，李總管？」

李蓮英忙彎身道：「老佛爺說的極是，依奴才所見，既然是會喝咖啡的主兒，那倒不像是奴才，倒像是主子所爲了！喝咖啡的加起來，無非是這清宮大內之中貝子貝勒福晉格格們幾十口子人，不是做奴才的多嘴，這倒是眞的讓人寒心了！」

慈禧冷笑道：「我現在倒是不寒心了！先皇帝和同治爺走的時候，我還有眼淚，多少年了，大清國靠我一人兒頂著，這第三次垂簾本來就是萬不得已，這恩將仇報、反目無情的事兒我見得多了！如今，想讓我哭我都沒眼淚！你們見天兒哄著我，以爲我不知道外邊兒的事兒，哼，不知道多少人咬著牙根兒恨我呢！就是皇親國戚也難保沒有忤逆之心，就說你李蓮英明兒要殺我，我都不覺著新鮮！」

李蓮英頓時嚇得全身亂抖，噗咚跪倒，道：「老佛爺！老佛爺!!您雖是說笑兒，可這話奴才實在擔當不起啊!!」慈禧倒被逗笑了，道：「瞧把你給嚇的，避貓兒鼠兒似的，還不快給我起來？這宮裡的人我都懷疑遍了，也懷疑不到你身上哇！」李蓮英流淚叩頭道：「謝老佛爺知遇之恩，奴才一定要把刺客抓起來，提首級來見您！」

太監小蚊子這會子其實比德齡還要著急，因爲他知道好友小柿子和另一個小太監去了畫舫，到那兒去賭錢去了，還恰恰偷了點兒主子的咖啡。德齡出去之後，小蚊子泣不成聲地小聲嚷道：「小柿子他不是刺客啊！他只是想去玩玩錢。我們一塊兒長大的，他可千萬不能死呀，要不，我回去怎麼跟他的家裡人說呢？都怪我，我應該攔著他！」容齡勸了他好久，他才算止了淚，回房去了。

容齡不安地在屋裡踱步，她拉上窗簾，鎖上門，雙手合十祈禱道：「主啊，雖然我在這裡沒有辦法去教堂做禮拜，但是我的信仰是沒有改變的，我對您的愛是最深厚最永恆的。請您保佑我的姊姊和懷特平安無事，保佑小柿子平安無事，請不要拒絕我，因爲您是萬能的。」

直到深夜，德齡才在卡爾那裡找到了懷特，就在德齡出去找他的時候，他也在到處找她，他親眼看見了小柿子和另一個太監被一群窮凶極惡的官兵押走，他遠遠地看著，心裡下了必走的決心，自然，也必要把心愛的姑娘帶走。

他和德齡相擁在一起，卡爾和容齡都知趣地迴避了。經過這一場變故，兩人才更加深感對方在自己內心中的不可或缺。懷特撫著德齡的頭髮，低聲道：「德齡，我們再也不要分開了，再也不要爭吵了！」德齡哭道：「如果那個被抓的人是你，我一定要跟太后說我是你的同謀！」懷特邊吻她邊道：「要是我死了呢？」

德齡道：「那我也絕不苟且偷生！直到今天我才知道我生命中最重要的是什麼。懷特，原諒我，你是對的。」懷特道：「親愛的，Love is no sorry.（愛是不用說對不起的）」德齡這才止了淚，道：「宮裡實在是太凶險了，我要儘快和你一起走。」他們再次緊緊擁在一起，在這一刻，即使上帝也不可能把他們分開。

次日早朝快要結束的時候，小柿子和另一個賭錢的小太監被拖出午門斬首。慈禧冷笑道：「什麼東西！不過是兩個六根不全的玩藝兒！還偷主子的咖啡喝，想冒充二毛子呢！不凌剮了算便宜了他們！」

當時，德齡與皇后就在屏風後面，大殿裡發生的一切都歷歷在目。當李蓮英捧著一個蒙著白布的盤子，上來稟報「刺客小柿子和小藍子的首級在此」的時候，德齡一下子呆若木雞，她緊緊抓住旁邊的柱子，以免自己突然倒下去。

慈禧給足了德齡恩寵，親自派了太醫來診脈，還特意打發了皇后來瞧。皇后坐在她床邊道：「德齡啊，老佛爺打發我來瞧瞧你，說了，這幾天兒放你的假，愛吃什麼只管說，她讓李總管親自送來，別委屈了你，什麼時候好了，什麼時候再到宮裡去！……」德齡這才氣若遊絲的說了一聲：

「謝……謝老佛爺……」皇后笑道：「好了好了，總算是好了！」太醫道：「好生歇著，按時服藥，只是受了驚嚇，並不礙事的。」一直在旁邊哭著的容齡這時才止了淚，謝了太醫，將太醫送了出去。

皇后輕聲細語道：「德齡啊，小柿子原是你這兒的人，真是知人知面不知心呀，平日看著挺乾淨的孩子，誰知道……」德齡流淚不語。皇后又道：「德齡，做御前女官，免不了要見到些意外之事，頭一回害怕，多幾回就好了，千萬別往心裡去。老佛爺總是說，沒有刀光劍影，就沒有江山。我們大清的列祖列宗，靠的就是這個打下的江山，我們都是大清的人，哪兒能這麼經不起事兒呢？」德齡依舊不語，只是呆望著天花板。

容齡在一旁道：「皇后主子，我和姊姊從小連殺雞都看不得，更別說這樣的場面了，所以她真的是受了驚嚇了，你可別見怪。」皇后道：「唉，可千萬別嚇出毛病來。容齡啊，你好好陪陪她，我明兒再來。」說罷，皇后起身便走。

皇后心裡，自然是明鏡兒一般。想起前些時祖兒說的話，心想，是時候了，該告訴大公主了，有個人和自個兒一起擔著，總比沒有的好。這麼想著，徑直走進大公主寢宮，慌得榮壽公主連外衣也沒來得及穿。皇后走得飛快，連侍女嬈兒也跟得呼哧帶喘。

皇后將幾個月前祖兒說的那番話都告訴了大公主，大公主驚得半晌無語，良久道：「皇后主子，您可真是沉得住氣，這麼大的事兒，竟在您心裡裝了這麼久，若是沒有今兒的事兒，我看您……」皇后道：「不裝著怎麼辦，這等事，說出來不好，裝久了，也不好，這不今兒和你商量商量，討個萬全之策嗎?!」

大公主道：「依著我的想法兒，這假太監不外乎是兩種人，一種是御前侍衛，可能看上了哪個宮女兒，假扮太監混進來，想偷偷情，這自然也是死罪；另一種可能就更可怕了：刺客！如果是後一種可能，那老佛爺就面臨著巨大的危險！這話兒還不能跟老佛爺說，戊戌年因爲那個刺客的事兒，……當時老佛爺遷怒於內宮，挨個兒都遭荼毒，連您也不能倖免。我看啊，我們只能暗中察訪著，提防著，得加倍小心才是，先別聲張了！」

皇后點頭道：「我又何嘗不這麼想？只是今兒這事兒，小柿子和小藍子這一死，老佛爺心裡的石頭總算是落了地，可以安心睡個好覺了。可是咱們不能啊！」大公主道：「是啊，那個假太監，辮子都被柳枝兒掛下來了，怎麼會是小柿子他們呢?!明明那兩個小東西是冤死的鬼啊！」皇后急忙捂她的嘴。

大公主把口袋裡一把精緻的短刀扔到了床上。皇后把刀拿起來問道：「你一直隨身帶著這個？」大公主道：「是哇，防著總比不防著強！」皇后淡淡一笑，從髮髻上拔出一支簪子，裡面竟是一把極鋒利的針。她們相視一笑。皇后道：「其實這些都是給自己吃定心丸兒，真的刺客來了，哪兒就管得了用！哄自己罷了！……倒是老佛爺那兒，咱們要事事盡心，也眞是難啊，不告訴她老人家吧，怕她沒有提防，告訴她吧，又怕她老人家從此杯弓蛇影的，覺都睡不好，可怎麼好呢?!實話跟你說，自從聽了祖兒那番話，我常常作惡夢夢見那個假太監，可怎麼他就不見影兒了呢？」

皇后哪會想到，惡夢中的那個假太監無玄，此時正在周太監的破屋子裡喝粥呢。那個曾經給皇后通風報信的祖兒，如今正在旁邊給他夾菜呢。

祖兒原是極本分的姑娘，可是，愛情的力量大到連她自己都害怕，從她進宮的那天起，就看慣了那些假男人和狠女人，她年輕的心裡總在想，將來，她可不想在這園子裡做老宮女，她要嫁個好人家，可是年復一年地過去了，她覺著，自己內心的希望越來越渺茫，就在她青春的身體開始強烈渴望著什麼的時候，她在園子裡撞見了他，而後來，他又因爲給乾爹幫了忙而再次與她相遇——這不是緣分又是什麼?!

再後來，他們有了那種事情，她更是覺著，自己的身子已經不是自己的了，她的一切都歸了無玄，他在她心裡是至高無上的，連她從小又敬又怕的老佛爺也退居了次位。她唯一覺著對不起的，是她的乾爹，她覺得，自己正在把一種危險帶給乾爹。

祖兒的乾爹周太監正彎著個老腰，低頭拉著風箱，火苗子往上竄著，雖說背後沒長眼睛，可老頭子當然知道他們倆正在幹什麼。周太監心裡有氣，嘴上說道：「喂，我說你到底得在這兒住多久啊？」無玄道：「周公公，你再容我住一陣兒，等我找到了親戚，立馬就搬走。」

周太監冷笑道：「你親戚到底兒住哪兒，你上回說是住洋橋兒，怎麼這回又說是住菜市口兒了呢？」無玄道：「洋橋兒和菜市口兒也差不到哪兒去，反正都是北京南城唄。」

周太監嘆道：「眞是個糊塗蛋，洋橋兒和菜市口兒差哪兒去了！」無玄無奈，從懷裡摸出一小塊銀子，道：「這是一點兒散碎銀子，您收著吧，不成敬意。」周太監邊收銀子邊道：「我就奇怪了，你也不缺銀子花，爲什麼不住店，單願意和我這苦命人兒一塊兒吃苦啊？」

無玄道：「我就瞧中了您這人心眼兒好，爲人厚道。」周太監苦笑道：「厚道管什麼啊？人善被人欺，馬善被人騎，我厚道一輩子了，臨了兒讓老佛爺給罰到這兒做苦差來了！」

祖兒見爹步步相逼，心疼無玄，便忙道：「爹！您就容他再住幾日吧！」周太監半晌道：「得，瞧著我閨女的面兒，你就再住幾日吧！可不許給我惹漏子！」無玄道：「這我就不懂了，怎麼您老還能有閨女？」

周太監長嘆一聲，道：「我們做太監的，親閨女自然是沒福氣有了，可這乾閨女總還是可以有的吧？我這乾閨女，比那親閨女還強十倍呢！頭疼腦熱的，全是她照應，上回挨了老佛爺那頓打，若不是她，我這條老命興許早就交代了!!」

祖兒忙道：「爹！那還不是應當應份的？我十三歲入宮，若不是您老照應，我這條小命怕是早就沒了！您老別拉風箱了，那火夠旺的了，我給你們燙上酒，您老快過來喝一口兒！」周太監這才起身，與無玄一同喝酒不提。

10

德齡哭了整整一夜，她反覆地哽咽道：「小柿子不應該死，該死的是我。」容齡捂住她的嘴，用法語說道：「姊姊，上帝會讓他上天堂的。你不要再自責了，你並沒有害小柿子。」

德齡也用法語道：「可是我享受了戀愛的甜蜜，卻讓他遭受了無辜的酷刑，我一生也不會安心的。」容齡道：「姊姊，我們誰也不能抱怨，因爲這是命運。」德齡哭道：「容齡，也許我錯了，我不應該勸你回中國來。如果你在鄧肯小姐的身邊，這樣可怕的事根本不會發生。」

容齡道：「別說了，姊姊，我一點兒也不後悔。因爲我在這兒第一次遇上了我喜歡的人，雖然沒有結果，但我已經很滿足了。」德齡抱住了妹妹，道：「容齡，謝謝你，我本來應該好好地照顧你的，現在還要你來安慰我。」

容齡道：「姊姊，我不是永遠長不大的布娃娃，你也不是永遠強硬的青銅雕塑，我們就是要彼此依靠的啊。」德齡含淚點點頭，問道：「阿瑪額娘他們那兒知道了嚒？」容齡道：「哥哥已經告訴他們了，正好最近阿瑪的病有緩，他們不放心你，可能過兩天就回來了。」

裕庚夫婦果然回來了，他們坐在德齡的床邊，拉著女兒的手。裕太太見女兒瘦了好些，心疼得直想掉淚。裕庚開門見山地問道：「德齡，你眞的愛上他了嗎？」

德齡忽然從床上起來，噗咚地跪了下來，道：「阿瑪、額娘，求你們想辦法讓我出宮吧！宮裡太可怕了，我想過普通人的生活，我要和懷特結婚，我們要到美國去！經過了這麼多事兒，我發現我已經……已經離不開他了！」

裕太太在一旁用帕子捂著嘴，道：「阿彌陀佛，怎麼小說裡的話從我的寶貝女兒嘴裡說了出來！德齡，你是最懂事，最讓我們省心的，那個洋小夥子怎麼把你迷成這樣！」

裕庚搖著頭，道：「德齡啊，你似乎已經完全忘了你進宮的初衷了，你的報國熱情就這麼容易消褪嗎？」德齡道：「阿瑪，我是很想報效國家，可是我認爲我一個人的力量太微薄了。而且，犧牲美好的愛情去改良一個正在走向衰落的政府，這太得不償失了。我現在只想過快樂的女孩子的生活，體會平安和幸福。」裕庚沉默了。

裕太太把德齡扶起來，依舊在床上躺好，又添一碗蓮子羹，一口一口地餵給女兒吃，道：「德齡啊，我們從上海趕回來，都是爲了你的事兒。你阿瑪說的報國我不管，可哪個額娘不希望自己的女兒嫁個如意郎君呢？我就不明白，你爲什麼非找個洋人，你是想讓以後額娘阿瑪非要飄洋過海才能看你嗎！」

德齡道：「額娘，我和凱是眞心相愛，我覺得，他，就是我的如意郎君。以後，我們可以回來看您，也可以就在中國不走呀。」

沉默了許久的裕庚這時緩緩說道：「德齡，阿瑪對你非常失望。阿瑪很早就告訴你，眞正的志士仁人，成大器的人，都是先天下之憂而憂，後天下之樂而樂，像你這樣，稍遇困難，就打退堂鼓，這不是裕庚的女兒!!……不要說你做不到，而是你沒有盡力。阿瑪這樣要求你可能有些過分，你是比同齡的女孩子需要付出的多一些，可是，你記得嚒，這正是你從小就有的心願啊！你從小就常常跟阿瑪說，你不願意像一般女孩子那樣，嫁人，生子，相夫教子，你要接受良好的教育，長大之後報效國家，你知道，阿瑪聽了這話有多高興啊！你們雖然一直生活在西方，可是阿瑪爲了讓你們不忘祖國，一直堅持讓你們學習中國的詩書禮樂，費了多少苦心啊！……現在阿瑪老了，身子也不行了，已經不能再爲國家做什麼了，所以，只能拜託你和容齡，來完成我的心願。我們是大清的人，從祖上直到現在的族人，無不沐浴天澤，若是國家有難，自當鞠躬盡瘁、死而後已！德齡啊，阿瑪已經來日無多，在我的有生之年，很想看到你們有所作爲，也很想看到大清重振朝綱，否則，我是死不瞑目啊！」德齡的熱淚奪眶而出，她叫了一聲阿瑪，就再也說不出什麼了。

爲了女兒，裕庚決定見一見那個美國小子。他的法文雖然流利，英文卻不算太好，所以他把兒子勳齡也叫了來。

裕庚正襟危坐，神情莊重，對著那個美國小夥子道：「年輕人，我已經聽勳齡說了許多你的事情，我也知道了你對德齡的心意。按中國的傳統，女兒結婚必須得到父親的同意，你理解嗎？」

懷特聽完了勳齡的翻譯，急忙說：「裕先生，我非常理解！我和德齡都渴望得到您的祝福。我向您保證，我一定尊重、愛護、信任德齡，我會使她幸福的！」

裕庚道：「如果你說的是眞話，那我一定看不到了。……因爲德齡已經向我保證，在我的有生之年，她一定會在宮裡服務。」

懷特急道：「什麼?!那我們的婚姻還得與您的壽命聯繫起來嗎？恕我冒昧，您是個父親，但您把德齡看成是自己的私有財產而不考慮她的需要和感受，這是十分自私的。我再次請求您，准許我們結婚，把德齡從宮裡接出來。如果您暫時不想讓我們結婚，您可以接著考驗我，可是德齡和容齡在裡面實在是太危險了，這一段時間我在宮中的經歷，比我從前的幾十年經歷的風險都要多。」

雖然勳齡沒有翻譯自私那句話，但裕庚恰恰聽懂了。他說：「勳齡，你有一句話沒有告訴我，我聽懂了一個詞，是自私，對不對？」勳齡無奈道：「是的，阿瑪。他說您把德齡當成是自己的財產，太自私了！」

他們兩個誰也沒想到，裕庚聽了這話竟笑了起來，半晌道：「勳齡，我倒覺得懷特很直率，很有些青年人的血性。」懷特喜道：「裕先生，這麼說，您是同意我和德齡的婚事了？」

裕庚道：「是的，但不是現在。德齡至少要在宮裡再服務兩年，因爲她和容齡從小獲得的教育和幸福超出了一般的滿洲女孩，所以她給國家的回報必須要比其他的女孩子多，這是不容質疑的。我是清朝的大臣，所以我不屬於自己，我是屬於朝廷的，我給家人的一切也都是來自朝廷的，我不能忘記，我的子孫也不能忘記。懷特先生，這和西方是不同的，假如你眞的愛德齡，希望你能等待。」

懷特想了好久，最後終於道：「好吧，裕先生，謝謝您。我會和美國的姑媽商量的。告辭了。」

懷特走了，勳齡在阿瑪面前跪了下來，懇求道：「阿瑪，我求求您，讓兩個妹妹趕快出宮吧。老佛爺眞的爲人古怪，她什麼事情都幹得出來。還有，我覺得懷特和德齡很相配，我不明白，懷特的努力難道還無法證明他的誠意嗎？難道您眞的願意懷特離開，然後讓德齡嫁給一個整天只會提著鳥籠滿街閒逛的八旗子弟嗎？」

裕庚的臉上毫無表情，良久，道：「動齡，我的主意已定，你就不要再說了！」說罷，他拂袖而去，動齡呆呆地站在那兒，他知道阿瑪爲人的固執，但是他也知道，阿瑪永遠不會拿兒女的幸福開玩笑。

這日很晚了，裕庚夫婦還沒有睡。裕太太只是抹著眼淚，道：「德齡已經一天沒有吃東西了，光是在屋裡呆坐著，也不說話。我們這成什麼了，倒比亞芒他父親還狠了！」

裕庚問道：「亞芒是誰？」

裕太太道：「茶花女的心上人呀，你怎麼忘了？」

裕庚道：「我沒有忘。可我認爲，以後德齡會爲她的這一段經歷而驕傲的。……你相信我，好嗎？」

三天之後，懷特從卡爾那兒得到了德齡的一封信。信上說：「親愛的懷特，我和你想的一樣，也希望能夠長相廝守，可現在看來是幾乎不可能的，起碼，在短時間內做不到。謝謝你對我的愛，無論我們最後的結果如何，我都一樣地了無遺憾，因爲這段時間，我們是這樣眞心地愛過。我不敢設想將來，然而有一點是肯定的，那就是，我會一直愛著你，想念你。你的德齡。」

這封信讓陽光燦爛的美國小夥子懷特惆悵了一會兒，但是很快，他又有了新主意。他對卡爾說：「我有一個大膽的設想，你能幫助我嗎？」卡爾道：「那得看這個設想有多大膽。」他說出的話連一向對一切都滿不在乎的卡爾也嚇呆了，懷特說的是：「私奔。」

刺客的事雖然了結了，可是讓慈禧頭疼的事情很多。

頭一件，便是日俄戰爭一觸即發，而如果開戰，那戰場是一定會在東三省，那可是滿洲人的老祖宗的陵墓所在啊！可是國力如此之弱，明明的不能參戰，還是及早宣布中立爲好。這天她將外務部大臣伍廷芳宣來問話。

伍廷芳奏道：「老佛爺，最近俄國和日本的談判已經陷入僵局，各不相讓；法德英都很關心日俄的局勢，當然，他們更關心的是他們在中國的利益。他們希望一旦打仗，他們在中國的利益不要受影響。下一步究竟如何對付洋人，還請老佛爺明示。」

慈禧沒有急於回答，她起身走了兩步，看了看窗外，道：「再過一陣兒就立冬了，這湖上一結冰，就是另外一番景致了。伍大人，你覺得這頤和園哪一季的景色最好啊？」

伍廷芳楞了一下，小心翼翼地答道：「回老佛爺，依臣看是各有千秋。」慈禧哼了一聲，道：「說得好，不愧是外務部的，圓滑得很。」伍廷芳的頭上立即冒出了汗珠。

慈禧道：「我瞧還是冬景最好。一下雪，就更好了。」伍廷芳忙道：「老佛爺說得極是。」慈禧道：「我看過幾天兒立了冬，下了頭一場雪，就把各公使館的夫人們都請來，聚一聚，讓她們瞧瞧雪景兒，吃點農家的新鮮東西，可好？」

伍廷芳忙道：「是，老佛爺聖明，臣眞是欽佩之至啊！」慈禧道：「說說你爲什麼欽佩之至啊？」伍廷芳道：「您把他們都請來，是爲了讓她們回去吹枕頭風兒，表明咱們大清國的立場……」

慈禧笑道：「我尋思著，大清還是要持中立態度，咱們不要損一兵一卒，也不要得罪任何一國的洋人。洋人是欺人太甚，可是咱們的新軍要打他們還得假以時日，現在怕是不行啊。」伍廷芳忙彎身道：「老佛爺聖明！」

但是時局逼人，還未等到立冬，各國公使夫人就再度被請進了頤和園。夫人們圍在慈禧的周圍合影，拍攝者自然是勳齡，他仔細地佈著光，生怕這張具有歷史意義的照片出什麼問題。

俄國公使勃蘭康夫人悄悄咬著康格夫人的耳朵道：「康格夫人，這個英俊的年輕人是誰？看來是他使太后接受了照相的樂趣，原本我聽說，太后認爲照相是妖術，是被禁止的。太后今天就是讓我們見識一下她的開放和寬容吧？」

康格夫人笑道：「這個年輕人是德齡的哥哥。我看太后今天來不是僅僅爲了和我們閒聊照相的，是肯定有大事情要宣布。怎麼樣，我們打賭？」勃蘭康夫人笑道：「好啊，我賭兩百美金。」康格夫人道：「我看還是三百吧。我贏定了！」

果然，慈禧致辭時說道：「都是老熟人兒了，也不必那麼些個客套了，其實今兒個我請各位夫人來，大家恐怕也能猜出幾分我的用意。現在世界上悠悠萬事，唯日俄戰爭一觸即發之事爲大，我們又是日俄的緊鄰，不表個態吧，各國心裡也沒底，今兒索性我就明告訴大家，我們大清是愛好和平的國家，只願各國友好相處，所以在未來的戰爭中我們將保持中立。我希望各國夫人回去轉達我的意思。」德齡翻譯給了眾人，公使夫人們都會心地點頭。

康格夫人向勃蘭康夫人伸出了手，道：「怎麼樣，我的美金？」勃蘭康夫人一笑道：「少不了你的，小心被太后瞧見了！」兩人悄悄打趣，早被皇后看在眼裡，皇后十分惱怒，卻又發作不得。

頤和園裡，金黃的柿子掛滿了樹枝，果園裡還擺著各種小攤，在作著捏泥人、糖炒栗子、包餃子等各種小吃的表演，夫人們或圍著觀看，或在擺好的桌椅前品嘗小吃。勳齡不時地應她們的要求給他們拍照。慈禧坐在御座上，看著周圍的一切。德齡在一旁侍立，望著柿子出了神。

慈禧道：「德齡，你說內田夫人稱病沒有來，是眞病還是假病？」德齡道：「哦，奴婢覺得她是心病。」

慈禧笑道：「怎麼說？」德齡道：「因爲俄國的勃蘭康夫人要來，她自然想迴避。」

慈禧道：「不僅如此，還有咱們的留日學生，他們口口聲聲說要教育好照顧好，這可倒好，全照顧成了興中會的反清頭目了！她想必愧得慌吧？」德齡應付道：「老佛爺說的一點兒沒錯兒。」

慈禧道：「就說那個王秋瑾，本來也不過是個有些怨氣的富家少奶奶，怎麼一到了東瀛，就成了反朝廷的人呢？又是反詩又是辦報的，打量我不知道？四海之內沒有我不知道的事兒！朝廷的探子全世界都有，聽說這秋瑾在日本還造起反來了，說是嫌小鬼子的飯不好吃，收的錢又多！哈哈哈……依我看，內田夫人這也是搬起石頭砸自己的腳！……這秋瑾也不想想，那小鬼子的飯能跟大清國比嗎？全世界的飯也沒咱大清國的好吃，德齡，這個你是最明白的，你去過那麼些個國家，可有比我們御膳房師傅做的菜更好吃的？」

德齡認眞道：「確是沒有。法蘭西倒是也有些滿可口的菜，但是論到做工的精細，的確比不上我們。」

慈禧笑道：「老子曰：『治大國若烹小鮮』，知道宰相的『宰』字如何解麼？漢相陳平年輕時是主持鄉里宰肉和分配的，由於他分得均，父老曰：『善哉陳孺子之爲宰也！』這才有了宰相，後來又有了漿人、鹽人、庖人等官職，都是和吃有關的，可見我們美食文化的傳統是多麼深遠！」德齡贊道：「老佛爺眞是博古通今！……可是在西方，過分講究吃是一種無可救藥的行爲，這是他們的新教文化帶給他們的……」

慈禧不屑道：「他們都是些吃生肉長大的貨！哪兒吃過什麼好東西?!你沒瞧見那些個公使夫人，見了咱們御膳的飯菜饞的那樣兒?慢說是康格夫人、勃蘭康夫人，就是那個裝著嫻靜的內田夫人，不是見著咱們的清湯魚翅照樣兒吃得不撒嘴?!……」

德齡忍不住噗哧笑道：「老佛爺，眞是什麼都在您老人家眼裡！……可是呢，我覺得洋人的說法也有幾分道理，譬如他們說，過分講究吃是一種貪婪的表現，何況社會向前發展，人的分工也就越來越明確，就像一群螞蟻似的，誰該搬東西吃，誰該挖洞住，分工明確了，時間就會越來越緊張，如今在洋人那兒，都是工業化社會了，哪兒有時間大吃大喝呢?洋人平時吃得很簡單，逢到什麼慶典才有一番慶祝，不像我們，頓頓飯都要吃那麼久。」

慈禧沉吟片刻，道：「洋人的習慣，原也有好的，只是祖宗傳下來的規矩，一時半會也破不了，慢慢來吧。走，你陪我到那邊去摘些個柿子。」

樹葉如同黃金雨一般落下，十分美麗。慈禧感嘆道：「本來是想請這些個洋女人們立冬的時候再來，可是日俄形勢逼人，只能請她們看最後的秋景了。」

勃蘭康夫人拉著康格夫人讓勳齡拍照，勳齡欣然應允，康格夫人看了看四周，指著慈禧的空椅子說：「我看在這兒挺好，背景很不錯。」勃蘭康夫人笑道：「好的，你坐著，我挨著你的椅背，好吧?」就在康格夫人要坐下的一剎那，德齡飛似的過來攔住了她，道：「康格夫人，太后專門請您和勃蘭康夫人到那邊的柿子樹下去合影，你們看可好?」康格夫人道：「眞的嗎，太好了！」德齡忙向李蓮英使了個眼色，李蓮英這才從呆滯中驚醒，趕緊把慈禧的椅子搬走了。

各國公使走後，慈禧命李蓮英請皇后及眾宮眷到東暖閣喝茶，大家都在議論今日之險。慈禧道：「要不怎麼說她們都是吃生肉長大的呢?!一點規矩也不懂！要不是德齡，今兒個那個康格夫人就一屁股坐上我的椅子了！」

四格格忙道：「老佛爺的椅子豈是由她們隨便坐的！」

大公主道：「興許是她們的規矩和咱們的不一樣吧，她們哪兒懂得凡老佛爺的椅子都是御座！」

皇后道：「康格夫人和勃蘭康夫人已經到中國這麼久了，竟然還不了解咱們的禮節，可見各國禮儀的差別是很大的呀！」

慈禧道：「幸虧德齡這孩子，不但把她們支走了，還讓她們沒有覺察，否則，她們倒覺得咱們斤斤計較了。就為這，我得賞德齡！」德齡忙道：「老佛爺，這又不是什麼大事情，不值得賞的。」皇后在一旁道：「維護皇家的尊嚴，當然是大事，你就謝恩吧。」德齡只好謝恩。

慈禧笑道：「德齡，你也不問什麼賞就謝恩了?」德齡陪笑道：「老佛爺賞的，自然都是好東西。」慈禧道：「容齡，你也猜猜，我會賞你姊姊什麼?不是珠寶首飾，不是大餑餑，也不是衣料。」

容齡歪著頭猜道：「回老佛爺，奴婢猜不著，大概是，是要給她放假?」

慈禧笑道：「對了，容齡說得對，我是要給德齡放假了。而且，是放長假。我要給你指婚，這回事兒我已經跟你提過兩回了，再不兌現，你要覺著我是滿嘴跑舌頭儘說白話兒啦。今兒咱們就當著皇后、大公主和各位宮眷的面兒，給你指婚，我要給你指個最尊貴的貝勒，等喜事兒一辦，你就是個萬人羡慕的新娘子啦！」眾宮眷齊聲笑道：「恭喜德齡！」

德齡一下子慌了神，噗咚跪下了，道：「老佛爺，奴婢不要結婚，奴婢要伺候老佛爺！」皇后和四格格都嚇白了臉，沖她直擺手。

慈禧悠悠道：「哦？你說什麼呢？難道你想抗旨不遵?!」德齡：「老佛爺，奴婢該死，奴婢不識抬舉，可是，奴婢就是想爲您做事，奴婢捨不得您。」

慈禧道：「自古以來，男大當婚女大當嫁，你也不小了，都十七了，我像你這個歲數，已經到了先帝爺的身邊兒了！你自個兒琢磨琢磨吧！」

德齡覺得一股寒氣侵入了骨髓。

第八章

幾天來慈禧一直沒有離開園子，這日下午太陽很好，慈禧特叫了皇后過來，邊逗著小狗喘氣兒邊說話兒。慈禧道：「刺客既然不是懷特和卡爾，我就放心了。不然，不殺他們我難受，殺了他們又是外交事件，洋人又該找茬子打仗了！」皇后道：「老佛爺，這兩個美國人咱們都試過多少回了，除了現學的幾句請安的話，根本聽不懂中國話兒，也看不懂中國字兒，不可能有什麼作爲。」慈禧點頭道：「這倒是，兩個糊塗蛋！」

正在這時，喘氣兒的爪子勾著了慈禧衣服上的一根絲線，牠覺得有趣，竟然接著把繡的鳳凰都勾破了，皇后忙把牠的小爪子拿開。慈禧一見大怒，道：「鳳凰怎麼可以隨便亂扯，這不是在我頭上動土嗎！李蓮英，拿撣子來！」

懷特拿著藥箱準備去慈禧處治療的時候，忽然聽到了小狗的慘叫，他嚇了一跳，緊走了兩步，卻看見小狗被關在了籠子裡，牠的兩隻小前爪，被固定在柵欄上，李蓮英正拿著撣子使勁地打牠，小狗在籠中跳來跳去，發出哀求的叫聲。慈禧在一旁狠狠罵道：「看你長不長記性！看你長不長記性！」懷特見狀急忙衝了上去，擋住了李蓮英的撣子，大叫道：「No! No!」

慈禧怒道：「幹什麼哪？不讓我打？一隻狗，不過是個小玩藝兒！連天下都是我的，連管一隻狗還不行麼?!讓開，你不要太過分了！」懷特生氣地說了一大串，慈禧和皇后都聽不懂，皇后只是在慈禧的身後示意他不要再說了。

李蓮英在一旁叫道：「大膽洋人，竟敢犯上，該當何罪！」正巧容齡過來請安，慈禧道：「容齡，你來得正好，這個洋鬼子跟我瞪著眼睛說了一大串，你問問他都說了些什麼，我倒想瞧瞧他有幾個膽！」

懷特指著喘氣兒道：「容齡，太后體罰小狗，用撣子把牠的爪子都打腫了！人們養寵物，是為了愛惜和呵護牠們，並不是把牠僅僅當成一件玩具，動物是有記憶有感情的，牠們從來不背叛人，人為什麼要粗暴地對待牠們？太后也許覺得她有權利這樣處置牠，因為她是主人，可是她根本沒有想到，動物給我們的歡樂比我們給牠們的食物要寶貴得多！」

容齡看著籠中的喘氣兒，幾乎落下淚來，見慈禧盯著她，只好低聲把懷特的話翻譯了一遍。慈禧聽了，指著懷特道：「讓他立即就給我滾蛋，原先要給的賞錢，一分也不給他！扔到河裡也不給他！……你告訴他，讓他到他的國家去講這份歪理去！現在他是在大清國，得按大清國的規矩辦，雖說現在不是年年進貢歲歲來朝的時候了，可他也得明白他的身分，不過是個吃生肉長大的洋鬼子罷了，要不是看在他把我的牙治好了的份上，我就是要他的小命兒，康格夫人也不能把我怎麼樣！」

容齡突然噗哆跪下，道：「老佛爺，看在我和姊姊的份兒上，您老人家就饒了喘氣兒吧！」慈禧對著皇后道：「你瞧瞧這孩子，她也跟著起鬨！……你倒是瞧瞧啊，喘氣兒不是好好兒的？一個小牲口，打兩下兒，又能怎麼樣？難道你從小到大你阿瑪和額娘就沒教訓過你？」容齡含淚道：「他們從來沒有打過我。」慈禧嘆道：「那是你太小，忘了，連我小時候在家，金枝玉葉一樣的人，阿瑪和額娘也沒少管教我呢！」

小狗的事讓德齡姊妹更加堅定了出走的決心。事情已經進入了實質性階段，晚上姊兒倆找到卡爾一起商議，卡爾道：「德齡，懷特說讓你們和他一起走。他想好了，也和勳齡商量好了，讓勳齡假傳家信，說是你的父親病得很嚴重，出宮後你們到上海，到那裡登上去法國的船。」

德齡道：「不行，萬一追查下來，那哥哥豈不就沒命了？」

容齡道：「姊姊，我看可以。等咱們和懷特上了船，再讓哥哥告訴阿瑪眞相，這樣生米煮成熟飯了，阿瑪也會想辦法的，比如，說你重病身亡了，或者說有什麼人在夜裡把你劫走了，反正有的是說詞！」德齡半晌無語。

卡爾道：「德齡，容齡說得對，只要你們走了，你的父親一定會面對現實的，說不定他想的藉口會比容齡的還周全呢。」德齡拉著妹妹的手，柔聲道：「容齡，我現在終於體會到你出走之前的心情了，人爲什麼總要面臨選擇呢？我留在宮裡抗旨會死，若是逃了，留下的人又面臨危險，這兩種賭注都很難贏呀。」容齡聽了默默無語。

2

幾乎與此同時，勳齡把一個信封交給了懷特，正色道：「凱，這是我在巴黎的好朋友的地址和我給他們寫的信，必要的時候他們一定會幫忙的。等風頭過了，你們再回美國。」懷特拍了一下他的肩膀，道：「眞不知道怎麼感謝你，勳齡。」

勳齡道：「你不必謝我，我只是希望我的妹妹幸福。進了宮以後我才感覺到，這裡眞的不適合她們。在我看來，她們的幸福比對國家的責任更重要。」懷特道：「勳齡，你爲什麼這麼信任我？」勳齡道：「說不清，我們中國人管這叫緣分。」

懷特認真道：「勳齡，我對你發誓，我一定會讓德齡幸福的。」勳齡點頭道：「我相信。」

但是凱萬萬想不到的是，慈禧太后那麼快就收回了成命。

晚上慈禧照例跪在蒲團上念佛，被打得傷痕累累的小狗伸著纏著綳帶的小爪子縮在一邊。慈禧手上的佛珠在飛快地轉動著，忽然，佛珠停了下來。小狗好奇地伸著頭看，慈禧突然無聲地倒在了地上。小狗過去舔了舔她的臉，她沒有反應。牠又咬著她的衣服扯了幾下，還是沒有反應，喘氣兒不安地大叫了起來。

慈禧醒來的時候，皇后和德齡姊妹及眾宮眷都圍在身旁，喘氣兒蜷成一團，在她的鞋子旁熟睡，並發出輕微的鼾聲。見慈禧醒來，眾宮眷都鬆了口氣。慈禧道：「怎麼你們都來了？是不是我不行了?!」皇后忙道：「不是，老佛爺，您……您只是操勞過度……」

慈禧傷感道：「咳，什麼事兒都是天命難違啊！我怎麼覺著就像是到陰曹地府裡走了一遭似的，得了，都到我跟前兒來，讓我好好瞧瞧你們！」她拉著眾人的手，大家的眼眶都濕潤了。

德齡強笑道：「老佛爺，你這不是已經好了嗎？」四格格道：「是啊，您老人家是福如東海長流水，壽比南山不老松哇！」慈禧苦笑搖頭道：「哪有的事！人的命，天注定！人的壽數如何可由不得自己。要是我千年萬年的活著，還不活成老妖精了？」皇后遞上來御醫開的方子，道：「老佛爺，剛才四位太醫已經給您老人家瞧過了，這是他們開的方子，請您過目。」

慈禧問：「他們人呢？」皇后回道：「在外邊兒脈案候著呢。」慈禧細細看了一遍方子，叫四位御醫進來讀脈案。林太醫道：「……皇太后脈息左寸關至數不匀，肝氣沖逐，胃燥不清，頓引胸肋竄痛，頭暈目眩，皆由胃氣不降、濕熱蘊結所致。」慈禧哼了一聲，對藥方子指點道：「我說，這一味藥是幹什麼的?」楊太醫道:「回老佛爺,這一味藥是涼血的。」慈禧又問:「那這一味呢?」林太醫道:「這一味是益氣補血的。」慈禧道:「這倒也罷了……把這幾味藥給我去掉,再加上這個方子的兩味藥,給我開第五個方子,抓藥就按這個新方子抓。」四個御醫面面相覷,半晌作聲不得,只好應了,退了下去。

慈禧道:「瞧瞧這些個飯桶,對他們,不能全信,也不能不信,每回我都得仔細瞧瞧方子,十味藥裡得有六味是沒用的!要不換兩味藥,他們還只當我是傻子,隨他們折騰!」

容齡天眞地說:「老佛爺,您連藥理都懂,可眞了不起哇!」慈禧微笑道:「傻孩子,明兒我給你兩本藥理的書瞧瞧,你也照樣兒懂!要不怎麼說太醫院的儘是飯桶呢,瞧病瞧了一輩子了,未見得能比我更會治病!」皇后這才道:「今兒個還多虧了小喘氣兒這一嚷嚷,才把人給叫來了。劉太醫說,要是晚半個時辰,就懸了,您眞是福大命大呀!」

慈禧柔聲道:「喘氣兒,過來。」喘氣兒聽話地過來,還把爪子搭在床沿兒上,伸著粉紅的舌頭使勁地舔著慈禧的手。容齡忙道:「老佛爺,您看牠多聰明呀。」慈禧微笑道:「是啊,還知道忠心護主,我得好好的賞牠!……」

光緒也聽說了慈禧的病,過來請安,他和平時一樣地看著地面,乾巴巴地說:「皇爸爸吉祥。兒子聽說皇爸爸病了,特來瞧瞧。」

慈禧冷冷地說:「好啦。你連眼皮兒都不抬一下,怎麼瞧我啊?你心裡那點子事兒,我閉著眼睛都猜得出來!你是不是心裡頭盼著我早點兒死啊?」

光緒忙跪倒在地,道:「皇爸爸!皇爸爸說這話,兒子實在擔當不起啊!」慈禧道:「你心裡沒愧,有什麼擔得起擔不起的?!得了,下去吧。」

慈禧見光緒出了門，用手比劃道：「這麼丁點兒大就給抱進宮裡來了，盼著他長大哇！誰能想到他長大了，跟別人兒一塊兒對付我?!……人不如狗啊。對了，那個洋小子呢？」皇后道：「那個懷特呀，估計已經捲好鋪蓋捲了，正等著車接他走呢。」慈禧忙道：「李蓮英，你快去問問那個洋小子，會不會治狗……我要他給喘氣兒治傷！」德齡和容齡交換了一下驚訝的眼神。

慈禧繼續道：「喘氣兒護駕有功，我還得賞牠一片園子，四格格啊，跟你阿瑪說，就說我說的，讓他在御狗房南邊兒開一片花園，專門兒給喘氣兒玩！喘氣兒吃的用的，以後一律走宮中的銀子！」四格格抱起喘氣兒笑道：「是，老佛爺！……喘氣兒啊，你可掉進福窩子裡啦！」

懷特拎著行李返回的時候恰恰遇見從御花園回來的卡爾。卡爾驚道：「怎麼，太后又改變主意了？」懷特苦笑道：「是啊，我好像要從牙醫變爲獸醫了，我想這也許不太難——太后突然又讓我再留一段時間給小狗治傷。」卡爾叫道：「天啊，中國的事情眞是千變萬化。那咱們的計畫怎麼辦？」

懷特聳聳肩，道：「只能推遲了。出了宮門可以逃到世界的任何一個角落，但宮門裡面卻只能走向死亡。」

懷特的返回讓眾宮眷都很高興，德齡姊妹就更不必說了。就連慈禧心裡也暗暗地有一絲喜歡這個洋小子，他身上好像有些什麼特殊的元素，可以讓人快樂，這點，也許與大清國所有的貝子貝勒們都不一樣。

只有一個人不高興，那就是康格夫人。本來，她是想把凱換掉的。她覺得派去的那兩個人都是廢物，卡爾一時半會兒沒法子動，只有另派一個牙醫，可是清國外務部在照會中說，慈禧太后不再需要另一個牙醫了。公使只好勸慰她道：「凡事不能完美，中國人說，退一步海闊天空，你也該知足了。」夫人問：「爲什麼？」

公使幽默地說：「你的名字，將來一定會出現在許多清宮的宮闈祕聞裡，那可一定都是暢銷書！」夫人正色道：「那我寧可出現在美國歷史中。」

這位野心勃勃的康格夫人後來眞的出現在了美國歷史中。就連中國歷史的讀本，也有了康格夫人的名字。

3

那年冬天，在美國紐約曼哈頓富人區，年老而富有的艾米坐在窗前，與傳教士約翰一起喝著咖啡，她非常想念她年輕的侄兒凱。在約翰的影響下，艾米已經慢慢改變了對中國的看法。前些時，她還被約翰拖去參加了中國保皇黨的一次聚會，見到了康有爲先生本人。當康先生聽說艾米有個在中國皇宮裡爲慈禧太后治牙的侄兒時，不禁喜形於色。

艾米記得，當時那個其貌不揚、留著辮子的中國人激動地說：「……那麼說，您的侄兒肯定也見得到皇上了？能夠瞻仰聖容，眞是莫大榮幸啊！」然後他又向著東方磕了幾個響頭，流淚道：「皇上，皇上，六年了！不知聖體是否安康啊！養心殿一席談，吾輩終生不敢忘懷啊！……」所有的華人都隨著他面向東方磕頭流淚，艾米雖然莫名其妙，卻被他們的眞情感動了。

這會兒，約翰正把教堂和裕庚的照片給艾米看，指點著道：「艾米，這就是救我們出來的裕庚，這就是那個我們被圍困的教堂，那段奇異的經歷實在是太讓我難忘了。」艾米道：「梳著一條奇怪辮子的人會有這樣的勇氣和風度，這是我不能想像的。」

約翰道：「你更不能想像的是他的兩個受過西方良好教育的女兒在宮裡當慈禧的御前女官。」艾米睜大眼睛道：「約翰，你是說懷特愛上的德齡是他的女兒？」約翰道：「是的，德齡是裕庚的大女兒，她很了不起，聽說她和妹妹一起勸慈禧太后看英文報紙、畫油畫肖像，現在中國皇帝也在她們的影響下開始學英語和鋼琴，這在古老而封建的國家簡直是奇蹟。」

艾米思忖道：「這麼說，懷特愛的眞是個不尋常的女孩？」約翰道：「是的，懷特爲接近她甚至對康格夫人撒了謊，他進宮的時候告訴我，他認爲自己應該誠實，可爲了愛情他只能這樣，他一定會設法補償康格夫人的。」

艾米道：「懷特做得對，利用別人的感情是可恥的，康格夫人的這種想法本身就很卑鄙，我看懷特用不著對她感到抱歉。再說，中國對美國根本沒有威脅，她這樣做實在不光明磊落。如果中國眞的是敵人，我會支持懷特去前線的，可是現在完全不是那麼回事。」

約翰道：「我的看法也是和你一樣的。順便問一句，你是不是認爲懷特的做法可以理解了？」艾米笑道：「你不會是凱派來的說客吧？」約翰笑道：「也許。」艾米道：「最近，我倒是眞的開始喜歡中國了，因爲你——如果沒有老約翰跟我聊天，我會很孤單的。」

約翰笑道：「和你聊天是我的榮幸，你對本教區的貢獻是眾所周知的。」艾米喝了口咖啡，道：「你告訴我的各種笑話和奇聞軼事比我的貢獻要有價值得多。」

幾天之後，懷特接到了艾米的電報，姑媽在電報中說：「親愛的凱，你回來吧，把她一起帶回來，不管她是女朋友還是未婚妻。因爲我要過七十歲生日了，你們就是我最好的生日禮物。還有，我最近在約翰的陪伴下，見到那位康先生了，並且有了一次很親切的交談。他竟然是一位中國近代史上的重要人物！他非常愛他的君主，而且他是反對慈禧太后的！我的上帝，這是多麼刺激而有趣的事啊！……」

姑媽不再反對他和德齡的婚事了！懷特欣喜若狂地拿著電報去找正在爲卡爾做模特兒的德齡。德齡匆匆讀了電報，大吃一驚。她用英語問懷特：「凱，你的姑姑竟然認識康有爲?!」

懷特道：「是啊，我不是跟你講過，康先生與他的擁躉們成立的保皇會常常在紐約活動嚒？約翰和康先生成了朋友，他也拉著我的姑媽認識了康先生……我姑媽對中國，對我的戀愛的態度已經轉變了！德齡，爲我們的未來高興吧!!……」可是德齡的態度讓懷特十分費解，她急急問道：「那麼康先生現在究竟在哪兒？他在從事什麼樣的活動？……」

懷特道：「這我就不知道了。……原來，你關心康先生竟然勝過關心我們的事情，眞是讓人難以理解！」

德齡急道：「你不知道，算了，不跟你解釋了，我馬上要去給太后讀報了，對不起，我先走了。」

懷特悵惘地看著她的背影，她突然回過頭來用英語說：「懷特，請你繼續向你姑姑了解一下康先生的消息，然後告訴我。好嗎？」說罷走遠了。懷特聳聳肩道：「卡爾，站在你們女性的立場上，你分析一下德齡的心理好嚒？我怎麼總是覺得剛剛跟她走近，一下子又被推得很遠很遠？」

卡爾笑道：「對不起，我沒有戀愛經驗，你還是問你姑姑艾米吧，她好像是個愛情專家。」懷特哈哈大笑，道：「她？據我所知她這個專家好像只跟一個人談過戀愛，那就是我的姑父。」

在御花園的盡頭德齡追上了光緒。德齡拿著一個暖手爐，叫道：「皇上，您的手爐落在偏殿了！」光緒接過手爐，德齡四顧無人，悄聲說：「皇上，德齡有話要說。」光緒忙摒退孫玉。德齡喘息未定，道：「皇上問康一事，奴婢早已知曉。奴婢打聽得康有為現已從日本到了美國，成立了保皇組織，主張君主立憲，反對共和。身體尚好，惦念皇恩。」光緒聽了這話，頓時驚喜交集，道：「你……是如何知道的？」

德齡道：「奴婢有外國朋友姑侄二人，他們都在美國紐約見到過康先生，最近，康先生與在美國的姑姑還有一次傾談，這消息，是她在中國的侄子告訴奴婢的。」

光緒沉思片刻，問道：「這在中國的侄子，可是那美國的懷特醫生？」德齡一驚，隨即羞紅了臉，悄聲道：「皇上眞是聰明絕頂！」正在此時，李蓮英出現了，他向皇上請了個安，然後面對德齡道：「……德齡姑娘，老佛爺已經移駕石舫，她老人家請你直接去那裡候駕呢！」德齡答應一聲，悄聲說：「皇上保重，奴婢去了！」光緒久久立在原地，滿臉煥發出光彩，如同突然變了一個人。

德齡趕到石舫的時候，慈禧與皇后等人已然到了，慈禧見了德齡，堆起一臉的笑，道：「德齡啊，指婚的事兒你也想了不少日子了，今兒就應了吧。」德齡跪了下來，語氣十分決絕地說道：「老佛爺，皇后主子，奴婢不想嫁人，想一輩子伺候老佛爺！」

慈禧一下子變了臉，怒道：「大膽！不要以為我疼你就怎麼著都行！給我拉出去，賜一丈白綾吧！」

德齡的嘴唇顫抖了一下，但她仍鎮靜地磕了個響頭，道：「謝老佛爺，德齡來世還伺候您！」

皇后嚇得臉色蒼白，忙起身行禮道：「老佛爺，您開開恩吧！」四格格也跪下道：「老佛爺，求您放過德齡吧！」眾宮眷眾太監黑壓壓跪了一地，只有李蓮英在一旁笑道：「老佛爺，您……您可眞是神仙轉世啊！」慈禧哈哈大笑起來，李蓮英也笑，笑得德齡等人倒不知所措了。

4

卻說李蓮英和慈禧笑得眾人不知所措，半晌，慈禧才笑著伸出手道：「李蓮英，銀子二百兩拿來！」李蓮英笑應了一聲，對眾人道：「老佛爺和我打賭，說德齡姑娘肯定捨不得離開她。現在果然是我輸了，老佛爺眞是料事如神呀！」

慈禧笑道：「德齡，可嚇著你了吧？……還不快把德齡姑娘攙起來？」四格格忙把德齡扶了起來。慈禧道：「這孩子，還眞是實誠！在洋人堆兒裡長大的有這樣的品性，不易呀。李蓮英——把我那套鑲鑽的胸針拿出來，賞給德齡姊兒倆！」德齡支撐著欲跪下，慈禧雙手把她扶起道：「好孩子，咱娘兒幾個就不要這套虛禮兒了！你小小年紀有如此孝心，我心裡高興啊！」

過了幾日，慈禧又想出新花樣，讓德齡教眾宮眷繡歐洲的十字繡，慈禧在一旁饒有興趣地觀看著。瞧著瞧著，慈禧笑道：「這些洋人眞是笨人有笨法子，連繡花也以不變應萬變，倒是有趣得很！」皇后依然是不繡，只是慢慢地吸著紙菸。四格格嘴快，道：「皇后主子，難道您的已經繡好了？」皇后道：「可不是，我只繡了幾針，就有宮女兒們搶過去繡了。」慈禧不滿地瞥了皇后一眼，皇后立即覺察到了，忙道：「從小兒額娘就說我手腳笨，我說，看跟誰比了，若是比咱們老佛爺，慢說是我，只怕是後宮裡上上下下所有的嬪妃，也不能及一星半點兒呢！」

四格格道：「那是啊，老佛爺，聽說您年輕的時候，繡的九龍戲珠的墊子，先帝爺竟看呆了，一疊聲兒地要見做繡品的人，殊不知做繡品的人就在他老人家旁邊兒站著呢！」眾宮眷都笑起來。

慈禧心中得意，嘴上卻說：「前朝的事兒，你們知道什麼?!我哪兒就算是好的，前朝的瑜妃、慧妃，那才是百裡挑一的巧手！明兒什麼時候清閒了，我帶你們去瞧瞧瑜妃做的繡品，也讓你們開開眼！」眾人驚呆。四格格驚道：「老佛爺，原來您說的這瑜妃還活著?!」

慈禧點頭道：「是啊。也無非是『白頭宮女在，閑坐說玄宗』吧，這些人的日子，著實也苦得很，想想看，一個宮女，哪兒那麼好就熬成嬪妃？即使熬成了嬪妃，皇上臨幸了，又有幾個能懷上龍子？自古以來大內之中殺伐不斷，箇中原因皆出於此啊！」眾女眷暗想自家命運，都黯然神傷。唯四格格強顏歡笑道：「這也才顯出了咱們老佛爺是吉人自有天相！先帝爺三宮六院七十二嬪妃，偏就咱們老佛爺懷了龍子！」

慈禧笑一聲道：「什麼三宮六院七十二嬪妃，那也不過是說書的人誇大其辭罷了！辛酉年先皇帝北狩的時候，身邊兒無非也就是我和東邊兒的兩個人，兩個人也就夠了，還要多少？打量你們也都聽說過了辛酉年的事兒，肅順那幫賊子想造反，不也就是我和東邊兒的兩個人，加上恭王爺，把他給鎮下去了?!所以呀，從那會子開始，瞧明白了的，一般的也就不那麼和我作對了！」眾人忙道：「老佛爺是王母娘娘再世，凡人哪兒擋得住老佛爺?!」大家樂了一回。

大公主過來瞧皇后繡的圖案，問道：「皇后，這是什麼圖案，倒是別緻得很！」眾人都圍過來觀看，原來竟是《茶花女》上的插圖。皇后道：「這是德齡借給我的那本書的插圖。」大公主問道：「那書講的是什麼故事？」皇后道：「是洋人的癡男怨女的故事，倒是催人淚下的。」

慈禧立即來了精神，道：「喲？我可是有日子沒聽苦戲了，倒是想瞧瞧洋人的苦戲到底有什麼不一樣，不是說洋人都沒心沒肺的嗎，怎麼他們也有梁山伯和祝英台？德齡，你會不會演哪？」

德齡道：「回老佛爺，我倒是演過洋人的話劇，可就是演員不夠呀。」

慈禧道：「要什麼樣的演員？」

德齡道：「要會說英語的，還要一個傳譯，把台詞兒傳給你們聽。」慈禧道：「這好辦，把卡爾和那個洋小子都用上，還有你的兄弟勳齡，容齡傳譯，不用張口的龍套讓四格格跑，這好幾個人，怎麼也能湊夠一齣戲了。」德齡道：「老佛爺，那我試試吧。」

元大奶奶悄悄地咬著瑾妃的耳朵道：「好了，這回有好戲看了。聽說，這就是洋人的春宮戲，再改頭換面也能瞧出來。」瑾妃聽罷大驚，半晌說不出話來。

大公主道：「說起傳譯，怎麼今兒個不見五姑娘？」還沒等德齡說話，慈禧便笑道：「五丫頭一個小孩子，哪有耐心煩兒坐在這兒，不定上哪兒玩兒去了呢！」

這回慈禧倒是猜錯了，此時的容齡正在學《論語》呢，她的老師，正是光緒皇帝。光緒正色道：「……君子發乎情而止乎禮，是說道德高尚的人就算是動了感情也會因爲禮教的關係而克制住自己。」

容齡悄聲道：「萬歲爺，我覺得這句話好像就是在說您。」

光緒一楞，苦笑道：「也許吧。不過，小淘氣兒，你知道嗎，君子還有許多其他的美德，而朕還差得很遠。比如說，君子訥於言而敏於行，就是說君子是說話木訥卻行動敏捷的，就有些像洋人說的實幹，可朕卻是說得多，做得少呀。」

容齡忙道：「萬歲爺，不是您不想做，而是實在是做不了。」

光緒沉默良久，十分感動，道：「容齡，你是眞的長大了，看來朕以後不能再叫你小淘氣兒了。」容齡道：「萬歲爺，您也快過生日了，等您過生日的時候，整個朝廷都得爲您祝壽，我就不錦上添花了，我想來想去，還是在今兒……在今兒提前送您生日禮物吧。」容齡拿出精心準備的禮物，雙手遞了過去。光緒打開一看，是一本精緻的英文字典，書頁的側面被細心地寫上了二十六個英文字母。

容齡看著光緒的臉色，小心翼翼地說：「萬歲爺，等我把您賜我的《康熙辭典》都學會了，您也就能用英文給我寫信了。」光緒奇道：「寫信？爲什麼不是聊天，難道你要走嗎？」

容齡直視著光緒的眼睛，眼裡的淚不聽話地湧了上來，道：「萬歲爺，如果我走了，您會給我寫信嗎？」光緒道：「當然。可是，朕往哪兒寄呢？」

容齡有些羞怯道：「到時候，您肯定會收到我寫的信的。這是我給您寫的第一封英文信，等我離開宮裡以後，您再打開，行嗎？如果我走不了，您就把信燒了吧。」

光緒點點頭，強笑道：「行，朕答應你，這也是壽禮吧？」容齡也勉強擠出一個笑容，顫聲說：「是，接了這份禮，從今兒起，您就欠了我的人情了。」光緒低聲道：「朕明白，恐怕這輩子朕也還不了了。」

光緒把信接過來，這是一個淡藍色的信封，用白蠟封上了口，白蠟的形狀，看上去宛如一滴淚珠。

夜晚，光緒對著燈光看了看容齡給他的信。他再三躊躇，終於拿出一把小刀，細心地把信封從側面的封口一點點細心地挑開，而沒有破壞心形的蠟燭封印。

幾個月來的英文教習，已經讓他讀懂了這封信……我的陛下，也許，我很快就要離開您了，一旦離開，您會想您的小淘氣兒嚒？我不知道我將到何處去，但是，無論在天涯海角，我都將想著您——我的陛下，我的聰明而不幸的君主，永遠永遠……

光緒的手微微顫慄起來，那頁薄薄的信紙，柔軟地飄落在他腳下的火盆裡，轉瞬間，灰飛煙滅。

5

德齡姊妹要演洋戲的事兒已經傳遍了清宮大內。這兩天，不僅是宮裡的親王貝勒福晉格格們，就連太監宮女們也在暗中爭相傳告：「要瞧洋戲了！要瞧西洋景兒了！」

但是美國青年醫生懷特卻一點沒被這表面的繁榮所迷惑，他一點也沒更改自己的主張，演大戲的前一天夜晚，他來到勳齡的暗房，與裕太太和勳齡一起商議離開的事，裕太太是特意爲此事來的。

懷特對勳齡說：「請你幫我把艾米姑媽的意思轉告你的母親，我希望她能幫助我，讓德齡和我一起回美國。而且，如果容齡願意的話，也可以和我們一起走。」勳齡譯給了裕太太。

裕太太道：「那可使不得，老爺要跟我急的。」懷特道：「裕太太，經過這一次風波，難道您還看不出來，太后是多麼陰險莫測、反覆無常的人嗎？跟她在一起，德齡和容齡就好像在黑暗中的懸崖邊上走路，不知道什麼時候就會掉下去！」裕太太聽完勳齡翻譯的懷特的話，不禁沉默了。

勳齡道：「額娘，難道您對妹妹們的關心還不及懷特嗎？」

裕太太一怔，紅著眼圈道：「我是你們的額娘，自然是世上最心疼你們的人。可他是美國人，他不懂得在中國除了親情的考慮之外，還有別的！……跟了你阿瑪這麼些年，我多少也知道些大情大義的事，不過，說到底，女兒是自己的女兒，是額娘身上掉下的肉，這件事關係到老佛爺，也是非同小可，不如我們坐下來，商量一個萬全之策，如何？」懷特與勳齡對視了一下，都坐了下來。

也就是在同一個夜晚，慈禧突然作了一個惡夢。次日一早，她便讓僕婦把德齡喚了過來。慈禧失神地望著鏡中的德齡道：「德齡啊，你知道今兒爲什麼我一大早把你叫來嗎？」德齡道：「奴婢猜您是想到園子外頭散步去。」

慈禧緩緩地搖頭，道：「不對，是因爲我作了個奇怪的夢，夢見我孤零零地一個人在大殿裡，我使勁地喊你的名字，但是一點回音兒也沒有！只有幾隻蝙蝠呼呼地飛來飛去。我走到大殿後頭你和皇后站的地方一看，你不在那兒了，只有我送給你的碧玉簪還留在那兒。德齡，你是不是最近想著要離開我呢?!」

德齡大驚，強笑道：「老佛爺，沒有的事兒，作夢的事兒，豈能當眞呢！」慈禧忽然一把抓住了德齡的手腕，正色道：「德齡，你跟我起誓，沒有我的旨意，千萬不要離開我！否則就不得好死！」德齡驚道：「老佛爺，您這是……」

慈禧：「怎麼，你不敢說？那麼我作的夢是眞的了？」德齡只好說道：「老佛爺，奴婢起誓，沒有您的旨意，決不離開，否則就不得好死。」慈禧的語氣這才緩和下來，慢慢說道：「德齡啊，其實我的心哪有那麼狠呢，只是最近總是作夢，夢到的都是生離死別——我和額娘的分離、咸豐帝、同治帝的死，還有，東邊兒的……，最可怕的是，珍兒竟然從井裡跳了出來！……」

德齡默默地爲慈禧梳著頭，輕聲道：「老佛爺，您也許睡的姿勢不正，壓著心口了，才會作這許多的噩夢。不妨今兒晚上換個姿勢，睡前喝些牛奶就好了。法國的醫生都說牛奶安神。」

慈禧淒然道：「德齡，你也不必安慰我，我知道，要有大事兒來了，我看不是我的死期將近，就是日俄戰爭要爆發了。每有大事來臨，我就會不停地作惡夢。唉，外面越是亂的時候，越是要身邊有親近的人兒，你明白嗎？」德齡道：「奴婢明白。」慈禧的眼睛竟然濕潤了，道：「德齡，你是個誠實的孩子，你的話，我都信，你可別矇我啊！」

德齡心裡不禁一動，老佛爺近在咫尺，眼睛裡清清楚楚能看見淚水，這淚水讓少女德齡十分難過，人非草木孰能無情，她想起這近一年來慈禧的恩寵，突然有一種難分難捨的感情湧了出來。

而且，她也很奇怪：額娘、哥哥和懷特已經爲她們姊妹商量好了逃走的策略，她相信這一切都是天衣無縫的，可太后的夢又是怎麼回事呢？難道冥冥之中真的有心靈感應麼？還是西方的那種心靈交通術確實存在？總之，太后的話讓她非常震驚。

德齡再次陷入矛盾之中。這天下午她告了假，提前回到家裡，迎面兒見小蚊子拿了一碟曬乾的薰衣草花，道：「主子，花都曬乾了，奴才也不知道做得對不對，要不給您泡點嘗嘗？」

德齡無精打采道：「好的，順便拿點蜜糖來！」薰衣草一泡進水裡，就變成了淡藍色的茶，眾僕人都十分好奇，議論紛紛。香兒道：「聽說外國人的血就是藍的，說不定就是這種茶喝的！」小蚊子道：「那主子喝了血不也就藍了？」德齡在他們的身後道：「外國人的血不是藍的，我的血更不是藍的！你們不要胡說！」眾人嚇了一跳——這麼長時間，德齡還是頭一回對他們發脾氣，她板起臉道：「你們都喝點兒嘗嘗！必須給我喝！不喝就扔到湖裡去！」眾人只好小心翼翼地喝了幾口，紛紛道：「主子，這茶是香得很的！」

德齡道：「好了，現在你們的血都變藍了，都是外國人了！」眾人嚇得一聲兒也不敢吭，都悄悄地開溜了。

德齡一個人在給地上已經繁殖成片的薰衣草澆水，心思紛亂，壓得她喘不過氣來。小蚊子恭恭敬敬地端了一杯冒著熱氣的咖啡和一塊蛋糕出來，彎身道：「德齡主子，請用下午茶吧。」德齡道謝過了，便坐在露天的餐桌上，心不在焉地開始用茶，見小蚊子依舊沒走，便抬頭問道：「小蚊子，你還有事兒嗎？」小蚊子道：「德齡主子，您有心事。這是我烤的蛋糕，不是太太從外面買來的，您都沒吃出來。」

德齡驚道：「什麼？這麼鬆軟的蛋糕是你烤的？小蚊子，你現在不但會煮咖啡，還學會做點心了？」小蚊子道：「新烤的點心好吃，您要是喜歡，我以後天天給您烤。這是容齡主子給我寫的做點心的單子，我不但要學烤蛋糕，還要學烤曲奇餅，還有麵包，還有……反正什麼都烤。」德齡這才忍不住笑了，咬了一小口金黃的蛋糕。

晚上，德齡容齡接旨去諧趣園大戲台去演洋戲，太監宮女們也都跟去了，只留下宮女月兒一人看家。戴獨特辮飾的王太監從隔壁儲物間裡出來，看到月兒正在敞開門的客廳裡打開箱子翻東西，他稍一猶豫，閃到一邊。月兒翻了半天，總算翻出了一雙西式的旅行鞋，她看四下沒人，好奇地套上腳上試了試，然後在地上走了幾步，她自語道：「嗯，走起來是舒服。」

王太監突然出現在她身後，冷笑一聲道：「月兒，主子的鞋可不是那麼好穿的！」月兒大驚道：「王公公，嘴下留情，您可千萬別告訴主子。」

王太監慢慢說道：「我這個人就是有點管不住自己的嘴，一不留神就說多了！」月兒陪著笑臉，掏出自己的月銀道：「王公公，這是孝敬您的酒錢，您就笑納吧。」王太監一邊說著：「我不喝酒，哪能拿你的錢呢！」，一邊把月兒的錢收進了袖子裡。

月兒忙道：「王公公，我會記著您的好處的。」王太監道：「那你跟我說說，主子這是要幹什麼，搬家嗎？」月兒道：「不是，就是容齡姑娘說要我今晚把她和德齡姑娘的好走路的鞋都找出來，過一陣也許要穿呢。」王太監若有所思，半晌道：「好走路的鞋？她們幾時要走路了？」

王太監越想越不對，決定立即稟報老佛爺，可巧在園子裡撞上了李蓮英，他忙道：「李總管，我有急報，老佛爺在哪兒？」李蓮英道：「在大殿裡看戲呢，你先到老地方候著，我得趕緊把這碗桂花茶送去，戲完了自然會找你。」

王太監急道：「我這可是急報！」李蓮英不冷不熱道：「是不是天要塌下來了？不是就候著，壞了老佛爺的雅興，挨罵的不是你，是我！」王太監歷來怕李蓮英，這會子見他翻了臉，忙陪笑道：「李諳達息怒，我照辦就是了！」李蓮英這才走了，王太監想，不如趕在李蓮英前頭，直接去諧趣園報老佛爺，沒準兒能搶個頭功呢，便改道從小徑走。這麼一來，便與從樹叢裡閃出來的無玄撞了個正著。

王太監眼尖，一眼便認出這是個生臉兒，道：「嗨！這麼急幹什麼，又不是趕著去投胎！」無玄忙道：「噢，對不起，請公公多包涵。」

王太監聽著他的聲音不對，更加疑心，道：「我怎麼從來沒有見過你，你是哪兒的？」無玄道：「回公公，我是御膳房的。」

王太監道：「哈，原來是楊四兒的手下！」無玄忙陪笑道：「對對，公公，我先走一步，回頭見！」

王太監說了一聲：「明兒見！」一閃身，便將匕首頂住了無玄的後腰。無玄道：「公公，你這是……開玩笑？我改天請你喝酒賠禮。」王太監道：「我看你也不用賠禮了，還是我把你當禮送給老佛爺吧！我一瞧你就是個冒牌貨，那麼粗的聲音，那麼凸的喉結，還有御膳房根本沒有姓楊的！算你倒楣，撞上了我！」

無玄叫道：「公公饒命！」同時突然敏捷地把王太監往後一踢，然後抓住他的手腕，將匕首捅進了他的胸部，頓時鮮血四濺。王太監掙扎地問出一句：「你，到底是什麼人？」說著便斷了氣。

一輛馬車，就在園子外面靜靜地候著。

6

諧趣園的大戲台上，德齡扮演的茶花女和懷特扮演的亞芒在吵架。懷特用英文道：「瑪格麗特，前一段時間你不是還很堅定地說要跟我走嗎？為什麼又變化了呢？現在連你的母親和哥哥都認為我們應該走！」容齡譯的當然是原文：「瑪格麗特，你說過你愛我永生不變，然而現在財富和虛榮竟然掩蓋了愛情的光輝！」

德齡道：「亞芒，我愛你，可是你要知道，我忽然被一個使命和情感交織的網羈絆住了雙腳，我走不動了，我發覺，這種感覺使我要暫時再停留一段時間！」容齡譯道：「亞芒，我愛過你，可是我也會愛別人，愛是要付出的，要付出一切——情感、時間、金錢，誰對我付出得更多我就更愛誰！」

懷特道：「瑪格麗特，你說的不是眞的，如果有什麼隱情請坦率地告訴我，我不相信你會眞的對太后產生牽掛和感情！」容齡譯道：「瑪格麗特，你說的不是眞的，如果有什麼隱情請坦率地告訴我，我不相信你會愛上別的人！是不是我的父親找過你？」

德齡道：「亞芒，原來我出逃的猶豫是出於對家人安全的擔心，可現在這個問題完全可以排除，因此我認識到，我的確是對太后有一種複雜的感情。這是個奇怪的事實，不要說你，就是連我在今天以前都不相信這個事實，可它的確是眞的！」容齡譯道：「亞芒，我們的分手不關你父親的事！我對你冷淡下來，是因爲我的新追求者有非凡的魅力和沉穩的風度，我的確愛上他了，他不是一個青春美少年，可我就是被他吸引了，不要說你，就是連我在今天以前都不相信這個事實，可它的確是眞的！」

台下，慈禧和皇后、光緒等人看得津津有味，大公主已經被他們的表演打動了，她神色凝重，輕輕抓住了椅子的扶手。光緒聽著台詞，不時地看一下手裡的劇本，然後又翻一下字典。

慈禧悄悄地對皇后道：「沒想到，洋人的戲就光是說話不唱曲兒，竟然也別有一番味道。我看那個懷特，就是洋人裡的楊小樓！」皇后道：「聽說懷特在醫學院裡演過戲的，正經有師傅教過的！」慈禧：「醫學院爲什麼要學戲？又不是戲班子。」

皇后道：「聽德齡說，洋人的大學裡除了要修的主課，其他的什麼都可以學——樂器、體操、球類，大概是爲了修身養性。」慈禧道：「我看咱們的大學可不能這樣，這樣容易亂套，會玩物喪志的！洋人這樣做，早晚會自食其果，讀書就是得苦讀，不懸梁刺股的能成什麼大氣候，我可不信！」皇后只好悄聲道：「老佛爺聖明！」

大戲台的幕布後面，裕太太正在幫即將上場的卡爾戴一朵花，這裡看得見台上激烈的爭吵。卡爾和勳齡著急地用英文議論著德齡和懷特，裕太太不時地把卡爾的腦袋擰過來整理髮髻，可一會兒卡爾又擰了過去。

卡爾道：「勳齡，你看怎麼辦，德齡好像眞的是不願意走。」

勳齡道：「待會兒你上台一定要說服她，連容齡和我母親都下決心了，她倒是變卦了。我看，我父親說得對，我們三兄妹裡德齡繼承父親的最多。卡爾，拜託了！」

卡爾突然小聲道：「勳齡，不知道怎麼回事兒，我覺得德齡也許是對的，人應該尊重自己的直覺。」

勳齡道：「上帝啊，卡爾，你不能這麼想，你是站在我們一邊的，何況，我們已經爲這一天準備了那麼久，去碼頭的馬車就在園子外頭等著呢！」

裕太太不解道：「台上吵架，台下也吵，你們到底在吵什麼？」勳齡和卡爾都沒理會她。

卡爾道：「可是，我們不能爲德齡作決定。」勳齡道：「當一個人糊塗的時候，我們不得不爲她作決定。你該那上場了！」勳齡一把將卡爾推上了舞台。

裕太太急道：「哎呀，勳齡，你使那麼大的勁兒幹什麼！卡爾怯場你要好好地說，你這樣，把人家都嚇壞了！」勳齡哭笑不得，也沒有工夫解釋，他的心已經懸到嗓子眼兒了，他知道，這件事鬧不好是要人頭落地的，不僅是他和他的妹妹，甚至還有他的全家。

卡爾上場了，她扮演一個賣弄風情的舞女，拉著懷特的胳膊，對德齡道：「瑪格麗特，你太不珍惜亞芒爲你做的一切了，要是有個風騷女人這樣把他搶走了，你會後悔一輩子的！」她拉著裙襬，圍著懷特跳起了舞。容齡在一旁翻譯道：「瑪格麗特，我比你美麗一百倍，亞芒會愛我的，男人總是喜新厭舊的！」

德齡強忍淚水，哽咽道：「亞芒，如果真的這樣……」側幕的勳齡一抬手，一個拉二胡的太監便拉起了悲涼的曲子，德齡和卡爾一起在台上跳起了舞，只是前者緩慢而痛苦，而後者狂野而奔放。

瑾妃已經潸然淚下，連元大奶奶也被劇情感染，大睜著一雙眼睛道：「那個卡爾，平時看著笨笨的，怎麼也會裝狐媚子哄人兒？看來洋人個個都會演戲，根本就不能相信他們！」光緒回頭，不耐煩地作了個手勢，示意她小聲些。光緒認真對照著劇本，皺起眉頭。

四格格扮演的闊太太出場了，她尖著嗓子用中文叫道：「親愛的瑪格麗特，多日不見了，你穿的袍子多麼美呀！還記得嗎，這可是在我的店裡訂做的，這可是全巴黎最好的天鵝絨，還有這是全歐洲最昂貴的花邊！」德齡道：「蘇菲，我知道，這個月的帳單該給你結清了！」四格格道：「哦，瑪格麗特，你誤會了，我不是來催債的，我是來告訴你，你這個月的帳單已經有人替你結了。恭喜你，那是尤里西斯公爵，我認爲還是老男人好，老男人懂得如何去關照女人。」懷特痛苦地作攥拳狀：「瑪格麗特，是真的嗎？原來你貪戀的是華美的袍子而不是純真的愛情。」於是，卡爾和四格格一起唱了起來：「啊，青春瞬間既逝，享樂要及時。愛情是小貓小狗的事，富貴才是來之不易！」

夜已經深了，戲到了最後一場，是亞芒在茶花女的墓前憑弔，茶花女的靈魂在一旁靜靜地凝視著他。懷特傷感地說：「瑪格麗特，我想你是不會跟我走了，我只能在臨走前憑弔我們短暫而美好的愛情。我不去跟你的祖國競爭了，我贏不了她，她用使命感和太后來擋住了你遙望自由的視線。」容齡的翻譯卻是原文：「瑪格麗特，我現在已經知道了事實的眞相，你對我的愛是無私的，可我卻在你生命最後的時光殘酷地傷害你，我永遠也無法償還你的犧牲了，愛和內疚在每時每刻折磨著我，我痛恨自己的驕傲和幼稚！」

德齡流淚道：「亞芒，我深愛你，可是我敵不過我內心的召喚。我也許是一個任性的、貪婪的女人，因爲我讓你一再地退讓和一再地遷就，我濫用了你的愛和耐心。可我最後還是忍不住地自私地懇求你——請再等等我，我是多麼地不想失去你！」容齡譯道：「亞芒，我是愛你的，我願意爲你做世界上的任何事情，請不要自責也不要抱怨你的父親，因爲我做這一切是自願的，沒有人強迫。」

懷特道：「德齡，愛是不能勉強的，我從前太自信了，太理想化了。分離之前，我只想祝福你一切平安，最重要的是，祝你能碰上一個你捨得爲他放棄一切的人，我認爲那才是眞正的幸福。」此時，容齡轉身面對著台下的光緒，譯道：「遇到你，是我一生最大的幸運，可遇到我，卻是你的不幸。如果時光可以倒流，可以讓我重新愛你，那我願意用我的一切來交換！」

當懷特說出德齡的名字的時候，慈禧不禁心裡一震。只聽元大奶奶在說：「嘿，懷特叫錯名字了，不是姓馬的小姐嗎，看來醫生還是當不了戲子。」光緒聽懂了懷特最後的話，他重複了一遍：「The real happies!」他翻了一下劇本，劇本上沒有，他久久地看著台上，已經完全明白了這場戲中戲。

7

幕布緩緩落下。

慈禧用帕子抹一把眼睛，拍了幾下巴掌。眾人都跟著鼓起掌來。慈禧緩緩對皇后道：「原來洋人也真是有癡情的！什麼淫亂，說說話兒，有什麼大不了的？兩年前，公使祕書寫摺子彈劾裕庚的就是這齣戲吧？」

德齡姊妹大吃一驚，走下台來，側立在皇后身邊。皇后道：「正是，老佛爺。」然後皇后回過頭來，看著身邊的德齡，道：「你們還在巴黎的時候，駐法的公使祕書寫摺子說，裕庚縱容女兒演淫亂戲劇，老佛爺並沒有理會。你們還沒回來呢，大內之中都傳遍了！所以老佛爺見著你們這麼識禮數兒，高興得了不得，說，那些讒臣的話哪兒能信，裕庚的女兒多懂禮兒啊！」

德齡容齡聽了，雙雙跪下道：「謝老佛爺，若不是老佛爺聖明，奴婢和奴婢一家定會遭滅頂之災！」慈禧忙道：「快起來吧。若說是讒臣陷害呢，可也不是這一遭的事兒了！皇上，彈劾裕庚的摺子那些年有多少？」

光緒欠身答道：「兒子也記不清了，大概有十幾回吧。」

慈禧道：「聽聽！我記著，少說也得有十幾回！說裕庚親洋那就不必說了，多一半兒的摺子都是說這個的！單說那裡通外國的摺子就有那麼兩三回，縱容女兒演淫亂戲劇的，只有公使祕書這一個摺子，當時瞧了，還真把我嚇了一跳，我尋思著：裕庚可還不老哇，怎麼就先糊塗了？哪能把自個兒的親閨女往這道兒上引哇？榮中堂就說，裕庚斷斷不會！若說我是聽信榮中堂不治你們父親的罪，那也不是，古話說用人不疑疑人不用，就是這個道理，為君的若是不明白這個道理，為臣的又哪能為他捨生忘死肝腦塗地?!慢說是這個摺子，就是有人參奏裕庚與孫文孫中山勾結，我也一樣兒沒理會！這不，好好兒的任滿回國了？兩個閨女也這麼好，在異邦長大的，有些洋人的規矩不怕，到底還是咱們滿洲的姑娘！明兒個太平了，我叫你們都出去走一遭兒，你們瞧可好？」

以皇后為首的眾宮眷聽了都喜形於色，齊齊跪下道：「謝老佛爺隆恩！」德齡叩著頭，嚇得面如土色。太后驚人的記憶力和老到的心計讓她出了一身冷汗。她萬萬沒有想到，即使是她認爲萬無一失的機密，也難逃太后的眼睛。她想，她一定要常常提醒容齡要事事小心，現在她已經從根本上懷疑，那個他們一致認爲無懈可擊的計畫，是否眞的可行?!

在大幕後面，裕太太不停地擦著沒有間歇的淚水。勳齡勸道：「額娘，別哭了，你看一遍《茶花女》就哭一次，下梅雨也沒有您這麼有準兒。」裕太太哭道：「這可能就是我最後一次看我的兩個寶貝女兒給我講《茶花女》了，走了以後，等猴年馬月才見得著呀。」

勳齡嘆道：「額娘，告訴您——德齡不打算走了。」裕太太吃驚地指著舞台道：「他們小倆口哭哭啼啼的原來爲的是這個，不是爲著可憐茶花女？」

突然，大殿裡所有的燈都一下子滅了！所有的人都被黑暗籠罩著，四格格嚇得叫出聲來，懷特趁機緊緊抱住德齡，吻了一下她的頭髮，在她的耳邊道：「親愛的，跟我走吧，現在還來得及！」黑暗中，突然有人高叫：「有刺客！」接著，吶喊聲、拳擊聲、尖刀的碰撞聲混成一片。眾人下意識地依偎在一起，驚恐萬狀。

蒙面刺客已經闖入，近在咫尺，御前侍衛們衝了上去，李蓮英和幾個太監提了幾盞燈，匆匆地護衛慈禧和光緒等人離去。光緒邊走邊回身看著，看到如狼似虎的侍衛們撲上去，終於按住了那個刺客。刺客的頭套被撕掉了，當然，他正是無玄。光緒在心裡長嘆了一聲：「這個人實在很年輕啊！」

燈亮了，德齡等人站在一片狼籍的諧趣園中，一陣茫然。卡爾喃喃自語道：「這可是我經歷過的最刺激的一天！」裕太太把兩個女兒抱在懷裡哭道：「你們走吧，額娘不能看著你們死在這裡！」勳齡看了看懷錶道：「德齡，容齡，再不走，明天一早的船就趕不上了。」

時間如同凝固了一般，德齡和懷特相視而立，僵持在那裡。懷特的心裡，充滿了痛苦和失望，他已經下意識地感覺到，德齡不會和他一起離開了。但他還是說：「德齡，我再說一遍，愛是不能勉強的，是發自內心最自然最真誠的聲音。現在，閉上你的眼睛，最後再聽一遍你自己的心跳。我數到三，如果你邁向前一步，我們就永遠在一起；如果你還停在那裡，我一定會完全消失在你的生活裡。一、二……」德齡流著淚閉上了眼睛。

當她睜開眼睛的時候，懷特已經不見了，其餘的人都在關切地看著她。卡爾把假髮脫了下來，說：「沒想到愛情的故事就這樣結束了，這是一個平靜的結尾。」德齡癱倒在了地上，她美麗的裙襬在地上像百合一般盛開。

園子外面的馬車依然停在那兒。車上，小順子和馬車夫背靠背地睡著了，發出輕微的鼾聲。最後的秋蟲在衰弱地叫著，對於它們來說，這也許是個平靜的夜晚。

8

慈禧內心的疑懼、怒火和驚慌是可以想見的。回到寢宮，她立即召李蓮英密談。當她聽說王太監之死時，越發怒火中燒，對著李蓮英大吼大叫，半晌才平息下來。李蓮英又親自端了茶，也被慈禧摔在了地上。

已交丑時了，整個寢宮鴉雀無聲，李蓮英跪在地上已經有兩個時辰，寢宮外面，宮女太監們更是黑壓壓跪了一大片。慈禧這才說了一句：「都起來吧！」李蓮英站起來的時候覺得眼前一黑，好歹支撐著沒倒下去，定定神道：「老佛爺有何吩咐？」

慈禧冷笑道：「告訴刑部，嚴審刺客，同時發布告示，就說他已經歸順朝廷，賞給他三品官服。」李蓮英戰兢兢道：「老佛爺，這是離間計？」慈禧斥道：「蠢材！他必死無疑，哪有離間死人的！哼，我是讓他死了也成不了他們亂黨的英雄，別指望還有人給他收屍燒香！他能闖進園子裡來，說明他是不怕死的，但是，他一定是最在乎名聲的，沒了好名聲，他死的時候，一定難受到骨頭縫兒裡去。」李蓮英忙道：「老佛爺聖明，攻人爲下，攻心爲上。」慈禧道：「去！去把皇后和大公主給我請來！」

皇后和大公主也是徹夜未眠，在長春宮裡密談。大公主道：「皇后，這下刺客當場抓住，總算沒出什麼大亂子。老佛爺這會兒也正顧著恨革命黨，也想不到抱怨其他人，這回咱們算是過關了。」皇后皺眉道：「老佛爺的關哪有那麼好過，萬一她審出什麼來，免不了大發雷霆。我整天心裡亂得很，要過老佛爺的關，刺客的關、後宮的關、萬歲爺的關，唉！眞是太難了。」

大公主道：「要是一個普通的老百姓聽見您說這話，哪會相信？都說宮裡是錦繡繁華地、溫柔寶貴鄉呢！」皇后道：「我請你過來，是想讓你看樣東西。」皇后命侍女嬈兒退下，親自從床屜裡掏出一件東西，大公主定睛一看，正是一把精緻的勃郎寧手槍，不由大吃一驚。

皇后倒是十分鎮靜，道：「這是我託弟弟從洋人那兒買的，一把送給你，另一把我自己留著。萬一再有什麼事兒，咱們還可以保護老佛爺，也能自衛。千萬不要跟別人說！」大公主認眞地點了點頭，小心地撫摩了一下手槍。皇后把槍試著舉起來，瞄準大桌子上的花瓶，她的手微微地顫抖著：「你說，刺客要是就在眼前，咱們敢開槍嗎？」

大公主道：「這個……怕是得讓那個洋小子教教咱們，瞧他該是個會使槍的！」皇后低聲道：

「我呀，還眞是有個主意，也不知使得使不得！……我瞧皇上跟勳齡和那個洋小子還算不錯，你想想，自打戊戌年之後，皇上什麼時候露過笑臉兒？老佛爺面前不過是應個景兒，他那個瀛台，三面環水，連個說話兒的人也沒有，也難爲了他！他的脾氣兒也怪，庚子年西狩，他連件兒隨身兒的衣裳都沒帶，大雨淋了，就那麼濕乎乎地貼在身上，平日裡山呼萬歲的那些個王公大臣，沒有一個孝敬主子、願意把自己個兒的衣裳獻出來的！我瞧不過去，給他收拾了件兒乾淨衣裳送過去，二話沒說就讓我跪安，我出來的慢一點兒，他竟……竟然揪著我的頭髮把我掏了出去！把我的簪子都……都摔碎了！……」

大公主忙勸道：「皇上心裡煩惱一時生氣也是有的，您就別傷心了！您想想，您是皇后，他心裡有氣兒不向您撒，難道還向老佛爺撒?!」皇后強忍淚水道：「你也是成過親的人，也知道，一日夫妻百日恩，饒他這樣兒，我還是替他想，就是我剛說的那個主意：我想讓那個洋小子給他當御前侍衛，你覺著可使得？」大公主驚道：「可他是個洋人！老佛爺那兒……」

皇后道：「洋人怎麼了？最近瞧了德齡帶回來的那些本洋書，才知道洋人也有重感情、講信義的，一點兒不比咱們古書裡的那些劍客俠客們差！皇上見著那些太監、宮裡當差的就煩，想是瞧不起他們，我瞧那個洋小子還有點子洋墨水兒，正好跟皇上投緣，不如叫他做了御前侍衛，又會使槍，想著他那瀛台咱們也放心些。」大公主感動道：「皇后主子！平日裡只說您至純至孝，今兒才知道，您還是個重情重義之人，若是那個洋小子做了皇上的御前侍衛，自然是好的。您什麼時候回老佛爺，我陪著您去！」

正說著，李蓮英來請，兩人遂去了慈禧寢宮。慈禧正歪在煙榻上抽水煙呢，皇后和大公主說了幾句爲老佛爺壓驚的話，便說了相商的那個主意，被慈禧一口回絕了。慈禧道：「虧你們想得出來！御前侍衛，也是那麼好當的?!這個洋小子，雖然有些本事，考察了這麼久，也沒有太大的毛病，可是按咱們祖宗的律法，哪有讓洋人長久在大內走動之理?!異邦異族，其心必異啊！再者說，皇上那個人你們還不知道，沒人招他他還想入非非呢，要是再派個洋人去招他，說不準再弄出個戊戌年的事，也未可知！」

慈禧的話一甩出來，皇后等人哪裡還敢說半個不字兒，連忙答應著。慈禧看著皇后道：「你也知道，我對他是沒什麼指望的。本來立了大阿哥，就是想斟酌廢立之事，不想那小子又不爭氣！……我活一天，算是大清國的造化，將來我撒手歸西，你熬到了皇太后，自然知道我的苦處，到那個時候，你再由著你的性子辦吧！反正我那時候兩眼一閉，什麼也不知道了！」

皇后聽了這話不像話，急忙跪下道：「老佛爺言重了！老佛爺千秋萬歲，都是我們惹得您老人家生氣！」

慈禧道：「以後園子裡的事兒，你們也都留著點兒心，光靠慶善他們這些人是不行的，李蓮英也有歲數了，御前侍衛們腦子也有限，就說軍機處慶親王他們，一天到晚摺子都看不過來，就別提別的了！倒是刑部我叫他們打了招呼，以後凡有這等事，一律凌遲，也好殺一儆百！……你們跪安吧！」皇后與大公主諾諾連聲而退。

次日晚飯時候，周太監親自挑了食盒走進死囚牢。牢頭禁子見了，不懷好意地一笑道：「怎麼今天勞周公公大駕親自送飯?!」周太監道：「這不李總管說了，明天一時三刻將人犯推出午門斬首，臨行前叫他吃頓好的！」牢頭禁子這才點點頭，將牢門的鎖打開。那周太監拿出一大盤雞肉，一大盤豬腸，一小盤鹹魚，還有五六個饅頭。人犯無玄目不轉睛地盯著周太監，周太監連瞧也沒瞧他一眼，只說了一句：「吃飽了就上路吧！」低著頭就走了。

無玄哪裡吃得下去，熬到寅時，一來牢頭禁子睡著了，二來也確是餓了，這才開吃，覺得那雞肉豬腸，都是人間極品，連饅頭也是香的，不覺一連氣吃了三個。吃到第三個，突然發現裡面有紙，這才想起，平時周公公是從不送牢飯的，怎麼今日例外？立即把紙拿出來，展開，卻是疊好的一張地圖。藉著一點微光，隱約能看見上面標著東南西北四個方位，再細看看，不是奇門遁甲圖，又是什麼?!

圖上只有東南方向寫著「活門」，其他方向都是死門。

四更天過，刑部官員提人，這才發現大獄裡面空空如野。獄卒們見了鬼似的嚎叫著：「不好了！不好了！刺客跑了！」那聲音在寂靜的紫禁城中格外磣人。

9

懷特要走了，他一早就和喘氣兒告別，握了握小狗的前爪，道：「親愛的，我要告訴你，你是一隻了不起的小狗，因爲你特別開朗，特別善於自我修復，看來我得努力跟你學。現在，我們不得不說再見了。」喘氣兒像是明白什麼似的，撲上來使勁地舔他的手。

懷特撫摸著他道：「Ghost，我會想你的，眞的，你看，我們的合影我都帶著呢。」他把放在鏡框裡的合影給小狗看，小狗依依不捨地在鏡框上舔了又舔。與喘氣兒親熱夠了，懷特才想起今兒該去東配殿向慈禧辭行，便抱起小狗去了。自打喘氣兒上次救了慈禧一命後，獲得了極大限度的自由，不但可以隨意出入御狗房，還能在任何親王貝勒的花園中自由自在地奔跑。

慈禧的心緒這兩天簡直壞到極點，不但是因為刺客逃跑一事，還因為覺睡不好，總是惡夢連連。這會子見了懷特和歡蹦亂跳的小狗，才算勉強擠出一點笑容，因德齡請了半天假，便命青兒去叫容齡來做傳譯。

容齡為懷特譯道：「老佛爺，懷特說他最近經常夢到自己童年時的玩具，所以他知道自己非常想家，所以他要回家了。」慈禧奇道：「怎麼？懷特還會解夢嗎？」

懷特道：「太后，我不會解夢，不過奧地利有個醫生叫佛洛依德，他出了一本了不起的書《夢的解析》，專門透過分析人們的夢，來看到人們真正的想法，西方的人們都很信服他。」聽了容齡的傳譯，慈禧道：「是真的嗎？那趕明兒把那個佛醫生請進宮來可好？」懷特道：「太后，我可以試著幫您聯繫，不過我並沒有見過他本人。」

容齡道：「太后，懷特說他可以試試，可他和那個醫生只是神交。」慈禧道：「懷特，你先給我學學，這洋周公是怎麼解夢的。我倒要聽聽，他是不是個江湖騙子。」懷特道：「太后，那請你說一個你最近經常作的夢，或者印象非常深的一個夢。」

聽完容齡的傳譯，慈禧道：「我啊，最近經常胸口發悶，夢見我小時侯住的院子裡，滿樹的玉蘭花都開了，我十五歲，我妹妹十四歲，我們一起在樹下唱著南方的小曲兒，後來，妹妹說，姊姊，這玉蘭多香呀，我把它們全搖下來吧。我說，這哪行呀，這是我心愛的樹啊，妹妹可不聽，就發了瘋似地搖，玉蘭花就像下雨一樣落了下來。就在這時，突然出了一個可怕的怪事！……妹妹搖著玉蘭樹的手沾在樹上下不來了！玉蘭樹還瘋了似的搖晃，把妹妹晃得頭髮都散開了，可是就是停不下來！我嚇壞了，趕緊伸手去拉她，可玉蘭樹那大粗樹幹一下子倒了，整棵樹向我們身上壓了過來！……」容齡嚇得大叫了一聲。

懷特問道：「那麼後來呢？」慈禧道：「還好，這大樹沒砸向我，可它砸向了我的妹妹……可憐呀，我這顆心就一直懸著，顫悠悠地發抖！……你說說，這夢到底是什麼意思？你一定得老老實實地告訴我，別光揀好聽的說。」容齡傳譯給了懷特。

懷特道：「好的，太后，我一定會如實地告訴您的。按照佛洛依德博士的學說，童年的經歷會影響人的一生，而您作的夢又是關於少女時代的，因此這個夢看來並不難解釋。我冒昧地問您一句，小的時候，你和妹妹的關係好嚒？」慈禧默然良久，道：「小的時候，自然磕磕碰碰是難免的。不過，她的婚事，可是我一手操持的，滿宮裡的人都知道她和醇親王伉儷和諧恩愛有加，爲這個事兒，她也很是感激我！……可惜她壽數不長，兒子親政了，按說她也熬出來了，可她偏就走了!!」

懷特道：「我明白了，這個夢有兩重可能。第一種可能，是說出了你對妹妹潛意識裡的仇恨。許多的姊姊，由於在妹妹出生之前，是很受父母寵愛的。可是一旦妹妹出生以後，她就覺得父母給她的愛和注意力都被搶走了，因此，她便對妹妹有了敵意。另外，父母格外偏愛一個孩子，也會引起其他孩子的自卑和不滿。所以，兄弟或姊妹之間的相互競爭是很難避免的，而成年之後，出於理智和教養，他們就盡力掩藏著自己內心的陰影。」容齡如實譯了，慈禧的臉色越來越難看，道：「哦，你還一套一套的呢？咱們先別說那些大道理，我問你，這夢裡的樹怎麼解呢？」

懷特道：「樹在西方的文化裡，代表了興旺的家族。因此您和妹妹在樹下，說明了你是在憂慮著和她在家族中受重視的程度。而她搖樹以至於樹倒了下來把她壓住，都是你給自己找的一個報復她的機會。而且你在對自己強調，對她的不滿不是妒忌或者敵意，而是因爲她自己做錯了事情。其實，無論是愛或恨，都是很直接很樸素的，可是人很少面對直覺，而總是習慣從社會的規範中找一個理由來牽強地解釋自己的感情。」慈禧勃然色變，竟然用金指套在桌上深深地劃了一道印跡。

這時，一個聲音出現了，及時地打破了僵局：「老佛爺，這個夢還有第二種解釋，這第二種解釋才是眞正的解釋。」

三人回頭一看，竟是德齡，她渾身散發著薰衣草的清香，妝容淡淡地站在了門口。懷特的目光立即被德齡吸引了過去，德齡有意躲避著他，她面對慈禧，輕言細語地說：「這個夢，應該是一個大吉大利的夢，這是說老佛爺一定會青春常在。因爲玉蘭樹是一棵古樹，老佛爺以青春的年紀看古樹壽終正寢，可不是意味著老佛爺要比古樹還要長壽得多嗎？」容齡小聲把德齡的意思傳譯給懷特，道：「我看出來了，剛才咱們闖禍了，姊姊是來救場的。」

懷特大驚道：「不是太后讓咱們直說的嗎？」容齡笑道：「那意思大概是只許直說好話兒吧。」慈禧依舊很緊張，問道：「那依著這種說法兒的話，醇王福晉怎麼解？」德齡略一躊躇道：「老佛爺，醇王福晉不能和您一樣鴻福齊天。因爲她和古樹一起倒了，可你卻還在一旁安然無恙。」慈禧沉思道：「……說得對啊。……我二十七歲，先皇帝就殯天了，可我活到現在，不是還挺硬朗的麼？七福晉和醇親王恩恩愛愛的，也沒經過什麼大風浪，可她說去就去了！你說，這不是福薄，又是什麼?!」三人低頭不語。

慈禧忽覺不妥，忙道：「我們姊兒倆多少年了，一直是掏心掏肺的，她走了，我這心裡的話兒，一時還眞找不著人兒說了！……說句我不該說的話，若是有她在，戊戌年的事兒說不定不會發生呢！」德齡小聲道：「德齡懂得。老佛爺是說若是醇王福晉在世，會以額娘的身分規勸皇上，讓皇上自我檢點，不要聽信康有爲那些人的話，對麼？」

慈禧臉色陰鬱，嘴上卻強笑道：「德齡，你很聰明。」然後她突然斂住笑容，走了兩步，端坐在御座上，對懷特道：「懷特，今兒你要走了，我賞你點什麼好呢？」懷特道：「謝謝太后，我什麼也不要。」德齡在身後給容齡做了個手勢，容齡會意道：「懷特說多謝太后，他除了老佛爺的字，什麼也不想要。」

慈禧大喜道：「這個洋鬼子，他還知道要字兒。」德齡忙道：「老佛爺的書法早就美名遠揚，您不妨賜他一個字，也好讓美國人領略咱們中國的文化精髓，他們用的是硬筆寫字，寫出來的字自然沒有毛筆變化豐富。」慈禧欣然應允道：「好吧，我就賜他一個字吧。……李蓮英，給我研墨！」

卻說那慈禧，原本並沒有多少學問，年輕時幫咸豐帝批摺子的時候，常常錯字百出，只是十分用心，加之聰明，又持之以恆，便眞的練出了一手好字。慈禧的字，筆墨遒勁，骨肉亭勻，頗見功力。此時她命青兒拿了銅龜鎮紙，揮毫寫了個「貴」字。最後一筆落下之後，大家叫一聲好，容齡忙示意懷特謝恩，懷特卻一雙眼睛直勾勾看著德齡，沒有理會容齡。慈禧拿眼一瞟，不禁疑竇頓生。好在德齡急中生智，暗使了把勁兒，小狗便嗖地從她的懷裡跳了出來，直撲懷特，懷特像接棒球一樣接住了牠。慈禧這才笑道：「瞧不出來，這洋小子還眞是被我的小喘氣兒給迷住了。」

懷特走了。德齡目送著他，只覺得視線越來越模糊，她明白自己必須克制住淚水，可是她眞的不明白，爲什麼他竟然沒有回頭看她一眼，難道他對她已經毫無感情了嗎？雖然已經分手，可她還幻想著有一種牽掛和默契永遠地存在於他們之間。她在默默地數著數，她想，如果數到十，他還沒有回頭，那麼她就徹底地埋葬她對他的愛。

數到十的時候，德齡一下子拿手絹捂住自己的眼睛，不敢再看。就在這一瞬間，懷特回了頭，他看到低頭捂著眼睛的德齡，便很快地走出了宮門。德齡慢慢地移開手絹，從指縫裡往外看，懷特已經走遠，宮門重重地關上了。

無法抑制的淚水濕透了少女德齡的手帕。

兩個時辰之後，光緒的貼身太監孫玉急匆匆走到宮門，問侍衛道：「剛才走的可是那個美國醫生？」侍衛回道：「正是。孫公公有事嚒？」孫玉捶胸頓足道：「咳！緊跑慢跑的還是沒追上，萬歲爺的牙疼，說是上回老佛爺的牙讓這大夫給瞧好了，也想請這位大夫瞧瞧！」侍衛道：「已經走了兩個時辰，怕是追不上了！」

懷特手提著小箱子走進美國使館，康格夫人接待了他。她嘲諷道：「懷特，你可是做了太后的紅人了，回美國足以寫一本暢銷書了。」懷特道：「夫人，這都是您給我機會，我感激不盡。至於暢銷書，我是不會寫的，要是寫了，版稅一定是您的。……因爲，我欠您的情。我對您撒了謊，我進宮的目的只有德齡，別的任務，我認爲不恰當，所以……但請相信，我會補償您的。這是太后親手題的字，送給您。」懷特恭恭敬敬地把字拿出來，攤在桌上。

康格夫人盯著那字，瞧了又瞧，她知道這是一件價値連城的珍寶。但是她抑制住狂喜，淡淡說道：「凱，你眞的讓我很失望。不過，禮物我是從來不拒絕的，當然，那得是特別的禮物。」懷特道：「夫人，我認爲紐約的珠寶行裡一定有你喜歡的東西。」康格夫人道：「我看也只好這樣了。記住，女人珠光寶氣的時候往往是她最失意的時候。你知道嗎，爲了你和卡爾，我已經被上司責罰了。」懷特聳了聳肩，道：「對不起，夫人。」

康格夫人道：「好了，說說你的德齡吧。」懷特黯然道：「我們分手了，我準備明天就啓程回美國。」康格夫人笑道：「哦，難怪你今天會那麼誠懇，通常人們都是失戀以後才發覺其他的朋友是多麼的好，而熱戀的時候，總覺得沒有一個朋友是不礙事兒的，對不對？」懷特苦笑了一下，沒有回答。

10

深夜，墳丘附近的一小塊野草居然被慢慢頂了起來，一個人，一個男人，一個蓬頭垢面的年輕男人從裡面鑽了出來——他是無玄。

從奇門遁甲圖上發現東南方向的活門之後，無玄便抬頭望著東南方向，什麼也沒有，只有一彎孤獨的寒月。他再低頭看，大牢的東南角，有一塊長三角形的磚。他扒了又扒，摳了又摳，直到把雙手磨得鮮血淋淋，才算把那塊磚扒開——裡面，竟是空的。

他狂喜了！密道！早就從傳說中知道大內之中有一條密道，但是任何人也不知道密道到底在什麼地方，如果早知道密道在大牢裡，那麼他無玄會找出更好的行刺的方法。其實無玄並不知道，大內之中有著無數條密道，連開鑿密道本身的人，也早已忘記了密道的確切位置。而且，密道之中已經幾乎被苔蘚和別的什麼東西堵死了。

有兩個黑影幽靈般從墳丘後面轉了出來，那正是周太監和他的乾閨女祖兒。周太監壓低聲音道：「你可把我們爺兒倆的膽都嚇破了!!」

無玄滿臉泥水，辮子已經脫落，狼狽不堪，但他竟然還在笑著。祖兒心疼地撫著他身上的傷，道：「怎麼這麼久？快吃點東西吧！」祖兒從貼身衣服裡面掏出一張大餅子，遞給他。他抓了餅子大吃起來，一邊抱怨道：「……那條密道太難走了，有個地方，長滿了苔，幾乎把密道都給堵了，我是把那些苔都給吃了才出來的！」

祖兒流淚道：「可憐的人，你竟然吃了青苔，那是要變青蛙的啊！」無玄噗哧笑道：「我要是變了青蛙，你還會不會理我？」

祖兒道：「你若是變了青蛙，我就變成浮萍……」周太監急道：「行了，你們別什麼青蛙浮萍的了！……趕緊想法子躲開這兒是正經！」兩人這才住了嘴，匆匆轉出墳丘。

周太監四下看看，覺得此地眼熟。忽然想起，三年前，庚子國變，老佛爺和皇上攜少許太監宮女，正是從這裡離開了北京——若是在夏、秋的時候，這裡不遠處就有一片青紗帳，那可是最容易藏人的，此時雖是冬天，但是再往西走就是一片棗樹林，就是葉子乾了，那樹林也是安全的，穿過樹林就是昌平了。

這麼想著，他站下腳，對無玄道：「行了，就在這兒別過了！你呀，一直往西，那兒有一片棗樹林，再往北就是昌平，出了昌平就是河北省了……祖兒啊，你呢？跟我還是跟她，隨便吧！」祖兒噗咚跪下了，哭道：「爹！自從我十三歲入宮，蒙您一直看顧，若不是您，我就是被杖責百次，死過十次也是有的！即使躲過了老佛爺，也躲不過那些心狠手辣的姑姑!!是您一天到晚的指教我，護著我，才保全了我這條小命兒，按理兒說，我自然要給您養老送終，可是……可是自從遇上了他……爹！恕女兒不孝，女兒就此別過了！」

周太監老淚縱橫道：「快起來吧！這個小包裡是我攢下的一點銀子，你們拿著去，總歸有用。」祖兒從貼身兜肚裡拿出一個玉墜，膝行至周太監面前，哭道：「爹！爹啊！這是女兒從小兒父母給的，留給您老，權且作個紀念！」周太監接了過去，抹了把淚，催道：「快走快走!!」

兩人急急離開，一直向西，已經快要到棗樹林了。

卻說那無玄正當二十幾歲的春秋，正是青年熱血之時，見了心愛之人，豈有不動心的，先是拉著祖兒的手跑，進了棗樹林，自覺萬事大吉，便緊抱了她一下，卻聽祖兒哎喲一聲，原來，祖兒將那烤好的餅子貼在肚兜裡帶給無玄，不小心被燙了一下，這會子被他一碰，才覺出疼來。慌得那無玄忙解了祖兒的小衣，看見她右邊的一隻菽乳上，已然被燙起了一小片燎泡，無玄心疼萬分，便將祖兒摟在懷裡，嘴裡輕舔她的乳房，不知覺地下邊已硬了起來。祖兒叫道：「親哥哥，我們還是快跑吧！」無玄這才清醒，拉著她，一氣跑出了棗樹林。卻見一片強光在前面映照，祖兒叫道：「哥哥，難道天已經亮了?!」一語未了，只見幾十束火把突然出現在棗樹林的盡頭，一乘青衣小轎穿過火把，攔在眼前。

無玄叫了一聲「不好！」剛想拉著祖兒往回跑，只見幾十名御前侍衛齊刷刷地站在眼前，已經封住了林子。

爲首的侍衛恭敬地掀開轎子的前帘，裡面坐的竟然是皇后！皇后素衣簡髻，神色卻無比威嚴，喝道：「你們這對狗男女，還不跪下?!」祖兒早已嚇得兩腿發軟，卻見無玄臉上毫無懼色，一隻胳膊緊緊摟著她，她便一下子有了力氣，強硬了起來，與無玄一般竟然堅持不跪。一個御前侍衛上前強行將兩人按下跪倒，吼道：「你們給我睜大眼睛瞧瞧，這是大清帝國的皇后娘娘!!」無玄掙扎著抬起頭道：「呸！姓葉赫那拉的娘們就沒有好東西！」另一侍衛用刀柄狠打他的嘴，頓時流出鮮血，祖兒驚叫一聲，上前護衛。

皇后從轎中走下，居高臨下地看著他們，見那無玄雖然蓬頭垢面臉色土黃，一雙眼睛卻炯炯有神奕奕生光，那祖兒像個小貓似的緊貼著他，前襟沒有繫好，露出一抹雪脯，皇后看了越發惱怒，暗想這一對狗男女實是膽大包天，眼見著命都沒了，還要行這等苟且之事，眞眞的無恥之尤！遂喝道：「你們犯了彌天大罪，不跪地求饒，還想在這兒演一齣俠客烈女是怎麼著?!祖兒，你是老佛爺身邊兒的人，他的信兒，最早還是你報的！你怎麼竟敢如此助紂爲虐！你……你是吃了老虎膽了?!好好兒的孩子，我……我眞可惜了你這條小命兒！」祖兒嚇得面白如紙，只有哆嗦的份，哪還說得出半句話來？

皇后又對無玄說道：「說！是誰指使你進宮行刺，給我如實招來，若有半點差池，小心你的狗頭！」無玄突然狂笑起來：「哈哈哈……你們宮中才數月，可這世上已千年！葉赫那拉的後代你聽著！你們不過是些井底之蛙！你們知道興中會麼？你們知道孫中山、知道黃興麼？你們知道現在每天有多少志士仁人爲驅逐韃虜、光復中華而流血犧牲?!你們知道有多少人恨你們，有多少人想吃你們的肉、喝你們的血!!自鴉片戰爭始，你們一次次割地賠款、喪權辱國，害得我大中華幾千年的臉面喪失殆盡！老爺今潛入大內就是要殺盡你們這夥韃虜，本來就沒想活著出來！要殺要剮，你們來罷！」

皇后冷笑道：「如此卻不能讓你死得痛快！來呀，把這賊子綁了拉回牢中嚴審，將那賤人先給我就地正法！」

無玄立即用身體掩護住祖兒，道：「殺我可以，殺她卻是不行！」祖兒卻推開他，哭道：「皇后娘娘，只要能保全他的性命，奴婢願受凌遲之刑！」無玄笑道：「葉赫那拉氏，我眞是可憐你啊！你嫁了那天閹皇帝，雖然是綾羅綢緞錦衣玉食，可是你見過這般人間眞情麼？你怕是連男女之歡也沒經過吧？可憐哪可憐！眞是枉來人世一遭！……哈哈哈……」

儘管皇后歷來喜怒不形於色，還是被無玄這話打中了七寸，氣得全身發抖，半日才喝道：「你……你給我住口！」皇后細瘦的手指憔悴不堪，抖成一團，但她最終還是從襟下摸出了那把精緻的勃朗寧手槍，顫抖著對準了無玄，所有人都驚呆了。皇后使出全身力氣——也許她一輩子都沒使過這麼大力氣，扣動了扳機，無玄應聲倒下了，鮮血噴出幾丈遠，把祖兒身上都染得鮮紅。

祖兒瘋了！她狂叫著向皇后撲去，被眾侍衛亂刀砍死，她死去之前，侍衛們把她的一對菽乳割了下來，她雪白的胸脯上，出現了兩個血窟窿，就在那樣的時刻，她依然用了最後的力氣，緊緊抱住了無玄，他們的血溶在了一起，身子漸漸涼了，硬了，長在了一起，像是盤在一起的樹與藤，任什麼也分不開了。

一個侍衛來報：「皇后娘娘，御膳房的周太監撞墳前石碑而亡！」皇后依然發著抖，她掏出一根紙菸，竭力鎮定著自己，冷笑一聲道：「他早就在我眼皮子底下了！去報告老佛爺：刺客、奸細統統倒斃！……回宮！」

轎帘拉下來了，轎內一片黑暗，這時的皇后才開始流淚，她猛吸了幾口菸，想把啜泣淹沒在喉嚨裡。

皇后在長春宮整整哭了一夜，這個小字靜芬的女人，今年也不過才三十五歲，但是她知道自己這一生已經過去了，最最難堪的是，這個她一直在掩耳盜鈴的事實，卻被一個下賤的刺客當眾說了出來，這不能不說是大清帝國皇后的奇恥大辱！上天作證，她本是不想殺他們的，起碼，是不想讓他們死在自己手裡，但是現在，一切都完了，她的雙手染了血，她哭著，反覆洗著自己的手，然後又吸紙菸，點燃，又掐滅。

天邊已經露出曙色，她提起筆，迷迷糊糊地寫下了幾行字：「借《納蘭詞》感時傷懷——我自中宵成轉側，忍聽湘弦重理。待結個、他生知己。還怕兩人俱薄命，再緣慳、剩月零風裡。清淚盡，紙灰起。」

第九章

1

艾米的七十大壽過得十分隆重。以致這一天下來，她和侄子凱・懷特都感到筯疲力盡。儘管如此，在送客回來之後，面對著繽紛的鮮花和溫暖的蠟燭，在十二點的鐘聲敲響之前，懷特還是意猶未盡地請姑媽跳了一支舞。在管家杜加的伴奏下，懷特拉著艾米跳了起來，艾米不時因爲劇烈的跳動大聲尖叫著。

艾米喘著氣道：「杜加，你知道有孩子的好處嗎？」杜加聳聳肩道：「有孩子沒好處，他們都是些麻煩蛋！」艾米道：「不，麻煩蛋也有他們的可愛，他們可以讓你在老的時候還能有青春的記憶。」

懷特邊跳邊說：「艾米姑姑，您一點也不老，您現在還是全紐約最迷人的女士。」艾米高興得合不攏嘴，道：「我相信二十年前我是最迷人的，可是，現在就是最煩人的老太太。」

懷特笑道：「哦，姑姑，這得看跟誰比。我相信比起您的侄子來，您其實一點也不煩人。」艾米哈哈大笑道：「凱，我就知道，你的歸來是我最好的生日禮物。」懷特有些黯然道：「我本來以爲可以給您更好的禮物的，可是……」艾米道：「好了，不要再提你的薰衣草仙女了，情人之間都是反覆無常的，只有時間才能給你最好的答案。」

懷特嘆道：「您說得對。」艾米停了下來，低聲道：「懷特，我給你看一樣東西，我已經七十歲了，該把它交給你了。」懷特道：「哦？這聽起來很神祕啊。」

艾米把侄兒引進自己的書房，從最裡層的書裡面抽出了一本燙著金字的舊《聖經》，她把《聖經》打開，裡面竟是一個盒子。艾米神祕地說：「凱，誰也想不到，這本破舊的《聖經》裡竟然藏著一個稀世珍寶。」

懷特道：「姑姑，這肯定又是您的設計。」艾米道：「不，這是你姑父弄來的，你瞧，他就是那麼可愛、幽默的一個人，所以害得我老是想著他。」她打開盒子，是一顆璀璨的夜明珠。

懷特驚道：「怎麼又是夜明珠？和我送給德齡的那顆一模一樣！」艾米胸有成竹地笑道：「凱，你把燈關掉，我們很快就能知道它們的區別。」懷特把燈關掉，那顆夜明珠竟發出了幽藍色的光芒。

懷特驚嘆道：「我的上帝，太美了！我從來沒有看到過這麼神祕的顏色。」艾米正色道：「是的，這是世上僅有的一顆能發藍色光芒的夜明珠，送德齡的那顆，它發的是普通的白光，和這顆的價值有著天壤之別。至於爲什麼它們的外表是一樣的呢？其實答案很簡單，那是贗品，是用一顆普通的夜明珠照著它的樣子加工的。這樣才可以保護眞正的珍寶，也才能保護我們自己。」

懷特點頭道：「姑姑，現在我才知道您掌管一個家族的事業是多麼的不容易。」艾米道：「從今天起，這個珍寶就屬於你了。我想過了，我不能勉強你成爲一個商人，你應該有自己的選擇，家族的生意我可以與別人聯手做，可是，我要你保證，你要用你的一生來愛護這個珍寶，用心去珍惜。你能做到嗎？」

懷特道：「姑姑，我簡直不知道該怎麼感激您，我對上帝起誓，我要像您一樣地愛護它。」

艾米道：「懷特，謝謝你。我現在放心了，即使我死了，這個珍寶也有了一個好的歸屬。你姑父曾經說，艾米，如果你快要到天堂來和我會合了，就把它交給一個純潔善良的青年人吧，這樣的珍寶，只有純潔的人才配擁有它。懷特，你眞的和它很相配。」懷特小心翼翼地接過了裝著夜明珠的《聖經》。

次日，懷特陪姑媽到了東海岸的海邊，這是姑父當年海葬的地方，也是姑媽常常來的地方，他買了很多鮮花，和姑媽一起站在海邊的礁石上，對著大海拋灑著鮮花。很久，懷特問道：「姑姑，爲什麼姑父他不選擇墓地而選擇了海葬？」

艾米道：「他就是經過這片海去了很多地方，他喜歡他的旅程，所以他願意魂歸大海。」艾米說著，把胸前的項墜打開，輕吻了一下丈夫的照片。

懷特道：「姑姑，眞遺憾，您把我從愛爾蘭接過來的時候，姑父正在周遊世界。否則，我想，我們一定很談得來。」艾米忙道：「是的，你們都喜歡中國。而且，中國對你們來說都是意義非凡的。中國的愛情讓你成熟了起來，而中國的珠寶讓你的姑父把祖傳的珠寶業發揚光大，一躍成爲紐約最著名的商人。」懷特奇道：「中國的珠寶？我不明白。」

艾米拉著侄兒的手，走下礁石，緩緩道：「你的姑父多次到中國民間收藏了很多古老的首飾，在紐約和歐洲都賣了不俗的價錢。還把中國古老優雅的樣式融入了他的珠寶設計中，很受歡迎。可惜你只對醫學感興趣，否則你將會知道這對於一個男人的事業來講有多麼輝煌。」

懷特問道：「難道那顆神祕的夜明珠也是來自中國嗎？」

艾米略一躊躇，道：「是的。但不是來自民間，而是來自宮廷。」懷特驚道：「什麼？姑父也和我一樣進過中國的皇宮？這太巧了！」艾米低聲道：「他和很多人一起進的皇宮，因爲那場一九〇〇年的戰爭。當時你姑父剛好在中國，他聽說軍隊要進宮，便很好奇，就加入了他們。結果，他看見了數不清的珍寶……有價值連城的珍珠、寶石、瑪瑙、翡翠、珊瑚枝、碧霞洗……」

懷特驚呆了，半晌，他突然問：「難道他參加了那場一九〇〇年的戰爭?!」艾米忙道：「不不。他不是軍人，他只是作爲一個商人進入中國的皇宮的……」

懷特突然激動地把手上捧著的花摔在了地上，叫道：「那麼他不過是個是非不分的投機商人！……一個紐約上流社會的紳士竟然是靠這種骯髒卑鄙的手段起家的！眞的太可恥了！」艾米的臉白了，她毫不客氣地打了侄兒一記響亮的耳光，叫道：「不許你這樣侮辱他！沒有他的仁慈，你就是一個在愛爾蘭餓死的孤兒！爲了找到你，他請了人在愛爾蘭找了兩年，直到他去世前還在記掛著這件事。你不能這樣誹謗一個愛你、幫助你、牽掛你的人！」

懷特寸步不讓地嚷道：「不，我寧可在愛爾蘭餓死！」他突然飛奔而去，艾米痛苦地捂住了臉。

老艾米眞的病了。她躺倒在醫院的床上，痛苦地回憶著。她這一生中眞正愛的只有兩個人：死去的丈夫和年輕的侄兒。她絕不能允許她心愛的侄兒辱罵她死去的丈夫，正如她絕不允許任何人誹謗她年輕的侄兒一樣！但是她心裡明白，凱之所以這樣決絕，正是因了他的純潔與正直。她想，凱走了，凱再也不會回來了，想起這個，她就忍不住淚水漣漣。所以當病房門口響起那個年輕人的愧疚的聲音時，她簡直要高聲感謝上帝了。

懷特低著頭走到了門口，猶豫著要不要進去。艾米好像有感應似地睜開了眼睛，低聲道：「凱，是你嗎？我知道你會回來的。」

懷特走到病床前，握住了姑媽蒼老的手，道：「姑姑，我……我爲那天的態度道歉。」醫生和護士們看到這樣的場面，都悄悄地走了出去，帶上了門。

艾米道：「孩子，你不用道歉，人老了就容易生病，這是上帝規定的。我要跟你說的是，你姑父他不是個強盜，他的本意只是想參觀紫禁城。他被搶奪的場面嚇壞了，當場暈倒。後來，被其他的士兵救了出去，那個珍寶，是他從一個士兵的手裡用低價買來的。」

懷特道：「姑姑，我沒有別的意思，只是我覺得運用戰爭的手段是不正當的。我一向認為我的國家是很文明，很公平的，沒有想到……看來，貪婪的不僅僅是康格夫人，我們的國家裡還有許多這樣的人。」

艾米道：「孩子，這些天我也想了很多。我覺得你已經越來越像一個中國人，因為中國的事情竟然深深地打動了你的感情。」懷特低頭想了一下，有些吃驚地抬起頭來，道：「還真是的，姑姑，您說得有道理，我怎麼忽然覺得自己對這些事情的反應有些像……」艾米忙問：「像誰？康有為還是德齡？」

懷特逗她道：「天哪，姑姑，您現在居然不用紙牌也可以算命了！」艾米得意地笑了笑，道：「這是人生經驗，是老人的唯一優勢。」

懷特把兩個枕頭疊在一起，靠在艾米的身後，讓她躺得更舒服些，道：「姑姑，我現在開始有些明白德齡了。如果我的國家也遭受過不公平的戰爭，我也會像她一樣希望盡自己所有的力量來報國的。」

艾米道：「我不喜歡政治，但我被約翰拉去參加了幾次保皇黨的聚會，開始喜歡他們了，也許中國人是有著某種神奇的魔力。你依然被千里之外的德齡感染著；而我，好像也要被康有為感化了，我認為他起碼是個值得尊敬的人。這些天，我考慮了一下，我認為他們的組織需要錢，我想捐助。」懷特笑道：「姑姑，現在您比我更像中國人。」

艾米躺在枕頭上，臉都笑得皺了起來，道：「懷特，這是上帝的安排。誰讓我們都遇到了不平凡的中國人呢！」

接下來的幾天，懷特傾盡全力照顧艾米，他唯一的希望是希望他可愛的姑姑早日康復。

2

慈禧這些日子一直沒去園子裡，早朝便仍在太和殿。祖兒的事對慈禧打擊非常之大，幾天都上不了朝，右手不斷地顫抖。在宮裡，凡是祖兒沾過的東西，都被扔出去燒了，只是那盞碧玉盞，因實在捨不得，只好鎖進了庫裡，再也不得見天日。在慈禧心中怎麼也想不到，那麼乖巧伶俐的祖兒，竟然能做出這等膽大包天的忤逆之事，連身邊的小丫頭子都要防著，慈禧真的不知道對誰可以不設防。

直到不得不上朝的時候，慈禧強打精神拿著一疊摺子，對眾大臣道：「諸位臣工，最近英國政府頻頻給朝廷施加壓力，要求承認《拉薩條約》，諸位以爲該如何對應？」朝廷上頓時響起了一片議論之聲，半天沒有人出來說話。

屏風背後，德齡悄悄瞥著皇后，發現皇后這陣子精神十分萎靡，臉色也不好，更加沉默寡言了。

卻說自那日被刺客無玄當眾侮罵之後，皇后葉赫那拉氏的心情一直十分惡劣。閉門不出，不見客，每日裡只去給老佛爺請個安，便匆匆回到長春宮，吸著紙菸發呆。只有大公主去瞧了她一次，大公主送了她一尊觀音像，說是從普陀山請來的，很靈。皇后這才苦笑道：「這可是急時抱佛腳呀，誰曉得管不管用。菩薩一定在心裡笑我們呢——平日只覺得讀書有用，怎麼現在不去求你那些書呢。」

大公主笑道：「那刺客的事兒，多虧您料事如神，解決得那麼俐落，既沒驚了老佛爺和萬歲爺的駕，又乾乾淨淨的沒留下任何把柄。……不過，我總是奇怪，您怎麼就料到那刺客會逃往那亂墳崗子呢？」

皇后吸了口菸道：「這有何難？牢裡總有人盯著，一聽說周太監大晚上的送吃食我就覺著不對勁，就派了人一直盯著周太監，果然，順藤摸瓜就逮著了那刺客，本來我是不想殺他的，想押回牢裡細細地審，可他……哼，天作孽，猶可活，自作孽，不可活呀！」大公主默然良久。

皇后又道：「眼瞅著皇上和老佛爺的壽誕就要來了，一定要嚴加防範。現在革命黨用槍，所以她老人家的四周一定時時刻刻都得有人圍著。萬一有子彈打來，也不至於傷了她。」

大公主道：「我看，面兒上的侍衛也不宜太多，省得老佛爺掃興。還是讓侍衛們穿上太監的衣服更好些。」

皇后點頭道：「這倒是個好辦法，這事兒，我看就這麼著了。現在，我最擔心的還是後宮的事兒。」

大公主道：「後宮還能有什麼事兒，老佛爺一過大壽，再大的事兒宮眷們也會閉了嘴，難道還有誰想找死?!」皇后道：「話是這麼說，可要是有新來的人兒受了封號，來了好些年的老人兒倒是白丁，你說後宮會不會亂？」大公主吃了一驚，沉吟了一下道：「亂倒還不至於，鬧，怕是肯定要鬧的。」

皇后葉赫那拉氏此時就被這些紛亂的念頭折磨著，根本沒有心思與站在身邊的德齡說話。

朝中，伍廷芳出列奏道：「老佛爺，依微臣所見，英國和西藏對峙的事兒持續的時間也不短了。今年的三月，英軍與駐藏軍民搶奪曲米香果曠原，本來就是英國人挑釁。他們還越演越烈，七月份攻下了江孜，沒兩個月又逼地方官簽訂了《拉薩條約》，咱們這兒是大清朝廷，不經過朝廷的同意和簽字，這個條約當然是一紙空文嘛！英國人，眞的太不講理啦！」

慈禧急道：「伍廷芳，你別說那麼多來龍去脈，說說你的主意。」伍廷芳道：「臣，臣的意思就是不要理會他們就是了，他們太貪得無厭了。」

這時張之洞奏道：「老佛爺，皇上，臣以爲現在局勢動盪，不能不理會他們，是要邊拖邊想辦法。」慈禧道：「可現在事情迫在眉睫，怎麼拖？弄不好再來個庚子年，大清國可吃不消啊。」

張之洞道：「老佛爺，臣以爲，日俄戰爭已經是箭在弦上，必定是一觸即發。列強也是要乘機瓜分大清的領地。英國人避開滿州，攻佔西藏，無非是想在那兒獨佔鰲頭，而不像其他的國家分別加入日俄兩大陣營。按照兵力、武器、軍餉，大清駐藏官兵都不是英軍的對手，就算現從內地調兵到西藏，也不能立即適應高原氣候。因此，打硬仗現在肯定是行不通的。依微臣看，只有聯合其他列強，以夷制夷，藉他們的力量制約英國才可行。」

慈禧問道：「那如何制約呢？」張之洞道：「今天，大清已經不同往日。想那鴉片戰爭之時，朝廷與列國的交往甚少，律法和行事頗不一致，所以很容易發生戰爭。可經過了庚子之亂，還有這幾年的新政，咱們至少了解了國際的法則。像英國這樣的做法，是不符合國際慣例的。而英國在大清的地盤已經不少，必定引起其他國家的不滿。因此，我們要與各國商談，強調英國對西藏的政策影響了他國在那個地區的利益，並許諾開放更多的地區，或許能收到一些效果。」

慈禧思忖道：「那就藉機會請各國使節來聚一回，順便請求援助。」

張之洞道：「老佛爺，臣以爲不妥，似乎應該暗地裡拜訪各國使節，逐個攻破才是。」袁世凱也附議道：「老佛爺，臣贊成張大人的意見，逐個拜訪比較好，這樣比較容易深談，也不容易讓他們互相比較，競爭條件。」

慈禧轉身問光緒道：「皇上以爲如何呢？」光緒一反常態，狠狠地盯著袁世凱，道：「袁世凱，你倒是八面玲瓏十六面圓滑！朕觀察你好久了，每次上朝，你從不率先奏表，永遠是聽了群臣意見之後，才衡量利弊，察言觀色，明修棧道、暗度陳倉！憑著你巧舌如簧欺瞞皇太后與朕躬，企圖永遠立於不敗之地！袁世凱，朕倒是想問你，如何逐個拜訪？逐個攻破?!朕倒是想命你去做此事，如何?!」光緒這一番話，擲地作金石聲，滿朝文武頓時呆若木雞。慈禧也驚呆了，袁世凱更是簌簌發抖。

屏風後面，本來便臉色慘白的皇后，周身竟發起抖來，德齡忙攙住了皇后。

大殿上，袁世凱求救似地看著慈禧，慈禧卻鐵青著臉不發一言。袁世凱只好跪下道：「皇上教訓得極是。但袁某才疏學淺，實在不堪當此重任，以袁某之見，還是由伍廷芳伍大人斡旋此事爲好。」光緒突然大笑起來，道：「原來你也有不能的時候！朕還以爲你上知天文、下知地理，無所不能、無所不會呢！既然如此，你怎敢在皇太后與朕躬面前賣弄淵博、在滿朝文武面前出乖露醜呢?!」袁世凱頓時滿面羞慚，汗流浹背。慈禧疑惑地看了光緒一眼，宣布道：「那就由伍廷芳主持斡旋吧。退朝！」滿朝大臣都在竊竊私語。

德齡扶著皇后從屏風後走出，皇后的聲音十分微弱：「皇上這是怎麼了？從戊戌年到現在，五年了，上朝的時候也沒聽見他言語一聲兒，他這是……」德齡忙道：「皇后主子，您臉色不好，想是太累了，快回宮歇著去吧。」

慈禧也是一肚子疑惑，因下午要去頤和園，外面已然備了轎子，李蓮英伺候著慈禧上了轎，慈禧低聲道：「他這又是演的哪一齣啊？天一陣兒地一陣兒的，王太監沒了，他倒落得自在了！」李蓮英道：「只聽說萬歲爺前兩天牙疼，別的倒沒什麼。」

慈禧疑道：「牙疼？想是牙疼得緊了，拿袁世凱出出火？袁世凱也是該罵！一個漢人，擁兵自重，怎麼著也不那麼踏實！揭長不短兒的罵一回，也打打他的氣焰！……來吧，扶我上轎！過兩天兒他過生日，我再回來！」李蓮英忙彎身扶慈禧上轎，他知道，慈禧明著說是皇上過生日，實際上是在想著自己的壽誕，他明白這些才是宮中眞正的大事，比朝廷上爭來爭去的那些個事兒大多了，稍微一不留意，就是掉腦袋的事兒。

3

卻說這幾天光緒被德齡的消息激動得無法平靜，如同打了一針嗎啡似的，練琴的時間還沒到，他便已經在琴房內興奮地來回踱步，當他看見德齡的逆光剪影飄飄欲仙迎面而來的時候，他急迎上去，竟差點和她撞在一起。

德齡忙向光緒請安。光緒急切道：「德齡姑娘，那個美國醫生竟然走了，朕沒有留住他，你可有什麼辦法？」德齡慢慢地搖著頭，忍不住潸然淚下。光緒這才大悟道：「……原來如此！」德齡含淚道：「不，萬歲爺，我們之間的一切都結束了。……我們今天複習一下《悲愴》，好麼？」她強忍淚水拉開琴凳，請皇帝坐了上去。

光緒的彈奏突然停止了，他像突然渴了似的，命孫玉到御茶房要茶，待孫玉走遠，他轉身面對德齡，坦然道：「德齡，你給朕說說康先生的事。」德齡道：「康先生在〈與南北美洲諸華商書〉一文中講，『中國只可立憲，不可革命』，康先生說，中國人『公理未明，舊俗俱在』，沒有進行革命的資格。因此，康先生主張君主立憲，反對共和！……」

光緒急切道：「朕說的不是這個，康先生的這些觀點，朕已經在英文報紙中得悉，朕是說……朕很想知道你那兩位外國朋友，是如何見到了康先生，康先生的組織又如何在美國活動，他們兩位，想必已經見到康先生的音容笑貌，一晃五年了！那時候，就在剛才上朝的地方，朕接見了康先生，君臣懇談了兩個時辰，甚是投機……眞是恍同隔世啊！……你細細地講，一點不要遺漏！……」德齡輕彈著鋼琴曲作掩護，輕聲地把從懷特那裡知道的消息一點不漏地告訴了皇帝。皇帝的表情如醍醐灌頂一般，如醉如癡。直至孫玉拿茶來了，德齡驟然停止，光緒才如大夢初醒一般，不過，那的確是少見的一個甜夢。

幾日之後，光緒壽誕，照例要先拜慈禧，感謝她的養育之恩。慈禧端坐在上，不冷不熱地說道：「……今年你也三十三了，把你抱進宮的時候，你還不滿四歲。這一晃，都快三十個年頭了，眞是光陰如箭呀！……我瞧你近來精神倒是大好了，吃的什麼藥啊？」光緒忙回道：「也無非是人參、枸杞之類。」

慈禧道：「依著我說，那人參還是停了的好，你是身弱不勝補哇！太醫院都是一幫廢物，都聽他們的可不行！……李蓮英，你把前些時進貢的那些鹿胎膏拿些個出來給皇上，你吃吃試試，要是好呢，就再來拿！」光緒忙拜謝道：「謝皇爸爸！」

慈禧道：「得了，我也乏了，你快去吧，大臣們都在等著朝賀呢！貴為天子，自己的一舉一動都在眾人眼裡，長了一歲了，往後更要自我檢點，做不了一代明君，起碼也不能當昏君啊！」光緒眼睛裡的亮光頓時消失，道：「謝皇爸爸教誨，兒子記住了。」

卻說那光緒自小便怕慈禧，慈禧臉一沉，光緒的心便會咚咚地跳。光緒其實是個極其敏感的人，敏感到了有些神經質的地步。愈是懼怕，便愈是引得慈禧的嫌惡。如是惡性循環，母子關係便越來越離心離德，難以彌合。

拜了慈禧，光緒方去太和殿接受文武百官的朝賀。朝臣們在地上此起彼伏地磕頭，一邊齊誦著祝壽的話。吟誦完畢，光緒慢慢道：「眾位愛卿平身。目下時局艱難，皇太后壽誕尚且一切從簡，何況朕躬？故朕在此聲明，拒收一切禮品。想我大清，推積弱所由來，歎振興之不早，擇西法之善者，不難舍己從人，救中法之弊者，統歸實事求是。唯有變法自強，為國家安危之命脈，亦即中國民生之轉機，舍此更無他策。爾等受恩深重，務當力任其難，破除積習，以期補救時限。眾位愛卿，請起吧！」眾大臣這才起身，山呼萬歲。

朝賀既畢，光緒覺得一身輕鬆，他來到偏殿，準備為他拍照的勳齡已候在那裡。光緒照過朝服相，問道：「勳齡，朕看報紙，說是英國的《每日鏡報》是世界上第一家刊登照片的報紙，你說中國什麼時候才會這樣呢？」勳齡忙道：「萬歲爺，我看不會太遠的。這不，您是一國之君，你喜歡拍照片了，民間很快就會回應的。」

光緒苦笑了一下，忽然用英語一字一頓地跟他說道：「朕明白，朕並非真正的一國之君，朕不過是個囚徒，滿朝的官員們在給朕磕頭的時候，他們的心裡都在發笑。朕活著是因為在等待，等待中國變法成功的一天。請你老實地告訴朕，外國人到底是如何看朕的？」勳齡一驚，手中的懷錶落地，摔壞了。光緒道：「把它交給朕，朕明天就能給你修好。」

勳齡用英語道：「陛下，我無法用言語表達我的震驚和感謝。坦率地說，外國人所想像的您和實際相差很遠。我在進宮以前，也和他們一樣對您有偏見，根本不了解您的勇氣和才幹。可是，我認為，您總有一天會被全世界尊重的。」光緒的眼睛濕潤了，他也用英語回答道：「這也是朕的希望。」

午後，光緒親自來到勳齡的暗房，看見自己憂鬱的臉在顯影液中一點點地出現。他突然問道：「勳齡，你認識新加坡的人嗎？」勳齡忙道：「萬歲爺，新加坡有不少華人富商，都是我的朋友。」

光緒道：「勳齡，朕想知道的是，他們可靠嗎，可以託付嗎？」勳齡抬起頭，疑惑地看著光緒，道：「萬歲爺，那要看託付的是什麼。」

光緒道：「是朕全部的希望。」勳齡忙跪下道：「萬歲爺儘管吩咐，勳齡一定會找生死之交的朋友盡犬馬之勞。」

光緒把勳齡扶了起來，道：「勳齡，朕無法預料將來，但朕保證，一旦有霧散雲開之日，朕一定重重地賞你！」勳齡道：「萬歲爺如此信任奴才，奴才肝腦塗地不能報也，何敢問賞！」光緒這才把袖子裡的英文報紙拿出來，道：「我想帶話給一個人，他現在應該在新加坡。」

勳齡看見報紙上的大標題是：「康有為乘船到新加坡，受到華僑的熱烈歡迎。」勳齡努力按捺住內心的驚詫，強作鎮靜道：「萬歲爺，您要帶什麼話？」

光緒拿了自己翹首張望的照片，翻過來，端端正正把玉璽蓋在上面，慢慢地說道：「勳齡，你只消叫你的朋友把這個交給他，說，『青山遮不住，畢竟東流去』他就明白了。」

勳齡道：「萬歲爺，臣一定辦到。明日臣出宮買相紙的時候，就把這話送出去。」光緒正色道：「勳齡，朕拜託了！」勳齡還是第一次如此近距離地看見皇帝的眼睛，那雙深棕色透明的眼睛裡，分明燃燒著一團火，在皇帝瘦弱的外表下，只有那雙眼睛是年輕人的。

4

又過了幾日，裕庚夫婦再度回到北京暫住。自然，大女兒德齡的鬱悶沒有逃過裕庚的眼睛。他躺在客廳的躺椅上，把休假回家的德齡叫到身邊，像往常一樣閒聊，但是他很快發現，德齡對任何話題都有些心不在焉。

裕庚道：「德齡，你知道嗎，今天大清的郵政正式發行欠資的郵票了，我眞的是很高興啊。」德齡輕聲道：「阿瑪，您的心血總算是沒有白費，大清的郵政正在和世界一點點地靠攏。」

裕庚道：「是啊，雖然進度不算快，可總算是在前進著，這就有希望了。德齡，有一件事，阿瑪要謝謝你。」德齡有些驚訝，問道：「什麼事，阿瑪？」裕庚道：「爲了你沒有跟懷特走，阿瑪謝謝你，替大清謝謝你。」

德齡的淚水幾乎奪眶而出，她勉強克制住自己，一言不發。

裕庚道：「阿瑪都知道了，小順子在馬車上等了你一夜，要是你那天眞的走了，你現在已經在紐約了。你最近臉色不好，心裡一定……」德齡含淚道：「阿瑪，您不要再提這件事了，我其實常常後悔，那天爲什麼就不拎著箱子走呢。凱已經被我傷透了心，比起他的眞心實意，我覺得自己眞是個冷漠無情的人。」

裕庚道：「德齡，阿瑪雖然不是多愁善感的人，可自古以來才子佳人的戲也聽了不少，加上又陪你額娘聽那些令人唏噓的外國故事。你們正値青春，誰都是從年輕時候過來的，你爲此事受的煎熬，阿瑪總還是能夠體察到的。阿瑪謝謝你，是因爲你以大局爲重，克制自己的願望，這是阿瑪作爲一個朝廷命官所欣慰之至的。可是作爲阿瑪，我還是希望你最終能有好的歸宿。我想，你應該趁著出宮休息的這幾天給懷特主動寫信或者打電報，說明你的心意，至於結果如何，倒是不必去計較，因爲謀事在人，成事在天嘛。」

德齡有些意外，她瞥了阿瑪一眼，道：「阿瑪，我和懷特的事已經成爲過去了，我不會再跟他有任何聯繫，否則，就是徒增煩惱。」

裕庚道：「德齡，阿瑪都不在意世俗的禮法，你又何必這樣呢？阿瑪考慮過了，懷特對你來說，比那些八旗子弟更要合適些。」德齡嘆道：「阿瑪，如果前幾個月聽到您的這句話，我會非常高興，可現在，我根本不想考慮這些問題。我甚至想，也許我該獨身，可以更好地輔佐朝廷，等有一天我老了，就回到法國，到修道院去隱居。這樣，內心也許會平靜得多。」

裕庚長嘆了一聲，道：「德齡啊，但願這只是你一時的想法。如果你眞的因此獨身，阿瑪會深深自責的。」德齡輕聲道：「阿瑪，如果眞的那樣，您也不必自責，可能那是一種更適合我的選擇。」這時，裕太太叫吃飯了，裕庚從袖中拿出一封信道：「有你的一封信，是日本來的。什麼時候又結識東京的朋友了？」德齡接信一看，大吃一驚，把自己關在房裡看信不提。

晚飯吃罷，裕庚特意將勳齡喚到書房說話。裕庚鄭重其事地拿出一封信來，道：「阿瑪寫了一封信，想，想把它給懷特。」勳齡驚道：「阿瑪，您不是並不鼓勵德齡和懷特來往嗎？現在他們已經分開，您爲什麼還要給懷特寫信呢？」

裕庚有些尷尬，沉默了半晌道：「說心裡話，看見你妹妹如今這個樣子，哪個當阿瑪的心裡能好過？再說，此一時彼一時，阿瑪雖說不贊同德齡和懷特那麼早就談婚論嫁，可正常的交往還是該有的，你妹妹的眼高得很，一般人也並不在她眼裡，好不容易碰上個對眼兒的，要是被我給拆散了，那這輩子的罵名我算背定了！再說，懷特那小子也確實不錯。」

勳齡笑道：「阿瑪，那你要我幹什麼？」裕庚道：「你說是原信寄過去好呢，還是你翻譯完了我簽個名好？」勳齡道：「阿瑪，我看，還是原信奉上的好，也不必寄了，託最快的貨輪帶去就好了。」裕庚道：「好，那就這麼辦吧。」

勳齡又道：「阿瑪，您給他寫信，是不是有些屈尊呢？」裕庚道：「胡說八道，你不是在巴黎學了好久的平等、民主和自由嗎，平日說得頭頭是道的，怎麼現在反倒說起這個來了？」勳齡又道：「如果，我是說如果，那個懷特，現在已經有了戀人，那怎麼辦？」裕庚怔住了，他好像從來沒想過有這種可能，半晌才說：「……要眞是那樣兒，就眞的沒辦法了。不過，那麼快就移情別戀的男人，也就不值得你妹妹如此牽腸掛肚了！」勳齡笑道：「阿瑪，現在我算是知道一句話了：可憐天下父母心啊！」

卻說那德齡回到房間，在燈下拆開信，信裡掉出了一張照片，拾起一看，竟是身著和服手握匕首的秋瑾！她趕快把房門插上，見信中寫道：「德齡姑娘，別來無恙？我來東洋多日，大開眼界。近日又結識了一批志趣相投的友人，快哉快哉。我常常想，雖然只是萍水相逢，可你我彷彿心有靈犀，假如你也同在東洋，一定能和我的同志結爲知己，共同爲振興中華、喚醒女界而奔走呼號。最近仙台有一留日浙江學生周樹人突然棄醫從文，給了我很大震撼。他認爲，救治國內民眾的心靈比救治肉體更爲重要，心靈的麻木才是亡國之源。我深以爲然，決心以實際的作爲來印證這個說法。並且，我也決心冒險一試，那就是邀你加入我們的救國計畫，我相信你會助我。在大壽第二天的五點一刻，你只要力勸那拉氏站在放生石上，那麼，中國的封建君主制度就有可能結束了。」

德齡倒吸了一口冷氣，她匆匆地看完，準備點火燒掉，但她的手顫抖得實在厲害，根本劃不著火柴，她四顧無人，想了想，把信摺好，塞進了一個裝銅子兒的撲滿裡。

5

一陣激烈的敲門聲把德齡驚醒了。德齡忐忑不安地開了門，容齡一陣兒風似的捲進來，揮著手中的照片道：「姊姊，我要你幫我分析一下形勢。」德齡不以爲然地瞥了一眼照片，見那全是以前珍妃的舊照，淡淡問道：「什麼形勢？」

容齡把門插上，神祕地說：「愛情的形勢。」德齡驚道：「難道你最近又愛上誰了？」

容齡一笑，把照片攤在床上，道：「我可沒這麼容易移情。」德齡問道：「這是哪來的？」容齡道：「這是四格格託了她哥哥載振給我找來的，很多照片都是絕版，連萬歲爺都沒有。」

德齡點了一下她的腦袋，沒奈何笑道：「我還以爲你這段時間已經想明白了，怎麼又翻起這些陳芝麻爛穀子的事兒來？」容齡端詳著珍妃的照片，道：「姊姊，你看，珍妃的臉是圓圓的，眼睛也是圓圓的，和她比起來，我的下巴尖了些，眼睛也深了些，不是東方女性那種有福相的美麗。難怪……」德齡撇嘴道：「難怪萬歲爺不夠喜歡你，對不對？」

容齡奇道：「你怎麼知道的？」德齡道：「全世界的傻孩子都這麼想。我告訴你，他沒有爲你不顧一切，並不是你不夠好，而是你們根本不合適，這和你有沒有魅力不是一回事。相信我，在這個世界上，一定有一個更健康開朗、更單純幸福的人在某個角落等著你。我保證。」容齡天眞地問道：「眞的嗎？」

德齡點點頭道：「眞的。明天，你趕快給我做一件事，就是把這些照片都還掉，走出這個跟你不相關的世界。」容齡想了想，極不情願地答應了。德齡親了一下她的臉，道：「現在，睡覺去。你還在長個兒，需要睡眠。」姊妹互道了一聲晚安，一夜無事。

次日，容齡眞的將那些照片還給了四格格，卻得到了一份意外的禮物。

原來，自打容齡將心事吐露給了四格格，四格格便對此事十分留意。此時她把一個包袱遞給容齡，容齡打開一看，是一套做好的旗裝。容齡大喜過望，叫道：「四格格，你眞是好朋友！」四格格問道：「容齡，你眞的覺得這件事情有準兒嗎？」容齡道：「有沒有準兒，得看這套衣服做得像不像。」

四格格道：「這可是過去總給珍主子做衣服的老宮女做的。不單式樣，連衣料的顏色也一點兒不差。她說，這可是珍主子最喜歡的家常衣服，說是又舒適又好看，就爲這個，珍主子還賞了她呢。」

容齡一下子抱住了她，道：「好姊姊，你眞是太偉大了！」四格格笑道：「容齡，你少給我灌迷湯，別讓老佛爺發現就是了。若是讓她老人家發現，這回我可不是抄一尺經就能過關的了！」

卻說那容齡謝了四格格，蹦蹦跳跳來到偏殿琴房，探頭一望，見光緒正拿著英文書在默讀呢。容齡便上前請了安，道：「萬歲爺，今兒個我用英文給您講《格林童話》，如何？」光緒微笑道：「好。」

容齡繪聲繪色地講著：「……自從舞會之後，王子就每天地對著這隻精巧的水晶鞋出神，那個漂亮女孩的面容一遍遍地出現在他的眼前。而四處去尋訪的大臣們都沒有找到任何線索，於是，王子決定，拿著這隻鞋到女孩逃走的那條街上去，誰能穿進這隻鞋，他就娶誰做新娘。」

光緒笑道：「那萬一許多的姑娘都能穿進這隻鞋呢，那王子豈不是還是找不到他的心上人麼？」

容齡嬌憨地打了個哈欠，道：「萬歲爺，我睏得很，今天就不講了，明兒再說吧。」光緒急道：「那怎麼行，那朕豈不是要琢磨一晚上，不行不行，你得趕快講。」

容齡撒嬌道：「萬歲爺，那奴婢可不可以要點吃的？」光緒：「要什麼都可以，孫玉，你給五姑娘到御膳房去拿點東西吃。」孫玉忙問容齡想吃什麼，容齡歪著腦袋想了想，道：「嗯，我要吃新做的熱呼呼的奶餑餑。」光緒道：「那還不容易，孫玉，趕快去！」孫玉應命而去。

光緒急道：「小淘氣兒，你倒是快說啊，王子到底找到心上人沒有？」容齡噗哧笑道：「萬歲爺，您猜呢？」光緒認真地想了想，道：「我猜是找到了，但要歷經許多艱難。故事一般都是習慣這樣講的。」

容齡道：「那也不一定，茶花女和亞芒不是最後還是分離了嘛？」光緒道：「這倒也是。小淘氣兒，朕看你就是賣關子，成心讓朕著急！」容齡站了起來，正色道：「萬歲爺，您轉過身去，數到五十下，再轉過來，您就知道故事的結局了。」

光緒笑著搖了搖頭，照她的話轉過身，道：「前些日子，朕還以為你長大了呢，沒想到，你還是脫不了孩子氣。」容齡看著他轉過身之後，自己便趕快隱到簾後，飛快地換上了四格格為她訂做的衣服。光緒在數著：「四十五、四十六……」

容齡走出來，儼然是珍妃再版，她捂住自己怦怦亂跳的心，顫聲道：「好了。」

光緒笑道：「朕看你搞什麼把戲！」他轉過頭來，一下子凝固在那裡。

光緒楞楞地看著扮成珍妃的容齡，許久許久，才從牙縫裡擠出幾個字，道：「你，你到底要幹什麼？」

容齡被他的表情嚇住了，但是很快，她便故作輕鬆地說：「萬歲爺，您不是問我水晶鞋的故事嗎？我告訴您，最後那個王子當然憑著那隻水晶鞋找到了和他跳舞的女孩子，他們結了婚，幸福地一直生活到老。我，我想要說的是，其實，即使水晶鞋的主人永遠找不到了，也會有別的人合適穿那隻鞋子，她和鞋子的主人一樣，也能帶給王子快樂。」光緒的嘴唇劇烈地抖動了起來，他沒有說話。

容齡不自信地勉強笑道：「萬歲爺，是不是奴婢還不夠像她，不夠圓潤，也不夠美麗？可是，奴婢以為自己和她是相似的，老佛爺總說，容齡的勁兒就有幾分像珍兒；還有重陽節的晚上，您喝了酒，抱著奴婢叫『珍兒』，奴婢當時幾乎……幾乎要暈倒了。奴婢眞妒忌她，因為她雖然已經遠在天國，卻比活生生的人更吸引您……奴婢……奴婢就想出了這個法子……」

光緒拿起英文字典，狠狠地砸在了鋼琴上，鋼琴發出了重重的響聲，容齡嚇得倒退幾步，幾乎摔倒。光緒突然大吼道：「你給我滾！給我把這身衣服扔到火裡，永遠也不要讓我再看到！」

容齡哭了起來，道：「萬歲爺，奴婢還以為您會喜歡，會高興的！」

光緒斥道：「蠢材！你懂得水晶鞋，可你不懂什麼是『曾經滄海難爲水，除卻巫山不是雲』。珍妃只有一個，永遠不可替代！你以爲穿上了和她一樣的衣服，戴了一樣的頭花，一樣地笑著就會變成她嗎，那戲子爲什麼變不成玉皇大帝、變不成王母娘娘？因爲卸了油彩，他還是他自己，演戲總是暫時的，但本色才是最眞實，最牢固的！在宮裡，在朕的周圍，處處都是戲子，現在連你也要變成戲子，竟然還要扮演一個讓朕最最心碎的一個角色！」光緒說著，走到容齡的面前，把她頭上的花扯了下來，撕碎，用力地扔在了地上，霎時，落英繽紛。

容齡已經哭成了淚人，道：「萬歲爺，奴婢明白了，無論怎樣努力，奴婢也代替不了她在您心裡的位置，奴婢是自不量力，也是自取其辱。而且，奴婢發誓，再也不往您的傷口上撒鹽了，那裡是永遠也碰不得的。」光緒的口氣這才和緩下來，道：「容齡，你就是你，不是別的任何人。朕，朕命你馬上把眼淚擦了，換上你原來的衣服，趕快！咱們還得等著吃熱呼呼的奶餑餑呢。」

沒有人回答，只聽見砰的一聲門響，光緒回頭一看，原來容齡已經哭著跑了。光緒嘆了口氣，在大殿裡踱了幾步，然後把桌子上所有的東西都摔在了地上，把桌子和椅子也都踢倒了，大殿裡頓時一片狼籍。

孫玉端著冒著熱氣的奶餑餑站在門口，不知所措，光緒立即上去，揮手便把盤子打飛了。空蕩蕩的大殿，光緒站在一片狼籍之中，孫玉則小心地找了個角落默默地蹲下來。

6

容齡在四格格的寢宮裡哭得死去活來。四格格傾其所有，把全部漂亮的衣服首飾都拿出來讓她挑，她連看也不看。四格格只好勸道：「……容齡，別哭了，都是我害了你，我不應該幫你找照片做衣服，哎呀，咱們簡直就是自尋煩惱。德齡要知道，不定怎麼說咱們呢。」這句話好像還算管用，容齡總算止了哭聲，哽咽道：「……我就不明白萬歲爺他到底兒怎麼想的！平常和和氣氣的一個人，能發那麼大脾氣兒！」

四格格嘆道：「那是你太不了解萬歲爺了！……戊戌年之後，他就從來沒有過好臉色，特別是庚子年珍主子歿了之後……你們來了，才算見他臉上有了點子笑模樣兒！說實在的，他對你和你姊，那眞是一百一，沒說的，要是對我們這樣兒，我們可都得燒高香了，知足吧你！」

容齡想了一想，這才拭淚道：「怎麼樣，你看我這樣子還行嗎？」四格格噗哧笑道：「行什麼呀，兩隻眼睛腫得跟兩顆核桃似的。」容齡起身看了看鏡子，含淚笑道：「哎呀，可不是嗎，眼睛紅腫、頭髮蓬亂，臉還沒有一絲兒血色兒，嗯，明兒園子裡肯定得傳說鬧鬼了。說是女鬼跑到四格格的院子裡來了，這個女鬼，有一點像珍妃，又有一點兒像容齡。」

四格格不禁哈哈大笑，笑著笑著，她忽然收住了笑容，道：「容齡，你好受些了？」容齡狠狠地抹了兩把眼淚，道：「難過也沒有用，現在我總算理解了額娘說的緣分和鄧肯小姐說的命運。如果我比珍主子早遇到萬歲爺，也許情況就會完全不一樣了。哭了這麼久，我也累了，不過倒痛快了。我想起了鄧肯小姐那次失戀以後，她就在房間裡砸東西，砰砰地砸得滿地都是碎片。可是，第二天，她就好了，眼睛比以前還要清澈，笑得比原來還要燦爛。那時，我們都以爲，她是太要強了，是做出來給別人看的，現在才明白，這都是眞的。」

四格格擔心地看著她，順手把桌子上的花瓶給她：「容齡，給你，砸吧，只要你心裡能好受些，我這裡的東西你都可以砸。」容齡想了想，把瓷花瓶放下，拿起一隻銅鶴狠狠地朝地上摔去。邊摔邊說道：「這個可以摔，因爲它摔不壞。」四格格道：「容齡，你現在眞的好點兒了？」

容齡活動了一下腿腳兒，深深地吸了一口氣，道：「好多了，就像下了一場透透的暴雨，下的時候雖然驚天動地，可雨過天晴，天上清亮清亮的，還有淡淡的彩虹呢。人要是明白了，痛快了，比什麼都強。」

四格格感動道：「在國外長大的就是不一樣。從小我讀的詩書，閨中女兒都是愁腸百轉，看著風花雪月怎麼都是一個愁字，從來都是爲情所困，憂鬱而死的。如果都能像你這樣，世上會少了多少癡男怨女啊！」容齡道：「四格格，神甫，不，不，法國老師常跟我說，人是要珍惜生命的，不珍惜生命是最大的犯罪。」

四格格點頭道：「不過我給你提個醒兒，老佛爺的大壽快到了，心裡有多少委屈，也得憋著，臉上要陪著笑兒！她老人家可最看不得別人耷拉著臉！」

容齡道：「放心吧四格格，我這一口氣兒，可憋不了那麼長時間！雖說傷心，我也想：萬歲爺到底兒是個好人，他就像書裡說的那種男人：對愛情至死不渝！今後我雖是不敢再動這個念頭了，可心裡還是敬著他，也許更敬著他了！這樣的人，比那種朝秦暮楚、朝三暮四的人強多了！」四格格疑道：「難道洋人的書裡也有這種人！」容齡道：「那當然！羅密歐與茱麗葉，茶花女，奧賽羅……

都是愛情至上，一點不比咱們中國的梁祝差！」

四格格道：「到底你是喝過洋墨水兒的，知道的就是多！……過去，九爺和我又何嘗不是……」話到這裡，猛然打住，臉上劃過一絲驚悚之色，忙又開了門，探頭兒向外瞧，容齡在一邊倒捂著嘴格格笑起來。四格格嗔道：「你怎麼一會兒哭一會兒笑的？」

容齡笑道：「我笑你是一朝被蛇咬，十年怕井繩！」說罷，自己也知道自己造次了，忙捂住嘴，道：「四格格，容齡給你陪不是！」

四格格長嘆了一聲，道：「容齡啊，你就別不知足了，你知道整個兒的大內裡，有多少人羨慕你們啊！都是爹媽養的，怎麼你們就像老佛爺放生的鳥兒，我們就像關在籠裡的金絲雀呢?!」說罷，潸然淚下。

容齡忙勸道：「四格格，快別哭了！你哭了，倒像是我的不是了！」四格格含淚噗哧笑道：「我若不哭，你又何時才止了哭?!」兩人這才又哭又笑地抱在了一起。半晌，四格格像想起什麼來似的，道：「鬧了這半日，也乏了，你也餓了吧，想吃點什麼？艾窩窩、小籠包子、豌豆黃，還是奶餑餑？」容齡一聽到奶餑餑幾個字，眼圈不禁又紅了，不過她仍含淚笑著大聲道：「奶餑餑！」

7

慈禧七十大壽的前一天，冬陽送暖，天空晴好。這樣的日子，往往大家心情也好，慈禧好不容易才擺脫掉這些日子的惡夢，又睡了個好覺，所以心情也是格外的好，剛下了早朝，她便領著皇后及眾位女官向萬壽山背後走去。

慈禧已是古稀之年，走路卻依然快而穩健。此時她走在半山腰，回身向著德齡姊妹說道：「德齡容齡，今兒我帶你們去一個沒去過的地方兒，讓你們瞧瞧，開開眼，比比你們去過的那些個外邦，有沒有這種地方兒！」德齡忙道：「老佛爺帶我們去的地方兒，自然是好的。」慈禧又吩咐李蓮英叫製絲房的宮女出來接駕。

果然轉到山後面，製絲藝工絢兒率全體藝工跪在門前。絢兒道：「奴婢絢兒等恭迎老佛爺大駕光臨！」慈禧微笑道：「都起來吧！絢兒啊，這兩位是從外洋回來沒多久的姑娘，我特特的領她們來瞧瞧製絲的工藝，一會子你也給她們講講。」絢兒連連稱是不提。

進得製絲房，卻見染好的絲一絞絞地掛在架子上，五顏六色十分美麗。十幾個年輕姑娘在「彩虹」的映襯下川流不息地走動著，有的在染色，有的在掛絲……慈禧對眾女官道：「這些都是我們旗下的姑娘，好些都是秀女沒有選上的，自願到了這兒，瞧瞧這些絲，漂亮不漂亮？」德齡驚詫道：「天哪，實在是太漂亮了！這些顏色，簡直就像是天上的彩虹！……」

絢兒笑道：「二位姑娘，這都是把繅好的生絲給分好了，整理好，還得漂洗一次，讓太陽曬乾了，再染色，一般要染個三四次，才能染好，最後取出來曬乾。初曬的時候，必須讓它們受光均勻，上的顏色，一種就分成幾十種色度，像這種綠吧，瞧瞧，墨綠、深綠、草綠、翠綠、嫩綠、湖綠……這最淡的一絞絲已經接近了白色……這樣兒的絲線，繡出花兒來才漂亮……」德齡姊妹與眾宮眷早已聽得入迷。

元大奶奶悄悄拉著瑾妃的手，來到一絞茜紅色的絲線前，悄聲道：「我正愁我那朵牡丹花要和祥雲靠色呢，這不，祥雲的色兒有了？只是不知道能不能使宮中的銀子。」瑾妃道：「宮中的銀子不能使，月銀還是可以的罷？」元大奶奶悄悄拉了絢兒，問道：「絢兒姑娘，我用十兩月銀買你這絞絲，可使得？」絢兒笑而不答。

當晚，元大奶奶連夜趕繡祥雲，拉著瑾妃作伴，又幫她描花樣兒，瑾妃道：「上次你讓我畫了孔雀羽，又畫了牡丹，這會兒又要畫祥雲了，可是用月銀買的那絞絲？你這件衣服，繡得可太複雜了。」元大奶奶含笑答道，說：「只要工夫深，鐵杵磨成針嘛，好衣服不一針針地繡，一點點地琢磨，又怎麼經看呢？瞧瞧這祥雲，不正用了那絞絲？倒真是應了霓裳羽衣的景兒，這般的手藝，也只老佛爺配穿！對了，老佛爺七十大壽，你打算孝敬她什麼？」

瑾妃漫然應道：「還能有什麼？不過也就是一幅畫兒，一首詩，還不是和往年一樣。」元大奶奶道：「姊姊您眞是死腦筋，不出點新花樣怎麼能讓老佛爺高興？」瑾妃道：「我天生就不討喜，怎麼挖空心思也是白費勁兒，也就不琢磨了。」元大奶奶越發勤謹，整整繡了一夜，總算把那件繡服繡完了。

次日，諸臣朝拜過了，慈禧便穿起顆顆大如鳥卵的珍珠罩衫，端坐在椅子上，與眾宮眷合影。合罷了影，慈禧笑容滿面地站起，道：「今年的壽誕，又比往年不同。我要請你們瞧點兒眞正的西洋景兒，慢說是你們，就是德齡容齡二位姑娘，怕是也沒有見過呢！」皇后忙道：「老佛爺，您倒是跟我們說說，有什麼好西洋景兒，讓我們早些知道，也跟著您老人家樂一樂！」

慈禧神祕地說：「這可不行！按每年的舊例，還是先放了生再說別的吧。李蓮英！明天去頤和園放生的事兒可都備好了？」李蓮英尖起嗓子答應了一聲兒：「回老佛爺，全都備好了，您老人家就請好兒吧！」

每年慈禧的壽誕期間，照例都要放生，因此上慶善修園子的時候，特特的在湖邊擺放了一塊石頭，就叫作放生石。次日清晨，慈禧領著光緒、皇后、眾宮眷及太監來到湖邊，太監們拿著各式各樣的鳥籠子，裡面各色的鳥兒唧唧喳喳地叫個不停，那便是爲慈禧每年放生養的鳥兒。李蓮英在一旁進言道：「老佛爺，今年您七十大壽，放生的規模與往年不可同日而語，託了您的洪福和慈悲，天下必能太平。」

慈禧道：「太平就好，離吉時還有多久？」李蓮英道：「回老佛爺，還有一刻鐘。老佛爺，你要不要加件袍子？」慈禧道：「不用，現在一點也不冷，我最喜歡這樣秋高氣爽的日子，先散散步吧。」慈禧說著便沿著湖邊走起來，皇后向李蓮英使了個眼色，李蓮英會意，他輕輕一擺頭，身穿太監服裝的御前侍衛們立刻跟了上去，還是在慈禧的周圍圍了個大四邊形。

慈禧皺起眉頭，道：「我要瞧瞧湖景，你們這麼巴巴地跟著，把我的視線都擋上了！」李蓮英只好讓侍衛們退下，皇后和大公主便一左一右地頂了上來。皇后道：「老佛爺，今兒起得早，您連一口熱茶都還沒來得及喝呢，不如到亭子那邊先喝口熱的，暖和一下身子再說？」慈禧搖頭笑道：「放生，放生，就得虔誠，先把鳥兒們伺候好了才行呢。」

彩霞滿天，旭日在雲中即將升起。慈禧一行人被這壯麗的景象吸引住了，停住了腳步，李蓮英在後面道：「老佛爺，時辰快到了，不如咱們回頭走吧。」

慈禧道：「我看這地方挺開闊，不如在這兒放生？皇后，你說呢？」皇后道：「老佛爺，依孩兒瞧，還是從放生石那兒吧，老例都是在那兒放生的。」李蓮英也道：「老佛爺，依奴才看，放生石那的位置比這兒高些，鳥兒飛起來能更好看些。」

慈禧忽然轉過身問德齡，道：「德齡，你說呢？」德齡臉色慘白，神情恍惚，道：「回老佛爺，依奴婢看，是您過大壽，還是……還是您老人家自己定奪吧。」慈禧一怔，道：「德齡，你怎麼了，臉色那麼難看？……還有容齡，你今兒怎麼也不言不語的？」

德齡道：「回老佛爺，沒什麼，奴婢只是有些胃疼。妹妹……妹妹是昨晚兒沒有睡好。」慈禧疑惑地盯了她們一眼，道：「好，這回我聽你們的，去放生石！」

放生石旁，幾隻小鳥圍繞著慈禧飛著，李蓮英舉起一隻手臂，一隻小鳥穩穩地停在了上面。李蓮英忙道：「您瞧老佛爺，您的功德感天動地，連放生的小鳥都願意陪伴在您身邊不肯離去，奴才生平還是頭一次看到這樣的奇觀呀！」慈禧大喜，伸手接住了小鳥：「把這些小鳥都配上金絲籠，好生地養起來，籠子門都開著，讓它們自由出入。」李蓮英率一幫太監齊聲道：「老佛爺慈悲爲懷，功德無量！」

德齡和容齡詫異地看著不肯飛走的小鳥，在她們的身邊自在地嬉戲著。事後小蚊子才把這個祕密告訴了她們，不飛走的幾隻小鳥並不是什麼天降的奇蹟，而是李蓮英讓人精心訓練過的。

卻說慈禧登上了放生石，站在霞光之中，打開鳥籠，一群飛鳥飛向藍天。李蓮英在一旁率眾太監喊：「老佛爺放生一萬！」一群群小鳥不斷地向天空飛去，李蓮英不斷地喊著：「萬歲爺及皇后娘娘爲老佛爺放生五百！」「瑾妃娘娘放生三百！」「大公主放生三百！」……當李蓮英喊道「德齡姑娘爲老佛爺放生一百！」的時候，突然，放生石爆炸了，雖然不算是火光沖天，也是火星四濺，連周圍的幾棵柳樹也被炸得枝葉飛揚。

所有的人都驚呆了。慈禧先是一怔，然後突然大笑道：「哈哈哈，想暗算我，沒那麼容易！」李蓮英趕快率眾太監、侍衛們跪了下來，大聲道：「老佛爺洪福齊天，百害不侵！」太陽在這一片祝禱聲中一點點地從雲縫裡鑽了出來。

幾隻零落的小鳥，在人們的身邊無憂無慮地跳躍著。德齡想，秋瑾對她一定非常失望。

8

卻說慈禧因七十大壽放生石被炸，心中十分惱怒。吃過午膳，她在東配殿歇息，臉色陰沉地吸著水煙，李蓮英跪在她面前道：「老佛爺，眞的是防不勝防啊！」慈禧把煙槍狠狠一摔，道：「你還敢說防不勝防！王太監死了，你就一直沒給我續上一個得力的人！」

李蓮英道：「老佛爺的千秋，奴才何敢怠慢了?!別說是奴才，就是管園子的慶王爺，慶善貝勒，還有皇后主子、大公主……都操著心哪！就是昨兒晚上，還搜了一遍園子呢！……這眞是……眞是……」慈禧怒道：「眞是什麼?!還不快點掌嘴！」李蓮英左右開弓地掌嘴道：「奴才該死！老佛爺壽誕奴才犯錯兒，合該死罪！」

慈禧冷冷地說：「你也別大帽子底下跑人了，你也知道，我不會處死你！還是快辦點實事兒，找幾個利索點兒的人平時在大內多走動走動，另外，從御林軍中精選些個人做御前侍衛！」李蓮英正答應著，皇后已率眾宮眷來了，容齡並沒有注意慈禧臉色，走上前去天眞地問：「老佛爺，您不是說今兒讓我們瞧瞧眞的西洋景兒麼?奴婢們等候多時了！」

慈禧歪在煙榻上慢慢吸著水煙，道：「我說的西洋景兒，就是俄羅斯的大馬戲團要來，德齡容齡，你們去的國家多，可見過眞正的馬戲團演出?」姊兒倆面面相覷，道：「奴婢們還眞的沒見過。」慈禧道：「這不就結了?你們沒見過，宮裡這些個人更是聽都沒聽說過。我本來是想趁著我做壽，也讓你們開開眼，可這幫酸大臣又是奏表又是遞摺子的反對，就跟挖了他們家的祖墳似的！

又是拿大清帝制列祖列宗來壓我，說的倒是好聽，說是怕我出危險！呸！就憑這幫糊不上牆的爛泥，大清國也好不了！……這不，銀子也給了，帳篷也搭了，還是得讓人家走！」眾人嚇得一聲不吭。

大公主忙道：「老佛爺，依我之見，竟是別理那幫酸大臣的好！既然銀子也給了，帳篷也搭了，那就按原計劃演出吧！您的大壽，可別氣壞了身子！」皇后道：「是啊，臣工們有千言萬語，您老人家有一定之規啊。」

慈禧眼睛一亮，道：「依你們說，這馬戲團照例演出？」眾女官道：「是啊是啊，老佛爺要是真的疼我們，就讓我們瞧瞧這西洋景兒吧！」慈禧這才笑道：「好！那就依了你們！李蓮英，去告訴伍廷芳，馬戲團的事兒讓他照辦！」李蓮英應命而去。

下午，俄羅斯馬戲團開始在諧趣園演出。一個少女踏著彩球表演。慈禧與眾女官看得津津有味。表演結束，慈禧喜道：「難爲了這孩子！賞！」幾個小太監把銅錢扔得滿地都是。接著又是兩個少女表演馬術，引起一陣陣驚叫。

大把的銅錢再次撒落，鋪得滿地都是。一頭小象踏著銅錢走出，上面坐著一個豐乳肥臀的俄羅斯美女，美女做出各種驚險動作。慈禧一驚，忙用袖子捂著臉道：「呀——呸！怎麼這個模樣兒就出來了？可寒磣死了！」皇后等女眷全都捂上了臉。

容齡捂著臉從指縫裡悄悄瞥著光緒。光緒竟然面無表情視若無睹地看著，心裡似乎在想著別的事情。慈禧叫道：「皇上！」光緒似乎沒有聽見。慈禧又叫了一聲，道：「皇上，你可以走了。」光緒如獲大赦一般急急攜太監孫玉而去。

光緒剛走，小象便開始表演，小象向慈禧作揖。慈禧大喜，道：「賞！賞銀子，給我把銀子鋪滿了！」俄羅斯藝人見慈禧高興，走過來，表示想把這頭小象送給慈禧。慈禧立即命李蓮英：「先把御馬廄給我騰出一間來，讓小象住著，命他們連夜造一個象房，就設在御馬廄旁邊兒！逢年過節的，我們也好多看些玩藝兒！」

見慈禧喜悅，滿宮裡的人都鬆了口氣。晚膳前，慈禧端坐在寶座上，收著眾宮眷的壽禮。元大奶奶捧著繡衣跪在地上道：「奴婢祝老佛爺萬壽無疆！」慈禧含笑道：「好孩子，起來吧，讓我瞧瞧你給我的好東西。」

李蓮英將那衣服抖開來，只見這繡衣，寶藍的軟緞面上繡了許多美麗的孔雀羽毛，下襬是祥雲，而袖口則是含苞的牡丹花。皇后道：「眞是漂亮極了！」慈禧瞧了又瞧，喜道：「好孩子，你繡了多久？」元大奶奶道：「回老佛爺，奴婢三年前就開始繡了！」慈禧大喜道：「有你這一片孝心，我也就知足了！」

諸位宮眷一一送禮，德齡和容齡也送上了一套法國化妝品，祝道：「祝老佛爺如松柏常青，越來越漂亮！」慈禧接過來，轉來轉去的打不開，道：「喲，這洋貨還就是細巧，打都打不開。」眾人都笑了。容齡忙走過去打開了化裝品盒，慈禧聞聞道：「喲，這香味兒還眞是挺特別的！這麼著吧，也難得你們一片孝心，我今兒也高興，今兒晚膳後，你們都來，我有好東西賞給你們。」眾人齊齊跪下謝賞不提。

晚上眾人都來到慈禧寢宮，歡歡喜喜地接受慈禧賞賜，元大奶奶繡百鳥朝鳳衣有功，除份例之外還多得了紫貂圍脖一個，手籠一隻，元大奶奶歡天喜地地謝恩，自以爲在眾人面前掙足了面子。可是接下來發生的事如同晴天霹靂一般，震碎了她的心。

李蓮英宣告道：「老佛爺有旨，封德齡、容齡二姑娘爲郡主，各賜郡主禮服一套、貂皮袍一套、貂皮帽一頂，鹿皮靴一雙、金絲繡花狐皮外套各四套，並賞來年盛開的牡丹花秧各一枝，德齡姑娘賞紅牡丹，容齡姑娘賞白牡丹。」

眾宮眷都鼓起掌來。德齡道：「老佛爺，奴婢姊妹二人伺候您的時間不長，而裕家又不是眞正的望族，您的厚恩我們實在是受之有愧，郡主之名我們是萬萬不配擔當的，老佛爺的美意我們只能心領了。」慈禧道：「俗話說，好馬配金鞍，你們才華出眾，而且都是對國家有用的人，完全配得上郡主的稱號。出身和門第固然重要，但比這更重要的對國家的忠義之心呀！武則天尚且給罪臣之女上官婉兒加官進爵，如果我對你們的作爲視而不見，不是連古人都不如了嗎？」

皇后在一旁笑道：「德齡，你們倆還不快快謝恩，難道非要老佛爺一條條地數著你們的好處才滿意不成？」德齡容齡只好跪下謝恩，站在一旁的元大奶奶臉色越來越慘白，忽然，她暈倒在地。

9

在懷特的精心照料下，艾米已經逐漸康復了。懷特用輪椅推著姑姑，在醫院的一片綠地上曬著太陽，冬日慘白的光線照在艾米慘白的臉上，她瞇起了眼睛，對身後的侄兒說：「凱，我們明天就要出院了，對嗎？」

懷特道：「是的姑姑，不過還要過幾天，等您完全健康了，我才能放心地去中國。」艾米驚道：「你還要去中國？」

懷特道：「姑姑，您不要誤會，這次我不是去尋找愛情，我只是想去做一些符合人道的事。譬如，我想也許我們能找到一個適合的時機，把珍寶還到中國人的手裡，我不想保留透過不正當的方式取得的東西。」艾米舉起雙手道：「哦，上帝保佑，你的姑父早已經升天了，否則他會心疼死的。」

懷特道：「姑姑，您同意我這麼做嗎？」艾米想了想，道：「孩子，眞正的夜明珠已經是你的了，你來作決定吧。我雖然是有些捨不得，但想到家族裡其他透過非常正當的途徑掙來的產業並不比夜明珠的價値少，我還是很欣慰的。這說明，我們家族的人是非常優秀的。」懷特道：「當然了，姑姑，這一點我從來就沒有疑問。」

艾米道：「現在我有兩個疑問：第一，這夜明珠到底還給誰，慈禧太后還是光緒皇帝？第二，你此行眞的不會再對德齡動情嗎？」懷特道：「姑姑，第一個問題我眞的沒有搞懂，還需要考慮。可是第二個問題，我很明確地告訴您，我現在只把德齡當成一個値得尊敬的友人，一個異國的愛國者，別無其他。」艾米聳聳肩道：「哦，人在沒有眞正成熟的時候總是不能面對自己。」

次日，懷特把艾米從醫院接回家裡，才發現家裡的信箱中，有了一封來自中國的信。

艾米看著凱，看著她心愛的侄兒臉上微妙的感情變化，她笑道：「哦，中國字，你在看中國來的信。我敢打賭，裡面的情話和這信封上的字體一樣美。」懷特道：「姑姑，這信裡沒有情話。」

艾米奇道：「難道除了德齡，還有誰會從中國給你寫信嗎？」懷特道：「姑姑，我也沒有想到，寫信的不是德齡，而是她的父親。他眞誠地跟我談了德齡的感情狀態，令我不敢相信的是，他竟然對我表示了讚賞和支持。」艾米道：「孩子，我看現在咱們得趕快走。……一是買船票，二是找個好地方大吃一頓，算是爲你餞行。」

懷特道：「姑姑，等一下，我不明白，買去哪兒的船票？」艾米笑道：「當然是去中國了！」

懷特奇道：「可我還沒有決定呢，您怎麼比我還肯定？」艾米道：「孩子，在去的路上，你會慢慢地想清楚的。咱們得趕快，船票可不好買。」懷特突然笑了起來，道：「姑姑，這麼說，您現在不反對我去中國了。」艾米道：「孩子，反對是沒有用的，再說我病也好了。何況，你遲早得去一趟中國，不僅是爲你那未了的情思，還有《聖經》裡的夜明珠呢。」

懷特由衷地說：「姑姑，我不相信您有七十歲，因爲您的思想和行爲完全是二十歲的。」艾米得意地笑道：「所以我是全紐約最受人矚目的女士。」

幾天之後，凱·懷特再次登上去日本的海輪，那艘海輪沿途將在廣東與上海停留。清晨，懷特在甲板上迎風站立，輪船飛快地朝著前方的朝陽駛去。他驀然回首，看到一個苗條的背影站在那裡，他不禁失聲喊道：「德齡！」黑頭髮的女郎回頭，然而不是德齡，他只好解嘲地拍了拍自己的腦袋，他的金黃色的頭髮在海風中飛揚著，他想讓潮濕冰涼的海風給自己降降溫。

這時，一個熟悉的面孔在他眼前出現了。那人姓唐，是著名志士唐才常的親戚，叫唐大林，是康有爲保皇黨中的重要人物，在紐約，他們曾經見過面。

唐大林微笑著走過來和他打招呼，問道：「懷特，你去中國還是日本？」懷特道：「當然是中國，去看朋友。你呢？」唐大林道：「我，我還能幹什麼，自然是去替我們的黨工作。我想，有朝一日，陛下重新親政的時候，艾米夫人和你一定會得到應有的報答的，你們的名字已經在我們的功德簿上了。」懷特道：「不必客氣。」

正在攀談之中，一個模樣長得有幾分像唐大林、卻又要英俊超拔得多的青年男子從甲板的另一側走過來，向唐大林打了個招呼道：「哥哥，早上好。」懷特注意到，唐大林的臉上出現了一種極其複雜的表情，最終，他像是下了什麼決心似的，搖了搖頭，道：「我沒有你這個弟弟！」

年輕人苦笑道：「好吧，雖然我們志不同道不合，但是畢竟血濃於水，不管您如何看待我，我還是要多謝您小時候對我的疼愛和照顧。您多保重吧，哥哥，我走了。」懷特迷惑地盯著唐大林。

唐大林的嘴唇顫抖了一下，勉強笑道：「他的確是我的親弟弟，叫大衛。可我們已經不再往來了。」懷特奇道：「為什麼？」

唐大林道：「因為他加入的是孫中山的革命黨，我加入的是保皇黨，我們的志向相抵觸。他以為我迂腐，我認為他忘本，大逆不道，而誰也說服不了誰。」

懷特驚道：「難道就為這個你們就斷絕往來了嚒？政治的趨向比你們的感情還要重要嗎？」

唐大林默默地說：「在許多中國人看來，的確是這樣的。中國有個成語叫大義滅親，比起道義來，一切都是微不足道的。」

懷特道：「唐先生，難道你對弟弟的感情可以輕易抹殺嗎？」唐大林嘆了口氣，道：「不是抹殺，是壓抑。」懷特追問道：「那麼是你們的黨要求你這麼做的嗎？」唐人林道：「不是，是我自己要這樣的，中國人很講自律，君子必須自我約束。」

懷特嘆道：「天啊，中國人真是很特別。唐先生，我碰到的中國人無論男女，為什麼都對國家或者信仰充滿了神聖的使命感？」唐大林道：「因為我們的國家正處在危難之中，是政治的危機，更是古老文明的危機。」懷特若有所思地看著他的臉，他的臉在陽光中有一種虔誠的聖潔的表情。懷特心道，原來中國人是這樣的，特別是中國的優秀人物，儘管有各種不同的追求方式，可他們有著共同的宗教，那就是國家。他好像突然明白了，德齡——那個他曾經愛過並且一直愛著的姑娘，那個古老東方的仙女，也許他並不真的了解她。

10

這天早朝已畢，眾宮眷都隨著慈禧來到體和殿，瞧德齡給慈禧抹指甲油。一層珠貝似的亮光在慈禧的指甲上顯現。慈禧笑道：「這倒是比鳳仙花兒染指甲強多了，看來洋人愛美的心也並不比咱們差，在打扮上也沒少花心思。」

容齡在一旁一一說明道：「老佛爺，這是胭脂，這是眼影，這是香粉，這是刷香粉的刷子。」慈禧饒有興趣地一一觀看玩賞，並不時地聞聞它們的香氣，嘴裡評說著。這時李蓮英指揮小太監搬了幾盆花進來，道：「老佛爺，牡丹花秧來了。」慈禧看看，用法國口紅在兩張紙上分別寫了紅、白兩個字，遞給李蓮英道：「小李子，紅的掛在左邊第一盆上，白的掛在第三盆上。」

德齡驚訝道：「老佛爺，這幾盆花都尚未開放，外表也沒什麼區別，你怎麼就能分出它們的顏色呢？」慈禧頗爲得意地笑道：「這可是祕密，我呀，活了這麼大歲數，別的沒什麼，就是知道的祕密比別人多些。」

皇后忙道：「老佛爺猜花是一絕，她猜顏色從來就沒有出過錯。誰戴了老佛爺猜的花，來年都會鴻運當頭的。」德齡容齡忙謝恩道：「謝老佛爺厚愛。」

慈禧笑道：「這也沒什麼，我想你們在國外長大，一定沒有戴過中國的牡丹花，只有戴了牡丹花，你們才會看眞正的華貴富麗。外國人也有很多的珠花和首飾，比起牡丹花的氣質，可就黯淡多了。」眾人連忙點頭稱是，忽見大公主急急忙忙跑進來，道：「老佛爺，元大奶奶她……」慈禧不屑道：「無非就是小心眼兒氣急了，明兒就好了。」

大公主道：「老佛爺，過去戲文裡唱的，伍子胥過昭關一夜之間白了頭，我總說是戲，信不得的，可就昨兒一晚上，元大奶奶的頭髮竟全都變白了。」衆人大驚。

待衆人趕到元大奶奶寢宮時，她正滿臉淚痕地呆坐在光線昏暗的鏡子前面，披著一頭長髮，她頭頂的一片白髮已經變得雪白。聽到喊：「老佛爺駕到！」，她忙捂著臉跪下道：「奴婢給老佛爺請安了。」衆女官看到她的白髮，都不禁驚呆。慈禧顫聲命她把手拿開，她回道：「老佛爺，奴婢已經變得奇醜無比，沒有臉見您了！」

慈禧道：「我已經快七十的人了，什麼事什麼人沒見過？你快把手拿開吧！」元大奶奶緩緩鬆手，抬起臉來，凌亂的髮絲胡亂橫在不施脂粉的臉上，似乎一下子憔悴蒼老了許多。衆人難以置信地看著她，幾乎停止了呼吸。

慈禧嘆道：「你呀，你也太喜歡爭了些。你把你的手舉起來瞧瞧，五個手指天生都有長短，何況人呢？你以為人好強就什麼都行了嗎？你跟人比忠心，比女紅，比辭令，或許你都能拔尖兒。可是比眼界，比胸襟，比對洋人的了解，你是一輩子也比不過德齡和容齡了。不是我偏著她們，這是衆所周知的。你總覺得她們來了以後你就失寵了，所以經常妒忌，這就證明其實你對我不是眞正的忠心！」

元大奶奶哭道：「老佛爺，奴婢不敢跟人比別的，可對您的忠心，的確是蒼天可鑒！」她起身拉開抽屜，翻出一把剪子，對準了自己的胸口。

慈禧不動聲色道：「你這是幹什麼，又來要死要活了？」元大奶奶哭道：「老佛爺，只要您一句話，奴婢就可以剖開胸膛給你看，瞧瞧奴婢的心究竟是不是紅的！為了您，奴婢幹什麼都願意！」

慈禧道：「那我問你，既然你口口聲聲說對我忠心不二，那麼現在有更聰明、更能幹的人輔佐我，服侍我，自然是好事。你卻明裡維護我，暗裡給人下絆兒，任性胡爲，作踐自己，這是忠心嗎?!眞正的忠心是要成人之美，成君王之美，成天下之美，而不是小肚雞腸地計較自己的得失。你聽著，雖然你的出身不比裕家低，可是我現在就可以告訴你，這輩子，你恐怕是沒有當郡主的命了。要走要留，你自己看著辦吧。」皇后走過去把剪刀從她的手裡拿了過來，元大奶奶失神地坐在了地上。

大公主把她扶起來。她又噗哧跪了下來，對著慈禧哭道：「老佛爺，奴婢伺候您不爲別的，就爲您高興。奴婢年輕守寡，婆家人娘家人嘴上不說，可心裡都嫌棄奴婢，只有在您的身邊，奴婢才會覺得踏實。奴婢不怕別的，就怕有一天在這兒成了礙手礙腳的多餘人，所以奴婢才處處要強，事事爭勝。可……可奴婢眞的沒有壞心，您可千萬別趕奴婢走啊!!」說罷淚如泉湧。

慈禧見狀，擺擺手道：「行了，起來吧，你啊，洗洗臉，今兒晚上到我那兒去，咱們哪，一塊兒試試德齡從法國郵購來的染髮水，說是頭皮不會染黑的。明兒，你的頭髮就又會黑了。」元大奶奶這才哽咽著謝過慈禧，眾女官紛紛上前勸慰不提。

第十章

不知爲什麼，懷特從第一眼見到唐大衛就喜歡他了。

因爲德齡的緣故，懷特與姑姑一樣，讀了大量的中國歷史，特別是清史，從中他知道唐大衛是革命志士唐才常的親侄兒。而唐才常，正是譚嗣同最好的朋友，素有譚唐之稱。戊戌年譚嗣同犧牲之後，唐才常揭竿而起，拉起一支隊伍，與朝廷決一死戰，最後自然是功虧一簣，唐才常英勇犧牲。不知爲什麼，懷特覺得唐大衛的形象便是他想像中的唐才常。

在此之前，他眼中沒有一個眞正英俊的中國男人，即使是勳齡，他也覺得不過是比一般的中國人強些罷了。可是唐大衛，卻恰合了他心目中中國英雄的形象，沒有哪個中國男人像他的身材那麼高，皮膚那麼白，頭髮那麼黑，眼睛那麼亮，神態那麼昂揚，目光那麼純潔，氣質那麼高貴，一問年齡，唐大衛恰恰和他同歲，吃晚飯的時候，懷特再次見到他，便上前和他攀談起來。大衛看來也是個健談的人，且說一口極爲流利的美式英文，兩人交談無任何語言障礙，甚是投機，大衛便邀凱去了他的艙房。

大衛住在二等艙，行李極爲簡單。他告訴凱，他已經到美國留學三年，政治上一直追隨孫文，他認爲，只有孫文的三民主義能夠救中國。相比較而言，康有爲由維新派墮落爲保皇派，已經走向歷史的反動，不値一提。他這麼一說，懷特的好奇心頓起，問道：「難道這就是你和你哥哥分道揚鑣的原因嗎？」這麼一問，大衛燦爛的表情頓時黯然，低聲道：「也許是吧。」

懷特又問：「你很愛你的哥哥？」他抬起頭，用那雙目光純潔的眼睛看了懷特一會兒，道：「是的。中國有句話叫作『長兄如父』，我父母去世很早，是哥哥把我帶大的，小時候的事，我都記得很清楚，我和哥哥流浪過一段，那時候，有點好吃的，哥哥都給我，後來他又掙錢打工供我上學，……唉，現在，……現在他可能把我當成是個沒良心的人了……」

懷特安慰他道：「別難過，大衛，我和我的姑媽會勸唐先生……」沒等他說完大衛就搖頭道：「沒用的，凱，沒用的……」懷特見他難過，只好轉移話題道：「那麼你這次去中國的目的是什麼呢？」

大衛明亮的眼睛閃爍了一下，道：「自然是去執行我的組織的祕密使命。你呢？凱？」懷特稍稍猶豫了一下，道：「我喜歡了一個中國女孩。」大衛的嘴巴張得大大的，半天沒有合攏，道：「天吶，一個中國女孩，一個美國人喜歡了一個中國女孩？你可眞夠浪漫的！」

懷特喜滋滋地說：「是個非常不平凡的中國女孩。你呢，大衛，你有沒有心上人？」大衛搖頭道：「沒有，至今還沒有。」懷特奇道：「這簡直讓人難以置信，難道你從來沒有戀愛過？」大衛的臉微微有點紅，喃喃道：「誰知道呢，也許有女孩子喜歡我吧，不過，現在不是談愛情的時候，國家興亡，匹夫有責，我們的國家現在已經到了被列強蠶食的邊緣，我的心裡現在只有兩個字：救國。爲了貫徹孫先生的主張，我隨時隨地準備流血犧牲！……」

懷特看著大衛那雙純正的眼睛，心裡不禁震撼，他想像著大衛年輕的生命受到威脅，心裡便十分難過，他知道，比起動齡，比起他所認識的所有中國人來，大衛完全是另外一種人，任何人也無法阻止大衛，無法改變他的主張，懷特只想幫他，只想用自己全部的力量幫他，上帝作證，懷特在那一瞬間就是那麼想的。

2

凱·懷特和唐大衛在二等艙裡徹夜傾談的時候，大清帝國的宮眷們正圍繞在慈禧太后身邊，看德齡爲她和元大奶奶染髮。德齡和容齡一邊看著說明書，一邊調著染髮劑。太監們在一旁給慈禧和元大奶奶梳著披下來的柔長的頭髮，宮女們端著冒著熱氣的水進進出出。德齡小心地把一包染髮劑在盛著熱水的小銅盆中調開，姊兒倆用刷子一點點地把染料仔細地刷在慈禧和元大奶奶的頭髮上。元大奶奶因爲不放心，一個勁兒地扭過頭看，慈禧則閉著眼睛，身子挺得筆直。元大奶奶和慈禧的頭髮被包上了熱氣騰騰的毛巾。熱氣使屋裡的景象變得朦朧起來。

眾宮眷和小狗喘氣兒都好奇地等著看法國染髮膏的效果。德齡姊妹把慈禧和元大奶奶頭上的毛巾一點點地揭開。喘氣兒詫異地驚叫了一聲，原來她們的頭髮竟然是灰色的！所有的人都楞住了。元大奶奶看著鏡中的自己，喃喃地說道：「是灰的，灰的。」

皇后小心翼翼地問道：「德齡，是不是放的顏色不夠？」德齡道：「不會啊，我是按說明書的劑量調的。」

慈禧沉著臉道：「德齡，難道洋人的黑顏色也和咱們的不一樣嗎？」德齡忙道：「回老佛爺，自然是一樣的，只是不知道爲什麼……」容齡道：「老佛爺，我法國朋友的媽媽也是用的這個牌子的染髮膏，染出來的頭髮都是烏黑烏黑的。」

大公主在一旁打圓場道：「興許洋人的頭髮和我們的不一樣，不行還用咱們的土方法吧。」

德齡道：「老佛爺，德齡沒有親身試過這種染髮劑，老佛爺的每一絲兒頭髮都是金枝玉葉，出了差錯，德齡甘願受罰。」容齡也道：「老佛爺，是我向姊姊說這個牌子好的，還是罰我吧。」

慈禧沉著臉半晌無語。元大奶奶突然哭道：「老佛爺，是我帶累了您。如果不是您帶著我染髮，也許就不是這個樣子了。德齡，我平素是對你們有些刻薄，你們報復我也就罷了，爲什麼把老佛爺也連帶上啊？」容齡急道：「你什麼意思，難道我們是故意的嗎？」慈禧怒道：「行了，你們都少說兩句！」

德齡突然像發現了什麼似的，在皇后腳下撿起一張小小的紙片兒，她看了看，忽然笑道：「有了有了，你們也別吵了，老佛爺也別擔心了！這是掉在地上的說明書，上面說，頭髮剛染完的時候是灰的，第二天一覺醒來的時候，就全變黑了！你們看！」眾人一看，德齡撿起來的那一角印著法文字的紙果然和說明書拼得天衣無縫。

次日清晨，慈禧穿著睡袍走出來，坐在鏡子前，宮女拿著小鏡子站在後面給她上上下下地照，她的頭髮變得又黑又亮。

元大奶奶也喜出望外地來了，雙手托著烏黑的長髮，當眾向德齡姊妹陪禮道歉。一場風波總算過去了。此後，慈禧太后和元大奶奶就一直使用法國的染髮劑。這樣，在二十世紀的初葉，中國的宮廷裡就開始了使用法國先進的染髮技術，當然，還有咖啡、油畫、鋼琴、鐘錶、現代舞、化妝品和照相機——西方先進的事物就這樣以一種潛移默化的方式慢慢進入了中國……而德齡姊妹終於欣慰地發現，她們的努力沒有白費，她們的報國宿願正在慢慢地實現……

3

卡爾的畫像終於接近了尾聲。這天下午，夕陽的餘暉斜斜地射進偏殿裡，卡爾已經在用調和油刷畫筆了，德齡卻依舊坐在椅子一動不動。卡爾道：「德齡，我的畫兒快完成了，不過越是到最後階段越是難以把握。」

德齡這才動了一下道：「卡爾，這大概就是人們常說的黎明前的黑暗吧。」卡爾問道：「德齡，你有過類似的經歷嗎？」德齡道：「沒有。不過在沮喪的時候，我就常常這樣安慰自己，說一切都會變好，明天太陽就會出來了。」卡爾笑了起來，道：「德齡，你最近瘦多了，是不是還爲在懷特的事兒難過？」德齡道：「我已經不想那件事了，就好像不會指望太陽從西邊升起一樣。」

卡爾神祕地笑道：「我敢說，太陽正在從西邊升起。」德齡奇道：「什麼意思？」卡爾道：「用不了半個月，你就會知道我的意思。」德齡搖頭道：「那是永遠不可能的事。」

當晚，德齡向慈禧稟報了卡爾的畫即將完成，慈禧道：「那咱們就找個吉日讓她封筆吧！」德齡忙道：「老佛爺，我覺得也許先要問問卡爾小姐的進度，再定吉日也不遲，省得她一著急，趕著畫倒畫不好了。」

慈禧道：「這樣也對，反正也畫了很長的時間了，也不在乎了。我看這畫兒又費時又費事，中國的寫意山水，不過是潑灑於頃刻之間，照相，也是一會兒就得，這油畫怎麼就這麼難?!我看，有朝一日，要是相片有了顏色，就沒有人要找卡爾畫畫了。那時候，這個苦命的老姑娘可就更可憐了！……當然了，當著康格夫人的面兒還得說說客氣話兒。」德齡忍笑道：「老佛爺聖明。」

慈禧太后的巨幅肖像畫在歷經數月之後終於完成了。封筆的那一天，宮廷裡舉行了一個小小的儀式，自然，康格夫人作爲首席貴賓被請來了。

明黃色的綾子一掀開，大家都驚嘆地叫了起來。一個活生生的眞人大小的慈禧太后出現在眾人眼前，當然，要比眞人更年輕些，也更漂亮些。康格夫人喜道：「哦，太后，我認爲這幅作品很優雅。很合適您美麗宮廷的背景。」德齡翻譯給了慈禧。慈禧也笑著點頭道：「是的，我非常喜歡。」

康格夫人道：「卡爾，我很爲你驕傲，你在這兒還習慣嗎？」卡爾道：「夫人，我在這兒過得很好，太后對我禮遇有加，再說有德齡作伴兒，眞是一點兒也不悶了。」康格夫人道：「太后，眞的不知道怎麼感謝您爲卡爾做的一切，您眞的是太仁慈了。我今天看望了卡爾，的確是很放心。」

慈禧笑道：「我們中國自古就是禮儀之邦，好客是我們的傳統。再說，美國是我們的友邦，大清的繁榮還有待貴國的扶持。」康格夫人道：「太后，美國一直都希望和中國有更密切的聯繫，無論政治還是其他的方面，而且一旦中國給予美國更優惠的條件，美國給中國帶來的利益將更加無可限量。比如鐵路，通訊，金融，美國的實力都不錯。」

慈禧道：「是啊，自庚子年之後，我就認爲美國是我們可靠的朋友，我也主張給美國特殊的優待。可是，我現在已經在頤養天年了，所有的事都是大臣們決定。不過，我會跟他們提的。」康格夫人鞠了一躬，道：「謝謝您，太后。」這時德齡走過來，道：「夫人，請一起去用茶點吧。」康格夫人答應了一聲，隨即拉起卡爾的手，邊走邊把一捲報紙包的東西塞給了卡爾，慈禧看在眼裡，眉頭輕輕地皺了一下。

4

懷特和來接他的約翰坐在黃包車上，穿過熙熙攘攘的市場。懷特看到許多人穿著木屐敏捷地走路、挑擔，覺得十分有趣，他忍不住對約翰說，要下去買雙木鞋子，它們實在是太可愛了。約翰忙拉住他道：「凱，你不能去，太危險，這裡常常有單獨行走的外國人，尤其是英國士兵，轉眼就把自己的腦袋給丟了。在他們看來，咱們長得跟英國人可沒什麼區別。」

懷特道：「那爲什麼你不好好地待在美國，要到這裡來？」約翰的理由十分充足，他說：「越痛苦的地方就越需要上帝，再說，我想讓這裡的人明白，外國人並不都是爲著掠奪他們的土地或者推銷鴉片而來的，我要讓他們感受到上帝的溫暖。」

懷特由衷讚道：「約翰，你眞的了不起。」約翰笑道：「了不起的是你，從世界的那一邊，給我帶了那麼多的好吃的。」懷特調笑道：「哦，那要歸功於我的姑媽，那是她對教區的特殊貢獻。」說話之間，前面忽然響起了槍聲，一隊騎著馬的官兵飛馳而過，馬路上暫態一片混亂，車夫趕緊把懷特和約翰拉到了一個牆角。

官兵們在馬路上用廣東話喊話。約翰聽了，對懷特道：「凱，有刺客試圖在衙門刺殺總督，官兵們正在追殺，也許是同盟會的人幹的。」懷特驚道：「哦約翰，你現在竟然聽得懂廣東話了？」約翰笑道：「是的，其實我在美國的時候就懂一點兒，因爲那裡有很多的廣東華僑。」

當晚，懷特和約翰坐在空寂無人的教堂裡閒聊。約翰道：「凱，想不到你對德齡還是那麼執著。」懷特道：「其實這次我來也不僅僅是爲她。雖然她的父親給我寫了鼓勵的信，然而我更希望寫信的是她……我認識的一個中國人告訴我，他們崇尚大義滅親，我眞不知道是該尊敬還是該反對。」約翰笑了起來，道：「懷特，我明白你的意思，發生在別人身上的時候可以尊敬，可一旦跟自己有關聯的時候還是要反對的，對不對？」懷特也笑起來。

突然外面喧囂一片，有人在喊：「抓革命黨了！抓革命黨了！……」在一片嘈雜的槍聲和吶喊聲中，一隊官兵衝進教堂。約翰和懷特急忙上前攔阻。約翰怒道：「對不起，這是上帝的駐地，請你們出去！」官兵們推開他們，持刀闖進，搜索不已。只聽嘩啦一聲，一個士兵竟然打碎了聖母瑪麗亞的雕像。約翰憤怒地上前大聲吼道：「我的上帝，你們到底要幹什麼?!」

一個官員打扮的人上前道：「神父，有人看見刺殺總督的刺客跑到你們這兒來了！請你把他交出來!!」懷特把他的話翻譯給約翰。約翰道：「我和這個年輕人一直在這裡談話，根本沒看見什麼刺客！假如你們繼續無理取鬧，我將通過美國外交部照會你們的政府，向貴國政府提出強烈抗議!!」那個官員聽了，和另一個官員一咬耳朵，道：「如今朝廷一個勁兒地跟外洋修好，咱們要是一意孤行，惹了漏子，朝廷怪罪下來，怕是要吃不了兜著走！……得了，神父先生，這樣吧！我們暫且相信你！我們可以出去，但是我們將會嚴密監視這座教堂，也希望你們與我們合作，如果發現了蛛絲馬跡，馬上向我們報告！」約翰瞪了那人一眼，不耐煩地點點頭，打開教堂的門，道：「那麼，請吧！」

官兵們走了，教堂裡終於安靜下來，這時，他們突然聽到壓抑的呻吟聲。懷特循著聲音走去，來到一座懺悔用的神龕旁，他掀開簾子，不由大吃一驚：一個滿身是血的年輕人正捂著自己的傷口咬牙壓住呻吟，不是唐大衛，又是哪個?!懷特叫了一聲，呆住了。約翰在一邊喊道：「我的上帝！

快點，懷特醫生，該是你施展醫術的時候了!!」

幸好懷特的藥箱是隨時隨地都帶在身邊的，他也顧不了許多了，急忙把大衛摟在懷裡，爲他止血，包紮傷口，約翰在一旁幫忙遞著器械，這個受了重傷的年輕人居然還笑著，連見多識廣的約翰也驚訝不已。

5

這日早朝已畢，德齡照例爲慈禧唸英文報紙。剛唸到「世界上第一支電子電晶體誕生，這標誌著人類即將進入電子時代」的時候，慈禧忽然叫道：「等等。」德齡笑道：「哦，對了，老佛爺，奴婢應該事先給您解釋一下電子管。」

慈禧擺手道：「我問的不是這個，昨兒你注意到沒有，康格夫人塞給卡爾一捲用報紙包著的東西。那到底是什麼？該不會是炸彈吧？」德齡一笑，從身後拿出一捲東西道：「老佛爺，您問的可是這個？」慈禧見德齡拿著的正是康格夫人塞給卡爾的那個用報紙包的紙捲。

德齡打開紙包道：「老佛爺，這不過是幾本美國雜誌，康格夫人帶來給卡爾解悶兒的。我跟卡爾聊了幾句，她主動要借給我看的。」慈禧長舒了一口氣，道：「哦，我到是從來沒看過什麼雜誌，看看，到底能不能解悶兒。」

德齡打開雜誌，裡面是琳琅滿目的插圖和照片。德齡解釋道：「這兒講的是怎麼化妝，怎麼做巧克力蛋糕，還有怎麼預防感冒。這兒呢，是鉤花邊的方法，是說新出了一種捲頭髮的藥水兒。」

慈禧笑道：「外洋的女人不過也是跟咱們一樣，講些烹調手藝、胭脂女紅什麼的。」

德齡道：「可不是嘛，不過咱們可沒有專門給女人看的報紙或者雜誌啊。」慈禧道：「是啊，中國的女人識字的只是少數，女子無才便是德，女人太聰明了，男人可就管不住她了！……那個秋瑾不就是麼？不過就是多讀了些詩書，腦子太靈了，就看不起丈夫了，丈夫呢，也管不了她了！我聽說，那個王廷鈞是個世家子弟，人生得一表人才，雖說偶然也擺擺花酒，可對他的內人，是相當不錯的！饒這樣，那秋瑾還是一鬧就鬧到東洋去了！拋夫棄子的，她可眞是做得出來！她在東洋做下的那些個事，朝廷都清清楚楚！她不回來便罷，若是回來，新帳老帳一塊兒都得算！」

德齡驚道：「老佛爺，那秋瑾不過是潛心向學，並沒有做什麼出格之事，探馬的話，有時也並不能全信。」

慈禧沉下臉，道：「德齡，你和那秋瑾是不是有些交情啊?!想當初，你就力主我恩准她去東洋留學，現在你又對她千般迴護萬種辯解，到底是怎麼回子事啊?!」

德齡忙道：「老佛爺，德齡一直在您身邊，怎麼會與那秋瑾相交？德齡的言語中的確有迴護之意，但不過是出於另一種想法。」慈禧道：「那說說你的想法！」德齡道：「老佛爺，奴婢認爲中國女界的確存在很多問題，比起外洋，中國婦女實在是太可憐了，她們要在家從父，出嫁從夫，夫死從子，可西方已經有一大批婦女可以拋頭露面，和男人們平起平坐地工作，有自己的收入，可以獨立地生活，並且接受良好的教育。可在中國呢，若不是您老人家倡導女學，到現在那些個老頑固們還不肯鬆這個口呢！」

慈禧點頭道：「這倒也是。矯枉往往過正，戊戌年皇上聽信亂黨，革除了許多老臣，有很多都是對大清立下汗馬功勞的老臣啊！這件事兒，被我堅決制止了，可是也留下了禍根兒。那些老臣中的確有昏瞶腐朽之輩，難道我瞧不出來？可這是整個國家的格局，牽一髮而動全身，不好辦哪！」

德齡又把雜誌翻開一頁，畫面上出現了許多穿著婚紗的模特兒的照片，她們都被吸引住了。慈禧問道：「這是什麼漂亮裙子，可眞好看呀，怎麼我沒見你們穿過這式樣的？」德齡忙道：「老佛爺，這是洋人結婚時候穿的，叫婚紗，是一個女孩子一生中穿的最美的衣服。穿美麗的婚紗，是很多西方女孩子的夢想！」

慈禧奇道：「難道他們結婚的時候穿白的？」德齡道：「是啊，咱們中國人穿紅色是爲了圖吉利，說是紅紅火火，而洋人穿白色結婚是爲了表示純潔，證明新娘的白玉無瑕，而且象徵著新人之間的感情是沒有一絲雜質的。」慈禧嘆道：「好呀，這個說法也很好。德齡，以後你結婚，穿紅色的還是白色的？」德齡一驚，手也抖了一下，幾乎把雜誌掉在地上，道：「老佛爺，奴婢一輩子都在您身邊，不想結婚了。」慈禧道：「說是這麼說，是女人都會想結婚的。」

德齡把雜誌又翻了一頁，是一對慈祥的老人的照片，她說：「這是他們的金婚紀念照。」慈禧問道：「什麼是金婚？」德齡道：「洋人把結婚五十年叫金婚，大概是這樣的婚姻世上稀有，格外矜貴，所以叫金婚吧。」話說到這裡，德齡萬萬不曾想到，慈禧的眼淚突然如山洪爆發般迸射了出來，德齡嚇得一時沒了主意，竟說不出話來。慈禧哽咽道：「……我十七歲入宮，今年已經七十歲了，如果咸豐帝還在，按照洋人的規矩，早就該過金婚了！世事無常，我眞是命苦啊！」德齡只好百般勸解，又想起自己的境遇，不禁也流下淚來。

慈禧起身走動著說道：「德齡啊，你還年輕，用不著陪著我哭，倘若不是陪我，是爲你自己的一些煩惱，那就更犯不上了。老話兒說，少年不知愁滋味，我看這話說得很對。」德齡道：「老佛爺，都是奴婢不好，奴婢不應該給您看這些照片，惹您傷心。」

慈禧流淚道：「天下人都看著我貴爲太后，以爲我有多快活，多自在，他們根本想像不到，沒有你給我看這些照片，我也一樣經常傷心流淚。德齡，你說，女人最大的福分是什麼？」德齡低聲道：「依奴婢看，也許是有一個眞心相許的人。」慈禧道：「是啊，如果根本就沒碰上這樣的人，平平淡淡地過一生也就罷了，可是一旦你碰上了，人又沒了，那就成了世上最苦的苦人兒了!!」

德齡的眼前一下子閃過懷特拎著箱子、頭也不回的背影，不禁捂住了自己的臉，淚如泉湧。慈禧道：「……想當年，先皇帝雖有三宮六院，可他根本不聽別人對我的妒忌中傷，對我情有獨鍾。後來有了皇子，他更是對我寵愛有加，他喜歡摸著我的頭髮，說我的頭髮是天下最美、最柔軟的。只要他的手一觸到我的頭髮上，我就什麼煩惱也沒有了。眾人都知道我愛惜頭髮，卻不知道我愛惜頭髮的原因——我是不願意歸天的時候，先皇帝看不到我的黑髮，認不出我呀。」

德齡若有所思，她凝視著慈禧烏黑的髮髻，給她遞過去一條手絹，輕輕地說道：「老佛爺，您的頭髮還好得很，一點也不用擔心。」

慈禧道：「每年先帝忌日的時候，我都難過得吃不下睡不著。可誰能明白我心裡的苦楚？民間的夫妻，尙能廝守一生，白頭到老，可我卻是在二十幾歲的時候，就眼睜睜地看著先皇帝撒手西歸！……我抱著年幼的兒子跪在他的跟前，對他說：『皇上，您的皇兒在這兒哪。』他微微睜開眼睛，指著我的兒子，降旨道：『朕死之後，自然由皇兒繼位。』先皇帝他放不下我啊！他在歸天之前還想到要給我名分啊。可現在，同治帝早逝，皇上又是這個樣子，如果先皇帝還在，可以依靠，何至於讓我一個婦道人家獨挑大清的江山?!那起子小人們還以爲我是愛富貴，愛權勢，可我心裡明白，若是能換得先皇帝復生，我寧可與他一起，到民間去過粗茶淡飯、布衣荊釵的日子啊！」

德齡感動道：「老佛爺，先帝爺明白您對他的一番深情，他的在天之靈一定會保佑您的！」慈禧突然一把抓住了德齡的手，德齡一驚，慈禧的手幾乎在她的手上掐出印子來，道：「德齡，你聽我的，到時我給你指婚，指一個福壽雙全的好丈夫，保證你一生恩恩愛愛，無憂無慮。」德齡驚得說不出話來，只好胡亂說了兩句，搪塞而已。

無論德齡做得如何無懈可擊，她最害怕的一件事情，似乎離她越來越近了。

6

也許是接到了當地總督府的照會，當夜，美國駐粵領事館副領事科本攜帶隨從祕書，來到了約翰的那座教堂。

約翰鎮定地開了門，旁邊站著懷特和已化妝成牧師的大衛，他的嘴上貼了一圈連鬢鬍子，完全改變了面貌。科本道：「約翰，他們正在請我們協助，追查白天刺殺提督的罪犯，有沒有人跑到你的教堂裡來，找了別的藉口避難？」

約翰神色坦然道：「沒有，都已經這麼晚了，誰還會到這裡來。我這裡從美國來了兩位客人，一位是大衛．唐牧師，一位是凱．懷特醫生。我來介紹一下，這是領事館的副領事科本先生。」科本目光疑惑，大衛則熱情地向他伸出了右手，用英語道：「你好，科本先生，很高興認識您。」科本笑了，道：「啊，小夥子，你說的是純正的美國英語，否則我還以為你是一個中國人呢。」

懷特道：「他是第二代移民，和我一樣，一個中國字也不會說。」科本道：「啊，我們美國就是一個偉大的國家，包容著千萬有活力的移民，然後讓他們成為自由民主的美國人。」大衛笑道：

「可不是，我來此地，就是代表美國，把上帝的聲音傳到中國的。」科本微笑著稱讚了他，約翰在一旁道：「哦，科本先生，我還沒有來得及告訴你，今天中國的官兵很不像話，他們闖進教堂，打碎了聖母瑪麗亞的雕像，甚至沒有表示一點歉意！」科本怒道：「我的上帝！你為什麼不早說！好吧，我這就報告公使康格先生，向他們提出強烈抗議！……好吧，你們休息吧！打擾了！」

教堂沉重的門關上了。再也無法支撐的大衛噗咚倒在地上。約翰嚇得彎身扶他，道：「年輕人，你怎麼了？你醒醒！一切都過去了，上帝救了你，你現在正在祂的身邊，誰也無法傷害你了！……」懷特道：「沒關係，他不會有什麼問題的，只是因為失血太多，過於虛弱。」他們把大衛扶到約翰的床上躺下了。

大衛慢慢睜開眼睛。懷特把他臉上的鬍子一點點地撕下來。約翰道：「哦，可憐的大衛，想不到耶誕節演出的道具提前用上了。」大衛聲音虛弱地說：「神甫，我真的對神學非常有興趣，等革命成功以後，我想做一個真正的牧師，今天是預先排練。」

懷特開玩笑道：「大衛，你當不了牧師，上帝讓我們要博愛，可是你卻和你的哥哥針鋒相對。」大衛道：「懷特，你不知道，從心裡我是很敬愛哥哥的，但他總是不領情。不過我想，總有一天我們會和解的。」懷特道：「啊，你認為怎麼和解呢，也許我可以幫你做點什麼。」大衛道：「謝謝你，凱。不過現在誰也不能消除我們兄弟之間的分歧，也許只有歷史才能證明誰是正確的，等到那時候，哥哥才會真正地和我重歸於好，你們知道，他的脾氣倔得像一頭驢。」

懷特道：「我覺得很有意思，皇帝、保皇黨、革命黨都很我相處得不錯，我也覺得大家都是很好的人，怎麼就要這麼誓不兩立呢？」大衛喃喃道：「這個問題太複雜了，這可不是一時半會兒可以說清楚的事。」

約翰在一旁道：「不要談政治了，我看咱們還是早點睡吧，大衛的傷需要好好調養。」大衛問道：「這兒有酒嗎，我會調很好的雞尾酒，睡前喝一杯睡得會更香的。」

懷特喜道：「好主意。大衛，我喜歡你，你比你哥哥活潑。」大衛道：「謝謝。不過但願你不要跟我哥哥說，我喜歡你，因爲你比你弟弟嚴肅。」約翰和懷特都哈哈大笑。此時的約翰也和懷特一樣，愛上了這個可愛的年輕人。

7

卻說慈禧瞧了美國的女性雜誌之後，頗感興趣，這日趁著興頭，將皇后與眾宮眷也一同叫到體和殿，翻看那幾本美國雜誌。正瞧著，李蓮英急急走來，噗咚跪下，道：「老佛爺，榮中堂歸天了！」

慈禧臉色唰地變白了，顫聲道：「怎麼，前兩天不還說有好轉嗎？」李蓮英道：「老佛爺，現在看來，那是迴光返照呀。」慈禧的手耷拉了下來，手裡的雜誌軟軟地落在了地上。皇后親手遞過去一杯熱茶，勸慰道：「老佛爺，您可要節哀保重呀。」

慈禧半晌才吐出一句話：「榮祿，是大清的忠臣啊！」容齡悄聲問德齡道：「姊姊，他們說的是阿瑪的好友榮中堂麼？」德齡難過地點點頭。慈禧喝了口熱茶，緩過此氣來，道：「告訴他們，這喪事要大辦，要備極哀榮！……明兒我再讓皇上題一塊匾給他家裡，一併送去。」李蓮英應命而去。

慈禧扭過頭來問道：「皇后，我記得榮祿的二兒子尙未婚配，他叫什麼名字來著？」皇后回道：「老佛爺，他叫巴龍，聽說擅長摔跤，騎術也很好。」慈禧突然把目光投向德齡道：「那，我就替他指婚了吧。」德齡不禁打了個寒顫。

皇后道：「老佛爺，恐怕榮中堂剛歸天，他們家裡未必有這個心情吧。」慈禧道：「哼，不趕快定下來，難道等守孝完了再娶不成？那可就得三年之後了。榮家也算是望族，不守夠三年，豈不是讓人笑話。」皇后只好低了頭道：「老佛爺說得極是。」

德齡下意識地躲到一邊，被慈禧叫住，道：「德齡，你幹什麼去？」德齡道：「回老佛爺，我去拿暖手爐。」慈禧道：「暖手爐讓青兒拿就是了，還要你去幹什麼？德齡啊，我問你，榮中堂與你阿瑪可謂交情深厚吧？」德齡道：「老佛爺，榮中堂對我們裕家可謂是恩重如山，阿瑪時常在我們的面前稱讚他的風度。他這一走，阿瑪必定悲痛難當。」

慈禧道：「悲痛難當的不止你的阿瑪，榮祿曾經助我除掉飛揚跋扈的肅順，忠心扶助幼主，戊戌年、庚子年，都立了大功，而且，他從來不居功自傲，實在是難能可貴呀。今日我就將你指婚給巴龍，一來獎勵榮家的忠心，二來也給你找個好歸宿，你們兩家是世交，你們兩個年貌也相當，正是珠聯璧合，今後必然能相敬如賓啊。」言畢，眾宮眷齊聲道：「恭喜德齡！」皇后在一旁道：「德齡，還不跪下謝恩?!」

德齡跪了下來，道：「老佛爺，不是德齡有意要再次違抗您，只是……」

慈禧怒道：「再次！你還敢說再次！你這個沒良心的，仗著我素日疼你，竟然如此大膽！榮祿對你阿瑪和你的一家是有大恩的！這在朝中眾所周知，現在給你一個報恩的機會，你是不是又想跟我耍心眼兒啊?!」

德齡忙道：「老佛爺，奴婢不想惹您生氣，只是想在您的身邊繼續伺候您。」慈禧站了起來，毅然決然道：「德齡，你不必再說，三天之後，訂親！」說罷拂袖而去，將一屋子宮眷們目瞪口呆地扔在那裡。

晚上，德齡神色冷靜地坐在燈下寫信，她的桌子上已經堆了許多的紙包，上面一一寫著各人的名字。她把抽屜中戴面具的照片拿了出來，戀戀不捨地又看了一遍，然後輕吻了一下自己纖細的手指，又把手指按在了照片中懷特的身上。最後，她把胸衣中的夜明珠拿出來，輕輕地裝進了信封裡，想了一想，又把手上的戒指也抹下來放進了信封裡。她的筆在信紙上艱難地移動著，寫了許多的字，又屢次撕掉重來。

最後她寫道：「凱，這封信也許是我給你的最後一封信了，因此我修改了許多次，力求有一個完美的結束。我寧可選擇死也不願意背叛我們的感情，我到死也是深愛著你的。我最大的心願是能在你的無名指上套上結婚戒指，現在看來也是不可能的了。請留下我的戒指，但願今後你還會偶然想起，有個女孩，她是那麼渴望成爲你的妻子。」

容齡闖了進來，叫道：「姊姊，你在幹什麼？你已經有辦法了嗎？」德齡強笑道：「對，有辦法了，我正在準備呢。」容齡看了看桌子上的禮物，輕聲地念道：「四格格、皇后、大公主……天吶！姊姊，你到底要幹什麼？」

德齡冷靜地說：「容齡，這一次老佛爺指婚看來是很認眞的，不可能像上次那樣僥倖過關了。我可以暫時地壓抑愛情，卻不可能背叛它。我寧可死，也不能違背自己。」容齡急道：「姊姊，你不能死，我們要想辦法！」

德齡淒然一笑，道：「還有什麼辦法，這也許就是最乾淨、最好的辦法了。反正都是死，自己了斷還從容些，而且還不會給裕家帶來太多的不利。」

容齡哭道：「姊姊，你說什麼哪？素日裡你那麼有辦法，怎麼今兒倒一籌莫展了？實在不行，我們還可以想辦法從這兒逃出去呢！」德齡點頭道：「早知如此，眞應該那時聽了凱的，和他一起走，這麼著留下來，只怕是連你也一塊害了呢！」姊妹二人一起反覆商議不提。

8

卻說德齡姊妹二人反覆商議，決定去求皇后。二人連夜趕到皇后寢宮，剛剛通報，容齡便拉著德齡長驅直入，跪在皇后的面前。皇后大驚道：「德齡容齡，有話好好說，你們快起來！」

容齡把德齡給皇后的禮物紙包雙手奉上，哭道：「皇后主子，這些書就要成爲姊姊跟您訣別的禮物了，而奴婢，就要失去最親愛的姊姊了！」皇后道：「德齡，這麼說你是誓死不從老佛爺的指婚了?!」

德齡道：「皇后主子，奴婢只求您日後能多多關照容齡，奴婢深深感謝您的迴護，只可惜奴婢福薄，怕是以後不能伺候您了。這些書都是我心愛的西洋小說，留給您作個紀念吧。」

皇后吃驚地站起來，道：「德齡姑娘，你這是要幹什麼?!你們二位姑娘，剛剛受封沒多久，怎麼能起這樣兒的念頭！大清是我們滿洲人的天下，我們生是大清的人，死是大清的鬼，大清是什麼？大清就是朝廷！就是老佛爺!!慢說是老佛爺爲你指婚，就是老佛爺賜死，也就是一丈白綾的事兒，『君要臣死，臣不得不死』，自古以來不就是這個禮兒嗎？你的阿瑪去外洋做使臣，你們能夠在外洋接受教育，喝洋墨水兒，這都是大清的恩典啊！上回老佛爺戲言指婚，我之所以為你據理力爭，是因為對方不過是一般的貝子貝勒，可這回是榮中堂的兒子，榮中堂對你家是恩重如山哪！不說別的，就說庚子年那一回，若不是榮中堂迴護，端王爺早就攛掇老佛爺叫你阿瑪回來，若那時回來，你們全家斷斷性命難保！……何況，如今你身分也不同了，是正經主子了，難道剛剛做了郡主，就這麼不懂禮兒了嚒?!」

德齡忙道：「皇后主子，奴婢可以為大清去死，但是接受指婚卻是萬難從命。我死之後，容齡還可以伺候你，只是她年紀幼小，還得蒙您多多指教。」皇后復又坐下，神色威嚴地說：「說吧，德齡，你是不是心裡有人了?!」德齡大驚，臉色通紅道：「說哪兒去了？皇后主子，德齡身在深宮，如何會有非分之想？」

皇后道：「你身在深宮不假，可是『身無彩鳳雙飛翼，心有靈犀一點通』啊！清宮大內關住了你的身，卻關不住你的心哪！你這麼幾次三番地抗婚，定是看那些西洋的閒書，移了性情，若真是如此，不但辜負了老佛爺素日疼你的一片心，就連我……就連我也寒心哪！」德齡噗咚跪下道：「德齡斷斷不敢！」

皇后冷冷地說：「你起來吧。今兒這麼著吧：你若是信得過我，把你心裡的那點兒小旮旯兒都給我倒出來，大家想想辦法，保不齊還能過了老佛爺這關，若是你給我支支吾吾的沒實話，那就休怪我無情了！」容齡急道：「皇后主子，我替姊姊招了吧！姊姊心裡的確有人！」

德齡轉頭對容齡怒目而視，喝道：「容齡!!」

容齡膝行至皇后面前，道：「姊姊，為了救你性命，容齡顧不得許多了！……皇后主子，姊姊心裡的人，就是那個給老佛爺治牙的美國醫生！」皇后驚道：「就是那個洋小子?!」容齡道：

「是。……早在我們回國乘坐的那艘海輪上，懷特醫生就深深地愛上了我姊姊……」容齡把凱和姊姊的故事細細地講給了皇后，皇后聽罷，半晌作聲不得，拿著帕子直揩眼睛，良久說道：「德齡，想不到你小小年紀，心倒挺深，這麼大的事兒，你竟瞞到現在！」

德齡忙道：「奴婢該死！全憑皇后主子發落！」皇后沉思起來，滿屋裡只能聽見西洋鐘錶的滴嗒聲。德齡覺得，那一分鐘好像就是一個世紀，那一分鐘決定著她的生死，她知道，皇后的態度決定了她的歸宿──或者是飛入美麗的天堂，或者是下到黑暗的地獄。

皇后終於說話了，慢慢道：「德齡，你就想這樣去和眾人告別嗎？」德齡道：「皇后主子，我並不想驚動大家，只是感念平日的情分，送上薄禮，留個念想罷了。」皇后道：「與其這樣，倒不如趕快想個辦法。」

德齡容齡一起跪下，齊聲道：「全憑皇后主子點撥！」

皇后斟酌著道：「老佛爺那兒怕是改不了口的了，我瞧，只能從榮家入手。對了，皇上不是明兒還要召巴龍進宮嗎，有了！這件事，就在皇上身上！」容齡的眼裡閃出了希望的光芒。皇后道：「其實，老佛爺讓皇上給題匾，其中大有深意。……戊戌之變，袁世凱通告榮祿，康有爲方才失勢。因此，榮中堂在皇上心裡的位置，就可想而知了。所以這回皇上給榮家題字，並非自願。如此看來，倒也有討價還價的理由了！……」

德齡磕頭道：「皇后聖明！您這一席話讓奴婢如撥雲見日一般！」皇后淡淡地說：「可是皇上那裡，還要靠你們自己個兒去求，若是我去，恐怕適得其反呢！」

姊兒倆一夜未眠，次日早朝畢，容齡去求光緒，德齡則去找卡爾，把那封給懷特的信交給了她。

9

卻說裕庚夫婦接到勳齡的電報，夫婦二人連夜乘火車從上海趕了來，在舊宅中，二人與勳齡愁眉不展地坐在客廳裡，相對無言。裕庚拿了一盒法國的紙牌，不斷地在手裡展開，然後又收攏。裕太太急得一把把紙牌奪過來，道：「老爺，您從來不愛玩紙牌，怎麼這會子倒玩起這個來了！快想個辦法呀！」裕庚不響，又把牌搶了過去，翻來覆去地看。

裕太太道：「老爺，我有個主意！既然老佛爺的旨意我們不好違抗，不如我們去求榮家幫忙，讓他們向老佛爺婉拒婚事，這不就結了嗎！」

裕庚長嘆道：「這可萬萬使不得呀。榮大人對我恩重如山，他屍骨未寒，我就去騷擾他的家人，還不讓他們娶自己的女兒，這難道不是不仁不義嗎！況且，榮大人之位遠遠居我之上，如果我這樣做了，就完全亂了禮法綱常呀。」

勳齡在一旁急道：「阿瑪，禮法綱常難道比德齡的未來還重要嗎？您前些日子還能放下架子給懷特寫信，現在到了眞正危急的時刻了，您怎麼倒搬出那些大道理來了？」

裕庚嘆道：「勳齡，這兩件事情完全不能相提並論，懷特的事跟違背聖意無關，更談不到盡忠，可現在老佛爺是把德齡當成一件國家送給榮家的大禮啊！如果我不同意，那就是不忠了。」

裕太太氣道：「那怎麼辦？不行就嫁吧，就把德齡當禮物好了。她嫁得總歸離家近，我還看得著，想那巴龍，也不敢把我們德齡怎麼樣。」

裕庚道：「我心裡很亂，需要理出個頭緒來，我到書房去了，你們吃飯不必叫我。」勳齡急道：「阿瑪，那怎麼辦呢？」裕庚不語，神色凝重地關上了書房的門。

勳齡是個細心的人，見阿瑪如此神態，很是擔心，便一直在廳房坐著，看見阿瑪房裡的燈光，竟是徹夜未熄。四更過後，他便去敲阿瑪的門，門是虛掩著的，此時被輕輕推開了，只見裕庚面對著那把祖傳的寶劍在深思。燈光折射出寶劍的寒光，映在他的臉上，格外令人震撼。

勳齡頓時什麼也不顧了，一把奪過寶劍，叫道：「阿瑪，您要幹什麼?!」

裕庚不動聲色道：「勳齡，把寶劍還給阿瑪吧，你不要著急，阿瑪不會有事兒的。」

勳齡道：「阿瑪，您從昨晚就一直待在這書房裡，飯又不吃，覺也不睡，現在又拿著寶劍，我能不擔心嗎?德齡的事固然令人煩惱，可我們一家人應該互相商量、彼此分擔才是，如果您想犧牲自己來解救德齡，她也是不會接受的。」

裕庚道：「我思來想去，只有以死來陪伴榮中堂，老佛爺才可能會對德齡網開一面，而榮家的情分我也算有了一個交代了。阿瑪現在沒有什麼別的可以給你們的了，只有一條老命了!」

勳齡哽咽道：「阿瑪，你不要出此下策，要死也是我死，您是這個家的頂梁柱，沒有您不行呀!」這時裕太太也推門進來了，道：「什麼你死我死的，依我瞧，大家都好好活著!想個辦法才是正經!」勳齡贊同道：「額娘說得對!現在還沒有到最後的關頭，咱們不能就這麼認命了，得再想想別的辦法。」

一家人冥思苦想，愁腸百轉不提。

10

卻說光緒皇帝這幾日精神頗佳，原因是那日勳齡拍照的時候悄悄告他，東西已經託上船了，那邊的朋友說，一定能把東西親手交到康先生的手裡。光緒聽後大悅。

勳齡又趁他歡喜，問道：「萬歲爺，聽小蚊子說，這些個日子容齡不大盡責，沒有教完書就不知跑到哪兒玩去了，她是不是惹您生氣了？請您多多包涵，她從小嬌寵慣了，有些任性。」光緒有些尷尬，道：「勳齡，容齡沒有惹朕生氣。是朕自己跟自己過不去罷了。」

所以當容齡向他求告的時候光緒聽得格外認眞。自從上次那件事發生後，他和容齡之間一直有些彆扭，遠不如過去那樣自然。雖然兩人都想修好，但是卻因此變得客氣起來，一客氣，也就有幾分疏遠了。

容齡將事情陳述之後，盯著光緒道：「皇上，此事人命關天，所以奴婢只好替姊姊向您求告了！」光緒迴避著她的日光，道：「朕知道了。」接著，他說出了一個辦法，容齡想了一想，擔心道：「您說……要是萬一……萬一那個巴龍恃寵而驕，裝著不明白您的話，可怎麼辦哪?!」

光緒嚴肅地說道：「容齡，天下的事，誰也不能打包票，所謂謀事在人，成事在天，事成與否，完全看你姊姊的運氣了！」容齡含淚道：「萬歲爺，容齡只有這一個姊姊！」光緒有些動容，道：「放心吧，朕會盡力而爲的。」容齡跪安，轉身走出。

光緒忽然叫了一聲：「小淘氣兒！」容齡大睜著一雙天眞的眼睛，回過身來，那眼睛裡，依然有未泯的希望。光緒只是擺了擺手。容齡這才轉身走了。

光緒久久地凝視著容齡的背影，突然有一種說不出來的感覺，眼前這個聰明靈動的小姑娘，只要他喚上一聲，她就會回轉頭來，只要他給一個溫存的眼色，她就會大膽地向他示愛，她的天空，是純潔明朗的天空，是生命的天空，可是他注定要遠離這天空，回到那陰暗封閉的瀛台，她的背影越來越遠了，她注定要遠離他，就像珍兒一樣，他們是兩個世界的人，難道今生，他就注定了在這個陰暗封閉的世界裡過一輩子嗎?!這麼想著，他的心情再次暗淡下來。

孫玉在一旁小心翼翼地問道：「皇上，可是現在回瀛台?」光緒冷冷地說：「不，你給朕把巴龍叫來，朕要親自跟他下一盤棋！」

巴龍長得虎頭虎腦的，絲毫看不出乃父之風。一聽說皇上要與他下棋，他的臉都漲紅了，一副受寵若驚的樣子。幾步棋走過之後，光緒道：「巴龍，朝廷痛失老臣，朕也唏噓不已。只是生死有命，你們全家要節哀順變才是。」

巴龍立即起來叩謝道：「臣謝皇上隆恩。……戊戌年，阿瑪對皇上多有得罪之處，不過，巴龍以爲阿瑪得罪皇上，並非是爲一己之利，還望皇上多多海涵。」

光緒漫然應道：「哦，朕早已記不清了。來，來，咱們繼續走棋。」又走了幾步，光緒道：「榮祿是三朝元老，他的耿耿忠心，朕從小便知道。現在看到你，覺得你們的樣貌頗有幾分相似，令朕倍感親切。只是不知你的品性與你阿瑪是否相近呀。」

巴龍忙道：「皇上，巴龍粗野，遠不及阿瑪溫和儒雅，但巴龍對皇上和老佛爺的忠心，絕不會比阿瑪少一星半點。」

光緒笑道：「好，朕就喜歡爽快的人。如果朕有事相求，不知你可否盡力？」巴龍忙道：「皇上何出此言?!一個求字，眞眞折殺巴龍了！皇上請講，巴龍願爲皇上赴湯蹈火。」

光緒一伸手，把一盤棋子打亂，向後靠坐在椅子背上，正色道：「朕想問你要一個人。」巴龍一驚，只見光緒用棋子在棋盤上拼了一個德字。

巴龍慌忙下跪道：「皇上，巴龍聽從父訓，守孝三年後與表妹完婚，巴龍將斗膽辭謝老佛爺的一片美意。」光緒笑了起來，道：「巴龍，看來你是張飛繡花——粗中有細，並非有勇無謀之人呀。」巴龍忙道：「謝皇上誇獎。」

光緒一喜之下，答應爲巴龍題一塊匾額，巴龍大喜，道：「皇上多年不題字了，如能有皇上的墨寶高懸在廳堂之上，阿瑪若有在天有靈，一定會欣慰不已。巴龍謝皇上隆恩。」光緒提筆，飽蘸濃墨，寫下四個大字——家聲進美。

卻說那巴龍得了光緒親題的匾，狂喜不已，如珍寶般捧了回去後，立即就去回了慈禧，言明阿瑪有遺囑叫他與表妹完婚云云，獲得慈禧恩准之後，匆匆離去。慈禧看著巴龍的背影，吸了一口淡巴菰，道：「這個巴龍，眞是個傻瓜，如果眞的與表妹訂了親，一句皇命難違不就打發了嗎。德齡比他的那個蒙古表妹不知要強多少倍。」李蓮英在一旁道：「老佛爺，我看巴龍是大智若愚。」

慈禧眉毛一挑，問道：「此話怎講？」李蓮英道：「俗話說，女子無才便是德，德齡主子那麼聰明有主意，嫁過去的話哪兒還有巴龍說話的份兒呢。」

慈禧被逗得大笑起來，道：「哈，這個說法倒有趣得很。……罷了，也是我和德齡那丫頭有緣，就讓她再伺候我幾年吧！」

當德齡闖過一劫，急匆匆與妹妹趕回家的時候，只見阿瑪率額娘和哥哥正在祖宗牌位前上香叩拜，滿廳裡都掛滿了白燈籠。見到兩個姑娘興沖沖的回來，一家人都呆了，德齡問道：「阿瑪，這是替誰掛的白燈籠？」

裕太太頓時哭了起來。裕庚驚道：「德齡，你們怎麼回來了？」德齡含淚笑道：「巴龍婉拒了老佛爺的指婚，我不必和他結婚了！」勳齡大叫一聲道：「太好了！」他拔出寶劍，把掛上的燈籠一一削了下來。裕太太顫聲道：「我相信，上帝總是公平的。」一家人狂喜地抱在了一起，淚流滿面。

外面，大雪紛紛揚揚地下了起來。

第十一章

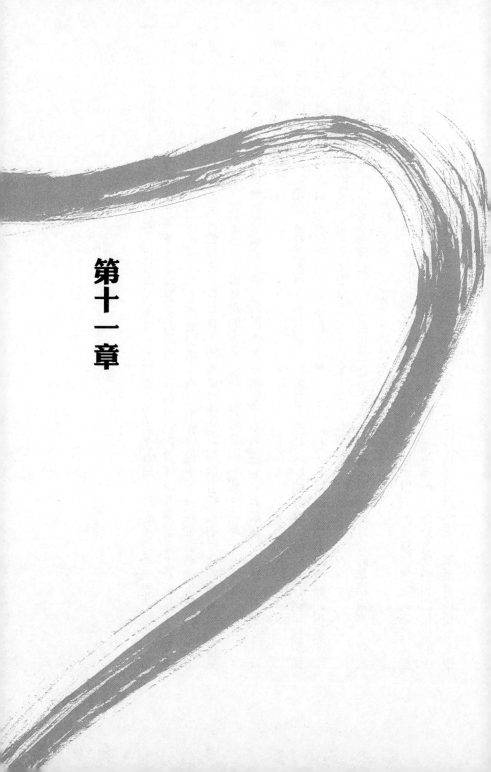

1

大雪紛飛，除夕的炮竹聲在空氣中迴蕩著。太監和宮女們在雪地上放起了煙花。煙花騰空，五顏六色的火焰映得雪地分外美麗。穿紫貂皮袍的四格格和容齡跑到外面看雪景兒，看煙花，歡天喜地，忘了時間。直到宮女們出來叫：「老佛爺口諭：四格格和容齡主子快回來瞧吧，新蒸的年糕出鍋了！」兩人答應一聲，回到體和殿，只見慈禧和眾宮眷圍著一個貼著紅紙的巨大的蒸籠。慈禧見兩人回來了，笑命道：「起鍋吧。」御膳房的太監立即大聲喊著：「起——鍋——了！」

一個年輕的太監猛地揭開籠蓋，濃重的白霧霎時彌漫了整個空間。容齡在一旁拍手笑道：「哎呀，什麼都看不見了！」

等蒸汽消散，慈禧和眾宮眷都圍在了餐桌前，比較著一碗碗年糕的高度。只見有一碗年糕明顯地比別人的要高出一大截。皇后笑道：「年糕、年糕，年年高升，看看誰今年有這麼好的福氣。」大公主親自翻過碗底的紅字，只見上面寫著「慈禧皇太后」五個字。

元大奶奶立即道：「恭喜老佛爺！」瑾妃也湊趣道：「老佛爺，每年都是您的年糕最高，您的福氣是誰也比不過的！」慈禧笑道：「要是眞這麼著就好了。」

德齡奇道：「老佛爺，我的年糕是按著標準的配方調的，爲什麼出來的年糕比您老人家差這麼些呢？」慈禧笑道：「傻孩子，以後你自然會明白。」容齡見慈禧高興，便拉著德齡和四格格的手道：「老佛爺，我們出去打雪仗，好不好？」慈禧笑道：「四格格可以跟你去，德齡可得留下來跟我們打牌。」容齡拉著四格格歡天喜地跑出去了。

容齡和四格格在樹叢之間不斷地用雪球互相攻擊著。容齡雖然酷愛運動，準頭卻是比不上四格格，雪球在她身上竟然連續開花，她開心地大笑大叫道：「哎呀，我又被打中了！四格格你好厲害啊！」四格格得意道：「我已經告訴過你了，我是神槍手！」說罷，她又扔出一個大雪球，砰地砸在容齡的頸子裡，雪粉把她的頸子弄得冰涼，她尖叫一聲，捏了兩大團雪球，大叫道：「你趕快出來，不許躲著！」四格格忍住笑，藏在一棵大樹的樹洞裡不吱聲。

卻說容齡忽然看見一個人影閃過，她急忙把手上所有的雪球都扔了過去，看她那紅頭脹臉的樣兒，簡直就是使足了吃奶的力氣！雪球狠狠地砸在了那人身上，那個人叫了一聲：「啊！」便不動了。容齡聽見聲音才知道大事不好，她急忙跑出來定睛一看，竟是光緒。

容齡的心跳都快停止了，她急忙向他陪罪道：「萬歲爺……奴婢……」光緒本來剛要發怒，看到是容齡，不禁也楞住了，兩人相對無語。

半晌容齡道：「萬歲爺，前次姊姊的事，奴婢還沒有專程向您謝恩……」光緒背對著容齡，道：「不必了，那是朕可以做到的事。……朕摔了你的字典，你扔了朕滿臉雪球，咱們扯平了。過了年，朕要檢查你的詩詞了，再不學，就荒廢了。」

容齡站著沒有回答，她眼巴巴地看著他，光緒頭也不回地走了，只留下雪地上的一行腳印。

容齡的淚水奪眶而出。她多麼盼望，她心愛的人能夠回頭看她一眼，能夠和她在一起，開心地玩一會兒，可這些看起來那麼簡單的願望，統統都無法實現，這些日子，她拚命地跳舞，開心地玩兒，自以爲把他忘了，可是見到他才知道，那一切不過是在掩耳盜鈴，她的內心深處，依然湧動著一股無法抑制的愛，那種愛能在轉瞬之間化作淚水，如傾盆大雨一般傾洩而出，淹沒了他也淹沒了她自己。那淚水在促使她成長，她再不是那個不諳世事的小淘氣兒，而是地地道道的少女容齡了。四格格悄悄走出來，默默地站在她的身旁，沒有勸她，只是遞過去一只帕子，那帕子攥在容齡的手中，很快就濕透了。

2

吃罷年糕，慈禧與眾宮眷開始玩牌。照德齡看來，這是一種很奇怪的牌。既不是外國的紙牌，也不是中國的麻將，大公主在一旁告訴她，這叫天九牌，又叫骨牌，有天地人河四種大牌，大公主邊告訴她出牌的規則邊道：「沒什麼難的，你多瞧幾次就會了。」正說著，慈禧忽然叫了起來，道：「哦，天牌！怎麼樣？你的長三，你的么九，你的人牌，我贏了！」眾人看牌，皆湊趣地喊道：「哎呀，老佛爺的手氣眞好!!眞是吉人自有天相啊！」

慈禧笑著把桌上的銅錢都抹到自己的眼前，道：「你們呀，也別那麼小家子氣，都把自個兒體己的銀子拿出來，咱們玩兒大的！」正巧這時四格格和容齡回來了，慈禧便命皇后和元大奶奶先下去，讓兩個姑娘上來玩會子。

眾人都知道玩牌不過是哄著慈禧高興罷了，誰都心知肚明，配合默契，偏遇上個容齡天眞未鑿，倒認眞玩起來。幾把下來，她倒贏了。只見她把手裡的牌往桌子上一扣，興高采烈道：「我贏了！」眾人都面面相覷，慈禧卻哈哈大笑起來，朗聲道：「我好久沒有輸過牌了，我要重賞容齡！李蓮英！賞容齡白銀一千兩！」容齡忙起身謝恩。

德齡在一旁道：「容齡，老佛爺這樣兒的重賞，你就受了？」慈禧正色道：「這是她該得的。因爲，她是你們當中最眞性情的人。除了容齡，你們哪，都矇過我！我不過裝糊塗罷了，你們還當我是眞的老糊塗了?!」唬得皇后忙率眾跪下，道：「老佛爺，孩兒和奴婢們並不是成心要蒙蔽眞相，大多數不實之言只是出於好心，並無惡意。請老佛爺息怒。」

慈禧冷笑道：「皇后，每年的年糕，你都命人在我的年糕裡多加了一倍的酵母，所以我的年糕每年都比別人的高，卻難吃得很！還有，每次打牌，你們幾個都串通了讓我贏，是不是啊？」皇后忙道：「老佛爺，孩兒知錯了，以後再也不敢了。」

慈禧又轉向大公主道：「大公主，放生的鳥兒，有幾隻馴熟又飛回來的是你買的呀？」大公主低頭道：「回老佛爺，有九隻是奴婢買的，眞是什麼也瞞不過您。」慈禧道：「還有剩下的是李蓮英讓萬牲園的奴才們馴的吧？」李蓮英忙跪下磕頭道：「奴才該死！」慈禧又盯著瑾妃，冷笑一聲道：「瑾兒！」瑾妃嚇得連忙自己招認道：「老佛爺，奴婢該死，奴婢在七月十四的時候，瞞著您去給珍兒放了盞河燈。」

慈禧喝道：「糊塗！井水不犯河水，連這個道理都不懂，她根本收不到你的燈。」瑾妃把頭低下，默默無語。

慈禧又道：「四格格，你呢？」四格格忙道：「回老佛爺，奴婢聽說黃色的燈光能讓人看起來比實際上年輕，所以每次奴婢伺候梳妝的時候，就把您梳粧枱前的燈換了黃色的罩子……」慈禧的目光掃向了德齡，道：「德齡啊，有一回報紙上畫了康有爲的畫像，你卻沒有給我翻譯，是不是？」

德齡忙道：「回老佛爺，那個像跟康有爲相似，卻不是他。是一個賣藥酒的華僑在美國發了財，奴婢覺得他無足輕重，所以就沒有翻譯。」慈禧目光犀利地盯著她道：「當眞嗎？」德齡道：「當眞。奴婢願以性命起誓。」慈禧這才點頭道：「好，總算又多了一個說眞話的。」還沒等慈禧的目光掃過去，德齡身邊的元大奶奶已經顫抖起來。

元大奶奶顫聲道：「老佛爺，奴婢最近一直沒有說過假話。」慈禧突然站起，大喝一聲道：「可是你做的事，比說假話還要嚴重！你屋裡的兩個小人是怎麼回事兒？染了頭髮，我讓你給德齡陪了不是，轉眼兒你就咒她們姊兒倆，你這可是陽奉陰違啊！」她轉身向李蓮英示意，李蓮英忙把兩個刺滿針的小布娃娃端出來，那上面，寫著德齡和容齡的生辰八字。元大奶奶絕望地看了一下慈禧，一句話也說不出來了。

慈禧這才喝了口茶，款款道：「你們都以爲我一年比一年糊塗，對著我動小心眼兒。可是，勾心鬥角、宮廷政變、戰爭逃亡、生離死別，我都經歷過了，這些小九九兒在我眼裡又算得了什麼呢！人最怕的就是自作聰明，要小聰明在我這兒是沒用的，還是老老實實做人吧。我不教訓教訓你們，就枉爲了你們的長輩了。新年伊始，照理兒我得跟你們說些吉利話，可我琢磨著，也許只有把醜話說在前頭了，這一年才能萬事大吉呢，你們說呢？」

皇后道：「老佛爺教訓得極是，奴婢們從今往後再也不要小聰明了。老佛爺，奴婢們祝您新年吉祥、福星高照。」慈禧斜了她們一眼，這才道：「行了，你們都趕緊回去睡吧，守了歲，新年該行大運了。……元大奶奶，過了這個年，你就回家吧。你這麼容不得別人，我這裡也容不得你了。」元大奶奶默默地跪下，向慈禧行了大禮，眼淚像斷了線的珠子似的撲簌簌流了出來。

3

德齡怎麼也睡不著，外面的鞭炮聲依然此起彼伏，她卻覺著並不喜興，好像有一點迴光返照式的末世之感。她悄悄披了件貂皮斗篷，穿上羊皮小靴走了出去。外面，星光燦爛，銀妝素裹。所以那一小簇火光在銀白的世界裡格外醒目。火光旁靜靜地立著一個人，竟是光緒。

德齡忙上前行禮，問道：「萬歲爺今兒一個人在此守歲兒？孫公公呢？」光緒道：「朕已打發他先回去了。德齡啊，你是不是奇怪，今天朕沒有回瀛台？……哼，這是皇爸爸的恩典，每年大年三十兒，朕可以不回去，不過我每年都回去了，只有今年……」德齡見光緒神情憂鬱，問道：「萬歲爺，今年有什麼特別之處嚒？」

光緒盯著那堆暗紅色的餘燼，問道：「德齡，你知道朕燒的是什麼嗎？」德齡仔細辨認了一下，只見餘燼中還有沒燒盡的鉛字，便答道：「是報紙。」光緒點頭道：「是今天的報紙，還沒有給你們看，朕就燒了。朕不願意再看了！」

德齡勸道：「報紙上有的時候免不了有一些譁眾取寵的花邊新聞，還有一些偏激的胡言亂語，是跟他們認眞不得的。」光緒閉起眼睛，痛苦地說：「可是，朕以爲，他們說的並沒有錯，錯的是朕！」

德齡嚇了一跳，驚問道：「萬歲爺，您有什麼錯？」

光緒道：「朕是一個自以爲是的皇帝，朕不懂得兵法，不懂得法制，又不懂得外交。他們說，如果現在執政不是太后而是朕，朕一樣會措手不及。甲午戰爭，朕連軍艦都沒有見過就以卵擊石，大傷國家元氣，痛失台灣；戊戌變法，朕手中沒有一兵一卒，只是口頭革命，於是白白害了一群志士；現在日俄戰爭，朕除了聽任皇爸爸的中立立場之外而別無選擇。朕，的確不是一個好皇帝。」

德齡問道：「萬歲爺，他們是誰？」

光緒道：「他們，就是孫文孫中山的人，是興中會的人。報紙上還說，上個月，他們加入了檀香山洪門的致公黨，以後他們的羽翼就會更豐滿了。」德齡勸道：「萬歲爺，立場不同，各派當然自圓其說，您又何必自尋煩惱呢？」

光緒道：「德齡，古人云，得道多助，失道寡助，興中會一天天地興旺，大清卻一天天地衰敗下來，朕不知道是不是這個道理。有時候，朕覺得心裡一陣陣發冷，因為，朕忽然覺得眞正的敵人不是別人，而是朕自己。即使孫中山的黨羽說的不對，可朕憑什麼認為自己就是對的呢？他們精通英語法語，遊歷過許多國家，而朕卻是個井底之蛙，連國門都沒有邁出過一步，看英文報紙還要查字典，朕除了皇家的血統，也許並沒有什麼值得驕傲的。……德齡，你坦白地告訴朕，你贊成共和還是立憲？」

德齡一下子僵在了雪地裡。

光緒急得用英語說道：「請你坦白地說，用你最不加修飾的誠實！」德齡也懇切地用英語說道：「陛下，我不懂政治。如果哪一種制度能使國家富強，我就認為它是好的。記得過去我對您說過，雖然共和制看起來更加自由和民主，但是像英國日本這樣的君主立憲也是很成功的啊！所以……我現在眞的不知道哪一種制度更好。」

雪停了，晴朗的天上有顆流星飛過。

流星的光芒照亮了他們的臉，光緒對著流星的方向跪了下來，憂傷地說道：「讓我們對著流星許願吧，但願上天保佑中國。」德齡也跟著他跪在了雪地上。

這時，新年的鐘聲響了起來，流星在鐘聲中漸漸地消失了。德齡轉頭，看到光緒臉上有晶瑩的淚光。她心中一動，忽然感歎：過去在海外，傳聞說光緒是個懦弱而輕易流淚的人，那絕對不是眞的。這麼久了，她還是第一次看到皇帝的眼淚。

4

就在光緒皇帝對著流星流淚的時候，日俄已經在滿洲正式宣戰了。

幾個小太監不知從哪聽到消息，拿著包袱去找小蚊子，嚷道：「小蚊子，捲點細軟快跑，仗打起來了，再來一次八國聯軍，咱們就沒命了！」小蚊子睡得迷迷糊糊的，道：「主子都沒跑，我怎麼能跑呢？」一個太監道：「眞是個木頭疙瘩，你就在這兒等死吧！」另一個太監一個勁往前衝道：「咱們別跟他廢話了，趕快走！」

無法入睡的榮壽公主在雪地上漫步，每年這個時候，她總是獨自一人守歲，想念著她那死去的丈夫。幾個宮女遠遠地跟著她。忽然，她聽見背後一陣喧譁，她回過頭，看見幾個拿著包袱匆匆而逃的太監，猛地從後面把宮女撲倒在地，搶她們頭上的首飾。幾個宮女尖聲地叫起來：「來人哪！救命啊！」

大公主見狀怒不可遏，大吼一聲道：「畜生，還不快快住手!!」誰想那太監平常像綿羊一樣乖的，此時卻竟露出潑皮本性，大叫大嚷道：「快快，找值錢的！」大公主把首飾解下來，狠狠地摔在了雪地上，道：「來呀，拿我的吧！怎麼又不敢拿了?!」

一個太監試探著往前邁了幾步，見沒什麼危險，便一下子撲了上去，在雪地上瘋搶。大公主摘下耳環，高高舉了起來，一個搶紅了眼的太監衝過來，她突然出手，狠狠打了一個太監一個耳光。太監捂著臉顫抖著說：「哼，我……我們現在不怕你了!!你們馬上就要成洋人的囚犯了！……」

大公主大怒道：「你說什麼?你再給我說一遍！」那太監節節後退，大公主盛怒之下並沒有饒恕他，她猛地拔出了勃郎寧手槍，對準了那個太監。所有的太監都楞住了。

大公主咬了咬牙，閉著眼睛扣動了扳機。

一聲槍響打破了紫禁城鞭炮齊鳴的除夕之夜。另一個睡不著的女人被這槍聲驚住了，她呆立在雪地上，半晌一動不動。她便是皇后葉赫那拉氏。

皇后攜宮女嬈兒在雪地裡走著，每年除夕，她都早早回到長春宮，與宮女們一起守歲，可是今年，自從老佛爺壽誕出了那樁事之後，她便決定徹夜不眠，老佛爺七十歲的人了，說什麼也不能再驚了她老人家的駕。便與大公主商定，一個走東，一個走西，這會子聽見槍響，她料定是走西的大公主了。紫禁城西側，正是儲秀宮等要害之處，她急忙攜嬈兒趕了過去，只聽見又是一聲槍響，那槍聲似乎就近在眼前，竟然把樹上的雪都震落到了她們的身上。

慈禧並沒有把除夕之夜的血案拖延到大年初一，剛剛入睡的她像庚子年那年似的，突然的起床，命李蓮英提前叫起，先不必驚動皇上，把各宮的太監宮女們都集中在體和殿前，又命將被大公主打死的那兩個太監屍首拖來，放在中間。太監宮女們黑壓壓跪了一地，都在簌簌發抖。

慈禧披貂皮斗篷，雙手捧著暖爐，款款道：「人心叵測啊！聽說這一晚上總共跑了五十多人。

這兩個狗東西，不但逃跑，還連帶搶劫，所以落得這樣的下場！我要對你們說的是，日俄已經正式開戰了，這仗打到什麼時候，只有老天爺才知道！」眾太監不禁騷動起來。慈禧道：「你們不用怕，咱們大清是中立國，這個仗，沒咱們什麼事兒。庚子年的事兒，提起來很多人還心驚膽戰，可咱們不能一朝被蛇咬，十年怕井繩吧？我這回哪兒也不去！要去，我就去滿洲祭祖。沒錯兒，日俄是在滿洲打仗，可他們離咱們的祖墳還差十萬八千里呢，更別說離京城的距離了。人各有志，不能強求，主子和奴才的情分也是不能勉強的，夫妻本是同林鳥，大限來時還各自飛呢！何況主僕?!樹倒猢猻散，現在樹還沒倒，你們這些個猢猻就要散了！好啊，散吧！沒人攔著你們！願意走的就走吧。走出這個宮門，就永遠也別想再回來了！」

太監、宮女們面面相覷，誰也不敢邁出一步。

慈禧走上了幾級台階，又回頭厲聲喝道：「走哇！你們都給我走！如果你們現在不走，今後無論什麼時候反悔了，要背叛主子，定然格殺無論！」眾太監宮女嚇得磕頭不已，連連求饒道：「求老佛爺開恩！我們斷斷不會離開老佛爺！」

慈禧冷笑一聲，拂袖而去。

同樣一夜未眠的光緒遠遠地看到了這一幕。他癡了似的自語道：「大限來時各自飛，大限來時各自飛……老天啊！大清的大限、朕的大限……就要來了嚒?!……」

天空雪花紛飛，四周茫茫一片，沒有回聲。

5

年關剛過的第一個早朝，慈禧端坐在太和殿的寶座上，神情比平時更為嚴峻。光緒則坐在一側，神情恍惚。

慈禧狠狠拍了一下桌子，厲聲道：「伍廷芳，你那個外務部到底是幹什麼吃的?!日俄開戰一事為何不及時上奏?!」伍廷芳發抖道：「回……回老佛爺，臣於日俄開戰的當天便上了奏章，是……是慶親王，說是怕大年下的，驚了老佛爺的駕，壓一壓再說……」慈禧又喝道：「奕劻，你的膽子倒是不小！這麼大的事兒你竟敢私自拖延稟報！」

慶親王奕劻忙道：「回老佛爺，微臣罪該萬死！不過微臣以為，日俄大戰一觸即發已經多有時日，且與老佛爺此前之預見絲毫不爽，老佛爺為大清殫精竭慮，微臣實在不忍您老人家與皇上為此事連年關都過不好，故拖延了幾日，如今微臣聽憑老佛爺發落便是！」

慈禧哼了一聲，道：「那你現在就當著諸位臣工的面兒，給我分析分析這場戰爭因何而起，對大清到底有什麼影響?!」奕劻道：「回老佛爺，依微臣所見，這場戰爭雖然中國沒有參與，但是實際上與中國的關係極大。這正是日俄兩國對於關東地區的爭奪，想那中俄條約中俄國曾經承諾將東三省屯兵分三期撤出，卻只在第一期撤離了幾百名，而第二期非但未撤，反運入兵馬無數駐紮吉林，外務部伍大人曾經照會俄使，俄使只是一味拖延，而駐紮吉林的俄兵卻在一味砍伐樹木，興築兵房，明明是一副打算長久居住的架式！」

慈禧這才點頭道：「可不是！我記得朝廷於此間發過兩次電報，一次是因爲俄國的那個什麼遠東總督阿力克塞夫竟要管轄東三省，我命外務部電令駐俄欽使胡維德速與俄外務部交涉，俄方覆電告知東三省事宜要與俄督直接交涉，我又立即電令奉天將軍增琪去問俄督，誰想那傢伙竟然提出要將東三省租借！眞眞豈有此理！」

奕劻道：「更有甚者，那俄督竟然派了哥薩克騎兵六千人，直抵盛京，令中國人若遇俄國節慶，全部懸掛俄國國旗，日本因爲俄國人佔據遼東，逼近朝鮮，有礙本國勢力，所以出面與俄人談判，想與俄國在遼東地區分庭抗禮，這才有了日本駐俄公使栗野氏與俄國外部大臣藍斯道夫的會商，會商的結果是將朝鮮方面的利益讓給日本，而東三省則由俄國處置，日本當然不幹，於是沙皇翻了臉，日方也命駐俄日使催促俄外務部限期答覆，俄國逾期未答，日本於是暗中派遣軍艦直逼遼東。日艦攻佔旅順口的那一天正巧是俄水師提督家眷的生日慶典，日本打了俄國一個措手不及，目前兩國正在鏖戰，只是戰地卻在中國，苦了東三省的百姓！」

慈禧站起來，走了幾步，發狠道：「這幫吃生肉長大的洋人！他們總是吃著碗裡的，看著鍋裡的！什麼日俄大戰，說穿了，無非是都看中了我們東三省這塊肥肉罷了！」眾大臣一齊跪下，頌道：「老佛爺聖明！」

在屏風後面的皇后與德齡聽得膽戰心驚，此時見勢稍緩，才對視了一下。只聽見慈禧又問袁世凱與張之洞的看法，問他們以爲哪國的勝面更大。袁世凱道：「老佛爺，日本的軍隊勇敢善戰，勝在不惜生命；而俄國畢竟是一個大國，勝在軍艦眾多，物力充足。依微臣之見，兩國勝戰的機率各半。」張之洞則認爲日本勝出的可能性更大一些。慈禧有了興趣，讓張之洞說個究竟，張之洞道：「在物力上，俄國雖然是大國，在滿洲部署的兵力卻不及日本。俄軍忙於修建西伯利亞鐵路，在滿洲兵力只有八萬，日軍四十萬；而俄戰艦雖多，但能正常發揮的戰鬥力的只有十一艘，日軍卻有十四艘；大口徑炮，俄艦四十二尊，日艦五十五尊。而論諜報，日軍也略勝一籌。前幾日，爲俄軍做探子的被日軍抓到砍了頭的不過是幾個賤民，而日軍的耳目據查竟是前年被咱們招安的土匪張作霖，普通賤民和土匪對作戰之理解，自然是天壤之別。因而，臣以爲，日本勝出的可能極大。」張之洞一言既出，眾臣竊竊私語。

屏風後面，德齡悄悄問皇后道：「皇后主子，張大人怎麼知道得那麼清楚？」皇后低聲道：「他是個精明的漢臣，只是現在國庫空虛，他是巧婦難爲無米之炊呀，如果生於盛世，他的帥才必然不可限量。」

只聽慈禧又問：「張之洞，那你以爲大清該如何應對目前的局勢呢？」張之洞道：「老佛爺，臣以爲，應以擴大海軍爲第一要義。日本若獲勝，必然在遠東海域稱雄，我們不得不防。而甲午海戰中，大清一是輸在軍備，二是輸在人才，船上的指揮沒有人眞正地懂得海戰。因次，要防禦日軍，必須擴充軍備，還要派人學習西洋兵法。」慈禧點了點頭。

袁世凱道：「老佛爺，臣以爲，戰後，日俄必定要中國開放商務。」張之洞也在一旁道：「老佛爺，袁大人所言極是。臣以爲，商務應該更快開放，而國家也應加快變法才是。」光緒聽了他的話，感慨地閉上了眼睛。滿朝的大臣都忽然地靜默下來。

德齡和皇后驚訝地對視，皇后小聲道：「張之洞的膽子可眞不小。」

此時慶親王又出班奏道：「老佛爺，前些時，就日俄對峙一事，英美日三國使節都曾到外務部探聽消息，日使提出一策，就是開放滿洲，作爲各國通商場所，英美兩國也極爲贊同。」慈禧皺眉道：「哼，那不過是與虎謀皮罷了！張大人，朝廷推行五年新政，正是變法的開端，今日不再提及變法一事，我倒是想聽聽你對於時局的看法！大清面對危勢如何進退，這才是迫在眉睫的問題！」

張之洞道：「回老佛爺，臣以為，我們可參照萬國公法，擬出一條局外中立法來！」慈禧來了興趣，讚道：「哦？局外中立法？好！……」遂命奕劻、袁世凱、伍廷芳三人攜助張之洞於即日內擬出『局外中立法』之草章。又命伍廷芳電令奉天將軍增琪，命他在當地召集文武百官，囑他們謹慎從事，避免與交戰雙方發生衝突，另一方面也要屯兵待命，恭候朝廷的旨意。

一切安排妥了，慈禧才轉過頭來，問道：「皇上以為如何？」光緒儘量平靜下來，一字一句地說道：「一切按皇爸爸說的辦。」

慈禧說了一聲：「退朝！」便自顧自地走了。德齡把頭悄悄探出屏風，在那一瞬間，她突然覺得，太后一下子老了許多。雖然她表面上仍然如往昔一般殺伐決斷，但是她的內心卻是虛弱的，與中國的國力一樣虛弱。德齡突然想，也許秋瑾是對的，大清國已如殘陽一般正在沉沒，沒有任何力量可以挽回，她的改良國家的初衷也許本來就是一種幻想……

慈禧真的好像在一天之內衰老和憔悴了許多。她下了朝便回到寢宮，歪在煙榻上，一聲不吭，眾女官們圍繞著她，嚇得大氣也不敢喘，半晌，皇后才小心翼翼地問道：「老佛爺，要不讓青兒來敬敬煙？」慈禧搖了搖頭。四格格捧上沏好的茶，道：「老佛爺，這是我哥哥載振從英國帶來的水果茶，您老人家嘗個鮮兒？」慈禧仍然是搖頭。眾女官面面相覷，無可如何。

慈禧沉默良久，才轉頭對德齡道：「德齡啊，你可會唱李太白的〈清平調〉？」德齡忙道：「回老佛爺，德齡唱得不好。」慈禧便命李蓮英將樂工叫來。

兩名樂工進來，一吹笛，一吹簫。德齡輕輕唱起來，在樂聲的伴奏下分外哀婉。慈禧的眉頭漸漸舒展開來，走下煙榻，踱到窗前，望著外面的殘陽落日，輕聲道：「這首〈清平調〉，是我年輕的時候最愛唱的，也是先皇帝最愛聽的。先皇帝臨終前說，讓我來世再爲他唱〈清平調〉，這個來世，怕是不遠了吧？」

德齡一怔，悄悄瞥一眼慈禧，見她對窗站著，老淚縱橫，眾宮眷個個淚如泉湧，她眼眶一熱，也幾乎落下淚來，卻強忍住了，繼續輕聲唱道：「……雲想衣裳花想容，春風拂檻露華濃……」

〈清平調〉的歌聲中，殘陽映紅了清宮華麗的飛簷。

6

光緒皇帝下了早朝便匆匆回到瀛台，躺在自己那張潮濕冰冷的床上，一語不發。戊戌年發生的一切，又一幕幕地在眼前湧動，揮之不去。

甲午戰爭的失敗與《中日馬關條約》的簽訂，令年輕倔強的光緒感到了奇恥大辱。皇帝日夜憂憤，思索中國致敗之故，若再不變法圖強，必然社稷難保。光緒深知第一步是要招攬熟知西方的人才，於是他於光緒二十二年發布上諭，在全國尋找推動變法的人才。就在此時，康有爲應運而生了。

康有爲是廣東南海人，自幼飽讀詩書，少時曾到香港旅遊，受到西方現代文明的薰陶，而立之年在廣州講學，後來寫成《新學僞經考》和《孔子改制考》，在光緒二十一年，康有爲聯合當時的各省舉子發動了「公車上書」，聯名請願，並於同年連續呈送了三份上書，其中〈上清帝第三書〉竟送到了光緒的手中。年輕的皇帝連夜閱畢，立即命人抄成三份，一份送慈禧，一份留在了乾清宮，另一份送交各省督撫會議。那些日子，光緒激動得夜不能寐，加之帝師翁同龢對他說，康有爲的才華勝過他十倍，光緒頗爲贊同，只是盼著他的「皇爸爸」早些表態，他才好「舉國以聽」。

慈禧太后當時還是相當讚賞康有爲的上書的，只是在她的默許之下，光緒皇帝才得以在仁壽殿接見了康有爲。當時，君臣都非常激動，在下午斜射的光線中，康有爲迫不及待地闡述了他的政治理想。只是短短寒暄了幾句，康有爲便開門見山道：「四夷交迫，覆亡無日。……聖上聖明，洞悉病源之所在，既知病源，那麼解藥就在這裡！那就是：只有變法，才能自強！」

當時康有爲的聲音慷慨激昂，激動之處，聲音發顫不說，還喑啞哽塞，光緒平時聽奏對，很少看人，這時卻忍不住抬起眼睛，留意看了看跪在眼前的這個中年人，當時康有爲雖不滿四十，卻已是有些謝頂了，留著兩撇小小的八字鬍，個子也並不高，實在不能算作氣宇軒昂。但是他講起話來，卻是全情投入，聲震屋宇，不由人不心內凜然。尤其那光緒當時只是二十幾歲的人，正是青年熱血，本來便受不得蠻夷之氣，常想日本不過是一蕞爾小國，竟敢在大清頭上動土，如今聽了康有爲一席話，大有得遇知音之感。

康有爲又道：「聖上，微臣以爲，大清猶如一風雨飄搖中之殿宇，如今已經殘舊破損不堪，如果只是修修補補，到底還是耐不得風雨，不如拆而更新，則好全局統算，殿乃可成，有一個小小的缺憾，也有可能不能成功，仍然無法抵禦風雨！」光緒聽罷，頗以爲然，連連說：「今日誠非變法不可！」康有爲又說：「臣請皇上變法，首先要變更制度，然後變更法律，皇上要統籌全局才是！當今大臣，老邁昏庸，完全不了解外國之事，皇上若要倚仗他們變法，不過是緣木求魚而已！」

光緒點頭道：「你說得很有道理！」康有爲這才叩問道：「皇上如此聖明，爲何一直沒有實施變法呢？」光緒聽了這話，良久不語，半晌才長嘆一聲道：「奈掣肘何！」

這一句話以及光緒皇帝當時的神態，多少年之後還時時縈繞在康有爲的腦際。這一句話，讓康有爲和維新黨人明白了一切。正是有了這一句話，才有了後來的「奉衣帶詔」，才有了傳說中「圍園弒母」的可能性。

那一天，君臣無間，一問一答，就八股、辦學、鐵路、礦業、購艦、練兵、遊學、譯書、用人等問題，海闊天空，一直談到日落西山。在接下來那些「定國是詔」的日子裡，光緒皇帝曾經多麼興奮啊！他甚至幼稚地以爲，自己將成爲明君，挽大清危局於既倒。但是接下來的慘烈結局，卻來得過於快了，讓這個二十幾歲年輕人的心理落差無法調整。

只有光緒自己才明白自己內心深處的痛苦。那些維新黨人，走的走了，死的死了，只有皇帝還在三面環水、四面來風的瀛台苦苦堅守，事情已經過去快十年了，皇帝在每天痛苦的煎熬中已經接近崩潰了，是肉體和精神的雙重崩潰，他眞的不知道自己還能挺多久。

此次日俄戰爭竟然在中國的門戶東三省境內開戰，又是一次奇恥大辱，上朝時張之洞那一番關於變法的話，又怎能不令他感慨萬千！

光緒皇帝在潮濕冰冷的石頭地板上來回踱步，像一隻關在籠中的困獸，他抓起一張英文報紙，看見上面有篇醒目的文章，標題是：喪權辱國的又一鐵證，署名孫文。文章中說：日俄戰爭終於打響，戰地卻是中國的滿洲。腐敗的清廷再度顯出頹勢：那拉氏竟然無恥地宣布保持中立，海外各國宣布中立是堂堂正正的，而清廷對於外國的侵略戰爭保持中立，卻是地地道道的掩耳盜鈴！……

光緒放下報紙，喃喃自語道：「……保持中立，自然是無恥之舉，然而不保持中立又有何法？中國如此貧弱，對抗無異於以卵擊石！若是戊戌年變法成功，中國早已強盛，何至於會有庚子之亂？又何至於有今日之恥啊！……」想到這裡，他內心的悲憤幾乎燃燒起來，他大叫一聲：「孫玉！給朕把那台舊日的風琴給清理出來！」孫玉忙問：「就是昔日您和珍主子彈的那台舊風琴？」

光緒點了點頭。

窗外颳著大風，光緒悲憤地彈著〈馬賽曲〉，琴聲如潮。孫玉端了茶水，輕輕地放在琴上。他剛轉身，就聽到了茶水被打翻到地上的聲音，他回頭看去，看見光緒的手指繼續在琴鍵上飛舞，琴聲已經到了高潮。

光緒的眼前，維新黨人們一個個地出現了，他們年輕熱情的面孔，慷慨激昂的神態，感天泣地的聲音……讓這位年輕的君主再次感到了熱血賁張、悲憤欲絕。

風把門吹開了，門重重地撞在了牆上。

光緒停止了彈奏，他迎著風，看樂譜在空中狂亂地飛舞。

7

入夜，紫禁城沉寂在一片空漠之中。慈禧的寢宮卻依然亮著燈，李蓮英已將張之洞等人擬好的局外中立法草章拿來，慈禧匆匆瀏覽了一遍，命李蓮英拿來筆墨，親書了一道懿旨：……朕欽奉端佑康頤昭豫莊誠壽恭欽獻崇熙皇太后懿旨：特此照會日俄，兩國同為友邦，我國重以親交，當以局外中立例處置。已通令各省一體遵守。且嚴令地方官保護商民、教徒。惟盛京及興京，為陵寢宮殿所在，應令該將軍敬謹守護。所有東三省之城池、官衙、人命、財產，兩國皆不得損傷，原駐中國軍隊，彼此各不相犯。……各省及邊境內、外蒙古，都照局外中立例辦理，兩國軍隊各不得侵越。若誤入境界，中國當出兵攔阻，不得以失和論。嗣後不論孰勝孰敗，東三省的疆土權，仍舊歸中國自主，不得佔據……欽此！

次日一早，慶王便候在了樂壽堂之外，慈禧洗漱過後，命李蓮英宣慶王進去，慈禧一夜失寢，臉色十分憔悴。沉著臉賜了慶王一個座，慶王看著慈禧的臉色，沒敢坐下，只立在一旁躬身道：「微臣今晨剛剛接到駐日楊欽使電文，內稱：日本軍隊將遵守交戰法規，貴國政府盡可無慮，只因戰線在貴國領域，日本需要在軍需品方面有所措置，並非有損貴國主權，實在是因地勢所限，不得已而爲之。貴國官民如能確立中立規則，即使在戰鬥地域之內，日本軍隊亦當竭力保護……」

慈禧哼了一聲，問道：「俄方反應如何？」慶王道：「到目前爲止，俄方尚未有正式照會。」

慈禧想了一想，道：「傳我的口諭：命遼東一帶兵民，禁止干預戰事，接濟軍火，租賣艦隻，借給款項、代探消息、幫運兵械、私售糧食……違者格殺勿論！」慶王急忙應命。

慈禧站起來，來回走了幾步，心裡有一種無可名狀的憤怒，自語道：「哼，早知如此，還不如庚子年定都西安呢！……那時候，中外都逼著我回鑾，北京有什麼好？讓我七十歲的人，還受此驚嚇！……你跪安吧，有事立即向我稟報，不得有誤！」慶王諾諾而退。

這裡李蓮英早拿了幾瓶上好的法國香水，用盤子托了，放在慈禧眼皮子底下，慈禧聞來聞去的，最終挑了一種噴在手腕上。李蓮英在一旁彎身說道：「老佛爺，瀛台那邊兒說昨兒皇上心情不好，自個兒彈了一夜的琴。」

慈禧懶洋洋地問道：「彈的是什麼調調啊？」李蓮英惶然道：「奴才也說不上來，對了，好像叫賽馬曲。」慈禧不屑道：「就他那身子骨，還賽馬？」李蓮英忙道：「可不是，皇上也就彈彈琴、寫寫字還湊合。」慈禧冷笑道：「就讓他自個兒發瘋去吧，我這麼忙，可沒工夫兒管他！……對了，你去把德齡叫來，叫她把上回那些個咖啡，再給我拿點子來！」

待慈禧用過早膳，德齡已經在外屋恭候了。慈禧見了德齡，滿臉堆下笑道：「德齡啊，看來這西洋的東西，也確是有些好的！你上回拿來的那些法國咖啡，味道確實不一樣，還有這香水，比我們的花露水耐聞多了！」德齡笑道：「奴婢又拿來了些，前兒個額娘還說起來，老佛爺喜歡這東西，眞眞是洋人的造化！」說罷，德齡便將帶來的咖啡獻上，慈禧聞了一聞，喜道：「好像又香些了似的。」德齡見慈禧高興，突然跪下了。求道：「奴婢求老佛爺一件事，求老佛爺萬萬恩准！」

慈禧嚇了一跳，忙扶起德齡，道：「這是幹什麼，有話就說好了，你在我跟前兒這麼久了，有什麼事兒我沒准你?!」德齡這才輕聲道：「老佛爺，奴婢請您留下元大奶奶。」慈禧眉頭一皺，使勁盯了德齡一眼，道：「德齡，你這麼說是眞心的嚒？還是別有用心？我可不會認爲你寬容大度，沒有人不恨自己的仇敵。」

德齡道：「元大奶奶咒我，我死不了，可您讓她出宮，她這輩子就算完了。」慈禧冷笑道：「大概還不至於。」

德齡正色道：「奴婢以爲，元大奶奶的喜怒哀樂，無一不是與老佛爺息息相關。老佛爺臥病的時候，她日夜守侯，悉心照顧，恨不能替您受苦。而老佛爺給她的每一件賞賜，她無不視如珍寶，逢人便炫耀。她對奴婢的恨之深，其實是對老佛爺的愛之切啊。」慈禧半晌無語，沉著臉道：「哦，那你不怕她再處處與你爲難嗎？」

德齡誠懇地說道：「老佛爺，我相信您寧願看著一個人生龍活虎地活著，卻不願意看著她無聲無息地沒了心氣兒。再說，突然沒有了敵人，沒有了對立，豈不是很寂寞？」慈禧一怔，沉吟良久，最後道：「德齡啊，我沒有看錯，你的確是個很不一般的女子。……得了，瞧你的面子，我就准了罷！」德齡忙跪地謝恩不提。

8

這日，裕家二少爺勳齡照例去那家照相館買膠捲，他付了錢，夥計遞給他一個大紙口袋，說道：「少爺，你要的膠捲全在裡頭，保證一捲兒也不少！」勳齡笑道：「好，那我就不數了。」夥計在後面叫道：「少爺，慢走您哪！」

勳齡回家便把紙口袋裡的膠捲呼啦地全倒在桌子上，竟然倒出了一封信，上寫「裕德齡女士親啓」。勳齡一驚，趕緊把信揣在懷裡，直到晚上，才趁著慈禧照相的工夫，把信交給德齡。

慈禧如今照相照上了癮，三天兩頭便宣勳齡進宮爲她拍照。這樣倒成全了德齡兄妹，三人經常見面，即使多說些話，慈禧也不以爲意。

但是這封信卻讓德齡嚇壞了。

這是一封來自東京的信，沒有落款和抬頭，但她自然知道是誰寫來的，惟其知道，也就格外害怕。信上寫道：「你一定驚訝你得到這封信的方式，不過我想日後你會慢慢習慣的。這種方式，比郵寄來得更安全，而我們到處都有同志，所以這樣傳遞也很方便。我們的隊伍在飛快地壯大著，從美國到日本、到南洋，都密布著我們的組織。我欽佩你改造中國的耐性，但是恕我直言，婦人之仁卻難使你有大作爲。那拉氏的專政給她帶來的利益使她不可能眞正地接受合理的新制度，你透過影響她來改變中國的想法不過是一種幻想。目前的日俄戰爭公然在中國領土上進行，對此，那拉氏竟然無恥地採取中立態度，更加證實了我們對她的評判。我倒以爲，你給我們提供她的行蹤對中國要更加有用得多！……」

德齡拿著信紙，發起抖來。

次日，眼裡佈滿血絲的德齡遞給勳齡一張銀票，道：「哥哥，這是我在宮中的餉銀，煩你幫我滙到東京，捐給她吧，也算是我的一份心意。」勳齡想起昨日神祕來信，大驚道：「你說的是秋女士？」德齡點了點頭。

勳齡道：「原來你們還一直保持著聯絡?!」德齡小聲道：「是啊。蒙秋女俠不棄，她似乎很信任我。」

勳齡怒道：「阿瑪和額娘都說容齡不懂事，你是最省心的，如今依我瞧，你可太不讓人省心了！」德齡驚問：「怎麼了哥哥？」勳齡氣道：「你知道這是殺身之禍嗎?!你食君之祿，卻忤逆朝廷，該當何罪?!」

德齡嘴硬道：「……哥哥，這話不像是你的，倒像是阿瑪說的了！」勳齡氣得拍著桌子道：「你說說，你說說，你到底是怎麼想的?!」

德齡倒沉著起來，娓娓道：「我以為，秋女俠真的懷著一腔救國熱血，是國家的有識之士，不過她的有些做法，太過激烈，我不能贊成！……我支持他們致力於教育和宣傳，改變中國人的觀念，卻絕不幫助他們實現暴力計畫；我捐了銀子，卻絕不能告訴他們老佛爺的行止，這是我的原則。秋女俠何等磊落之人，她絕不會逼我做我不願意做的事！她自然明白人各有志，各為其主的道理，但是我欽佩她的人格，願意盡我所能給她捐助，我希望她把我的捐助用在爭取男女平權的宣傳與對民眾的普及教育方面，我想，秋女俠是會理解的！」

勳齡搖頭道：「政治，可沒你想像的那麼簡單吧？鬧不好，我們會變成夾在兩派之間的夾心餅乾了！朝廷對我們恩重如山，德齡，哥哥希望你到此爲止！」

德齡半晌沒有作聲，她整夜失寢，直到交四更的時候，才作出決斷：她拿出那個裝錢的撲滿，砸碎了，從裡面找出秋瑾的第一封信，劃了一根洋火，燒了，連灰燼都用水沖得乾乾淨淨。她想，的確是該到此爲止了。於是她抬起頭，悵然道：「哥哥，你放心吧，……我的政治主張，都在那銀票的包裹之上了！秋女士何等聰明之人，她接到之後，怕是……怕是再也不會與我聯絡了！」勳齡這才慢慢平了氣，哼了一聲道：「但願如此！」

兄妹兩個正說著，不防外面小蚊子敲門進來，拿著一個巨大的同心結，對著德齡道：「德齡主子，元大奶奶給您送來一個同心結，說是謝謝您，茶水也沒喝，就匆匆地走了。」德齡忙問：「人呢？」小蚊子回道：「剛剛走。」德齡捧著鮮紅的同心結，追了出去。

在雪地上，德齡捧著同心結，穿著一雙羊皮小靴急走著。終於看見前面一行清晰的腳印，她高聲叫道：「元大奶奶！」

遠遠地，元大奶奶回頭站住了，她低下頭，鄭重地給德齡行了蹲安。德齡也給她回了一個禮。鮮紅的同心結在雪地中分外醒目。

9

卻說那唐大衛在懷特和約翰的精心調護下，傷勢大有好轉。有一天，晴空萬里，懷特伸著懶腰起床，他拉開窗簾，陽光照了進來，他深深地吸了一口新鮮的空氣，對旁邊床上說道：「大衛，起來吧。」

沒有回應，他再一看，床已經空了。

桌子上有一張照片和一封短信。照片上，兩個小男孩頭靠在一起，笑得很甜，一個十來歲，另一個只有幾歲，凱知道，那正是大衛和他親愛的哥哥。

懷特拿起信，仔細地讀起來：「親愛的懷特和約翰，感謝你們救了我。我的組織還有任務，而且又怕連累你們，我就先走了。我十分慶幸地結識了你們並且擁有了如此美好的友情。我把我的金錶投到了樓下的捐贈箱裡，但願我對上帝的信仰也會造福於眾生，就像你們對我無私的幫助一樣。此外，懷特，我求你一件事，請把這張照片交給我的哥哥，這是我最喜歡的合影。由於生氣，他沒有帶走我的任何一張照片，請他留下作個紀念吧。也許，我此去很難復返了。——你們忠實的大衛」

懷特站在教堂裡，久久地看著那洛可可式的彩色鑲嵌玻璃，燦爛的陽光正從那裡照射進來，形成一片彩色的光芒。他彷彿看到，大衛微笑著，一步步走到陽光裡，然後消失。

教堂裡的鐘聲在清晨的空氣中有節奏地迴盪著。

懷特決定過完年後立即去北京，他知道，對於中國人來講，大年之後應當是一段相對鬆閑的日子，他可不想在戀人最忙亂的時候，出現在她的眼前。

廣州的春節顯然也很熱鬧，看到那些撲天蓋地眞假難辨的花，懷特才明白爲什麼廣東會叫花城。懷特和約翰在春節的花市裡穿行著，不斷地發出一些驚喜的讚嘆。約翰買了兩個肉鬆捲，和凱一人一個邊走邊吃，道：「凱，過完春節，你就可以北上了。中國人管過年叫過年關，過了年，路上的強盜就會少很多，你就會安全了。」

懷特道：「約翰，你知道我一向很自信，可是這一次不知道是怎麼搞的，我很害怕失敗。一旦歸還了夜明珠，我怕我就再也沒有藉口來中國了。」

約翰安慰他道：「凱，你之所以如此，是因爲你非常在乎德齡，不管你是不是承認，你還在愛著她，我說得對嗎？」

那個美國小夥子點點頭道：「……是的，上帝知道我是多麼愛她！而且……而且經過一段時間的離別，我比以前更愛她了!!……她是個與眾不同的女孩子，是的，她是完全與眾不同的，她的身上既有古老東方的智慧，又有現代西方的文明，她在我心目中永遠是個仙女，是集中了東方和西方兩種美麗的仙女!……我不知道，離開了她我會怎麼樣，離開的時間越久，越是覺得她無可替代!……」

約翰笑道：「上帝啊，凱，你用了這麼多美麗的語言歌頌你的最愛，爲什麼不把這些心裡話當面對她表白呢？即使鐵石心腸，聽了這些動聽的話也絕不會無動於衷的！」懷特道：「這正是我想向你請教的：爲什麼我一到她的面前，所有美麗的詞藻就不異而飛了呢？在她的面前，我就變成了一個木樁，一個只知道跟著她走的牽線木偶，難道這仙女眞的會施展魔法嗎？」約翰笑道：「不是仙女會施展魔法，而是因爲你太愛她了，不是馬克吐溫說過，愛得越深，越要受制於人嘛？」懷特立即反駁他道：「什麼馬克吐溫，那是巴爾扎克說的！」

兩人正說著，看到一群人擠在一堆，似乎在看一個什麼新貼上去的告示。兩人擠上前去，一眼就看見了大衛的畫像——那是一張通緝令。他們傷感地對視了一下，然後離開。

凱低聲道：「但願上帝保佑他。」約翰也難過地說：「他眞是個可愛的孩子。」凱又道：「你知道嗎？是他讓我眞正地了解了中國人，了解了德齡。……不，我不能放著他不管，他的傷還沒有全好，即使不作爲朋友，僅僅作爲職業醫生，我也該去找他！」約翰驚道：「找他？他來無影去無蹤，你到哪兒去找他?!」凱咬著嘴唇堅定地說：「我會找到他的！」

走出了很遠，凱・懷特還回頭看了一眼大衛的畫像，好像是想把那畫像上的人深深記住似的。

這還是日俄正式開戰以來，眾宮眷頭一回在體和殿聚齊，她們圍繞著畫牡丹花的慈禧，四格格輕輕在後面爲慈禧捶著背，元大奶奶更是忙前忙後地跑個不休，都道：「老佛爺可算是歇口氣兒了！若論您老人家的精氣神兒，眞是比我們強多了！」慈禧淡淡一笑，道：「強什麼，不過是硬撐著罷了！」正說著，李蓮英興沖沖地走進來道：「老佛爺，暖房裡的牡丹開花了！」皇后忙湊趣道：「哎呀，可眞巧呀，老佛爺剛在紙上畫了牡丹圖，眞的花兒就開了。」慈禧怔了一下，丟下筆，起身道：「咱們這就瞧瞧去。」

眾宮眷隨慈禧走入暖房，從暖房的窗子依稀可見外面的冰天雪地，屋內的幾盆牡丹卻含苞待放了。眾宮眷圍著牡丹，嘖嘖稱奇不已。大公主笑道：「老佛爺，從前是武則天令百花仙子讓洛陽牡丹提前開放，今兒是老佛爺妙手回春呀。」四格格忙接道：「可不是，這正是老佛爺猜花色的那四盆牡丹，一株是賞給容齡的，另一株是賞給德齡的。」

德齡仔細看了一下花枝上掛的牌子，慈禧猜得分毫不差。德齡道：「老佛爺，您眞是料花如神，這朵賞給我的花果然是紅的，而容齡的那一朵，眞是白得一絲兒雜質也沒有。」皇后笑道：「我說過吧?這是老佛爺的神奇之處，每回她老人家去御花園，指著那些個沒開的花兒，就能說出花的顏色，宮女們聽了，就在那棵花上綁上牌子，沒錯過一回！」

容齡撒嬌地笑道：「老佛爺，好祖宗！您告訴告訴我們猜花的竅門兒吧！讓奴婢們也樂樂！」

慈禧微笑道：「這可不成。這是我的祕密。這清宮大內之中有很多祕密是不能說的，只能靠你們自個兒去慢慢兒琢磨！……李蓮英，拿剪子來！」

眾宮眷以爲慈禧是要給牡丹剪枝，都推推搡搡地笑著過來瞧，誰知眨眼之間，慈禧已經揮舞剪子喀喀地把幾朵花剪了下來。容齡驚叫起來：「老佛爺，這花兒還沒有盛開呢！」

慈禧正色道：「盛開了就糟了！這麼早開的花是異數，帶著妖氣，是萬萬不能讓它們怒放的。好孩子，等四月，眞正的牡丹開了，我再重新賞你們吧。」說罷，慈禧竟用腳把牡丹踩得粉碎，紅白兩色嬌豔的花瓣兒頓時絞成了一團泥。眾宮眷啞然無語，德齡和容齡交換了一下惋惜的眼神，也一時說不出話來。

慈禧見冷了場，對皇后道：「皇后，她們還都年輕，沒經過什麼，你怎麼說？」皇后忙道：「老佛爺，孩兒也一樣年輕，沒見過世面，只是覺著，這花開得有些奇異罷了！既然您老人家覺著不祥，那咱們就別留著它！若是您老人家不點破，孩兒還以爲是吉兆呢！」

慈禧笑道：「你們知道什麼？但凡萬物都有其魂，你瞧著它什麼也不懂，它還瞧著你什麼也不懂呢！你們當是花鳥蟲魚就不會說話兒？都會說話兒，你們聽不懂就是了！」皇后忙對眾女官道：「花鳥兒蟲魚的話兒，老佛爺都能懂！要不然那放生的鳥兒也不會站在老佛爺手上捨不得走！」

元大奶奶忙道：「誰說不是啊？都說老佛爺猜花一猜一個準兒，可誰知道老佛爺是懂得它們的話兒呢，老佛爺悄悄一問：『喂，你將來是什麼色兒啊？』花就告訴她老人家，『我是紅色兒！……』得，就這麼著，她老人家就知道那花兒將來是紅色兒了！……」說得眾人都笑了，慈禧也笑道：

「元大奶奶倒是比先前可人疼了，你們瞧著可是？」眾人忙齊齊點頭稱是，那元大奶奶受了誇獎，越發的哄著慈禧開心不提。

11

卻說眾女官散了之後，那慈禧單留下了德齡，命她幫著批摺子。慈禧瞧了幾個摺子，把它們扔到一邊，道：「每天都有這麼多的摺子，可沒有幾個是有用的，全是那些酸文人的陳詞濫調。德齡，我也乏了，還是你給我唸吧。」

德齡便唸道：「……這是一個四川人的摺子，說是要維新變法，應首先剪髮易裝，」慈禧啐道：「呸！剪髮，下個摺子就該勸入教了吧？這不是康有為的主張嗎，滿洲男人自古以來就留辮子，哪有剪掉的道理。這個人八成是基督徒，要不就是讀多了康有為的書，他叫什麼名字？」德齡回道：「他叫吳名。」慈禧道：「哼，吳名就是沒名兒，他根本不敢寫真名。下邊兒也別唸了，你就給我說說大意吧。」

德齡又拿起一本摺子，道：「這個摺子是說要興辦女學女報。」慈禧撇嘴道：「真是一點兒新鮮的也沒有！現在國庫空虛，辦好一般的學堂報紙就不錯了，哪還有那麼多的閒錢。不過話說回來，自從新政以來，學堂辦得的確是有聲有色，戊戌年也說辦學堂，可就是一紙空文，下面根本沒有人執行！外國人也有說康有為冤枉的，可他冤枉什麼呢，單說學堂這一件事，就足見他的無能。要說興女學這件事，還是我的倡導，不是讓那個服部繁子做女學的教習嘛？日俄一開戰，我看她和她的丈夫服部宇之吉也沒心思辦學了！……這個上摺子的人怕是住在夜郎國吧，怎麼連這些都不知道？」德齡並不接話，只是又拿起了一份摺子。

慈禧瞟了一眼德齡，道：「德齡啊，我想問你一件事，你一定要對我說實話。……也許你聽你阿瑪說過吧？庚子回鑾之後，朝廷開始實行新政，今年一月，雲南巡撫林紹年電請朝廷從速變法，最近，大臣胡惟德、孫寶琦又奏請變法，依你看，戊戌年除掉了康有爲以後，朝廷沒有及時變法是不是失誤之舉呢？」

德齡怔了一下，慢慢地說道：「老佛爺，我自小長在外洋，有一件事，給我留下了很深的印象。我十二歲那年，阿瑪帶我去看過一個展覽，親眼目睹了洋人辦的恥笑中國人的展覽，有煙槍、三寸金蓮，還有他們嘲笑的禿頭辮子。是的，有很多洋人一見到中國男人就喊：禿頭辮子！禿頭辮子！……然後就哈哈大笑。老佛爺，這件事對我刺激很深，我不相信我的祖國會永遠被人嘲笑，被人欺負，永遠被譏爲東亞病夫，連小小的日本國也能藉由明治維新走上強國之路，難道我們這個有五千年歷史的泱泱大國就只能做一隻睡獅嚒?!奴婢對此痛心疾首，因此奴婢一直懷著報效國家的熱情，願爲國家鞠躬盡瘁，以期重振朝綱！蒙您恩典，奴婢做了御前女官，前些時，您又封奴婢與妹妹爲郡主，您的恩情奴婢沒齒難忘，可即使如此，奴婢仍要對您說眞話，那就是：假如戊戌年您能夠支持皇上變法，中國目前的國力絕不至於貧弱如此，更不至於眼睜睜地看著別國在自己的領土上打仗，竟然無可奈何！」

慈禧聽著聽著，目光越來越凶狠，終於大怒道：「原來，你竟是同情康有爲的！」德齡忙道：「不，老佛爺，我對任何個人毫無興趣，奴婢考慮的只是國家的利益，自然，奴婢只是小人物，人微言輕，但正因如此，奴婢才更想犯顏直諫，用奴婢的綿薄之力來影響您——對國家大事一言九鼎的太后老佛爺啊！」

慈禧怒道：「難道你不知道我可以輕而易舉地處死你嗎?!」德齡嚇了一跳，但有一股勇氣凝聚在胸，似乎不吐不快：「只要國家好了，奴婢死不足惜。」

慈禧陰陰地說：「德齡，你在我這兒有過三次身處絕境的時刻，有兩次是因爲指婚，還有一次就是今兒晚上。我要告訴你，今晚，是你最危險的一次。」德齡見事已至此，索性暢所欲言了，道：「老佛爺，奴婢敢於犯顏直諫，正是出於對您和大清的忠誠，這一點，其實您心裡比誰都明白！奴婢何德何能，若能以一死換取您和大清的安定，那實在是奴婢前世修來的福氣！」

慈禧一聲怒喝道：「你不要說了！……跪安吧！」德齡這才心裡忐忑不安起來，不是爲了自己，是怕老佛爺一怒之下，有個什麼好歹，豈不是自己的罪過?!但是慈禧盛怒之下，她也只好磕了頭，默默地退下。

已經一年了，慈禧還是頭一回與一直侍奉在身邊的德齡反目，這小妮子竟敢當面頂撞她，實在令她怒火難平。怒容滿面的慈禧來回踱步，不知過了多久，怒火才算漸漸平靜下來，德齡那張誠摯的、天真未泯的臉慢慢清晰起來。慈禧這才嘆了一聲，自語道：「這個小妮子，有膽識，有擔當，還眞有些像我年輕的時候！……」

慈禧踱到太和殿，仰望著大清列祖列宗的畫像，慢慢走到咸豐的畫像前，流著淚跪了下來。不知怎麼的，她感覺到委屈，莫名其妙地委屈，見了畫像上那個瘦骨嶙峋的男人，她就忍不住地想哭，那是她一生中唯一的男人，無論外邊有多少謠言，可與她曾經貼心貼肉的男人只有這一個，她跪在那兒，泣不成聲，半晌才喃喃說道：「先皇帝，我對不起你！我也想保住大清的江山，像康熙帝乾隆帝一樣建功立業，讓大清再現康乾盛世的景象！可是，這內憂外患不盡而來，我五十壽誕遭遇中法戰爭，六十壽誕遭遇中日戰爭，今年七十壽誕，雖未與別國交戰，偏偏那日俄兩國竟將我遼東作爲戰場，我該怎麼辦？我該怎麼辦哪?!」她撚上了三炷香，在正中的墊子上跪了下來，磕了三個響頭，祝禱道：「大清列祖列宗在上，保佑大清於亂世之中安然無恙，重振朝綱！」

空蕩蕩的大殿，電燈閃了幾下，就熄滅了，只剩下幾點暗紅色的香火，映照著慈禧恐懼的淚痕斑斑的臉。遠處傳來太監們的喊聲：「停電了！停電了！」

紫禁城一片漆黑。

第十二章

1

黃包車的鈴聲在幽靜的路上迴盪著，德齡和卡爾坐在裡面。

這是日俄開戰半年之後的一個夏夜，卡爾小姐正在為慈禧太后畫第三幅肖像，自然，仍然是德齡姊妹在為她做模特兒。

傍晚時分，卡爾收工的時候，突然面帶笑容告訴德齡，今天是她的生日，是她在中國的第一個生日，邀請德齡一定要去她的宅邸參加生日派對，德齡欣然同意。

這是慈禧太后賞給卡爾的一處住宅，離宮裡並不遠，坐馬車只要一個時辰，她們走進去的時候，生日酒會已經開始了，〈藍色的多瑙河〉的音樂聲中，來賓們正在翩翩起舞。

德齡把帶給卡爾的生日禮物拿出來——這是一只長命鎖，純銀的，鑲著瑪瑙和綠松石。卡爾驚喜地叫道：「呵，太漂亮了，親愛的，你能幫我把它戴起來嗎？」德齡笑道：「哦，我很樂意。」她把長命鎖的掛鉤在卡爾後頸處勾住，卡爾對著小鏡子照了又照，笑道：「哦，太可愛了！你的禮物我太喜歡了！德齡，我也有一樣禮物要送給你。」卡爾笑著，不由分說地把德齡拉進了一個房間，笑嘻嘻地把她推了進去，然後關上門。

德齡正自吃驚，忽然看到站在窗前的年輕男子轉過身來，天吶，她驚呆了！那人不是別人，正是凱·懷特！

德齡不顧一切地衝進了懷特的懷裡，他緊緊地抱住了她，他們的淚水、笑聲和吻交融在了一起，兩個人的熱情不可遏止地燃燒了起來。懷特狂吻著她，嘴裡不停地喃喃著：「德齡，我親愛的，我的小仙女！……」德齡也又哭又笑地叫著：「凱，凱，快告訴我，這不是夢！……」

最初的激情過去之後，兩人相擁著坐在在長沙發上，凱文從懷裡拿出那兩封信，當然，一封是裕庚的，另一封是在慈禧指婚的時候，德齡託卡爾寄給他的。但是德齡那封信到得很晚，因爲那信寄到美國之後，凱剛剛離去，艾米姑姑只好又把它轉寄回來給卡爾，姑姑太了解她的侄兒了，她知道，她的可愛的侄兒無非是找個藉口，去和他夢想中的仙女再續前緣罷了。見仙女之前肯定要先見卡爾，事實證明，姑姑的推測是百分之百的準確。凱低頭吻著德齡，低聲道：「如果沒有這兩封信，我眞的要撤退了，我簡直覺得自己只是你的女官生涯裡一首無足輕重的小插曲。」德齡用溫柔的吻堵了他的嘴。

凱打開信，兩人一起看著，德齡被阿瑪的信感動得幾乎淌下淚來，她哽咽道：「不看這封信，我根本想不到阿瑪是多麼地慈愛，我從來只把他當成一個英雄，沒想到他也有兒女情長的一面。」凱則反覆看著德齡的信，一面說道：「看來我眞的要感謝那個古怪的太后，沒有她，怎麼能逼出你這些眞心的話。你看……『我寧可選擇死也不願意背棄我們的感情，我到死也是深愛著你的。我最大的心願是能在你的無名指上套上結婚戒指，……但願今後你還會偶然想起，有個女孩，她是那麼渴望成爲你的妻子。……』呵，當我看到這句話的時候，幸福得都要飛起來了！」

德齡羞得忙去奪信，凱立即把信舉得高高的，兩人一陣亂搶，最後又擁抱在了一起。德齡羞澀地捂住了臉，凱溫柔地拉開她的手，輕聲道：「親愛的，我親愛的……我想好了，我們就到我們相識的那條海輪上舉行婚禮。在夕陽西下的時候，我們可以在甲板上翩翩起舞，望著遠處的海鷗和白帆。」

德齡像個小鳥兒似的偎在凱的懷裡，她覺得這個懷抱是那麼溫暖和安全，她頭一次感到了眞正的幸福，她努力克制著少女的羞怯，小聲讚美道：「太美了，凱。有了這些，就算有一天我忽然死去，也會覺得很知足了……」凱立即制止她道：「別說這樣的話，親愛的，聽著，你會好好活著的，活到我們一百歲，過鑽石婚！……知道嗎？我是藉著一個可愛的朋友理解了你，理解了中國人，也知道自己這一生裡最大的願望就是和你永遠地相愛，永遠地在一起。只是，那個可愛的朋友，我們剛剛認識不久，就恐怕要永遠的分離了。」

德齡驚道：「永遠地分離？」凱把大衛的照片拿出來遞給德齡，道：「就是他，那個小男孩，他叫唐大衛，是個革命黨。知道前段時候那個刺殺廣東總督的事件吧？那個事件，震驚了世界，刺客就是他，到處都是他的通緝令，畫影圖形……我整整找了他半年，不然我早就來了！我差不多走了半個中國，卻毫無結果，我寧可他消失了，但事實是，他很可能已經被抓住了！他身旁的那個大男孩是他的哥哥，是保皇黨，是康先生的朋友。」

德齡看著照片，嘆道：「多麼親密的一對兄弟呀！」凱說：「是呀，不過他們因為信仰的不同已經很久不來往了。」德齡吃驚地睜大了眼睛。凱溫柔地看著心愛的姑娘，向她講述了唐家兄弟的故事……

德齡聽著，聽到大衛兄弟之間那種剪不斷、理還亂的情感時，忍不住流出了淚水。懷特說：「……這也許是我遇到的最奇怪的一對兄弟了……就是這兩兄弟的事，讓我認識了你們中國人，我現在知道，國家和道義對你們來說是至高無上的。在這之前，我甚至對你有誤解，覺得你不夠愛我，而更愛皇宮裡的權威。現在我知道，你是愛我的，而且愛得很艱難。」德齡拭淚道：「凱，我真希望能有一天見到大衛的哥哥，向他表達我的敬意。如果他有什麼要幫忙的，請你一定要告訴我。」凱鄭重地點了點頭。

2

裕庚夫婦再次回到京城，是爲了德齡陪太后去盛京祭祖的事，老兩口趕回來，自然是想與女兒話別。可是回來之後才聽容齡講，德齡到卡爾小姐那兒去了，大概明天才能回來。

吃罷午膳，裕庚夫婦照例在房中小憩。裕庚心裡有事，翻來覆去的睡不著，悄悄起來，見小順子一個人在客廳裡，正用槌子仔細地敲著核桃。

見裕庚披著衣服走出來，小順子急忙站起，扶裕庚坐下，問道：「老爺，您身體不好，應當多多歇息才是。」裕庚把一個手指放在唇邊，低聲道：「小順子，小聲點，太太已經睡了，咱們爺倆聊點事兒。」

小順子忙把敲好的核桃仁放在碟子裡，喜道：「好，老爺，您喝茶，還有，這是我剛敲的核桃。」裕庚抿了一口茶，慢悠悠地說道：「小順子，你能不能替我跑趟天津，明兒就去。」小順子忙道：「奴才這就去！」裕庚猶豫了一下，吞吞吐吐地說道：「……不過，我不想讓太太知道，你就說今兒家裡帶話兒來了，要你回去幾天。」小順子連忙答應著，道：「行行行，可去天津幹什麼呢？」

裕庚從懷裡拿出了一張銀票和一封信：「你去把銀票送給這個人，我託他在查一件緊要的事兒，這是他的酬勞。讓他務必給我回信，看看有了什麼進展。」小順子瞟了一眼銀票，吃了一驚，道：「怎麼，老爺，查什麼緊要的事兒要給這麼些錢？」

裕庚長嘆一聲道：「是很緊要的事，要是不查個水落石出，我死都不會瞑目的。我總覺得，自己來日無多了，所以，這件事要抓緊才好！你不要對別人說，連太太面前也不要露一點風兒！」小順子忙道：「老爺，您放心吧，奴才父子兩代都是您的家奴，奴才從小兒就在您家長大，自然最聽您的。」裕庚微笑地點點頭，道：「去吧。越快越好，一定要把回音兒帶給我！」

到了晚上，勳齡特意為父母預訂了一家酒樓廂房，除了德齡，全家人聚在一起，裕庚點了一瓶劍南春——這是他生病之後頭一回喝酒。菜很豐盛，勳齡的心細，他特意點了阿瑪愛吃的蔥油淋子雞、額娘愛吃的清湯魚翅、德齡愛吃的櫻桃肉和容齡愛吃的滿口香。裕太太當然忘不了給兒子單點了一道油燜大蝦。

裕家的家宴，歷來都吃得歡歡喜喜地盡興，可是今兒，雖然菜做得十分精美，勳齡又是竭力張羅，因為缺了德齡，裕庚又是久病，氣氛便仍然有些沉悶。好在天眞活潑的容齡吱吱喳喳地說個不停，倒也讓阿瑪額娘漸漸開心起來。

容齡舉杯敬阿瑪額娘道：「我敬您們二老一杯，祝您們健康長壽，希望阿瑪早日康復。」說罷一飲而盡。裕庚也飲了一杯，讚道：「好孩子，眞是越來越懂事兒了。」

裕太太也微笑著喝了一大口，問道：「容齡啊，這回在宮裡過年，可想了阿瑪額娘沒有？」容齡道：「想是自然要想的，可宮裡也很好玩。譬如大年三十兒晚上吧，下大雪的時候，老佛爺還准了我和四格格出去打雪仗呢！」裕太太瞧著裕庚道：「瞧瞧，老佛爺把她們這些孩子慣成什麼樣兒了！」

容齡像突然想起什麼似的，噗哧笑道：「這算什麼，我還把皇上當成了四格格，把雪團都砸他身上了！」裕庚夫婦吃了一驚，裕太太叫道：「阿彌陀佛，那皇上該如何懲治你?!」容齡笑道：

「懲治什麼？皇上說，他砸了我的辭典，我砸了他一身雪團，扯平了！」

裕太太齧著牙花子，對著裕庚道：「瞧瞧，瞧瞧，這君不君臣不臣的，成了什麼了！……那老佛爺呢？」容齡高興得搖頭晃腦地說道：「老佛爺對我就更好了！我贏了她老人家的牌，她還重賞了我一千兩銀子呢！」裕太太張開的嘴半天都沒合攏，裕庚在一旁問道：「難道老佛爺賞你，你就不知道推辭一下？」

容齡笑道：「幹嘛要推辭？老佛爺賞我，我高興，她也高興，我若推辭，她肯定要生氣的！」正說笑著，一個夥計走進來，拿著一本菜譜說道：「少爺，酒店的秋老闆說要送你一份菜，請隨意點。」

勳齡怔了一下，問道：「哪個秋老闆？」夥計含笑將菜譜翻了過去，菜譜裡夾著一張紙條，上寫：「本月十五，諸神迴避！」勳齡一驚，臉色突變。容齡伸過腦袋來，問道：「哥哥，怎麼了？」勳齡趕快把菜譜翻了過去，道：「沒什麼。夥計，我們的菜已經夠了，下回吧，替我謝謝秋老闆。」

裕庚高興，多喝了兩杯，誰知回到家裡便躺倒了。在李中堂的舊宅裡，裕庚看著圍在身邊的妻子兒女，緩緩說道：「時間過得眞快呀，我們回國，一晃就一年多了，這一年發生了那麼多的事兒，好像比在巴黎的十年都要多。我想著想著，突然覺得有點累。」他說著，突然劇烈地咳嗽起來，吐出了一大口鮮血。容齡驚叫起來：「阿瑪，您怎麼了?!」裕太太哭道：「老爺，您可不要嚇唬我們，剛才還好好的！」勳齡忙命小順子備車，幾人一起將裕庚送往醫院急救不提。

3

德齡偎依在懷特年輕溫暖的胸前，她甚至能聽見他一下比一下更加強烈的心跳，凱撫摸著愛人的頭髮，那頭髮喚起了他的記憶：一年多之前，那個星漢燦爛的夜晚，他和他心愛的姑娘一起翩翩起舞的時候，她那長長的髮絲就溫柔地拂在他的臉上，揮之不去。那時，他多麼想摸摸她的頭髮啊，但是他不敢。他怕驚著他懷裡的姑娘，那個精靈一般的姑娘，他怕她像小鳥一樣飛走。如今，他已經把這個美麗的仙女攬入了懷裡，二十一歲的美國青年醫生凱·懷特，怎麼能不欣喜若狂?!他自然能感覺到她柔若無骨的身體，感覺到她嬌嫩如花的皮膚，感覺到她那芳香如蘭的氣息，這一切都讓他熱血賁張不能自已。

美國青年凱·懷特再次跪在中國姑娘裕德齡面前，第二次向她求婚。這一回，幸運之神一直守護在一旁，德齡幾乎沒有猶豫，就紅著臉扶起了心愛的人。他們手拉著手，瘋了似的在屋裡轉圈子，一直轉到筋疲力盡汗流浹背，然後他們頂著夏夜的風衝了出去，一口氣跑到了卡爾的新宅子。

他們把卡爾叫醒的時候已經過三更了，遠處的太監在打著更，夏末秋初的夜晚，在古老東方的皇宮大內中，幾乎沒有什麼祕密是能夠遮擋得住的，所以當卡爾打開大門，看著這一對手拉著手的年輕人時嚇了一大跳。老姑娘卡爾捂著胸口，喃喃自語道：「我的上帝！瘋了，瘋了，這可眞是瘋了！我提醒你們，這裡可不是美利堅合眾國，這是在大清國！在慈禧太后的眼皮子底下！」

凱喘息未定，便帶著一臉亮晶晶的笑，叫道：「卡爾，我們想現在祕密訂婚，請你做我們的證婚人。」卡爾捂住胸口的手嚇得幾乎抖起來，她下意識地重複了一句：「現在?!」
德齡也雙眼放光地點著頭：「對，就是現在！」
卡爾這才把手從胸口上拿下來，聳了聳肩，然後在客廳裡轉了一圈，最後在走廊的花盆裡揪下一朵玫瑰遞給德齡，道：「好吧，新娘需要捧花。」
卡爾拿出一幅聖像，雖然小些，但是精美絕倫，她把聖像舉在他們的頭頂上，一字一句鄭重地說道：「在神聖的上帝面前，我見證你們的婚約，無論你們將來是貧窮還是富有，是健康還是疾病，希望你們永不反悔，永不分離。凱．懷特先生，你願意嗎？」
凱舉起右手莊嚴地說：「我願意，這是我最大的心願。」
卡爾又問：「裕德齡小姐，你願意嗎？」
德齡有些害羞，卻毫不含糊地回答道：「我願意。」然後，她拿出一枚戒指，準備戴在懷特的手指上，懷特卻突然發現他沒有帶著給德齡的戒指。
卡爾和德齡都呆了──在定婚儀式上男方沒有帶戒指，對於西方人來說，這可是個嚴重的問題！
懷特卻沒有慌張，他搜遍全身，終於拿出那個價值連城的小盒子。他說：「卡爾，請你把燈關掉。」
燈光和燭光同時熄滅了，一粒夜明珠從那枚精美的小盒子裡面現身了──它發出一種幽藍的光芒，那種藍色的光芒簡直就像夢一般不可思議。
卡爾叫道：「天吶，這太美了！」
懷特把夜明珠遞給德齡，道：「親愛的，對不起，我忘了給你帶戒指，就把這粒夜明珠作爲我的愛情信物吧，你喜歡嗎？」德齡似乎還沒有從剛才的驚愕之中清醒，她喃喃說道：「可是，你曾經送過我一顆夜明珠，它一直被我珍藏著……」懷特溫柔地拉著她，道：「那麼，我現在就給你講講這兩顆夜明珠的故事……」

卡爾聳聳肩，不知道懷特這小子又要玩什麼新花樣。她收起聖像，向兩個擁在一起的幸福的人做了一個「請便」的手勢，便回房間去了。

4

裕庚從昏迷中醒來，已經是次日上午。守了他一夜的裕太太和勳齡容齡都坐在病房外的長椅上昏昏欲睡。一個小個子家僕背著個大包袱走進來，那樣子頗有些可笑，他一見著躺在病床上的裕庚就噗咚跪下了，裕庚勉強睜開昏花老眼，看清楚了是小順子，便一下子坐了起來，由於起來得太猛，人又過於虛弱，突然感到頭暈目眩。

小順子忙扶住主人，壓低聲音哭喊道：「老爺，老爺，您這是怎麼的了?!我走的時候還好好的呢！這話兒是怎麼說的?!這話兒是怎麼說的?!……」裕庚定了定神，緩緩道：「……順子，快扶我坐起來，給我講講那事兒到底怎麼樣？」

小順子見裕庚有緩，忙跪在床邊回道：「老爺放心，您打聽的事兒已經有眉目了！」裕庚聽了，心中一喜，急忙催他快講。

小順子低聲道：「天津的包打聽田先生說，肇事的人已經圈定了三個人，至於誰是眞正的人犯，他還要仔細地查證。」裕庚點頭道：「但願這件事情能儘快水落石出，這樣我對百姓們的承諾才能兌現。」小順子看著裕庚那蒼老的病容，心裡十分難過，道：「老爺，那些老百姓說不定早把這事兒忘乾淨了，您可倒好，還一直記著，這麼認眞。」

裕庚認眞道：「小順子，君子一言九鼎，怎麼能食言呢。再說，你正當少年，還不諳人事。你哪裡知道，人心上的傷痛，雖然不是時時提起，卻縈繞於心，難於磨滅。對於那個民女一家來說，這就是銘心刻骨的傷心和仇恨啊，怎麼會忘記呢?!」

小順子流淚道：「老爺，那您這麼費勁兒，那個被糟蹋的民女的家人們知道嗎，領情嗎?」

裕庚正色道：「我不用任何人領情，我是爲自己心安啊。小順子，你的嘴可得給我關嚴了！」

小順子忙道：「老爺，放心吧，太太少爺他們一點兒不知道。」

裕庚點頭道：「這就好。順子，這件事兒我就交給你了，萬一我有個三長兩短，你再把此事告訴少爺，就說，是我的意思，一定要找出眞凶，對天津的鄉親們有個交代！」小順子哭著點了點頭，剛想離去，突然門「呀」地一聲被推開，德齡喘吁吁地衝了進來，一頭扎進父親的懷裡，大哭起來，倒把小順子嚇了一大跳，暗想跟了裕家那麼多年，還沒見著過德齡姑娘這麼著過，嚇得他倒退著走了出去，見外面裕太太仍歪在那兒睡著，勳齡容齡已經不在了。

德齡守在裕庚的身邊痛哭，裕庚把一隻蒼白的手軟綿綿地搭在女兒的手上，虛弱地說：「好孩子，別哭了，你把我的眼淚都快哭出來了！」德齡哭道：「好阿瑪，對不起，我剛剛知道您病得這麼厲害，阿瑪，我要一輩子在您身邊好好侍奉您，一輩子也不嫁了！」

裕庚急道：「這話兒是怎麼說的?難道你和懷特又……」德齡忙道：「不不不，跟他沒有關係！……反正我要侍候您到病老歸西，再去修道院了卻餘生！……」裕庚道：「胡說！還是跟阿瑪說實話吧！到底是怎麼的了?!」

德齡見瞞不過去，只好說道：「……他從美國回來了，找我，再次向我求婚，女兒一時糊塗，就答應了。可他竟然拿不出訂婚的戒指來！這還不算……他……他……」裕庚急道：「他怎麼了？……」

德齡低下頭，小聲喃喃道：「他送給女兒一顆夜明珠，說是訂婚的信物，可是……可是……後來我才知道，原來那顆珠子竟然是庚子年宮裡丟失的那一顆！是老佛爺查找過多時的！他說是他姑父活著的時候送他的禮物，這就證明，他的姑父參加了庚子年的侵略！他還說過他從小死去了爹媽，視他的姑姑姑父為親生父母，這麼看來，他的親人竟然是個強盜，搶去了古老東方皇宮的至寶！……有這樣的家庭背景，我怎麼可能……怎麼可能跟他在一起呢?!……」德齡哭得哽咽難言，

裕庚沉默良久，勸道：「別哭了孩子，我倒覺得，凱是個好孩子，這件事，你要問問清楚，別委屈了他！即使是他的親人參加了侵略，也跟他無關！那時候，他還是個孩子！你不能因噎廢食啊！……」

這時裕太太走進來，見裕庚已經坐了起來，喜道：「好了好了，還是德齡有辦法！勳齡容齡他們回去叫下人做煲湯去了，是你阿瑪最愛吃的天麻煲乳鴿，一會子拿到醫院來，喝幾口，怕是就好些！」德齡捂著紅腫的眼睛，道：「額娘，你出去吃點東西吧，我替你一會子！」

話音未落，便有太監進門宣旨道：「傳老佛爺口諭：老佛爺明日與萬歲爺前去遼東祭祖，宣裕德齡郡主即刻回宮啊！」德齡立即跪下接旨道：「裕德齡領旨謝恩！」

勳齡容齡拿著煲好的天麻燉乳鴿進病房的時候，德齡已經走了兩個時辰了。兩人見阿瑪精神好些，都高興得了不得，容齡趕緊給阿瑪盛了一碗湯，一杓一杓地餵他，勳齡和額娘在一旁瞧著，連自個兒還餓著都給忘了，容齡道：「對了哥哥，昨兒酒樓裡那道南瓜百合還挺合阿瑪口味的，不如你再去一趟，買幾個菜來，反正大家還都沒吃飯……」容齡這麼一說，勳齡腦袋嗡地一麻，突然想

起酒樓菜譜裡的幾行字，他喊著：「糟了！」突然地狂奔了出去。

5

火車站張燈結綵，鋪著長長的紅地毯，大幅標語寫著：恭送慈禧皇太后聖駕。袁世凱親自帶領了一個西洋管樂隊，在一旁迎候著。柵欄之外，排著隊的皇族親眷們揮著黃龍旗，熱切地瞧著遠遠而來的皇家儀仗。隊伍中的一個青年男子十分戳眼，他不但和別人的表情不同，還有一種鶴立雞群式的英武之氣。他正是唐大衛，在顛沛流離了許多時日之後，他終於輾轉來到京城，探聽到了慈禧太后準備從火車站出發到盛京祭祖的消息，並且，他幾乎沒費什麼力氣，便混入了歡送的皇族行列。

當遠遠的儀仗緩緩行來的時候，唐大衛那雙明亮過人的眼睛一下子就看見了那個花枝招展的老太婆。出乎他意料之外的是，那轎帘是敞開的，前面兩個開道太監，左有李蓮英，右有崔玉貴，兩行儀仗由御前侍衛們組成，如兩條金龍，盤旋迤邐，錯落有致，後面便是抬著慈禧的八抬大轎，眞正的八抬大轎，由八個身強力壯的轎夫抬著，沿著紅地毯緩緩行來。再後面，自然是皇帝皇后的轎子。

唐大衛還是頭一回見到這種眞正的八抬大轎，頗有些好奇。他注意到周圍的人們一下子變得肅穆起來，好像皇權的威嚴透過這種儀仗將震懾的威力傳達出來似的，連天空的雲朵似乎也變得莊嚴起來。這讓唐大衛感到有點好笑。這個剛滿二十一歲、卻已經走過東西方兩個世界的年輕革命者，好像完全沒有意識到自己的生命正在走向盡頭。他只是像平常一樣快樂地想著：同盟會將這個任務交給他，實在是他的榮幸。也許正是因爲他，中國封建社會制度將突然中止。

他看見幾個閹人將那個老太婆扶下了轎子，皇帝皇后也跟在後面，似乎還有幾個宮女，他完全沒有注意到有個年輕的女官正向他投來好奇的一瞥。

他收回目光，看見袁世凱舉手示意，管樂隊開始了西洋樂曲的聯奏。他看見袁世凱吃力地彎下肥胖的身體跪下接駕，於是在場的所有人也都跟著跪了下來。

聽慣了絲竹檀板的慈禧突然聽到一種不熟悉的樂聲，眼睛一亮，問身旁那個年輕的女官道：「老德齡啊，這些西洋嗩吶倒有趣兒，難得袁世凱還能把中國人訓練成洋樂手。」德齡忙回道：「老佛爺，這些嗩吶西洋名兒每個都不一樣，這是巴松，這是小號，這是薩克斯風……」慈禧道：「哎呀，不管叫什麼，反正看著樣子是比中國嗩吶好看些，聽著也熱鬧喜興。」

袁世凱又把小旗一舉，管樂隊的樂曲突然變爲〈婚禮進行曲〉，德齡不禁一怔，然後掩口而笑。皇后小聲問道：「德齡，怎麼了？」德齡道：「皇后主子，這是洋人結婚時用的曲子。」一語未了，只見光緒帶著嘲諷的微笑，走上前去，沖袁世凱作了個手勢，袁世凱站了起來，作揖道：「謝萬歲爺！」光緒正色道：「袁世凱，朕不是要你起來，而是要你把樂曲停下來。」袁世凱又舉了一下小旗，音樂立即消失了。慈禧和皇后被突然的沉寂嚇了一跳，轉過頭來。

光緒看著袁世凱冷笑了一聲，袁世凱立即變得心虛起來，趕忙又跪下了。光緒淡淡問道：「袁世凱，你知道朕爲什麼要你停止奏樂嗎？」袁世凱道：「皇上，臣不知聖意，誠惶誠恐。」

光緒又問：「袁世凱，你爲什麼要在這兒奏西洋樂？」

袁世凱道：「皇上，臣奏西洋樂，是爲了恭送皇太后和皇上皇后到滿洲祖陵祈福，也表明了臣擁護朝廷推行新政的立場。」光緒道：「好，那朕問你，剛才最後一首是什麼曲子？」袁世凱已經滿頭大汗，他囁嚅道：「臣記不清了。」

光緒冷笑道：「這是洋人的〈結婚進行曲〉。你只知其一，不知其二，就開始賣弄。今天這樣的盛典，怎麼能用洋人的結婚曲子呢？眞是天大的笑話！要是洋人知道了去，不會讚我們會奏他們的樂器，倒是要嘲笑我們張冠李戴了。你以爲，今兒誰合適在這兒娶親呢？」袁世凱忙連連叩頭不已，道：「皇上，臣知罪了。」

慈禧這才盯著袁世凱，悠悠地說：「袁大人，你歷來愛弄些個新鮮玩藝兒，今兒當著你的麾下和黎民百姓的面兒，可栽了個不大不小的跟頭！記住，別跟朝廷耍小聰明兒，自古以來，都是聰明反被聰明誤！」慈禧是對著袁世凱說，眼睛卻瞟向光緒，光緒似乎已經有所感覺，於是再不說話。袁世凱亦嘿嘿而退。

此時觀者如雲，人群越擁越多，唐大衛拚命向前擠著，卻不料他前面的一個老者高喊了一聲：「老佛爺！」慈禧回頭之間，那老者已爬過柵欄，行了大禮，從懷裡掏出一只黃金鑄的元寶。老者高舉著那只元寶，對著慈禧道：「老佛爺，辛酉北狩的時候，小人曾經爲咸豐爺做過馬夫，轉眼，這都四十多年了！國家興亡，匹夫有責，小人願將平生積蓄獻給朝廷，爲充軍餉之用。」唐大衛見有機可乘，便立即跨過柵欄，衝上去扶起老者。慈禧聽了老人的一番話，不禁動容，欲上前去安撫，卻被皇后攔住。皇后命李蓮英將元寶取來，慈禧細細看了看那元寶，果然十足赤金鑄成，沉甸甸的頗有份量。心下一喜，問道：「老人家，敢問你尊姓大名？」

老人還沒來得及回答，他身旁的那個青年男子便突然從懷中掏出一物，以迅雷不及掩耳之勢，拉開引信，向慈禧投來，李蓮英高叫一聲：有刺客！御前侍衛們立即將慈禧光緒團團圍住，但是炸彈還沒滾到慈禧身邊便已經爆炸了，爆炸聲震耳欲聾，火光沖天。火光之中，德齡清晰地聽見那個青年男子的呼喊：「驅逐韃虜！光復中華!!……」

德齡在慌亂的濃煙之中看到哥哥從一輛馬車上跳了下來，瘋了一般地朝站裡衝來，嘴裡喊著自己的名字，但是他被侍衛們攔住了，他仍然在大聲喊著：「德——齡！德——齡!!」

德齡和太后皇上一起被巨大的氣浪掀翻在了地上，恭送皇太后的橫幅被炸得滿目瘡痍，在風中飄揚，屍橫遍地，硝煙久久不散。德齡不顧一切地衝過去抱住了勳齡，大叫著：「哥哥！」勳齡也叫著：「德齡！你的命眞大啊！」德齡含著眼淚，喃喃著：「差一點，我就永遠回不了家了！」

慈禧太后與皇帝皇后終於驚魂未定地站了起來。光緒從地上拿了一片被炸開的橫幅布條，展開一看，上面寫著「大清國」三個字。

6

數日之後，袁世凱進貢了一輛汽車和數輛腳踏車，說是給老佛爺、皇上壓驚。慈禧命慶善將車都放在了頤和園。這天下了早朝，趁著人頭齊整，慈禧率眾女官去了園子裡，眾人圍著那輛汽車，瞧了又瞧，索性坐了進去，好奇地觀看著汽車的構造。皇后無意碰了一下喇叭，喇叭發出刺耳的聲音，把她們嚇了一跳。元大奶奶叫道：「喲，這汽車還會叫呢！該不會說話吧，眞夠嚇人的！」眾人笑了起來。容齡則跨上了那輛腳踏車，輕鬆地騎起來，悠然地在她們的身邊繞著圈子。她們不禁地被容齡騎車的樣子吸引。

皇后小聲對大公主說道：「袁世凱儘送一些西洋的新鮮玩藝兒討老佛爺的歡心，不會是外頭傳他有野心，他心虛了吧？」大公主道：「眞金不怕火煉，凡事自然會有分曉。再說，他送的東西得用上才成，這腳踏車，容齡還湊合騎，這輛汽車，可眞的只能在這兒擱著了。」容齡展開雙臂，騎著車像鳥一樣地飛快地閃過。

四格格一直羨慕地瞧著容齡，這會子說道：「容齡眞有本事，這腳踏車怎麼騎呀，馬車都是四個輪子的，這兒只有兩個輪子，爲什麼摔不下來呢？」德齡在一旁道：「只有兩個輪子沒關係，只要習慣了，就能保持平衡了。騎起來，風颼颼地在耳邊響過，別提多痛快了！」坐在御座上的慈禧忽然來了興趣，命容齡下來，她自己要騎上去試試，眾人大驚。

慈禧的脾氣，現在是越來越怪戾了，說什麼就是什麼，想起什麼就是什麼，便是民間說的老小老小，本來就是老小孩，再加上皇太后的脾氣，就更讓人受不了，這會子一個令要騎車，立即忙壞了李大總管，李蓮英親自把一根木棒綁在車後座上，慈禧騎上去的時候，李蓮英和另一個太監跟著一路小跑，扶著木棒。眾女官在一旁觀看。皇后道：「李總管這個主意不錯，老佛爺摔不著。」大公主笑道：「依我瞧，過不了兩天，老佛爺就煩了，她老人家，什麼事兒都要強，非自個兒學會不可。」

果然，慈禧忽然刹住了車，從車上下來，道：「李蓮英，你們閃開，我得自個兒騎！」李蓮英嚇得忙道：「老佛爺，這可萬萬使不得呀。大臣們這幾日都紛紛上摺子，請求您要保重身體，不要傷著。您要是自個兒騎，有個閃失，我們當奴才的豈不是大清的罪人了？」慈禧立即沉下臉，道：「摺子呢，統統都給我拿來！」

李蓮英用托盤把厚厚的一摞摺子捧了來，慈禧拿起一張便撕得粉碎，對眾女官道：「你們瞧見沒有，我連一點兒自由都沒有。明兒我不但要騎腳踏車，我還要開汽車呢！還楞著幹嘛，你們都幫著我，把剩下的摺子都撕了！」眾人大驚，皇后猶猶豫豫地拿起一張摺子，正不知如何是好，被慈禧喝道：「皇后，你猶豫什麼！是不是又在想著敬惜字紙？他們這些字兒，都是放屁！」皇后忙答應了一聲兒，幾個人便一起撕將起來，把摺子撕成紙片滿天飛舞。

慈禧撕了摺子，覺著心中好過了一些，自從那天被革命黨扔了炸彈，她失眠的毛病又犯了，夜夜失寢，還添了一個毛病——臉上莫名其妙地抽搐，抽得口鼻歪斜，她心裡害怕，怕自己得了失心瘋，還好，李蓮英親命小德張去尋了個偏方，吃了幾副藥，總算是好了些個。心想那革命黨已然抓到，定要親自來審這小子，將他碎屍萬段，方解心頭之氣！審他之前，自己一定要恢復體力，這會子學了腳踏車，正在興頭上，豈有放過之理?!便在那湖邊，一遍遍地練習，嘴上說道：「活到老，學不了哇！這腳踏車，實在是太有意思了！我要重賞袁世凱！」邊說著，邊歪歪扭扭地騎，旁邊的小太監們跟在一旁，跑得氣喘吁吁。

這日光緒攙太監孫玉照例來請安，遠遠地見慈禧騎著一輛腳踏車過來，不覺大奇，迎面請安道：「皇爸爸吉祥……」誰想那慈禧不等他說完，就使勁地按了一下車鈴，然後疾馳而去。

光緒吃驚地看著她的背影，嘴半天沒有合上。孫玉在一旁半晌道：「老佛爺怪不得身體康健，七十歲的人了，還敢把腳踏車騎得飛一樣快！這哪兒是凡人哪?!」光緒看見慈禧的背影遠遠地消失了，在她背影消失的地方，那群花花綠綠的女官們圍著一輛汽車。

7

卡爾爲慈禧畫的第二幅肖像終於竣筆了。昨日傍晚，德齡在偏殿爲卡爾小姐做了最後一次模特。卡爾給她講述了關於夜明珠的眞實的故事，還把懷特對德齡始終不渝的愛傳達了過來，卡爾說：「我的性急的小姐，你還沒有等人家講完，便判斷人家的姑父是侵略者，這判斷無疑是錯誤的。再說，人家凱此次來的目的之一，就是爲了歸還夜明珠，這次的確是你錯了。」

德齡聽了，不免有些慚愧，嘴上說：「那他現在在什麼地方？」卡爾道：「昨天他還和我在一起，他說他現在正爲一個年輕人幫忙。」德齡一驚，道：「那個年輕人，可是叫唐大衛？」卡爾道：「正是，你怎麼知道？」德齡低了頭，喃喃地說：「果然是他！」

那天在火車站，在歡送的皇親國戚之中，德齡一眼看到一個年輕人，在一群昏昏噩噩的八旗子弟之中，顯得格外乾淨明亮、英氣逼人。在那瞬間，德齡甚至想，假若不是有了凱，她會愛上這個年輕人的。但是那人後來的舉動嚇得她魂飛魄散，她無論如何也無法想像：那樣一個看上去英俊純正的年輕人，竟然能眼睛不眨地做出那種殘忍之舉。現在她驚魂稍定，想著那人便一定是孫文、秋瑾的黨羽了，想起凱向她描述過的唐大衛，她一下子就感覺到了，那就是他！就是唐大衛！她心裡隱隱地惋惜著，那樣一個美好的生命，即將消失了，可她無論怎樣也想不明白，這些革命黨人，究竟是爲了什麼?!江山社稷固然重要，但人的生命更可寶貴啊！所以當卡爾說到幫忙二字的時候，德齡的心裡一下子便有了主意。

次日早朝一罷，慈禧立即率皇后與眾女宮來到偏殿，卡爾滿懷信心地對慈禧道：「太后，我已經盡力了，我相信你們會喜歡我的作品的。」她把畫布唰地拉開，完成的作品展現了出來。

皇后與眾女官都一起叫道：「啊，眞的是太美了！」慈禧也滿意地笑了，但是很快笑容僵在了嘴角，她走過去，看了看畫的一角卡爾的簽名，皺起了眉頭。道：「德齡，我問你，這簽的是什麼？」德齡回道：「老佛爺，這是卡爾的名字啊。」慈禧不悅道：「這畫的是我，爲什麼寫她的名字，眞是豈有此理！」德齡笑道：「這是洋人畫家的習慣，就像咱們畫家要在畫上蓋印章一樣。」

慈禧問道：「所有的洋人畫家都這樣嗎？」德齡做出了肯定的回答。

卡爾在一旁問道：「德齡，太后似乎有些不高興？」德齡微笑道：「卡爾，沒有，她只是認爲這個簽名的顏色和畫面有些不諧調罷了。」卡爾瞇著眼睛看了看，使勁地拍了一巴掌道：「哦，顏色好像是有些深，和背景色重疊了，我會改成淺顏色的。太后眞的是太細心了！」

卡爾的樣子倒把慈禧嚇了一跳，忙問：「德齡，她怎麼了？」德齡回道：「老佛爺，卡爾看到您今天的衣服以後，有了靈感，她要把簽名改成這個顏色，表示對您的尊敬。」慈禧這才喜道：「和咱們處了些日子，她總算懂了些禮節。看來，洋人還是可以教化的。」

眾人散後，慈禧攜德齡回到寢宮，邊走邊說道：「那個柯姑娘，手上都是顏色，還不留指甲，剪得光禿禿的跟個男人似的，誰會娶她？」德齡笑道：「老佛爺，卡爾小姐把心思都用在藝術上了，別的東西她並不會太在意的。」

慈禧認眞問道：「我問你，卡爾的畫兒眞的好嗎，我怎麼覺得越是細瞧越是坑坑窪窪的，還是陰陽臉？」德齡道：「老佛爺，油畫講的是肌理效果和光線，如果不畫成這樣，就不是好畫兒，咱們要是見怪了，倒讓洋人笑話了。」慈禧道：「一會兒當著公使夫人們的面兒，我給卡爾賞個動章吧，這樣說明咱們懂得看畫兒，然後又給足了美國人面子，卡爾和康格夫人完全可以炫耀了。」

德齡輕聲道：「老佛爺，照理說，應該給卡爾賞些銀子。」

慈禧停住腳步，驚問道：「什麼？還賞銀子？」德齡正色道：「是的，卡爾是一個職業畫家，如果她沒有到宮裡來，她這段時間畫畫可以掙很多錢的。」慈禧問道：「你肯定她會要嚒？」

德齡道：「當然，她會很高興的。」慈禧撇了撇嘴，道：「這些洋人，畫畫兒還要收錢，虧她們想得出，眞是唯利是圖，還是中國人風雅。銀子咱們有的是，給他們，讓他們瞧瞧，咱們大國有的是氣派，不在乎這幾個子兒！」

慈禧的畫像被搬到了太和殿，簽名的顏色果然改成了淺色。康格夫人與眾公使夫人都圍繞在畫像旁邊，興高采烈，議論紛紛。德齡在一旁用英語宣布：「大清帝國慈禧皇太后授與凱瑟琳．卡爾小姐黃龍勳章一枚，並賞銀一萬兩！」在公使夫人們和宮眷們熱烈的掌聲中，慈禧給卡爾授勳，還給了她一張銀票。

康格夫人不放過任何出頭露面的機會，在掌聲中她說：「太后，您已經成爲中國歷史上第一位有油畫畫像的皇族成員了，您的畫像會被送去參加萬國博覽會。這是開天闢地的盛事，足以證明你過人的遠見和對西方藝術有深刻的理解，這是中國人民的驕傲，也是美國人民的榮幸。」德齡翻譯給慈禧之後，慈禧的臉上立刻綻出了笑容，道：「大清是一個大國，大國皇族的寬仁和友愛，是我們幾千年的傳統。中國有句話叫作『日久見人心』，大清對列國的誠意友好，諸位一定會感受日深的。」在送別眾公使夫人和卡爾的時候，卡爾吻了吻慈禧的手，又和德齡緊緊擁抱。

卡爾用英語低聲說：「德齡，再見，我會想你的，會想起這一段不平凡的日子。」德齡也用英文答道：「卡爾，我不知道怎麼報答你爲我做的一切，你是我最好的朋友。」卡爾笑道：「德齡，你儘快到美國安家，就是對我最好的報答。」德齡含笑深深地點了點頭。

內田夫人在一旁突然問道：「太后，今天的盛典，皇帝怎麼沒有來？」慈禧聽了翻譯，命德齡說皇上不舒服，可就在這時，園子裡突然傳來了汽車喇叭的聲音，眾人好奇地張望，慈禧和皇后交換了一下目光，滿腹狐疑。偏那康格夫人問道：「我好像聽到了汽車的聲音，宮裡有人會開車嗎？」德齡也皺眉道：「夫人，這是個有趣的問題。我和您有著同樣的疑問。」

德齡心裡，其實已經猜到了這疑問的謎底，只是不敢證實罷了。

8

就在眾人圍著慈禧的畫像諂媚不已的時候，光緒皇帝陛下竟然做出了一件驚天動地的事情——駕駛汽車。

光緒從小便喜歡擺弄拆裝機械，兩天前，他叫孫玉弄了張汽車構造圖，瞧了兩天，便乘著今兒個園子裡清靜，自己來試試，連他自己也沒想到，這一試，就停不下來了！

光緒駕駛著汽車，迎著風加快油門，他的臉上有一種驚喜和激動的神情，全然不顧帽子被風吹落路旁。汽車駛過花園，幾個宮女走在前面，光緒找不到喇叭，於是大喊著：「閃開！閃開！」

宮女們驚叫著跳到一旁。孫玉在後面追著，驚恐地大叫：「萬歲爺！」前面拐彎處，突然出現了一個挑著兩個大木桶的太監，光緒趕快打方向盤，但還是把太監的木桶撞飛了一隻。光緒抬起手腕擦汗，無意間觸到了喇叭。他興奮地又按了幾下，更快地朝前飛馳。

孫玉萬般無奈，只好跑到御馬房，叫侍衛們飛馬去追汽車。侍衛們一聽萬歲爺駕車跑了，個個嚇得面無人色，立即找了最快的幾匹馬，騎上便猛追汽車。汽車又繞了一圈，幾個太監敲著鑼喊著：「迴避，迴避，汽車來了！」孫玉騎在馬上對著車裡喊道：「萬歲爺，您趕緊停吧！」光緒道：「我找不到剎車了！」孫玉哭叫起來：「老佛爺桌子啊！這可怎麼辦呢！」

湖邊拐角處，幾個太監在路上拉了一根繩子，汽車過來，嗖地衝了過去，太監們都被衝力帶得四仰八叉地摔倒了。

遠遠的，慈禧率皇后和眾宮眷走到了湖邊，看著奔馳的汽車和馬匹。一個個都呆若木雞。李蓮英擦著汗跑過來道：「老佛爺，不好了！萬歲爺試車，這一試，跑起來就刹不住車了！」慈禧冷笑道：「他可眞是不鳴則已，一鳴驚人呀！」容齡忍住笑，撓了撓德齡的手心。德齡使勁地捏了她一把，還是忍不住回頭笑了。

光緒的汽車衝過草地，壓過花壇，撞了一棵大樹，然後終於撞在一個小土坡上。汽車發出沉悶的撞擊聲，激起一陣塵土，然後熄了火。光緒的臉上溢著少有的紅暈，喘著氣，從車裡跳了下來，汗漬已經在他的背上畫了一個大地圖。

孫玉和侍衛們匆匆趕來，下馬叫道：「萬歲爺，奴才們來晚了！」光緒冷冷道：「你們不可能追上我，倒是難爲你們了！」孫玉忙湊上來問道：「萬歲爺，你沒事兒吧？」光緒傲然道：「朕當然沒事兒，大驚小怪！」孫玉忙遞上汗巾，光緒不耐煩地擦了兩把，然後把汗巾扔得遠遠的。

遠處，慈禧和眾宮眷們已經走了，只有德齡姊妹還在那裡，一動不動地注視著皇帝。德齡悄悄看看妹妹，見她的眼睛裡流露的全是癡迷，德齡碰了碰她，她竟然毫無覺察，德齡想，妹妹依然愛著皇帝，一如既往。但是她什麼也不想說了。她想，光緒皇帝就像這輛汽車一樣，長時間沉寂著，然而這並不意味著他缺乏馬力和激情。只要一旦被點燃，他就會不顧一切地向前，不管前面會遇到什麼。有人說，戊戌年的失敗，正巧印證了皇帝這種性格的失敗，但也人說，恰恰是皇帝的這種性格，才能在中國歷史上留下一百零三天的戊戌變法。那是皇帝一生中瞬間的輝煌，爲了那一瞬間的輝煌，他付出了整個後半生的代價。

遠遠的，車頭插進土堆裡，有幾隻蝴蝶在汽車周圍飛來飛去。

當夜，光緒在瀛台正在看書，一個太監奉慈禧之命來了，捧著一套衣服進來。太監道：「萬歲爺，老佛爺讓我給您送一套新衣服。」光緒頭也不抬地說：「擱那兒吧，替我謝過皇爸爸。」太監道：「是，萬歲爺。老佛爺讓我轉告您，衣服的釦子是金的。」光緒道：「知道了，跪安吧。」

太監又重複了一遍。光緒怒道：「朕又不是沒穿過金釦子的衣服，你在這絮叨什麼！」太監道：「老佛爺讓我反覆告訴您十遍，釦子是金的，說您就會明白了。」光緒從榻上下來，一把抓起了衣服，道：「你再說一遍？」太監的眼裡閃著寒光，尖聲道：「釦子是金的。」

光緒給了他一記耳光，喝道：「釦子是金的，還很容易揪下來，對不對？朕不會吞金自殺的，朕死不了！」太監陰笑著道：「萬歲爺，奴才還有三遍沒有說完——釦子是金的！」光緒又打了他一個耳光，把他推出門去，猛地關上了門。太監在門外依然重複著：「釦子是金的！」

光緒痛苦地堵上了耳朵，躺在了床上，他的耳邊出現了一聲比一聲高的幻聽，太監帶著嘲諷的聲音在書房裡久久地迴盪著，他知道，他的嗣母永遠不會放過他。

9

德齡因那日卡爾說了懷特在為大衛的事奔忙一事，決定幫助他們，便與容齡換了教英文的日子。光緒看過當日的英文報紙，道：「仗還沒有打完，旅順的俄軍首領竟然向日軍投降了，真是不可思議。」德齡道：「俄國國內也在發生革命，工人們都在罷工，要求共和。俄國似乎正在走向沒落。」

光緒道：「德齡，俄國也是一個大國，疆域如此廣闊，而軍械也比大清要先進得多，怎麼也會落到如此下場？」德齡沉吟了一下，然後說道：「皇上，奴婢以為您可以比較一下俄國和日本的國體。」

光緒想了一下，道：「德齡，你的意思是，俄國是君主制，而日本是君主立憲制，日俄之戰，看來俄國將要全盤戰敗，不僅是軍事實力的問題，而且是國家體制的問題。你是不是想告訴朕，君主制度已經不合時宜了。」德齡輕聲問道：「皇上，面對一個反對君主制度的人，您以為該如何處置呢？」

光緒皺眉道：「朕不明白，這怎麼談得上是處置呢，人各有志，豈能勉強？再說，現在人人都噤若寒蟬，難得多說一個字，根本是深不可測，朕如何來鑒別呢？」

德齡道：「如果有一個人他不僅是想了，還做了，您會怎麼樣呢？」光緒沉默良久，若有所思地看著德齡，道：「如果他是一個義薄雲天的英雄，朕會寬貸他的。」

德齡把一個小盒子遞給了他，他打開一看，是一枚刻著忠字的印章，他仔細辨別，竟是康有為的印章。光緒激動萬分，問道：「德齡，你從哪得到的？」

德齡道：「皇上，奴婢的哥哥勳齡託朋友把信送過去，那邊感慨萬千，立即派身邊親近的人唐大林先生來京奉上這枚印章。巧得很，唐先生竟是懷特醫生的朋友，還有更巧的事兒……」她突然停住了。光緒抬眼問道：「什麼？」德齡頓了頓，壯起膽子說道：「更巧的是，唐先生的弟弟唐大衛，是孫中山的同志，他現在是朝廷在押的要犯，刺殺了廣州的提督，又……又在火車站試圖行刺老佛爺，聽說，過幾天就要處決了。」光緒倒抽了一口涼氣，道：「是他？就是那天在火車站扔炸彈的人?!」德齡點了點頭。

光緒把臉一沉，又問：「你剛才說的身體力行反對君主制度的人，就是他嗎？」

德齡有些怕，但想到事已至此，索性破釜沉舟，道：「皇上，他們兩兄弟親如手足，卻因為政治信仰不同而壓抑了兄弟之情。哥哥為了對皇上的忠誠，對康先生的擁護，已經好幾年不和弟弟說話了。弟弟經常難於抑制對哥哥的思念，就隨身帶著他們少年時代的合影。皇上，他們兩兄弟雖然信念不同，可都是將私利置之度外的人，實在是可敬可佩。您是一個仁厚的君主，奴婢求您，顧念他們的親情，保全大衛的生命吧。」德齡說著，跪了下來。

光緒痛苦地坐了下來，半晌，一語不發。德齡則跪在那裡，一動不動。不知過了多久，光緒才開口道：「德齡，朕看在唐大林效忠朕的份上，可以盡力保全大衛的生命。可朕要問你一句話，你是不是也認為大清無可救藥了？你身為一個御前女官，心裡卻和孫中山、唐大衛一樣，認為只有顛覆大清，才能使國家富強?!你說，大清到底是不是像那夕照殘陽一般，大勢已去，無可挽回了?!」德齡的嘴唇微微地顫抖著，卻什麼都說不出來。

光緒用康有為的印章在字典上使勁地印了一下，仰天大笑道：「哈哈哈，德齡，你不敢說，那就是默認了！朕看來也不用再學英語了，就算有滿腹經綸，有康有為的輔佐，也絕對沒有回天之力了！」

德齡道：「皇上，奴婢並不是這個意思。奴婢只是不願意看到流血，不願意看到廝殺。洋人經常說，機會都是留給有準備的人，您這樣不懈地堅持著，等待著，一定是會有眞正的良機的！」光緒閉上了眼睛，無言地搖了搖頭。

德齡又道：「皇上，奴婢是相信這個道理的。奴婢如果沒有在國外受西方教育，就是進了宮，也不可能教英文，更不可能影響太后看英文報紙、照相、畫像，喝咖啡，用外國化妝品。所以，奴婢想，以奴婢的卑微，尙能用上自己的雕蟲小技，何況皇上呢？奴婢堅信，皇上所有的準備，不但能使您等到機會，而且還會創造機會呢！」光緒睜開了眼睛，緩緩地問道：「德齡，你眞的這麼想嗎？」德齡用力地點點頭。

光緒淡淡地笑了，嘆道：「德齡，朕也許已經錯過最好的機會了。然而，有康有爲這樣的忠心，有你這樣的鼓勵，無論將來如何，朕也會覺得很安慰了。朕也許最終得不到天時、地利，更得不到天下的人心，但好歹算是有幾個知己，還知道朕並不是一個昏庸懶惰、毫無尊嚴和血性的人，在怨聲載道的天下，朕就像有一間可以避雨的草堂，不至於被唾沫淹死。」德齡的淚水奪眶而出，輕聲道：「皇上，成事在天，您不要過於自責了。」

光緒道：「你也不必難過，朕也知道成事在天，日俄開戰時皇爸爸說的一句話倒是時時在朕心中縈繞：『……大限來時各自飛！』朕現在一人獨處的時候，倒是沒有過去那麼傷感了，心裡頭清清爽爽的，總覺得，天命難違，一切都是天意，一切都難以挽回！朕……朕甚至覺得，大清的大限，朕的大限，就要來臨了！」德齡一怔，被皇上口氣中的那種絕望驚住了，半晌說不出一個字來。

光緒擺了擺手，在屋子裡走了一圈，走到門口，猛地踹開了琴房的門，有一扇房門竟然脫落了一半。光緒大步地往前走去，並不回頭。德齡悵然坐下，拿起字典一看，康有爲的印正印在了sunset這個詞上。德齡當然知道，「sunset」的意思是「日落」。

此時，斜射的陽光正照在被踢落的門上，漸漸黯淡了。

10

樂壽堂裡，慈禧歪在煙榻上吸水煙，聽著李蓮英在回報關於金釦子的事。

聽罷，慈禧歪著嘴微微冷笑道：「三十幾歲的人了，還這麼天一陣兒地一陣兒的，也不怕人家笑話！不殺殺他的威風，他就又不知道天高地厚了！……這幾天有什麼消息啊？」李蓮英道：「回老佛爺，奴才……奴才只是恍惚聽見慶王爺說了幾句兒，說是有個叫汪鳳池的，上摺子阻止老佛爺西幸！」

慈禧怒道：「放他媽的屁！西幸？我何曾說要西幸？……是了，那次兒慶王的時候，我不過隨口說說，就被哪個太監傳出去了，這清宮大內，簡直就成了個謠言窩兒了！到底是六根不全的人，就是下賤！一遇上點兒風吹草動，不是逃跑，就是造謠！……明兒等我緩上這口氣兒，得好好整肅整肅內宮！」李蓮英聽著，幾乎要哭出來。

慈禧自知失言，忙道：「李總管，我也是一時氣惱，你呢，也不必多心，十個手指頭還不一般兒齊呢，何況人品？……小德子，你把我裡邊匣子裡那個內畫鼻煙壺給我拿出來！……得了，我也知道你好這口兒，索性把這西洋進貢的玩藝兒賞了你，回去嘗嘗，味兒挺不錯呢！」李蓮英領賞謝恩不提。

次日早朝，慈禧怒氣沖沖的把一本摺子摔在條案上，厲聲問道：「汪鳳池來了沒有？」眾大臣面面相覷。

慈禧怒道：「汪鳳池身為御史，竟然散布謠言，還大膽上疏阻止兩宮西幸，眞眞是可笑之極！如今可倒好，這謠言成眞了，鬧得各國外交使節，也都紛紛照會外務部，說是請兩宮切勿西行，以免牽動大局！眞個是三人成虎啊！慶親王！……傳我的口諭：現在日俄兩國失和，並非與中國開釁，京師內外，照常安堵，何至有西幸之舉？御史汪鳳池以無據之辭，輕率奏陳，實屬不明事理，著傳旨嚴加申令！嗣後如有妄造謠言、誘惑眾聽者，著步軍統領衙門、順天府、五城御史一體嚴拿懲辦，以靖人心。欽此！」慶親王諾諾連聲而退。

慈禧又道：「再有，各地旱災已經鬧了月餘，我也是多次祈雨未果，想必是上天認為誠意不夠。明兒個正是祭祈的吉日，汝等文武百官隨我和皇上一起到天壇去求雨。求雨期間實行大赦，禁止宰殺牲畜！」德齡在簾後聽了，暗喜那唐大衛有救，皇后在一旁囑她道：「德齡啊，今兒晚上，你就好好打打牙祭，以後的幾天，咱們可得穿素衣，吃素齋了，直到天降甘霖，旱了一個夏天了，再不下雨，明年就是災年了！」

次日，慈禧率皇帝皇后及眾大臣眾宮眷前去先農壇求雨，大臣們遠遠地跪了一大片。慈禧身穿素服，頭上插了柳枝。皇后命宮女嬈兒給每個宮眷在髮髻上逐一地插上柳枝。

慈禧舉著一炷香，道：「敬求上天憐憫，速賜甘霖，以救百姓之命，凡有罪責，祈降余等之身。」她表情虔誠地跪下叩頭。光緒和皇后也跟著叩頭，後面眾大臣、眾宮眷都叩頭祈禱不已。

天空中，驕陽似火，沒有一點要下雨的跡象。

容齡邊叩頭邊輕輕跟德齡說道：「姊姊，我都要曬死了！」德齡命她忍一忍，容齡只好將目光移向皇上的後頸窩，看著他，她心裡似乎才好過一點。

可是，好不容易盼到求雨儀式結束，皇帝卻突然暈倒了。或許是站得太急，或許是身體太過虛弱，總之，容齡看見他只是抬頭看了看太陽，就軟綿綿地倒下去了。她當然不知道，自從他被關到瀛台之後，一直只被允許吃冷飯剩菜，受著精神與肉體的雙重虐待。她只是常常看見他臉色不好，神色抑鬱，這時見他倒下去，她再也顧不了許多了，一下子衝了上去，叫著萬歲爺，眼淚便流下了來。當然，同時衝上去的還有好多人，眾侍衛、眾大臣，還有他的貼身太監孫玉。

11

為了安全，懷特是在美國公使館約見唐大林先生的。懷特把大衛的信和照片交給他，他的雙手顫抖了起來，然後摘下帽子擋住了自己的臉，接著，他的肩膀抽搐起來，哭出了聲。懷特也忍不住自己的淚水，難過地說：「大衛好像是作好了見上帝的準備。」唐大林擦著淚，嘴裡卻說：「這孩子，眞是越來越肆無忌憚了！竟敢去行刺皇太后！……而且，還差一點傷到了皇上！這眞是罪該萬死啊！」

懷特道：「他只有你一個親人，而且，他那麼愛你，難道在這種時候，你就不能說點別的什麼嗎？」唐大林這才囁嚅著說：「凱，非常感謝你為大衛做的一切。也許我對他太殘酷了，作為一個兄長，我現在非常想補償這幾年對他的冷淡；而作為康先生門徒，我又以為他大逆不道，似乎是咎由自取。」

懷特氣道：「唐先生，他畢竟是你的弟弟，這個時候你還在想著你的政治立場而不是他的生命，簡直是太荒謬了！」他站起來轉身要走，唐大林一把拉住他，終於說出了心裡的話：「對不起，請告訴我，怎樣才能救他？我會盡我的全力。」

懷特嘆道：「我也不知道，除非太后和皇上忽然發慈悲——但這幾乎是不可能的。」唐大林再也抑制不住了，他痛哭失聲，說道：「其實，我最疼愛的就是這個弟弟，我給我的孩子取了一個名字，也叫大衛。」

傍晚時分，勳齡急匆匆地趕來了，對懷特和唐大林說：「已經辦好了，現在已經買通了裡面的人，把大衛的行刑日期改在了太后祈雨後的那幾天，這樣非常可能赦免。」懷特問道：「勳齡，那按往年的慣例都是這樣的嗎？」勳齡道：「祈雨期間，太后赦免所有的死刑，這已經連續五年了。再說，皇上也已經答應寬貸大衛了。」

懷特驚喜道：「太好了！如果我沒有猜錯的話，這一定是德齡的功勞。她……她還生我的氣嗎？」勳齡瞥了他一眼，道：「你去問她好了，誰耐煩再管你們的事，一會兒好，一會兒吵的！」懷特忙道：「等大衛的事過去之後，我一定要向她好好地解釋，大林，你要好好謝謝勳齡！」

唐大林一下子跪在地上，先向勳齡和懷特叩頭，又向著皇宮的方向磕了幾個頭，哭道：「自古以來，聖人的胸襟也不過如此，唐某謝主隆恩！從今以後，唐某要教訓小弟浪子回頭，一同忠心事主。」

大赦那天，勳齡帶著唐大林和懷特守在了大獄外邊，三個人一起看著被釋放的囚犯們歡天喜地踉踉蹌蹌地走出來，與前來迎接的親人們抱頭痛哭。懷特高舉著英文的牌子，上面寫著：「歡迎回來！」大林則抱了一大瓶香檳酒轉來轉去，天過晌午，太陽已經轉到了西邊，大林實在忍不住了，問勳齡道：「勳齡，怎麼大衛還沒有出來？」勳齡心裡發虛，嘴上勸道：「別著急，犯人太多了，也許還在後面。」

太陽西沉了，空蕩蕩的牢門口，只剩下了他們三人。獄卒走出來，準備拉上牢門的鐵栓，勳齡忙問：「兄弟，跟您打聽一下，所有的犯人都放了嗎？」獄卒斜了他們一眼，慢悠悠地說：「放了！殺人的、偷東西的、打劫的、通姦的、賣官的，都放了，你找的是犯了什麼事兒的？」

勳齡低聲道：「是……是革命黨。」獄卒哎喲了一聲道：「嗨，還就是保皇黨、革命黨、還有寫歪詩的不能放。」勳齡道：「不是這幾天要處決的犯人一律大赦嗎？」獄卒冷笑道：「是啊，可老佛爺昨晚上又下了一道密令，政治犯都不能放。」說罷，他咣噹一聲關上了大鐵門。

大林頓時感到晴天霹靂，腳下打軟，一下子就站不住了。他砰地一聲把酒瓶子砸在了牆上，霎時碎片四濺，酒水橫流。一粒碎片把他的手腕扎破了，流出了鮮血，他也並沒有覺得疼痛，只是哭喊道：「大衛，難道我們兄弟的緣分就這樣淺嗎?!」

唐大林咬著牙，狠命地向監獄的大牆上撞去，頓時頭上鮮血四溢，懷特和勳齡大驚失色，趕緊撲上去拉住了他。唐大林已經處於昏迷狀態，卻還在掙扎著哭叫道：「大衛啊，大衛啊！原諒我吧！我不是個好哥哥！不是啊!!……」

凱手中的牌子落在了地上，浸泡在鮮血和酒水裡。

第十三章

光緒睜開眼，迷迷糊糊看見皇后和瑾妃關切的眼睛，立即把眼又閉上了。

皇后見他醒來，忙命瑾妃將手巾拿來，瑾妃忙不迭地擰了熱手巾，皇后親自給他擦了擦額上的汗，他立即把腦袋扭向一邊，命孫玉將今日的報紙拿來。

光緒掙扎著坐起來，拿起報紙看，皇后見狀，順手拿了件衣服給他披上，嘴上說道：「雖然是暑天兒了，也不能涼著。」不想皇后拿的恰恰是慈禧賜給光緒的那件衣服，光緒看到衣服上的鈕子，立即把衣服扔到地上，吼道：「有人想害死朕，你是來看笑話的，對不對？」皇后嚇得倒退一步，氣道：「皇上，沒有人想害死您，倒是每天的胡亂猜忌會害了您！」

光緒道：「害我，沒那麼容易！我即使變成鬼，也絕饒不了你們！」皇后聽了這話，又是當著下人的面兒，自然坐不住，氣道：「瑾兒，我們走！」光緒衝著她們的背影還在吼叫：「回去告訴他們一聲，朕還活著，還能看報紙呢。」

皇后怒氣沖沖地走著，胖胖的瑾妃小跑著才能勉強跟上。體和殿前面正在晾畫兒和陳年的冊子。她們在琳琅滿目的名畫之間穿行，皇后氣惱地越走越快。瑾妃在後面喘吁吁道：「皇后，您不要生氣，您慢著點兒。」皇后毫不理會，走得如飛一般，瑾妃緊跟在後，絆了一下，幾乎摔倒，她叫了一聲，皇后這才無奈地停住腳步。

瑾妃腳下正是一本陳年的舊冊，記錄著大清歷朝歷代的皇帝寵幸后妃的檔案。瑾妃撿起來，遞給了皇后，皇后立即扔掉，冷笑道：「不用看了，上面寫著什麼，我背都背得出來！無非是兩個字——無情！」瑾妃把冊子放回地上，點頭道：「咱們才到這個年紀，名字就已經和陳年的老冊子一塊兒晾在這兒了。」

皇后含淚嘲諷道：「那你要怎麼樣，你是想著有人把你像觀音菩薩一樣供起來呢，還是用金屋藏起來？」瑾妃道：「皇后，別的皇帝是三宮六院，冷落了誰都是常事兒。可皇上……皇上他卻寧可孤燈面壁，也不給咱們一個好臉兒……眞讓人想不通啊。」皇后冷笑道：「那有什麼想不通的，明擺著的，那是因爲咱們沒有珍兒的臉大！」

微風吹過，廣場上的畫兒和冊子都翻捲著，發出空洞而脆裂的響聲。皇后和瑾妃從那些畫和冊子的縫隙裡走過，猶如廢后和廢妃走過她們的墳塋。

慈禧和眾宮眷們正在燭光下面等著她們。慈禧命人給她們遞了茶，款款說道：「我不願意回這兒，這兒不比頤和園，不但燈不如那裡亮，還有很多前朝的老人兒，瞧著她們，就會覺著恍如隔世。」容齡好奇：「老佛爺，您以前說的那個最漂亮的瑜妃就住在這兒嗎？」慈禧嘆道：「是啊，她住在這裡已經將近三十年了。」

一聲驚雷，打斷了她們的談話，接著就是雷電交加，傾盆大雨一下子傾洩了下來。屋裡的蠟燭被風吹滅了，女官們都高興地叫道：「下雨了，下雨了！」「老天顯靈了！」容齡看到，只有皇后寂寥地坐在原地，不說，也不動。

容齡跑過去，拉皇后走到窗前道：「皇后主子，快看，閃電是紅色的！」果然，紅色的閃電彷彿把夜空劈開了。容齡道：「有紅色閃電，就是說，今晚又有人要開始初戀了！」皇后苦笑著摸摸她的頭，道：「傻孩子，如果是眞的，那豈不是每天都要閃電？」

慈禧乘輿帶著眾宮眷穿過彎彎曲曲的迴廊，來到瑜妃的寢宮。瑜妃見老佛爺駕到，忙率宮女們跪接請安，她的滿頭白髮和憔悴的容顏讓眾人吃了一驚。

德齡和容齡好奇地張望著，見寢宮內陳設極為優雅，足見主人有著非比尋常的品味。慈禧笑道：「瑜兒，我跟小輩兒們說，你是前朝最有風韻、最有才學的妃子。」

瑜妃低頭道：「老佛爺過獎了，時勢更新，奴婢才學早已腐舊，至於風韻，就更是隨風而去了。……奴婢有一薄禮，還望老佛爺笑納。」說罷，她命眾宮女捧來了一幅華美無比的幔帳，上面繡滿了豔麗生動的花朵，幔帳抖開，像是一條流著花朵的河。

眾人驚嘆了一聲，連慈禧也不禁驚道：「瑜兒，我從來沒有見過這樣的巧奪天工的東西！你一定繡了很久了。」瑜妃輕聲道：「自從上次朝廷來過人之後，奴婢就每天在上面繡一朵花兒，奴婢想，待老佛爺來的時候，就可以繡成花海了。迄今為止，奴婢正好繡滿了兩千朵花。等繡完這最後一針，就可以給老佛爺掛起來了！」說著，她彎下腰去，用極其輕盈的手勢繡完了最後一針，在空中打了一個漂亮的結，宛如優美的舞蹈。

慈禧又命宮女請來了珣、瑨二妃，三妃和眾宮女一起為慈禧演奏，她們都已容顏衰老，衣著樸素，但面容十分安恬平靜，樂聲婉轉悠揚。「心如止水」的條幅下面，有同治帝賜給她們的扇子、陳年的繡榻、褪色的桌布、帶裂縫的鏡子、落地的小花瓶……蘆葦般紛紛揚揚地飄滿了屋子。

德齡彷彿看到，妃子們都回到了年輕時的模樣，同治帝徘徊其間，她們人人神采飛揚。慈禧微笑地聽著演奏，皇后卻早已淚流滿面。元大奶奶和四格格也不禁感動起來，她們走進廢妃們的行列，與她們合奏著古箏。德齡看著這奇特的景象，心道：還是頭一次看到皇后那麼暢快地流著淚呢，她是在別人的故事裡，流著自己的淚。事後皇后悄悄告訴她：「瑜妃的今天就是我的將來，你們還可以出去，嫁人，成家，和和美美地過一輩子，可是我……我是沒有選擇了！」皇后葉赫那氏說這話的時候，眼裡的淚已經乾了。

2

刺客唐大衛是被兩個侍衛架上來的，他的一條腿已經被打斷了。

當他懷揣著炸藥奔向火車站的時候，自然就有著犧牲的準備，但是他有一點沒有想到，那就是——酷刑。滿清的令人髮指的酷刑。

炸藥爆炸近在咫尺，但卻沒能傷著他，這一點很出乎他自己的意料，但是已經跑不脫了，有四個侍衛牢牢地抓住了他，他們的拳打腳踢並沒有讓他覺得無法忍受，那種疼痛是在可以忍受的範圍之內的，可是後來，那些酷刑卻幾乎讓他崩潰，他怎麼也弄不明白，為什麼人類會想出這樣惡毒的招數來對待自己的同類，想出這些招數的始作俑者究竟是誰?!他經受了叫作「披麻帶孝」的酷刑：全身的衣服被剝光，毒打之後，刷上辣椒水，然後用一種魚鱗一樣的東西緊裹全身，當那些行刑者撕開那層「魚鱗」的時候，他真的希望自己快些昏迷過去啊！可卻偏偏很清醒，他在清醒的痛楚中熬過了那令人髮指的疼痛，他覺得自己真的要瘋了。

可是他畢竟年輕，畢竟只是個二十一歲的年輕人，畢竟接受過東西方文化的教育，畢竟有著革命理想和超人的意志品質，當他被帶到滿清最高統治者面前的時候，他依然成功地保持了他的驕傲，儘管拖著一條殘腿，他依然堅持不跪，當侍衛們硬把他壓下去的時候，他也只是坐在了那裡——

男兒膝下有黃金，堂堂七尺男子漢，豈能向一群韃子下跪?!

這一切都被簾後的德齡看在眼裡，不知為什麼，她看見那個英俊的青年在一夜之間被殘害成了這個樣子，心裡感到了一陣陣的疼痛，眼淚幾乎掉了下來。她小聲問皇后道：「犯人不是都被赦免了嗎？」皇后道：「那除非老佛爺不再恨康有為和孫中山。」

慈禧目視了這個年輕的刺客很久，才慢慢地輕蔑地開口道：「你就是孫文的黨羽？我還以為留洋能留出三頭六臂呢，原來是個剛斷奶的娃娃。」唐大衛微微一笑，回敬道：「太后，我本來還以為你是個青面獠牙的巫婆呢，原來竟是個花花綠綠的老太太。」押他的侍衛長斷喝一聲，剛要動刑，慈禧搖頭制止了。

她冷笑道：「你馬上就可以見你的同夥去了，你真的後悔也來不及了，小小年紀，長得平頭整臉兒，四角齊全的，可惜呀！本來是想把你凌遲示眾的，皇上寬仁，改為梟首，你的頭，我們可以帶給你的長輩，讓他們看看不肖子孫的下場。」

大衛聽了這話，忽然轉向光緒，高聲地用英語說道：「皇帝，你知道，帝制已經不適合中國的發展了，如果你是一個真正優秀的人，您應該刺殺太后，然後退位。我相信你愛我們的國家，可是愛有時候不是溫情，而是暴力。愛也不是佔有，而是寬容。如果我是你，我不會阻擋共和，我也不會害怕流血，因為這能給更多的人帶來幸福，也能更快地讓國家強盛。國家不是愛新覺羅的，而是四萬萬中國人的！很遺憾，我不能活到你這個歲數了，如果可能，我一定比你為國家做得更多，更好！」

從唐大衛被帶上來的那一刻起，光緒皇帝的心就被深深地震撼了，這個年輕的刺客使他想起他自己——在中日甲午戰爭的時候，他也是這樣年輕氣盛、血氣方剛，正是因了那場戰爭的失敗，他才下了決心，變法圖強的，可是十年過去了，怎麼樣呢？大清不是依然按著過去的積習，步履蹣跚地跟在整個世界的後面？所不同的，只是已經越來越接近於被列強瓜分的時刻了！看著這個年輕刺客那勇敢純淨的目光，他斷定他只有二十歲左右——皇帝的心一陣鈍痛，拋開政治觀念不談，這個年輕的生命還沒有盛開，就要永久地凋謝了！

光緒低聲地、緩緩地轉向慈禧，求告道：「皇爸爸，他在向兒子求情，看在他年幼的份上，饒了他吧。」慈禧冷冷地瞥了他一眼，道：「我饒了他，孫中山可饒不了我們！皇帝，婦人之仁不可有啊！……來人，給我拖出去，推出午門斬首！」

四個侍衛如狼似虎般撲過去，大衛卻是出乎尋常的鎮靜，他作了個手勢，侍衛們一怔，他幾乎是笑著說道：「用不著你們拖我，我自己還能走。」說罷，戴著鐵鐐艱難地向外走去，走了幾步又回過頭來，眼睛看著光緒，大聲喊著：「皇帝，再見了，你的仁慈比你的智慧要多得多，你的勇氣要比你的耐心少得多！」

光緒看著他年輕的背影，努力把自己驟然湧出的淚水吞嚥了下去。

簾後，皇后問德齡道：「這個刺客這麼長篇大論地說什麼呢？」德齡強忍著悲傷，低聲道：「他說他愛中國，卻恨我們。因爲我們有仁慈卻沒有智慧，有耐心卻沒有勇氣！」

皇后道：「哼，這傢伙還一套一套的呢！德齡，你怎麼了？你好像……」德齡掩飾著用手帕擋住臉，低聲道：「沒什麼，我有些傷風。」

退朝之後，德齡一個人跑到御花園，痛痛快快地哭了一場，不知爲什麼，那張年輕英俊的臉總是在她眼前晃著，揮之不去。

3

那一天，雨下得很大。

仍然是當年戊戌六君子行刑的地方，觀者卻只是寥寥無幾，或許是因爲暴雨吧？刑場上空蕩蕩的，雨水把劊子手的大刀洗得雪亮。

囚車駛進了刑場，大衛在囚車上大聲地唱起了〈歡樂頌〉，突然，刑場的另一邊也響起了和聲。大衛心裡一震，抬頭望去，發現哥哥、凱和約翰已經站在那裡，他們莊嚴地捧著《聖經》，高聲地唱著〈歡樂頌〉的和聲部分，彷彿這裡不是刑場，而是輝煌的教堂。大衛不禁欣慰地笑了。

唐大林看見了親愛的弟弟，看見滿身傷痕的弟弟一如既往的笑容，心如刀割，他大叫一聲道：「兄弟！哥哥來給你送行了！」猛然揭開身後一塊大木牌上的雨布，露出一塊巨大的放大的照片，正是他們兄弟小時候的合影。大衛的淚再也止不住了，他顫聲高叫道：「哥哥，我們來世還做好兄弟！」

大林哭道：「大衛，你的侄子，剛剛半歲，他也叫大衛！」

大衛忍住淚，再次展現出那種陽光般明亮的笑容，大聲道：「好好地愛他吧，哥哥，就像過去愛我一樣！」一語未了，凱和約翰也忍不住哭了，他們拚命地向他招手，作最後的訣別。大衛把整個身子都轉向他們，清清楚楚、一字一句地大聲說：「上帝保佑你們！上帝保佑孫先生！上帝保佑中國！」

大林、凱和約翰的淚水與雨水融在了一起，他們更加投入地大聲唱著歌，歌聲開始顫抖起來。

在越來越高昂的〈歡樂頌〉的歌聲中，大刀從天而落，刑場上鮮血四濺，刀也變成了血紅色。幾個平民過來爭搶著人血饅頭，然後在雨中飛快地跑開。血跡在暴風雨中飛快地蔓延著，那放大的照片在雨中佇立，變成了一片慘烈的紅色。

在琴房裡，德齡也在彈著〈歡樂頌〉。光緒看著窗外的雨，說道：「戊戌年，殺譚嗣同那天，也下著這樣的雨。」德齡停了下來，含淚道：「本來我以為，大衛可以免於一死。」

光緒站起身，慢慢地踱步，道：「德齡，我們都是一樣有幻想的人。朕的幻想保全了皇爸爸，卻犧牲了六君子，讓康梁流亡海外，讓袁世凱志得意滿；你的幻想讓皇爸爸接受了照相、法國化妝品、英文報紙、油畫，甚至還有留學生，可她還是會毫不留情地剷除異己，扼殺那些比她想得遠、走得快的人。朕不想再有什麼幻想了，幻想是害人的東西。」

德齡道：「萬歲爺，可是奴婢以為，所有的偉大的創造都是從幻想開始的。」

光緒道：「可是，所有慘重的失敗也都是由幻想引發的。」

德齡轉過頭去，看著光緒孤獨的背影。她想，她無法預見未來的時代，也許那時候制度的更替根本不需要流血和暴力。然而，在眼前的這個中國，似乎沒有這樣的可能。她竟然開始理解秋瑾了。

4

無論醫生如何努力，裕庚的身體仍然是每況愈下。這天黃昏，勳齡走出醫生辦公室，神情憂鬱，對著容齡詢問的眼神，他只是說：「現在阿瑪的病情雖然穩定下來了，可是如果再出問題，這兒的醫生恐怕應付不了。」容齡急道：「那怎麼辦？要不還是把阿瑪送到上海去吧？」勳齡道：「看現在阿瑪的身體狀況，恐怕受不了旅途的顛簸。」

容齡道：「要是能把上海的美國醫生請來就好了。」勳齡嘆道：「誰有怎麼大的面子，我上次託上海的朋友許以重金，可被美國的醫生一口回絕了。」容齡慌道：「這可怎麼辦?!要不我去一趟上海，親自去求求他吧？這裡你們都走不開，姊姊又在宮裡，只有我能去了。」

勳齡搖頭道：「容齡，你從來沒有一個人出過遠門，不行的。」兄妹二人商議半日，一籌莫展。

誰知幾日之後，在上海開診所的美國著名醫生格林竟自己來了。原來，大衛犧牲後不久，懷特就從勳齡那裡知道了裕庚病重的消息，正巧他準備去上海到格林醫生的診所工作，便對格林講了裕庚的情況，格林醫生二話沒說，就和懷特一起坐上了北上的火車。

當格林醫生和懷特一起出現在這家醫院時，裕家人眞的是喜出望外，勳齡驚喜地連聲道謝，至於容齡，她立即趴到懷特的腮邊吻了他，然後用英文說：「凱，你太好了！姊姊過兩天就放假，我會給你們提供方便的。」

裕庚躺在病床上，已經虛弱不堪，他慢慢睜開眼睛，道：「勳齡，把窗簾打開吧。」勳齡打開了一側窗簾，問道：「阿瑪，這樣好嗎？刺不刺眼？」裕庚道：「這樣好，可以跟你們打開天窗說亮話。」懷特忙把墊子墊在裕庚身後。

裕庚看著他，微笑道：「懷特先生，謝謝你給我找來了醫生。」懷特道：「裕先生，謝謝您把我從美國叫回來。」

裕庚用虛弱的目光看了看周圍，道：「我一覺醒來，就知道自己時間不多了。太太，我對不起你，對不起孩子們呀。」裕太太哭道：「老爺，我嫁到裕家來，每一天都很快樂。」

裕庚道：「裕家原是有些祖業的，但到我這兒，祖業沒有增加，反而減少了，慚愧呀。我最近沒有和你們商量，動用了一大筆錢，去追查一個強暴了民女的法國神甫，前天，小順子告訴我，人已經查清楚了，他現在已經回國了，這是他的地址。……勳齡，阿瑪要言而有信，所以，你要答應我，一定要到教會去告他，讓他受到應有的懲罰。那個含恨而死的民女，也可以瞑目了。」勳齡忙道：「阿瑪，我答應你。」

裕庚又道：「懷特先生，德齡和你在一起，我很放心。只是，她的嫁妝已經不如原來豐厚了。」懷特道：「叫我凱吧，裕先生。娶到德齡，我就是全世界最富有的人了。只是，她還不一定願意嫁給我呢。」裕太太忙道：「她要是不願意，哪會兩次抗婚?!眞是個傻小子！」懷特只好苦笑了一下，沒有作聲。

裕庚又道：「太太，我敗了家，也送走了兩個寶貝女兒，我對得起大清，卻對不起你了。我是大清的臣子，你嫁了大清的臣子，也只能將就了。太太。我這輩子最怕的一件事兒，就是你邊哭邊讀西洋小說。可現在，我眞的想聽小說了。」裕太太流著淚，拿出那本捲了皮的《茶花女》，輕輕地讀起來，在那平靜均勻的聲音裡，裕庚慢慢睡著了。

勳齡和凱悄悄走出去，正看見一個年輕姑娘推開病房的大門，她背對著光線向他們走來，逆光剪影顯得分外苗條秀美。

懷特一下子楞住了。那個姑娘也呆在了原地。勳齡看看他們的表情，鼓勵地拍了拍懷特的肩膀，及時離開了。

懷特和德齡的目光絞在一起，久久無法離開。他們慢慢地向對方走去，互相看著，一句話也說不出來。良久，還是德齡提議：「我們到外面走走，好嗎？」

他們走在初秋的醫院花園裡，依然什麼也沒說，直到走累了，坐在長椅子上，德齡才低聲說：「凱，謝謝你為阿瑪做的一切。」懷特道：「沒什麼，不值得謝的，我們至少是朋友，不是嗎？」德齡的心裡突然抖了一下，眼淚幾乎流了下來，急道：「凱，難道僅僅為了那一次爭吵，你就不肯原諒我了?!你……」懷特心裡早已軟了，只是嘴上還有些賭氣道：「那你要我怎麼樣？你對我那麼凶，好像我就是你的敵人似的……如果沒有別的事，我先走了。」他眞的站了起來，德齡心裡一急，叫道：「等一下，凱！」他站住了，那個英俊開朗的美國小夥子，站在那兒，高高大大的，夕陽正在他的肩膀上閃爍著。

德齡再也無法克制，她撲到了他的懷裡，哭道：「對不起，凱，對不起，那天是我太粗暴了！卡爾已經告訴了我一切，其實，就算你的姑父是眞正的侵略者，我也應該接受你。」懷特故意問道：「為什麼，你不是愛你的國家超過一切嗎？」德齡認眞地說道：「你就是你，你做的一切，證明你是高尚無私的！」懷特道：「德齡，你是愛高尚還是愛我？」德齡流著淚笑道：「我都愛！凱，你還愛我嗎？你是不是已經不愛我了?!」懷特這才緊緊地抱住了她，笑道：「當然愛，我的小仙女，你的暴躁和溫柔，我都愛！」

在夕陽的餘暉中，他們的剪影慢慢變成了金色。

5

又是一年過去了。在西元一九〇五年、也就是光緒三十一年初夏的一天，慈禧太后興致很濃，與皇后和眾宮眷們在體和殿看電影，白色的大幕布上正放著《火車進站》。自然，這片子是勳齡想法子從法國弄來的。

自從去年美國醫生格林來京之後，裕庚的病在他的精心救治下趨於穩定，幾個月前已經再度攜太太赴上海，凱也陪格林回到上海的診所，爲格林做了助手。上海那邊安頓好之後，勳齡又回到北京自己的住所，偶爾到宮裡爲太后拍拍照，倒也悠閒自得。這會子放電影，正是在勳齡指揮下，那個小個子放映員滿頭大汗地搖著放映機，前面的白色幕布上才顯示出影像。

銀幕上，只見火車從呼嘯著撲面而來，慈禧驚叫著站了起來，元大奶奶立即挺身而出，擋在了慈禧的前面。畫面過去，眾人不禁笑了起來。火車的白煙彌漫了整個銀幕，宮眷們捂住了鼻子，只有德齡和容齡一如往常。容齡笑道：「這都是假的！你們不要怕。我們還看過比這更驚險的呢！」銀幕上換成了《水澆園丁》，德齡小聲道：「天啊，他多像我們的老羅美爾呀。」容齡把頭靠在德齡的肩膀上，用法語說道：「我想念巴黎。」德齡輕撫著妹妹的頭髮，她們的眼前閃過巴黎的花園，教堂的鐘聲，德齡的練琴室，容齡的練功房……放映機在黑暗中忽然擦出了火苗，太監驚叫道：「著火了，著火了！」窗簾唰地拉開，一片刺目的陽光射入，螢幕上一片白色。

李蓮英手持電報快步走進來道：「老佛爺，上海急電：裕庚病重了！」德齡一驚，和容齡緊緊地抱在了一起，動齡也從幕後衝了出來，拉住了兩個妹妹的手。

慈禧忙命李蓮英去傳太醫，對三人道：「明兒你們就動身吧，我特命宮裡最好的四個太醫陪你們一起到上海去。到了上海，馬上給我發電報吧。」兄妹三人謝了慈禧恩典，皇后在一旁道：「派四個太醫到外地去，是從來沒有過的，你們要知道，老佛爺就是希望你們的阿瑪能快些好，你們呢，能儘快回來。」

德齡忙道：「奴婢明白，奴婢身爲御前女官，在日俄交戰硝煙未盡之時，理應留在宮中。但阿瑪病情危急，只有盡孝才是，還望老佛爺和皇后主子諒解。」容齡也道：「老佛爺，我們一定儘快回來，我們捨不得阿瑪，也捨不得您。」

慈禧嘆道：「照理兒，你們都是裕庚的孩子，都該圍在他身邊兒。可我就是瞧上你們了，就是捨不得你們！如今你們的阿瑪病危，你們自然要盡孝，快去吧，告訴裕庚，讓他好好的治病，朝廷還要用他呢！……我會求菩薩保佑他的！……快去吧，等你們的阿瑪病好了，快點兒回來！」兄妹三人連忙領旨謝恩。

當晚，容齡去向四格格辭行，四格格眼紅紅的，嘴上卻不饒人，互相數落著對方的糗事。容齡道：「四格格，還記得那次你爲了想要細腰兒，穿了我的緊身衣，結果聽戲的時候喘不過氣來，噗咚一下暈了過去？」四格格笑道：「那你呢？你爲了求我幫忙找珍主子照片，急得到處找洋蔥假裝流眼淚，後來一下子弄多了，眼睛紅得跟兔子似的，幾天都下不去！」

容齡道：「我的眼睛紅，你的眼睛還黑呢！那次塗睫毛油，你一下子就忘了，捂著眼睛在亭子裡打盹兒，結果變成了黑眼圈，像大熊貓似的。」四格格道：「那是誰生氣了說是不吃飯，可奶餑餑一上來，一口氣就吃了十幾個，一點千金小姐的樣子都沒有。」容齡說不過，只好把杯子裡的水花兒彈過去，四格格也毫不客氣地反擊，兩人笑成一團。笑著笑著，兩人停了下來，眼裡都含了淚花。

容齡道：「我這一走，不知道什麼時候才能回來。有特別重要的事兒，姊姊也許會再回來，我卻一定要守著阿瑪了。否則，他會很寂寞的。」四格格哽咽道：「容齡，別說了，你阿瑪一定會好的，等你回來，我們還一塊兒玩兒，一塊兒跳舞。」

容齡道：「四格格，我會想你的，可萬一……宮裡有守孝三年的規矩，那樣，可能我就回不來了。你幫我做的衣服，我都帶走，以後在舞會上，在電影院，在典禮上我都要穿，讓大家知道，你的色彩感覺有多麼的好。還有你和九爺的故事，我會寫成英文小說，那一定會打動很多很多的人。」

四格格的眼淚滴落下來，道：「容齡，你怎麼比洋蔥頭還催眼淚呢，你一定會回來的。你不是答應過我，以後教我游泳嗎？你一定要回來，要不，我萬一再掉進水裡，還有誰來救我啊？」容齡道：「我把剛郵購來的新旅行鞋和旅行箱送給你，萬一我回不來了，你就穿著旅行鞋去找我，保準走得又快又好。」四格格含淚點點頭。

容齡伸出手道：「一言爲定！」她們在空中擊了一下掌，然後，誰也不敢看誰了。自然，四格格最終也沒有穿上容齡的旅行鞋走出去，可容齡知道，四格格一定是穿著的，不在腳上，而在心裡。

6

深夜，容齡輾轉反側睡不著覺。她總覺得，心裡有件事兒壓著，不做這件事，她不但無法入睡，就是走，也走不了的。她躡手躡腳地起了床，繞開熟睡的姊姊，出了門兒，直奔偏殿琴房。她點燃了一支蠟燭，照了照鋼琴，把鋼琴的蓋子打開，把樂譜翻到了〈給愛麗絲〉上，又用拿來的膠水，把樂譜的其他部分都沾上，能打開的只有這支曲子。然後，她又把後蓋掀開，看了看後面的琴弦。她把手指頭在琴鍵上彈了彈曲子的開頭，後蓋的幾個琴鍵隨之動了起來，她把一個厚厚的紙袋卡在了那幾個琴鍵上。

最後她坐在琴凳上，輕輕地撫摩著琴鍵，吻了一下自己的手指，將指印按在了琴鍵上。

次日早朝已畢，光緒進了琴房，先坐在琴凳上看了一會子英文報紙，報紙上有一張汽車圖，他看得很仔細。然後他查了查字典，輕聲唸道：「展覽會。……孫玉，你看，世界上最豪華的車勞斯萊斯誕生，在巴黎展出，引起了轟動。」

孫玉見光緒有個好臉色，受寵若驚道：「萬歲爺，這比園子裡的那輛汽車好嗎？」光緒道：「那簡直就是天壤之別，怎麼可以相提並論呢？朕以後就開這樣的車，想去哪兒就去哪兒。」

孫玉道：「萬歲爺，你還是饒了奴才吧，園子裡的車就夠快的了，奴才們追得腿兒都要跑斷了。要是您再換了更好的，奴才們非得長了翅膀才能跟得上了！」

光緒道：「誰要你們跟上的？跟不上才好呢。」他順手打開了鋼琴，發現幾個琴鍵上有淡紅色的指印，他不禁一怔。他隨便彈了幾個鍵，發覺聲音已經變了，他翻樂譜，卻發現樂譜也被粘住了。

光緒抬起頭，默然凝視著前方。然後，他讓孫玉出去，自己輕輕地關上了門。他從鋼琴的後蓋裡取出了紙袋，打開一看，竟是許多珍妃的照片，還有一隻水晶做的小小的舞鞋，容齡的英文信夾在了裡面。光緒一張張地看著珍妃的照片，他的手顫抖著，把照片擺在了鋼琴上。從窗戶透進來的斑駁的眼光投在照片上，照片上的珍妃顯得迷離而遙遠。

光緒凝視著照片，彈起了〈給愛麗絲〉。容齡的聲音好像就在身旁：「陛下，這是我全力蒐集翻拍的所有珍妃的照片，現在都送給您，您一定會高興的。我曾經既想模仿她，又想戰勝她，結果我發覺我都做不到。您還記得那封燒掉的信嗎，我知道，您已經看過了。……隨著時間的推移，我才知道，每個女孩子都有一雙與眾不同的水晶鞋，原來我想把我的腳套進珍妃的鞋子裡，後來我終於放棄了這種想法。現在，我把自己的水晶鞋留給您，希望你能想起，容齡一直圍繞在您的身邊跳舞，如果您願意，她將永遠是您最好的舞伴……」

光緒的眼前，出現了容齡和他相處時許許多多的片段——跳舞、教音標、讓太監扮新郎新娘、換髮式、扮珍妃、打雪仗、騎腳踏車……他彈著彈著，容齡好像出現了，就坐在他的身邊，和他一起四手聯彈，他們用音樂愉快地交流著。一陣風吹過，門吹開了，珍妃的照片雪片般地落在了地上，容齡也在瞬間消失了。光緒沉默不語，他繼續彈著琴，不過彈得越來越輕，直至手指僵直地放在了琴鍵上。

7

一位清麗樸素的法國女郎敲開了裕庚病房的門。勳齡開了門，她告訴勳齡，她叫蘇菲，爲了一件重要的事，一定要面見裕庚。

已經極度虛弱的裕庚被扶了起來，他模模糊糊地看見這個年輕的法國女子，那張臉完全是陌生的，他不記得他在任何地方見到過她。於是他說：「對不起，女士，我不認識你。」

蘇菲笑了笑，道：「是的，裕庚先生，您和我素不相識，但是我們也許該算是仇人，不過，請您不必緊張，我來，是想化解這仇恨的。」德齡勳齡都緊張地站了起來。

德齡道：「小姐，如果您要辯論或者作什麼交易，現在都不是合適的時候。」裕庚虛弱地說道：「我想不起來，我曾經和誰結仇。」

蘇菲道：「我從法國來，是弗朗索瓦神甫的妹妹，由於您的追查和向教廷的指證，他現在已經受到了宗教法庭的審判，然後會被解除職務，或許還要監禁。」勳齡在一旁用法語道：「那是他是罪有應得！」

蘇菲低下頭，輕聲道：「我認爲您說得對。雖然哥哥也承認了，可我還是想最後確認一下，這件事是眞的嗎？」勳齡激動地說：「小姐，爲了這件事，我們家付出了許多的時間和金錢，這是很確切的結論！」

裕庚喘著氣道：「小姐，我可以給您提供所有的證據。」蘇菲點了點頭，道：「好的，非常感謝。另外，我還想請您幫個忙，您一定和受害人很熟吧？」

裕庚搖頭道：「不過是萍水相逢而已。」蘇菲奇道：「那您爲什麼要幫她的忙呢？」裕庚只答了兩個字：「道義。」

蘇菲感動地說：「我覺得實現道義是很不容易的一件事，不過我還是想找到那個受害者的村莊，在附近辦個女童學校，以彌補哥哥給人們造成的傷害，這樣我的心裡也許會好過些。」所有的人都驚訝了，整個病房一片沉寂。裕庚想說些什麼，但咳嗽阻止了他的話，他對蘇菲連連作揖。

蘇菲的到來和善舉讓勳齡心裡很是震動，勳齡大凱兩歲，原已是訂了婚的，多年來他除了酷愛攝影之外，還有許多興趣愛好，這些興趣塡滿了他的生活，於婚姻戀情方面，他好像並沒花太多的心思。他是個愛玩愛樂的人，平時騎馬射箭鬥雞走狗他無不在行，卻對那些卿卿我我、鴛鴦蝴蝶之類的沒什麼興趣。他好像還是頭一回感覺到，一個女子突然掀開了他心靈深處的那塊布幕，讓他的心爲之一凜。

傍晚時分，兄妹三人把蘇菲送出了醫院大門。德齡道：「蘇菲小姐，您眞是個了不起的人，那裡的鄉村女孩子也許就因此改變了她們的人生。」蘇菲含淚道：「我只想他們能寬恕我的哥哥。說眞的，我是爲親哥哥贖罪，而你們的父親卻是爲不相識的人主持正義，我覺得他很偉大。」

容齡道：「蘇菲小姐，我願意爲您的學校做義務工作，需要的時候請隨時通知我。」

蘇菲道：「謝謝，我會的。」然後她轉向在一旁一直沉默不語的勳齡道：「順便說一句，您的法文講得眞好。」勳齡說了一聲謝謝，不知怎麼臉突然有些紅了，德齡見狀，立即止了步，道：「哥哥，麻煩你把蘇菲小姐送回她的住所吧，現在上海很亂，她一個女孩子家……」勳齡沒有拒絕。德齡姊妹站在原處，看著哥哥和蘇菲小姐的背影在晚風中慢慢地消逝……

8

輪到德齡值夜的時候，自然懷特是要陪她的，但是凱的瞌睡蟲實在很多，總愛不斷地打哈欠。德齡心疼道：「很睏吧，你睡一會兒吧？」懷特費勁地睜開了眼睛，道：「我還好，你去睡吧？要不，就睡這兒，這兒是最好的枕頭。」他拍了拍自己的肩膀。德齡笑了，甜蜜地把頭枕在他的肩膀上。她小聲地咬著凱的耳朵說：「凱，我們是不是有什麼事還沒有做完？……」凱迷糊地想著，突然眼前一亮，叫道：「你是說，訂婚？」德齡輕輕點頭。凱一下子有了精神，道：「你是說現在？」

德齡紅著臉，用力地點點頭，然後眼圈發紅地輕聲說：「我想，趁著阿瑪這兩天精神還好……」

德齡和凱的訂婚儀式就在裕庚的病床前祕密舉行了。容齡在留聲機裡放上了巴哈的管風琴音樂。勳齡則忙前忙後地拍照。德齡和凱文交換了戒指，然後深情地接吻。大家都輕輕地鼓起掌來。

容齡仰起頭，半閉著眼睛道：「呵，太美了！」裕太太用帕子擦著眼睛道：「他們是多般配的一對兒呀！」兩人雙雙跪在了裕庚的床前，懷特鄭重地說：「岳父大人，我向您起誓，我會用我的整個生命來愛德齡。」

裕庚眼含淚水，拉住他們的手道：「起來吧。阿瑪眞的沒有想到，在有生之年，還能看到你們有個花好月圓的結局。凱，因為我們的大清現在不是太平時節，所以德齡還要繼續她的使命，這勢必會影響你們的團聚。你現在是大清的女婿了，要受委屈了，阿瑪感謝你的耐心和寬容。但願你們百年好合，天長地久，能趕上國家的復興之日，過太平的日子，呼吸自由的空氣。」

德齡道：「阿瑪，您一定會和我們一起看到那一天的！我們回國，不就是為了等這一天嗎？」

裕庚聽了，淚如雨下。

慈禧太后的電報就是在這一刻送達的。一位清廷駐上海的官員捧著電報喊道：「德齡容齡二位郡主接旨！……老佛爺急電，日俄戰爭已然結束，時局有變，凡有裨于民生者，合力振興，用以宏濟艱難，故朝廷命裕德齡郡主速歸，共商立憲之事，裕容齡郡主可繼續留滬盡孝！」德齡容齡謝了恩，把跪在地上的阿瑪扶了起來。裕庚老淚縱橫，聲音嘶啞地喊道：「老天呀，大清終於要立憲了！要和日本、英國一樣地立憲了！我們的江山有指望了！」全家人擁抱在了一起，流著淚，唱起了大清的國歌：中國男兒，中國男兒，要將隻手撐天空。睡獅千年，睡獅千年，一夫振臂萬夫雄。

長江大河，亞洲之東，峨峨昆崙，翼翼長城，天府之國，取多用宏，黃帝之冑神明種。風虎雲龍，萬國來同，天之驕子吾縱橫！……

窗外也在唱歌，是一群俄國傷兵在唱著俄羅斯民歌——「濤濤的德聶伯爾洶湧澎湃，狂風怒吼落葉紛飛……高高的梣樹彎到那地面，德聶伯爾河上波濤翻滾」——俄國戰敗了，他們哭喊著：「偉大的俄羅斯永遠不敗！」「日本人是卑鄙的小人！……」

護士們勸阻道：「先生們，俄國全面戰敗已成定局了，請你們冷靜！這裡是醫院，還有很多別的病人！」可是俄國人誰也不理她們，如訴如泣的歌聲越唱越響。

9

也就是在這個時候，俄國公使官邸也是一片狼籍。勃蘭康夫人把一份文件摔在在桌子上，雙手捂住頭，跌坐在桌旁的椅子上。她的對面坐著公使勃蘭康，他狠狠地吸著菸。夫人狠道：「……日本人慣於雞鳴狗盜之術，我們中了他們的奸計了！本來我們完全可以取勝。我們的武器裝備與士兵的素質遠遠高於他們！他們太奸詐了！竟然把大艦隊隱藏起來，用一些小小的魚雷艇來誘惑我們的波羅的海艦隊……加上我們的艦隊從波羅的海駛到日本海，已經人困馬乏，和他們對峙兩天兩夜，進又不是，退又不是……」

勃蘭康先生應道：「進入日本海的時候我們的艦隊已經航行數萬里，海道又不熟，夜半更深，完全像盲人瞎馬。當時消息傳來，我就知道一切都完了！……好在議和的條件對我們俄國本土似乎還沒有什麼太大的危害。讓俄國出讓旅順和大連灣的租借權，把哈爾濱南部主權讓與日本，承認朝鮮主權……這些條約的直接損失者是中國，而不是我們！」

夫人問道：「那麼，談判地點在哪裡呢？」勃蘭康道：「美利堅的羅斯福總統出面調停，地點就在美國的樸茲茅斯。」夫人冷笑道：「美利堅這回倒是撈了一票，康格夫人又該得意了，我最看不慣她那副得意的樣子！」

在美利堅駐華公使館內，康格夫人果然得意洋洋與康格先生交談著。康格夫人道：「自從羅斯福總統執政以來，我們的外交取得節節勝利。日俄之戰，他們兩敗俱傷，而我們在世界上的威信卻是與日俱增，尤其是，在中國。聽說俄國人十一款和約中有四款堅持不同意，我們的總統正在斡旋呢。」

康格道：「其實這十一款和約中大多數與中國的利益有關，無非是小日本想把它在滿洲失去的利益再重新奪回來罷了，其實眞正吃虧的是中國。眞是可憐啊，國力弱，索性連發言權都沒有！」

夫人得意道：「可是我們，不費一兵一卒，就爭得了中國人的心。起碼是中國皇太后的心！對了，還沒來得及告訴你，密斯卡爾畫的那幅太后畫像，他們拿去參加了外國博覽會，走的時候，用黃色綾子包裝放在火車上，自皇帝以下都跪著送站呢！你說可笑不可笑？」兩人一起大笑道：「中國人眞是不可思議！」

戰勝國日本公使官邸的內田先生和夫人也同樣覺得中國人不可思議，內田夫人道：「中國並不是沒有優秀的人材，像孫逸仙，像秋瑾，陳天華……就連中國的皇帝、女官，也是非常聰明出眾的，可是他們卻捏不到一起，所以他們大則大矣，卻像是一盤散沙，而我們日本民族，雖然小，卻是萬眾一心，這次日俄戰爭的勝利，勝在國體，勝在軍事指揮，更勝在我們這個民族的團結！……

奇怪的是，中國面對如此的奇恥大辱，非但不抗議，反而透過外務部向我們照會致謝！……」

內田陰笑道：「也許他們認爲這個結局比他們預料的還好些吧，起碼，東三省在表面上是歸還他們了！……對了，聽說，那個秋瑾已經退學回國了！」

夫人道：「秋瑾本來也不是什麼做學問的人，她分明是個女革命黨！聽說她在東京成立了共愛會，舉行戊戌六君子殉難紀念會，主辦的月刊索性不用『光緒』紀年！今年又七次與宋教仁密談，黃興、陳天華等出獄後到東京的款額，聽說也是她籌措的。她在實踐女校期間就帶頭鬧事，還對下田先生進行了人身攻擊，下田先生致信服部繁子，多有譴責之意，服部繁子也是，怎麼惹這樣的麻煩！」

內田道：「聽說秋瑾這次回來，直接去了上海，大概有可能還要返回東京。」夫人冷笑道：「返回東京怕是不大可能了吧？我總覺得，她這麼鬧下去，早晚要掉腦袋！慈禧太后那個人可不是吃素的！」

實際上，德齡最後一次見到秋瑾，就是在回國的上海火車站上，當時她聽見一個熟悉的聲音在講演。德齡循聲穿越人群，看到身著男裝的秋瑾正講到激昂慷慨之處：「……國力的衰弱，已經到了完全沒有抵抗能力的地步！……以至於這次日俄之戰，竟然就在我國東北的門戶進行，我們的四萬萬同胞，竟然如此麻木不仁！……」德齡深深地看了秋瑾一眼，轉身離去。後來她聽說秋女士再渡東瀛，正逢清政府頒發取締留日學生詔書，這才有了陳天華憂時感憤、蹈海自殺的壯舉……

再後來，她聽說秋瑾女士再次回國，在徐錫麟起義失敗之後，在紹興大通學堂被捕，後來，在紹興軒亭口英勇犧牲——那已經是兩年之後的事了，她聽到這個消息的時候是在美國，與已經成爲她丈夫的凱在一起，她看到華文報紙用了一個整版來報導這一事件，當時她坐在花園的籐椅上，仰望著美利堅合眾國的藍天，有一種恍同隔世般的暈眩。

10

西元一九〇五年七月，也就是光緒卅一年的六月，清政府終於正式籌備立憲，並派遣五大臣出洋考察。上諭道：「……朝廷屢下明詔，力圖變法，銳意振興，數年以來，規模雖具而實效未張，茲特簡載澤、戴鴻慈、徐世昌、端方等，隨帶人員，分赴東西洋各國，考求一切政治，以期擇善而從，而後再行選派分班而往……」慶王的聲音繼續：其悉心體察，用備眞采，勿負委任，著外務部、戶部議奏，欽此！……

三個月之後的一個下午，慈禧照例皇后及眾女官們一起在頤和園的花園裡散步，看著李蓮英指揮小太監們在放飛行器模型，飛行器在藍天上悠然地盤旋著，又是秋高氣爽時節，景色格外宜人。德齡在唸著報紙：「萊特兄弟的飛行器實驗引起了法國客商的注意，他們發現，飛行器可以連續在空中飛三十八分鐘，跨越二十四英里，實在是非常有前途的武器。據萊特兄弟稱，他們的飛行器還會更快地改進。」

慈禧瞇著眼睛看了一會兒天空，問道：「這就是報紙上說的飛行器？」

德齡忙道：「回老佛爺，這是模型，眞的飛行器比這要大好多倍，可以坐幾個人呢。」皇后道：「那不是可以作爲運輸的工具嗎？」德齡道：「是啊，可以運貨、運人，沒有路的山地，最需要。」

慈禧道：「那麼它也是可以做武器用的了？」德齡道：「回老佛爺，奴婢想，大約可以從空中向敵人扔炸彈吧。」慈禧喜道：「哦，這倒是威力很大的。明兒，正好五大臣出洋，讓他們留意瞧瞧去，要是咱們大清眞有了空中的炸彈，那還怕誰呢？什麼輪船、騎兵，全都不管事兒了。」皇后忙道：「老佛爺聖明，後世的人一定會稱讚您的目光獨到，深謀遠慮呀。」

飛行器模型從空中衝了下來，正好衝到慈禧的腳下。她把模型撿了起來仔細地看了看道：「原來就是這麼個玩藝兒呀？我也想明白了，康有爲總說維新，孫中山總說革命，其實有什麼？不過就是弄些個新鮮的玩藝兒，新鮮的名詞兒罷了！等眞的飛機出來了，咱們買它個幾百架，到那時候，瞧瞧他們還有什麼新鮮的！」德齡忍不住掩口而笑。

誰也想不到，就在這個普通的下午，一紙電文又從上海來到了宮中——裕庚病危，慈禧看了看電文，明白德齡是這回是眞的要走了。她傷感地說：「看來咱娘兒倆得分開一段兒啦。今兒晚上，你替我染髮，明兒，看著我頭髮黑了，你再走吧。」德齡的淚水撲簌簌地滴落下來。

德齡忙著去向光緒辭行，還好，皇帝還沒有回瀛台。就在琴房裡，光緒嘆道：「德齡，你們走了，就好像朕的一扇窗戶被關上，外面的太陽、雨和落花都看不到了。」

德齡把字典翻到了那頁蓋著康有爲印章的書頁上，說道：「萬歲爺，萬里之外的情誼您都可以收得到，窗戶能擋住什麼呢？總有一天，外面的風會把窗戶吹開的。奴婢請您多多珍重，等到風吹來的時候，您一定會心曠神怡的。奴婢在遠方，遙祝您吉祥如意。」她竭力微笑著，但聲音卻已經開始哽咽。

光緒舉著報紙道：「德齡，你也要給朕寫信，告訴朕外面的世界。」德齡道：「萬歲爺，這麼說，您早就知道了？」

光緒點頭道：「你別忘了，朕會修鐘錶，能夠看清髮絲一樣細的發條。當髮絲一樣的痕跡出現在報紙上的時候，朕怎麼可能不注意呢？」德齡輕聲道：「萬歲爺，奴婢沒有什麼可送給您的，只有一本巴黎帶回來的日記本，是帶鎖的。您可以用英文，記下您願意記下的事兒。等到煩惱的時候，看一看，就什麼都好了。」

光緒從德齡的手裡接過小鎖的鑰匙，打開鎖。隨著清脆的一聲，鎖被打開了。他故作輕鬆地說：「德齡，朕可以從今天就開始記。」德齡點頭道：「萬歲爺，奴婢會經常給您寫信，容齡也會寫的。」光緒聽到容齡的名字，怔了一下，道：「德齡，請你告訴容齡，如果有來世，朕是再不做皇帝的了！也許有機會，會向她學習舞蹈。」

德齡道：「萬歲爺，容齡會很高興的。我發覺，她已經不是小孩子了。有一次，她想摘一朵水邊的睡蓮，卻怎麼也搆不著，她沒有鬧，而是微笑地坐下來，靜靜地欣賞它的美。」

德齡步出琴房的時候，聽見琴房裡突然響起了〈友誼日久天長〉的音樂，德齡站住，看見夕陽已經沉落了大半，只剩下了最後的晚霞。

德齡淚流滿面。

11

夜晚，德齡最後一次來到慈禧的寢宮中，爲她染髮。德齡一邊慢慢地梳理著慈禧的長髮，一邊回想著晚膳之後與皇后和眾宮眷告別的情形。她沒想到，大家爲她準備了那麼昂貴的禮物：那一襲精緻無比的婚紗，是元大奶奶親手裁的，大家一針一線繡起來的。皇后和大公主握著她的手說：

「德齡，你一定是個最漂亮的新娘。」最讓她感動的，是小蚊子和月兒花了整整一個下午，做了一個很好的蛋糕和薰衣草花茶，爲她餞行。

慈禧的頭髮已經染成了灰色，對著鏡中自己越來越蒼老的面容，慈禧傷感道：「德齡，今兒晚上，就多陪我說說話兒吧。」德齡道：「老佛爺，您說，奴婢聽著呢。」

慈禧喝了一口茶，款款道：「你知道，我從小兒就是個要強的人，百事爭先，不甘人後。自辛酉年始，以薄德而問朝政，歷經三朝，三度垂簾，本是萬不得已，可是事已至此，又不容退卻。前些時我瞧了英國《維多利亞女王傳》，覺著她也不過如此，比起我的政績、情趣和愛好，她可差得遠了！再者說，她有多少人輔佐啊，我雖也有軍機大臣，可一遇大事，個個兒都把王八脖子一縮，多少年了，大清的天下，靠我一個人兒撐著！……本來想皇上親政之後，我就到頤和園去頤養天年，再不問國是，可萬萬沒想到，一個百日維新差點兒就把大清國給斷送了！」

德齡輕聲道：「老佛爺，奴婢以爲，把大清國斷送的不是百日維新，而恰恰是閉關鎖國！」慈禧萬萬沒想到德齡竟會如此回答，她盛怒之下，回身打了德齡一記耳光！

兩人同時呆住了。良久，德齡捂著臉，含淚道：「老佛爺，您平時口口聲聲地讓我們說實話，可說了實話，您又受不了！」

慈禧怒道：「我有什麼受不了的？刀山火海我都過了，還怕幾句話！講！也好，明兒你就走了，趁著今兒晚上沒人的時候，你把你的心裡話都給我講清楚了！」

德齡含著淚，神情卻十分堅毅：「戊戌變法距今已經七年了，雖然您也在支持洋務運動，庚子回鑾之後也開始了新政，可國體不變，大清的腳步便是步履蹣跚。在當今世界，強國首先勝在體制開明，大清的病根，是在腑臟而不是在皮毛。奴婢以爲，如果國人能早一點了解世界，那麼庚子年的慘禍很可能就不會發生……！」

慈禧怒極，道：「那麼依著你的意思，洋人們倒都有理了?!」

德齡忙道：「不，奴婢絕非此意。老佛爺，沒有一個國家敢於欺負一個強國。大清不能與世界同步，自然就變成了挨打的對象。這並不全是您的過失，而是君主制的缺陷。現在朝廷終於決定立憲了！我眞的爲您老人家感到高興！」

慈禧冷笑道：「高什麼興?有什麼可高興的?!都嚷嚷立憲，可立憲之後究竟如何，誰也無法預料！君主制也可以很成功，康熙帝、維多利亞女皇，不是都很成功嗎?!勝者王侯敗者寇，如果沒有鴉片戰爭，沒有庚子之亂，國富民強，什麼立憲、共和都是扯淡！別人還要來學我們的君主制、梳我們的長辮子呢！如果沒有庚子年，我是會青史留名，與維多利亞女王爭一爭的，可是現在……庚子年，的確是我一生的恥辱，是我聽信端王，鑄成了大錯！那是我一生犯下的唯一錯誤！……可是，起因正是洋人下的那四條照會！」德齡驚問：「什麼四條照會?」慈禧道：「便是榮中堂從江蘇糧道那裡知道的消息，第一，指明一地，令中國皇帝居住；二，代收各省錢糧；三，代掌天下兵權；四，勒令皇太后歸政……」德齡奇道：「有這等事?」

慈禧道：「當然，不然的話，我何苦去冒那個險！我是爲了江山社稷，不得已而宣戰哪！哪想就捅了馬蜂窩！西狩的路上受盡種種艱辛，眞是慘不忍聞啊！……而北京城破之日，洋人燒殺搶掠無惡不作，庫存的三百萬兩銀子被日本搶去，欽天監的古銅天文儀器被德法瓜分，連《永樂大典》他們也沒放過……一個庚子年，眞是毀了我一世的英名啊！」說到這裡，慈禧竟然痛哭失聲，德齡驚愕得不知所措：她是聽過老佛爺哭的，可是這一次的哭卻是非同尋常，那眞的是痛徹心肺、如喪考妣一般啊！即使是哭咸豐帝、同治帝，也遠遠不可比。她想，令太后下決心宣戰的眞正原因，恐怕並不是爲了什麼江山社稷，而是洋人照會的最後一條：勒令皇太后歸政。太后至死也沒有眞正的反省。不過，太后最終還是原諒了她的莽撞，而她，也忘記了太后的耳光。

次日清晨，慈禧太后的頭髮已經黑了，她命太監將轎子抬到了園子門口，攜了德齡的手，從昆明湖畔慢慢走過，頤和園的秋景，美得令人傷懷：滿湖的殘荷敗藕，一行白鷺正向青天飛去。德齡仰頭看著，讚嘆道：「牠們飛得眞高，眞美呀！」慈禧道：「你也像牠們一樣，飛走了就不回來了。……」德齡忙道：「奴婢還會回來的！」

慈禧搖著頭道：「就是你回來，也未必還能見得到我了！咱們娘兒倆就此別過了罷！」

德齡的淚水奪眶而出，道：「老佛爺！您的厚愛，奴婢永生難忘！」慈禧轉過頭去，不想讓德齡看到她的老淚，她低聲地說道：「瞧這滿池子的殘荷，誰還記得它光彩照人的時候呢？……論才華，你比得上上官婉兒，我卻是輸給武則天了！還是那句話，成者王侯敗者寇，功過是非，隨後人評說吧，反正我眼一閉，就什麼也不知道了！」

在慈禧太后、隆裕皇后與眾女官的目送下，德齡走了，永遠地離開了這古老東方的皇宮。重疊的宮門，在她的眼前一扇扇地打開，然後又一扇扇關上。很久之後，德齡在回憶這段歷史的時候，似乎仍然能聽得見那古老宮門沉重的聲響。

尾聲

多年之後，在上海某劇場，演出了一部叫作《慈禧與德齡》的新文明戲，慈禧和德齡分別由德齡和容齡扮演——已經接近尾聲了，舞台上，慈禧與臨走的德齡在作最後的傾談。

德齡：「您在撒謊，您並不是為江山社稷宣戰，而僅僅是為了一己之利！您最害怕的，就是洋人『勒令皇太后歸政』！當時，由於長期的閉關鎖國而造成的可怕無知，竟然使您同時向十一國宣戰！可憐的光緒皇帝拉著去宣戰官員的手說：再商量一下，可您竟然殘忍地命令：皇帝放手！就這樣，榮祿和端王開始了攻打使館，而八國聯軍最後可怕的報復和隨後喪權辱國的辛丑和約，更是把我們的國家和人民推向了絕境！如果我現在告訴您，那四條照會根本就是假的，根本就不存在，您又會怎麼說呢?!」

慈禧無力地倒在了御榻上。

德齡：「老佛爺，奴婢已經說完了，最後有一件東西，請您收下，這就是那顆您丟失的夜明珠，現在，物歸原主。」

慈禧驚訝地：「你是怎麼得到的？」

德齡：「老佛爺，是它自己要回到中國來的。」

德齡舉起了夜明珠，幽藍色的光亮照亮了宮闈。

舞台燈光黑暗，大幕落下。觀眾的掌聲如雷鳴般響起。

關於那顆夜明珠的下落，始終是個謎。二十世紀六十年代，它神祕現身於歐洲某拍賣行，被不明買家以天價買走，而慈禧和德齡最後的談話，它成爲了唯一的見證。

附錄1
歷史上的德齡，生平記略

一八八六年（0歲）生於武昌，清裔正白旗貴族，其父爲前清駐法公使裕庚，傳說母親有法國血統。在兄妹五人中排行第三，後在荊州、沙市度過童年及青少年時代。

一八九五年（9歲）裕庚受命擔任出使日本的特命全權大臣。隨父出使日本。

一八九八年（12歲）裕庚任滿返國，再任駐法公使，前往巴黎。駐法期間，與么妹容齡成爲現代舞大師伊莎朵拉・鄧肯（Isadora Duncan, 1877-1927）入室弟子，學了三年舞蹈。

一九〇二年（16歲）容齡在巴黎公開登台表演《希臘舞》、《玫瑰與蝴蝶》等舞作，頗獲佳評。是年冬裕庚任滿歸國，被賞給太僕寺卿銜，留京養病。德齡偕容齡隨全家返京。

一九〇三年（17歲）由慶親王奕劻引薦，慈禧太后下旨召裕庚夫人帶著通曉外文及西方禮儀的德齡、容齡姊妹入宮覲見，封爲御前女官，擔任傳譯，共同成爲紫禁城八女官之一。傳說此期間慈禧曾有意將其許配給榮祿之子巴龍，但爲光緒帝設計解脫。

一九〇四年（18歲）十一月，慈禧七十歲萬壽節期間，懿封德齡、容齡爲郡主（滿稱和碩格格）。十二月，裕庚去世。德齡以「百日孝」爲由，從此沒再回宮。

一九〇五年（19歲）三月，裕庚因病到上海就醫，電召德齡姐妹請旨出宮赴滬。

一九〇七年（21歲）五月，與美駐滬副領事懷特結婚。七月，小說中德齡傾心支持的秋瑾在紹興古軒亭口從容就義。

一九〇八年（22歲）十一月，光緒帝與慈禧太后先後去世。

一九一一年（25歲）辛亥革命爆發，宣統帝溥儀遜位，結束清朝統治。同年，德齡在美出版首部英文著作《清宮二年記》（或譯《紫禁城兩年》），署名Princess Der Ling（這也是後來許多東西方讀者誤認德齡是公主的原因，因英語無公主和郡主之分，一律都稱作Princess），甫出版即引起西方社會各階層廣泛關注。據說清末知名狂仕辜鴻銘還曾欣然爲之撰寫英文書評，大爲讚賞。

一九一五年（29歲）隨夫移居美國，其後陸續以英文寫成《清末政局回憶錄》、《御苑蘭馨記》、《瀛台泣血記》、《御香縹緲錄》等多部回憶錄與紀實文學作品，披露許多後宮生活珍貴史料，總字數達七、八十萬字。部分作品經顧秋心、秦瘦鷗等譯成中文，流傳回中國，其中甚至在《申報》等大報連載。

一九二七年（41歲）返回中國逗留年餘；並親自扮演慈禧，演出英語清宮戲。同時，找到當年後宮太監小德張等人，進一步回憶、蒐集清宮資料。此前德齡因愛子早夭，已與丈夫離異。

一九三八年（52歲）抗戰期間，宋慶齡在港發起「保衛中國同盟」（簡稱「保盟」），號召海外華人、華僑共同資應抗日戰爭；德齡在美曾多次參與保盟舉辦的「中國之夜」與「一碗飯運動」等活動。

一九四四年（58歲）十一月二十二日，在加拿大車禍喪生。（容齡後來始終留在中國，一生從事具有中國風格的舞蹈創作，著有《清宮瑣記》等書。於一九七三年文革期間病歿。）

附錄2

德齡入宮前後，與中國有關的眞實時事記略

一九〇二年

歲次壬寅（虎），清光緒二十八年。德齡入宮前一年。

一月八日　慈禧太后和光緒帝結束西狩返京。

十八日　慈禧第一次撤簾露面，召見各國駐華使節。

二月一日　清廷准許漢滿通婚。

八日　梁啓超在日本創辦《新民叢報》。

五月八日　英人李提摩太和山西巡撫岑春煊共同創辦山西大學堂。

十一日　上海耶松造船廠工人要求增加工資舉行罷工。是月，上海商人成立商業會議場所，後改爲上海總商會。

二十一日　張之洞創立湖北師範學堂。

十一月二十四日　袁世凱創立北洋軍醫學堂於天津東門外海運局。

一九〇三年

歲次癸卯（兔），清光緒二十九年。德齡於是年春入宮。

一月二十八日　洪全福、謝纘泰等謀廣州舉事，事洩失敗。

二十九日　湖北留日學生李書城等在東京創《湖北學生界》雜誌。

二月十一日　英俄在倫敦談判西藏問題。英商與四川礦務局訂立合辦寧遠府金類礦產草約，與四川保富公司訂合辦樂山、射洪煤油合同。荷蘭銀行上海分行開辦，行址在黃浦灘。

其他：浙江留日學生所辦《浙江潮》創刊。

三月二十七日　蔡元培等人創建「四合會」，會旨爲研究政治和體育訓練。

二十九日　由上海科學儀器館主辦，介紹多方面自然科學知識和新工藝、新技術的《科學世界》創刊。

四月八日　中俄《東三省交收條約》屆期，俄拒絕退兵反而增兵八百多人重新占領營口。中國留日女學生胡彬夏等在日本發起成立第一個愛國婦女團體「共愛會」。

四月十一日　大臣榮祿逝世。

二十七日　上海各界人士在張園召開拒俄大會，通電反對沙俄新約。

二十九日　留日學生組成拒俄義勇隊。

三十日　京師大學堂「鳴鐘上學」，聲討沙俄侵略，慷慨拒俄。

五月二日　留日學生組建激進的軍國民教育會。

二十七日　章士釗任上海《蘇報》主筆，揭反清言論，發表〈中國當

道者皆革命黨〉。《繡像小說》創刊，李寶嘉主編。商務印書館發行。《蘇報》發表鄒容《革命軍》的〈自序〉。
其他：章炳麟發表〈駁康有為論革命書〉。
六月十二日　梁啓超會晤美總統羅斯福於華盛頓。
二十九日　清政府以《蘇報》鼓吹革命為由，逮捕章炳麟。不久《蘇報》被封，稱「蘇報案」。
七月一日　中東（東：東三省）鐵路通車。以哈爾濱為中心，西至滿洲里，東至綏芬河，南至大連。
三十一日　慈禧下詔杖斃記者沈藎，沈藎被打得血肉橫飛，但至死沒有求饒。
八月七日　《國民日日報》問世，號稱《蘇報》第二。
二十二日　日向俄提議，互相承認在朝鮮滿洲之優越勢力。
本月末：孫中山在日本祕密組建軍事學校。
九月七日　清廷設商部，以載振為尚書，伍廷芳、陳璧為左右侍郎。
其他：大型譯著《物理學》全部出版。全書共三編十二卷。
十月八日　為駐東三省俄軍退兵第三期，俄軍不如約退兵。
其他：浙江全體人民掀起保衛礦權風潮。
十一月四日　黃興、陳天華、宋教仁、章士釗等在長沙組織革命團體華興會，黃興為會長。
十二日　盛宣懷與比國電車鐵路合股公司訂立汴洛鐵路借款合同，總額兩千五百萬法郎。
其他：清廷公布《獎勵公司章程》二十條，鼓勵集團經營工商業。

十二月十三日　英軍大舉入侵西藏，進抵西藏亞東。
十七日　美國的萊特兄弟乘Flyer飛機完成人類首次飛行。
十九日　林白水在上海創《中國白話報》旬刊，設論談、新聞、實業、文明介紹等欄目。
二十四日　為籌餉練兵，清廷詔整頓菸酒稅，命各省照直隸現辦章程仿行，按省派定稅額共六百四十萬兩。
其他本年大事：陳天華著《猛回頭》、《警世鐘》出版，刊後廣為流傳。在河南安陽發現甲骨上刻有文字，經金石學家王懿榮研究後稱甲骨文，遭英、美人士低價大量購買。袁世凱在天津開辦軍樂隊學校。李寶嘉著《官場現形記》，與吳趼人《二十年目睹之怪現狀》、劉鶚《老殘遊記》、曾樸《孽海花》被稱為晚清四大譴責小說。上海商務印館設置編譯書局。清末名將馮子材逝世，享年八十五歲。

一九〇四年

歲次甲辰（龍）；清光緒三十年。德齡入宮第二年。

一月五日　北京最大京劇科班「喜連成」成立。
十一日　孫中山在檀香山加入華僑組建的洪門致公堂。
十二日　清廷興修京師觀象台。
十三日　中國第一個現代學制正式頒布，開始實行。
十七日　中興通訊社在廣州創建並首次發稿。《女子世界》創刊。

二十一日　清廷第一部直接與創辦公司有關的法律《公司律》奏准頒行。

二月八日　日本偷襲旅順，日俄戰爭爆發，東北成爲戰場。

十二日　外務部宣布日俄開戰，中國嚴守局外中立。

十五日　祕密團體華興會成立，會長爲黃興。

三月十一日　近代中國發行時間最長的大型期刊《東方雜誌》創刊。

二十一日　上海英、德、法、美官商及中國官紳呂海寰、盛宣懷等，合辦上海萬國紅十字會，救護戰地華紳商民。

二十九日　清廷批准設立戶部銀行，是第一個官辦銀行。

其他：陳獨秀在安徽安慶創《安徽俗話報》半月刊。

四月十九日　英軍侵入西藏江孜。

二十五日　英美合謀，誘騙兩千名華工，販往南非。

五月一日　山西大學堂成立。

六日　商部奏派龐元濟承辦上海機器造紙有限公司。

十五日　外務部請准自開濟南城外、濰縣及周村三處爲商埠。清廷照會瑞士，聲明同意加入紅十字聯約。

五月二十一日　中國《蘇報》案了結。

其他：兩湖、廣東民眾要求廢除清政府與美國美華合興公司簽訂的《粵漢鐵路借款合同》。孫中山遊歷美國大陸，宣傳革命。

六月一日　青島至濟南的膠濟鐵路通車。

五日　清廷與英商簽訂開採安徽銅官山礦的合同，期限一年。

十二日　《時報》在上海創刊。該報是康、梁在國內的喉舌。

二十三日　清廷制定商標註冊試辦章程。

二十五日　江西開辦磁土公司。

七月三日　同治、光緒兩帝的老師翁同龢（一八二九年出生）逝世。

科學補習所在武昌成立。

二十一日　江西樂平會堂夏廷義聚眾抗捐，搗毀城內學堂、保甲局、統捐局、教堂。

二十八日　大清設立官報。

八月三日　英軍進入拉薩。

十六日　《京話時報》創刊於北京。

二十六日　清廷奪達賴喇嘛名號，命班禪攝藏事。

三十日　四川道孚發生芮氏六級地震，死四百多人。

九月七日　英強迫西藏簽署《拉薩條約》。

十二日　練兵處擬出《陸軍學堂辦法》。

其他：著名京劇演員在京創辦京劇科班「長春班」。

十月一日　英軍退出西藏。

十九日　重慶全城罷市，反對厘金局苛索。

二十四日　華興會長沙起義流產。

二十八日　清廷在墨西哥設總領事，由駐美公使管理。武昌軍警搜捕「科學補習所」及「東文講習所」。

其他：中國最早戲劇刊物《二十世紀大舞台》在上海創刊。

十一月三日　清廷派大臣延祉赴庫倫，迎護達賴，前往西寧。

六日　台灣嘉義地區發生芮氏六・二級地震，死傷數百人。

十六日　慈禧太后七十壽辰時放映電影出故障，慈禧大怒，不准再放電影。

十九日　萬福華謀刺廣西巡撫王之春未遂。

二十日　陶成章、龔寶銓、蔡元培在上海成立光復會。蔡元培被推爲會長。自此該會成員著書立說，創辦學校、報刊、書局，積極開展活動，宣傳民族主義和民主主義思想，在各革命團體中影響最廣。

十二月七日　美國脅迫清政府簽訂的《中美會訂限制來美華工保護寓美華人條款》期滿，旅美華僑十餘萬人要求清政府改約，遭美拒絕，激起中國各界反美運動。

其他本年大事：王國維《紅樓夢評論》發表。上海一家文具店，將乒乓球傳入中國。

一九〇五年

歲次乙巳（蛇），清光緒三十一年。德齡於三月離開皇宮，十二月父親裕庚去世。

一月二十三日　清廷准袁世凱試辦直隸公債票。

二十五日　清廷設商標註冊局。清廷命各省保證並倡設華商輪船公司。

二十九日　東京中國留學生開會，請朝廷立憲。

其他：美國照會駐美公使梁誠，不允廢粵漢鐵路合同。清廷收回四府礦權。

二月一日　四川都江堰修整開工。

十五日　清廷命達賴前赴西寧，早日回藏。

二十一日　日俄戰爭：奉天會戰開始，歷三週後日軍佔領奉天，俄羅斯敗北。

其他：王漢行刺大臣鐵良未能實現，憤而自殺。陳獨秀等人祕密集會組建岳王會。

三月五日　中英簽訂廣九鐵路合同。

十日　《申報》首次使用「記者」這個名詞。

十九日　趙爾巽赴天津與袁世凱商議東三省事宜。

二十五日　上海《警鐘日報》被封閉。

二十八日　曾任駐日本、美國、新加坡外交官的黃遵憲病逝，享年五十七歲。

四月三日　《革命軍》作者鄒容（一八八五年出生）離出獄七十餘日，歿於獄中，年僅二十歲。

二十日　會黨首領馬福益被殺於長沙，年僅四十歲。

二十四日　清廷將重刑凌遲、梟首、戮屍三項永遠刪除，凡死刑至斬決爲止。

二十六日　怡和公司元和輪毀於通州，死百餘人。

其他：京師大學堂舉辦第一次運動會。江南船塢從江南製造局分立。

五月十日　上海《時報》刊布《籌拒美國華工禁約公啓》。上海巨商領銜抵制美國貨。

十三日　袁世凱奏請籌款自造京張鐵路。

十五日　清廷設立公司，興辦滇蜀鐵路。清廷電飭新疆伊犁、吉林各將軍巡撫厚集兵力，嚴守中立。袁世凱派陳昭常、詹天佑爲京張鐵路總辦。北洋六鎮新軍全部練成，計七萬人。

六月十八日　南京、杭州、汕頭、新加坡士商抵制美國華工禁約。天津各幫行商不顧直隸總督袁世凱阻攔，均畫押從此不買美國貨。

二十一日　上海商務會宣告將專設總會，聯絡各埠，抵制美貨。

二十六日　美總統宣告優待赴美華商及遊歷者。

其他：京師學堂均決議不用美貨。

七月六日　俄使要求庫倫張家口鐵路權利。

二十四日　浙江紳商在滬集會抵制美商修建鐵路，決議自造浙江鐵路。

二十七日　清廷派大臣出洋考察各國政治。

三十日　孫中山等在東京召開同盟會籌備會，十七省代表參加。

其他：中國人首次嘗試拍攝影片。

八月二十日　中國留日學生在東京正式成立同盟會。

九月二日　清廷下詔廢除延續一千三百餘年的科舉制度。江蘇川沙、寶山、南淮、崇明風潮爲災，淹死數千人。

四日　復旦大學成立。

五日　日俄雙方在美簽訂《朴茨茅斯條約》，結束戰爭；但在日導致了日比谷反美暴動。

二十三日　徐錫麟、陶成章等光復會成員創辦的紹興大通學堂開學。

二十四日　出國考察立憲的五大臣在北京正陽門車站遭到吳樾的自殺性炸彈襲擊。

二十五日　中國第一家民營輪船企業——華商航運企業大達輪船公司，在上海開業。

其他：清戶部銀行開市，資金四百萬兩，分四萬股，官商各半。後於民國初年改組爲中國銀行。上海復旦大學創立。

十月二日　我國第一條自建鐵路京張鐵路開工。詹天佑爲總工程師。

三十日　俄皇尼古拉二世發表《十月宣言》。

其他：袁世凱在直隸省河間秋操，首次用電報、電話進行聯絡。

十一月二十六日　中國同盟會機關報《民報》在日本東京出版，在發刊詞中，孫中山首次提出三民主義。

十二月四日　清廷選派宗室出洋，學習武備。

八日　華興會、中國同盟會會員陳天華因參加對日本《取締清韓留日學生規則》的抗議，留下絕筆書，投海自盡。

十九日　漢口巨商胡德隆、朱益敬創辦瑞豐麵粉公司。

二十二日　日本和中國簽署《會議東三省事宜正約及附約》（《滿洲善後協約》）。

其他本年大事：由張謇創辦的南通博物館，在江蘇通州落成。外國教會學校遍佈全中國。清廷設立學部。譚鑫培拍攝中國首部電影《定軍山》。

INK PUBLISHING

從前 14 德齡公主

作　　者　徐小斌
總 編 輯　初安民
責任編輯　丁名慶
美術編輯　黃昶憲
校　　對　耿立予　丁名慶

發 行 人　張書銘
出　　版　INK印刻文學生活雜誌出版有限公司
台北縣中和市中正路800號13樓之3
電話：02-22281626
傳真：02-22281598
e-mail：ink.book@msa.hinet.net
網　　址　舒讀網http：//www.sudu.cc

法律顧問　漢廷法律事務所
劉大正律師
總 代 理　展智文化事業股份有限公司
電話：02-22533362・22535856
傳真：02-22518350
郵政劃撥　19000691　成陽出版股份有限公司
印　　刷　海王印刷事業股份有限公司

出版日期　2009年 5月 初版
ISBN　978-986-6631-77-1

定價　399元

國家圖書館出版品預行編目資料

德齡公主 / 徐小斌著.
－－初版.－－台北縣中和市：INK印刻文學,
2009.05 面；　公分.--（從前；14）
ISBN 978-986-6631-77-1（平裝）
857.7　　　98005534